BASTEI
LÜBBE

Von Malcolm Bosse erschien bei BASTEI-LÜBBE:
10 787 Warlord

MALCOLM BOSSE

Dalang

Aus dem
Amerikanischen
von
Marianne Schulz-Rubach

BASTEI
LÜBBE

BASTEI-LÜBBE-TASCHENBUCH
Band 11 919

Titel der amerikanischen Originalausgabe:
Stranger at the Gate

Lizenzausgabe: Gustav Lübbe Verlag GmbH, Bergisch Gladbach
Printed in Germany, Februar 1993
Einbandgestaltung: Roberto Patelli
Titelfoto: Bavaria/Picture Finders
Satz: MPM, Wasserburg
Druck und Bindung: Ebner Ulm
ISBN 3-404-11919-3

Für Jim Ruoff

Der unverwüstlichen Erde wurde etwas hinzugefügt,
meinem Herzen jedoch der Spielraum genommen.
JOHN SILKIN: »DEATH OF A BIRD«

Der Mensch ist Zeuge seiner Taten.
QURAN

PATET NEM

Von neun Uhr bis Mitternacht

1

Ein Tiger schlich aus dem Dschungel und schleppte ein kleines Mädchen weg, das hinter den Dorfhütten gespielt hatte.

Maggie Gardner wollte — selbst auf Sumatra — kaum glauben, daß sich so etwas noch 1965 ereignen konnte. Aber gestern war es fünfzig Kilometer nördlich von Palembang geschehen.

Als der Wagen vor dem gedrängt vollen Marktplatz dieser Stadt hielt, malte sie sich das Geschehen aus: die gelb blinkenden Augen zwischen Palmblättern, das tiefe Knurren, den weit geöffneten Rachen, den Angstschrei des Kindes, als sich die Reißzähne der Bestie in seinen Nacken gruben. Maggie tupfte sich die schweißnasse Stirn mit einem Taschentuch ab und tastete nach dem Türgriff. Der Fahrer kam ihr zuvor und stand neben der Tür, bevor sie sie aufstoßen konnte. Maggie brachte gern einen Schuß Gleichheit in ihre Beziehung zu ihm, indem sie ohne seine Hilfe aus dem Wagen stieg. Es gelang ihr selten. Ihr Fahrer zeigte den Zuschauern mit Vorliebe, wie elegant er die Tür aufhalten und vor seinem Fahrgast salutieren konnte — und zwar vor einer Ausländerin, die attraktiver als die Holländerinnen war, die in den Kolonialtagen vor der Unabhängigkeit diesen Markt besucht hatten: plumpe, Befehle brüllende Frauen, die sich ihre roten Gesichter mit riesigen Batiktüchern abwischten. Maggie wußte, was ihr Fahrer von Holländerinnen hielt. Sie wußte auch, daß er sie attraktiv fand. Sie wußte es jedesmal, wenn sie aus dem Wagen ausstieg und dabei mit sorgsam zusammengepreßten Knien über den Sitz glitt, um ihm einen besseren Blick auf ihre Schenkel zu verwehren.

Das Sonnenlicht versetzte ihr einen leichten Schock; sie war dankbar für den breitkrempigen Hut, der sie vor der geballten Kraft schützte. Neben ihrem Wagen stehend, fühlte sich Maggie, eine große Frau zwischen den kleinwüchsigen Einheimischen, sehr schwerfällig. Ohne einen Blick auf ihren Fahrer zu werfen, der gewöhnlich mit zusammengekniffenen Augen ihren Hintern musterte, ging sie in lässiger Haltung zum Markt. Planken führten über ein schlammiges Gelände zu einem mit Segeltuch bedeckten Gitterwerk von Eisengestellen. Die überhängenden Schutzdächer schufen, ähnlich den Gängen in einem Ameisenbau, einen dunklen Korridor durch den Markt. Sie schlenderte an einer Reihe alter Frauen vorbei, die grüne Bananen, riesige gelbe Papayas, Salak mit seiner schuppigen braunen Schale, hellgrüne Limetten und zu hohen Pyramiden aufgeschichtete grellrote Chilis verkauften. Einer dort sitzenden alten Frau mit knochentrockener Haut schenkte Maggie ein Lächeln. Maggie schwitzte stark. Die Bewohner Sumatras schwitzten niemals so wie sie. Die alte Frau lächelte nicht zurück.

In der Mitte der ersten Reihe von Ständen entdeckte Maggie das, was sie suchte: Lederhandtaschen. Es waren Lokalprodukte, keineswegs die herrlichen Taschen, die von den Batak im Norden des Landes hergestellt werden. Sie konnte trotzdem nicht auf bessere warten. Sie und Vern reisten diesen Abend nach Djakarta ab, und ihre alte Tasche war arg ramponiert. Sie begann mit einem Mann zu feilschen, der aus dem kleinen Raum hinter dem Stand, wo er sich hingehockt hatte, hervorgesprungen war. Sie bot zweihundert Rupiah an; er wollte zwölfhundert. Sie verringerten die Differenz auf neunhundert. Maggie blieb hartnäckig: »*Kalau boleh enam ratus, saya beli, kalau tidak saya cari yang lain.*« Mit der Drohung, woandershin zu gehen, bot sie sechshundert.

Sie spürte, daß er ihre Standhaftigkeit testete. Dann akzeptierte er mit einem Schulterzucken: »*Baiklah, ruyi sedikit, tidak apa.*«

Weil sie gut in einer Sprache gefeilscht hatte, die sie mühsam gelernt hatte, wußte Maggie, daß sie diese Tasche lieben würde. Sich abermals den Schweiß abwischend, drang sie tiefer in den überdachten Markt ein.

Da gab es billige Sarongs, die sich auf Holztischen türmten. Es gab Kerosinöfchen, Kästen mit Nägeln, Schmucksachen, reisgefüllte Jutesäcke. Als sie den Markt verließ, blinzelte sie durch das grelle Licht auf den Musi, der sich seinen Weg durch zweihundert Kilometer Sumpfland bahnen mußte, ehe er die farblosen Hütten dieser häßlichen Stadt erreichte. Sie lebte bereits einige Monate in Palembang, seit ihrer Heirat mit Vern Gardner, einem Bauingenieur. Er hatte gerade den Bau der Fußgängerbrücken über dem Boulevard beendet. Maggie selbst war Doktorandin der Völkerkunde, Fachrichtung asiatische Kultur, gewesen. Zur Zeit ihrer Forschungsarbeiten bei den Minangkabau war sie an Malaria erkrankt. Während ihres Erholungsurlaubs im nördlichen Sumatra hatte sie Vern kennengelernt und ihn zwei Wochen später geheiratet. — »So schnell?« fragte sie sich immer noch verwundert — und war an diesen entsetzlichen Ort gekommen, wo in den Restaurants gebratene Hunde serviert wurden und des Abends Transvestiten die Passanten auf den Straßen anmachten.

Hübsche Mädchen, die sich Bananenblätter als Sonnenschirme über den Kopf hielten, kamen vom Ufer herauf. Als sich die wippenden Blätter an ihr vorbeibewegt hatten, sah Maggie einen einbeinigen Mann, angelehnt an eine Hütte, neben ihm ein Haufen Hühnerköpfe zum Verkauf. Maggie starrte auf die Fliegen, die auf seiner mageren Wade wimmelten. Ihre Blicke trafen sich. Vor sechshundert Jahren hatten seine Vorfahren Palembang zu einer der größten Städte der Welt gemacht. Ihre Führer hatten Klöster für Tausende von buddhistischen Mönchen errichten lassen und die damals größten Schiffe ausgesandt. Die arroganten Augen des einbeinigen Mannes schienen über sie hinweg in die Geschichte dieses Imperiums zu blicken.

Plötzlich wurde sie sich anderer Augen, die sie beobachteten, bewußt. Zuerst sah sie jemanden zu ihrer Rechten, dann zu ihrer Linken. Weiter vorn war ein halbes Dutzend Männer, andere kamen hinzu. Sie war auf dem Pfad stehengeblieben. Maggie wußte, es war ein Fehler, einfach stehenzubleiben. Hör auf zu denken, du wirst umzingelt. Man muß zielbewußt aussehen, oder die Leute kommen näher.

Ein Mann trat auf sie zu und sagte auf englisch: »Hallo, hallo, hallo. Was Sie wollen?«

Ein anderer Mann neben ihm fügte hinzu: »Wollen Tasche?«

Maggie sagte: »Fröhliche Weihnachten.«

»Hallo«, sagte ein weiterer Mann laut, ohne zu lächeln. »Was kaufen?«

Ein Mann, der ihm irgendwie ähnelte, hatte sie einmal auf dem Markt in den Hintern gekniffen. Sie hatte sich blitzschnell umgedreht, doch der Mann hatte seine Stellung behauptet, bis sie ihre erhobene Hand sinken ließ.

»Was wollen?« fragte er scharf.

»Hau ab«, antwortete ihm Maggie, um Unerschrockenheit bemüht, weil nur das sie aus dieser Situation retten konnte.

Noch ein Mann trat an sie heran. »Was wollen Sie?« fragte er in Bahasa-Indonesisch. »Was wollen Sie kaufen? Ich werde es Ihnen verkaufen«, sagte er zuversichtlich.

»Ich möchte nichts kaufen«, antwortete sie ihm und sah sich nach einem Fluchtweg aus diesem Kreis grinsender Männer um. Sie würden sie nicht vergewaltigen, aber es gab Geschichten über Ausländer, die herumgestoßen, ausgeraubt, gedemütigt worden waren. Das war in Palembang eine Art Sport. Sie bemerkte einen Krämer, der sich aus seiner Bude herauslehnte und mit offenem Mund gespannt und erwartungsvoll zusah. Maggie blickte jeden Mann bewußt an und zwang sich, jedes Gesicht zu mustern. »Haut ab«, sagte sie ruhig. »Ich will euch mal was sagen, fahrt zur Hölle. Ihr versteht nicht, was ich sage, aber ich hoffe, ich klinge überzeugend.« Sie redete ohne Pause und in einem ruhigen Tonfall weiter. »Was wollt ihr eigentlich, Ihr Läuse? Denn Ihr seid Läuse; Ihr seid ganz bestimmt Läuse, und deshalb sage ich, meine Herrschaften, fahrt zur Hölle, haut ab, Ihr erschreckt mich nicht.« Und mit einem verbissenen Lächeln fügte sie hinzu: »Verpißt euch!«

Soviel Englisch schüchterte die Männer ein. Sie wichen zurück und ließen sie durch. Die Uni hatte ihr nicht beigebracht, wie man die lästigen und feindseligen Männer von Palembang zu behandeln hatte. Es hätte ein Seminar geben müssen: Völkerkunde, Kurs Nr. 2993, Schmährede und Herausforderung.

Die Hitze war entsetzlich; sie bemerkte, daß ihr Haar unter dem Strohhut naß war. Es wäre angenehm, das verdammte Ding abzunehmen und als Fächer zu benutzen, aber Maggie wollte weiterlaufen, bis die Männer, die wie träge Kühe davontrotteten, weiter weg waren. Sie ging über den Fleischmarkt, wo sich der Geruch von Blut und Eingeweiden in der Hitze voll entfalten konnte. Da sich

Maggie in Sicherheit fühlte, blieb sie stehen und atmete tief durch. Über ihre Hutkrempe hinweg bemerkte sie einen zerlumpten Jungen, der am Daumen lutschte. Unentschlossen befächelte sie sich einen Augenblick. Aus einer plötzlichen Regung heraus ging sie energisch auf ihn zu und drückte ihm eine Münze in die Hand. Er starrte sie einen Moment lang an und flitzte dann davon. Sie sah, daß er in Richtung der Hütten am schlammigen Ufer des Musi rannte. Während sie über seinen vermutlich jubelnden Auftritt zu Hause lächelte, verstellten ihm zwei größere Jungen den Weg. Es gab eine Balgerei, und das Kind ging zu Boden. Sie konnte seine dunklen, stockartigen Beine sehen, die es schicksalergeben von sich streckte. Seine Angreifer verschwanden in der Menge der Kauflustigen. Auch seine Beine waren nicht mehr zu sehen. Es mußte sich aufgerichtet haben und davongewankt sein.

Sie hätte es wissen müssen. Kindern Geld zu schenken konnte bedeuten, ihnen Unglück zu wünschen. Sie hatte die Westküste von Sumatra geliebt, die kunstfertigen Menschen von Padang, die komplizierte Kultur der Minangkabau. Aber die Ostküste und Palembang waren eine ganz andere Angelegenheit.

Nachdem Maggie die Straße am Rand eines kleinen Parks überquert hatte, beobachtete sie aus gebührender Entfernung eine Menschenmenge, die sich auf einem schattigen Rasenstück versammelt hatte. Ein Mann sprach in ein Mikrophon, zwei Lautsprecher verstärkten seine Stimme zu einem verzerrten Brummen. Er saß im Schneidersitz hinter einer mit schwarzem Stoff verkleideten Kiste, auf die ein Totenkopf gemalt war. Ein Teeglas stand auf einem schäbigen Handkoffer. Der Mann hielt eine kleine rote Schachtel hoch, in die er demonstrativ eine Zigarettenschachtel steckte. Maggie wußte, daß die Zigaretten verschwinden und später wiederauftauchen würden, während er sich magischer Kräfte rühmte und ein Gebräu aus Schlangenblut und gegorener Zibetfrucht verkaufte, das jedes bekannte Leiden heilte.

Die Männer forderten sie gestenreich auf, sich zu ihnen zu stellen und zuzusehen. Sie blieb jedoch zurückhaltend, weil sie sich an ihre erste Begegnung mit einem Medizinmann aus Palembang erinnerte, der damals marinierte Alligatorenstückchen verkaufte. Er hatte einige Zuschauer aufgefordert, ihre Waden mit einer dunklen Flüssigkeit einzureiben, bis die Venen anschwollen und purpurrot hervortraten. »Das braucht der Familienvater!« jubelte der Quacksalber. Und als Maggie gerade den eigentlichen Zweck seiner Arznei begriffen hatte, schnitt jemand ihr geschickt den Schulterriemen durch und entkam mit ihrer Handtasche.

Sie wartete nun nicht mehr auf das Verschwinden der Zigaretten, sondern drehte sich um und ging zur Hauptstraße, wo ihr Fahrer den Wagen geparkt hatte. Als sie noch einmal zurückblickte, sah sie einen weiteren einbeinigen Mann; er bewegte sich hüpfend mit Hilfe einer primitiven Krücke voran.

Maggie ging vorsichtig. Quer über den Bürgersteig zogen sich in unregelmäßigen Abständen Abwasserrinnen, die nur teilweise von Gittern bedeckt waren. Ein widerlicher Geruch stieg aus dem blaugrauen Schlick in die feuchte Luft, die den Gestank festhielt wie eine Schüssel das Wasser. Eine Wolke verdunkelte die Sonne. Einen Augenblick lang war es kühl, als ob eine Brise über die hohen Bürgersteige gefegt wäre — hoch deshalb, weil in der Regenzeit alles auf den Monsunfluten zu schwimmen begann: Flaschen, Dosen, Bananenschalen, tote Hühner.

Vor ihr stand eine der Fußgängerbrücken, die Vern gebaut hatte. Die gelben Träger überbrückten den Boulevard. Obwohl sie erst vor einigen Tagen fertiggestellt worden war, hatte schon jemand einen Werbespruch auf den Stahlbogen gepinselt: HARI SENAT HARI KECAP CAP IKANMAS (Gesundheit heute, Goldfisch-Ketchup heute). An jedem Ende befand sich eine Holztreppe. Vern wollte sie aus Stahl bauen lassen, und die Provinzregierung hatte für den Stahl bezahlt, aber irgendwie war das Geld für den Stahl durch eine bürokratische Lücke geschlüpft und im Magen der lokalen Korruption verschwunden.

Die Sonne kam wieder hervor; die Hitze prallte nieder und umgab Maggie mit erneuter Intensität. Feuchte Strähnen ihres braunen Haares klebten am Nacken. Auch die Bluse klebte an ihr, so daß sich ihr Büstenhalter abzeichnen mußte. Das gehörte hier allerdings zum öffentlichen Leben: Über körperliches Unbehagen machte sich jeder lustig. Man schneuzte sich die Nase, und sie beobachteten es grinsend. Man schlug nach einer über den Nacken krabbelnden Fliege, und sie sahen das auch und lächelten. Man schwitzte, und sie beugten sich interessiert vor und musterten die nasse, festklebende Bluse. Maggie hatte sich für sie einen harten und unerschrockenen Blick angewöhnt. In Palembang wurde man auf die Probe gestellt, und man wurde deshalb unempfindlicher.

Ein Händler wedelte mit einer Zeitung vor ihrem Gesicht. Die Schlagzeile in Bahasa-Indonesisch lautete: DEMONSTRATION GEGEN US-IMPERIALISTEN. Während des Frühstücks hatte sie den Artikel bereits gelesen. In Djakarta hatten Aufrührer gegen die Ermordung des schwarzen Muslims Malcolm X protestiert, der, wie der Artikel behauptete, heimtückisch von der amerikanischen Regierung ermordet worden sei.

Seit Maggie das erstemal nach Indonesien gekommen war, hatte es ein drastisches Anwachsen der antiamerikanischen Ressentiments gegeben. Postangestellte weigerten sich, die Nachrichten für US-Agenturen weiterzuleiten. Amerikanisches Eigentum, einschließlich der Guthaben der Ölgesellschaften Caltex und Shell, war konfisziert worden; Goodyear und U. S. Rubber hatten allein in Sumatra Plantagen im Wert von achtzig Millionen Dollar verloren. Und nachdem Tausende gegen die amerikanischen Bombenangriffe in Vietnam protestiert hatten, waren die USIS-Büchereien von Sukarno als Zeichen seiner Ungehaltenheit beschlagnahmt worden. Und so ging es weiter. Maggie bezeichnete sich nicht mehr als Amerikanerin, wenn sie nach ihrer Nationalität gefragt wurde. Es war sicherer, eine Belanda oder Perancis, eine Holländerin oder Französin zu sein.

Vor ihr lag der Treppenaufgang zu einer von Verns Fußgängerbrücken. Auf ihrem Weg dorthin wurde Maggie von Becak-Fahrern angesprochen. »Becak, Becak, Nonya!« riefen sie und versuchten, sie schmeichelnd mit schmutzigen Händen zu ihren kaputten Fahrzeugen heranzuwinken. Die Becaks parkten eng aneinandergedrängt, Rad an Rad. Auf den Fahrgastsitzen lagen die Fahrer zusammengerollt, schläfrig blinzelten sie unter ihren Hüten nach einem Passanten, der vielleicht gefahren werden wollte. Als Maggie an ihnen vorbeiging, schlugen einige kräftig auf die Metallverkleidung ihrer Fahrgestelle, wobei jeder ihr eindringlich seine eigene, von Zeltleinwand überdachte Welt vorstellte. Ein Fahrer schwang sich auf den zerfetzten Sitz seines Fahrrads und fuhr langsam hinter ihr her, unbarmherzig »Becak!« brüllend.

Als Maggie die Stufen zur Brücke erreichte, stieß sie überrascht auf Bettler, die sich dort bereits niedergelassen hatten. Eine junge Frau und ein kleines Mädchen saßen mit einem Bündel von Lumpen und einem verkohlten Topf zusammengekauert auf den unteren Stufen.

»*Belanda*«, sagte die junge Frau schwach. Sie hob eine schmutzverkrustete Hand.

Als Maggie in ihrer Tasche nach Geld wühlte, spürte sie den starren Blick des Kindes. Maggie betrachtete den schwarzen Haarwust, der bis über die Schultern reichte. Sie waren so dünn, daß der Rest des Mädchens an einem Kleiderhaken zu hängen schien. Maggie legte einige Münzen in die ausgestreckte Hand der Mutter und begegnete dem Blick des Kindes. Es war weder Dankbarkeit noch Haß in seinen Augen, lediglich ihr eigenes Gesicht wurde aus der Tiefe heraus reflektiert, verschwommen wie in einem alten Spiegel. Was hatte dieses Kind bereits erlitten? Genug jedenfalls, um seinen Augen den Glanz zu nehmen. Maggie wandte sich schnell von ihren trüben Gedanken ab und stieß mit einem Mann zusammen, der hinter ihr stand. Er grinste wegen der Berührung und machte ihr damit klar, wie sehr er sich darüber freute. Sie merkte, daß er in ihre offene Tasche gelinst hatte.

Aus dem Augenwinkel nahm sie eine ruckartige Bewegung wahr: Ein weiterer einbeiniger Mann setzte sich in Bewegung, indem er die Schulter eines Kameraden ergriff und vorwärts torkelte.

Warum gab es hier so viele einbeinige Männer? Sie würde Vern fragen, der schon so lange im Lande war. Vielleicht hatten ihn seine umfangreichen Erfahrungen in Asien abgestumpft. Falls sie ihm von diesen Krüppeln erzählte, so wußte sie, würde er ein Gefühl mit Sicherheit nicht haben — Mitgefühl mit ihnen.

Würde sie mit der Zeit auch gleichgültig werden? Bis jetzt war sie es nicht. Sie beobachtete, wie der Mann sich krümmte und sich auf die Treppe setzte; sein Beinstumpf ragte wenige Zentimeter aus dem linken Hosenbein seiner Shorts: Maggie konnte sich mit dem Leiden dieser Menschen nicht abfinden. An der Uni hatte man sie vor den fruchtlosen Reaktionen auf die weitverbreitete Armut, Krankheit und Verzweiflung in Südostasien gewarnt, aber nichts hatte sie tatsächlich darauf vorbereitet — die Flut der Eindrücke hatte sie mit jedem Tag tiefer in das Nachdenken über das Elend gezogen, bis sich Maggie Gardner manchmal fragte, ob die Freude an so vielen Dingen hier jemals das ständige Gefühl des Entsetzens und der Hilflosigkeit aufwiegen könnte. Das Leben an einem solchen Ort hatte seinen Preis. Aber sie war bereit, ihn zu zahlen.

*

Als sie sich nach ihrem Fahrer umsah, der irgendwo außerhalb des Sonnenlichts herumlungerte, vielleicht im Schatten einer von Läden gesäumten Arkade entlang des Boulevards, bemerkte sie einen jungen Mann bei der Arbeit an seinem transportablen Warung. Er pumpte den Reifen eines der beiden Fahrräder auf, die das Gerüst seines Ladens bildeten. Ein Baldachin verband die beiden Fahrräder, und in dem winzigen Zwischenraum standen zwei klapprige Stühle und ein Tisch, an dem er Mie Goreng und Fruchtsaft servieren konnte, den er mit seinem eigenen Gerät auspreßte. Am Ende des Tages würde er alles auf den Fahrrädern verstauen und sich mit einem Gehilfen, vermutlich seiner Frau, in den Verkehr einreihen, wobei sie ein ganzes Restaurant zwischen sich mitführten.

Soviel Unternehmungsgeist milderte ihren Abscheu vor dieser in den Mangrovensümpfen erbauten, häßlichen und feuchten Stadt. Maggie bat den jungen Mann um ein Glas Markisasaft. Für ein nahrhaftes Essen war es zu heiß, aber als der Warungbesitzer kräftig seine Presse bearbeitete, dachte sie an ihre Lieblingsgerichte in Sumatra: gebratenes Büffelfleisch in einer Marinade aus Kokosmilch; faseriges, aber pikant getrocknetes Rindfleisch mit scharfem Paprika; sardinenähnliche Fische mit einem anfänglichen Rauchgeschmack, gefolgt von höllischer Schärfe und einem angenehmen Nachgeschmack von Fisch — erstaunliche Favoriten für ein Mädchen aus dem Mittelwesten, das mit Kartoffelbrei und Steaks aufgewachsen war. Sie pflegte das feurige Essen mit Bier hinunterzuspülen und spürte dabei, wie ihr Mund taub wurde, Schweiß auf die Stirn trat, der Kopf aber klar wurde. Maggie fühlte sich dann wie befreit; so hatte sie sich als Kind gefühlt, wenn sie eine verstaubte Regel gebrochen hatte.

Als sie nach dem Glas mit Markisasaft griff, wurde die Luft von einem donnerartigen Geräusch durchdrungen. Gleichzeitig sah sie, daß sich der junge Mann auf den Boden warf.

Dann lag sie ebenfalls auf dem Boden, das Gesicht in die staubige Erde gepreßt, sowohl die alte als auch die neue Handtasche eng an die Brust gedrückt. Es gab eine weitere Explosion, Geschrei und noch eine Explosion — Pistolenschüsse. Maggie war wie ein Fötus zusammengerollt, umklammerte ihre Handtaschen; schockartig war ihr bewußt, daß der Tod sehr nah sein mußte. Und für einen Augenblick, der eine Ewigkeit zu dauern schien, kam in ihr die Erinnerung an ihren stockbetrunkenen Vater hoch, der beschrieb, wie er in Burma während eines Angriffs in einen Bombentrichter sprang und feststellte, daß er sich an die stinkende Leiche eines Japaners klammerte, in der Hoffnung, sie könne ihn vor den Schrapnells schützen.

Einen Moment lang erinnerte sie sich daran.

Dann gab es einen vierten Knall, einen Schmerzensschrei — und Stille. Das Gesicht immer noch auf dem Erdboden, blinzelte sie durch den Staub und entdeckte den jungen Mann, der ängstlich seinen Kopf hob. Sie machte es ihm nach. Die Leute auf dem Boulevard rappelten sich auf. Einige rannten zu einem abgestellten

Auto, dessen vordere Tür aufgerissen war; ein Mann hing kopfüber aus ihr heraus, seine Unterarme lagen auf der Erde.

Maggie stellte sich zu der Menschenansammlung. Ein weiterer Mann lag rücklings neben dem Auto. Blut sickerte aus seiner Brust. Das durch das abgetragene Hemd hervortretende Fleisch sah aus, als ob er innerlich geplatzt wäre, da ein Teil von ihm nach außen explodiert war. Sie hatte nicht gewußt, daß Pistolenschüsse solche Wunden verursachen konnten. Vater hatte es ihr nie erzählt.

Der Gesichtsausdruck des Mannes war ernst und erstaunt, wirkte seltsam nachdenklich und vermittelte den Eindruck, er habe im Moment des Todes einen enorm wichtigen Einfall gehabt. Eine fezähnliche weiße Kappe lag neben ihm. Maggie kannte die Bedeutung dieser weißen Kappe: Der tote Mann war ein Haji, ein Moslem, der nach Mekka gepilgert war.

Sie zog sich zurück. Die Leute starrten auf den toten Mann, ihre Mienen wirkten versunken, hilflos, ängstlich, als ob sie auf einen Fluß starrten, der über die Ufer tritt. Maggie blickte sich in der Menschenmenge nach ihrem Fahrer um. Ein Mann kam so nah an sie heran, daß sie seinen knoblauchgeschwängerten Atem riechen konnte. »Was *ke mana* du, eh? *Ke mana* was du *sekarang?*«

Maggie verstand ihn nicht und fragte sich, ob er sie aufforderte, mit ihm wegzugehen. Er sah sie gespannt an, mit offenem Mund.

»Faß mich nicht an!« schrie sie gellend, und er zog sich in die Menschenmenge zurück. Dann begriff sie, daß er sie lediglich gefragt hatte, wo sie hinwolle.

»Nonya! Nonya!« Ihr Fahrer rannte auf sie zu und erhob zackig die Hand zu einem militärischen Gruß.

Wenige Augenblicke später saß sie im Auto. Wie war

sie hineingekommen? Wie war ihr Körper von einem Ort zum anderen gelangt? Durch das Autofenster auf die Leute blickend, die sich um die Leichen drängten, dachte Maggie an Jäger in einem Film, die neben einem erlegten Wild knien.

Ihr Fahrer hupte die Fahrzeuge an, die beim Geräusch der Pistolenschüsse angehalten hatten. Schließlich reihte er sich in den Verkehr ein, der sich wieder zu regen begann wie ein Tier, das sich aus dem Schlaf erhebt. Vom Rücksitz aus konnte Maggie durch die Windschutzscheibe eine von Verns Straßenüberbrückungen sehen, die näher kam und über ihrem Kopf verschwand. Sie blickte auf ihre Hände und versuchte, das Zittern zu unterdrücken, indem sie sie fest zusammenpreßte.

»Was ist passiert, Pak?« fragte sie den Fahrer. Sie merkte, daß ihre Stimme bebte.

»Jemand wurde erschossen.«

»Das weiß ich. Zwei Männer wurden erschossen. Wer waren sie?«

Ihr Fahrer zuckte gleichgültig mit den Achseln.

»Einer war ein Haji«, sagte sie. »Er trug eine weiße Peci.«

»Ja, ein reicher Mann.«

Das war natürlich richtig. Nur die Reichen pilgerten nach Mekka. Sie blieb hartnäckig, weil sie genau wußte, daß ihr Fahrer — wie jeder andere einheimische Augenzeuge — irgend etwas über die Mörder wußte. »Was ist passiert, Pak?«

»Haji war aus Auto. Fahrer wollte in Auto steigen. Mann kam mit Pistole, schoß auf sie. Traf Fahrer zweimal nicht. Fahrer holte eigene Pistole, aber nächster Schuß traf ihn, Nonya. Ist alles, was ich weiß.«

»Warum wurden sie getötet?«

Wieder Achselzucken.

»Pak«, sagte sie, »warum wurden sie getötet?«

»Komunis taten es.«

»Der Mörder war ein Komunis?«

Der Fahrer nickte heftig.

»Haben sie ihn erwischt?«

»Nein, er rannte weg.«

»Wenn man ihn nicht geschnappt hat, wie willst du dann wissen, daß er ein Komunis war?«

Der Fahrer zog die Schultern hoch.

»Woher weißt du es, Pak?«

»Komunis«, beharrte der Fahrer.

Jetzt erst stellte Maggie fest, daß sie irgendwo die neue Handtasche verloren hatte.

2

Sie zitterte noch, als der Wagen vor dem Hotel anhielt. Zwei Rezeptionsangestellte lächelten wie immer, wenn sie in der Hotelhalle auftauchte. Statt das Lächeln zu erwidern, sah Maggie diesmal durch sie hindurch. Mit energischen Schritten durchquerte sie die düstere kleine Halle vorbei an einem Sofa mit verschossenem und abgewetztem Bezug, einem an der Wand befestigten Feuerlöscher, einem Tisch, auf dem sich Fotoalben stapelten, die das Leben und Wirken des Hoteleigentümers feierten. Flüchtig blickte sie auf das gerahmte Porträt Sukarnos mit der ordensgeschmückten Brust und dem jungenhaften Grinsen, das ihm die Herzen zahlloser Frauen gewonnen und dadurch, laut Vern, zu einem der größten Weiberhelden des Jahrhunderts gemacht hatte.

Maggie stieg auf dem abgetretenen Teppich des geschwungenen Treppenaufgangs in den dritten Stock; sie hielt an, um Atem zu schöpfen. Seit der Malaria machte ihr die Lunge manchmal zu schaffen. Keuchend und schwitzend starrte sie stumpfsinnig auf ein chinesisches Tischchen auf dem Treppenabsatz. Auf ihm stand eine Vase mit Stoffrosen — und das in einem Land üppigster tropischer Vegetation. Eine Putzfrau bewegte sich rückwärts aus der »Präsidentensuite«. Flüchtig sah sie die durch ein metallisch wirkendes Gelb verschönten Teakmöbel und lange karmesinrote Vorhänge, die bestens zu einem russischen Winter gepaßt hätten. Soviel Maggie wußte, wurde die Suite niemals benutzt, aber täglich gereinigt.

Nachdem sie wieder zu Atem gekommen war, eilte sie einen der sechs Flure entlang. Wenn man in den falschen Flur geriet, konnte man in einer Sackgasse enden, höchstwahrscheinlich vor irgendwelchem Sperrmüll: Bruchstücke von Stühlen, Drahtrollen, Sandalen mit zerrissenen Riemchen. Sie kramte in ihrer Handtasche, fand den alten Schlüssel und schloß die Tür zu ihrem Appartement auf. Gleich dahinter standen Reisetaschen und ein kleiner Koffer mit ethnologischer Literatur: Mead, Lévi-Strauss, Cassirer, Geertz, Muller, Turnbull — Bücher, die ihr an den langen, heißen Nachmittagen Palembangs Gesellschaft geleistet hatten.

Maggie zog ihre verschwitzten Kleider aus, und im Badezimmer schöpfte sie Wasser aus einer gekachelten Tonne. Sie goß es genüßlich mit der Bambuskelle über Kopf und Schultern. Aus der Hitze zu kommen und sich kühles Wasser über den Körper zu gießen — das war in Südostasien fast so gut wie Sex.

Maggie starrte in den Spiegel gegenüber der Tonne. Ihr braunes, vom Wasser dunkles Haar umrahmte ein Gesicht, das Männer hübsch nennen. Ihre Augen waren schön; sie wußte das: weit auseinanderstehend und blau. Aber ihre Wangenknochen standen zu sehr hervor, ihr Gesicht war zu groß, ihr Mund zu »üppig« (ein Wort, das einst ein Freund benutzt hatte, um ihren Mund zu beschreiben — und in poetischer Anwandlung hatte er ihre vollen Lippen als »verletzlich aussehend« bezeichnet). Ihrer Meinung nach hatte ihr Gesicht etwas Animalisches. Das beraubte sie, falls überhaupt vorhanden, jeglicher distanzierter Eleganz, dachte sie. Maggie war sich ihres Aussehens und ihrer Wirkung auf andere sehr wohl bewußt — eine leicht grobknochig wirkende Gestalt mit sinnlicher Ausstrahlung, weshalb manche Männer auf der Straße ihren Gang verlangsamten, hier wie auch zu Hause in Iowa. Maggie liebte die Vorstellung, anziehend auf sie zu wirken, und lächelte dann leicht. Aber Maggie war keine kokette Frau. Sie wollte eher kühl, wenn nicht sogar reserviert wirken, und für sich legte sie Wert auf die Feststellung, daß ihr Lächeln nicht mehr als der Ausdruck von Höflichkeit sei. Maggie vertrat gern die Meinung, daß sie das, was die Welt ihr bot, vorsichtig beurteile, obwohl ihr Vern vorhielt, im allgemeinen viel zu enthusiastisch zu sein. Enthusiasmus würde man in Ostasien nicht immer verstehen, argumentierte er; und sie erwiderte dann auflachend, daß er nur versuche, sie in Schach zu halten.

Nackt ging sie ins Schlafzimmer und strich dabei prüfend über ihre linke Hüfte. Eines Tages würde sie so fett wie ihre Mutter werden. Zu schade, daß sie nicht die Schlankheit ihres Vaters geerbt hatte. Aber vielleicht war er auch nur so schlank, weil seine Kalorienzufuhr fast nur aus Whiskey bestand.

Als Maggie ausgestreckt auf dem Bett lag, betrachtete sie den Gazevorhang, der vor dem Fenster flatterte. Hinter ihm war ein halbes Dutzend Drachen am blauen Himmel zu sehen. Die Kinder von Sumatra liebten Drachen. Sie hatten fast nur diese Drachen als Spielzeug — höllisch schwer zum Fliegen zu bringen. Sie hatte es selbst versucht. Hatte das verdammte Ding nie vom Boden wegbekommen, während eine fröhliche Kinderschar gleich zwanzig Stück wie Vögel losfliegen ließ. Das war in Padang gewesen.

In Padang hatte man durch das Fenster Berge gesehen, wenn man auf dem Bett lag. Während sie ihre Beine auf dem warmen Laken verschob, stellte sich Maggie die Berge vor, über deren grünen Schluchten sich Nebelschwaden ballten. Diese Vorstellung verhalf ihr manchmal zu einem kleinen Nickerchen am Nachmittag. Früher hatte sie Verachtung für Frauen empfunden, die einen Mittagsschlaf machten. Nun tat sie es selbst. So entkamen die Indonesier der Mittagshitze — regungslos wie Eidechsen auf erträgliches Wetter wartend.

In diesem Augenblick verabschiedete sich ihr Mann wahrscheinlich gerade von seinen Kollegen, klopfte ihnen auf den Rücken, während er im Geist bereits bei seiner nächsten Arbeit war. So war Vern. Immer war er eigentlich schon woanders. Immer auf der Suche nach dem, was er die »andere Sonne« nannte.

Das erste, was er zu ihr gesagt hatte, bezog sich auf die Sonne. Er meinte, es sei zu heiß, sich der Mittagssonne auszusetzen. Jemand mit einer so empfindlichen Haut müsse sich bis zum Nachmittag im Haus aufhalten. Sagte es mit einem Blick, der ihr das Gefühl gab, seine Hand auf ihrer Haut zu spüren. Dennoch hatte sie ihn nicht anziehend gefunden. Er war ungefähr so groß wie sie, eins achtundsiebzig, mit dem mächtigen Hals eines alternden Athleten. Sie standen auf einem Berg über dem Tobasee, als er ihr diesen Ratschlag gab: Ein Mädchen mit heller Haut dürfe sich nicht in der Mittagssonne aufhalten. Bezeichnete sie als Mädchen, nicht als Frau. Und zwar mit einer klanglosen, in den Feinheiten der Intonation ungeübten Stimme. Sagte, sie müsse sich mit einer so schönen Haut in acht nehmen. Sagte es, während er frech auf den Ausschnitt ihrer Bluse starrte.

Das war im Norden Sumatras, in Prapat, gewesen, der hübschen Stadt gegenüber der Insel Samosir im Tobasee. Sie hatte sich als Rekonvaleszentin schnaufend und pustend den Hügel hinaufgekämpft, um einen besseren Blick auf die Insel zu haben. Keine fünf Minuten war sie dort oben, als er mit diesem unerbetenen Ratschlag vorbeikam, als ob ihre Haut etwas ganz besonders Wertvolles sei, während Maggie verdammt genau wußte, daß die Malaria ihre Haut aschfahl und trocken gemacht hatte. Trotzdem schwor Vern später, daß es Liebe auf den ersten Blick gewesen sei. Hätte ihr irgend jemand anders so etwas erzählt, Maggie wäre in Lachen ausgebrochen. Aber Vern glaubte sie. Das kennzeichnete ihn eben: Impulsivität, Verantwortung, Entschlossenheit. Sie konnte sich wirklich vorstellen, daß er sich auf den ersten Blick verliebt hatte. Aber bei ihrer ersten Begegnung war sie nur gelangweilt gewesen. Kühl hatte sie sich bei ihm für den Rat bedankt und sich umgedreht. Nach einer langen, angespannten Wartezeit hörte sie seine Schritte auf dem knirschenden Kies des Weges. Sie hätte nie geglaubt, daß sie zwei Tage später mit diesem Mann den See überqueren und mit ihm eine Woche lang in einer Batakhütte hausen würde.

Ein lautes Klopfen an der Tür riß sie aus ihren Träumen. Sie warf sich einen Morgenmantel über und rief: »Wer ist da?«

»Du weißt schon, wer!« antwortete eine Männerstimme halb flüsternd. »Wo ist dein Ehemann?«

Maggie eilte zur Tür und legte den Mund an das Holz.

»Er ging zu einer Sitzung. Er wird ein paar Stunden weg sein.«

»Da bleibt uns wenig Zeit, Süße!«

»Ich weiß. Und ich glaube, daß er Verdacht schöpft.«

»Dann laß mich schnell rein!«

Maggie öffnete die Tür und warf sich in die Arme ihres Mannes.

*

Sie stand im Flur, als Vern sich mit Hilfe der Schöpfkelle badete. Während er das Wasser über sich goß, bewegten sich die Muskeln unter seiner Haut, als ob sie in Öl glitten.

Dabei schilderte er ihr seinen letzten Tag mit dem Bauteam. Das Wasser floß seine behaarte Brust hinunter, über den Nabel hinweg, verschwand in den dunklen Schamhaaren und tropfte dann perlenartig von seinen Hoden. Sie beobachtete, wie die Tropfen funkelten und fielen.

»Und wie war dein Tag?« fragte er.

Sie betrachtete sein nasses, gebräuntes Gesicht. Seine Gesichtszüge wirkten grob, lasterhaft und ungehobelt: kräftiger Unterkiefer, breite Nase und buschige Augenbrauen. »Ich kaufte eine Handtasche und verlor sie.«

Vern begann, sich abzutrocknen. »Du wirst eine bessere in Djakarta finden.«

»Liebling, warum gibt es so viele einbeinige Männer in Palembang?«

Er ließ das Handtuch sinken und starrte sie erstaunt an. »Ich sah heute drei.«

Vern begann wieder, sich abzutrocknen. »Ich weiß es nicht.«

»Interessiert es dich?«

Vern hielt sich das Handtuch vor die Brust und sah erstaunt aus. »Warum sollte es mich interessieren?«

Als ihre Antwort ausblieb, lachte er grimmig auf. »Ich bin kein sentimentales Seelchen, Maggie, wenn du darauf anspielst.«

»Ich auch nicht.«

»Bis heute habe ich keinen einzigen einbeinigen Mann in Palembang gesehen.«

»Ich bis heute auch nicht.« Sie wartete auf Antwort, aber Vern trocknete seine kräftigen Waden, seine muskulösen Schenkel ab. »Ich habe Bettler gesehen, die auf einer deiner Brücken kampieren«, sagte sie. »Und an der Seite ist eine riesige, häßliche Ketchup-Reklame angebracht.«

Vern zuckte die Achseln und trocknete seine Leistengegend mit abgehackten, fast affektierten Bewegungen ab. »Mit den Brücken können sie machen, was sie wollen. Interessiert mich nicht.«

»Du hast sie gebaut und gehst einfach weg.«

»Natürlich baue ich sie und gehe dann weg. Jetzt ist was anderes dran.«

Maggie ging ins Schlafzimmer zurück und legte sich hin. Sie fühlte sich ausgetrocknet, als ob sie zuviel in der Sonne gelegen hätte. Das war die Auswirkung der Malaria, die sie die »üble Sache« nannte. Sie würde sie nie ganz loswerden; sie hing unsichtbar wie ein böser Geist über ihr. Maggie fühlte sich nervös, unglücklich mit Vern. Ihn interessierten verkrüppelte Leute nicht, und er baute einfach etwas und ignorierte es dann. Sie schämte sich ihrer Gedanken. Sie wußte, daß ihre Hochherzigkeit Heuchelei, ihre Feindseligkeit ungerechtfertigt war, aber die schlechte Laune hielt an. Es wäre besser, eine Weile allein zu sein, bis sich diese Laune gelegt hätte. Aber Vern rief aus dem Badezimmer:

»Hast du gepackt?«

Sie schloß die Augen. Maggie haßte sich für ihre Laune. Sie klebte an ihr wie Schweiß.

Dann war seine Stimme näher. »Liebling, hast du gepackt?«

Ohne sich umzudrehen, sagte sie: »Ich erlebte heute, wie zwei Männer getötet wurden.«

»Aha, du warst heute in der Stadt.«

Jetzt wandte sie sich zu ihm um. Vern trug Shorts und befestigte seine Armbanduhr am Handgelenk.

»Also weißt du es schon.« Als er gelangweilt mit den Achseln zuckte, sagte Maggie ärgerlich: »Warum hast du es mir nicht erzählt, wenn du es weißt?«

»Wann denn?«

»Als du nach Hause kamst.«

»Ich hab's vergessen.«

»Mein Gott, ich sah, wie es passierte.«

»Aber das wußte ich doch nicht, oder?« fragte er mit ruhiger Logik. »Es tut mir leid, daß du es mit ansehen mußtest.«

»Ich frage mich immerzu, wer sie waren.«

»Ein Angestellter von Pertamina Oil und sein Fahrer.« Auf dem Schreibtisch ordnete Vern Sachen, die er vorher aus seinen Taschen genommen hatte: einen Rechenschieber, ein Taschentuch, eine Brieftasche. Er fischte ein goldenes Armband heraus und hielt es hoch. »Das ist ein Geschenk von meinen Kollegen.«

»Einer von ihnen hatte ein Loch in der Brust.«

Vern saß auf der Bettkante. »Liebling, nimm es dir nicht so zu Herzen.«

»Das tu' ich aber.«

»Ich meine damit nur, daß es hier eben so ist. Die Leute von Sumatra sind Hitzköpfe. Hier ist alles möglich.«

»Wurde dieser Pertamina-Mann getötet, weil er hitzköpfig war?«

Vern drehte das Armband prüfend in seiner Hand. »Er war gegen die Gewerkschaften. Und das bedeutet gegen die Roten. Er war aber auch ein überzeugter Moslem. Also werden die Moslems sagen, daß seine Ermordung politischer Natur war, und es den Roten anlasten. Aber wie soll man das wissen — vielleicht machte er auch nur mit der Frau eines anderen Mannes herum.«

»Vielleicht hatte er Familie.« Maggie sah vor sich eine Frau, gebeugt über die Leiche. Was wäre, wenn eines Tages ein Mann an ihrer Tür klopfen und sagen würde: »Ihr Mann . . .«

Vern ging ins Badezimmer zurück. Er entfernte sich. Das schien er immer zu tun. Wenn er morgens zur Arbeit ging, war es fast eine Art Verrat. Machte das die Ehe aus einem? Maggie fragte sich das allen Ernstes. Führte sie dazu, daß man den Gefährten um seine Freiheit beneidete? Angesichts ihres eigenen Freiheitsdrangs war das schon mehr als merkwürdig. Aber wenn sie erst einmal eine neue Aufgabe hätte, irgendeinen Auftrag, dann wäre die Vorstellung von Freiheit — seine oder ihre — kein Problem, weil sie beide diese Freiheit durch ihren Beruf erreichten. Dennoch standen sie vor einem hartnäckigen Problem: Vern nahm jeden Job an, den er bekommen konnte. Jetzt gingen sie nach Djakarta, obwohl dort noch nichts endgültig feststand. Es bestand nur die Möglichkeit eines Auftrags. Vern rechnete sich andere Möglichkeiten in Delhi, Bombay oder Colombo aus, und sie stellte sich vor, daß sie für ihn austauschbar waren. Was würde also passieren, wenn sie ihre Forschungsarbeiten wiederaufnehmen und sich auf ein neues Projekt werfen würde? Sie müßte sich eingraben, sich nicht von der Stelle rühren, in der Umgebung aufgehen. Und wo würde dann Vern sein? Er würde irgendwo anders herumreisen. Sich außer Reichweite begeben.

Ganz zu Anfang hatte Maggie sich eingeredet, daß sie genauso abenteuerlustig sei wie Vern, daß sie beide unabhängige Geister seien. Aber der Ehestand änderte vielleicht alles. Vielleicht mußte sie einen Teil ihrer Freiheit für das Gefühl der Nähe opfern? Dieser Gedanke überraschte sie. Früher hatten sich ihre Liebhaber über ihre freizügige Einstellung zu einer Beziehung beklagt. War ihre neue Sehnsucht nach emotionaler Sicherheit ein erstes Anzeichen des Alters?

Vern kam pfeifend ins Schlafzimmer zurück. Maggie starrte noch immer auf den bewegungslosen Vorhang. »Vern«, sagte sie, »erzähl mir was.«

»Worüber denn?«

»Egal, was.«

»Na gut, wir nehmen den Siebenuhrflug...«

»Über die Mörder.« Um die Unterhaltung in Gang zu halten, fragte Maggie: »War es wirklich ein kommunistischer Anschlag?«

»Könnte sein. Durch Ausschaltung eines prominenten Haji könnten die Roten die bigotten Moslems davor warnen, die Gewerkschaften auszutricksen. Das ist möglich. Diese Typen sind aus purer Gewalttätigkeit zu allem fähig.«

»Ich hab' noch nie eine Schußverletzung gesehen.« Als er nicht antwortete, hakte Maggie nach. »Ich weiß, daß du den Krieg erlebt hast. Wie mein Vater, aber er kam nie über das Töten hinweg. Es machte ihn fertig.«

»Liebling, nach unserer Rückkehr reagierten wir alle unterschiedlich.«

Daß er taktvoll vermied, ihren Vater zu kritisieren, war wohltuend und änderte einen Augenblick lang ihre schlechte Laune. Sie lächelte ihn an. Aber sofort verfiel sie wieder in ihre niedergedrückte Stimmung. »Warum interessieren dich diese ermordeten Männer nicht? Und die einbeinigen Leute, die sich mühsam fortbewegen, und die Bettler?«

»Sie interessieren mich.«

»Das glaube ich dir nicht.«

»Na ja, mag sein, daß mein Interesse gering ist.« Vern stützte sich mit einer Hand auf dem Schreibtisch ab. Sein dunkelbraunes Haar war glatt nach hinten gekämmt. Das goldene Armband baumelte von seinem kräftigen Handgelenk. »Warum auch? Ich kann es nicht ändern, was ihnen zustieß.«

Maggie drehte sich wieder zum Fenster. »Du kümmerst dich nicht drum.«

»Nicht um Dinge, die ich nicht ändern kann.«

»Das wirkt abgestumpft«, sagte Maggie und betrachtete weiter den Vorhang, weil sie zu wütend war, um ihn anzusehen. »Erscheint es dir nicht gleichgültig? Übertreibe ich etwa?«

Vern schwieg. Noch immer auf den Gazevorhang blickend, konnte sie sich sein Gesicht vorstellen. Viele Frauen hätten ihn gutaussehend gefunden. Sie versuchte, ihn auch so zu sehen, aber es gab keine Geheimnisse in seinem Gesicht; es verbarg nichts, und deshalb empfand sie ihn — gegen ihren Willen — eigentlich eher als dumm aussehend.

»Mein Vater ...« Vern stand am Bettende, sie mußte sich nicht umdrehen, um das zu wissen oder zu wissen, daß seine dunklen Augen auf ihr ruhten. »Er brachte mir einst bei, daß die erste Lektion des Lebens darin besteht, den Unterschied zwischen dem zu begreifen, was man ändern kann und was man nicht ändern kann. Die zweite besteht darin, daß man das vergißt, was man nicht ändern kann. Auf diese Weise bewahrt man sich seine eigene Energie. Man verschleudert nicht das, was man hat.«

Jetzt wandte sie sich ihm zu. Wie erwartet hatte die Unterhaltung, die sie ihm aufgezwungen hatte, seine Miene verfinstert.

»Ich lasse mich selten auf etwas ein«, fuhr er nachdenklich fort. »Aber wenn ich es tue, dann stehe ich dazu.«

»Liebling, mir geht es genauso. Aber wie kannst du so gleichgültig sein?«

Um weiteren Fragen dieser Art auszuweichen, ging Vern ins Badezimmer zurück.

Maggie sah wieder zum Fenster hinaus. Ein roter Wachsfleck war auf dem Fensterbrett. Beim letzten Stromausfall hatten sie eine Kerze dorthin gestellt. Sie dachte über Vern nach, der seinen Vater so ehrfurchtsvoll zitierte, als ob er William Shakespeare oder Abraham Lincoln zitierte. Sie hatte ihren Vater niemals auf diese Weise zitiert. Was würde Vern von ihm halten, wenn sie sich begegneten? Ihr Mann würde denken, ihr Vater sei ein Alkoholiker, bei dem die Kriegserinnerungen die Neigung zum Selbstmitleid noch vergrößerten. Und Vern hätte damit nicht einmal unrecht.

Sie hatte ihn gerade schäbig behandelt, weil sie ihm selbstgerecht Gleichgültigkeit vorgeworfen hatte. Der tote Haji hatte sie aus der Fassung gebracht. Die heutigen Morde hinterließen in ihr einen Rest von Angst, die in ihr wühlte wie ein Gewächs, wie ein Krebsgeschwür.

»Liebling«, rief sie vom Bett aus. »Es tut mir leid!«

Vern erschien in der Badezimmertür und lächelte verwirrt. »Was tut dir leid?«

»Meine Szene, daß ich dich abgestumpft genannt habe. Tut mir leid. Ich war schlecht gelaunt und unfair, aber jetzt geht es mir besser.«

»Das kommt von all dem, was du heute erlebt hast. In Asien muß man sich an vieles gewöhnen.«

»Das schaffe ich wahrscheinlich nie.«

»Aber du willst es. Damit ist schon die halbe Schlacht gewonnen. Du paßt eigentlich hierher.«

»Tue ich das?«

»Ich habe noch niemanden erlebt, der mehr hierherpaßt als du. Du bist genau der Typ dazu.«

»Typ?«

»Na ja, ruhelos. Immer im Startloch.«

»Wie du.«

»Wie ich. Genau der Typ, der Asien verkraftet.«

Zu Hause in Iowa war sie als ruheloser Typ bekannt, das war richtig. Aber es überraschte Maggie, sich als Frau sehen zu sollen, die den langen Weg bis hierher gemacht hatte, und zwar in der Hoffnung, ihr Leben dem Verständnis von Asien zu widmen, nur deshalb, weil sie ruhelos war. Vern hatte bestimmt nicht beabsichtigt, sie herunterzumachen, aber irgendwie hatte er es doch geschafft. Sie fragte sich, ob er dieses Bild von ihr hatte — flatterhaft, nur auf momentane Befriedigung aus. Im Bett paßten sie wunderbar zusammen, aber sie waren nicht bereit, sich gegenseitig ihre tiefsten Gedanken zu offenbaren.

Vern war ins Badezimmer zurückgegangen.

»Wahrscheinlich haben mich die Morde durcheinandergebracht«, rief sie. »Aber jetzt will ich nicht mehr an sie denken.«

»So ist es richtig«, antwortete er aus dem Badezimmer.

»Ich glaube auch, daß ich hierhergehöre.« Maggie hatte plötzlich den Wunsch, sich ihm in der gewohnten Weise nahe zu fühlen. »Mein Ehemann wird erst in einer Stunde zurückkommen«, sagte sie, »wenn wir uns beeilen, reicht die Zeit.«

Er erschien an der Badezimmertür. »Gib mir ein bißchen Zeit.«

»Mach nicht zu lange. Du kennst meinen Ehemann. Wenn er eine Stunde sagt, meint er auch eine Stunde.« Maggie schloß die Augen und wartete.

*

Eigentlich hatten sie von Anfang an dieses Spiel gespielt — sie die ehebrecherische Frau und er der feurige Liebhaber. Und eigentlich hatte sie gehofft, daß sie noch weitere Phantasiegeschichten entwickeln würden, aber bislang hatten sie nur die Möglichkeiten dieser Idee ausgeschöpft. Aus einer spielerischen Laune heraus hatten sie sich während ihrer gemeinsamen Woche auf der Insel Samosir darauf eingespielt.

Maggie hatte sich schon oft gefragt, was sie dazu getrieben hatte, mit ihm auf die Insel zu fahren. An jenem Morgen, als sie sich das zweitemal begegneten, hatte sie auf einem Hügel über der hübschen kleinen Stadt Prapat gesessen und auf den See gestarrt, der ihr so tief wie die Sünde erschien. Er kam vorbei und setzte sich wortlos neben sie, verlor diesmal jedoch kein Wort über die Sonne, die ihre empfindliche Haut schädigen könnte. Es war, als ob er den Gedanken aufgegeben hätte, sie zu verführen. Später sagte sich Maggie, daß sein Entschluß zu schweigen das Beste und Klügste war, was Vernon James Gardner hatte tun können. Weil sein Schweigen ihr irgendwie das Gefühl verschafft hatte, daß er zu ihr gehörte — einfach Teil ihres Lebens war. Und als sie schließlich zu reden anfingen, hatte Maggie eingewilligt, ihn auf die Insel Samosir zu begleiten. Hatte die Einladung in dem vollen Bewußtsein angenommen, daß dieser ungehobelte Kerl sie nicht einfach nur dorthin mitnehmen und anschließend unberührt nach Prapat zurückbringen würde.

Das war also der Anfang gewesen. Mit einer Barkasse überquerten sie das blaue Wasser des Sees zu der pinienbewachsenen Insel. In ihrer Erinnerung war der genaue Ablauf der Woche seit langem schon verwischt, aber immer wieder kehrten unterschiedliche Bilder zurück. Küstenstraßen mit kleinen Tischen unter Sonnenschirmen. Fischer in ihren Kanus. Der Geruch von Holzkohlenfeuer, der sich mit dem kühlen Duft der Pinien vermengte. Kreischende Vogel in den Banyans, deren Äste wie gewundene Tentakel herabhingen. Ungeordnete Bilder, die aber in ihrer Erinnerung so scharf waren, als ob sie alles zum erstenmal erlebt hätte.

Wie kleine Farbtupfer standen sattelförmige Batakhäuser auf den Hügeln. Eins davon hatte Vern, ohne sie zu fragen, gleich nach ihrer Ankunft auf der Insel gemietet. Jede Frage wäre auch überflüssig gewesen; während sie den See überquerten, hatten sie sich wortlos einander für mindestens eine Nacht versprochen. Wie gut erinnerte sie sich an das Batakhaus, die Leiter, die knarrenden Dielenbretter und die Reisstrohmatratze! Ein Loch im Fußboden war das Klo gewesen. Dieser muskulöse Heimatlose, der sie mit seinem selbstbewußten Schweigen bezaubert hatte, nahm sie in der nach Holz riechenden Dunkelheit des Batakhauses und keuchte danach wie ein wildes Tier in ihr Ohr, was ihren eigenen Orgasmus auslöste. Er hatte sie zu einer Zeit körperlich überwältigt, da sie sich aufgrund ihrer schwachen Gesundheit höchst verletzlich fühlte. Sie war sich noch nicht einmal ihrer Sexualität sicher gewesen. Und erst recht beschäftigte sie damals die Frage, ob sie nach einer so schweren Erkrankung jemals wieder gesund werden würde.

Zwei Monate zuvor, als sie an Malaria erkrankt war, hatte es keine Ärzte gegeben. Und als die Minangkabau sie endlich zur Behandlung nach Padang gebracht hatten, war sie mehr tot als lebendig gewesen. Diese Erfahrung hatte Maggies Vertrauen in ihren Körper erschüttert. Aber in dem Batakhaus, das auf rohen Holzstützen drei Meter über dem Erdboden stand und unter dem Schweine herumwühlten, hatte dieser Fremde, der rund zwölf Jahre älter als sie war, sie mit der überraschenden Leidenschaft eines ausdauernden Liebhabers überschüttet. Er nahm keine Rücksicht auf ihren Gesundheitszustand und dämpfte seine Begierde nicht, sondern setzte voraus, daß sie bereit war, mit all der ihm zur Verfügung stehenden Körperkraft genommen zu werden. Überrascht, dann entzückt spürte sie, wie ihre Adern mit neuer Energie pulsierten, wie sie sich schleusenartig ihren Gefühlen öffnete — und wie es ihr übermächtig kam. Kein bemühter Collegebengel, der über Orgasmus wie ein Laborexperiment diskutieren wollte — nein, dieser Mann fragte sie nicht, ob es schön gewesen sei, sondern nahm sie irgendwann wieder in der Nacht, als sie schon fast eingedöst war, und dann wieder am Morgen, als die Hähne krähten und die Wellen gegen alte Bootsrümpfe schlugen.

Am nächsten Tag waren sie durch kühle, steile Wälder in die Berge gewandert. Maggie hatte nicht erwartet, dieser Kraftanstrengung gewachsen zu sein, aber sie war es und kletterte Hand in Hand mit ihm bergauf. Eng umschlungen blickten sie auf die Batakdörfer und den riesigen See, auf dessen Oberfläche sich das Licht so schnell und flüchtig veränderte wie die Küsse, die Vern ihr gab, als sie sich auf den Kiefernadeln niederließen und sich erneut liebten.

Ihr Körper belebte sich unter seinen Händen. Mit ihrer Genesung einhergehend, prägten sich Maggie immer mehr Bilder ein, die sie bis an ihr Lebensende nicht vergessen würde. Sie stand am Fenster des Batakhauses und beobachtete eine Unmenge von Vögeln, die in einem Baum einen Höllenlärm veranstalteten, dann wegschwirrten und aus den Baumzweigen eine lärmende und turbulente Welt machten. Sie erinnerte sich an die Nebelschwaden, die sich in der Dämmerung wie Stoffstreifen ausbreiteten und sie beide einhüllten, wie Finger nach ihren schweißnassen Körpern griffen, sanfter als ihre eigenen Hände, die sich unermüdlich mit dem anderen beschäftigten. Auch Erinnerungen an Gerüche. Der scharfe Geruch beim Sex. Die Vermischung ihrer Körpergerüche. Und die Erinnerung an verschiedene Geschmackseindrücke, ihr oder sein vom Mund aufgesaugter Saft, der mit den Küssen, naß wie ihre Haut, so scharf zu schmecken war.

Außer Bildern und Empfindungen gab es noch andere Erinnerungen. Sie lauschte Verns Geschichten über seine jahrelangen Erfahrungen als Konstrukteur von Brücken und Gebäuden in ganz Asien. Natürlich waren diese Geschichten so faktenreich, daß Maggie sich die Atmosphäre gut vorstellen konnte — die Ebenen von Indien, die Regenwälder von Burma —, bis sie irgendwann meinte, mit ihm dort gewesen zu sein. Damals setzte sich in ihr die Vorstellung fest, sie seien verwandte Geister.

Am Ende der Woche lud Vern sie nach Medan ein, wo er die Arbeiten an einem neuen Hotel beendete. Sie willigte wie bei seiner Einladung, mit ihm über den See zu fahren, ohne zu zögern, ein. Es hatte keinen Sinn mehr, ihre Forschungsarbeiten bei den Minangkabau fortzusetzen. Von Anfang an hatten sie der fremden Frau mißtraut, die bei ihnen lebte. Durch ihre Krankheit hatte sie ihr Vertrauen ganz verloren; sie wollten sie nicht wieder bei sich haben. Und für Maggie, die ganz in ihrer Rekonvaleszenz aufging, würden Gesundheit und neue Energie überall dort sein, wo Vern Gardner hinging. Eine Woche nach ihrer Ankunft in Medan wurden sie von einem einheimischen Geistlichen getraut. Und dann waren sie in dieses schreckliche Palembang gekommen. Doch nun verließen sie es zum Glück wieder.

Mit geschlossenen Augen wartete sie auf ihn. Ein Arm lag über ihrem Gesicht, um alles andere auszuschließen — bis auf das Vorgefühl von seinem Näherkommen. Sie wartete auf seine Schritte: schwer, bedächtig, auf knarrenden Dielenbrettern. Sie hatte diesen, wie sie es nannte,

Liebesgang das erstemal im Batakhaus gehört. Noch wach und befriedigt vom Liebesspiel, hatte sie gehört, wie er aufstand und die Leiter hinabstieg. Sie mußte dann eingeschlafen sein, denn das nächste, was ihr wieder bewußt wurde, war das langsame Knarren von Fußbodendielen, als er zurückkehrte.

»Vern?« hatte sie in die Dunkelheit hineingefragt.

»Nein, ich bin nicht Ihr Mann. Er ging zum See hinunter, um die Sterne zu betrachten. Ich bin der Bursche, dem Sie heute begegneten. Dem Sie sagten, daß Sie ihn gern wiedersehen würden.«

»Wie bitte?«

»Ich sagte, daß Ihr Mann zum See hinunterging. Ich habe die ganze Nacht draußen gewartet und auf eine solche Chance gehofft.«

Es war ein altes Spiel, aber sie beschloß, mitzumachen. »Glauben Sie, daß er eine Weile wegbleiben wird?«

»Er nahm einen Spazierstock mit. Er wird lange am Seeufer entlangwandern.«

»Und deshalb sind Sie zu mir gekommen? Um mich zu haben, mich zu nehmen?«

»Wollen Sie das etwa nicht? Haben Sie mir das heute nicht gesagt?« fragte er barsch.

»Ja, doch, ich will es.«

»Dann aber rasch — wir dürfen uns nicht erwischen lassen. Sonst müßte ich Ihren Mann töten.«

Sie hatte gekichert. Diese Äußerung erschien ihr selbst angesichts ihres Szenarios als zu melodramatisch. Versuchte er, lustig zu sein? Sie hoffte es. Sie hoffte, daß dieser Mann Sinn für Humor hatte. Aber offensichtlich hatte er nicht versucht, lustig zu sein, denn seitdem hatte sie wenig Humor bei Vern Gardner bemerkt. Er war beileibe nicht fade und spießig. Aber er stürzte sich auf das Wesentliche einer Situation wie ein Kampfhund auf die

Gurgel und hatte wenig übrig für die schiefen, die schrillen, die abwegigen Seiten des Lebens. Sein Sinn für Humor beschränkte sich auf eine verschroben wirkende Hinnahme der menschlichen Dummheit, die sich ihm bei seinem Drang nach Fortschritt in den Weg stellte.

Sie wartete auf ihn, den Arm über den Augen. Schließlich hörte sie, wie er mit schweren Schritten das Badezimmer verließ und näher kam. Sie spürte, wie sich die Matratze leicht bewegte, als er sich auf die andere Seite des Bettes kniete. Langes Schweigen, Bewegungslosigkeit. Und Maggie wußte, daß er während dieses Schwebezustands mit andächtigem Ernst ihre Brüste, Schenkel, ihren Bauch betrachtete und die Lust in seinen Lenden aufbaute, wie er ein Haus baute — ruhig und methodisch. Dann fühlte sie seine Hand sanft auf ihrer Hüfte kreisen. Der Druck war erstaunlich zart. Selten sprach er von Liebe, es sei denn in rauher Manier, die zu den Bedingungen ihres Spiels gehörte, aber er konnte mit seinen Händen eine Zärtlichkeit vermitteln, die sie spüren ließ, daß Vern Gardner mehr war als nur ein harter Körper. Sie liebte das auch, o Gott, wie sie es liebte. Er legte sich neben sie. Manchmal, wenn sie nebeneinanderstanden, fühlte sich Maggie größer und schwerer als ihr Mann. Aber im Bett wirkte Vern größer und schwerer, und manchmal stellte Maggie ihn sich in ihrer Leidenschaft als einen Satyr vor, mit Pferdefüßen und einem brutal eindringenden Geschlecht.

Zuerst hatte diese Tendenz, ihren Mann zu mythologisieren, Maggie nicht gestört. Aber nach einer Weile schien es, daß sie ihn häufig in einen anderen verwandelte — nicht nur in den feurigen Liebhaber, den gehörnten Ehemann, sondern auch in den wilden Satyr und einen rätselhaften Burschen, der in den frühen Morgenstunden neben ihr lag, nur um sie bei Sonnenaufgang zu verlassen, den Duft von Meerwasser, Sattelleder oder anderen romantischen Assoziationen mit sich ziehend. Es war in Ordnung, eine Phantasiegeschichte mit Vern zu teilen, aber diese geheimen Vorstellungen waren irgendwie falsch — zerstörerisch. Sie liefen darauf hinaus, ihn für etwas anderes zu halten, als er war. Und das war negativ. Sie haßte negative Einstellungen, seit sie erlebt hatte, wie das bei ihrer Mutter jegliche Aussicht auf Glück von vornherein zerstört hatte. Aber jetzt war nicht der Zeitpunkt, die Qualität ihrer Ehe zu hinterfragen. Nicht jetzt. Weil Vern sie mit wundervoller Entschlossenheit in Besitz nahm.

»Wir sollten uns beeilen«, keuchte er. »Dein Mann könnte bald zurückkommen.«

Unter ihm keuchte Maggie ebenfalls. »Hast du nicht auch was gehört? War das die Tür?«

Er hörte auf, sich auf ihr zu bewegen und tat, als ob er lausche.

»Nein.«

»Dann mach es mir.« Sie umklammerte seine harten, glatten Schultern. Es war, als ob sie mit beiden Händen den polierten Sattelknauf auf dem Rücken eines bockenden Pferdes ergriffe. Zum letzten Male auf der Insel Sumatra ließ sie sich in den Armen ihres Mannes gehen. »Um Gottes willen, Liebling, mach es!« Bilder, die sich durch ihre Begierde verwischten, lösten sich aus ihrem Kopf und verschwanden: der tote Haji, die einbeinigen Männer, die Bettler und das kleine Mädchen, das von einem Tiger verschleppt worden war — und das 1965.

3

Dipa Nusantara Aidit, der Vorsitzende der *Partai Komunis Indonesia*, der drittgrößten kommunistischen Partei der Welt, fühlte sich in der PKI-Zentrale in Djakarta nicht mehr sicher.

Er und andere Mitglieder des Politbüros wechselten jede Nacht ihre Unterkunft und führten tagsüber ihre Geschäfte von verschiedenen Läden aus. Sie nahmen die ständigen Gerüchte, daß Moslembanden kommunistisches Eigentum anzünden und die Führer der Roten ermorden wollten, sehr ernst.

An diesem Morgen saß Aidit an einem schattigen Tisch eines kleinen Warung, wo Leute aus der Nachbarschaft ihren Tee, Kuchen oder rasch eine Schüssel Nudeln zu sich nahmen. Aidits Leibwächter, der an einem anderen Tisch saß, musterte alle alten Männer und Arbeiter, die vorbeikamen, sehr genau. Unter seinem linken Arm war eine Achtunddreißiger geschnallt.

Aidit schlürfte Tee aus einem Glas, das so dick war wie die Gläser seiner Brille. Der etwas über vierzig Jahre alte Vorsitzende hatte ein rundes, sanftes Gesicht, das ihn jünger machte; das Lächeln, wenn er sich unsicher fühlte, verstärkte noch diesen Eindruck.

Früher am Morgen hatte er während eines Gesprächs mit einem politischen Gesandten der chinesischen Botschaft sehr häufig auf diese Weise gelächelt.

Unter anderem hatten sie eine Schiffsladung von hunderttausend Handfeuerwaffen aus Peking erörtert, die Sukarno von Chou En-lai versprochen worden war. Aufgrund eigener Motive wollte Aidit den Abschluß des Geschäfts. Die Waffen für Freiwillige sollten Sukarno ermutigen, seinen Plan von einer »fünften Kraft«, bestehend aus ausgebildeten Zivilisten, in die Tat umzusetzen. Die

»Bewaffnung des Volkes«, wie Sukarno es nannte, würde die Autorität der Armee, des Hauptwidersachers der Kommunisten, untergraben. Aidit vermutete jedoch, daß Sukarno den Plan von einer fünften Kraft nur benutzte, um das erdrückende Übergewicht der Armee teilweise einzudämmen.

Trotzdem hoffte Aidit weiterhin. Er war überzeugt, daß man sich hohe Ziele stecken mußte, um die greifbaren durchsetzen zu können. Daß man sich selbst Hoffnung machen müsse.

Er machte sich Hoffnungen, daß die Waffenlieferung erfolgen würde — trotz der kühl zur Schau gestellten Interesselosigkeit des chinesischen Attachés. Das war die Art der Chinesen. Erst jüngst hatte China die indonesischen Kommunisten wegen ihrer festen antiimperialistischen Haltung gepriesen, wegen ihrer Zurückweisung des revisionistischen russischen Plans, mit dem kapitalistischen System zu koexistieren, und, viel wichtiger, wegen ihrer wachsenden Freundschaft mit dem maoistischen China.

Aber heute hatte der chinesische Attaché kalt durch ihn hindurchgeblickt, während er behauptete, daß »gewisse Probleme« bei der geplanten Waffenlieferung aufgetaucht seien. Egal, wie hartnäckig Aidit nachfragte, sein Gesprächspartner ging nicht über diese Aussage hinaus — es gab gewisse Probleme, er erklärte nicht, welcher Natur sie waren. Typisch chinesisch: Erst boten sie einem etwas an, dann nahmen sie es wieder zurück.

Drei Männer in Sarongs und weißen Hemden kamen in den Warung und sahen vorsichtig nach allen Seiten. Aidit nickte ihnen zu. Als sie sich an seinem Tisch niederließen, begann der dickste von ihnen, die Luft schnüffelnd einzuziehen. Es war die Zeit der Zibetfrucht, und die prallen, dornigen Früchte, die in einer Kiste gestapelt lagen, strömten den Geruch reifen Käses aus. Er drehte sich um und betrachtete eine riesige Pyramide von haarigen Kokosnüssen in der Ecke. Über seinem Kopf hingen Schnüre von purpurroten Mangostanenfrüchten. Sich halb von der Bank erhebend, pflückte er eine der Früchte, dann preßten seine Finger aus der Schale ein süß-saures Stück weißes Fleisch.

Aidit wartete geduldig, während der dicke Mann alles verschlang.

Er hieß Njoto, Zweiter Stellvertretender Vorsitzender der PKI. Aidit anlächelnd, sagte er: »Gestern abend habe ich nichts gegessen.«

»War sie schön?« fragte Aidit, ohne zurückzulächeln. Ohne Lächeln wirkte seine Frage grollend, mißbilligend.

Njoto rollte selbstzufrieden die Augen.

»Hast du die Rede dabei?«

Njoto griff in seine Tasche und zog ein paar zusammengefaltete Blätter heraus.

Die Blätter mit beiden Händen haltend, las Aidit die großen kindlichen Buchstaben. Es war eine Rede, die Njoto anläßlich des zwanzigsten Jahrestages der Unabhängigkeit für den Vorsitzenden geschrieben hatte. Sie sollte die PKI-Kader inspirieren. Aidit las rasch den ersten Absatz.

»Erinnert euch, Genossen. Vor zwanzig Jahren nahmen Mitglieder der Partai Komunis Indonesia, zusammen mit Mitgliedern anderer politischer Parteien, passiv die Niederlage der japanischen Faschisten hin. Bei Kriegsende sahen sie zu, wie die westlichen Imperialisten zurückkehrten, um wieder die Herrschaft über unser Land auszuüben. Ein trauriger Gedanke, nicht wahr: Vom Schicksal geschlagene indonesische Männer waren nicht bereit, dem Schicksal ins Auge zu blicken! Eure Genossen von 1945 hätten den totalen Sieg errungen, wenn sie damals die Vorhut gebildet hätten. Ihr müßt aus ihrer tragischen Unentschlossenheit lernen. Genossen, nehmt die Vorhutstellung ein, die sie ablehnten — werft mit der Sonne im Gesicht einen Schatten auf den Feind! Folgt dem Zentralkomitee!«

Aidit hielt das für eine gute Einleitung. Sie kam schnell zur Sache, und das war das strikte Befolgen der Anweisungen des Zentralkomitees. Das war entscheidend. Er war stolz auf die Art und Weise, wie er moderne Organisationsmethoden in die Parteiführung integriert hatte: Richtlinien zum Parteiaufnahmeverfahren, Beförderung nach Bewährung, klare Definition der Aufgabenfelder, ein Auszeichnungssystem.

Njoto vertrat ebenfalls diese Disziplin. Seine Rede warnte zunächst vor der Selbstzufriedenheit, ging dann von einen Appell an glühende Hingabe zur Forderung nach striktem Gehorsam über — und das alles in einem einzigen Absatz. Die Methode, eine Steigerung von Satz zu Satz, hatte den ausschließlichen Zweck, Unterwerfung zu rechtfertigen und zu fordern. Njoto rannte zwar den Weibern nach und trank wie ein Abendländer, aber er besaß die javanische Liebe zur Sprache und ein Gespür für die kommunistische Theorie.

»Den Rest lese ich später«, sagte Aidit und faltete die Blätter zusammen.

Njoto lächelte selbstsicher, wagte aber nicht zu fragen, ob die Rede gut sei. Statt dessen winkte er einen Warung-Boy heran und bestellte eine Schüssel Nudeln.

Aidit wandte sich jetzt einem Mann zu, der einen dünnen Bart trug. »Gibt's was Neues?«

»Ein leitender Angestellter der Pertamina Oil wurde in Palembang erschossen.«

»Unsere Arbeit?«

Der Mann hob, wie um Verzeihung bittend, seine geöffneten Hände hoch. »Er hatte nichts mit unseren Leuten zu tun.«

»Dann sind wir also aus dem Schneider.«

»Die Moslempresse in Sumatra beschuldigt uns.«

Aidit zuckte mit den Schultern. »Natürlich. Aber wir sind sauber. Sie können es nicht bis zu uns zurückverfolgen. Was geschah wirklich?«

»Ein Informant sagt, daß der Ölmann irgendeine Geldschuld nicht begleichen wollte. Deshalb erschoß ihn der Gläubiger.«

»Weitere Neuigkeiten?«

»Ein Dukun aus Semarang gab eine große Pressekonferenz. Er sagt den Weltuntergang voraus.«

Aidit konnte verstehen, daß ein Wahrsager dies für Indonesien voraussagte — der Reispreis hatte sich in den letzten drei Monaten vervierfacht.

Wie lange muß mein Volk noch leiden, fragte sich Aidit, bis es sich dem Kommunismus zuwendet? Er hatte dieser Sache sein Leben geweiht, und er konnte nicht verstehen, warum andere sie ablehnten. Zu Beginn der japanischen Besatzung war er achtzehn Jahre alt gewesen und hatte die Verzweiflung der Unterdrückten am eigenen Leibe gespürt. Während des Unabhängigkeitskampfes hatte er die Unentschlossenheit von Revolutionären erlebt, die Macht zu ergreifen, wenn sich die Möglichkeit dazu bot. Viele ältere Leute hatten davon geredet, daß man zu den Vorkriegsbedingungen zurückkehren müsse, und ihn entsetzte der Gedanke, daß sie sich mit einem verachtenswerten Frieden abfinden würden, gleichsam zur Belohnung für die Hinnahme von ausländischer Ausbeutung und rassistischer Diskriminierung. Aidit hatte sich geschworen, nur noch unter der Herrschaft von Einheimischen zu leben. Als die Holländer 1949 Indonesien in die Unabhängigkeit entließen, hatte sich der junge Patriot zu der Ansicht durchgerungen, daß der Kommunismus die fortgeschrittenste und erfolgversprechendste Form des Nationalismus repräsentierte. Der Marxismus-Leninismus bot einen klaren Entwurf zur Modernisierung der jungen Nation, weil er nach Aidits Ansicht den Kompromiß mit dem imperialistischen Westen ausschloß. Und deshalb war er seit der Unabhängigkeit niemals von seinem obersten Ziel abgewichen: das Land mit Hilfe eines kommunistischen Systems einzigartiger indonesischer Prägung zu retten, um auf diese Weise eine ökonomische und politische Philosophie mit Nationalstolz zu vereinen.

Der dritte Mann, der ihm gegenübersaß, ergriff nun das Wort. Hartono war erst Mitte Zwanzig, hatte sich aber bereits zu Aidits Zufriedenheit als Parteimitglied mit hervorstechenden Fähigkeiten ausgewiesen. Im Gegensatz zu vielen Kommunisten von Aidits Generation stand für den jungen Hartono der Pragmatismus über der Doktrin. Aidit beneidete ihn um seine innere Freiheit, um die Art von kühlem Pragmatismus, die Genossen wie ihn so erfolgreich machte.

Der Vorsitzende Aidit hatte niemals so etwas wie innere Freiheit besessen. Ihm schien es, daß er immer wie zur Schlacht gerüstet war. In den frühen Tagen seiner eigenen Karriere hatten ihn die häufig widersprüchlichen Anforderungen von Theorie und Praxis verwirrt, verängstigt und entmutigt. Statt den Klassenkampf hervorzuheben, hatte Aidit ein konservatives Image für die PKI entwickelt: gewaltfrei, der parlamentarischen Demokratie verpflichtet, mit dem Islam sympathisierend; bereit, im Interesse der nationalen Einheit mit anderen zu kooperieren.

Da er wußte, daß die PKI sich nur in einer Allianz mit Sukarno weiterentwickeln konnte, hatte er oft seinen

Stolz und seine Prinzipien hinuntergeschluckt. Aidits private Meinung von Sukarno war negativ. Dieser Maulheld von Präsident betrachtete das Leben als ein javanisches Puppenspiel, mit ihm selbst in der Rolle des Dalang oder Puppenspielers, der Regie führte und das Schicksal gestaltete. Er liebte die Revolution, weil diese Vorstellung Unterhaltung versprach und nicht weil sie zur sozialen Veränderung führte. Nach seinen eigenen Aussagen malte er sich eine mythische Vergangenheit aus, die sich harmonisch mit der dynamischen Gegenwart verbinden sollte — beide Visionen wurden jedoch von einer Flut launischer Entscheidungen in den Schmutz gezogen. Er spielte sich als Marxist auf, während er sich wie ein simpler Populist benahm, dessen Konzept eines Sozialprogramms sich nostalgisch auf die primitive Kooperation bezog, die in den javanischen Dörfern praktiziert wurde. Aidit hielt Sukarno für unendlich gefährlich, weil er unendlich dumm war. Wie oft hatte Aidit in schlaflosen Nächten der Gedanke beschäftigt, daß sich sein geliebtes Indonesien in den Klauen eines solchen Dummkopfes befand — wobei er selbst diesen Dummkopf unterstützte, weil es keine entwicklungsfähige Alternative gab.

Es hatte Jahre gedauert, bis Aidit sich diese Schlußfolgerungen erarbeitet hatte. Hartono waren sie mühelos in den Schoß gefallen. Er gehörte zum neuen Menschenschlag und erinnerte sich weder an die japanische Besatzungszeit noch an die holländische Kolonialherrschaft der Vorkriegsjahre. Hartono näherte sich Problemen mit der unverstellten Klarheit desjenigen, der keine Bekanntschaft mit einer westlichen Sprache gemacht hatte, die seine eigene hatte minderwertig erscheinen lassen. Er hatte niemals unter den Überresten einer erzwungenen Demutshaltung gelitten, die nötig gewesen war, um die japanische Besatzung zu überstehen. Ihn blendete nicht der

Enthusiasmus der Revolutionäre, die nicht darauf vorbereitet waren, ein junges Land durch die Minenfelder ausländischer und heimischer Probleme zu führen. Hartono sah die Dinge, wie sie waren. Seine Entscheidungen fällte er rasch, fast beiläufig, wie es schien. Das faszinierte Aidit, der in zwei Jahrzehnten keine einzige Nacht ruhig durchgeschlafen hatte. Hartono redete über Politik wie über das Wetter — als etwas immer Vorhandenes, aber Unbeständiges, letzten Endes von zweifelhafter Bedeutung.

Er wußte das, als er sich zu Aidit beugte und in einer sanften, präzisen Sprache redete. Er berichtete vom Landreformprogramm.

Aidit und andere führende Mitglieder des Politbüros hatten gehofft, für diese »Offensive auf dem Land« ein breites Spektrum politischer Unterstützung gewinnen zu können. Hartonos ungeschminkten Ausführungen war zu entnehmen, daß das nicht zutraf. Von denjenigen, die am meisten davon profitieren würden — den Bauern —, kam Widerstand gegen die Landreform. Den Kadern war es kaum gelungen, die Bauern davon zu überzeugen, daß sie mit Hilfe des Kommunismus über die Großgrundbesitzer siegen würden. Die indonesischen Bauern hatten zu lange unter der Knute gelebt, um die Idee der Gerechtigkeit zu begreifen. Hartono trug diese Beobachtungen emotionslos vor. Er erklärte lediglich die Situation, wie er sie sah. Um den Bauern das Landreformprogramm einsichtig zu machen, müßten dramatische Schritte unternommen werden: Demonstrationen, laute Forderungen nach Pachtsenkungen, niedrigeren Zinsen und höheren Agrarpreisen. Nach Ansicht des jungen Kommunisten war das einzige, was die Bauern verstanden, die massenhafte Durchführung von gewalttätigen Aktivitäten.

Als Hartono seine Ausführungen beendet hatte, musterte Aidit sein ungerührt wirkendes Gesicht. Er hielt Hartono für einen Menschen, der Fakten sammeln und weiterleiten konnte, ohne jemals ganz ihre Bedeutung zu erfassen. Das war beruhigend. Aidit sagte: »Sehr gründliche Arbeit, aber ich wundere mich, warum du nicht die Reaktion der Moslems auf unser Programm erwähnt hast.«

»Ich dachte, sie wäre klar.«

»Nichts ist klar.«

»Na gut, man kann wirklich nicht leugnen, daß die Feindseligkeit der Moslems unser größtes Problem ist.«

»Ich habe nicht gehört, daß das irgend jemand leugnet«, sagte Aidit mit einem schwachen Lächeln.

»Momentan verschärft sich das Problem durch den jüngsten Aufschwung religiöser Gefühle.«

Aidit lächelte noch immer leicht verkrampft; der junge Mann hätte ebensogut über den Aufschwung von Düngemittelpreisen reden können. Der Vorsitzende hatte schon seit langem Gott aufgegeben, aber ein Rest Respekt für Religiosität war ihm aus einer Kindheit geblieben, die er mit seinem Vater in Moscheen verbracht hatte.

»Der Rat religiöser Gelehrter wird in vielen ländlichen Gebieten ein ernstzunehmender Faktor«, fuhr Hartono fort.

Diese trübe Analyse amüsierte den Vorsitzenden, der aus langer Erfahrung um den Einfluß des Rats in den ländlichen Gebieten wußte. Eines haben die Alten den anderen voraus, dachte Aidit: Sie haben den Vorteil der Erinnerungen; sie haben die Geschichte, die ihnen hilft, die Gegenwart zu verstehen, während dieser clevere junge Mann den Rat der religiösen Gelehrten als neues Phänomen und daher als verwirrend betrachtete. Aidit genoß diese Vorstellung. Er lehnte sich zurück und verschränkte die Arme.

»Der Rat«, sagte Hartono weiter, »ermutigt die Grundbesitzer, kein weiteres Land zu verpachten. Auf diese Weise arbeiten die Landarbeiter nur für Lohn und können nicht erwarten, legitimerweise an den Ernteerträgen beteiligt zu werden.«

Was Hartono beschrieb, war so alt wie die Tempel, die die Insel Java überzogen. Aidit hätte fast gesagt: »Der Feudalismus ist wie eine Wurzel, die so tief reicht, daß man sie nicht herausreißen kann.« Aber konnte Hartono das wirklich begreifen? Er kam aus Djakarta, wo die Lebensmittel in der Morgendämmerung mit Lastwagen ankamen, und wußte überhaupt nichts von Wurzeln.

Nun beschrieb Hartono weitere Praktiken der Moslems, die darauf abzielten, den gegenwärtigen Status zu erhalten. Die Grundbesitzer vermieteten Land an islamische Schulen, erhielten aber den Großteil der dort erzeugten Produkte; auf diese Weise profitierten die Santri-Grundbesitzer von einer Gesetzeslücke und besaßen mehr Boden, als das Gesetz es zuließ. Religiöse Führer und diese landbesitzende Sippschaft arbeiteten eng zusammen, um die Armen in ihre Schranken zu weisen. War das nicht gerade der Grund, daß sich ein paar denkende Männer auf dem Land dem Kommunismus zuwandten? Aidit fragte sich, ob Hartono sich jemals selbst diese Frage gestellt hatte.

Schließlich unterbrach ihn der Vorsitzende, weil er genug von diesem traurig stimmenden Bericht gehört hatte. »Beklagen sich die Bauern?« Er kannte die Antwort, bevor Hartono sie geben konnte: Nur wenige hatten den Mut und noch weniger die Phantasie zu protestieren. Aidit durchforschte das Gesicht des jungen Mannes nach einem Anzeichen der Niedergeschlagenheit, die er selbst empfand, während er über diese Trägheit nachdachte. Hartonos Gesichtsausdruck zeigte jedoch nichts anderes als Selbstsicherheit. Interessierte es den neuen Menschenschlag wirklich, wer an der Regierung war, solange man nur selbst dazugehörte?

»Ich bin hungrig«, erklärte der Vorsitzende abrupt. »Bestellt Nudeln.«

Die Augenbrauen hochziehend, entgeistert angesichts dieser scheinbar oberflächlichen Reaktion auf so viele schlechte Nachrichten, starrte Hartono den Vorsitzenden kalt und durchdringend an.

4

Dipa Nusantara Aidit verließ den Warung eine Stunde später. Rasch ging er durch eine Nebenstraße zu einem Batikladenviertel und huschte in ein Geschäft. In einem Hinterzimmer, in dem sich große Stoffballen stapelten, ließ er sich an einem kleinen Tisch nieder, der von Brandflecken übersät war, die wie schmutzigbraune, bewegungslose Küchenschaben aussahen.

Kurz danach schob ein schwerer Mann den Vorhang zur Seite. Er setzte sich Aidit wortlos gegenüber und wischte sich mit einem übergroßen Taschentuch über sein Hängebackengesicht.

Ihn betrachtend, wunderte sich Aidit über die merkwürdigen Pfade der Politik. Einige Jahre zuvor hatte Aidit noch öffentliche Schmähreden auf diesen Mann gehalten, hatte Subandrio als »Verräter an der Unabhängigkeit« und als eine »Kreatur des Westens« bezeichnet, weil er als Außenminister Indonesiens statt eines bewaffneten Konflikts, wie die PKI ihn wünschte, Verhandlungen mit Malaya befürwortet hatte. Danach hatte Aidit ihn gegen einen populären rechtsgerichteten General unterstützt, der den Vorsitz in einem wichtigen staatlichen Komitee anstrebte. Der Vorsitz in diesem Komitee hatte Subandrio in die Lage versetzt, in einzelnen Ministerien personelle Veränderungen durchzusetzen. Die PKI hatte ihm ihren Propagandaapparat zur Verfügung gestellt und ihm damit ein Mittel in die Hand gegeben, den zweitwichtigsten Job in Indonesien bequemer auszuüben.

Nun, nachdem er sein Gesicht trockengewischt hatte, stieß Subandrio einen Befehl aus. Sofort schob ein Mann den Vorhang zur Seite. »Tee«, befahl Subandrio seinem Leibwächter. Zu Aidit gewandt: »Du auch?«

»Danke, ich hatte heute schon mein Quantum.«

»Ich auch, aber es ist die einzige Möglichkeit, mit dieser Hitze fertig zu werden. Er pflegte mehr Tee als ich zu trinken, aber die Ärzte erlauben ihm heute keinen einzigen Tropfen mehr.«

Aidit wußte, daß Subandrio mit »er« Sukarno meinte. In ihren Gesprächen benutzten sie niemals den Namen des Präsidenten.

»Wie geht's ihm?«

»Behauptet, daß er gesund ist. Trommelt sich an die Brust, zeigt seine Muskeln. Jetzt verpaßt ihm ein neuer chinesischer Doktor Akupunktur. Ich wünschte, daß er zu seinen Wiener Ärzten zurückkehrte«, sagte Subandrio. »Sie gaben ihm wenigstens Schlaftabletten, damit er zur Ruhe kam. Aber sie begingen den Fehler, ihm was von einer Nierenoperation zu erzählen. Nun vertraut er nur den Chinesen, die nicht operieren. Erinnerst du dich an den chinesischen Arzt, den er auszeichnete, weil er ihm das Leben rettete?«

»Als er Schnupfen hatte.«

»Nun dekoriert er diesen Neuen, weil er ihn mit Nadeln spickt.«

»Wie geht es ihm wirklich?«

»Seit dem Kollaps im letzten Monat hat er sich gut erholt.«

Aidit wußte alles über den Kollaps, aber er wollte Subandrios Version hören.

»Warst du dabei, als es passierte?«

»Ja. Er wütete meiner Erinnerung nach gerade gegen die Vereinten Nationen. Er brüllte auf der Rednertribüne in Anwesenheit von einem halben Dutzend Offizieren: ›Ich bin ein Marxist.‹ Mein Gott, wie die sich krümmten!«

Aidit lachte; er fühlte sich ziemlich wohl in der Anwesenheit des Außenministers, der genügend große Tiere erlebt hatte, um sich über sie lustig zu machen.

»Von den Vereinten Nationen ging er nahtlos auf seine Kindheit über«, fuhr Subandrio fort. »Du kennst seine Geschichten — was er alles seiner javanischen Kindheit verdankt. Dann stützte er sich plötzlich auf das Rednerpult und fiel fast vornüber. Er brachte kein Wort mehr hervor. Man mußte ihm auf einen Stuhl helfen. Aber nach wenigen Minuten winkte er alle weg und beendete seine Rede. Seitdem fühlt er sich stark.«

»Na gut.«

»Wenigstens die meiste Zeit. Er sprach ein wenig zusammenhanglos während der üblichen Pressekonferenz am Montag. Die ausländische Presse berichtet davon.«

Aidit schüttelte den Kopf. »Wenn er wenigstens die Finger von den Frauen ließe und seine Kräfte schonte.«

»Das wird er niemals tun.« Subandrio klopfte wie zur Bekräftigung nachdrücklich mit seiner feisten Hand auf den Tisch. »Niemals, niemals.«

»Ich hörte, daß er während der letzten Kabinettssitzung einen Wutanfall hatte.«

Der Außenminister nickte ernst.

»Diese Anfälle werden häufiger, stimmt's?«

»Ich fürchte ja.«

»Was hältst du davon?«

»Ich bin sehr besorgt.« Subandrio beugte sich vor, um in seinen heißen Tee blasen zu können.

»Wenn er stirbt ...«, begann Aidit.

»Oh, ich weiß, was dann passiert. Ich bin erledigt. Oder tot. Ganz bestimmt bist du erledigt.«

»Oder tot.«

»Und die Armee hat alle Freiheiten.« Subandrio hob das Glas, schlürfte und stellte es rasch wieder ab. »Entsetzlicher Tee.«

»Ich habe von einem Rat gehört.«

»Du meinst den von den Generälen? Ich kenne das Gerücht.«

»Sind es nur Gerüchte?«

Subandrio zuckte die Achseln. »Im Gegensatz zu vielen kann man sich aus diesem einen Reim machen: Sieben Generäle, unter ihnen Yani und Nasution, treffen sich regelmäßig in Yanis Haus. Sie planen die Machtübernahme, wenn er stirbt. Oder vielleicht, bevor er stirbt.«

»Vorher? Wann?«

»Ich habe gehört, am Tag der Armee.«

Also noch einen Monat Zeit. Die Gerüchte, die Aidit zu Ohren gekommen waren, bezogen sich nicht auf ein genaues Datum.

»Wie ist deine Einschätzung?«

»Ich glaube, daß es möglich ist. Yani und Nasution haben die notwendige Macht, um die Armee zu kontrollieren. Sie haben enge Freunde in den anderen Truppengattungen. Sie haben die notwendige Erfahrung, einen Putsch erfolgreich durchzuziehen. Yani trinkt zuviel, aber er ist mutig. Nasution ist feige, aber er wird von vielen jüngeren Offizieren respektiert. Ein Putsch ist also möglich. Männer wie sie könnten sich durchsetzen.«

»Und du und ich sind dann erledigt.« Aidit lächelte

unsicher. »Wenigstens mal ein ernstzunehmendes Gerücht.«

Subandrio blickte Aidit nachdenklich an. »Ich bin überzeugt, daß du es von Anfang an ernst genommen hast. Was geht dir im Kopf herum?«

»Ich habe Fragen, was die gesamte Armee betrifft. Weitere Faktoren, wenn man an einen Putschversuch denkt. Zum Beispiel, was die Loyalität betrifft. Viele Offiziere sind eher dem Präsidenten als dem Generalstab ergeben.«

»Daran gibt es keinen Zweifel. Insbesondere die javanischen Offiziere.«

»Und die Offiziere, die mit der Linken sympathisieren. Sowohl in der Armee als auch in der Luftwaffe. Nicht in der Marine.«

»Ich stimme dir zu. Mach weiter.« Subandrio beugte sich vor.

»Alles in allem repräsentieren sie eine potentielle Gegenmacht.«

»Das ist ein gefährlicher Gedanke, Aidit.«

»Wenn sich das Gerücht bewahrheitet, stehen wir vor größeren Gefahren als nur einem gefährlichen Gedanken.«

Subandrio lehnte sich zurück — mit hängenden Schultern, als ob seine schlimmsten Befürchtungen sich bewahrheitet hätten. »Bist du für einen Gegenputsch?«

»Ich weise nur auf eins hin: Eine Methode, einen Putsch aufzuhalten, ist, einen anderen bereits vorbereitet zu haben.«

«Es überrascht mich, daß du so einen Vorschlag machst. Du bist doch sonst so gemäßigt.« Subandrio vergaß dabei geflissentlich jene turbulenten Tage, als Aidit eine militärische Intervention in Malaya befürwortet hatte, um das Land zu radikalisieren. »Gemäßigt, fast konservativ. Und jetzt planst du einen Putsch.«

»Du weißt es besser. Ich möchte nur Fühlung suchen mit dem Offizierskorps, um herauszufinden, auf wen wir zählen können.«

»Ich finde es richtig, mit ihnen Fühlung aufzunehmen.«

»Findest du es auch richtig, mir dabei zu helfen?«

»Auf welche Weise?« Subandrio verschränkte die Arme und lehnte sich zurück.

»Auf bequeme Weise.« Was Aidit wünschte, waren Unterlagen des Geheimdienstes. Subandrio, der ehemalige Chef des Zentralen Geheimdienstes, konnte an sie herankommen — geheime Dossiers, die vielleicht unschätzbar wertvoll für die Partei sein konnten. Von Subandrio war viel zu holen.

»Auf bequeme Weise«, wiederholte Subandrio. »Könntest du etwas genauer sein?«

»Gib mir Zeit. Wenn meine Leute mehr wissen, wirst du es erfahren. Unsere Schicksale sind so...« Aidit flocht die Finger seiner Hände ineinander.

Subandrio griff einen Augenblick lang an die Tischkanten, als ob er sich zu einem Entschluß durchringen wollte, dann stand er auf. Schweiß stand ihm auf der Stirn. »Ja«, sagte er, »ich bin deiner Meinung. Wenn ihm irgend etwas zustößt, sind wir erledigt. Oder tot.«

»Und die Armee ist am Ruder.«

»Ja, es ist wirklich angebracht vorauszuschauen. Wir müssen uns nach Alternativen umsehen.«

»Dann sind wir ja einer Meinung.« Aidit stand rasch auf, streckte ihm seine Hand hin.

Nach kurzem Zögern schlug Subandrio ein.

*

Auch als der Außenminister gegangen war, blieb Aidit in dem heißen kleinen Raum sitzen. Er bat jemanden aus dem Laden um einen Aschenbecher. Nachdem ein halbes Dutzend Kippen in ihm lagen, wurde der Vorhang erneut zur Seite geschoben. Diesmal kam ein kleiner, sehr dünner Mann herein.

Aidit lächelte nicht. Aber der kleine Mann lächelte. Er hatte Lippen, die seine Zähne nicht freigaben, selbst wenn er lächelte. In seinen Augen lag Wachsamkeit, die Ohren lagen flach am Kopf, das Haar war nach hinten gekämmt. Alles an ihm schien festgeklemmt, weggeräumt, außer Reichweite.

Er hieß Kamarusaman bin Ahmed Mubaidah alias Sjam und war Chef des *Biro Khusus*, des Spezialbüros der PKI. Es war so geheim, daß außer Aidit und einigen wenigen Spitzenfunktionären niemand etwas von seiner Existenz wußte. Sjams Büro hatte sich das Ziel gesteckt, verborgene Verbindungen zwischen der Partei und Armeeoffizieren herzustellen, die mit der PKI sympathisierten oder zumindest dem Kommunismus nicht feindlich gesinnt waren.

Sjam blieb stehen, bis Aidit ihn mit einem Nicken zum Platznehmen aufforderte.

»Verzeih, daß ich so spät komme«, sagte Sjam mit sanfter Stimme. »Das war heute ein harter Tag. Du kannst dir meinen Tag nicht vorstellen.« Er nahm sich eine Zigarette, zündete sie an und blies mit spitzen Lippen den Rauch aus.

Aidit hatte keine Vorstellungen von seinem Tag. Das war wahr. Aidit kannte ihn seit Jahren, konnte sich jedoch nicht vorstellen, daß der kleine Sjam kaum eine Minute verbrachte, die nicht mit den Geschäften der Roten zu tun hatte.

»Mir ging's in letzter Zeit nicht gut«, sagte Sjam und blickte Aidit, auf eine Antwort wartend, von der Seite an.

Aidit sagte nichts. Er wußte, daß Krankheiten ein beliebtes Gesprächsthema von Sjam waren. Sjams Krankheiten. Wenn er darüber sprach, wurde seine ruhige Stimme schlagartig lebhaft, bevor sie dann in Sanftheit zurückfiel.

»Die Hitze«, fuhr Sjam fort, »ich bekam eine Halsentzündung davon und dann Fieber. Ärzte helfen nie. Ich brauche Ruhe und ein anderes Klima.«

»Ja«, sagte Aidit kühl. »Aber jetzt gibt es Arbeit.«

»Das hatte ich gehofft.« Sjams Stimme wechselte von zittrigem Selbstmitleid zu einer Art munterer Ungeduld, als ob der pure Gedanke an Arbeit genügte, um sich besser zu fühlen.

Aidit beschrieb den Rat der Generäle, nicht als ein Gerücht, sondern als ein *Fait accompli*, weil er eine eindeutige Reaktion von diesem kleinen Mann erwartete. Sjam war immer eine gute Informationsquelle für die PKI. Als langjähriger Funktionär der Hafenarbeiterorganisation besaß er Erfahrungen als Gewerkschafter. Er wußte, was in das Land kam und es illegal verließ. Noch wichtiger waren seine Beziehungen zum Militär. Als Kriegsheld des Unabhängigkeitskampfes war Sjam in der Lage, enge Kontakte zu Offizieren zu knüpfen. Seine Verbindungen zu ihnen waren labyrinthisch, geheimnisvoll, zuverlässig. Höflich lauschte er Aidits Bericht über den Rat der Generäle.

Dann sagte er vage: »Ich verstehe.«

»Hast du bereits etwas über diesen Rat gehört?«

Sjam schüttelte den Kopf. »Es ist mir neu.«

»Aber der Rat existiert.«

»Ja?«

»Und ich will mehr über ihn wissen. Zum Beispiel möchte ich herausfinden, wie deine Leute reagieren.« Mit »deine Leute« meinte Aidit Sjams Kontakte zur Armee.

»Wie sie reagieren, ja.« Seine Gewohnheit, Sätze zu

wiederholen, hatten Aidit schon immer geärgert, auch wenn diese Vorsicht Sjam wahrscheinlich geholfen hatte, all die Jahre zu überleben.

»Zum Beispiel«, fuhr Aidit fort, »möchte ich wissen, was sie tun werden, wenn der Rat einen Putsch anstiftet.«

»Ja, ich verstehe.«

»Werden die Leute es zum Beispiel nur einfach hinnehmen oder einen Gegenputsch inszenieren?«

»Ich weiß, was du willst. Du willst wissen, ob sie es tun würden.«

»Und wenn ja, wie? Es würde eine Menge bedeuten, wenn wir wüßten, ob sie gegen den Rat vorgehen werden.« Diese Information erwartete Aidit eigentlich gar nicht, er wollte Sjam nur zu weiteren Reaktionen provozieren.

»Ich glaube schon, daß es eine Menge bedeuten würde«, sagte der kleine Mann und räusperte sich, als ob er sich selbst an seine schlechte Gesundheit erinnern müsse.

Plötzlich spürte der Vorsitzende, daß Sjam eine Menge über den Rat der Generale wissen müsse — vielleicht mehr als der Außenminister Subandrio. Aber weiter in ihn zu dringen wäre nur Zeitverschwendung. Sjam war zu erfahren in dieser Art von Geschäft, um freiwillig irgend etwas auszuplaudern, ohne genau zu wissen, wo für ihn dabei der Vorteil lag. »Besonders wertvoll wäre eine Liste von Offizieren, die sich gegen den Putsch erheben würden«, fuhr Aidit fort.

»Ja, Offiziere, die mit unserem Geliebten Führer sympathisieren.«

»Eine Liste wäre sehr nützlich. Wir würden wissen, auf wen wir zählen können.«

»Und schwierig zu bekommen«, sagte Sjam und schnitt eine Grimasse. »Wir sprechen also über eine Rebellion innerhalb der Armee. Wenn die obersten Generäle etwas tun wollen, dann wird es auch getan. Gehorsamsverweigerung bedeutet Tod. Wir reden über eine Liste von Verrätern an der Militärtradition. Wir besprechen ernste Angelegenheiten, Genosse Aidit.«

Wann immer Sjam »ernste Angelegenheiten« anschnitt, wußte Aidit, daß sie zum Kern ihrer Unterhaltung vorgedrungen waren: Geld. Ohne zu zögern, griff Aidit in seine Tasche und zog ein großes Bündel Rupiahscheine hervor. Er entblätterte einige Scheine, machte eine Pause, blickte Sjam an, um zu sehen, ob der kleine Mann zufrieden war.

In den frühen Tagen ihrer Verbindung hatte Aidit solche Zahlungen als »Beraterhonorare« bezeichnet. Aber selbst angesichts der javanischen Umschreibungskunst hatten sie nun schon lange genug zusammengearbeitet. Er sagte: »Das könnte dir zu einer Klimaänderung verhelfen.«

Sjam nahm das Geld und zählte es sorgfältig. Schließlich spitzte er die Lippen, als ob er Rauch ausblasen wollte: »Das wird es.«

Jetzt lächelte Aidit. Das war typisch Sjam — er war wirklich ein Profi. In Djakarta hatte er jahrelang von fragwürdigen Jobs gelebt, aber während andere in Ungnade fielen, im Gefängnis landeten oder wegen ihrer Untergrundtätigkeiten ins Ausland fliehen mußten, machte Sjam weiter. Er lebte vom Verkauf von Informationen, und er lebte gut. Im vergangenen Jahr hatte Aidit einen PKI-Agenten auf ihn angesetzt; aus dem vorgelegten Bericht ergab sich, daß selbst der Agent von Sjams Lebensstil beeindruckt war. Ihm gehörte in einem guten Wohnviertel ein schönes Haus mit Garten; er hatte eine Frau und drei Kinder, zwei Geliebte, ein Strandhaus in der Nähe von Carita. Aidit verließ sich in dieser Angelegenheit auf zwei Dinge: auf Sjams Bedürfnis, seinen Besitz zu wahren, und auf seine langjährige Erfahrung als Informant. Er konnte sich aber nicht unbedingt auf Sjams Loyalität verlassen oder auf sein Wissen, wie der kleine Mann seine Geschäfte betrieb.

»Noch etwas«, sagte Aidit. »Da ist die Frage, von wem du etwas über den Rat der Generäle erfahren hast. Ich will natürlich die PKI aus der Sache heraushalten.«

Sjam zuckte die Achseln. »Mach dir keine Sorgen. Ich werde sagen, daß ich es von Freunden erfahren habe.«

»Freunde in der Armee? Was für Freunde? Hoffentlich keine Kommunisten.«

»Mach dir bloß keine Sorgen.«

Aidit hatte sich in Gegenwart dieses kleinen Mannes immer unwohl gefühlt. Er empfand Verachtung für einen Menschen, der davon lebte, Informationen zu verkaufen. Er kam aber nicht umhin, Sjams Überlebenskunst zu bewundern. Er ging bei Sjam nie zu weit; das war Ausdruck seiner eigenen Unsicherheit. Deshalb sagte er: »Ich weiß, daß du alles sorgsam bedenkst. Ich mache mir keine Sorgen.«

»Natürlich bedenke ich alles. Also, dann ...« Sjam erhob sich. Er erweckte den Eindruck eines Geschäftsmannes, der ein Treffen beendet hat und zum nächsten stürzen muß. Er sah immer so aus, wenn er Geld in der Tasche hatte. Als ob er nun Schulden bezahlen konnte, die den Unterschied zwischen Leben und Tod bedeuteten.

Als Sjam den Raum verlassen hatte, blieb Aidit noch eine Weile sitzen. Seine Unsicherheit schlug in Unruhe um. Aber er machte sich anschließend immer Sorgen. Er zweifelte an Sjams Zuverlässigkeit — ob er sich überhaupt an die Arbeit machte. Er konnte vielleicht aber auch aus Versehen wichtige Informationen über die PKI an die Armee weiterleiten (aus Versehen, weil Sjam seine

Einkommensquelle nicht bewußt schmälern würde). Er könnte die PKI einfach in große Gefahr bringen.

Aidit ängstigte sich auch um die Gesundheit Sukarnos. Die größte strukturelle Schwäche des Landes war seine Abhängigkeit von diesem kranken, unzuverlässigen Mann.

Und Aidit sorgte sich um das Landreformprogramm. Die Bauern besaßen keine Erfahrung mit politischer Arbeit, keinen Glauben an ihre Fähigkeit, die Dinge ändern zu können. Raube und betrüge sie, sie schleppen sich bloß davon! Dennoch hing der endgültige Erfolg des Kommunismus in Indonesien von den Bauern ab. Auch der graue Star seiner Frau, der sich verschlimmerte, bereitete ihm Sorgen. Die Sicherheit der Wohnungen und die Moslembanden, die auf den Straßen ihr Unwesen trieben, machten ihm Sorgen.

Schließlich sorgte er sich um die jungen Parteimitglieder wie Hartono — ob sie in der Lage wären, den Kampf fortzuführen. Konnten sie, wie er und die Mitglieder der älteren Generation, aus den Zielen der Unabhängigkeit noch emotionale Stärke ziehen?

Er und die anderen Menschen vom alten Schlag wußten, was es bedeutet zu glauben, besonders dann, wenn Mitglieder anderer politischer Parteien die Prinzipien der Revolution verraten hatten. Wie konnte Hartono die Hoffnung und den Glauben jener herrlichen Tage verstehen, geschweige denn nachfühlen? Er war noch ein Baby gewesen, als die Menschen auf den Straßen im Siegestaumel schrien und in der Luft Transparente flatterten, die die Freiheit verkündeten. Und ein gesunder junger Sukarno über Mikrophon die Geburt einer Nation bekanntgab.

5

Als er sich das Haar bürstete, konnte Vern im Spiegel seine Frau im Bett liegen sehen. Nachlässig bedeckte das Laken ihre Beine nur bis zur Mitte der Oberschenkel. Als sie seinem anerkennenden Blick begegnete, lächelte sie ihm zu, obwohl sie sich gerade gestritten hatten. Er wollte, daß sie in der Nähe des Hotels bliebe, bis sie herausgefunden hatten, wie gefährlich es in Djakarta tatsächlich war. Am ersten Tag in ihrem Hotel hatten sie Gerüchte über Jugendbanden der Roten und der Moslems gehört. Maggie nahm die Gerüchte ernst, weigerte sich aber, ihr Verhalten danach zu richten: Sie war nicht hierhergekommen, um in einem Hotelzimmer zu sitzen. Sie hatte nicht die Sprache an der Uni studiert und sie bei den Minangkabau verfeinert, um jetzt einfach wie eine Touristin durch die nahegelegenen Batikläden zu schlendern. Deshalb hatten sie sich gestritten.

Vern wußte, daß er den Streit verlieren würde. Ihrem Entschluß, Djakarta kennenzulernen, lag echte Leidenschaft zugrunde. Es handelte sich nicht um den kleinen Begeisterungsausbruch, den ein Tourist bei der Hoffnung empfindet, jeden Moment eines zweiwöchigen Urlaubs genießen zu können. Ihr Wunsch war tieferen Ursprungs, aber ihre Motive wollte er gar nicht so genau ausloten. »Leben und leben lassen« war immer sein Motto gewesen. Dies sollte erst recht bei einem Menschen gelten, den man liebt. Und Maggie würde sowieso nicht auf ihn hören; vielleicht gehörte sie deshalb nach Asien — sie nahm ihre Tageseinteilung selbst vor. Das machten viele Menschen, die hierherkamen. Es zog sie zu unbekannten Orten, wo sie ein neues Leben beginnen konnten. Gewöhnlich waren es Menschen mit geheimen Leidenschaften, genau wie Maggie. Er hoffte nur, daß sich ihre Leidenschaften nicht als gefährlich erwiesen. Er hatte hier ein paar Menschen kennengelernt, die sich durch ihr unstetes Wesen zugrunde gerichtet hatten.

Wie zum Beispiel der Bergungstaucher Rick, den er in Singapur kennengelernt hatte.

Wie Maggie hatte Rick einen plötzlich angelächelt und sich dann abgewandt, als sei aus der Tiefe der Gefühle blitzartig eine Botschaft hochgekommen: »Ich werde den Weg gehen, wenn die Zeit dazu gekommen ist, nur wissen weder ich noch du genau, wann das sein wird.« Ricks Zeit war während Bergungsarbeiten an der Küste von Ternate auf den Molukken gekommen. Eine portugiesische Brigg aus dem 17. Jahrhundert, wahrscheinlich mit Gold und Silber beladen, lag fünfzig Faden tief in der trügerischen Strömung. Ein Taucher war bereits umgekommen. Kein anderer außer Rick wollte noch tauchen. Und eine Woche lang tauchte er jeden Tag hinunter, bis auch ihn die Strömung erwischte. Vern hatte es in einer Bar in Singapur erfahren. Er konnte sich Ricks plötzliches Lächeln vorstellen, bevor er seitwärts über Bord ging, nur von dem Wunsch getrieben zu tauchen.

Manchmal, wenn Maggie lächelte, hatte Vern den unbestimmten Eindruck, Rick vor sich zu haben. In solch einem unbekümmerten, aber unerklärlichen Lächeln lag ein Engagement, das weit über das hinausging, was er selbst jemals empfunden hatte. Er hatte nicht geheiratet, damit ihm seine Frau irgendwann verkündete, daß sie nun bis an ihr Lebensende das Treiben der Orang-Utans studieren oder in einem Ruderboot das Chinesische Meer überqueren wolle. Er hoffte, daß seine junge Frau in der Ehe ruhiger werden würde.

Er ging zum Bett und setzte sich auf die Kante. Sie zog das Laken nicht hoch, sondern ließ seine Augen auf ihrer Nacktheit ruhen.

»Du wirst also Djakarta erforschen«, sagte er mit einem Seufzer. Mit Blick auf ihren Plattenspieler fügte er hinzu: »Vielleicht findest du ein paar Jazzplatten.«

»Hier habe ich so etwas noch nie entdeckt.«

»Du mußt es in Hongkong versuchen. Wir werden es eines Tages tun. Liebling, sei vorsichtig, wo du in dieser verdammten Stadt hingehst.«

Nachdem er sie geküßt hatte, verließ Vern das Zimmer. Er wußte, daß nach wenigen Minuten der Plattenspieler laufen würde. Die Klänge von Bix Beiderbeckes Kornett — auf einer vom vielen Abspielen zerkratzten Achtundsiebziger — würden Maggie, während sie sich ankleidete, durch das Zimmer begleiten. Vern machte sich nicht viel aus Musik, schon gar nicht aus dem frühen Jazz. Aber es war eine Leidenschaft von Maggie. Sie hatte ihre Helden, und Bix Beiderbecke war vielleicht der größte von allen.

*

Vern Gardner liebte Hotels. Er liebte sie seit seiner Kindheit, als sein Vater, ein Handelsvertreter, ihn und seine Mutter während der Jahre der Depression auf der Suche nach einer Existenz von einer Stadt zur nächsten mitgeschleppt hatte. Bis in die High-School-Zeit hinein hatte er Orte sein Zuhause genannt, die andere Menschen nur als zeitweiligen Aufenthaltsort betrachteten. Verns Ansicht nach brauchte er ungefähr einen Tag, um ein Hotel als sein Zuhause zu empfinden. Seine Fähigkeit, überall sein Lager aufzuschlagen, hatte ihm dazu verholfen, während des letzten Jahrzehnts fröhlich durch Asien zu ziehen.

Als er an diesem Morgen die Hoteltreppe hinunterging, war er erfüllt von dem tröstlichen Gefühl, daheim zu sein. Er freute sich auf Eier und anregenden javanischen Kaffee. Alles war so, wie es sein mußte.

An der Rezeption holte er sich eine englische Ausgabe

der kommunistischen Tageszeitung *Harian Rakyat* — die einzig vorhandene Zeitung. Während des Frühstücks überflog er die voraussagbaren Artikel: Eine ausführliche Verurteilung von »Amerikas provokativer Aggression und brutalem Krieg gegen die Volksrepublik von Nordvietnam«. D. N. Aidit, Vorsitzender der PKI, hatte einen Leitartikel mit der Überschrift »Nationale Einheit über alles« geschrieben und forderte eine Landreform. Der Artikel enthielt wohlbekannte Schlagworte, die Vern durch die gesamte Dritte Welt verfolgt hatten: kapitalistische Bürokraten, Speichellecker der westlichen Aggressoren, Bluthunde des Kolonialismus. In einem langen Interview sprach ein Minister über die galoppierende Inflation (Vern wußte, daß sie sich monatlich auf rund 600 Prozent belief). Nach Ansicht des Ministers säten Politiker der Rechten Zwietracht, weil sie Behauptungen über angebliche Wirtschaftsprobleme verbreiteten: »Es ist nutzlos, Gerüchte zu fabrizieren, die jeden dazu ermutigen, gewisse Schlußfolgerungen zu ziehen, die verschiedene Konsequenzen nach sich ziehen können.« Klassische politische Äußerungen. Die Zeitung war angefüllt mit solchen Weisheiten.

Manchmal fragte sich Vern, warum er in diesen von Korruption zerrütteten Ländern blieb und arbeitete. Er konnte seine junge Frau nehmen und nach Amerika zurückkehren. Er war doch in einem Alter, in dem das Seßhaftwerden sinnvoll war. Er konnte Maggie zum Beispiel nach Chicago mitnehmen. Aber diese Idee, die ihm täglich in den Sinn kam, wurde täglich wieder beiseite geschoben. Tatsache war, daß er das Chaos in Asien liebte, das Gefühl, am Abgrund zu leben. Jeden Morgen, wenn Vern aufstand, durchdachte er die Dinge, die ihn erwarten würden: der alltägliche Scheißdreck, die Aufregungen, die Herausforderungen.

Jetzt sollte er ein Hotel auf Bali bauen. Seit er von dem Plan gehört hatte, dort Hotels zu errichten, die nicht höher als eine Palme waren, hatte er sich diesen Job gewünscht. Im Moment baute eine japanische Gesellschaft ein riesiges, schachtelähnliches Ferienzentrum am Sanur Beach. Aber eine jüngste Welle patriotischer Leidenschaft war in ein Gesetz gemündet, das solche riesigen Gebäude in Zukunft verbot. In einem Land, das blind für ökologische Fragen war, gab es ein verdammt plötzlich aufflackerndes Interesse an der Schönheit der balinesischen Landschaft. Gebäude, nicht höher als eine Palme...

Solch idealistische Träume faszinierten Vern Gardner. Sie wühlten in ihm die Erinnerung an seine eigenen studentischen Vorstellungen auf: seine Bewunderung für die Kathedralen in Europa, das Bauhaus, Frank Lloyd Wright — in jenen Tagen, bevor er mit seinen ästhetischen Träumen vor dem praktischen Ziel kapitulierte, alles zu bauen, was sich gerade anbot.

Es würde Spaß machen, ein Hotel zu entwerfen und zu konstruieren, das nicht höher als eine Palme sein sollte.

Anfänglich hatte er nicht viel Hoffnung gehabt, das Projekt an Land ziehen zu können. Er war eben ein kapitalistischer Amerikaner. Doch durch sein Leben und die bisherigen Arbeiten auf Sumatra gehörte er sozusagen zur Familie. Der in der indonesischen Wirtschaft und Politik weitverbreitete Nepotismus, die gute alte Vitamin-B-Philosophie, ließ sich auch auf ihn anwenden. Er hatte seine Fähigkeiten unter Beweis gestellt, weil er die Sprache halbwegs beherrschte und weil er sich mit sturen und kleinlichen Beamten abfand. Seine Erkundigungen über das »Projekt Palme« (die Informationen hatte er von einem Lokalpolitiker aus Palembang erhalten, den er geschmiert hatte, um die Fußgängerbrücken bauen zu können) waren bei seiner Bewerbung nützlich gewesen. Während diese Brücken fertiggestellt wurden, hatte Vern seinen Assistenten zur Aufnahme der ersten Kontakte nach Djakarta geschickt.

Und jetzt war er also hier, behaglich untergebracht in einem Hotel von Djakarta, und traf Larry Foard, seinen Assistenten, einen untersetzten, zerknittert wirkenden Mann. Er steuerte um die Frühstückstische des Speiseraums auf ihn zu.

Seit Jahren schon bildeten sie ein Team. Als Schiffsbauer aus Cornwall hatte Larry Foard auf Londoner Werften, auf belgischen Werften und in Westafrika gearbeitet, wo er Schiffsbau unterrichtet und gelernt hatte, Vieh zu schlachten. Dort auch war er wegen eines kranken Kalbes fast an Lebensmittelvergiftung gestorben. Larry Foard war energisch, ehrlich, geschickt. Er war der einzige Abendländer, dem Vern hier in Asien vertraute, wo Untüchtigkeit bei den eigenen Landsleuten eigentlich die Regel war.

Larry schüttelte ihm die Hand und setzte sich. Als seine kurzen Beine unter dem Tisch verschwanden, wirkte Larry wie ein großgewachsener Mann: breite Schultern, ungewöhnlich große Hände, Quadratschädel, langes schwarzes Haar, dick und gelockt. Er verschwendete keine Zeit mit Liebenswürdigkeiten; das konnten sie sich sparen.

»Hier entwickeln sich die Dinge nicht gerade erfreulich.«

»Das war in Palembang nicht anders.«

»Erfreulicher als hier.« Der Bootsbauer aus Cornwall steckte sich eine Zigarette an und hielt sie zwischen zwei dicken Fingern, die von Arbeitsunfällen zernarbt waren. Er berichtete Vern über das Geschäftsgebaren, insbesondere der Armee, weil die Armee für das »Projekt Palme«

verantwortlich zeichnete. Da gab es zum Beispiel den interessanten Fall einer Ladung Insektizide, die gar nicht existierte. Sie wurde von einer Gesellschaft mit Sitz in Liechtenstein verkauft. Ein gefälschter Seefrachtbrief war von einer weiteren Firma in Singapur ausgestellt worden. Ein Verladeschein bewies, daß die Insektizide in Hongkong auf das Schiff *The Merdeka* verladen worden waren. Die *Merdeka* existierte jedoch auch nicht. Dennoch bezahlte eine weitere Gesellschaft, diesmal im Besitz der Republik Indonesien, eine halbe Million Dollar für die Fracht. Wer hatte das Geld bekommen? Die Liechtensteiner Firma. Wem gehörte diese Firma? Sie war auf den Namen eines chinesischen Geschäftsmannes, eines Cukong aus Djakarta, eingetragen. Wer war dieser Cukong? Der finanztechnische Berater eines Generals. Wer war dieser General? Der für die Versorgung zuständige Offizier bei KOSTRAD, dem Strategischen Reservekommando der Armee. Dieser Versorgungsoffizier bekam von der *Bank Negara Indonesia* zur Bezahlung einer Schiffsladung Insektizide, die es nicht gab, ein Akkreditiv. Die *Bank Negara Indonesia* wiederum wurde von der KOSTRAD kontrolliert. Larry brach in schallendes Gelächter aus. »Folglich bezahlte die Regierung eine halbe Million für etwas, das es nie gab. Und die Armee wurde reicher.«

In der folgenden Stunde, während Vern starken javanischen Kaffee trank, ergötzte Larry ihn mit weiteren Geschichten über Düngemittel, Fallschirme, Baileybrücken, Gummipontons, umgebaute Landungsschiffe, Kautschuk, Chinarinde, Tee.

»Das sind nicht die Generäle, die wir aus unserem Krieg kennen«, stellte Larry grimmig fest. »Diese Typen kontrollieren Reismühlen, Automontageanlagen, Textilfabriken, Gummifabriken und Hühnerfarmen, Fischereirechte und Kautschukplantagen. Ich hörte von einem unternehmungslustigen Kerl — einem Generalleutnant —, der ein Vermögen mit dem Verleih ausländischer Filme macht. Es scheint die hauptsächliche Aufgabe der meisten Stabsoffiziere zu sein, die Armeekasse zu füllen — an der sie beteiligt werden. Diese Knaben sind überaus unverschämt. Sie machen unter ihrem eigenen Namen illegale Einlagen auf Privatbanken, waschen Geld im Ausland, befassen sich mit Bestechungen, Geldverleih, Schmuggel.« Larry lehnte sich zurück und blies nachdenklich einen Rauchkringel in die Luft. »Wenn ich in ihrer Haut steckte, würde ich natürlich das gleiche tun.«

»Warum?«

»Weil ihr Sold saumäßig schlecht ist. Deshalb bessern sie ihr Einkommen selbst auf.«

»Du hast aber schnell dazugelernt!«

»Das war nicht gerade einfach. Die Leute von Djakarta sind verflucht blasiert. Wir haben heute morgen eine Verabredung, aber sie haben es mir erst gestern gesagt. Um an diese Verabredung zu kommen, mußte ich einen von diesen Kriechern von OPSUS bewirten, einen Major im Versorgungswesen. Ihn und seine Frau, seine Schwiegermutter, seinen Bruder, die sehr fette Frau seines Bruders, und ich kaufte tonnenweise Bonbons für seine kleinen Neffen. Du lachst, Vern. Hältst das wohl für einen Witz, was? Und ein Zipp-Feuerzeug für den Major. Plus ein Dutzend Stangen Lucky Strike.«

»Mit wem sind wir verabredet?«

»Ein hohes Tier. General Sakirman.«

Sie verließen das Hotel und stiegen in ein Auto, das Larry für diesen Tag gemietet hatte.

»Ja«, sagte Larry seufzend. »Hier ist es nicht wie in Sumatra. Hier unten ist es extrem, alle sind verschlagen, es ist ein verdammter Zoo. Ich bin nicht scharf darauf.«

Vern sah ihn an, die breiten Backenknochen, das große, vom Wetter gegerbte Gesicht.

»Guck dir das an«, sagte Larry und wies mit dem Finger nach draußen.

Über den Bäumen eines Platzes, dem sie entgegenfuhren, sah Vern einen Obelisken — riesig, aber seine weiß-goldene Säule wirkte kitschig und aufgedonnert. »Nationaldenkmal«, erklärte Larry. »Sie nennen es Sukarnos letzte Erektion.«

Vern sah ein großes, über eine Nebenstraße gespanntes Transparent. BOYKOTTIERT DIE US-FILME war sowohl in Englisch als auch Bahasa-Indonesisch zu lesen.

»Noch was zum Nationaldenkmal«, fuhr Larry fort und blickte zurück. »Man sagt, daß eine Sukarno-Statue auf die Spitze gestellt werden soll. Aber er erlaubte es nicht, weil sein Astrologe ihn warnte, daß er eines gewaltsamen Todes sterben würde, wenn er es zuließe.«

Vern nickte. Bis jetzt hatte er immer einen Bogen um Djakarta gemacht, das nach allem, was er gehört hatte, eine Saustadt war. Was er durch die Autofenster sah, bestätigte dieses Urteil. Die jämmerlichen Reihen von verfallenen Hütten vor den hohen Glasfronten der Geschäftsgebäude; die Straßen, wellig geworden durch die Hitze, die aus dem Sumpfland hochkochte, auf dem Djakarta erbaut worden war. Sämtliche fahrbaren Untersätze — Bemos, Lastwagen, Busse, Motorräder, Autos, Becaks — rumpelten durch den stickigen Staub und gaben Abgaswolken von sich, die die stinkenden Abwassergräben, die alten Baracken, die ausgetretenen Bürgersteige schwärzten. Die Leute von Djakarta sahen wie niedergeschlagen von der Sonne aus, eingetaucht in ihre giftige Helligkeit. Mit gesenkten Augen wehrten sie sich gegen das grelle Licht. Sie schleppten sich schwerfällig und langsam dahin. Dennoch schafften sie es, einen höllischen Krach zu veranstalten. Djakarta war wie eine blecherne Schallmuschel.

Um seine innere Ruhe wiederzufinden, erinnerte sich Vern einen Augenblick lang an das Satteldach des Batakhauses, das er auf der Insel Samosir gemietet hatte.

Büffelhörner waren zur Abschreckung böser Geister über die Eingangstür genagelt worden. Maggie hatte die Markisafrüchte geliebt und die süßen, gelatineartigen Samenkerne ausgelutscht. Wegen der damals herrschenden Windverhältnisse sahen die bewaldeten Berge wie in eine Richtung gebürstete Pelztiere aus — Maggie hatte das gesagt; ihm wäre das nie aufgefallen. An die Ruhe erinnerte er sich aber. Keine Motoren. Nicht ein einziger. Nur zwitschernde Vögel und die Brise vom See, die die Pinienbäume bewegte. Und das Geräusch von seinem Fleisch an ihrem, das vom Schweiß klatschende Geräusch, wenn er sie liebte, ihr gemeinsames Stöhnen und Flüstern.

Vern sah den Bootsbauer aus Cornwall an. »Du warst noch nie am Tobasee, oder?«

»Nein, mein Freund.«

»Da mußt du mal hin!«

6

Der Wagen fuhr in eine gebogene Auffahrt und hielt vor einem weiträumigen Bungalow mit Garten, Veranda und Ziegeldach — das Ganze erinnerte eher an eine elegante Villa als an ein Armeehauptquartier. Über der Veranda, auf einem weißen Schild, stand in großen knallroten Buchstaben das Kurzwort OPSUS.

»Es bedeutet *Operasi Khusus*«, erklärte Larry, »eine

Spezialeinheit der KOSTRAD, des Strategischen Reservekommandos der Armee. In Wahrheit bedeutet es aber, daß hier die Geschäfte gemacht werden.«

Sie stiegen aus dem Auto und starrten in die Automatikgewehre der Wachen vor dem Eingang.

Als ehemaliger Soldat amüsierte sich Vern über das grandiose Gebilde von Großbuchstaben, während er gleichzeitig die düstere Bedeutung erfaßte, die es für einen Militär beinhalten konnte. Im Foyer saßen drei Armeeschreiber, mit Flechtschnur und Epauletten geschmückt, hinter dem größten Schreibtisch. Einer von ihnen schob Vern barsch ein Formular zu. Er trug nicht nur seine Paßnummer und seinen gegenwärtigen Wohnsitz, sondern auch seinen Geburtsort und den Geburtsnamen seiner Mutter ein. Dann setzte er sich neben Larry auf eine Bank und beobachtete das Militärpersonal, wie es diensteifrig durch das Foyer lief, Hefter und Aktentaschen mit sich schleppend, wobei ihre Stiefelabsätze auf dem Marmorboden knallten. Dünne Estrichböden mit einem so schweren Bodenbelag zu bepflastern störte sein Architektenauge.

Nach einer Weile kam ein Adjutant vorbei und führte sie durch viele Korridore zu einem Zimmer, dessen Tür ein Bronzeschild zierte. Auf ihm stand in Englisch und Bahasa-Indonesisch: Generalleutnant Pranot Sakirman. Nicht in Holländisch. Vielleicht, so dachte Vern, betrachtete man das Ignorieren der holländischen Sprache als ein Herunterputzen der ehemaligen Herren des Landes. Aber warum dann Englisch, wenn doch sowohl die Briten als auch die Amis auf Sukarnos Haßliste standen? Er vermutete, daß die Antwort pragmatischer Natur war. Wo immer man hinging, ging es um Dollar, dachte Vern, als der Adjutant sie in ein Büro führte.

Hinter einem langen Schalter saßen eifrig arbeitende

Armeeschreiber an Schreibtischen, auf denen sich Aktenordner stapelten. Zigarettenrauch durchzog den Raum, der von einer geräuschvollen Klimaanlage gekühlt wurde. Vern haßte kalte Räume in den Tropen fast ebensosehr wie Zigarettenqualm.

Eine Zeitschrift, die er vom Tisch neben seinem Stuhl nahm, legte er wieder weg. »Erzähl mir, was du über Sakirman weißt«, sagte er zu Larry.

»Ein Kumpel aus meiner alten Brigade arbeitet an der britischen Botschaft. Erzählte mir, daß Sakirman Leute gegen ein Entgelt zusammenbringt.«

»Was heißt das?«

»Indem er die Leute zusammenbringt, sorgt er dafür, daß sie die richtigen Lizenzen bekommen.«

»Machen das Generäle — als Zwischenhändler auftreten?«

»Wie ich dir schon sagte — ihre Sorte von Generälen ist anders als die, die wir in unserem Krieg hatten.«

Sie saßen eine Weile stumm da, es wurde ihnen kalt. »Was gab's Neues in Palembang, als du weggingst?« fragte Larry schließlich.

Vern zuckte die Achseln; dann erinnerte er sich. »Ein Ölhändler wurde während unserer letzten drei Tage auf offener Straße erschossen. Maggie war dabei.«

»Wer hat es gemacht?«

»Man sagt, die Roten.«

»Bis jetzt ist es ruhig in Djakarta, abgesehen von Demonstrationen. Aber die Moslems sind unruhig. Banden ziehen durch die Straßen und suchen Rote, denen sie die Köpfe einschlagen können.«

»Kann Sukarno das nicht in den Griff bekommen?«

»Man sagt, er sei krank. Schlechte Nieren. Und er hat zu viele Frauen.«

»Das hörte ich auch in Palembang.«

»Aber Sukarno ist immer noch Sukarno«, sagte Larry. »Großer Führer der Revolution et cetera. Ich meine damit, er trotzte den Holländern und ging für die Freiheit ins Kittchen. Also kann der Bursche toben und delirieren und jede Biene aufreißen, die sich ihm anbietet, und die Leute werden ihn trotzdem weiterlieben.«

Ein weiterer Adjutant baute sich vor ihnen auf und führte sie tiefer in das Büro hinein. »Wir müssen uns Sakirmans Bunker nähern«, flüsterte Larry, als sie an kleinen, abgeteilten Räumen voller Schreiber vorbeigingen.

Schließlich öffnete der Adjutant eine Glastür. Ein breitschultriger Offizier saß in einem riesigen Raum hinter einem riesigen Schreibtisch und vor einem riesigen Porträt von Sukarno.

Er erhob sich — aus der Nähe erschien er ziemlich klein. »Ich heiße Sie willkommen«, sagte General Sakirman auf englisch. Der Adjutant stellte zwei Stühle vor den Schreibtisch. Als Vern sich setzte, bemerkte er ein gerahmtes Foto, das den General, eine korpulente Frau und drei ernstblickende Kinder zeigte. Das Foto stand für Besucher da.

»Entschuldigen Sie, daß ich Sie warten ließ«, sagte der General. Bei dieser Entschuldigung lächelte er nicht. Höchst ungewöhnlich für einen Indonesier, dachte Vern. »Heute ist viel los.«

Vern lächelte anerkennend über die mechanisch vorgebrachte Erklärung, während er an der seitlichen Wand eine große Landkarte von Indonesien betrachtete. Es war keine Militärkarte, denn eine farbige Aufschrift warb für HOLZ, GUMMI, PALMÖL, BAUAUSFÜHRUNG. Er starrte auf die Buchstaben, als der General in sorgfältig ausgesprochenem Englisch sagte: »Es ist sehr freundlich von Ihnen, heute hierherzukommen, Mr. Gardner.«

Aus der Art, wie Sakirman seinen Sessel verrückte, war

es Vern klar, daß der General nicht mit Larry Foard und ihm, sondern nur mit ihm, Vern, reden wollte. Sakirman verschwendete seine Zeit nicht auf Untergebene anderer.

Er bestellte Tee bei seinem Adjutanten, der dann einen Schnellhefter mitbrachte und ihn auf den Schreibtisch legte, auf dem nur ein Telefon und das Foto standen. Nachdem er sich eine Hornbrille aufgesetzt hatte, lehnte sich der General vor und nahm die dünne Akte so in beide Hände, als ob er sich an etwas klammerte, das wegfliegen könnte.

Mein Dossier, dachte Vern.

Nachdem er es ein paar Minuten überflogen hatte, nahm der General seine Brille wieder ab und legte den Hefter auf den Schreibtisch. Vern konnte dem Ausdruck seines breiten Gesichts nichts entnehmen. »Ich vergaß zu fragen, ob Sie, Sir, den Tee sehr süß mögen, Mr. Gardner?«

»Ich mag ihn nach indonesischer Art.«

Endlich lächelte der General, und Vern wußte dadurch wenigstens, daß sein Kommentar zum Tee, zugleich schmeichelnd und auch als Kenner vorgebracht, nicht umsonst gewesen war.

»Sprechen Sie Bahasa-Indonesisch, Mr. Gardner?«

»Nicht so gut, wie Sie Englisch sprechen, General.«

»Nein, nein, ich spreche es nicht gut«, protestierte Sakirman mit einem stolzen Lächeln. »Ich machte drei Monate ein Logistiktraining in den Staaten.«

»Leider haben die Staaten im Moment keine gute Presse in Djakarta.«

»*Jangan kuatir,* Mr. Gardner. Für mich sind Sie nicht aus den Staaten. Sie sind Architekt aus Sumatra. Wir machen Geschäfte von Mann zu Mann.« Das klang, als ob das Dossier zur Zufriedenheit ausgefallen war.

»Ich weiß das zu schätzen, General.«

Sakirman trug nicht einen einzigen Orden auf seinem Khakihemd, wie Vern bemerkte. Die meisten indonesischen Offiziere prunkten mit ihren Orden. Es war ein gutes Zeichen, daß Sakirman das Selbstbewußtsein besaß, keine zu tragen.

Der Tee kam. Vern nahm seine Tasse und würgte fast, so süß war die Brühe.

»Ist er nach Ihrem Geschmack, Mr. Gardner?«

»Ganz nach meinem Geschmack, General.«

»Bitte, erzählen Sie mir etwas über Ihr Leben, Mr. Gardner.«

»Na gut, ich bin Architekt, aber die meiste Zeit meines Lebens habe ich als Bauingenieur gearbeitet.« Er beschrieb kurz seine zwei Jahre in Malaya, seine sechs Jahre in Burma und Indien. Er hatte an allem gearbeitet, was sich ihm geboten hatte: Hotels, Brücken, Straßen. Solide, praktische Sachen. Nichts Phantasievolles. Sachen, die dem tropischen Klima widerstehen würden.

»Und wie denken sie über Djakartas Zukunft?«

»Nun, es hat Standortvorteile — genau in der Mitte der ostwestlichen Handelsroute gelegen. Natürlich hängt viel davon ab, was mit Singapur passiert, jetzt, wo es von Malaysia unabhängig geworden ist. Meines Erachtens wird es deshalb einen enormen Aufschwung des Handels zwischen Singapur und Djakarta geben. Aber Ihr Land braucht noch nicht einmal ein befreites Singapur, um sich im internationalen Handel zu behaupten. Sie sind reich, General: Öl, Mineralien, Gummi, Kaffee, Tabak. Was Sie meiner Meinung nach gerade jetzt brauchen, sind Konstrukteure wie ich, die Dinge aufbauen, damit Sie alles nutzen können, was sich unter Ihren Füßen befindet.«

Sakirman nickte lächelnd. Vern spürte, daß sein kleiner Vortrag den General irgendwie entspannt hatte. Der General redete jetzt über das »Projekt Palme« und fügte dem, was Vern über den Bau von Hotels auf Bali wußte, die nicht höher als Palmen sein sollten, nicht viel Neues hinzu. Dann, ohne seine Tonlage zu ändern, bot der General ihm den Posten eines Chefarchitekten an. Einfach so. Anscheinend waren die Würfel längst gefallen. Das ganze Getue um das Dossier war nur eine typisch indonesische Vernebelungstaktik gewesen.

Vern hatte sich diesen Job so sehr gewünscht, daß er die Masche des Zögernden nicht mehr spielen wollte. Ohne Larry anzublicken, nahm er das Angebot an, vorausgesetzt natürlich, die finanziellen Bedingungen würden stimmen.

Sakirman beugte sich vor und runzelte die Stirn. »Ein Punkt wäre noch zu klären, Mr. Gardner. Die Frage der Provision.«

»Ja«, sagte Vern zögernd.

»Für den OPSUS-Fond. Ich handle in Ihrem Interesse, Mr. Gardner. Ich habe für Sie gesprochen.«

»Ja, ich bin Ihnen ganz gewiß sehr dankbar. Sie sprachen in meinem Namen mit dem — Aufsichtsrat?«

Sakirman überging die sorgsam vorgebrachte Frage. »Dickes Projekt, dickes Geld. Es gibt Provision.«

»Ich begreife das, General. Also zu den finanziellen Bedingungen . . .«

»Provision für mich. Macht zwanzig Prozent.«

Vern spürte ein gefrorenes Lächeln auf seinen Lippen. Er spürte es immer, wenn ihn jemand in die Ecke gedrängt hatte. »Verstehe ich Sie richtig? Sie wollen zwanzig Prozent für alles, was ich mache?«

Zum erstenmal drehte sich der General leicht zu Larry hin und sagte: »Was beide machen.«

»Aber wir haben bis jetzt die finanziellen Bedingungen noch nicht erörtert«, beharrte Vern. »Oder lassen Sie es mich anders angehen, General. Auf welche Summe würde sich eine Provision von zwanzig Prozent denn etwa belaufen?«

»*Jangan kuatir, Mr. Gardner*«, sagte der General. Er umriß dann die Finanzierung des Projekts Palme; es würde Vern viel Zeit kosten, deren Komplexität zu durchschauen. Die Kontraktgesellschaft für das Projekt war die PROPELAD, die *Proyek Perhotelan Angkatan Darat*, die Hotelprojektgesellschaft der Streitkräfte. Zumindest machte das Sinn, weil der momentane Sponsor das Militär war — und zwar die Siliwangidivision der Armee, Bereich Mittel-Java. Mehr als die Hälfte der Gewinne PROPELADs ging jedoch an die YADAPOS, die *Yayasan Dharma Putra Opsus*, die Wohltätigkeitsvereinigung der Mitglieder von OPSUS. Jedermann, vom General bis hinunter zum gemeinen Soldaten, gehörte ihr an, und ihre Beiträge entsprachen ihrem Rang. Sowohl PROPELAD als auch YADAPOS waren Tochtergesellschaften von MANTRUST, was die Situation noch verworrener machte, insbesondere deshalb, weil der Geldgeber die BIN, *Bank Industri Negara*, war. Diese Bank befand sich im Besitz der Armee.

»*Mengerti?*« schloß Sakirman.

»Nein, General. Ich fürchte, ich habe es noch nicht ganz verstanden.«

»Ist egal, Mr. Gardner. Verstehen Sie bitte nur eins: Je mehr Geld Sie machen, desto mehr machen wir.« Er streckte beide Arme aus, als ob er den gesamten Bürokomplex von OPSUS umarmen wollte. »*Jangan kuatir.* Wir kriegen alle was. Sie werden es sehr, sehr gut machen«, sagte er geduldig wie zu einem kleinen Kind.

*

»Plumper Bursche, was?« sagte Larry, als sie in den Wagen stiegen.

»Ich glaube, er benahm sich plump, weil er uns für völlig naiv hält«, sagte Vern und blinzelte mit zusammengekniffenen Augen in die gleißende Helle des Spätmorgens. »Ich neige dazu, ihm das zu glauben, was er sagte. Wenn ein Mann mir erzählt, daß er Provision für das bekommt, was ich mache, dann stelle ich mir vor, daß ich dabei auch gut abschneide.«

»Das hoffst du, Kumpel.«

»Glaubst du nicht, daß er was auf dem Kasten hat? Ich glaube es.«

Larry antwortete nicht.

Vern wurde bewußt, daß der Bootsbauer aus Cornwall beleidigt war, weil Sakirman ihn verächtlich behandelt hatte.

Als sich ihr Wagen Meter für Meter durch den starken Verkehr und die bläulichen Abgasschwaden unter einem makellosen Himmel vorankämpfte, sagte Larry: »Ich finde es abscheulich, wie ich mein Geld ausgebe. Wenn ich es sparen würde, könnte ich nach Cornwall zurückkehren.«

Vern lachte. Das hatte er schon hundertmal gehört.

»Ist doch wahr. Ich sollte Asien an den Nagel hängen und nach Hause gehen. Ich bin von der Hitze und der harten Arbeit total ausgelaugt. Es ist eine verdammt harte Arbeit, Vern.«

Vern blickte ihn an und musterte kurz das verwitterte Gesicht des kleinen Mannes. »Larry«, sagte er, »würdest du mich als abgestumpft bezeichnen?«

»Wie bitte?«

»Du hast mich schon verstanden. Bin ich abgestumpft?«

»Würde es dich sehr treffen, wenn ich ja sagte?«

»Es ist mir ernst.«

»Was zum Teufel ist hier los? Abgestumpft?«

»Sag es mir ohne Umschweife.«

Larry dachte so lange nach, daß Vern sich überlegte, ob er die Frage einfach ignorieren wollte.

»Heraus mit der Sprache«, sagte Vern schließlich.

»Nein, ich kann nicht sagen, daß du abgestumpft bist. Du bist . . .«

Vern betrachtete die breiten Backenknochen, die faltige Stirn. »Ja?«

»Ich glaube, du bist robust, illusionslos.«

»Dafür mußtest du aber lang nachdenken.«

»Stell dir vor, das tat ich. Weil man dich nämlich für abgestumpft halten könnte. Du gehörst nicht in einen Salon, alter Knabe. Einige könnten dich für abgestumpft halten. Frauen vielleicht.«

»Glaubst du, daß Maggie so von mir denkt?«

»Daran habe ich nicht gedacht. Ich meine damit nur, daß du keine Lust hast, dich weich zu zeigen, selbst wenn du dich gerade so fühlst. Frauen könnten das für Abgestumpftheit halten.«

»Aber Maggie versteht mich.« Er wartete auf Larrys Antwort; das Schweigen wurde quälend. »Glaubst du, daß sie es tut?«

»Ich glaube, sie liebt dich, alter Knabe. Wer weiß, was eine Frau versteht? Ich frage mich nur, ob sie nicht anders ist, als du sie siehst.«

»Wieso?«

»Es mag ganz saublöd sein, so etwas zu sagen, aber ich denke, daß Maggie mehr als die Ehe will.«

»Was denn noch?«

Larry zog die Schultern hoch.

»Ich glaube nicht, daß du sie magst«, sagte Vern.

»Doch, ich mag sie. Aber sie will mehr, als nur dein Frauchen zu sein.«

»Das hoffe ich doch sehr!«

»Das sagst du so, Kumpel, aber willst du wirklich eine Frau, die . . . die . . .«

»Ruhelos ist?«

»Ja, das glaube ich.« Nachdenklich fügte Larry hinzu: »Ja. Sie ist ein Mensch, der sich nach etwas sehnt, ohne zu wissen, was es ist.« Er lachte unsicher. »Das ist ein bißchen dick aufgetragen. Ich meinte es nicht böse, alter Junge. Du mußt die Psychologie eines kleinen Mannes verstehen. Ihm fällt es schwer, zu Frauen aufzublicken. Und deine Frau ist groß. Maggie ist ein großartiges Mädel, aber, offen gesagt, ich finde sie ein wenig einschüchternd.«

»Sie geht heute alleine aus.«

»Warum sollte sie auch nicht? Jeder, der in Sumatra mit diesen Leuten in den Bergen leben konnte, kann hier in Djakarta selbst auf sich aufpassen. Du kannst nicht abgestumpft sein und gleichzeitig Glucke spielen wollen, Vern.«

Nachdem sie eine Weile schweigend weitergefahren waren, machte Larry den Vorschlag, ein Gläschen Gin and Bitters zu trinken. »Djakarta kann so einen Burschen wie mich ganz schön durstig machen. Was hältst du davon?«

»Wir werden die Hotelbar ausprobieren.«

»Und auf den neuen Job anstoßen.«

»Genau!« Seufzend ließ sich Vern in den Sitz zurückfallen. Er fühlte sich wieder im Lot. Hotels auf Bali, nicht höher als eine Palme. Ein neues Abenteuer mit einem alten Kumpel. Und im Hotel war die Frau, die er liebte. Die Hitze machte die Menschen reizbar, ließ sie zuviel reden, ließ sie Dinge sagen, die sie gar nicht meinten. Larry wollte ihm nur ein Freund sein, obwohl er nicht wußte, wovon er sprach. Maggie einschüchternd? Larry hatte sein ganzes Leben lang keine feste Beziehung zu einer Frau gehabt. Was konnte er also schon wissen?

Vern starrte aus dem Autofenster und ließ Djakarta, das unter der Hitze ächzte, an sich vorbeiziehen: eine mißtönende und glitzernde Stadt — wie ein Stück Aluminium, das in einer Wüste glitzert.

7

Innerhalb einer Woche hatte sich Maggie eine Meinung von Djakarta gebildet: Sie haßte den Staub, die Hitze, die gleißende Helligkeit, aber sie liebte die Hafengegend. Nachdem sie das Nationalmuseum, den Orchideenpark und das alte Rathaus besichtigt hatte, wanderte sie in südlicher Richtung weiter. Sie trug eine Drillichmütze (vor fast zwei Jahrzehnten hatte sie die Mütze aus dem Armeesack ihres Vaters genommen — sie war nun abgetragen, aber sie existierte noch immer und wurde in Ehren gehalten), den Schirm nach unten geklappt. Sie schlenderte durch die Läden der Schiffsausrüster, die sich die Docks entlangzogen; Anker stapelten sich wie rostige Rüstungen neben Fäßchen mit Nägeln und aufgerollten Ankerketten. Ihre Jeans und die weiße Bluse zogen die neugierigen Blicke der Schauerleute auf sich, die auf der Leeseite in dicken Schiffsrümpfen kauerten. Sie ging weiter an das Ende des letzten Piers, wo Bugis, ein Volk berühmter Seefahrer, Holz aus ihren Schiffen luden. Sie hatte schon ein Buch über diese Schiffe gelesen: Ihre Teakholzplanken wurden nur von Holzstiften zusammengehalten; sie wurden mit den wildesten Stürmen der Javasee fertig und konnten mit modernen Stahlschiffen konkurrieren; die Bugis standen in dem Ruf, Piraterie zu betreiben, wenn die Kommissionsware uninteressant war.

Sie sah die rechtwinklig gebauten Proas, die sie von Bildern kannte. Sie hatten das Aussehen von Seevögeln, die dickbäuchig und schwerfällig erscheinen, wenn sie sich nicht in der Luft befinden. Und es gab Pinisi-Schoner, kleinere Bagos. Alle sahen dick und plump aus; erst wenn sie bis zum Schandeckel beladen waren, änderten sie ihr Aussehen und vermittelten den Eindruck von Geschmeidigkeit und Tauglichkeit. Wenn sie unter aufgebauschten, rechteckigen Segeln wendig aus dem Hafen liefen, hinterließen sie eine dünne, akkurat wirkende Spur im Wasser. Sie wäre gern an Bord gewesen. Dort, wo sie stand und die Fahrt dieser robusten Schiffe verfolgte, hatten Piraten und Admirale, Vizekönige und Sultane gestanden. Seit Jahrhunderten hatten Reisende auf diesem Dock über sich die Wolken beobachtet, die gleich Vögeln im Formationsflug dahinflogen. Vogelschiffe auf dem Wasser, Schiffsvögel in der Luft. Auf Maggies vorgeschobenem Posten, dem sonnenüberfluteten Kai, nahmen manche Dinge eine gemeinsame Gestalt an.

Sie war eine junge Frau aus der Mitte der Vereinigten Staaten und stand nun in einem asiatischen Hafen. Von hier aus fuhren Schiffe zu den Inseln der wohlriechenden pikanten Gewürze. Sie befand sich an jener Stelle, wo exotische Wörter Realität werden. Tracy war eine Freundin aus ihrer Kindheit; sie hatte auf einer Farm gelebt und war mit dem Lastwagen zur Schule gekommen. Sie war nun mit einem Farmer verheiratet und hatte drei Kinder. »Tracy, erinnerst du dich, wie wir im Werkzeugschuppen deines Vaters saßen und uns schworen, die Welt zu sehen? Ich war dort, wo Schiffe zu den Gewürzinseln auslaufen.« Aber sie würde das Tracy nie erzählen. Es würde sie nur traurig machen, daß sie die Schiffe nicht gemeinsam gesehen, daß ihre Teenagerphantasien nur eine von ihnen in die Welt jenseits von Iowa katapultiert hatten.

In ihren Jungmädchenjahren hatte Maggie einen ständig wiederkehrenden Traum gehabt: Jemand stand vor ihrem Zimmer, hinter der Tür, und flüsterte. Obwohl die Worte undeutlich waren, verstand Maggie, daß man ihr mitteilen wollte, wohin sie gehöre.

Im Augenblick gehörte sie hierher, an diesen Hafen von Djakarta in Indonesien. In Iowa, wo ihre Mutter zur

Aufbesserung des Einkommens als Verkäuferin gearbeitet hatte, war sie sich fehl vorgekommen.

Ihr Vater verlangte oft, daß sie seinen Kriegsgeschichten zuhörte. Obwohl er betrunken war, konnte er sich genau an Namen, Orte, an jedes Datum erinnern, und er besaß das erzählerische Talent, Atmosphäre heraufzubeschwören. Wenn seine alkoholisierten Wiederholungen die junge Maggie gegen die Kriegserlebnisse abstumpften, pickte sie sich aus seinen genuschelten Worten nur die Dinge heraus, die ihre Träume von verzauberten Orten belebten. Auf der Suche nach der Realität solcher Stätten war Maggie an den Schauplatz der Kriegserlebnisse ihres Vaters gekommen. Und genau hier erwartete sie herauszufinden, wohin sie gehörte. Das war eine innere Gewißheit und ein Trost, so wie einige Schulfreunde nach gescheiterten Ehen und Karrieren zu Jesus gefunden hatten.

Sie war mit einem Forschungsstipendium hierhergekommen, um in Sumatra die Minangkabau zu erforschen, eine eng zusammenhängende matriarchalische Gesellschaft, die Büffel verehrte.

Bevor Maggie nach Asien kam, war sie wenig gereist; deshalb sollte sie nie die Eindrücke vergessen, als sie Sumatra zum ersten Male vom Flugzeug aus sah. Durch ihr Fenster blickte sie hinunter auf die Zickzacklinien der Flüsse, die sich der Form des Gebirges anzupassen schienen. Manchmal schimmerte durch das dichte Grün ein Stück Metall, das an eine Spur Zivilisation auf den Dschungelpfaden denken ließ; aber meistens zog das unendliche Grün unter ihr ohne ein Anzeichen menschlicher Ansiedlungen vorbei. Vielleicht hatte Gott Sumatra einfach dorthin gesetzt und war dann weggegangen. Ein merkwürdiger Gedanke für Jemanden, der sich der Existenz Gottes nicht sicher war. Und dennoch war ihr dieser Gedanke während des Fluges gekommen. Die Wattewölkchen da unten sahen so nah dem

Erdboden aus, daß sie an ihm zu kleben schienen, wie Flitterplättchen auf einem grünen Abendkleid. Kleine Straßen, die wie Spinnweben aussahen, begannen im unendlichen Grün aufzutauchen. Ob das Land am Boden genauso seltsam war, wie es aus der Luft aussah?

Das Flugzeug landete in der Hafenstadt Padang. Als sie vom Flughafen in die Stadt fuhr, sah sie einen Mann und eine Frau, die in einem Steinmörser mit Teakholzstangen Reis zerstießen. Ein grauhäutiger Büffel zog einen Karren, voll beladen mit riesigen stachligen Früchten. Später sollte sie lernen, daß es Zibetfrüchte waren — übelriechend, saftig und sehr teuer. Rote Quasten waren am Geschirr der Dokarpferde befestigt; einen so fröhlichen und überflüssigen Schmuck hätte sie niemals erwartet. Die Welt, die ihr Vater in ihr heraufbeschworen hatte, war angefüllt gewesen mit Nebel, Dschungel und unsichtbaren Dingen, die sich im Schatten bewegten. Hier hingegen gab es orangefarbene Postkästen, die wie Miniaturhäuschen aussahen.

An jenem ersten Tag war sie bei Sonnenuntergang zum Strand gelaufen; Wellen lösten sich in tausend Nuancen gelben Lichtes auf, und Kinder spielten Fußball. Kleine Imbißstände, die Warungs, versteckten ihre Bänke unter Schirmen. Aus alten Ölfässern gebaute Öfchen wurden mit Gasflaschen betrieben; in riesigen Woks wurden Nudeln und Saté zubereitet. Islamische Musik plärrte aus Radios, wobei jedes Radio, wie es Maggie schien, auf einen anderen Sender eingestellt war. Entzückt von ihrem hellbraunen Haar, hefteten sich während ihres Spaziergangs vergnügt kreischende Kinder an ihre Fersen. Einige reckten sich hoch und bettelten darum, es berühren zu dürfen, bis sie sich herunterbeugte und sie, begleitet von ausgelassenem Gekicher, mit ihren kleinen Fingern auf ihrem Kopf herumwühlen ließ.

Am nächsten Tag verließ sie ihr Hotel, um auf den Marktplatz zu gehen. Dort gab es Eisenwarengeschäfte und Ladenstraßen mit Textilien; am meisten jedoch faszinierte sie der Vogelmarkt: Finken, Turteltauben, Aras. Am Abend dann bestellte sie sich im Hotel ein Essen im Padangstil: Curryhuhn, Ziegenmagen, kleine Aale. Ohne zu zögern, aß sie, was man ihr vorsetzte, obwohl die scharfen Gewürze ihr Tränen in die Augen trieben.

Bewaffnet mit ihren Instruktionen, besuchte sie am folgenden Tag eine Minangkabaukolonie in Solok, hoch oben in den Bergen. Sie sollte bei einer Witwe wohnen, deren großes Haus Zeugnis von einem Brauch der Minangkabau ablegte: Die Ehemänner wanderten in ferne Länder aus, gründeten Unternehmen und schickten ihre Gewinne nach Hause, um ihre Frauen mit prächtigen Häusern versorgen zu können. Maggie hatte wie die übrigen Frauen ein eigenes Zimmer in dem weiträumigen Holzhaus. In der Küche standen vier Kühlschränke, von denen aber nur zwei benutzt wurden. Die Frauengemeinschaft kam gut miteinander aus. Ein Junge, der auswärts zur Schule ging, kam in den Ferien nach Hause. Er war einen Tag lang König, aber seine eigentliche Bestimmung war es, die Wünsche der Frauen zu erfüllen.

Maggie verbrachte drei Monate in Solok. Sie lernte die Einwohner kennen, paßte sich ihrer Sichtweise an, vervollkommnete ihre Sprachkenntnisse. Ihre anfängliche Hoffnung, eine gute Forschungsarbeit zu leisten, hatte sich zu einem konkreten Ziel verrichtet. Sie hatte sich gerade entschlossen, sich auf die verwandtschaftlichen Beziehungen zweier Sippen aus Solok und Bukittinggi zu konzentrieren, als es passierte: Eines Morgens erwachte sie, hatte Brechreiz und fühlte sich fiebrig, dann kalt, so kalt, daß ihre Zähne klapperten und ihr Körper zitterte. Malaria, die üble Sache, war in ihr Leben getreten.

*

An dem Morgen, als Vern seinen Vertrag für das Baliprojekt bei OPSUS unterschrieb, fuhr Maggie mit einem Auto nach Bogor, einer Bergstadt vierzig Kilometer südlich des brütend heißen Morastes von Djakarta. Ihr Fahrer redete unaufhörlich, als sie sich in das kühle Hochland von Parahyangan hinaufschraubten. Er war stolz auf seine geringen Englischkenntnisse. Zum Glück hatte er Geschichten zu erzählen und kümmerte sich nicht darum, ob Maggie sie verstand, geschweige denn glaubte. Der Fahrer behauptete, Präsident Sukarno sei trotz der zahlreichen Attentatsversuche niemals ermordet worden, weil er eine magische Reitpeitsche bei sich trage. Diese magische Reitpeitsche sei ihm von dem Präsidenten der Vereinigten Staaten von Amerika, von Kennedy, geschenkt worden. Solange er sie bei sich trage, sei Bung Karno in Sicherheit.

Maggie musterte das Gesicht des Fahrers im Rückspiegel. Seine schwermütige Miene konnte bedeuten, daß er die Geschichte wirklich glaubte. Oder er war ein guter Schauspieler.

*

Kebun Raya in Bogor — größter Park der Welt. Sie nahm sich einen Führer. Er zeigte ihr einen Baum mit einem riesigen Wurzelsystem; wenn man den Stamm anschnitt, gab er infolge des freiwerdenden Druckes seiner Zellen einen pfeifenden Ton von sich. Im Kebun Raya gab es fünfzehntausend Pflanzenarten einschließlich der vierhundert verschiedenen Palmen. Sie ertappte sich dabei, daß sie in Jubel ausbrach, um den kleinen Führer zu erfreuen, der ganz offensichtlich stolz auf *Kebun Raya* war; sie war aber tatsächlich beeindruckt. Sie sah Taschentuchbäume, holländische Witwenbäume, Mandelbäume. Zwei Stunden schlenderte Maggie mit ihrem Führer durch den Garten und hielt nur einmal längere Zeit an, um Zwillingspflaumenbäume zu studieren, deren knorrige Stämme in Teiche hineinragten, wobei ihre dünnen, struppigen Äste das Wasser berührten. Dies erinnerte sie an alte Frauen, die ihr Haar waschen.

Zum Eingang zurückkehrend, wo sie den Führer bezahlte, blickte Maggie ein letztes Mal auf das tropische Grün zurück.

Der Führer sagte auf englisch: »Sie sind hier glücklich, Mademoiselle.« (Er hatte sie von Anfang an so angeredet und damit unter Beweis gestellt, daß Französisch seine liebste Fremdsprache war.) »Ich sehe, daß Sie glücklich sind.«

Maggie lächelte ihn an. Es war schon seltsam, daß ein Führer so etwas sagte, besonders dann, wenn er sein Geld bereits bekommen hatte: »Woher wissen Sie, daß ich glücklich bin?«

»Ich sah es auf Ihrem Gesicht.«

Maggie war neugierig. »Haben Sie noch etwas anderes gesehen?«

»Sie wollen etwas über mein Land erfahren. Weil Sie hierbleiben wollen.«

»Konnte man mir das ansehen?«

»Ja, Mademoiselle.«

Nun ja, konnte sein. Maggie fragte sich, ob ihre Ohs und Ahs ihm eine übertriebene Meinung von ihrer Begeisterung vermittelt hatten. Oder sagte er diese Dinge, um jemanden zu erfreuen, der ihm gefallen hatte? Ein gutes Trinkgeld hatte er ja bekommen.

»Deshalb müssen Sie meine Heimat sehen — Yogyakarta«, fuhr er fort. »Das ist das wahre Java.«

»Ja, das habe ich gelesen.«

Der kleine Mann machte eine verächtliche Handbewegung.

»Bücher sagen Ihnen nichts über Yogya. Sie müssen hingehen, es erleben. Man lernt es nicht schnell kennen. Man muß dort leben. Kommen Sie zu mir, bevor Sie gehen, und ich werde Ihnen Adressen geben. Einen Brief an meine Familie. Sie wird sich um Sie kümmern. Und Adressen von anderen. Ich kenne einflußreiche Leute. Ich werde Ihnen geben, was Sie brauchen. Machen Sie sich keine Sorgen, Mademoiselle. Ich werde mich darum kümmern. Kommen Sie wieder zu mir, und ich werde alles aufschreiben. Soll ich es jetzt tun?«

Maggie schüttelte lächelnd den Kopf.

»Werden Sie wiederkommen? Ich werde alles aufschreiben.

»Sie sind sehr großzügig.«

Bei diesem Kompliment machte er wieder eine verächtliche Handbewegung.

Maggie drehte sich um und ging fort. Er rief ihr nach: »Sie müssen dort leben, Mademoiselle! Oder Sie werden es nie erfahren!«

Maggie hatte vorgehabt, anschließend gleich wieder nach Djakarta zurückzufahren, aber der Führer hatte in ihr den Wunsch geweckt, ohne Aufschub mehr von Java zu sehen. Ein Bild blieb ihr im Gedächtnis haften: sein verwittertes Gesicht, das an eine alte Landkarte erinnerte, Augen in tiefen Falten, ein Mund voller Zahnstummel. Plötzliche Großzügigkeit des Herzens — ein Professor an der Universität hatte ihr geraten, darauf bei Indonesiern zu achten. Sie waren zurückhaltend und boten dann ganz überraschend alles an: Rat, unbegrenzte Zeit, selbst ihre Besitztümer.

Sie bat den Fahrer, sie zu den Teegärten von Puncak zu fahren. Auf einer holprigen Paßstraße fuhren sie immer höher in eine Landschaft mit heißen Quellen, Wasserfällen und Bergrestaurants; in einem von ihnen aß sie zu Mittag — pikant gewürzten Fisch, gebratenes Tempé und Reis, der auf einem gefalteten Bananenblatt serviert wurde. Sie beobachtete Nebelwolken, die in die Täler segelten und sich auflösten. Der weiße Flaum verschwand im Laub. Diesem Entschwinden wohnte eine seltsame Schönheit inne. Sie fragte sich, ob ihr ganzes Leben eine Vorbereitung auf diese Augenblicke in einem Bergrestaurant von Puncak gewesen sei. Es war, als ob die Stimme hinter der Tür ihr wieder etwas zuflüsterte.

Sie bestellte ein Glas Bier und hatte es, während sie das Gefühl der Einsamkeit genoß, das beim Anblick von Gebirgsnebel aufkommt, gerade halb ausgetrunken, als sich ein großgewachsener Mann ihrem Tisch näherte. Hinter seinem Rücken schien die Sonne, die wieder durch die Wolken gebrochen war. Wegen des hellen Lichtes konnte man sein Gesicht kaum erkennen. Er verneigte sich höflich und stellte sich vor. Er käme aus Düsseldorf, sei Stoffhändler und heiße Hauptmann. Er entschuldigte sich für seine Aufdringlichkeit, aber es gebe hier sowenig Möglichkeiten, Europäer zu treffen, daß er sich die Freiheit erlaubt habe, sie anzusprechen. Er würde sich freuen, ein wenig plaudern zu können, würde es aber verstehen, wenn sie keine Lust dazu hätte.

Maggie zögerte. Beeindruckt von seinen höflichen Umgangsformen, lächelte sie aber schließlich. Hauptmann setzte sich. Nach seinem geröteten Gesicht zu urteilen, das nun der Sonne zugewandt war, mußte er ein Mann von ungefähr fünfzig sein. Sie sah ein weichliches Kinn, einen Stiernacken. Sein rotblondes Haar war glatt nach hinten gekämmt, und der Scheitel war so exakt, als ob er mit einem nassen Kamm gezogen worden wäre. Sie äußerten sich beide lobend über das Restaurant und die Teegärten, die Hauptmann, wann immer er in Djakarta weilte, zu besichtigen versuchte, weil sie, wie er behauptete, zum Entzückendsten auf der Welt gehörten. Er redete sie mit »Madame« an und machte eine Pause, ganz offensichtlich weil er hoffte, sie würde sich selbst als »Mademoiselle« ausgeben. Trotzdem nahm sie an, daß er sie nicht belästigen würde; und während sie redeten, schien er tatsächlich mehr an einer Unterhaltung als an einer Verführung interessiert zu sein. Sein Englisch war so exakt wie sein Scheitel.

»Und jetzt sind Sie also in Djakarta. Ich hoffe, nicht für zu lange Zeit.«

»Wieso, Mr. Hauptmann?«

»Weil es ein Pulverfaß ist, kurz vor der Explosion.«

»Wir haben das auch gehört. Aber ich habe bis jetzt keine Anzeichen von Unruhen gesehen.«

»Djakarta ist verzweifelt, unglücklich. Djakarta ist wie...« Er stockte und suchte nach einer Analogie, die ihn in ihren Augen intelligent erscheinen ließ. »...eine schöne Frau, die unglücklich ist. Die Leute halten sie nicht für unglücklich, weil sie schön ist.«

»Ich habe wenig Schönes in Djakarta gesehen.«

»Sie haben es noch nicht mit jemandem zusammen erlebt, der es kennt.« Er lächelte breit, und einen Augenblick lang sah es ganz danach aus, als wolle er ihre Hand ergreifen.

Also versuchte er doch, sie zu verführen. Es war an der Zeit, klare Verhältnisse zu schaffen. »Wenn Djakarta wirklich so gefährlich ist, dann hat mein Mann recht. Ich solle sehr vorsichtig sein bei allem, was ich unternehme.«

Hauptmann runzelte die Augenbrauen.

»Meinen Sie, daß mein Mann recht hat?«

»Ja«, meinte Hauptmann mit gepreßter, enttäuschter Stimme.

»Aber wenn wir nach Bali gehen, wo er ein Hotel bauen wird, dann sind wir doch nicht mehr gefährdet, oder?«

»Nein, nicht im geringsten.«

Nach einer weiteren Minute entschuldigte sich Hauptmann, stand auf und ging, aber er besaß doch zumindest soviel Anstand, vorher zu bezahlen.

*

Maggie wollte immer noch nicht nach Djakarta zurückkehren. Sie ließ ihren Fahrer immer weiter in das Teeland hineinfahren. In einer Teeanpflanzung knüpfte sie an die Dreistigkeit ihrer Tage als Ethnologin an, indem sie den Aufseher ausfindig machte und ihm erzählte, wie sehr sie die verschiedenen Arbeitsgänge interessierten; er führte sie herum. Er erklärte, daß die Pflückerinnen an einem einzigen Tag elf Kilo Teeblätter pflücken könnten. Maggie beobachtete, wie sie sich mit ihren kegelförmigen Hüten über die Büsche beugten. Kräftige braune Hände knipsten zarte Blätter ab und stopften sie in Jutesäcke. Bei Sonnenuntergang hätten diese Frauen genug Geld für eine Schüssel Reis und gekochtes Gemüse verdient.

»Warum sind es nur Frauen?« fragte Maggie.

»Weil sie viel sorgfältiger sind.«

»Nicht, weil sie für viel weniger Geld arbeiten?«

»Nein, nein — auf keinen Fall.«

Sie fragte sich, ob ihre amerikanische Offenheit ihn aus der Fassung gebracht habe, denn wenige Augenblicke später schlenderte er einfach weg.

Maggie starrte noch eine Weile auf die Frauen und ging dann zum Wagen zurück.

Während der Rückfahrt fühlte sie sich viel weniger zuversichtlich, weniger begeistert, und der Grund war ihr auch sehr klar: In einem fremden Land war es leicht, sich davon zu überzeugen, daß man am richtigen Platz ist. Fast jeder Moment war lohnend: das Neue, das Andersartige, das Schöne. Aber dann konnte plötzlich etwas geschehen — wie vorhin in der Teeplantage, als sie die Frauen beobachtete, die um ihr Überleben kämpften —, daß man die Gegend mit anderen Augen sah und erkannte, was sie wirklich war: ein fremdes Land. Und man selbst war eine Fremde.

Es war schon fast dunkel, als sie in Djakarta ankam. Das blendende Licht fehlte, und das schien die Hitze ein wenig zu mildern. Aber durch die düsteren Straßen, die noch immer vom Verkehr verstopft waren, wehte ein entsetzlicher Gestank: Müll, Urin, Motorabgase, Kohlenqualm, Schlamm in den Abwasserkanälen. Maggie las die kämpferischen Losungen auf den Transparenten, die über die Gäßchen gespannt waren: VORWÄRTS IM NAMEN ALLAHS, KEIN RÜCKZUG. ZERSCHMETTERT DEN IMPERIALISMUS. ZERSCHMETTERT MALAYSIA. Und in Bahasa-Indonesisch: BERDIRI DI ATAS KAI SENDIRI (Auf die eigene Kraft vertrauen). AMANAT PENDERITAAN RAKYAT (Der Auftrag des leidenden Volkes). Diese Transparente, von Kommunisten aufgehängt, waren rot auf weißem Grund geschrieben.

Einige Kerosinlampen brannten bereits in den öden Räumen heruntergekommener Läden. Die Sonne hing noch über den Blechdächern, aber gleich würde sie in den Morast sinken, auf dem fünf Millionen Menschen den Tag verbracht hatten. Djakarta: eine unglückliche Frau. Maggie konnte dem deutschen Stoffhändler noch immer nicht recht geben, daß es auch eine schöne Frau sei.

*

Beim Abendessen redete Vern ausführlich über das Thema Fortschritt. In Asien, behauptete er, sei der ausgedehnte Einsatz der hydroelektrischen Energie der Schlüssel zum Fortschritt: Wasserturbinen, um Reis zu mahlen,

Padis zu bewässern oder Steine zu schneiden. Damit Djakarta sich versorgen könne, brauche es Motorräder. Sie seien zuverlässiger als Busse. Hier, wo zu einem öffentlichen Bussystem — wie zu jedem öffentlichen System — die Korruption gehöre wie Sex zur Schwangerschaft. In Djakarta seien Motorräder der U-Bahn um ein ganzes Jahrhundert voraus. Er vermutete, daß die Japaner die Motorräder liefern würden — sie verstanden viel von Marketing. Obwohl Vern gegen sie gekämpft hatte, hatte er quer durch Asien in den Hotelbars ihren Geschäftssinn gelobt und damit Siedler in Rage gebracht, die den Krieg in japanischen Lagern verbracht hatten. Natürlich, gab er zu, würden Tausende von Motorrädern die Luft verpesten, Staus verursachen und die Unfallrate hochtreiben, aber sie seien durch nichts aufzuhalten, sie kämen so sicher wie das Amen in der Kirche.

Die Nachteile des Fortschritts beeindruckten Vern niemals: Was ihren Mann ärgern würde, so dachte Maggie, war jeder Verzicht auf Fortschritt zum Wohle der Öffentlichkeit. Sein Glaube an den Fortschritt, egal, was er kostete, war so unerschütterlich, daß er Maggie häufig als rücksichtslos erschien. Aber es machte ihn auch großartig, und sie hatte sich immer zu disziplinierten Männern mit festen Überzeugungen hingezogen gefühlt. Und es gab etwas sehr Typisches für Vern: Wenn er schulmeisterlich über Fortschritt dozierte, hatte das gewöhnlich ausgedehnte Liebesspiele zur Folge.

So auch heute nacht.

Sie lag nackt im Bett, als er zu ihr kam, mit schweren und langsamen Schritten, als ob die Begierde wie eine Last auf ihm drückte. Sie öffnete die Augen und lächelte, und er meinte, ihr Geschlecht sei wunderschön. Maggie lachte. »Liebling, das sieht bei allen Frauen gleich aus.«

»Stimmt nicht«, sagte er und legte ihr die Hand auf die

Hüfte. »Glaub es mir.« Nach einer Pause wiederholte er mit Nachdruck: »Glaub mir, es stimmt nicht.«

Maggie hatte schon früh gelernt, daß die meisten Männer jede Gelegenheit nutzen, eine Frau wissen zu lassen, wie erfahren sie sind. Sie hatte ihre Jungfräulichkeit im Alter von sechzehn Jahren auf dem Parkplatz der High-School verloren und war seitdem sexuell recht rührig gewesen. Aber sie ließ Vern den Glauben an seine erotische Überlegenheit und zog ihn an sich.

Später erwachte sie von einem Alptraum: Eine große Schattenfigur hatte sie in einer engen Allee von Zwillingspflaumenbäumen verfolgt; Baumäste hatten sich nach ihr gereckt, um sie zu umklammern. Maggie sah aus dem Fenster, an dessen unterem Rand sie einen Kranz hellblauen Lichts wahrnahm. Es war fast schon Morgen. Sie stand völlig verschwitzt auf und ging zum Fenster. Die Schattenfigur konnte nur dieser deutsche Stoffhändler gewesen sein. Sie drehte sich zu Vern um und sah ihn als großen, blassen und zusammengerollten Fötus. Für den Plattenspieler war es noch zu früh, aber Maggie verspürte den übermächtigen Wunsch, Bix zu hören. Vielleicht *Riverboat Shuffle*, ein Paradestück seines weichen Klangs.

Sie hatte ein paar Fotos von ihm gesehen, die in den zwanziger Jahren entstanden waren und die so entrückt wirkten wie manchmal sein Spiel. Sein Haar war in der Mitte gescheitelt; der Glanz in seinen Augen legte die Vermutung nahe, daß er geradewegs aus dieser Welt heraussah; seine Ohren liefen wie bei einem Kobold spitz zu; sein Kornettistenmund schien seltsam klein, auf jünglingshafte Weise schmollend, der Mund eines empfindsamen und grüblerischen Jungen. Es gab so viele Legenden um ihn, und Maggie kannte sie alle. Nur selten wechselte er seine Socken, häufig verpaßte er die Abfahrt von Zügen, niemals schloß er sich einem Menschen enger an, nicht einmal Babe Ruth, die mit ihrer angeblichen Freundschaft herumprahlte. Er war ein hoffnungsloser Alkoholiker wie auch ihr Vater.

Im Alter von ungefähr fünfzehn Jahren hatte sie sich ihn zum Helden erkoren, weil er auch aus Iowa stammte und es weit hinter sich gelassen hatte. Sie konnte sich nichts Tragischeres vorstellen. Minderwertiger Schund war seine musikalische Erziehung gewesen. Als Autodidakt auf dem Kornett lernte er niemals den richtigen Fingersatz auf diesem Instrument. Niemals lernte er, richtig Noten zu lesen. Er besaß niemals die technische Fähigkeit, ein großes Orchesterstück zu komponieren. Dennoch verbrachte er Stunden am Klavier, besessen von dem unmöglichen Traum, Debussy nachzueifern. Im Jazz war er zu einer Zeit ein weißer Experimentator, als die meisten kreativen Musiker Schwarze und unwillig oder unfähig waren, auf einen Menschen wie ihn einzugehen.

Im Alter von achtundzwanzig Jahren starb er an Suff und Lungenentzündung, nachdem er sein Leben selbst als Bankrott empfunden hatte. Aber in seinem Spiel hatte Maggie eine musikalische Entsprechung ihrer eigenen Suche nach etwas gefunden, das jenseits ihrer Mädchenerfahrungen in Iowa lag.

Am Fenster stehend, versuchte sie, Gegenstände auf der Straße zu erkennen, aber es war noch immer zu dunkel. Sie kehrte zum Bett zurück und setzte sich eine Weile auf die Bettkante. Ihre Augen ruhten auf dem breiten Rücken ihres Mannes, während sie an ein Solo aus *Jazz Me Blues* dachte: die federnd-fröhliche Behandlung von acht Noten, das Legato, der kontrollierte Klangcharakter. Jemand hatte mal von Bix gesagt, er könne ein Horn erklingen lassen, als ob jemand mit einem riesigen Hammer auf eine Glocke schlage. Hätten ihr Vater und Bix unter anderen Umständen ihre Erfüllung gefunden? Wenn sie sich mehr Mühe gegeben hätten? Eine andere Richtung eingeschlagen hätten? Sie spürte plötzlich das dringende Bedürfnis, sich selbst auf ein Ziel einzuschwören, wie sie und Tracy es vor Jahren getan hatten. Aber was sollte sie anstreben? Das war eine nutzlose, romantische Vorstellung, derer sie sich entledigte, indem sie sich wieder hinlegte, die Augen schloß und sich von der angenehm kühlen Luft der heraufziehenden Morgendämmerung in den Schlaf lullen ließ.

8

Sjam nahm ein Becak zu einem Wohnviertel der Unterschicht im Westen Djakartas. In diesem Kampong drängten sich Hütten an den Rändern blauschwarzer Abwasserkanäle, die so mit Müll verstopft waren, daß das träge dahinfließende Wasser sich kaum einen Weg bahnen konnte. Eine Art sandigen Schleim bildend, stank der Abfall unter dem grellen Licht, das alles unbarmherzig entblößte, nach Fisch, Urin und Moder. Dieser Kampong vermittelte den abstoßenden Anblick einer alten Frau, die man nackt beim Baden erwischt.

Sjam reagierte empfindlich auf das Erscheinungsbild dieses Stadtteils. Als Junge namens Kamarusaman bin Ahmed Mubaidah hatte er sich in diesen Gassen herumgetrieben; er kannte sie noch immer wie seine Westentasche. So manches Mal hatte er sich in diesen kleinen Läden mit ihren aufgestapelten Eierbergen aufgehalten, mit ihren Gewürzen, Trögen voll getrockneten Fischs, Kisten mit Reis und mehrfach zusammengebundenen Eisenwaren, die unter der Decke hingen. Er hatte in diesen Läden gestohlen. Noch heute konnte er angeben, wo es sich am leichtesten stehlen ließ: dort in diesem Laden, wo es Knoblauch und Pfeffer gab; in jenem mit der Fischsauce und den Keksen in Dosen. Und in dem dort hatte er einen roten Plastikeimer geklaut.

Seine Mutter hatte für andere Wäsche gewaschen und sie zum Trocknen auf das Blechdach einer Hütte geklatscht, die aussah wie die, an denen er nun vorbeifuhr. Er haßte diese Gegend wegen der Erinnerungen an seinen knurrenden Magen, an die nachts rumorenden Ratten, an seinen Vater, der sich mühsam durchs Leben schlug. Sjam konnte sich an den stickigen Geruch der Lehmfußböden erinnern, wenn die durch den Regen angeschwollenen Kanäle ihr Wasser in die übervölkerten Wohnbezirke des westlichen Djakarta spülten und damit den Gestank von Krankheit und Tod mit sich brachten. Nichts hatte sich seitdem geändert. Der Verwesungsgeruch, der jetzt nur noch Erinnerung war, würde ihm zu Beginn der Regenzeit wieder in die Nase steigen.

Doch genau in dieser Gegend hatte Sjam immer seine Geliebten gefunden. Sie hielten ihn hier fest, diese armen Mädchen, die nach einem Ausweg suchten, genauso wie er früher. Sie erinnerten ihn an die vergängliche Natur des Erfolgs, und jeder Augenblick, den er in ihren Armen verbrachte, war für ihn eine Art Warnung. Er mußte seine fünf Sinne beisammenhalten oder dahin zurückkehren, wo sie lebten — am Rande, der Demütigung ausgesetzt, von der Hoffnung lebend.

Sjam kam zu einem Haus, das ordentlicher aussah als die meisten anderen entlang der staubigen Gasse. Auf dem Fenstersims stand ein Geranientopf. Auf dem Dach, das wie das Meer glitzerte, lag nicht ein Stückchen Wäsche zum Trocknen. Er war stolz auf dieses makellose Dach, denn die gesamte Nachbarschaft wußte, daß er die

Frau aushielt, die dort wohnte. Sie hatte versprochen, ihre Wäsche von einem chinesischen Wäscher waschen zu lassen, einen Teil seines Zuschusses zu diesem Zweck auszugeben und somit das Dach unbehelligt zu lassen. Vor langer Zeit hatte Sjam beschlossen, daß man die Leute nach dem Aussehen ihres Daches beurteilen könne; ein mit Wäsche bepflastertes Dach bedeutete darunter waltende Armut. Nur dieses Dach funkelte in der Sonne.

Er war erfreut über diesen Anblick, insbesondere da Endang nichts von seinem heutigen Kommen ahnte und ihn dennoch nicht mit dem Haushaltsgeld betrogen hatte; sie hatte keine Wäsche auf das Dach geklatscht. Er klopfte gegen die Tür. Ein Hund bellte im Hof. Er klopfte wieder. Der Krach, den er veranstaltete, war ziemlich laut für einen so kleinwüchsigen Menschen. Er war sich der Tatsache bewußt, daß er selbst für einen Javaner sehr klein war. Sein Haß auf die Holländer war noch durch den Unterschied zwischen seinem spindeldürren Körper und deren muskulösem Aussehen erhöht worden.

Er wartete an der Tür und fühlte sich unbehaglich, weil man ihn bestimmt aus den benachbarten Fenstern beobachtete. War sie vielleicht gar nicht da und amüsierte sich in den Geschäften? Oder vielleicht noch — schlimmer — mit einem anderen Mann? Er rüttelte an dem Holzknopf der Tür. Da die Tür verschlossen war, knarrte es nur. Ihm fielen plötzlich die vielen Geräusche auf: Hämmern, Kratzen, schreiende Kinder, rufende Frauen, Gamelanmusik, die aus einem Transistorradio plärrte.

Endlich wurde die Tür geöffnet — langsam und vorsichtig, wie man das in dieser Gegend machte —, und ihr Gesicht erschien im Schatten, nur auf ihre Nasenspitze fiel das Sonnenlicht.

Die Tür öffnete sich weit. Mit einem triumphierenden Grinsen drehte sich Sjam um und blickte auf die unsichtbaren Augen, die ihn aus den gegenüberliegenden Hütten anstarrten. Mit lauter Stimme tadelte er sie dafür, daß sie so langsam an die Tür gekommen war. Und als sie sich damit entschuldigte, sie habe gerade den Hof gefegt, tat er so, als habe er sie nicht verstanden, und zwang sie, ihre Erklärung noch einmal vernehmlicher zu wiederholen, damit auch die unsichtbaren Zuschauer sie hören konnten.

*

Er hatte mit ihr geschlafen. Das war seine erste Pflicht. Dann gab er ihr Geld — das war seine zweite. Anschließend goß sie Tee auf und brachte ihm eine Schüssel Nudeln ans Bett, wo er aufrecht saß, mit dem Rücken an der abblätternden Wand. Mit Befriedigung hatte er die peinliche Sauberkeit des Zimmers zur Kenntnis genommen. Es war sparsam mit einem billigen, kleinen Schreibtisch, einem Sessel, einem trüben Spiegel und einem Kalender ausstaffiert, der an der gegenüberliegenden Wand hing; aber alles war makellos sauber. Er dachte an die Eimer voll Wasser, die sie hier hereinschleppen mußte, das Schrubben auf Händen und Knien, denn der Boden war aus Holz, nicht aus Erde, nicht wie der Fußboden seiner Kindheitserinnerungen. Sie hatte es besser. Ein Grund mehr, daß sie das Haus peinlich sauberhielt, für das er die Miete bezahlte. Nun sah er sie an: eine kleine, farblose junge Frau in einem abgetragenen Sarong und einer halbgeöffneten Bluse.

Endang war seit zwei Jahren Witwe. Ihr Ehemann, ein junger Armeeoffizier, war am 12. April 1963 bei einem Guerillaüberfall während der Anfangsphase der Auseinandersetzungen getötet worden. Dreißig indonesische Kommandoeinheiten hatten erfolglos die malaiische Polizeistation in Tebedu, Nordborneo, angegriffen. Ihr

Mann, der von einem Spürhund auf einen Baum gejagt worden war, wurde von einem Gurkha-Scharfschützen erschossen. Einer der Angreifer, der entkommen konnte, hatte alles gesehen.

Sjam, Veteran des Unabhängigkeitskampfes gegen die Holländer, verachtete irgendwie die Art und Weise, wie Endangs Mann ums Leben gekommen war — von einem Hund auf den Baum gejagt! Dennoch gab er das niemals zu, denn alles in allem mochte er sie. Im Bett war sie nicht besonders, aber auch nicht gerade schlecht. Und ziemlich lieb. Und vor allem war sie gehorsam. In ihrer Demut sah Sjam ein gewisses Maß von Intelligenz. Er hatte Geliebte besessen, die der Meinung gewesen waren, einen Sieg über ihn errungen zu haben, wenn sie mit ihm ins Bett gegangen waren. Das machte sie arrogant gegenüber den Nachbarn, fordernd ihm gegenüber. Sie waren dumm. Aber diese hier hatte genug Verstand, ihren Platz zu kennen. Das machte sie ihm liebenswürdig. Er beobachtete, wie sie die Schüssel nahm, um nachzufüllen. Er konnte eine verdächtige Rundung ihres Bauches erkennen. War sie schwanger? Vor ein paar Tagen hatte er sie danach gefragt, aber sie behauptete, aufgrund seiner Großzügigkeit, die es ihr erlaube, mehr zu essen, etwas zugenommen zu haben. So waren die Frauen. Sie schmeichelten einem, wann immer man der Wahrheit nahekam, die sie zu verbergen suchten. Sie war zweifellos schwanger. Und von wem war das Kind? Er mußte sie loswerden oder sie das Kind austragen lassen und für es bezahlen. Er wußte noch nicht, für was er sich entscheiden würde.

Nachdem er eine zweite Portion Nudeln gegessen hatte, lehnte sich Sjam in entspannter Stimmung zurück und dachte über seine erfolgreichen Geschäfte nach. Dieser Frau hatte er erzählt, er sei im Außenhandel tätig; er wußte tatsächlich viel darüber, und in gewisser Weise beschäftigte er sich wirklich mit dem Außenhandel, weil er Informationen über illegale Frachttransaktionen sammelte und verkaufte. Daß sie selten verstand, wovon er redete, vergrößerte nur seine Freude, ihr Geschichten zu erzählen. Er wußte, daß seine Schilderungen der Korruption nicht weitergetragen würden. Am liebsten hätte er ihr gar nichts erzählt, aber manchmal lastete die Geheimniskrämerei wie eine zähflüssige Masse auf ihm; er verspürte dann den überwältigenden Wunsch, mit irgend jemandem darüber zu reden. Dieser Wunsch war körperlicher Natur — wie Sex.

Deshalb berichtete er ihr nun von INKOPAD, dem Zentralen Genossenschaftsausschuß der Armee, der von der Zentralbank von Indonesien kontrolliert wurde. INKOPAD hatte jüngst mit einer japanischen Fischereigesellschaft einen Vertrag abgeschlossen, im Arafurameer die Schiffahrt gemeinsam zu betreiben. Die japanischen Mannschaften sollten unter dem Kommando indonesischer Kapitäne stehen. Er kannte einige dieser Kapitäne. Sie waren alle bekannte Schmuggler. INKOPADs gemeinsames Unternehmen mit den Japanern hatte nur zum Ziel, Kameras, Uhren und Elektronikartikel ins Land zu schmuggeln. Die erste Ladung sei nächste Woche fällig, erzählte er ihr.

Sjam lachte, während die junge Frau ein Kleidungsstück flickte und dabei, um gute Arbeit bemüht, angestrengt die Lippen spitzte. Und das sei noch nicht einmal alles, erzählte ihr Sjam mit seiner sanften, leisen Stimme. INKOPAD erhalte eine illegale Schiffsladung Gemüse und Baumwolle aus einem Land namens Texas, das sei in den Vereinigten Staaten von Amerika. Dieses Geschäft sei laut einer vertrauenswürdigen Quelle von der CIA eingefädelt worden. Sjam hielt inne, ihre Reaktion erwartend, weil jedermann diese berüchtigte CIA kennen müsse, aber sie nähte weiter, als ob ihr der Name nichts bedeutete.

Zufrieden, daß sie kein Interesse an seinen Geschichten bekundete, führte Sjam aus, was ihm einige Leute für diese Informationen bezahlen würden. Er kannte die genaue Lage eines einsamen Strandes, wo die Schiffsladung der Japaner ausgeladen werden sollte. Das Ganze solle von einer Einheit des Bataillons 237 der Division Siliwangi ausgeführt werden. Der Abtransport vom Strand werde mit Lastwagen des Bataillons erfolgen. Und der ganze Kram werde zehn Kilometer westlich von Djakarta in einen Speicher eingelagert.

An diesem Punkt hätte Sjam seine eigene Rolle schildern müssen, aber er verheimlichte sie selbst seiner uninteressierten Geliebten. Er hatte den Schiffskapitän bestochen, ihm aus Hongkong, dem letzten Anlaufhafen des Schiffes, den Frachtbrief zu schicken. Sjam verkaufte diese Information einem chinesischen Agenten von MANTRUST, einer Nahrungsmittelgesellschaft, die von Tan Kiong Liep und Sjazrief Margetan betrieben wurde. Wenige wußten (Sjam natürlich schon), daß ihnen die Gesellschaft überhaupt nicht gehörte, sondern daß sie von ihnen nur für das Nachschub- und Beschaffungsamt der Armee geleitet wurde. Hin und wieder beschäftigte sich MANTRUST hingebungsvoll mit dem Schmuggel, besonders dann, wenn die Ware teuer war. Anhand des Frachtbriefs, den ihnen Sjam verschafft hatte, konnten sie für die gesamte Schiffsladung eine Preisliste ausarbeiten, die ihnen bei den Verhandlungen mit der INKOPAD hilfreich sein wurde. Folglich bastelte eine Gruppe des Militärs daran, die andere bei einem Geschäft übers Ohr zu hauen.

Sjam lachte wieder. Korruption amüsierte ihn. Wann immer er durch Informanten von solchen Vorgängen erfuhr, grinste er, als ob er gerade einen tollen Witz gehört hätte. Sjam war gerissen genug, um zu begreifen, daß sein Erfolg im Sammeln von Informationen vielleicht etwas mit seiner Einstellung zu tun hatte — er nahm die Dinge nicht allzu ernst. Er nahm sie auf die leichte Schulter. Die Leute reden mit einem, wenn man nicht entsetzt, traurig oder erbost über das ist, was man hört. Die Menschen lieben es, ihre Geheimnisse auf jemandem abzuladen, der lächelt.

Sich erhebend, packte Sjam die junge Frau an den Schultern und blickte ihr in die Augen: »Mach du ja keinen Fehler.«

Sie schüttelte den Kopf.

Die Angst, die er in ihren Augen sah, beruhigte ihn. Einer plötzlichen Regung folgend, schenkte er ihr noch ein paar Rupiahs und fühlte sich in seiner Großzügigkeit bestärkt, als sie sich zu Boden warf und seine Füße küßte. Er wurde noch einmal an der Haustür belohnt, weil sie zum Abschied sichtbar für all diejenigen, die aus den gegenüberliegenden Hütten starrten, unterwürfig ihr Haupt senkte.

*

Er fand Pono an einem Hahnenkampfring, der zu dieser Tageszeit verlassen war. Pono wettete so leidenschaftlich auf die Hähne, daß er selbst dann, wenn die bösartigen Vögel nicht da waren, Stunden in diesen riesigen Schuppen verbrachte, als ob er die Erinnerung an herrliche Nächte wachhalten wollte, in denen Männer wie er mit ihren Schreien die Wände erzittern ließen. Männer, die Fäuste voller Rupiahs, bereit, einen Wochenlohn auf die Hähne zu wetten, an deren Sporen Rasierklingen befestigt waren.

Sjam mochte Pono nicht, obwohl er gut zu ihm paßte.

Es war nicht gut, jemanden zu mögen, mit dem man arbeitete. Das konnte fatal werden. Man wog sich in Sicherheit; aber was war, wenn es Ärger gab?

Pono war so groß wie Sjam, auch so mager wie Sjam, abgesehen von dem Wanst, der nicht zu seinem Körper zu gehören schien. Das gab ihm ein unharmonisches Aussehen; und Sjam liebte die Ordnung, selbst wenn es sich um das körperliche Aussehen drehte. Dennoch war Pono der richtige Mann, alltägliche Besorgungen auszuführen und Routinefragen zu stellen. Er tat, was man ihm auftrug, weil er immer Geld brauchte, um seine Spielschulden zu begleichen. An diesem Punkt waren sie sich gleich, sie brauchten beide Geld — Sjam für den Unterhalt seiner Familie in einer guten Wohngegend, für Reparaturen an seinem Strandhaus und um Endang zu versorgen (eine weitere Geliebte hatte er einen Monat zuvor wegen der Kosten aufgegeben). Wenn zwei Männer zusammenarbeiten, die stets von akutem Geldmangel bedroht sind, haben sie die besten Erfolgsaussichten. Das war Sjams Philosophie.

»Mach Oberst Latief ausfindig«, sagte er Pono. »Kennst du ihn?«

»Du hast mich mal zu ihm geschickt. Kommandeur der Ersten Infanteriebrigade. Dicker Mann mit Bart. Damals fand ich ihn in der Hauptgarnison.«

»Sag ihm, daß ich beim Imbißstand von Jalan Jaksa warte. Er kennt den Platz. Sag ihm, es sei dringend. Ich werde dort warten. Halt, renn nicht weg! Es gibt noch mehr. Ich möchte noch, daß du zum Hafen gehst und Arief ausfindig machst. Frag ihn, wann das Pahokaschiff ankommt. Das mit den Fahrrädern.« Sjam durchforschte sein Gedächtnis nach Fakten über Tiefseeschiffe, Leichter, Containerschiffe, Holzfrachter, Öltanker. Er mußte alles über Konkurrenten, Preise, Ankunftszeiten und besonders über gesetzwidrige Schiffsladungen wissen. Es war nicht leicht, Informationen zu sammeln und zu vertreiben. Nachts, wenn alles ruhig war, fühlte er sich häufig minderwertig. Dabei hatten nur wenige Männer soviel Ahnung vom Treiben in Djakarta. Jemand, der soviel wußte wie er, sollte eigentlich noch mehr verdienen.

Pono anblickend, meinte er, Verständnislosigkeit in den dunklen Schlitzaugen zu sehen. »Das Pahokaschiff«, wiederholte er.

»Ja, das mit den Fahrrädern.«

»Wenn es morgen einläuft, dann muß ich mit Arief sprechen. Sag ihm das.« Über das Rauschgift mußte er sprechen, das bei der halben Schiffsladung in den Hinterreifen versteckt war. Rauschgift, das mitsamt einer Schiffsladung Reis und Gewürznelken voraussichtlich am nächsten Dienstag nach Westdeutschland verschifft werden sollte.

»Oder finde wenigstens heraus, wann es ankommt.«

Pono nickte und wollte gehen.

»Warte«, sagte er zu Pono. »Und geh zur Wisma Trading Company, und frage nach Go Swie Kie.«

»Ich kenne ihn nicht.«

»Ein Chinese. In der Buchhaltung. Er schuldet mir Geld. Sag ihm, daß ich lange genug gewartet habe. Erzähl ihm auch, daß ich Informationen über eine Schiffsladung aus Singapur habe.«

»Was für eine Schiffsladung?«

»Er weiß, worum es geht.« Es war eine Ladung Autoteile mit einem zweifelhaften Frachtbrief. Aber Sjam teilte Pono stets nur das Notwendigste mit. Er achtete besonders sorgfältig darauf, seinen Assistenten aus Geschäften mit chinesischen Cukongs herauszuhalten. Sie waren nämlich gerissene Geschäftsleute und dafür bekannt, Assistenten gegen ihre Vorgesetzten auszuspielen.

Wenn er Pono zuviel erzählte, würde Pono eines Tages sein Konkurrent sein.

»Noch was?« fragte Pono.

»Ja, besuche mich bei Sonnenuntergang.« Damit meinte er, er solle ihn zu Hause besuchen und an der Hintertür klopfen — wie ein Diener. Sjam gab Pono nie zu viele Anweisungen auf einmal. Das förderte in seinem Assistenten das notwendige Maß Angst, am nächsten Tag vielleicht gar keinen Auftrag mehr zu bekommen. »Das ist alles«, sagte Sjam.

Ponos dünne Schultern strafften sich, sein schmaler Kopf bewegte sich eifrig hin und her, und er stakste auf seinen mageren Beinen weg. Während er ein Becak herbeirief, war ihm der neue Auftrag noch gar nicht so recht ins Gehirn gesickert, in dem es von ganz anderen Dingen wimmelte: glockenförmige Käfige, in denen Hähne warteten; das Wetten am Ring; Hähne, die vorsichtig herausgenommen und zur Schau gestellt wurden, mit so eng an den Körper gebürsteten Federn, daß die Schnäbel der Gegner sich nicht so leicht verhaken konnten, wenn sie von ihren Besitzern freigelassen wurden und aufeinander losgingen.

*

Nach seiner dritten Tasse Tee blickte Sjam auf, um einen schwergewichtigen, bärtigen Mann zu begrüßen, der den Imbißstand betrat. Oberst Latief trug einen Sarong und ein weißes Hemd, aber er besaß noch immer das breitschultrige Aussehen eines Soldaten. Seit einem Jahr machte Sjam mit ihm Geschäfte, Geschäfte im Sinne von Informationsaustausch. Er bekam niemals Geld von Latief. Er wurde von anderen bezahlt, die wissen wollten, was Latief erzählte.

Latief hatte in West-Irian, dem westlichen Teil Neuguineas, mit einer Anzahl von Kameraden gekämpft, die nun alle hohe Tiere im Generalstab waren. Latief, ein Idealist, hatte sich niemals den korrupten Bräuchen in Djakarta angepaßt. Wegen seiner asketischen Natur war er bei wichtigen Aufträgen übergangen worden. Er hielt weiterhin an den Idealen der Revolution fest und verachtete die dicken Autos, die aufgetakelten Frauen und den hohen Lebensstandard, der die Prinzipien der meisten Offiziere untergraben hatte. Sie waren dem Dschungel entkommen und in das helle Licht Djakartas geraten. Latief war förmlich besessen vom Thema Korruption innerhalb der Streitkräfte. Mit finsterer Miene sprach er über alte Kriegskameraden und bezeichnete sie als »djakarterisiert«, wobei er den englischen Ausdruck benutzte, der unter gebildeten Beobachtern der grotesken Szene Djakartas üblich war. Er warf sich in Pose und stellte gern dramatische Fragen: Wo war der Stolz auf die Tradition geblieben? Die Ehre Javas? Lauter solche Fragen. Sjam hielt ihn für ein bißchen beschränkt, was ihn natürlich wertvoll machte. Latief war ein Mann, den man regelrecht nach Informationen anzapfen konnte, ohne ihm viel dafür zurückgeben zu müssen. Latief war Antikommunist. Er hielt es für seine Soldatenpflicht, die PKI unter Kontrolle zu halten. Wenn sie sich trafen, gab ihm Sjam deswegen vorsichtige Hinweise auf PKI-Aktivitäten, sprich auf angeblich geplante Demonstrationen. Er ging dabei so vorsichtig vor, daß man ihn nicht zur Verantwortung ziehen konnte, wenn die Demonstration nicht stattfand. Aber er schaffte es immer, von Latief etwas über die Pläne der Armee in der Stadt zu erfahren. Diese verläßlichen Informationen wurden besonders vom Vorsitzenden Aidit geschätzt, der gut dafür bezahlte. Sich mit Oberst Latief zu unterhalten, war also ein Vergnügen.

Als der Oberst ihm gegenüber Platz genommen hatte, bestellte Sjam noch einen Tee und Krupuk, pikante Fischchips, die Latief, wie Sjam wußte, sehr schätzte. Dann, sich nach vorn beugend, begann er, mit sanfter Stimme den Rat der Generäle und die Möglichkeiten eines Putsches zu beschreiben. Yani und Nasution seien offensichtlich die Anführer des Rats. Sie benutzten offensichtlich Sukarnos Gesundheitszustand als Rechtfertigung, das Land unter ihre Herrschaft zu bringen.

Latief glättete mit unruhigen Fingerbewegungen seinen Schnurrbart. Er wollte wissen, von wem Sjam etwas über den Rat erfahren habe. Sjam sagte, von den Kommunisten. Aidit hatte natürlich nicht gewünscht, daß diese Information weitergereicht werde. Aber Latief würde alles glauben, was aus dem Lager der Roten stammte; er glaubte blind an die Fähigkeiten der Kommunisten, Geheimnisse aufzudecken. Nach Latiefs Meinung war das Böse immer effizient. Sjam hatte das schon vor langer Zeit herausgefunden und nutzte es.

»Wann will dieser Rat der Generäle den Putsch durchführen?« wollte Latief wissen.

»Vielleicht am Tag der Armee.«

traurig schüttelte der Oberst seinen Kopf. »An diesem Tag sollten wir die Unabhängigkeit feiern, nicht sie zerstören.«

»Ja, ganz meine Meinung.« Sjam zündete sich eine Kretekzigarette an und blies den nach Gewürznelken duftenden Rauch in die stickige Luft des Warungs.

»General Yani muß der Kopf dieser Geschichte sein«, erklärte Latief erbittert.

»Glauben Sie?«

»Er studierte in Amerika, am Fort Leavenworth. Er ist ein amerikanischer Agent.«

»Und ein Verschwender«, warf Sjam ein und beobachtete die Menschen, die draußen unter dem Blechvordach vorbeigingen. »Und ein Schürzenjäger.«

Latief nickte mit finsterer Miene.

»Ich frage mich...«, Sjam stockte, bis ihm Latief volle Aufmerksamkeit schenkte, »ob es überhaupt Offiziere gibt, die sich gegen einen solchen Putsch stellen werden.«

»Ob es *überhaupt* welche gibt? Natürlich gibt es sie!«

»Dann, vielleicht...«

»Ich kenne javanische Offiziere, die sich so etwas nicht gefallen lassen würden!«

»Zum Ruhme ihres Landes.«

»Richtig! Yani und Nasution, die unseren geliebten Führer der Revolution beiseite schieben? Ihn mit ihren Autos und Huren ersetzen? Ich kenne Männer, die lieber sterben würden, als sie ungestraft davonkommen zu lassen. Ich weiß, daß sie es tun würden.«

»Gelobt sei Allah.«

Latief beugte sich mit verschränkten Armen vor und wiederholte, daß sie lieber jetzt, in diesem Augenblick, sterben würden, als dieser Bande von korrupten Generälen zu gestatten, die Ideale der Unabhängigkeit mit ihren Füßen zu beschmutzen. »*Sie* kämpften doch für die Unabhängigkeit«, sagte er zu Sjam. »Von allen Menschen wissen Sie am besten, was ich meine. Sie waren dabei.«

Im Laufe der Jahre hatte Sjam gelernt, den glänzenden Abschnitt seiner Biographie vorteilhaft einzusetzen. Er konnte aber nicht verstehen, daß einige Männer noch immer soviel Wert auf längst vergangene Ereignisse legten. Er lebte in der Gegenwart. Und außerdem erkannte er im heutigen Indonesien kaum das Land wieder, das gegen die Holländer gekämpft hatte.

»Ich weiß, was Sie meinen«, sagte er. »Die Ideale der Unabhängigkeit.«

Latief verfiel in ein kurzes nachdenkliches Schweigen.

Dann sprach er davon, diesen Verrätern mit einem Gegenschlag zu antworten. Sie müßten von der Armee selbst gestoppt werden — Soldat gegen Soldat.

Sjam nahm einen Zug aus der Zigarette. Alles lief bestens.

Latief glättete wieder seinen Schnurrbart. Er sagte, der Feind Indonesiens besitze zwei Köpfe: Der eine seien die Kommunisten, der andere der Generalstab der Armee. Es müsse eine Abrechnung geben, und sie müsse mit der Armee beginnen, weil jedermann wisse, daß die Roten nicht vertrauenswürdig seien. Aber die Armee solle das wahre Bollwerk des Volkes sein, denn wenn die Armee versage, dann versage auch die Nation. Zuerst also die Korruption in der Armee bekämpfen! Die Verräter rauswerfen! Säubert die Armee, die vorderste Bastion des Volkes!

Sjam nickte, rauchte, sagte nichts. Er wußte, wann er der Selbstüberschätzung eines Mannes Tür und Tor geöffnet hatte.

Latief lehnte sich vor und sprach frisch von der Leber weg. Im Geiste arbeitete er sich durch eine Liste von Offizieren, die sich dem Rat der Generäle widersetzen würden.

Sjam lächelte höflich. Dieser verbissene Oberst war wirklich dumm.

»Ich werde Untung gewinnen. Wir waren im Bataillon 328 der Division Diponegoro. Bei den Fallschirmspringern in West-Irian. Untung ist ein ehrenwerter Mann.«

»Ja. Gut.«

Latief erwähnte weitere Namen, während Sjam sich bequem zurücklehnte und rauchte. Nachdem Latief die Namen einer genügenden Anzahl von Patrioten losgeworden war, um sich selbst zu beruhigen, schlug Sjam vor, daß sie diese Männer zu einem Treffen einladen sollten. Er rechnete sich so unauffällig dazu, daß Latief seine Anwesenheit bei der Planung eines Gegenputsches als das

Normalste von der Welt hinnahm. »Es gibt viele javanische Offiziere, auf die wir zählen können. Truppenoffiziere, die jüngst hier stationiert wurden. Viele von ihnen dienten vorher in Nahkampfbataillonen. Sie kennen den Dschungel. Sie sind dort mit Stoßtruppeinheiten hineingegangen. Sie sind die Armee. Wir können Yani und seine Schwächlinge aufhalten.«

Sjam fand diese Art von Rhetorik ermüdend, aber immerhin hatte er die Namen von einem halben Dutzend Offizieren erfahren, die eventuell einen Gegenputsch anführen würden. Damit konnte man arbeiten. Und er hatte es geschafft, bei diesem Treffen auch dabeizusein. Sollte irgend jemand Einwände erheben, müßte er nur seine Verbindung zum Bataillon X in Yogya während des Unabhängigkeitskampfes erwähnen. Dieses Mittel versagte nie und ließ die Augen der Veteranen in patriotischer Aufwallung leuchten. Soldaten waren doch im Grunde genommen reichlich dumm! Schmuggler waren klüger, aber der Umgang mit ihnen war nicht leicht. Er zog brave Männer wie Latief vor, die von ihrem guten Ruf besessen waren. Wenn man an ihre Ehre appellierte, waren sie leicht zu beherrschen. Nichts trübte das Urteilsvermögen eines Mannes mehr als sein Sinn für Ehre.

9

Sie bereiteten sich auf ein Fest bei OPSUS vor, wo das »Projekt Palme« gefeiert werden sollte. Maggie saß auf dem Bett, feilte ihre Nägel und lauschte Bix' *Dardanella*. Vern rasierte sich und sprach durch die geöffnete Badezimmertür. »Ich weiß gar nicht, was sie feiern. Das Projekt steht überhaupt noch nicht. Ich habe ein paar

Skizzen gezeichnet, legte sie auf Sakirmans Schreibtisch, und zwei Tage später lagen sie noch immer unberührt herum.«

»Nicht jeder hat soviel Schwung wie du, Liebling.«

»Aber ich stoße hier auf neue Niederungen der Apathie — oder Inkompetenz. Es ist schwer zu sagen, was zutrifft. Man hat mir noch nicht einmal Zeichner zugewiesen, ganz zu schweigen von Architekten oder einem einzigen Ingenieur. Aber ich habe Buchhalter aus der Logistik und Budgetplanung. Sie verbringen ihre Zeit mit Teetrinken und erzählen ihren Fans dabei Geschichten von Hahnenkämpfen. Liebling, würde es dir etwas ausmachen, dieses Ding leiser zu stellen? Ich kann mein lautes Denken nicht hören.« Abgesehen von ein paar Filmmelodien machte sich Vern nichts aus Musik, insbesondere Jazz, ganz besonders dem Jazz der zwanziger Jahre. Was Vern am meisten liebte, war die nomadenhafte Atmosphäre in Hotelbars, wo er mit anderen Landsleuten herumstehen und die Probleme der Entwicklungsländer lösen konnte. Maggie stand auf, nahm den Tonarm von der Platte und stellte das Gerät aus.

»Danke.« Vern lächelte sie vom Spiegel her an. »Larry hat ein neues Mädchen gefunden.«

»Natürlich.« Wo immer auch Larry Foard hinging, er fand ein Mädchen, so wie er ein Hotelzimmer fand. Maggie hatte anfangs versucht, mit dem Schiffsbauer aus Cornwall gut auszukommen, aber als es offensichtlich wurde, daß er Verns Ehe als Verrat an ihrem gegenseitigen Vertrauen und die amerikanische Ehefrau als überflüssiges Gepäck bei ihren Streifzügen durch Asien betrachtete, hatte sie sich einfach zurückgezogen. Ihrer Meinung nach hatte sie sich weise dafür entschieden, Larry aus dem Weg zu gehen, statt sich mit ihm ewig in den Haaren zu liegen.

Vern kam ins Zimmer und wischte sich Rasierschaumreste von seinem kantigen Kinn mit dem tiefen Grübchen. Beim Anblick seines besorgten Gesichts ließ sie die Nagelfeile sinken.

Er setzte sich auf einen Stuhl und berichtete ihr von Larrys Mädchen. Sie stammte aus Ostjava und wohnte in einem moslemischen Viertel. Gestern hatte sie die Ermordung von drei Männern erlebt. Es waren Organisatoren der Roten gewesen, die mit Plakaten an ihrem Fenster vorbeigegangen waren. Moslemische Jugendliche hatten sie dann an der Ecke angegriffen. Ein Junge holte aus einem nahegelegenen Warung eine Kanne Kerosin und schüttete sie über den zusammengeschlagenen Kommunisten aus. Irgend jemand zündete ein Streichholz an. Mit Dachstützen, die sie aus dem Warung zogen, stießen sie die brennenden Männer auf die Straße, um die Läden zu schützen. »Wagen fuhren um die Leichen herum«, sagte Vern. »Du weißt natürlich, Liebling, warum ich dir das erzähle.«

»Die Straßen von Djakarta sind gefährlich.«

»Das ist das Komische an Asien. Das Leben geht Tag für Tag seinen gemächlichen Gang, man wird davon eingelullt, und es ist nicht immer einfach zu erleben, wie alles zusammenbricht, bis auf einmal ganz plötzlich ...« Er schnippte mit den Fingern. »Ich bin von Sakirman enttäuscht. Das Projekt ist festgefahren. Ich glaube nicht, daß wir in ein, zwei oder sogar drei Monaten in Bali sind. Ich fürchte, du hängst hier fest, Liebling. An einem Ort, von dem du nicht profitieren kannst.«

Gerührt von seiner Anteilnahme, stand Maggie auf und küßte ihn auf die Wange. Das war einer dieser flüchtigen Küsse, die manchmal mehr Gefühle zeigen als lange. »Wir werden heute abend bestimmt Spaß haben«, ermutigte ihn Maggie.

*

Vern hatte ihr geschildert, was auf sie zukäme: eine Menge uniformierter Geschäftsleute, die Regierungslizenzen gegen eine Provision verkauften. Im Salon des außerhalb der Stadt gelegenen Landsitzes wurden Cocktails serviert. Fast alle Männer trugen am Hals offene Uniformen mit Kaskaden von Ordensbändern. Ihre Frauen trugen überwiegend den festlichen Kain, einen seidenen Wickelrock, und die Kebaya, eine langärmelige Batikbluse, sowie eine Stola, die über eine Schulter drapiert wird. Maggie hätte auch einen Kain tragen können, denn in Medan hatte ihr ein Zimmermädchen beigebracht, wie man ihn von rechts nach links wickelt (das war in Sumatra; hier, so stellte sie fest, wickelte man ihn von links nach rechts) und ihn so um Taille und Hüften schlingt, daß die innere Saumkante etwas höher als die äußere ist. Außerdem besaß sie eine entzückende Baju Bajang, eine lange, kimonoähnliche Bluse aus weißem Organdy, die sie in Padang gekauft hatte. Damit hatte sie bestens in diese Gesellschaft gepaßt. Aber aus Angst, zu auffällig zu wirken — immerhin war sie die Frau eines neuen Angestellten —, trug Maggie eine bescheidene westliche Bluse.

Allerdings bemerkte sie auch jetzt den Eindruck, den sie machte — abgesehen von einer Handvoll Männer überragte sie alle Anwesenden. (Am nächsten Tag sollte General Sakirman in Verns Büro stürzen und ausrufen: »Ihre Frau ist sehr schöne Frau, sehr groß«, mit einer Stimme, in der ehrfürchtige Anerkennung lag.) Als Maggie von der einen oder anderen Ehefrau von Gruppe zu Gruppe weitergereicht wurde, versuchte sie, sich ein wenig unscheinbarer zu machen, streckte verlegen die Hand aus, fühlte ihre hängenden Schultern und ihren wie bei einem jungen Bussard eingezogenen Hals. Einen schrecklichen Augenblick lang erinnerte sie sich an die Schultanzabende in Iowa: Aufgeregte Mädchen standen in einer Reihe, damit die verschüchterten Jungen ihre Partnerinnen auswählen konnten. Mit vierzehn war Maggie vergeblich in sich zusammengesackt, sie blieb ein dünner, alles überragender Storch und stand Qualen aus, während die anderen Mädchen, eines nach dem anderen, auf die Tanzfläche geholt wurden. Mit sechzehn Jahren, nunmehr mit weiblichen Rundungen ausgestattet, hatte Maggie das Vergnügen, Jungen, die endlich so groß waren, um ihr in die Augen sehen zu können (aber dazu fehlte ihnen der Mut), abzukanzeln, wenn sie ihre Aufforderung zum Tanz murmelten.

Diese indonesischen Männer waren fast genauso schüchtern. Sie betrachteten sie mit einem verschleiert wirkenden Gesichtsausdruck, ihr Interesse signalisierten sie durch Seitenblicke, ein plötzliches, sehr leichtes Hochziehen der Augenbrauen, ein winziges Lächeln. Bis sie General Yani, den Generalstabschef der Armee, kennenlernte, hatte keiner der Männer Eindruck auf sie gemacht. Er war ein blühend aussehender, korpulenter Mann, der sich seinen Weg durch die Menge bahnte, von hinten ihren Arm ergriff und sie an sich heranzog. Die Atmosphäre war so kühl und förmlich gewesen, daß seine impulsive Zwanglosigkeit sie unangenehm berührte. Seine Augen befanden sich in Höhe ihrer Kehle — und starrten auf ihre Brüste. Er stellte sich vor. Maggie bemerkte, daß die anderen Menschen ehrfurchtsvoll Abstand hielten.

»Halten Sie mich für *vermessen?*« Er sprach das Wort perfekt in Englisch aus, offensichtlich stolz auf den tieferen Sinn dieser Bemerkung.

»Ja, General, ich denke, Sie sind es.«

Yani brach in schallendes Gelächter aus. »Ich freue mich für Sie, daß der Präsident heute abend nicht hier ist.« Er hatte ihren Arm noch nicht losgelassen. »Wenn er Sie sehen würde, wären Sie in Gefahr.«

Langsam, aber entschlossen entwandt sich Maggie dem Griff Yanis. »Würde er mich um Mitternacht hastig in ein schwarzes Auto verfrachten?«

»Bung Karno ist nicht so. Er braucht keine Pistolen amerikanischer Gangster, um zu bekommen, was er will. Er würde Sie mittags in sein Auto zaubern.«

»Mich bezaubern?«

»Haben Sie Bilder von ihm gesehen, auf denen er lächelt? Man erzählte mir, Frauen könnten seinem Lächeln nicht widerstehen.«

»Das hat man Ihnen erzählt, General, aber glauben Sie es denn?«

»Ich diene meinem Präsidenten. Also glaube ich alles über ihn, das gut ist.«

»Ist es gut, verheiratete Frauen zu bezaubern und sie in einem Auto mitzunehmen, selbst wenn es Mittag ist?«

Yani kicherte und streckte wieder seine Hand nach ihrem Arm aus. Aber offensichtlich besann er sich eines Besseren und zog die Hand zurück. »Man wird Sie hier mögen«, sagte er. Als ein Adjutant vorbeikam und ihm etwas ins Ohr flüsterte, verabschiedete Yani sich so brüsk, wie er ihren Arm ergriffen hatte.

*

Dieser Schlagabtausch mit dem überschwenglichen General erschien Maggie als der Höhepunkt des Abends. Jetzt, gegen Mitternacht, stand sie allein und total gelangweilt im Garten. Aus dem hellerleuchteten Haus ertönte Gamelanmusik und Gelächter, während die Offiziere immer betrunkener wurden und ihre Frauen geduldig darauf warteten, nach Hause gehen zu können. In Sumatra, wo die

Leute den Islam ernst nahmen, hatte Maggie nie so ein Saufgelage erlebt. Ihrer Meinung nach war das Alkoholverbot das Beste am Islam. Ihr Vater hatte ihr mit seiner eigenen Selbstzerstörung den Haß auf Alkohol eingeflößt, obwohl Maggie hin und wieder einen Drink zu sich nahm, um sich auf Anzeichen von Selbstgerechtigkeit zu überprüfen. Seit sie Vern kannte, hatte sie zweimal erlebt, daß er ein wenig zuviel getrunken hatte — diese Nacht wäre es das dritte Mal. Vern war kein Alkoholiker; Maggie meinte, sie habe sich das Recht erworben, solche Dinge beurteilen zu dürfen. Aber wenn er zuviel getrunken hatte, wollte Maggie — konnte Maggie — nicht mit ihm schlafen. Sie hatten niemals darüber gesprochen, aber zwischen ihnen gab es eine stillschweigende Abmachung in puncto Alkohol und Sex. Es war beiden klar, daß sie ihn zurückstoßen würde, wenn er nach Alkoholgenuß mit ihr schlafen wollte. Das war ein Streit, den sie bislang vermieden hatten.

Der mitternächtliche Garten war kühl, als sie auf den nach Blumen duftenden Wegen spazierenging. In der Mitte des Gartens, erhellt von Kerosinlampen, stand ein Brunnen; ein dünner Wasserstrahl rann aus dem Mund eines Gipscupidos: ein kitschiges, aber teures Symbol Europas, hier in Südostasien. Daneben stand eine Bank, auf der Maggie sich niederließ. Das fröhliche Stimmengewirr im Haus hörte sich an, als ob es aus großer Entfernung käme.

Eine hohe Stimme durchdrang die Dunkelheit und sagte in schwerfällig akzentuiertem Englisch: »Genießen Sie diesen Abend?«

Sich umdrehend erkannte Maggie Mrs. Sakirman, die Ehefrau des Generals, der sie bei der Begrüßungszeremonie die Hand gedrückt hatte. Mrs. Sakirman, die sich auf einem anderen Weg der Bank näherte, war eine dicke

Frau mit einer flachen, breiten Nase und dichtgedrehten Löckchen, die eng an ihrem runden Kopf anlagen. Ihre halbmondförmigen Augenbrauen waren nachgemalt und stachen im Lampenlicht so hervor, daß sie an eine Clownsmaske erinnerten.

Maggie beantwortete die Frage. »Ich amüsiere mich sehr gut, danke.«

Mrs. Sakirmans dicke Brillengläser widerspiegelten das flackernde orangefarbene Licht. »Wenn kommt diese Stunde, ich liebe Gin-Rommé oder Würfelspiel, aber nicht soviel mit Trinken und Tanzen.« Sie lächelte breit. »Ich bin nicht geschaffen — sagt man so? — für Tanzen.« Dann stellte sie Maggie einen Schwall von Fragen: War das Hotel gut? War es zu laut? War die Hitze von Djakarta erträglich? Hatte sie Heimweh? Vertrug Mrs. Gardner scharfgewürzte Speisen? Um ihren Fragen Nachdruck zu verleihen, schlug sie dabei jedesmal leicht auf Maggies Hand. »Ich muß Sie mein Land lieben machen. Es ist schwer allein in anderem Land. Ich weiß. Mit meinem Ehemann in Ihrem Land.«

»Ich liebe Ihr Land bereits, Mrs. Sakirman.«

»Jangan panggil saya Mrs. Sakirman, ya! Panggil saya Susanto!«

»Ja, gut, Susanto. Dann müssen Sie mich aber Maggie nennen.«

Sie schwiegen eine Weile. Dieses Schweigen einigte sie gegen den Lärm, der aus dem Haus kam. »Haben Sie Kinder, Maggie?«

»Ich habe bislang noch nicht an Kinder gedacht. Ich lerne noch immer meinen Mann kennen.«

Wieder klopfte ihr die dicke Frau auf die Hand. »Ist Verschwendung von Zeit«, behauptete sie verächtlich und erledigte mit einem einzigen Satz das Ergebnis ihres Ehelebens. »Besser Kinder bekommen. Ich habe drei. Sind jetzt weggegangen.« Sie seufzte tief. »Deshalb verschaffe ich mir Dinge zu beschäftigen.«

»Ich verstehe.«

»Lieben Sie Djakarta?«

»Ich kenne es noch nicht.«

»Sie können Djakarta nicht lieben«, erklärte die dicke Frau. »Sie lieben mein Java. Alles rund um Yogya.«

Maggie erinnerte sich an ihren Touristenführer im Park, seinen Stolz auf die Stadt.

»Alle Geheimnisse sind dort«, behauptete Susanto. »Sie müssen Yogya sehen.« Und wieder tätschelte sie Maggies Hand. »Sie und ich. Wir gehen nach Yogya und spielen Gin-Rommé, und ich zeigen Ihnen Geheimnisse.«

»Ich hoffe, eines Tages ...« begann Maggie.

»Djakarta nicht gut mit Ihnen. Yogya gut. Sicher und voller Glück für Sie, ich schwöre.« Sie rülpste leicht. »Sie müssen mit mir gehen und Yogya sehen. In meinem Haus wohnen. Gamelan zuhören und Karten spielen und Gudeg und Opor Ayam essen und sehen, was gut schmeckt. Ich bestehe darauf. Es ist abgemacht mit uns beiden. Ende der Woche!«

Maggie lächelte über die Begeisterungsfähigkeit der dicken Frau; vielleicht war ihre eigene auch so: banal, unschuldig, warmherzig. Sie würden wahrscheinlich gut miteinander auskommen.

»Kam mit Auto, aber Straßen sind nicht gut, deshalb ich liebe Züge. Lieben Sie Züge?«

»Ich liebe Züge, aber ...«

»Die ganze Nacht fahren, Gin spielen und am Morgen in mein Haus kommen in Yogya. Es ist abgemacht, Maggie.«

Die dicke Frau stand auf, rückte den Kain um ihre breiten Hüften zurecht und schlenderte ohne ein weiteres Wort auf das Haus zu. Susanto blieb auf halbem Wege noch einmal stehen, um ihr über die Schulter zuzurufen: »Männer sind kleine Jungen. Alle hier betrunken. Ich bin Hausherrin, wenn sie gehen. Ende der Woche, Maggie.«

*

Eine Stunde später fuhren sie mit dem Taxi nach Hause. Vern nahm ihre Hand in seine und drückte sie fest gegen seinen Oberschenkel — eine besitzergreifende Geste.

»Was war da eigentlich los?« Er sprach ein wenig schleppend.

Sie dachte, er spiele auf den General Dingsda an, der sie auf der Veranda in die Klemme gebracht hatte. Er hatte Versammlungen der Kommunisten beschrieben, deren einziger Zweck es sei, die Islamische Studentenvereinigung zu diskreditieren. Sein Sohn war ein überzeugtes Mitglied dieser Vereinigung. Und während er ihr einen Vortrag über die Bösartigkeit der PKI hielt, hatte General Dingsda sie schmierig angelächelt und zwei Gläser Whisky in sich hineingeschüttet. Abrupt wandte er sich dann vom Thema Politik ab und schlug vor, daß sie zusammen in einem netten Lokal von Djakarta zu Abend essen könnten. Über sie gebeugt, betrunken grinsend, fügte er hinzu, was sie bereits vermutet hatte: daß das Restaurant Teil einer Herberge sei; er kenne den Besitzer sehr gut, ein sehr diskreter Mann. Manchmal hatte Maggie sich umgesehen, ob jemand sie und diesen sonderbaren Menschen beobachtete. Vielleicht hatte Vern, der bei einer Gruppe von Offizieren stand, einen schnellen Blick auf den Mann geworfen, der über ihr wie ein nasser Mehlsack hing. Aber offensichtlich doch nicht. »Was war los zwischen dir und Sakirmans Frau?« wiederholte er.

»Wir unterhielten uns im Garten.«

»Als wir gingen, hörte ich, wie sie ›Ende der Woche‹ zu dir sagte.«

»Ja, sie will mit mir nach Yogya fahren.«

»Für wie lange?«

»So weit kamen wir noch gar nicht.«

»Möchtest du denn fahren?«

»Natürlich, irgendwann schon.«

»Habe ich dir von ihr erzählt, Liebling?« Er erklärte, daß seine Gehaltsschecks von einer Organisation namens PROPELAD unterzeichnet würden. Die Armeedivision Siliwangi besitze sechzig Prozent der PROPELAD, Susanto Sakirman den Rest. Durch ihre Familienbeziehungen habe PROPELAD den Kredit zur Finanzierung des »Projekts Palme« erhalten.

»Mit anderen Worten ...« begann Maggie.

»Unser Schicksal liegt in ihrer Hand.«

»Nun, wenn das so ist, muß ich ja wohl fahren«, sagte Maggie im Spaß. Aber kaum waren ihr diese Worte entschlüpft, begann sie auch schon ernsthaft darüber nachzudenken, mit Susanto Sakirman in eine Stadt zu fahren, wo die »Geheimnisse« waren und von der zwei Menschen geschworen hatten, daß sie dort das wahre Java und das Glück finden werde.

Aber Vern lenkte sie von dieser seltsamen Möglichkeit ab. Er hatte heute abend erfahren, daß Präsident Sukarno sich weigere, aus seiner einzigen, noch funktionierenden Niere einen großen Stein entfernen zu lassen, weil ihm ein Wahrsager einst prophezeite, daß er den Tod durch ein Messer fände. Als Maggie über soviel Aberglauben lachte, spürte sie, wie Vern ihr in gespielter Mißbilligung die Finger zusammenpreßte. »Lach nicht, Liebling. Diese Kerle von der Armee finden es gar nicht komisch. Es ist egal, ob Sukarno an Hokuspokus oder einer kranken Niere stirbt. Wenn er stirbt, ist er tot. Dann kommen die Roten ans Ruder.«

»Besteht dazu eine Möglichkeit?«

»Wer weiß? Im Moment verkörpert er all die Stabilität, die dieses Land überhaupt aufzuweisen hat.«

»Das ist ja erschreckend.«

»Ich hoffe, er hält so lange durch, bis ich mein Hotel fertig habe.«

»Sprach der Mann, den ich heiratete.«

Als er einen Arm um sie legte, blickte ihn Maggie in dem flackernden Licht an, das von draußen in das Taxi drang. Er grinste wie der betrunkene General, der ein Lokal mit Übernachtungsmöglichkeiten kannte. Vern roch nach Whisky. Er beugte sich vor, um sie zu küssen. Aber Maggie drehte ihren Kopf weg, und er traf nur ihre Wange. Die über ihre Schulter hängende Hand rutschte tiefer und umfaßte ihre Brust. Sie wurde stocksteif und schob seine Hand weg. Nach langem, nachdenklichem Schweigen nahm Vern seinen Arm zurück. Dann ließ er ihre Hand los, die er auf seinem Schenkel festhielt. Sie zog sie weg wie eine Schlange, die sich wieder in ihr Versteck zurückzieht.

Sie waren schon eine Weile gefahren, ehe Vern sagte: »Du solltest vielleicht mit ihr fahren. Im Moment ist für dich Djakarta tabu. Ich unterhielt mich heute abend darüber. Niemand glaubt, daß man hier noch sicher herumlaufen kann. Möchtest du denn fahren?«

»Ich möchte Yogya sehen, ja.«

»Dann nutze diese Möglichkeit. Du kannst Djakarta hinter dir lassen und etwas Lohnendes erleben.«

»Es gibt noch eine weitere Möglichkeit — daß wir getrennt werden. Lohnt sich das?« Maggie blickte ihn an. Vern blickte stur geradeaus.

»Bist du böse?« fragte sie.

Er blickte weiterhin geradeaus. »Nein, nicht richtig. Du magst keine besoffenen Männer, und heute abend bin ich besoffen.«

Maggie spürte, daß sich ein Abgrund zwischen ihnen auftat, trotz Verns Verständnis. Und das erschreckte sie. Um diesen Eindruck zu verscheuchen, lehnte sich Maggie an ihn, ignorierte den Whiskyatem und preßte ihm ihre Zunge so heftig in den Mund, daß er überrascht zusammenzuckte, ehe er ihre Leidenschaft erwiderte.

10

Anfang September, an einem späten Nachmittag, fuhren Vern und Maggie im Taxi zum Kotabahnhof. Vern erinnerte sich an Larry Foards Reaktion, als er die Neuigkeit von Maggies Reise erfuhr. »Ach, Kumpel, ich glaube, sie wird es dort besser haben als hier«, hatte er glücklich gesagt.

»Das klingt ja gerade so, als ob sie für eine lange Zeit wegbleiben müßte.«

»Es ist besser«, erklärte Larry, »wenn sie sich von Djakarta fernhält, bis sich die Situation hier wieder eingerenkt hat. Wenn du mich fragst, immer wenn es hier ein Durcheinander gibt — und ich rede von jeder großen Stadt in Asien —, dann werden die Frauen schlecht behandelt, alle Frauen, aber ganz besonders die weißen Frauen.«

Vern hatte ihm recht gegeben. Nun dachte er an den Plattenspieler, der zusammen mit zwei Koffern eingepackt worden war. Würde Maggie ihn mitnehmen, wenn sie nur kurze Zeit wegbleiben wollte? Sie hatten sich nicht darüber unterhalten, wie lange ihr Besuch in Yogya dauern sollte.

»Woran denkst du gerade?« Sie nahm seine Hand, während das Taxi durch den Verkehr schlingerte.

»Wie sehr ich dich vermissen werde.«

»Ich mußte daran denken, daß wir an unserem ersten Hochzeitstag nicht zusammensein werden.«

Das war nächste Woche. Sie hatte also auch daran gedacht.

»Auf jeden Fall bin ich dann keine junge Braut mehr«, fügte sie hinzu.

Vern musterte ihre sommersprossigen Wangen, das braune Haar, das im Nacken vom Schweiß dunkel war. Er liebte diese Frau. Sie hatte es wirklich nicht leicht gehabt; in ihr steckte das verzweifelte Selbstbewußtsein eines Menschen, der hart gekämpft hat, um von einer schrecklichen Kindheit loszukommen. In den zehn Jahren hier unten hatte er andere Menschen kennengelernt, die wie Maggie waren; sie mußten immer in Bewegung sein; sie litten unter der Angst, daß ihnen etwas Übles zustoßen werde, wenn sie eine Pause einlegten, daß die Vergangenheit sie irgendwie einholen, sie an der Kehle packen und in einen Abgrund gräßlicher Erinnerungen zerren würde. Maggie hatte mehr als nur eine Pause eingelegt; die Malaria hatte sie zum Stillstand gebracht, und seitdem war sie untätig gewesen, und vielleicht hatte diese Untätigkeit in ihren Adern wie eine Droge gewirkt. Er hatte Anzeichen davon erlebt: das stundenlange Stehen hinter einem Hotelzimmerfenster, das ewige Abspielen dieser verkratzten Jazzplatten, die nervösen kleinen Gesten, das plötzliche, nachdenkliche Schweigen. Die Liebe hatte ihn empfänglich für ihre Stimmungen gemacht. Manchmal empfand er angesichts seiner Unfähigkeit, sie emotional aufzufangen, Panik und Minderwertigkeitsgefühle. Er wünschte ihr diese Reise nicht nur wegen der angespannten politischen Lage in Djakarta, er wollte auch, daß sie wieder ihr Selbstvertrauen aufbauen konnte.

Er hatte ihr diese Reise aber auch mißgönnt. Vernon

Gardner besaß eine konservative Einstellung zur Ehe, die ihm seine Eltern vermittelt hatten. Dieses Überbleibsel aus seiner Kindheit legte ihm nahe zu sagen: »Du bist meine Frau. Du gehörst an meine Seite.« Und er war sich ziemlich sicher, daß ein Teil von Maggie sich wünschte, er würde es sagen.

Als sie am Bahnhof ankamen, sagte er aus heiterem Himmel: »Mach dir keine Gedanken, Liebling. Bleib so lange, wie du möchtest.« Vern sah, daß diese Bemerkung, die in keinem Zusammenhang zu dem stand, worüber sie sich unterhalten hatten, sie verdutzte. Aber er wußte nicht, wie er ihr sagen sollte, daß er nur versuche, sich großmütig zu geben, daß das seine Art sei, ihr zu zeigen, wie sehr er sie liebte.

Sie drängelten sich durch einen typisch asiatischen Bahnhof, auf dem die vielen Reisenden sich an ihre einzigen, in Pappkartons zusammengeschnürten Habseligkeiten klammerten. Maggie schien deprimiert zu sein.

Schon nach wenigen Wochen gelangweilt, würde sie mit fliegenden Fahnen zu ihm zurückkehren.

Diese Aussicht, in die sich genügend Zweifel mischten, brachte Vern dazu, diese Reise nun vollkommen zu akzeptieren. Er fühlte, wie er lächelte. Was sollte schon sein? Als sie sich dann durch die Menge auf dem Bahnsteig hindurchwühlten, fragte er sich, wie lange sie wohl bleiben würde. Das Datum ihrer Rückkehr war wie ein versiegelter Briefumschlag, den keiner von beiden öffnen wollte.

Ein Mann in einem gestreiften Sarong und einem weißen Turban kam auf ihn zugerannt. »Tut mir leid«, sagte er atemlos. »Wechselstrom ist ausgefallen. Kein Wechselstrom, keine Schlafwagen im Zug. Aber Nonya Sakirman sagen, Sie müssen jetzt ohne Warten fahren, sie sagen.«

Vern wandte sich an Maggie. »Fürchte, du mußt erst mal Abstand von deinem Plan nehmen.«

Sie warf leicht den Kopf zurück und musterte ihn. »Soll ich?«

»Willst du?«

»Willst du, daß ich es mache?«

»Ja«, sagte er sofort, weil ihm bewußt wurde, daß er sie um jeden Preis hier behalten wollte. »Nimm einen späteren Zug.« Er nahm ihren Arm. »Ohne Wechselstrom wird es entsetzlich heiß werden. Fahr später. Fahr morgen.«

Maggie entzog sich ihm langsam.

Er konnte spüren, wie sehr sie überlegte, als ob sie irgendwie glaubte, daß ihre Entscheidung weit wichtiger war, als sie beide bislang angenommen hatten. Aber es war verrückt von ihm, aus einer simplen Reise ein Melodrama zu machen. Er sagte nichts. Er würde sich nicht wie ein besitzergreifender Narr verhalten.

»Nein«, sagte sie. »Ich werde jetzt fahren. Ich habe es versprochen. Du willst bestimmt keine Frau haben, die klammert.«

»Nein, das gerade nicht«, sagte er lächelnd.

»Komm, komm bitte, Nonya«, flehte der Diener und nahm ihre Koffer. »Nonya Sakirman warten!«

Vern küßte sie hastig und rief Maggies großer, sich entfernender Gestalt nach: »Wann kommst du zurück?«

Sie drehte sich um, winkte und schnitt eine kleine Grimasse. Einen Augenblick lang schien sie in einem Abgrund seines Verstandes zu verschwinden, schien sie sich in eine Welt ihrer eigenen Schöpfung zurückzuziehen. Vern wäre ihr beinahe nachgerannt. Als er beobachtete, wie sie in den Zug kletterte, sich umdrehte und noch einmal winkte, wollte Vern schreien: »Komm zurück. Fahr nicht!«

Als sie verschwunden war, fiel jedoch die Angst von ihm ab. Wie das Gefühl der Hitze im kühlenden Schatten. Das macht die Liebe, dachte er. Läßt dich fürchten zu verlieren, was du hast.

*

Vom Bahnhof aus ging er zu einer späten Konferenz bei OPSUS. Andauernd gab es Besprechungen, auf denen Musyawarah praktiziert wurde. Musyawarah bedeutet freundschaftliche und konstruktive Diskussion auf indonesische Art. Für Vern bedeutete es Verzögerung und Obstruktion, gekoppelt mit Manövern, die mit Schiebereien zu tun hatten. Er gewöhnte sich langsam an das Geflecht von unerfüllten Erwartungen und falschen Hoffnungen, wenn irgendein Projekt, einschließlich seines eigenen, besprochen wurde. Gültige Pläne wurden ausgearbeitet, gebührend gefeiert und dann zur Seite gelegt. Täglich beobachtete er einen Schwarm von Diagrammerstellern und Statistikern, die durch die Flure trotteten; ihre Aufgabe bestand nicht darin, die Realität festzuhalten, sondern durch Beschönigung jeder Situation Optimismus zu erzeugen. Offiziere warfen sich vor ihren Kollegen in Positur, prahlten vor ihren Untergebenen und fürchteten auch nur die leiseste Kritik ihrer Vorgesetzten. Sie saßen in übergroßen Chefsesseln und wetteiferten mit ihren ehemaligen Kolonialherren in der Kunst, einfache Dinge kompliziert zu machen.

Diese Besprechungen fanden in einem großen Konferenzsaal statt. Fotografen waren anwesend, und Radio Djakarta zeichnete einige nichtssagende Ansprachen auf. Anschließend wurde in einem Privatraum mit goldbemalten Stühlen und roten Samtvorhängen Champagner serviert, während die Klimaanlage summte und jede Unterhaltung störte. Weil das zur Diskussion stehende Projekt mit den Armeeaufkäufen von Gummi (im Interesse der nationalen Sicherheit) zu tun hatte, war Vern nur als Vorzeigeausländer eingeladen worden. Zu diesem Zweck wurde er häufig eingeladen. Dahinter steckte der Gedanke, die Toleranz des Militärs gegenüber dem westlichen Know-how unter Beweis zu stellen. Technologie stand über der Politik. Andererseits hielt General Sakirman bei solchen Veranstaltungen die Presse von Vern fern. Bei diesen Public-Relations-Terminen der Armee sollte man Vern sehen, aber nicht hören.

General Achmad Yani, der Generalstabschef der Armee, war ebenfalls anwesend, ging auf Vern zu und schüttelte ihm zu seiner Überraschung die Hand. Yani wollte alles über das »Projekt Palme« wissen. Seine auf guten Informationen basierenden Fragen signalisierten Vern, daß er nicht nur neugierig war — Yani mußte an dem Hotel finanziell beteiligt sein.

Abrupt ergriff der General mit beiden Händen Verns Unterarm — die indonesische Art, Begeisterung zu zeigen.

»Lassen wir das Geschäftliche, bitte. Wie geht es Ihrer großen Frau?«

»Sie ist nach Yogya gereist.«

»Sie sind also allein.« Yani rollte in übertriebener Sehnsucht die Augen. »Sie müssen eine solche Frau vermissen.«

»Das tue ich.«

»Aber sie ist dort besser aufgehoben. Bis wir mit den roten Agitatoren fertig geworden sind.« Er sprach das Wort »Agitatoren« in fünf säuberlich getrennten Silben aus — wie jemand, der einen sehr strengen Sprachlehrer hatte.

Also hatte der General, wie jeder andere auch, Verns Entscheidung begrüßt, seine Frau wegzuschicken. Yogya war sicherer, und der Besuch würde sie ablenken, bis sie wegen des Projekts nach Bali gehen konnten. Aber irgend etwas stimmte nicht.

Das dachte Vern, während er im Speiseraum des Hotels saß. Er hatte nach der Konferenz Champagner getrunken und dann ein paar Gläser Scotch in der Hotelbar. Er hatte zuviel getrunken, weshalb er sich jetzt auch vorbeugte und über zwei Tische hinweg ein älteres Ehepaar aus Australien ansprach.

Völlig übergangslos sagte er: »Ich sehe die Zeit kommen, da werden in Hongkong, Bangkok und Djakarta genauso viele Wolkenkratzer stehen wie in New York. Kulis werden Fernsehapparate haben. In den Apotheken wird es Medikamente geben, die genauso gut sind wie unsere. Sie werden haben, was wir haben, und noch dazu ein sonniges Klima.«

Die Australierin sagte ruhig: »Und sie werden ihre herrliche Vergangenheit haben.«

»Ich glaube«, sagte Vern, ohne seine schleppende Sprache zu bemerken, »daß sie ihre Vergangenheit aufgeben werden. Sie wird nur noch eine Touristenattraktion bleiben.«

»Ja, um Himmels willen, warum sollten sie das denn tun?« fragte die alte Frau entsetzt.

»Um dem Fortschritt Platz zu machen!«

»Das will ich ganz bestimmt nicht erleben.«

»Aber sie werden es. Sie können ihn nicht aufhalten. Trotz unserer westlichen Vorstellungen von Kultur werden sie tun, was sie wollen. Sie haben nicht die Zeit und Muße, eine Vergangenheit zu bewahren, die sich einen Dreck um sie scherte und nichts für sie tut.« Er beobachtete, wie sich die Mienen der beiden verfinsterten. »Ich habe meine Frau nach Yogya geschickt.«

Sie starrten ihn an und warteten offensichtlich auf eine

Reaktion, ob er diese Neuigkeit wirklich mit ihnen teilen wolle.

»Ich vermisse sie«, fügte er hinzu.

Die Frau nickte lächelnd. »Natürlich tun Sie das.«

»Waren Sie beide schon einmal getrennt?«

»Niemals«, sagte der Mann kühl.

»Nur einmal«, verbesserte die Frau ihren Mann und warf ihm einen Seitenblick zu, der bedeuten konnte, daß diese Trennung einschneidend gewesen war.

Als ob er um Antwort auf eine ungestellte Frage bitten würde, sagte Vern: »In wenigen Tagen hätten wir unseren ersten Hochzeitstag gefeiert.«

»Na ja«, sagte die Frau, »den können Sie doch nachfeiern.«

»Sie nahm ihren Plattenspieler mit. Das ist ihr liebster Besitz. Wenn sie ihn mitgenommen hat, dann bedeutet das, daß sie länger bleiben wird, ob ihr das nun bewußt ist oder nicht. Aber wie lange sie bleibt, kann ich natürlich nicht genau sagen. War es ein Fehler, sie fahren zu lassen?«

»Waren Sie denn damit einverstanden?« fragte die Frau interessiert.

»Ich ermutigte sie. In Djakarta gibt es nichts für sie.«

Die Frau lächelte. »Na also, sehen Sie!« Sie machte eine weit ausholende Handbewegung, als ob damit alles erklärt wäre.

Aber irgend etwas stimmt nicht, dachte Vern. Er stand auf und wankte auf einen Schlummertrunk in die Bar. Das Licht war purpurähnlich, ein ekelerregendes Licht, das sich über die Tische und Stühle aus Bambus ergoß. Er setzte sich an einen freien Tisch und bestellte bei einem Kellner, der einen Turban nach Sumatraart trug, einen Scotch.

»Sagen Sie, Sir, würde es Sie sehr stören, wenn ich mich zu Ihnen setze?«

Vern blinzelte einen kleinen Mann an. Er trug ein Nehrujackett, einen Kneifer auf seiner spitzen dunklen Nase und eine Kongreßmütze. Bevor Vern irgend etwas sagen konnte, hatte der kleine Inder bereits einen Stuhl herangezogen.

»Mein Name, Sir, ist Nagarajan. Entschuldigen Sie, daß ich so schrecklich vorlaut bin, aber es erschien mir ziemlich blödsinnig, allein zu trinken.«

Das war richtig. Vern stellte sich ebenfalls vor.

Nagarajan redete sich seine persönliche Geschichte mit der Geschwindigkeit vom Hals, die Vern aufgrund seiner Erfahrungen von einem Inder im Ausland erwartete. Der Mann war ein Gewürzhändler aus Madras und handelte hauptsächlich mit Gewürznelken. Die besten der Welt kämen aus Sulawesi, behauptete er. Dann sprach er über Morde. Er hatte Lee Harvey Oswald und Jack Ruby in Singapur im Fernsehen gesehen, aber nicht, als der eine den anderen umbrachte, obwohl er gehört habe, daß dieser Mord vor laufender Kamera stattfand. Er habe sie nur getrennt gesehen, in Handschellen.

Ebenfalls hatte er in Singapur im Kino den Film *A Hard Day's Night* gesehen. »Mögen Sie die Musik dieser Burschen, der Beatles? Ich finde sie ein bißchen verrückt.«

Vern hatte bislang nichts von den Beatles gehört. »Ja, ein bißchen verrückt«, sagte er.

»Man erzählte mir von amerikanischen Diskotheken«, fuhr Nagarajan fort. Offensichtlich war er zufrieden, daß sein Urteil über die Beatles bestätigt wurde. »Ich habe vom Frog gehört und dem Watusi.« Er zählte die Tänze mit Hilfe seiner Finger auf. »Vom Monkey, vom Funky Chicken. Haben Sie diese Tänze gesehen?«

»Ich war schon lange nicht mehr in den Staaten.«

»Oder Go-go-Girls?«

»Nein, tut mir leid.«

Nagarajan seufzte. Er ging zur Raumfahrt über und lobte überschwenglich Edward Whites zwanzigminütigen Spaziergang außerhalb der Gemini-4-Kapsel. Nach Nagarajans Meinung war dies ein Resultat der überlegenen westlichen Technologie. Das müsse man wirklich anerkennen!

Vern lächelte und gab damit zu verstehen, daß er dieses Kompliment schätze.

Martin Luther King habe jüngst eine viertausendköpfige Demonstration angeführt, mit einer Petition in der Hand, erzählte Nagarajan. Amerika habe eine Menge von Gandhi gelernt, nicht wahr? Wie denke Mr. Gardner darüber? Und was halte Mr. Gardner von den Rassenunruhen in Watts, Los Angeles? Die Finger wurden wieder hochgehalten, das Aufzählen begann: fünfunddreißig Tote, viertausend Verhaftete, vierzig Millionen Dollar Sachschaden. Was halte Mr. Gardner davon?

Um die Last loszuwerden, dem Inder seine Meinung erläutern zu müssen, fragte Vern ihn über Indien aus. Wie sieht es in Indien aus?

Nagarajan drückte sich den Kneifer fest und beugte sich so bedeutungsvoll vor, als wolle er eine Erklärung von außerordentlicher Wichtigkeit abgeben.

»Ich bin ein Mitglied der *Dravida Miunnetra Kazhagam*«, sagte er. »Erlauben Sie mir eine Erklärung, Sir. Die DMK hat sich der Überzeugung verpflichtet, daß unsere tamilische Lebensweise im Süden sich fundamental vom Norden unterscheidet, der von den Hindus dominiert wird. Fundamental. Wir glauben an die Reinheit unserer Sprache. Bitte, sagen Sie mir, was ist denn der Zweck einer Sprache, wenn sie nicht mit Eleganz gesprochen wird? So wie sie von unserem großen Redner Dr. Radhakrishnan gesprochen wurde, dessen fehlerlose Beherrschung des Englischen uns allen eine Inspiration war.«

»Sie sprechen Ihrerseits ein ausgezeichnetes Englisch«, warf Vern höflich ein.

Nagarajan strahlte. Aber als er sein Glas leer trank, verfinsterte sich sein Gesicht. »Die DMK wird die Sprache des Südens hochhalten, Sir, ungeachtet der Tatsache, wie viele Soldaten der Norden schickt, ungeachtet der Tatsache, wie viele von ihnen mit Gewehren in unsere Häuser kommen! Unsere Schlafzimmer! Wir sind für Englisch als Verkehrssprache. Ja, das sind wir. Dagegen sind wir nicht. Aber wir werden uns niemals auf Hindi einlassen. Wir werden es niemals sprechen. Niemals! Wir werden niemals Hindi sprechen!«

Nagarajan atmete schwer; Vern befürchtete ernsthaft, er werde einen Schlaganfall bekommen. Aber der Gefühlsausbruch schien Nagarajan abgekühlt zu haben. Er verfiel in brütendes Schweigen. Also bezahlte Vern für seine eigenen Drinks und ging.

Ich bin betrunken, sagte er sich selbst. Es überraschte ihn. Normalerweise hatte er seinen Alkoholpegel im Griff, aber jetzt schwankte er. Als er an der Rezeption vorbeikam, winkte ihm ein Angestellter zu. »Sir, Mr. Gardner. Können wir jetzt Ihnen schicken nach oben?«

»Schicken? Was?«

Der Angestellte sagte leise: *»Kupis malam.«*

Schmetterling? Nachtschmetterling? Vern versuchte immer noch zu verstehen, als sich der Angestellte vorbeugte und »Mädchen« sagte.

»Mädchen? Wie kommen Sie darauf, mir ein Mädchen nach oben schicken zu wollen?«

»Sie ist bereits bezahlt, Mr. Gardner.«

»*Bezahlt?* Wer könnte das gemacht haben?«

Der Angestellte überreichte ihm ein Stück Papier. In

großen Buchstaben stand darauf gekritzelt: »Bis wir mit den roten Agitatoren aufgeräumt haben und die schöne Dame zurückkommen kann, müssen Sie Ihr Bestes geben.«

Also hatte General Yani einen Nachtschmetterling engagiert. Das war ein Akt der Freundlichkeit indonesischer Art. Und natürlich von einem Aktieninhaber des »Projekts Palme.«

»Derjenige, der dieses Geschenk machte, war sehr großzügig«, erklärte Vern dem Angestellten. »Aber unglücklicherweise bin ich sehr müde.« Da der Angestellte verwirrt aussah, fügte Vern hinzu: »Vielleicht können Sie jemanden finden, der dieses Geschenk annimmt.«

Dieser Vorschlag verwirrte den Mann nicht. Er nickte und lächelte.

»Gute Nacht«, sagte Vern fast lallend. Während er schwankend die mit einem Teppich ausgelegte Treppe hinaufging, begegnete er dem älteren Ehepaar aus Australien. »Hallo, Sie da!« rief er fröhlich. »Gute Nacht! Gute Nacht! Schrecklich heiß heute, nicht wahr? Bitte, glauben Sie nicht, daß ich die herrliche Vergangenheit hasse. Ich ignoriere sie einfach, und das sollten Sie auch. Wissen Sie, was das ein und alles ist? Die Zukunft!«

Er wollte dort schon wankend stehenbleiben und seine Theorien verkünden, aber der großgewachsene Australier beäugte ihn kühl und ließ ihn stehen. »Ziemlich warm, ja. Gute Nacht.«

Vern sah ihnen nach, wie sie zu ihrem Zimmer gingen. Sie würden sich nun ausziehen, diese beiden alten Leutchen, die schon ein halbes Leben zusammensein mußten. Sie würden ins Bett gehen und vielleicht einschlafen, während sich ihre Arme berührten. War es nicht bemerkenswert, was die Menschen so alles machen?

Vern schoß in sein eigenes Zimmer und warf sich aufs

Bett. Als er die Augen schloß, fühlte er sich wie ein entkernter Apfel, völlig hohl. Was bedeutete das alles, das Planen und Bauen? Er stellte sich dunkelhäutige Arbeiter vor, die auf Bambusleitern Palmen hochkletterten. Hotels, nicht höher als eine Palme. Die Vision verschwand wieder. Warum hatte er bloß soviel getrunken?

Natürlich wegen Maggie.

Während seines gesamten erwachsenen Lebens hatte er im wesentlichen allein gelebt. Es hatte Frauen gegeben, kurzfristige Affären, mit keiner mehr als ein Jahr. Er vermißte sie bereits. Deshalb hatte er sich wie ein pubertierender Jüngling betrunken.

Die Liebe nimmt einem etwas weg. Was immer es ist, sie bohrt das heraus, was einen unabhängig macht. Er stand kurz vor einer weiteren überraschenden Offenbarung, als das Licht in seinem Kopf ausging.

*

Er erwachte vom Verkehrslärm. Eine Fliege summte um seine trockenen Lippen. Ein greller Lichtstrahl fiel auf seine Augen. In Djakarta hatte ein neuer Tag begonnen. Beim Aufstehen blinzelte Vernon Gardner zum Fenster und entdeckte den Rest dieser Offenbarung. Er hatte zuviel getrunken, weil ihn seine Liebe zu Maggie durcheinanderbrachte. Er wußte nicht, wie er damit umgehen sollte. Und wenn er trank, dann empfand sie eindeutig Ekel vor ihm. Das war keine zermürbende alltägliche Szene gewesen, aber zwischen ihnen brauchte es keine großen Kämpfe zu geben, um zu wissen, daß etwas nicht in Ordnung war. Sie waren nicht so. Sie konnten es mit einem Schulterzucken, einem finsteren Blick ausdrücken. Wenn er in jener Partynacht nicht soviel getrunken hätte, dann hätte er ihr vielleicht auch nie nahegelegt, mit Susanto Sakirman nach Yogya zu fahren. Er hatte Maggies

Ekel bei seiner Berührung gespürt und darauf mit dem Vorschlag reagiert, dorthin zu reisen. Konnte ein so kleiner Zwischenfall eine so weit reichende Bedeutung haben? Bei ihnen vielleicht. Vielleicht stimmte irgend etwas zwischen ihnen nicht.

Im Badezimmer starrte er im Spiegel in ein blasses Gesicht mit blutunterlaufenen Augen. Sich selbstbewußt aufrichtend, als ob er eine Erklärung abgeben wollte, sprach er in den Spiegel: »Vernon Gardner, du läßt es zu, daß deine Gefühle einen verdammten Narren aus dir machen. Du hast deinen letzten Schluck Alkohol getrunken.« Er schwor, daß er von nun an Mineralwasser trinken werde.

11

Als Susanto Sakirman verkündet hatte, sie würden während der Bahnfahrt nach Yogyakarta Gin-Rommé spielen, da hatte sie das sehr wörtlich gemeint.

Sie hatten noch nicht einmal die Vororte von Djakarta erreicht, als einer der Diener (es waren insgesamt drei) einen Klapptisch zwischen Maggies und Nonya Sakirmans Sitz aufstellte. Er sah sehr modern in diesem alten, von Deutschen gebauten Eisenbahnwagen aus und war mit grünem Filz bespannt. Es war, als wenn sie in einem Spielsalon von Las Vegas säßen anstatt in diesem heißen, staubigen, ungefederten alten Wagen, der durch die Dunkelheit Javas ratterte.

Maggie war nie eine begeisterte Kartenspielerin gewesen. Aber selbst wenn sie Talent besessen hätte, wäre das wahrscheinlich nicht genug gewesen, es mit Susanto Sakirman aufzunehmen. Das war vom ersten Augenblick an, wo ihre Gastgeberin die Karten in die Hand nahm, offensichtlich. Ihre fetten Fingerchen mischten sie mit der stakkatohaften Geschwindigkeit eines Maschinengewehrs. »Wir spielen nach Punkten, meine Liebe«, erklärte Susanto. »Paßt Ihnen eine Rupiah pro Punkt?«

Drei Stunden lang, während sie durch die feuchte Nacht von Java schaukelten, nahm Maggie Karten ab und legte sie zur Seite. Sie schätzte den Stock ab, versuchte, Serien aufzubauen, während sie das barsche »Gin!« ihrer Mitspielerin immer wieder zu hören bekam.

Zum Glück gab es Erfrischungen. Die Diener, ein Mann und zwei Mädchen, brachten fortwährend gewürzte Erdnüsse, gekühlte Fruchtsäfte in Thermoskannen und süße kleine Kekse. Nur Essen konnte Susantos Konzentration auf das Kartenspiel unterbrechen. »Warten Sie, bis Sie Sachen aus Solo und Yogya probieren!« rief sie aus, wobei sie einen Keks verschlang. »Nasi Liwet, ein süß-salziger Reis, meine Liebe. Und Ayam Goreng nach Yogya-Art. Auf Bürgersteigen in Solo verkaufen sie Srabi Manis. Auf englisch — Pudding? Reispudding auf Kuchen und mit Kokosnuß obendrauf.« In der stickigen Hitze lief Schweiß von ihrem und Maggies Gesicht. Das Schwitzen schien sie einander näherzubringen. Susanto konnte schwitzen wie eine aus dem Westen. Die dunklen Hände und Gesichter der Diener hingegen waren knochentrocken.

Das Kartenspiel ermattete, aber Susanto zeigte keine Spur von Müdigkeit. Je mehr sie gewann, desto leidenschaftlicher wurde sie. Unter ihren Achseln bildeten sich halbmondförmige Schweißflecken. Die Batikbluse klebte an den Konturen ihres faltigen Fleisches. Häufig waren ihre Brillengläser beschlagen, so daß sie sie mit einem Taschentuch trockenreiben mußte. Maggie ging mehrmals zur Toilette. Nur das erstemal war es nötig gewesen. Der schwankende Weg zum engen Waschraum befreite sie kurze Zeit von dem »Ratata«, mit dem Susanto die Karten mischte.

»Gin!« Susanto beugte sich über den Notizzettel, um einen weiteren Sieg festzuhalten, als der Zug träge bremste und zitternd stehenblieb.

In der einsetzenden Stille wurde Maggie bewußt, wie laut die Fahrt gewesen war. Durch das offene Fenster blickend, erkannte sie eine nächtliche Landschaft, schräg fiel das Mondlicht auf etwas, das wie ein Feld aussah.

Susanto beauftragte ihren Diener, sich nach der Ursache des Aufenthalts zu erkundigen. Er kehrte mit einer Geschichte von einer Panne zurück — oder war es Sabotage der Kommunisten? In seiner dritten Version der Verzögerung kamen Banditen vor.

Susanto nickte grimmig, schloß die Augen, lehnte ihren Kopf an den rauhen Sitz und begann fast unmittelbar darauf zu schnarchen.

Maggie betrachtete sie. Ohne eine Wort der Klage hatte sich Susanto dem Schlaf ergeben. Maggie bemerkte, daß andere Passagiere dasselbe taten. In der nächsten Reihe versuchten die drei Diener, es sich auf den harten Sitzen mit den geraden Rückenlehnen bequem zu machen. Sie wirkten wie Kätzchen mit geschlossenen Augen, geschmeidigen Körpern.

Maggie erinnerte sich daran, wie ihre Mutter es sich nach der Arbeit auf der Couch gemütlich zu machen versuchte. Sie lehnte dann ihren Nacken gegen das Spitzendeckchen; ihre Augen starrten sorgenvoll an die Decke; ihr steifer, magerer Körper wand sich, als ob sie auf glühenden Kohlen läge. »Heute war ein schrecklicher Tag. Zehn Minuten nach Öffnung der Eingangstüren war der Laden gerammelt voll. Die Sonderpreise für Wäsche waren daran schuld. Die Leute liefen im Sturmschritt herein, und sie waren überall, wohin man auch sah, wühlten herum. Ich kann es kaum glauben, daß ich sie zehn Stunden aushielt. Einige von ihnen waren so gräßlich, daß Leute, die sie kennen und bei uns gesehen hätten, vor Scham im Boden versunken wären. Und trotzdem kauften sie nichts. Oder sie gingen zu Nancy. Sie sagten, daß ich ihnen nicht helfe, guckten mich gereizt an und gingen zu Nancy. Sie grinsten mich an, während Nancy ihre Aufträge entgegennahm, und das nach all der Zeit, die ich auf sie verschwendet hatte. Du kennst ja Nancy. Sie fand es toll. Wenn du wüßtest, wie meine Füße schmerzen und meine Augen — dieses Brennen und diese Kopfschmerzen, die quer durch meinen Kopf pochen —, dann könntest du ermessen, daß ich restlos fertig bin. Und das schlimmste ist, ich kann mich nicht entspannen. Ich bin zu erschöpft, um mich auszuruhen.« Und das war sie: mit ihrem zurückgeworfenen Kopf, den Augen, die aus eingefallenen Höhlen starrten.

Maggie ertappte sich dabei, daß sie das zischende Dampfgeräusch völlig teilnahmslos hinnahm. Vielleicht deprimierte sie die Erinnerung an ihre Mutter, als ob sie irgend etwas Wichtiges unerledigt gelassen hätte, ohne zu wissen, was es war. Vielleicht war es auch nicht ihre Mutter, sondern Vern — die Art und Weise, wie sie Abschied genommen hatten. Er hatte ihr ziemlich kühl gesagt, sie könne bleiben, solange sie wolle. Als sich der Wunsch in ihr festgesetzt hatte, nach Yogya zu reisen, wollte Maggie auch reisen, aber nur widerstrebend wollte sie wegfahren. Erst im letzten Moment hatte Vern sie gebeten zu bleiben, aber bis dahin hatte er sie ermutigt wegzufahren. War er ihrer überdrüssig? Nein, sie wußte, daß er sie liebte. Aber vielleicht hatte ihn ihre Nähe nervös gemacht. Er sagte immer, daß er daran nicht gewöhnt sei. Es gab eben Leute, die viel Raum für sich beanspruchen, und Vern hatte stets so gelebt, als gehöre er zu diesen Menschen. Also war diese Trennung wahrscheinlich gut für ihn. Und ihr gab sie Gelegenheit, sich zu beschäftigen.

Voll innerer Unruhe stand sie auf und ging in den Verbindungsgang. Als sich ihre Augen an die Dunkelheit gewöhnt hatten, kletterte Maggie hinunter. Sie spürte Schotter unter ihren Sandalen, einen warmen Windhauch auf dem Gesicht. Den Zug entlang standen andere Leute oder schlenderten herum.

»Möchten Sie eine Zigarette?«

Maggie drehte sich um und sah einen Mann neben dem Waggon. Der Mond fiel schräg auf das Wagendach, so daß sein Gesicht im Schatten war.

»*Tidak, terima kasi*«, sagte Maggie.

Die Glut einer Zigarette glomm im Schatten des Waggons auf. »Sind Sie Engländerin?«

»*Tidak.*«

»Im Abteil sprachen Sie Englisch.«

»Ich bin Amerikanerin«, gab sie zu.

Sie hörte, wie er tief Luft holte, als ob ihn das beeindruckte.

»Reisen Sie zusammen mit der fetten, reichen Frau?«

Eigentlich hatte Maggie keine Lust, ihm zu antworten. Der Mann hatte einen unverschämten Ton am Leib. Dennoch sagte sie: »Wir reisen zusammen.«

Er trat aus dem Schatten hervor. Seine Jugend und Körpergröße überraschten sie. Jünger als sie und wahrscheinlich fünfundzwanzig Pfund leichter. Er reichte ihr gerade bis zur Schulter. Das beruhigte sie. In seiner barschen Stimme, die aus dem Schatten kam, hatte eine Spur von Bedrohung gelegen.

»Sie fahren nach Yogya?« fragte er.

»Ja, nach Yogya.«

»Ferien?«

»Ja, in gewisser Weise.«

»Ausländer machen in Java keinen Urlaub mehr.«

»Haben Kommunisten einen Anschlag auf den Zug durchgeführt?«

Der junge Mann lachte und zog an seiner Zigarette. Die Glut erhellte weit auseinanderstehende Augen, eine scharfe, kleine Nase. Er wirkte intelligent.

»Vielleicht waren sie es, vielleicht nicht. Was glauben Sie?«

»Ich glaube, daß es nicht so gefährlich ist, wie manche Leute denken.«

»Ich denke, daß Sie recht haben. Die Züge von Djakarta nach Yogya brechen ständig zusammen.«

»Wo haben Sie Englisch gelernt?«

Er machte eine ausholende Bewegung mit seiner Zigarette. Unbekümmert, aber stolz. »Universität von Djakarta.«

»Ich dachte, vielleicht im Ausland.«

»Glauben Sie, daß man leicht an Geld fürs Ausland herankommt?«

»Ich meinte, daß Sie so gut sprechen, daß Sie es im Ausland gelernt haben könnten. Verstehen Sie?«

»Natürlich, ich verstehe«, sagte er verächtlich.

Das lange Schweigen, das zwischen ihnen entstand, wurde vom Zischen der Dampflokomotive ausgefüllt. Maggie fragte sich, ob sie in den Zug zurückgehen sollte, aber dort war es so entsetzlich heiß. Trotz seiner rüden Art interessierte sie der junge Mann, so sehr, daß sie auf ihn zutrat und so beiden die Gelegenheit gab, das mondbeschienene Gesicht des anderen zu betrachten.

»Wohnen Sie in Yogya?« fragte sie.

»Ich werde dort arbeiten.«

»Was machen Sie?«

»Ja, was mache ich?« gab er spöttisch zurück; sein Englisch war gewandt genug, das zu schaffen. »Ich organisiere.«

Sie wartete auf eine Erklärung, als keine kam, fragte sie ihn, was er denn organisiere.

»Menschen. Was haben Sie denn gedacht?«

»Aha, danke.« Maggie machte einen Schritt in Richtung Waggon, entschlossen, hineinzugehen und seine Grobheit hinter sich zu lassen.

»Warten Sie«, sagte er, als sie mit einem Fuß schon auf dem Trittbrett stand. »Ich organisiere für die *Partai Komunis Indonesia.*«

Maggie drehte sich zu ihm.

»PKI«, sagte er. »Drittgrößte kommunistische Partei der Welt.«

»Ja, ich weiß.«

»Haben Sie lange in Java gelebt?«

»Nein, aber ein Jahr in Sumatra.«

»Ich mache Organisationsarbeiten für die Landreform in den Dörfern«, erklärte er stolz. »Wissen Sie Bescheid über die Landreform?«

»Nicht so gut, wie ich es gern möchte.«

»Warum möchten Sie das?«

»Weil es etwas mit Ihrem Land zu tun hat.«

»Warum interessieren Sie sich für mein Land?«

»Weil es eine lange Geschichte hat.«

Er lachte höhnisch. »Ist das ein guter Grund?«

Sie hatte unüberlegt geantwortet, und er nagelte sie darauf fest. »Es gibt noch weitere Gründe.«

»Gute Gründe?«

Drei vom Warten gelangweilte Kinder rannten das Feld entlang und bewarfen sich mit Steinen, während zwei Frauen vom Zug aus auf sie einschimpften.

Maggie blickte den irritierenden jungen Mann an. Die orangefarbene Glut der Zigarette leuchtete in rhythmischen Abständen auf. Ganz offensichtlich rauchte er zuviel, aber das taten die meisten Indonesier.

»Ich war sehr oft in der Usis-Bücherei«, sagte er abrupt.

»Ich habe gehört, daß es eine gute Bücherei war, bevor man sie schloß.« Sie mußte einem Roten nicht erzählen, daß Sukarno sie wegen der kommunistischen Demonstrationen gegen Amerika schließen ließ.

»Ich bin froh, daß sie geschlossen ist.«

Maggie sagte nichts. Das Reisfeld verschwand jenseits des Mondlichts in einer nebelig wabernden Ferne. Kein Wunder, daß die Javaner an Geister glauben, dachte sie. Sie lebten in einer Landschaft aus Nebel und Mondlicht.

»Darf ich Sie was fragen?« sagte der junge Kommunist.

»Fragen Sie, was Sie wollen.«

»Amerika hat sechs Prozent der Weltbevölkerung, verbraucht aber die Hälfte der Weltressourcen. Ich weiß Bescheid.«

»Das merke ich.«

»Die Hälfte der Weltressourcen. Aber nur sechs Prozent der Weltbevölkerung. Ist das gerecht?«

Maggie sagte nichts.

»Ihr seid ein verschwenderisches Volk. Ihr habt zuviel.«

»Mag sein. Aber wir arbeiten für das, was wir haben.«

»Ha!«

Wieder verfielen sie in Schweigen.

»Warum interessieren Sie sich für mein Land?« fragte er nach einer Weile und nahm die unbeantwortete Frage wieder auf.

»Es unterscheidet sich von meinem eigenen. Ich bin neugierig auf das, was hier passiert. Ich habe es an der Uni studiert. Ich habe in Sumatra mit Einheimischen zusammengelebt und gehofft, sie zu verstehen.« Maggie zögerte. »Das ist die beste Antwort, die ich Ihnen geben kann.«

»Sie interessieren sich nicht für Ihr eigenes Land?«

So konnte man es auch sehen, dachte Maggie. Sie hatte jegliches Interesse an dem Farmland von Iowa verloren, wo ihr Vater an Gelegenheitsjobs scheiterte und ihre Mutter sich in einem Lotterladen nach dem anderen für miese Typen abgerackert hatte. Aber das konnte sie einem indonesischen Kommunisten nicht erklären. »Jetzt interessiere ich mich für Ihr Land.«

»Im Gegensatz zu Ihnen habe ich niemals das Interesse an meinem Land verloren.«

»Dann sind Sie fein heraus.« Unsicher, ob er sie verstanden habe, fügte sie hinzu: »Sie sind glücklich.«

»Ja, ich bin glücklich. Indonesien wird unter der PKI eines Tages eine große Nation sein. Wir werden es zu einer Weltmacht ausbauen und in die Vereinten Nationen zurückkehren.« Er sprach, als ob er die Worte auswendig gelernt hätte. Wieder schwiegen sie. »Würden Sie mir freundlicherweise Ihren Namen nennen?« fragte er als nächstes. Die plötzliche Höflichkeit seiner Bitte überraschte Maggie. Das verlieh ihm eine andere Dimension, eine Anziehungskraft, die von seiner rüden Art verdeckt wurde. Vielleicht gab ihm dies Verhalten aber das nötige Selbstvertrauen, sich durchzusetzen. Sie verstand das. Im College war sie häufig rüde aufgetreten, um ihre Unsicherheit zu verbergen.

»Ich heiße Maggie.«

»Und ich Ali.« Nach einer Pause fragte er: »Sind Sie Nonya Maggie?«

»Ja, ich bin verheiratet. Aber nennen Sie mich Maggie. *Jangan panggil saya nonya. Maggie saya.*«

Er kicherte über ihren Akzent, machte ihr aber ein Kompliment. »Sehr wenige *orang asing* sprechen Bahasa. Warum haben Sie es gelernt?«

»Das sagte ich Ihnen bereits. Ich interessiere mich für Ihr Land.«

»Warum unterstützt Amerika Malaysia? Malaysia ist ein neoimperialistisches Unterpfand der Briten.«

»Sie verwirren mich mit Fragen, die ich nicht beantworten kann.«

»Sie sind wenigstens ehrlich«, stellte er ruhig fest. Und wieder schwiegen sie.

Ein Mann kam aus der Richtung der Lokomotive auf sie zu. Er unterhielt sich kurz mit einigen Leuten, die neben dem Gleis standen. Maggie bemühte sich zu verstehen, was er sagte, aber er sprach Javanisch.

Als der Mann zu ihnen stieß, redete er auf Ali ein. Ali lachte.

»Was ist passiert?« fragte Maggie.

»Haken war gebrochen — ich kenne das englische Wort dafür nicht. Irgend etwas ging an der Maschine entzwei. Sie haben es repariert und werden weiterfahren.«

»Machen sie die Kommunisten dafür verantwortlich?«

»Diesmal nicht, meine ich.«

»Das zum Thema Sabotage. Und zum Thema gefährliche Bahnreise«, sagte Maggie.

»Sie fürchten sich nicht vor meinem Land?«

»Das habe ich nicht gesagt. Ihr Land ist im Moment nicht gerade friedlich.«

»Weil moslemische Großgrundbesitzer die Bauern verhungern lassen.«

»Mir haben Leute gesagt, weil die Armee und die Moslems und Ihr Kommunisten euch gegenseitig an die Kehle geht — und wegen des Geldes, des Handels und der Dritten Welt und den Sachen, die in Vietnam und der Weltpolitik passieren.«

»Stopp, Stopp!« Er hob die Hände in gespieltem Entsetzen.

Sie konnte sehen, daß er sie ebenso anlächelte wie sie ihn.

»Darf ich Sie wirklich Maggie nennen?«

»Wenn ich Sie Ali nennen darf.«

»Werden wir uns wiedersehen?«

»Das ist schon möglich. Wir fahren beide nach Yogya.«

»Also, ich hoffe es.«

»Ja.« Sie kletterte in den Zug. Maggie hatte sich kaum niedergelassen, als der Zug eine Art metallisch klingenden Rülpser von sich gab und langsam anfuhr.

Sofort erwachte Susanto. Sie nahm das Seidentaschentuch, das zwischen ihren großen Brüsten lag, und wischte sich über ihr verschwitztes Gesicht.

»Ich muß geben«, sagte sie energisch.

Maggie hatte also kaum Zeit, sich zu überlegen, was Vern wohl gerade machte. Vermißte er sie? Genoß er es, allein zu sein? Aber sie wußte, daß er sie liebte; das war sicher. Und dort draußen in der Nacht flog ein durch Nebel festgehaltenes, rätselhaftes Land vorbei, das sie wie ein langer, heißer Tunnel in seine Dunkelheit zog. Sie hoffte, Ali wiederzutreffen.

»Spielen!« befahl Susanto.

Maggie widmete sich den Karten.

12

Was sie nicht wußte, war die Tatsache, daß er drei Reihen hinter ihr saß. Von dort aus konnte er sie beobachten. Sie konnte es nicht wissen. Würde sie sich denn sonst nicht umdrehen und ihn ansehen? Von seinem Platz aus konnte Ali beobachten, wie sie sich über den Kartentisch beugte. Er konnte ihren Nacken, ihr rechtes Ohr, ihre rechte Wange, ihre Nase sehen. Ihre Augen konnte er nicht sehen, erinnerte sich aber, was er im Mondlicht wahrgenommen hatte: weit auseinander stehend, groß. Sie mußten blau sein.

Er konnte auf der rechten Wange Schweißtropfen erkennen. Sie mußte blaue Augen haben.

Als er acht Jahre alt war, hatten holländische Soldaten Yogya angegriffen. Sie trugen so große Springerstiefel, daß es aussah, als ob sie riesige Schlammklumpen aus dem Dschungel mitbrächten. Die Soldaten hatten verschwitzte Gesichter, genau wie sie, und blaue Augen, wie ihre sein mußten. Doch die Soldaten hatten die Leute wütend angeblickt, die bei ihrem Aufmarsch in der Malioboro Street Spalier standen. Maggie hatte ihn im Mondlicht angelächelt. Maggie, Nonya Maggie, hatte ihn angelächelt.

Diese großgewachsene amerikanische Frau war ehrlich. Im Gegensatz zu den meisten *orang asing* war sie nicht mit allem einverstanden gewesen, was er aus einem Gefühl der Überlegenheit gesagt hatte. Sie hatte sich mit ihm unterhalten. Sie hatte sogar zugegeben, daß sie wegen ihrer Unwissenheit in politischen Dingen verwirrt sei. Ehrlich. Ihr Hals war lang, weiß. Das Haar darüber, nun vom Schweiß verklebt, hatte die Farbe der Reisfelder nach der Ernte. Kleines rechtes Ohr. Es schien zu klein für eine so große Frau. Sie war breitschultrig und groß. Sehr groß. Er hatte gehört, wie Männer die alten Kolonialtage beschrieben, als die holländischen Frauen noch vor der Residenz aus ihren Wagen stiegen. Sie entblößten dabei massige Schenkel unter ihren Baumwollröcken. Schweiß tropfte von ihren langen, fleischigen Nasen. Ihre nackten Arme bebten wie Reispudding, der bei einer Prozession mitgeführt wird. Aber Maggie war nicht fett. Sie war weder häßlich noch gebieterisch.

Hals, Ohr, Wange, Nase. Und wenn sie sich bei der Betrachtung ihrer Karten leicht zur Seite neigte, konnte Ali einen kurzen Blick auf ihre vollen Lippen werfen. Konnten solch große, geräumige Frauen die Stöße von so kleinen Männern wie ihm spüren, wenn sie Liebe machen? Er stellte sich vor, wie er sich auf sie legte, während ihre Hand sein Glied einführte. Aber dann würden ihre großen Finger ihn ganz verlieren, so daß sie entsetzt aufschreien würde: »Wo ist es?«

Eine schreckliche Vorstellung. Er zwinkerte mit den Augen, um sich dieses gräßliche Bild aus dem Kopf zu schlagen. Er fühlte sich schuldig und niedergeschlagen, aber dann brachte ihm ein neuer Gedanke wieder gute Laune. Es war wahr: Er hatte sich während der Unterhaltung von seiner besten Seite gezeigt. Er hatte ihr gesagt, was er von ihrem Land hielt. Am Heldentag, dem 10. November, würde er sie zu den Gedenkfeiern für die indonesischen Soldaten mitnehmen, die 1945 in der Schlacht von Surabaya gefallen waren. Er würde mit ihr in der Menschenmenge stehen und ihr erklären, wie die Briten am Ende des Zweiten Weltkrieges versucht hatten, Indonesien für die Holländer zu halten. Denn so dachten die Kolonialisten eben. Selbst wenn ein Ort einem nicht gehörte, hielt man an einer Kolonie fest, die jemand anderem gehört hatte. Niemals zog man in Betracht, sie den Leuten zurückzugeben, die dort lebten. Und wenn Maggie ihn fragend anblicken sollte, würde er hinzufügen: »An etwas festzuhalten, was nicht ihm gehört, das nennt der weiße Mann seine Bürde.«

Und er würde darauf bestehen, daß sie sich noch mehr anhörte, während die festlich gestimmte Menge an ihnen vorbeiströmen würde.

Sie würde keine Einwände machen, diese große, ehrliche Frau. Sie würde ihn ausreden lassen, weil das eben ihre Art war.

»Maggie«, würde er sagen — nicht Nonya Maggie.

»Maggie, ich möchte, daß Sie die Menschen, die sich hier vor dem Palast des Sultans versammelt haben, ganz genau anschauen. Sie sind gekommen, um ihre Freiheit zu feiern. Vor zwanzig Jahren vernichteten Menschen wie sie in Surabaya fast eine ganze Division erfahrener britischer Soldaten. Aber sie mußten noch einmal vier Jahre gegen die Holländer kämpfen, bevor sie wirklich frei waren. Sie durchbrachen die Unterdrückung von dreihundertfünfzig Jahren. So sind unsere Menschen. Ich auch. Unsere Männer sind männlich, egal, wie klein sie sind.« Würde er den letzten Satz auch sagen? Nun, warum nicht? Befriedigt von seiner phantasierten Kühnheit, nickte Ali ein.

Als ein Schaffner durch den Wagen kam und »Yogya« rief, wachte er sofort auf und blickte in ihre Richtung. Die Diener packten die leeren Thermoskannen ein und klappten den Tisch zusammen. Die dicke Frau schaute in ihr Notizbuch und addierte Zahlen. Maggie sah sich nicht einmal um. Also wußte sie immer noch nicht, daß er hinter ihr saß, oder? Sie versuchte gerade, ihr verschwitztes Haar mit einem Kamm zu ordnen.

Als der Zug bremste, beschloß Ali zu warten, bis sie durch den Gang an seinem Sitzplatz vorbeikommen würde. Auf diese Weise würden sie sich sehen. Sie würde sich wundern, aus welcher Nähe er sie wohl die ganze Zeit über beobachtet haben mochte.

Aber als der Zug in den Bahnhof einfuhr, stand Ali mit seinem abgenutzten Koffer auf und eilte zum Ausgang. Während sich die Räder noch bewegten, sprang er hinunter und bewegte sich rasch durch die dunstige Dämmerung. Ali krümmte die Schultern, um sich für jedermann weniger sichtbar zu machen — zum Beispiel für Nonya Maggie, die vielleicht Ausschau nach ihm hielt.

Als er den Bahnhof verließ und in der wartenden Menge nach seinem Bruder suchte, blickte Ali ängstlich zurück, um zu sehen, ob die große Ausländerin vielleicht hinter ihm sei. Er wollte sie nicht wiedersehen, zumindest nicht hier auf dem Bahnhof. Es war nicht nötig, sich über ein Meer von Trägern hinweg auf abgeschmackte Weise anzulächeln. Und sein Bruder Bambang könnte verdrießlich werden, wenn man ihm eine weiße Frau vorstellte, ohne ihm Zeit zu geben, sich auf so eine Überraschung vorzubereiten.

»Ali!«

Er wandte sich um und erkannte Achmad, den besten Freund seines Bruders. Sich vorwärts schiebend, stieß Achmad Becakfahrer zur Seite, die sich um einen guten Platz vor den ankommenden Passagieren drängelten.

»Ali!« Achmad winkte. Ali war erleichtert, daß Achmad Zivilkleidung trug. Es hätte nicht gut ausgesehen, wenn ein neuer Organisator der PKI in aller Öffentlichkeit von einem uniformierten Feldwebel der Infanterie freundlich begrüßt worden wäre.

Ali warf erneut einen Blick über die Schulter, um sich zu vergewissern, ob Nonya Maggie nicht doch hinter ihm war. Er erwiderte kaum Achmads Begrüßungsworte, weil er es eilig hatte, dieser Möglichkeit zu entkommen. Als er sich rasch durch die Menge hindurchwühlte, fragte er den Soldaten nach seinem Bruder; Achmad berichtete, sein Bruder habe einen großen Auftrag in der Gießerei.

»Ich kam heute nach Yogya, und so sagte ich ihm, ich würde dich abholen. Nein, wir brauchen kein Becak«, sagte Achmad, als Ali die Hand hob, um einen Fahrer herbeizuwinken. »Sieh mal, was ich habe.« Er stand vor einem Motorrad, das in der Nähe des Bahnhofseingangs parkte. »Ich kaufte es letzte Woche.«

»Ich dachte, ihr von der Armee beklagt euch über euren Sold, und jetzt kaufst du so was.«

»Ich habe drei Jahre dafür gespart.«

Schon bald entfernten sie sich knatternd vom Bahnhof, wobei Ali plötzlich Maggie neben der fetten Frau und den drei Dienern sah. Sie standen mit vier Trägern, die unter der Last des Gepäcks stöhnten, am Bordstein. Ali verachtete sich für das ärgerliche Gefühl, das in ihm hochstieg — Maggie blickte sich noch nicht einmal suchend nach ihm um. Sie redete mit der fetten Frau. Ali bemerkte, daß Maggie ihre Handtasche nicht so furchtsam festhielt, wie die meisten ausländischen Touristen das taten. Aber vielleicht wollte sie auch nur locker erscheinen, weil sie wußte, daß er sie aus der Entfernung beobachten konnte.

Als Achmad die Hauptverkehrsstraße der Stadt hinunterfuhr, stellte Ali sich vor, daß die große, attraktive Frau ihre Handtasche ängstlich festhielt. Sie fürchtete sich, daß diese javanischen Wilden sie ausrauben würden; dieses Bild kolonialen Hochmuts machte ihn so wütend, daß Ali Gitosuwoko beschloß, nicht mit ihr zu reden, falls sie sich wieder begegnen sollten.

Ali hielt in der einen Hand den Koffer und umarmte mit der anderen Achmads schmale Hüfte. Überall auf der Straße schossen bläuliche Qualmwolken aus den Auspuffrohren der Motorräder. Blechern klingendes Wimmern von frisierten Maschinen ließ die Malioboro Street vibrieren wie eine angeschlagene Stimmgabel. Achmad umklammerte fest die Griffe seines neuen Motorrads mit eng angewinkelten Ellbogen — der Anblick eines nervösen Besitzers. Als auf dem riesigen Platz rund um den Palast des Sultans der Verkehr nachließ, entspannte sich Achmad und streckte seine Ellbogen. Den Kopf halb nach hinten drehend, sagte er über die Schulter: »Kommst du jetzt ins Dorf?«

Ali erklärte, daß er erst einmal seinen Onkel besuchen müsse.

»Bambang sagte, du willst hier Urlaub machen.«

»Nein, ich will arbeiten.« Ali gab keine weiteren Erklärungen ab. Es würde sie beide nur verlegen machen, wenn er, ein Kommunist, mit dem Soldaten Achmad über seine Pläne redete. Die Höflichkeit verlangte von ihm, den engen Freund seines Bruders mit Achtung zu behandeln, obwohl Ali wußte, daß er sich eines Tages mit diesem Feldwebel der Infanterie über Politik streiten würde — und zwar im Dorf.

Sie fuhren am Palast des Sultans vorbei, und der in Fladen von den Kratonmauern abblätternde Mörtel wurde dort von häßlichen grauen Streifen durchzogen, wo der Monsunregen sich durch die Oberfläche gefressen hatte. Aber der Palast sah so groß und imposant aus, wie Ali ihn in Erinnerung hatte. Die Familie Gitosuwoko pflegte die Hälfte des Jahres in Yogya, die andere Hälfte in dem abgelegenen Dorf zu verbringen. Wann immer die Familie nach Yogya zurückkehrte, war Ali zum Palast des Sultans gerannt, um ihn zu betrachten. Das hatte die Bedeutung und Heiligkeit eines geheimen Rituals angenommen. Ali hatte hier die Sicherheit gefunden, daß die Welt in Ordnung war, daß alles so war, wie es sein sollte.

Nun starrte er auf die heruntergekommenen Mauern und kämpfte ein Gefühl der Ehrfurcht nieder. Eine neue Ära brach an, und dieser Palast gehörte nicht zu ihr. Es wäre besser, wenn seine Mauern reißen, brechen, zu einer Ruine zusammenfallen würden.

Über die Schulter sagte Achmad: »Nächste Woche werde ich in Djakarta sein. Das 454. Bataillon beteiligt sich dort am Tag der Armee.«

»Werdet ihr in der Stadt biwakieren?« fragte Ali höflich, aber ohne allzu großes Interesse an der Antwort.

»Auf dem Luftstützpunkt Halim. Wir sind der Palastehrenwache des Regiments Cakrabirawa zugeteilt worden.«

Ali murmelte anerkennend, obwohl ihn auch diese Auskunft nicht interessierte.

»Unser Bataillon diente während des Feldzugs in West-Irian unter Colonel Untung. Wußtest du das nicht?«

Es wäre unhöflich zu sagen, daß er es vergessen habe. »Ich wußte es nicht.«

»Colonel Untung kommandiert die Palastwache. Das ist eine sehr große Ehre.«

»Ja«, sagte Ali. »Du wirst wahrscheinlich den Palast des Präsidenten sehen«, meinte er und versuchte damit, Interesse zu zeigen.

»Vielleicht auch Bapak. Vielleicht höre ich ihn auch reden.«

Ali erzählte diesem Soldaten aus der Provinz nicht, daß er schon viele Reden Sukarnos gehört hatte und daß sie für ihn kein aufwühlendes Erlebnis mehr waren, weil er nun alle rhetorischen Tricks des geliebten Führers kannte.

Als sie in südlicher Richtung weiterfuhren und die Kratonmauern mit ihrem gestreiften Mörtel hinter sich ließen, nahm der Verkehr noch mehr ab: weniger Motorräder und Becaks, aber mehr von Pferden gezogene Andongs und knarrende, von Ochsen gezogene Gerobaks. Sie näherten sich dem Wohnviertel der Familie Gitosuwoko.

In Djakarta hatte Ali stolz in einem Slum gelebt. Wann immer er Yogya nach seinem Eintritt in die PKI besucht hatte, hatte er sich des bourgeoisen Charakters dieses Wohnviertels und der Nachbarn seiner Familie geschämt. Und wieder verspürte er ein wachsendes Schamgefühl, als das Viertel in Sichtweite rückte. Je enger die Blutsbande, desto größer das Schuldgefühl: Das war es, was ihm alte Kommunisten zur Erklärung ihrer eigenen Loslösung von der Familie erzählt hatten.

Ali bat den Soldaten anzuhalten. »Ich werde den Rest zu Fuß gehen.« Als er vom Motorrad abgestiegen war, hielt Ali seine Hände hoch, die Handflächen in Augenhöhe aneinandergelegt — eine ehrerbietige Sembah.

Achmad erwiderte die Geste.

»Du bist gekommen, um zu arbeiten«, sagte Achmad mit zusammengekniffenen Augen. »Für die Kommunisten?«

»Ja.«

»Wo?«

»In dem Dorf.«

»In meinem Dorf?«

»In unserem Dorf. So lautet mein Auftrag. Für die Landreform arbeiten.«

»Wir wissen nichts von einer Landreform«, erklärte Achmad.

»Deshalb komme ich ja. Um dabei zu helfen.«

»Ich sagte, wir wissen nichts von einer Landreform.«

»Dann wirst du davon hören.«

Und wieder, diesmal gleichzeitig, hoben sie ihre Hände zu einer Sembah. Förmlich, ohne Begeisterung.

*

Als Achmad davonfuhr, wobei er den Motor aufheulen ließ, blieb Ali stehen und beobachtete, wie das Motorrad in der Ferne in einer Staubwolke verschwand. Als sie sich das letztemal begegnet waren, lag nicht soviel Spannung in der Luft. Aber die Situation hatte sich seitdem natürlich geändert. Die »rote Offensive«, wie Ali und andere Kader sie nannten, hatte begonnen. Militärs wie Achmad würden entweder untergebuttert oder zerstört werden; das glaubten zumindest die Militanten innerhalb der PKI, und obwohl Ali bis jetzt noch nicht alle ihre Vorstellungen akzeptiert hatte, neigte er ihrer Auffassung zu.

Ali starrte die Seitenstraße hinunter, die nach Hause führte. Genau auf dieser staubigen und engen Straße hatte er oft nach der Schule Kueh Lapis gekauft. Das tat er jetzt auch. In einem Warung, wo auch Ölkannen verkauft wurden. In den süßen Reiskuchen beißend, musterte Ali die geflochtenen Bambuswände eines alten Ladens und das Tor eines Ziegelhauses, das dahinter stand. Hinter diesem Tor gab es Obstbäume, die er und seine Freunde vor vielen Jahren geplündert hatten. Ein reicher Batak aus Sumatra hatte dort gelebt. Wenn er den stehlenden Jungen nachjagte, hatten sie ihn angebrüllt: »Hundefresser!« So manches Mal war Ali über die Ziegelmauer gezogen worden oder hatte einen anderen hochgezogen, keuchend und freudig erregt über den Diebstahl.

Gerade in diesem Augenblick kamen einige Jungen die Straße entlang und beäugten ihn mißtrauisch. Ein sicheres Zeichen, daß sie etwas ausfressen wollten. Zwei trugen große, in Tücher gehüllte Gegenstände. Bestimmt hatten sie Kampfhähne in Käfigen bei sich und fürchteten, angehalten zu werden. In Zentraljava war eine Kampagne im Gange, diesen Sport zu verbieten. Die Jungen verlangsamten ihre Schritte, als ob das ihre Unschuld beweisen könnte.

Ali lächelte. Sie blickten finster zurück. »Kampfhähne?« fragte er freundlich.

Die fünf schlichen an einer Ladenmauer entlang und starrten ihn kläglich an.

»Ich habe früher auch einige große Hähne aufgezogen«, sagte er, als sie an ihm vorbeiwollten. »Sie wurden so groß, weil ich wußte, mit was man sie füttern muß. Am besten gerieten sie mit geschältem Reis. Oder man mahlt die Schalen und mischt sie unter den Reis. Getreide ist nicht gut. Das kann man vergessen. Ihre Lungen entwickeln sich nicht, wenn man sie mit Getreide füttert. Sie werden dann beim Kampf schnell müde.«

Die Jungen waren an ihm vorbei. Nur einer drehte sich um und bedachte ihn mit einem kurzen, mißtrauischen Blick.

Ali lachte stillvergnügt in sich hinein, aber irgendwie störte ihn ihre Unfreundlichkeit doch. Bevor Vater starb, hatte sich Ali oft unbehaglich gefühlt, wenn er nach Hause ging. Sein Vater war ein berühmter Mann gewesen, und die Leute verglichen ihn natürlich mit ihm, und was immer man tat, es war nie richtig oder gut genug. Vater, der bedeutendste Dalang von Java, hatte sich nicht um das geschert, was die Leute dachten. Er hatte mit seinen Künstlerfreunden geraucht, gefastet und meditiert, bis die Haut auf seinem stolzen Gesicht ausdörrte, hatte sich von der praktischen Welt abgewandt, und als die Zeit gekommen war, starb er unauffällig und ruhig.

Das Haus war nun einen Block weit entfernt. Ali bog in eine schmutzige Gasse ein. Entlang der östlichen Reihe von Geschäften, die im Schatten lag, war die Luft morgendlich frisch. Aus einem Fenster kamen die Klänge eines Gamelaninstruments. Jemand übte auf einem Gender, dem kleinen, auf Resonanzkörpern befestigten Xylophon. Der Musiker vergaß dabei, ein Metallplättchen zu dämpfen, nachdem er es mit einem gepolsterten Hämmerchen angeschlagen hatte, so daß der Ton falsch widerhallte — ein polterndes Echo statt eines klaren Tons. Wahrscheinlich ein Schüler, ein Junge. Ali besaß keine musikalische Veranlagung, aber er erkannte Talent bei anderen. Wer immer dieses Gender bearbeitete, er war dafür nicht begabt.

Weder Ali noch sein Bruder Bambang hatten jemals künstlerische Züge gezeigt. Deshalb hatte Vater sie nicht beachtet und all sein Vertrauen seinem jüngeren Bruder Budi, Alis Onkel, geschenkt, der jetzt ebenfalls ein großer Dalang war: Kyahi Dalang Budi Gitosuwoko. Das brachte Alis Blut in Wallung. Er konnte den Namen seines Onkels nicht aussprechen, ohne das Gefühl zu haben, man habe ihm sein Geburtsrecht genommen. Die Leute verteidigten Budi und sagten, er sei ein Mann guten Willens, aber solche Beteuerungen machten Ali nur noch wütender. Er kannte die Wahrheit! Sein Onkel hatte ihn beraubt.

Ali erreichte das Ende der Gasse und bog in eine weitere ein. Er starrte auf ein altes Haus, das inmitten eines verwilderten Gartens stand. Das Haus war hier seit Alis Kindheit, mit dem gleichen Garten, vielleicht auch mit denselben Unkräutern. Hinter dem Haus war ein Bambushain, wo angeblich ein Panaspati lebte, ein schrecklicher Geist. Dort, wo sein Geschlecht hätte sein müssen, war sein Kopf. Er ging auf Händen. Feuer statt Speichel sprühte aus seinem Mund, wenn er zu spucken versuchte. Vor allem verschlang er gern kleine Jungen. Wenn ein Junge seinen Mut beweisen wollte, rannte er durch das kleine Wäldchen. Ali hatte es auch gemacht, aber mit großer Angst und nur einmal. Sein Bruder Bambang hatte es oft getan — er ging langsam durch den Hain, Hände in den Hosentaschen, pfeifend. Selbst damals war er schon kräftig gebaut gewesen. Alle glaubten, der Panaspati fürchte sich davor, sich mit ihm auf einen Kampf einzulassen. Das brachte ihm den Spitznamen »Bima« ein, nach dem großen Krieger der Abenteuermärchen. Die Gießerei, in der Bambang arbeitete, wurde selbst von den Leuten im Dorf »Bimas Sitz« genannt.

Vor ihm standen der Holzzaun und die kaputte Pforte seines Zuhauses. Vater hatte sich nie darum gekümmert, sie reparieren zu lassen. So lange, wie Ali zurückdenken konnte, hatten die Scharniere gequietscht, hatte der rostige Türgriff gewackelt. Zu Hause — das war die unveränderliche Vergangenheit.

*

Hinter der Pforte waren ein hoher Jackbaum, eine zottig wirkende Gruppe Palmen, einige blühende Büsche. Der Hof war schon lange nicht mehr gefegt worden; die Blätter raschelten unter Alis Schuhen. Also verachtete Onkel Budi Ordnung ebensosehr wie sein Vater. Zumindest war das der Eindruck, den Besucher mitnahmen. Die Leute erzählten Ali: »Dein Onkel will nichts verändern. Weil er deinen Vater ehren will. Reparaturen und Verbesserungen wären falsch. Damit würde er in Konkurrenz zu deinem Vater treten. Er würde ihn ausstechen. Das würde Budi nie beabsichtigen.« Ali wußte es besser. Der Onkel war entweder faul oder geizig. Das waren die einzigen zutreffenden Erklärungen dafür, daß er die Dinge einfach so ließ, wie sie waren.

Das Sonnenlicht fiel durch die Bäume und schuf auf dem ungefegten Hof ein Muster aus blauem Schatten und Lehmboden. Dies war zu Hause und doch wieder nicht, dachte Ali. Und bevor er die Veranda erreichte, schwor er sich: Sollte Onkel den Dolch zwischen sie legen, würde er sich nicht niederknien und ihn berühren.

Seit Generationen wurde dieser Brauch gepflegt, wenn ein Familienmitglied nach langer Abwesenheit nach Hause kam. Der Familienvorstand legte seinen Kris auf den Fußboden; das heimgekehrte Familienmitglied berührte die Klinge mit seinen Fingerspitzen. Seit die Gitosuwokos geschichtsbekannt waren, gab es diesen Brauch.

Aber heute war es anders. Ali war gekommen, um die Dinge zu ändern. Morgen würde er beginnen, die Leute in dem ererbten Dorf zu organisieren. Wie konnte er da die überholten Rituale einer Priyayifamilie befolgen? Er war der Zukunft verpflichtet. Er mußte nicht das Erbstück einer Familie ehren, die seit Jahrhunderten feudal gelebt hatte. Er war ein Kader der PKI. Er war nach Hause gekommen, um dabei zu helfen, die Gesellschaft zu verändern.

Zufrieden mit seiner Entscheidung, ging Ali ins Haus. Das erste, was er sah, war eine alte Truhe. Darüber hing eine gerahmte Schwarzweißfotografie seiner Mutter. Die kleine, abgezehrte Frau war seit zehn Jahren tot. Tuberkulose hatte sie dahingerafft. Er konnte sich an ihre blutverschmierten Taschentücher erinnern. Nun starrte er auf die magere Gestalt im Batikfesttagskleid, auf die baumelnden Ohrringe aus Gold und ihr langes schwarzes, mit Jasmin geschmücktes Haar. Haare, die viel zu schwer für sie aussahen. Ihr Gesicht war zu einem Ausdruck äußerster Selbstbeherrschung gefroren. Selbstbeherrschung — die vorherrschende Eigenschaft ihres Lebens war in diesem Foto eingefangen.

Ali ging leise und fast auf Zehenspitzen durch das Haus. Er nahm den schwachen Geruch von Kerosin wahr, das auf die Glut der letzten Nacht gekippt worden war, um das Feuer wieder anzufachen, damit der Koch den Reis zum Frühstück kochen konnte. Für Dalang Budi, den gegenwärtigen Hausherrn, einen Dieb der Ehre. An den Schlafzimmern vorbeikommend, sah Ali in der geöffneten Hintertür einen Lichtflecken.

Wieder hielt er inne, diesmal, um eine Lederpuppe zu betrachten, die an der Wand hing.

Wie alle guten Dalangs hatte Vater seine Puppen selbst hergestellt. Ali hatte oft beobachtet, wie er sie aus gegerbter Büffelhaut formte. Nackt bis auf ein Lendentuch (er war kleiner und deutlich magerer als sein viel jüngerer Bruder Budi), hatte Vater in der kleinen Werkstatt hinten im Hof gearbeitet. Zuerst schabte er die Haut, bis sie so dünn wie Papier war, dann schnitt er die Umrisse der Puppe mit Hilfe von Ahle und Lanzette aus. Er ritzte das Gesicht ein und schnitt dann die Löcher aus. Er bemalte die Figur mit teurem Blattgold, denn Vater, obwohl sonst so asketisch und knauserig, scheute bei der Anfertigung seiner Puppen keine Kosten.

Als Junge hatte sich Ali in den Schuppeneingang gehockt und zugesehen, wie Vater kleine Stäbe aus Büffelhorn an der Figur befestigte. Das Horn sah glänzend, fast durchsichtig aus. Vater teilte den Hauptstab der Länge nach, so daß er auf beiden Seiten der Puppe zur Hälfte überstand. Andere Stäbe waren für die Hände da. Wenn Vater das vergoldete Leder an seinen perlenfarbigen Hornstäben hochhielt, wollte Ali jedesmal vor Freude aufschreien, tat es aber niemals. Nur wenn er während der Vorstellungen Witze erzählte (beim Stichwort für die Clownsnummern), lächelte Vater. Aber er lachte nie oder schlug gar die Hände vor Freude zusammen. Er wurde Kyahi Dalang, ehrwürdiger Puppenspieler, genannt.

Nun wohnte ein neuer Dalang im Haus, ein Dieb.

In der Hintertür stehend, betrachtete Ali einen kleinen Pavillon im Hof. Unter seinem schrägen Rohrdach, auf ungehobelten Brettern, saß der gegenwärtige Dalang, sein Onkel Budi. Er meditierte im Schneidersitz. Er trug ein dunkles Stirnband, eine Lurikjacke, einen Leibgurt, in dem sein Kris steckte, und einen Batiksarong: die traditionelle Tracht des Priyayi. Er übte sich in der Beherrschung des Atems. Ali konnte sehen, wie sich die breite Brust nach langen, bewegungslosen Intervallen leicht auf- und niedersenkte. Onkel Budis Augen waren auf einen Punkt jenseits des Pendopo gerichtet.

Ali hockte sich in der Türöffnung nieder, gegen seinen Willen plötzlich von Scheu ergriffen. Dieser mit gekreuzten Beinen dasitzende Mann hätte geradewegs aus dem altertümlichen Java aufgetaucht sein können. In dieser morgenfrischen Luft schien er wie aus Stein gemeißelt. Ein paar Vögel hüpften, von ihm unbemerkt, über den Fußboden.

Onkel Budi war nicht alt, vielleicht Anfang Vierzig, aber dennoch war Ali überzeugt, daß er in einer Zeit des sozialen Wandels ein Anachronismus sei.

Ali wollte hinüberlaufen und den Mann in das Jahr 1965 zerren. Trotzdem blieb er hocken und wartete. Er durfte den Dalang nicht beim Meditieren stören.

Schließlich akzeptierte Ali die Wirklichkeit mit einem langen Seufzer der Resignation. Nach Beendigung des Meditierens würde er den Hof zum Pendopo überqueren. Er würde seine Sandalen abstreifen und auf den Fußboden kriechen. Er würde seinen Onkel in Krama-Inggil begrüßen, der gehobensten Sprache Javas, und er würde knien und warten.

Wenn sein Onkel den im Rücken befestigten Kris aus der Scheide nähme, dann würde er, Ali, noch weiter in den Pendopo kriechen, mit gesenkten Augen.

Und wenn die gekrümmte, säuregeätzte Klinge auf dem Boden läge, würde sich Ali nach vorne beugen, das Gesicht auf die warmen Fußbodenbretter gepreßt. Mit einer ausgestreckten Hand würde er den kalten Stahl mit den Fingerspitzen berühren. Er, Kader der Partai Komunis Indonesia, würde das tun.

Und er würde sich für seine Unterwerfung hassen.

13

Maggie Gardner hatte sich immer für anpassungsfähig gehalten. Um das College bezahlen zu können, hatte sie als Kellnerin, Interviewerin für ein Meinungsforschungsinstitut, Hundetrainerin, Archivarin und Floristin gearbeitet. Zu Hause, schon mit zehn Jahren, mußte sie mit einer depressiven Mutter, einem saufenden Vater und einer widerspenstigen Schwester, die sich nun weiß Gott wo aufhielt, fertig werden. Aber all diese Erfahrungen hatten Maggie nicht darauf vorbereitet, Gast im Hause Susanto Sakirmans zu sein. Sie fragte sich, ob sie dem gewachsen sein würde.

Das Haus selbst war herrlich. Es bestand aus einem geräumigen, einstöckigen Gebäude und einem halben Dutzend Pavillons in einem großen Hof. Drei dienten als Gästehaus, in einem wohnte Maggie. Sie konnte in den Garten blicken, der ziemlich ungepflegt, aber üppigst nach indonesischer Art bepflanzt war: Hibiskus, Bougainvillea, Unmengen von Sonnenblumen jenseits des scheckigen Schattens eines weinberankten Banyanbaumes. Morgens erwachte sie vom Duft des Jasmins.

Am ersten Morgen, noch immer von der Bahnfahrt erschöpft, war sie von Susanto liebevoll geweckt, mit starkem Kaffee aufgerichtet und dann in ein Auto geschoben worden. Zuerst wurde sie zum Palast des Sultans, genannt Kraton, gefahren. Die Palastgebäude seien wegen der häufigen Erdbeben nicht sehr hoch, erklärte Susanto. Es gab neun Eingänge, als Symbole für die neun Körperöffnungen des Menschen. Sie wisse nicht, welcher Eingang welche Öffnung symbolisiere, gab Susanto mit einem Lächeln zu verstehen, das verrucht wirken sollte. Hinter drei gelben Türen lagen die Privatgemächer des Sultans, der gerade in Europa herumreiste. Königliche Erbstücke wurden dort aufbewahrt: Manuskripte, Juwelen, Zeremoniendolche. Jahrhundertealte Gamelans lagerten in Pavillons. Bronzegongs, Xylophone und Trommeln verstaubten in der stillen Umgebung. Susanto verbeugte sich vor ihnen, als wären es Ikonen. Bejahrte Gefolgsmänner schlenderten in Höflingskleidung über das ummauerte Grundstück: Sarong, dunkles Batikkäppchen, im Taillenbund ein Dolch. Susanto senkte ihre bebrillten Augen, wenn sie vorbeigingen.

Wieder zu Hause, nach dem Mittagessen und einem kleinen Nickerchen, wurde Maggie in den Spielsalon zum Kartenspielen zitiert. Susanto hatte dort einen Roulettetisch. Stolz beschrieb sie ihn: »Fünfzehn mal zwanzig Fuß groß, meine Liebe. Genau die europäische Größe. Das Rad ist aus Teak.« Sie besaß ebenfalls einen Pharotisch und einen Würfelspieltisch. Maggie befand sich in einem richtigen Casino! Drei weitere javanische Damen kamen an diesem Nachmittag vorbei, und alle waren so kenntnisreich und begeistert bei der Sache wie ihre Gastgeberin. Maggie verlor fünfzig US-Dollar und hätte noch mehr verloren, wenn sie nicht Kopfschmerzen vorgetäuscht und daraus eine Mordsgeschichte gemacht hätte. Sie ließ vier kleine Frauen, denen Brokatschals um die Schultern hingen, am Roulettetisch zurück. Ein Diener drehte das Rad und rief: *»Faites vos mises!«*

Am nächsten Tag gab es Kartenspiele am Morgen, Roulette am Nachmittag und weitere Spiele am Abend. Maggie bekam wirklich Kopfschmerzen. Sie eingehend musternd, ungefähr zwei Uhr nachts, als die anderen Spielerinnen gegangen waren, versprach Susanto einen anderen Tagesablauf.

Nach wenigen Stunden Schlaf machten sie sich zu den Batikwerkstätten auf, weil Susanto behauptet hatte: »Neben dem Kraton gehört das Batikhandwerk zu den wichtigsten Dingen in Yogya.«

Als sie die staubige Gasse durchfuhren, erblickte Maggie einen Mann, der ihr bekannt vorkam. Er öffnete den Riegel einer Gartentür, trat hervor und zog eine Packung Zigaretten aus der Hosentasche.

Ali.

Obwohl sie ihn nur im Mondlicht gesehen hatte, erkannte Maggie den jungen Kommunisten an der Art, wie er beim Zigarettenanzünden die Schultern hochzog. Maggie beugte sich durch das offene Autofenster, rief: »Ali« und winkte, aber er stand einfach da, blickte ins Leere, bis der Wagen um die Ecke verschwand.

Susanto fragte, wer er sei.

Maggie erklärte, daß sie sich während der Zugpanne kennengelernt hätten. Sie sagte nicht, daß er ein Organisator der Kommunisten sei.

»Müssen vorsichtig sein, mit wem Sie reden«, warnte die ältere Frau, fügte aber hinzu: »Er kommen aus Dalanghaus. Gehört zur Familie?«

»Ich weiß es nicht.«

»Aus Familie, gut. Dalang ist ein berühmter Mann. Aus ganz Java kommen Leute, um ihn zu sehen. Wenn Junge aus der Familie, gut. Kann aber nicht Sohn sein. Dalang hat keine Jungen, Mädchen. Könnte Junge von Bruder oder irgend jemand anders sein. Wenn Familie, dann gut. Aber bitte, meine Liebe, nicht winken, wenn Sie nicht wissen.«

Der Wagen fuhr vor einer Batikfabrik vor. Das Gebäude sah aus wie die Ziegelhäuser in den Vierteln südlich des Palastes. Aber im Innern gab es einen Ausstellungsraum für die Produkte: Batist- und Seidenstoffballen; fertige Sarongs und Blusen und Stapel von maschinell bedruckten Servietten, Zierdeckchen und Tischtüchern.

Susanto bewegte sich durch die Gänge und betrachtete die Waren mit der gleichen Aufmerksamkeit, die sie sonst den Karten schenkte. Sie erzählte Maggie, daß es sehr zeitaufwendig sei, gute Batikstoffe herzustellen — sechs bis zwölf Monate. Der Stoff werde fein gesäumt, gewaschen und in Seifenwasser eingeweicht, getrocknet und mit Holzschlegeln weichgeklopft; dann werde ein Wachsmuster aufgetragen und die Farbe aufgebracht, das Wachs entfernt, eine weitere Farbe aufgetragen, weiteres Wachs aufgetragen, wieder entfernt und so weiter. Alles bewerkstellige man in mühseliger Handarbeit.

Susanto schnippte mit den Fingern: »Ein Fehler — alles kaputt.« Sie nahm ein Stück Stoff hoch und hielt es gegen das Licht. »Gute Batik aus Yogya«, sagte sie anerkennend. »Beide Seiten sehen gleich aus. Sehen Sie? Mit Maschine gedruckt wird eine Seite stärker in Farbe. Das hier ist besser, wirklich. Kostet viel.« Es schien sie ebenso zu befriedigen wie ein Royal Flush beim Pokern.

Sie betraten die eigentliche Fabrik, wo ein Dutzend sitzende Frauen damit beschäftigt waren, mit Wachs Muster auf den Stoff aufzutragen. Entlang der Wände standen Bottiche mit heißem Wasser, in die der gewachste Stoff getaucht wurde. Eine Frau, die aufblickte und höflich die Sembahgeste vollzog, bot Maggie an, ihr die Arbeit zu erklären.

Maggie beobachtete, wie sie mit einer kleinen, mit geschmolzenem Wachs gefüllten Kupferkanne, aus deren nadelfeiner Tülle das Wachs floß, ein Muster auf den Stoff zeichnete. Die Frau erklärte, daß man den Stoff zuerst mit Indigo färbe, dann mit einer braunen Rindensubstanz, Ting genannt, und zum Schluß mit einer Mixtur aus beiden Farben, was die Farbe Schwarz ergebe. Das seien die überlieferten Farben; heute würden auch andere Farben aus chemischen Farbstoffen benutzt.

Später flüsterte Susanto, daß die Frau, die den Herstellungsvorgang erzählt habe, die Ehefrau eines bedeutenden Regierungsbeamten sei. Die Hälfte dieser Arbeiterinnen erhielten keinen Lohn, sondern kämen, um die Kunst der Aristokraten auszuüben. Priyayifrauen liebten das Batiken, um »die Zeit zu verschwenden«.

»Sie meinen, um ihre Zeit zu verbringen«, meinte Maggie lachend.

An diesem Abend, an dem wieder andere Frauen zum Kartenspiel vorbeikamen, ließ Maggie sich entschuldigen. Sie ging früh zu Bett. Das Mondlicht umspielte ihre nackten Hüften, als sie auf dem warmen Laken lag und der Musik von Bix lauschte, die leise aus dem Lautsprecher kam. Sie hatte niemals ein Musikinstrument gespielt. In ihr steckte kein verborgener Wunsch, ihre Kreativität zu entdecken. Sich zu erfreuen und zu verstehen, das reichte Maggie. Sie war die perfekte Zuhörerin: dankbar, begeistert, tolerant, bescheiden und teilnahmsvoll. Sie war nicht neidisch auf einen Menschen, der etwas konnte, was sie nicht konnte. Und dennoch war da immer diese Stimme hinter der verschlossenen Tür. Sie flüsterte eine Botschaft, die sie nicht verstehen konnte, etwas sehr Drängendes, Provokatives, Weises und Schreckliches.

*

Im Traum konnte sie ihn nicht finden. Sie rannte durch die Felder in der Ebene zu den bewaldeten Hügeln der Insel Samosir, vorbei am Satteldach des letzten Batakhauses, und erreichte das felsige Vorgebirge, wo nur noch Vögel lebten. Schwarz und bedrohlich wurde sie von ihnen umkreist, während sie ihn überall suchte. Plötzlich bemerkte sie seine Finger, die sich an einen Felsen klammerten. Vern hing an einer steilen Felswand über dem Tobasee. Der See war so weit unten, daß sie das Wasser nicht sehen konnte, aber sie hörte das Geräusch der Wellen. Sich niederbückend, betrachtete sie seine großen, von der Anstrengung geschwollenen Finger. Sie versuchte, sich an irgend etwas Besonderes an diesen Fingern zu erinnern, konnte es aber nicht. Sie waren riesig, hart wie Holz und erschreckten sie. Dennoch streckte sie sich und berührte sie. Und sie wanden sich sanft mit einer wurmähnlichen Bewegung. Sie wollte sie wieder berühren, konnte es aber nicht. Sie entledigte sich hastig ihres Sarongs — sie trug einen — und warf ihm ein Ende mit der Aufforderung zu, ihn zu ergreifen. Dann versuchte sie, ihn mit Hilfe ihres Sarongs in Sicherheit zu ziehen. Zurückblickend bemerkte sie, daß sich Menschen versammelt hatten, um sie zu beobachten. Leute aus dem Hotel: ein Rezeptionsangestellter, ein Kellner und noch andere. Und sie war nackt. Trotzdem zerrte sie wie verrückt an dem Sarongseil weiter. Sie war nackt, und sie wurde beobachtet. Sie war nackt, sie wurde beobachtet. Nackt, und sie beobachteten sie. Als sie um Hilfe rief, war nur Schweigen um sie.

Der Traum schleuderte sie förmlich in den Wachzustand. Sie lag da und blinzelte die Wand an. Eine Eidechse flitzte wie ein grünes, von einem Kind geworfenes Kreidestück über die Wand. Ihr Herz hämmerte.

Völlig erschöpft zog sich Maggie an und ging zum Haupthaus. Susanto trank Kaffee auf der Veranda.

Maggie ließ sich neben ihr nieder und goß sich eine Tasse starken Kaffee ein, Kopi Tobruk, wie er genannt wurde.

»Gut geschlafen?« fragte Susanto freundlich. »Wir spielten letzte Nacht. Habe gewonnen.«

»Ich schlief sehr gut, danke«, log Maggie. »Susanto, ich möchte batiken lernen.«

Susanto nickte, als ob sie diesen Entschluß erwartet hätte. »Ich habe einen Wagen, der Sie hinbringen wird. Ich habe gesagt, daß Sie kommen werden. *Jangan kuatir.* Die Werkstatt nimmt Sie.«

»Statt des Wagens hätte ich lieber ein Fahrrad. Könnte ich eins mieten?«

Susanto blickte über ihre Brille hinweg: »Diener haben Fahrräder. Warum Sie wollen radfahren?«

»Ich brauche es einfach.«

»Ich werde Ihnen Fahrrad besorgen. *Jangan kuatir.*«

»Sie sind sehr freundlich.«

»Das ist javanische Art«, erklärte Susanto stolz.

Bevor Maggie sich an diesem Morgen zur Batikfabrik aufmachte, schrieb sie ihrem Mann einen Brief. Er war im Plauderton gehalten und fröhlich. Sie machte sich über ihren Entschluß lustig, das Batikhandwerk zu erlernen. »Werde ich so eine richtige alternative Künstlermaus werden? Eine große, schlampige, schürzenbewehrte Frau, die ewig etwas herstellt, was ganz nach Geschenkladen aussieht?« Sie schrieb ihm, wie sehr sie ihn liebe und vermisse. Aber nachdem sie den Brief beendet hatte, las Maggie ihn durch und fand ihn fürchterlich. Er enthielt wenig von ihr, gar nichts von ihm, überhaupt nichts, was sie beide betraf. Sie hatte nicht die richtigen Worte gefunden. Es war ihr an diesem Morgen einfach nicht gegeben, das auszudrücken, was sie wirklich fühlte. Es war ihr, als ob sie auf der Oberfläche eines riesigen Meeres schwimme, während unter ihr die auf keiner Karte verzeichneten Tiefen eines Ozeans lagen, in die sie nicht hinabtauchen wollte. Aber Vern sollte Nachricht von ihr erhalten, und deshalb frankierte sie den Brief. Das nächstemal würde sie sich besser ausdrücken. Denn dieses Mal hatte sie an ihm vorbeigeschrieben und ihn im Traum auch nicht erreicht.

14

Unsicher auf dem ungewohnten Fahrrad schwankend, radelte Maggie in der wärmenden Luft eines sonnendurchfluteten javanischen Morgens eine Gasse hinunter. Ein Lastwagen, der die enge Straße hinaufkam, zwang sie auf die Seite. Abgesehen von ein paar Pferdewagen mußte sie sich aber über nichts mehr ärgern. Plötzlich tauchte die schlanke Gestalt Alis auf. Er trug einen Sarong und Sandalen; ein Blangkon bedeckte seinen schmalen, dunklen Kopf.

Maggie verstellte ihm den Weg. »Erinnern Sie sich an mich?« fragte sie ihn.

Er starrte sie an.

»Sie müßten sich eigentlich an mich erinnern. Der Zug, der eine Panne hatte.«

»Ja.«

Sie setzte einen Fuß auf das Pedal. »Sie wollen nicht mit mir sprechen.« Sie fuhr wieder an.

»Warten Sie! Bitte!«

Maggie hielt an und blickte zurück.

»Kommen Sie in mein Haus. Es gibt Kaffee.« Er lächelte sie fast flehentlich an. In Richtung der Gasse winkend, sagte er: »Da ist das Haus schon. Kommen Sie bitte zum Kaffeetrinken mit.«

Wenige Minuten später saßen sie im Hof in einem Pendopo. Außerhalb des geneigten Daches schien das Sonnenlicht die Erde zu verbrennen, aber im Pendopo war die bläuliche Luft kühl. Maggie liebte diesen wichtigen Teil des indonesischen Lebens: den nach allen Seiten hin offenen Pavillon, der Schatten bot; die Erquickung, die er jedem schenkte, der vor dem blendenden Sonnenschein unter seinem Dach Schutz suchte.

Sie beobachtete, wie Ali bei einem Diener Kaffee bestellte. Er wies dann darauf hin, daß sein Onkel hier wohne, daß er nur zu Besuch sei. Der Diener, der ihnen serviere, sei nicht sein Diener. Er klang bitter, geradeso als ob er meinte, der Diener müßte ihm gehören.

»Ich bin froh, daß Sie gekommen sind«, sagte Ali nach langem Schweigen.

»Sie wollten aber gar nicht mit mir sprechen.«

»*Tidak mengerti.* Ich verstehe nicht, Nonya.«

»Ich heiße Maggie. Sie wußten nicht so genau, ob Sie sich mit mir noch mal unterhalten sollten.« Um ihn nicht noch mehr in Verlegenheit zu bringen, fügte sie hinzu: »Haben Sie mit Ihrer Arbeit begonnen?«

Er hatte nicht. In seinem Land gehe alles langsam. Zuerst müsse er täglich die Dörfer besuchen, den Lokalbehörden seine Aufwartung machen, Tee trinken. Die Landreform dürfe er dabei nicht erwähnen, denn die Leute müßten ihn erst wieder akzeptieren. Er sei zwar dort aufgewachsen, aber seine Jahre in Djakarta hätten ihn in den Augen dieser Leute zu einem Fremden gemacht. Seine Arbeit sei lebensnotwendig für die Zukunft seines Landes. Obwohl das Landgesetz von 1960 in Kraft sei, habe die Ausbeutung der Bauern und die feudale Sklaverei aus der indonesischen Unabhängigkeit eine Farce gemacht.

Er brandmarkte den Kapitalismus, den Westen — insbesondere Amerika — und die lokale Korruption. Maggie betrachtete ihn, wie er zur Untermalung seiner Ansprache mit den Händen herumfuchtelte. Hätte er Javanisch gesprochen, seine Rede ware sicherlich noch rhetorischer und leidenschaftlicher gewesen. Ein Teil seiner Leidenschaftlichkeit könnte aber auch das Resultat seiner Nervosität sein, dachte Maggie. Vielleicht überlegte er immer noch, ob es richtig war, sie in dieses Haus einzuladen.

Der Kaffee kam. »Was hält Ihr Onkel vom Kommunismus?« fragte sie.

Ali nahm die Tasse an die Lippen und pustete auf die dampfende Flüssigkeit. »Er ist ein Dalang.«

»Das weiß ich.«

»Dann wissen Sie auch, was er vom Kommunismus hält.«

»Ich weiß nicht, was ein Dalang von ihm hält.«

»Nichts.«

»Das verstehe ich nicht, Ali.«

»Politik interessiert ihn nicht. Nur Wayang — Puppen, Theater — ist dem Onkel wichtig. Und Borobudur.«

Maggie wußte, daß Borobudur ein alter, in der näheren Umgebung liegender Tempel war.

»Er denkt immer an Borobudur«, fuhr Ali fort. »Er befürchtet, daß er zerstört wird. Dem Onkel ist die Welt wichtig, die tausend Jahre zurückliegt.«

»Es muß eine interessante Welt gewesen sein.«

»Nicht für mich«, erklärte Ali. »Die Zukunft bedeutet dem Onkel nichts. Er sorgt sich um alte Tempel. Er macht Atemübungen, um seinen Kopf leer zu machen.« Nachdenklich stellte Ali seine Tasse ab. »Glauben Sie, daß er den Kopf leer machen kann?«

»Vielleicht können es einige Menschen.«

»Können Sie es, Maggie?«

»Ich kann es nicht.«

»Ich glaube, daß niemand das kann.«

Seiner Behauptung folgte ein weiteres langes Schweigen, das nur vom Gezwitscher der Vögel unterbrochen wurde. Maggie hatte ihren Kaffee ausgetrunken und dachte daran, daß es Zeit sei, wieder aufzubrechen, als er plötzlich sagte: »Ich möchte Ihnen etwas Besonderes zeigen.« Er blickte sie gespannt an. »Sie haben doch Interesse für javanische Dinge, oder?« Er erhob sich und eilte weg, wobei er ihr noch einen Blick über die Schulter zuwarf.

Während sie wartete, kniff Maggie ihre Augen zusammen, bis sie nur noch einen schmalen Lichtstreifen außerhalb des Pendopos sehen konnte. Den Atem beherrschen, um den Kopf leer zu machen. Sie wollte es glauben, daß es so etwas gibt. Sie liebte die Idee, daß außerhalb ihres Vorstellungsvermögens Dinge existierten, die sie noch nicht erfahren hatte.

Als Ali zurückkam, trug er ein Brett in den Armen. Er streckte ihr das Brett wie ein Geschenk entgegen.

Das Brett war eine buntbemalte Holzplatte, auf der man unter anderem zwei Krieger erkennen konnte. Zwischen den beiden Figuren war mit einer gelben Kordel ein Dolch im Futteral befestigt.

Während er den Dolch vom Brett losband, sagte Ali: »Sie wissen, was das ist?«

»Ein Kris. Ich habe sie in Sumatra gesehen.«

»Aber dies ist ein javanischer Kris. Verstehen Sie? Es kann keine besseren geben.« Er drehte den Dolch bewundernd in der Hand. »In Solo wird es anders gemacht — dies da.« Er deutete mit dem Finger darauf.

»Heft«, erklärte Maggie.

»Anderes Heft. Einige sagen, in Solo ist es schöner. Ich sage, es ist nicht so schön wie in Yogya.« Ali überreichte ihr den Dolch, wobei er ihn an Heft und Spitze hielt. »Dreihundert Jahre in der Familie. Wir haben zwei, die von berühmten Schmieden angefertigt wurden.«

Maggie nahm ihm sehr behutsam den Dolch ab und beugte sich über die Waffe. Auf der Klinge befanden sich Kurvenlinien. Ali sagte, es wären fünf und jede repräsentiere einen Pandavabruder aus dem großen Epos *Mahabharata*.

Das Eisen dieses Dolches stamme aus himmlischem Gestein, erzählte er ihr.

»Ein Meteorit?«

»Ein Stein aus dem Himmel.«

Maggie konnte seinem Gesichtsausdruck nicht entnehmen, ob er es wirklich ernst meinte. Nickelspuren im Metall gaben der schwarzen Klinge das silberfarbene Muster, erzählte Ali. Um es zum Vorschein zu bringen, habe man die Klinge mit Zitronensaft und Arsen behandelt. »Der Kris wurde von Empu Ki Djoko Sugatko gemacht.«

»Vor dreihundert Jahren, und trotzdem kennen Sie den Namen des Schmieds noch?«

Ali verbarg seinen Stolz nicht. »So ist das eben in meinem Land.« Er erzählte ihr, wie Empu Ki Djoko Sugatko zwei verschiedene Eisensorten vierundsechzigmal gefaltet und immer wieder gehämmert habe, um die Klinge herzustellen. »Früher wurde ein großer Empu Zauberer genannt.«

»Das war er ganz bestimmt. Dieser Kris ist wunderschön.«

Als sie den Kris zurückgab, schüttelte Ali seinen Kopf. »Sie verstehen das nicht. Ein Zauberer bringt Schönheit *und* Magie hervor.« Sorgfältig verstaute er den Dolch wieder im Futteral und befestigte ihn auf dem Brett. »Der Kris besitzt Zauberkraft, sagt man. Sie sagen, das sei Gott. Männer, die man Pawang nennt — sie kennen sich in diesen Dingen aus —, quetschen Wasser aus der Krisklinge. Ein Pawang macht, daß man die Klinge wie einen Grashalm biegen kann. Wenn er mit der Hand über die Klinge streicht, ist sie wieder hart wie Eisen.«

»Haben Sie das einmal gesehen?«

»Mein Vater hat es einmal erlebt.«

Maggie sagte nicht, was sie dachte: daß Alis Vater es ihm erzählt hatte, war wohl kaum ein Beweis. Aber Ali hatte sich entschlossen, die Geschichte seines Vaters für die Öffentlichkeit zu glauben, unabhängig von seiner privaten Meinung. Sie würde seine Entscheidung als einen Akt der Freundschaft anerkennen. »Ihr Vater erlebte etwas sehr Bemerkenswertes.«

»Weil die Welt des Kris bemerkenswert ist. Der Kris hat eine Seele«, fuhr Ali fort. »Manchmal redet er. Er kann sich in eine Schlange verwandeln. Er kann schwimmen und fliegen. Manchmal will ein Kris nicht zurück in die...« Er deutete auf die Scheide.

»Scheide.«

»Erst muß man das Blut abwischen. Manchmal verletzt ein Kris einen bösen Besitzer. Manchmal kann man mit einem Kris auf jemanden zeigen, und er tötet ihn mit unsichtbarem Gift. Bei Gefahr macht ein guter Kris Geräusche. Ein guter Kris bringt Glück, hält Feuer und Flut ab.«

»Glauben Sie an diese Dinge, Ali?«

»Sie fragen, woran ich glaube? Ich glaube an die Gerechtigkeit. Ich glaube an den Kommunismus.«

Sie gewöhnte sich langsam an die ausweichende Art der Javaner. »Ich glaube, daß dieser Kris wunderschön ist. Gehört er Ihrem Onkel?«

»Er bewahrt ihn für die Familie. Alles hier« — Ali machte mit finsterem Blick eine weit ausladende Armbewegung — »bewahrt er für die Familie. Nicht seine. Unsere. Er lebt hier, aber es gehört uns. Gitosuwoko.«

Alis Abneigung gegen seinen Onkel wurde mit jedem Male, wo er über ihn sprach, offenkundiger. »Also ist dies ein Familienkris«, sagte Maggie. »Haben Sie einen eigenen?«

»Ich habe ihn aufgegeben.«

»Wegen der Prinzipien?«

»Natürlich wegen der Prinzipien«, sagte er mit ärgerlicher Stimme. »Der Kris ist die alte Welt. Der Kommunismus ist die neue.«

Sie schwiegen erneut.

»Mein Bruder hat einen Kris«, sagte Ali schließlich. »Er macht Gongs für die Gamelanmusik. Mögen Sie Gamelan?«

»Ich habe sie in Medan, in Djakarta gehört.«

»Gute Gamelanmusik gibt es nur hier.«

Maggie sah, daß ein Mann in den Hof kam. Er trug einen Sarong, ein schwarzes Hemd und einen dunklen Blangkon wie Ali, aber keine Sandalen. Er war breitschultrig und sehr groß für einen Indonesier — ungefähr ihre eigene Größe.

»Mein Onkel«, sagte Ali leise. »Ki-Dalang Gitosuwoko.«

Abgesehen vom Glücksspiel hatte Susanto mehr von ihm erzählt als von allem anderen. Sie war stolz darauf, einen so berühmten Puppenspieler in ihrer Nachbarschaft zu haben. Nur ein nahegelegenes Spielcasino hätte mehr bedeutet.

Aus Büchern über die Kunst des indonesischen Puppenspiels hatte Maggie schon so einiges über die Dalangs, die Puppenspieler, erfahren: Sie sitzen im Schneidersitz vor einer beleuchteten Leinwand und setzen im Verlauf des Abends mindestens fünfzig Puppen ein; sie verkörpern Dutzende unterschiedliche Stimmen, während sie sowohl alte als auch neue javanische Dialekte sprechen; sie singen Lieder; sie miauen wie Katzen oder schreien wie ein verwundeter Mann; geben das Stichwort zum Musikwechsel durch Klopfen auf die Puppenkiste; improvisieren die Handlung eines komplizierten Geschehens; verleihen der Vorstellung Spannung, Humor, Traurigkeit, so daß das Publikum zwischen Weinen und Lachen hin und her gerissen wird — und bewerkstelligen all dies, während sie von neun Uhr abends bis in den Morgen hinein beide Arme in Gesichtshöhe von sich strecken.

Das also war ein Dalang.

Sie beobachtete, wie er näher kam. Ein Mann in den Vierzigern, mit einem viereckigen Gesicht, lederartig und ernst. Er hatte hohe, ausgeprägte Wangenknochen wie ein Indianer. Seine Augen standen weit auseinander, sein Mund war eine dünne, gerade Linie, was ihm das kontrollierte Aussehen eines Sportlers verlieh. Geschmeidig setzte er die nackten Füße auf, seine kräftigen Oberschenkel zeichneten sich unter dem engen Sarong ab.

Ali stand auf, als der Dalang den Pendopo erreichte. Stand auf und hob seine Hände, die Handflächen aneinandergelegt, respektvoll vor sein Gesicht. Der Eindruck dieser formvollendeten Begrüßung wurde nur dadurch gestört, daß sie ganz offensichtlich sehr zögerlich durchgeführt wurde. Maggie, die ebenfalls aufstand, merkte das. Sie folgte Ali an den Rand der Plattform, wo der Dalang bewegungslos stand.

Er blinzelte nicht in dem grellen Sonnenlicht, sondern musterte Maggie aus schmalen dunklen Augen. Sie entdeckte weder Anerkennung noch Mißbilligung in ihnen, aber der starre Blick machte sie verlegen.

Nachdem sie sich vorgestellt hatten, ließen sie sich wieder im Pendopo nieder. Der Dalang hatte während eines Studienaufenthaltes in Singapur Englisch gelernt. Er sprach es wie ein englischer Aristokrat, was Maggie Gardner leicht verwirrte. Ein Diener eilte durch den Hof und bekam vom Dalang den Auftrag, einen besonderen Tee zu bringen.

Um irgend etwas zu sagen, erwähnte Maggie den Familienkris.

»Mein Neffe erzählte Ihnen Krisgeschichten?« fragte der Dalang lachend. »Halten Sie sie für wahr?«

Für einen Indonesier war er erstaunlich ungezwungen, und er blickte sie so unverwandt an, daß Maggie meinte, er verdiene eine offene Antwort. »In meinem Land glauben nur sehr wenig Menschen an Geister, die in Messern leben.«

»Ich verstehe. Aber es geschehen Dinge, die über das allgemeine Verständnis hinausgehen, Nonya.«

»Ich bin sicher, daß es sie gibt.«

»Zum Beispiel glauben viele von uns, daß heilige Männer sich an jeden Ort versetzen können. Vor langer Zeit besuchte ein Herrscher aus Solo jeden Freitag Mekka und brachte als Beweis drei grüne Feigen mit. Heute kann man im Palastmuseum drei Gegenstände betrachten, die als Feigen bezeichnet werden.« Der Dalang starrte sie an und seufzte.

Maggie war sich nicht sicher, ob er über den Aberglauben seufzte oder über die Tatsache, daß sie sich so begriffsstutzig gegenüber seiner eigenen Meinung verhielt. Sie hatte aber zumindest seine Art und Weise verstanden, mit der er sie betrachtete; der Dalang musterte sie einfach, wie ein Mann eine Frau mustert. Sie empfand nichts Göttliches an ihm, wie Susanto behauptet hatte. Sie ertappte sich dabei, daß sie seine breiten Füße mit den viereckigen Zehen anstarrte, die ausgeprägte Fußwölbung, die schwieligen Fersen.

Er sagte: »Einige Menschen glauben, daß der Tiger ein Teufel in Tiergestalt ist. Sie glauben, daß es Dschungeldörfer gibt, in denen nur Tiger wohnen. Das Stroh für die Dächer ist aus Menschenhaar. Die Dachbalken sind aus Menschenknochen und die Wände aus Menschenhaut. Die Leute glauben solche Sachen.«

Auf diese Weise plauderten sie in der bläulichen Luft des Pavillons. Ali gab sich gleichgültig — vielleicht sogar abwehrend —, und sein Onkel wandte sich selten an ihn, um seine Meinung zu hören. Der Dalang blickte sie an. Er blinzelte nicht mit den Augen, und ihre eigenen schienen von einer unsichtbaren Kraft in einer Stellung festgenagelt zu sein, so daß sie nur seine Augen sah, die dunklen, unbeweglichen Kreise. Er sagte irgend etwas zu ihr, aber mit leiser Stimme. Er flüsterte Anweisungen, die sie nicht verstehen konnte. Einen unbestimmten Zeitraum lang (später versuchte sie vergeblich abzuschätzen, wie lang es gewesen sein konnte) schien die ganze Welt zu versinken. Ihr Geist hatte sich geöffnet, und alles war wie durch ein Loch in einen Sack gefallen und überließ sie hilflos der Leere.

Dann, plötzlich, war sie wieder da. Sich an Ali wendend, fragte sie ihn, was er gerade gesagt habe, denn sie meinte, er habe etwas gesagt — vielleicht das erstemal seit den vergangenen Minuten.

Der junge Mann starrte sie verdutzt an. »Ich sagte, ich müsse ehrlich mit Ihnen sein. Wenn Sie verrückte Geschichten hören, lächeln Sie und schweigen. Tigerdörfer, Feigen aus Mekka — das können Sie nicht glauben, aber wenn wir es glauben, dann lächeln Sie. Wir müssen heutzutage in meinem Land keine verrückten Geschichten mehr erzählen. Wenn Leute verrückte Geschichten glauben, werden sie nie die Wahrheit finden.«

Während sie seinem leidenschaftlichen Plädoyer lauschte, begann Maggie sich wieder wie sie selbst zu fühlen. Das seltsame Gefühl verschwand. Vielleicht war es die Hitze, ein leichter Ohnmachtsanfall, obwohl sie sich niemals zuvor, nicht einmal in der drückenden Hitze von Palembang, schwindelig gefühlt hat. Auf jeden Fall aber fühlte sie sich genötigt, über die seltsame Episode hinwegzureden. »In gewisser Weise«, begann Maggie, »sind Aberglaube und verrückte Geschichten, wie Sie es nannten, durchaus glaubwürdig. Zumindest verläßt sich ein Ethnologe darauf.« Es fiel ihr ein, daß Ali selbst den Aberglauben als etwas Wahres akzeptierte, wenn er über seinen Vater sprach. Sie behielt diesen Gedanken natürlich für sich.

Ali erklärte seinem Onkel, daß Maggie Ethnologie studiert habe. Der Dalang nickte, aber es sah nicht so aus, als ob ihn dieser Umstand interessiere.

Der Tee kam.

»Dies ist«, sagte der Dalang, »der berühmte Tee, genannt Tigermilch.«

»Hat er auch etwas mit Aberglauben zu tun?« fragte Maggie lächelnd.

»Man kann ihn nicht trinken, wenn man an Geister glaubt.«

Ali grunzte verächtlich und nahm den Porzellandeckel von seiner Tasse. Maggie nahm den Deckel von ihrer Tasse ab und hob sie hoch, stellte sie aber wieder ab. Sie betrachtete die Tasse. Sie nahm die Tasse wieder hoch und führte sie nahe an ihren Mund, aber ihre Hand schien weniger als einen Zentimeter vor ihren Lippen eine unsichtbare Barriere zu berühren. Sich umblickend, begegnete sie Alis finsterem Blick. Wieder versuchte sie zu trinken, wieder gelang es ihr nicht. Sie stellte die Tasse auf den Fußboden.

»Trinken Sie bitte«, sagte der Dalang und deutete auf die Tasse. »Es ist Tigermilch.«

Maggie lächelte; sie spürte, wie ihr der Schweiß auf der Stirn ausbrach. Sie griff wieder nach der Tasse und hob sie langsam hoch, stieß aber erneut auf die unsichtbare Barriere. Um die warme Tasse besser festhalten zu können, umklammerte sie sie mit beiden Händen.

Der Dalang beugte sich vor. »Stimmt irgend etwas nicht?«

»Ich scheine nicht trinken zu können«, antwortete sie verzagt.

»Weil Sie an Geister glauben.«

»Unsinn.« Sie blickte ihn durchdringend an, konnte aber die Tasse nicht näher an die Lippen bringen, obwohl sie sie mit beiden Händen umklammerte.

»Ah.« Der Dalang nippte an seinem Tee und lächelte dann. »Ich habe einen Fehler gemacht. Es handelt sich nicht um Tigermilch. Das ist hier angebauter Tee. Was auch immer Sie über Geister denken, Sie können dies hier trinken.«

Maggie meinte zu spüren, wie die Luft um ihre Hände an Gewicht zu verlieren schien. Die Tasse ließ sich leicht an die Lippen bringen. Sie trank, sie leerte den Tee bis zur Neige. Sie war überrascht, wie durstig sie war. Ein Diener beeilte sich, die Tasse erneut zu füllen. Sie stürzte ihn wie eine Fieberkranke hinunter.

»Noch mehr, Nonya?« fragte der Dalang.

Sie konnte nicht begreifen, was geschehen war. Obwohl ihr Durst nach drei Tassen noch immer nicht gestillt war, schlug sie eine weitere Tasse Tee aus. Langsam erhob sie sich und starrte auf den lächelnden Dalang hinunter.

»Ich glaube, ich verstehe jetzt«, sagte sie und merkte, wie ihre Stimme dünn und hoch vor Ärger wurde. »Sie haben mir eine Lektion erteilt. Es gibt Dinge, die über das allgemeine Verständnis hinausgehen. Aber es gibt immer eine Erklärung dafür. Vielen Dank. Ich gehe jetzt.« Sie wandte sich um und stürzte aus dem Pendopo. Nachdem sie in ihre Schuhe geschlüpft war, die am Rande lagen, eilte sie zum Tor, wo Ali sie einholte.

»Ihr Onkel«, sagte sie, »hypnotisierte mich.«

Ali nickte. »Ja, ich glaube, das tat er. Er könnte das.«

»Er tat es.« Sie dachte daran, wie sie die Tasse an den Mund gehalten hatte und nicht in der Lage gewesen war, sie auszutrinken, und wie sie dann eine Tasse nach der anderen getrunken hatte. »Was sagte er eigentlich, bevor der Tee kam?«

»Er sagte, daß Sie die Tigermilch nicht mögen würden. Aber daß Sie Durst haben würden.«

»Wissen Sie, was er gemacht hat, Ali?«

Er schüttelte seinen Kopf. Konnte sie ihm glauben? Vielleicht wußte er es, hatte aber Angst, etwas zu sagen? Oder hatte der Dalang sich so geschickt angestellt, daß der junge Kommunist gar nicht merkte, was sich abspielte? Oder hatte sich Ali in seiner Abneigung gegen den Onkel einfach nur aus der Unterhaltung ausgeklinkt?

»Es tut mir leid, was der Onkel Ihnen antat«, sagte Ali. »Er ist ein feudaler Mann. Ich bin ein Mann des Volkes, der kommunistischen Zukunft.«

Er schien so verzweifelt zu sein, daß Maggie ihm fast tröstend die Hand gestreichelt hätte.

»Ich bin nicht wie die auf Java geborenen Feudalisten«, fuhr er fort. »Sie sagen das eine, tun aber das andere, weil sie Angst haben. Ich bin ein ehrlicher Kommunist. Ich dachte, Sie würden sich nicht mit mir unterhalten. Deshalb wollte ich heute nicht mit Ihnen reden. Erst als Sie anfingen. Verzeihen Sie mir.«

Maggie merkte, daß sie ihm nicht aufmerksam zuhörte. Sie dachte an den Dalang dort hinten. »Es gibt nichts zu verzeihen. Wir sind Freunde.«

»Ich hoffe, daß wir Freunde sind. Ich hoffe es.«

Als sie sich auf das Fahrrad setzte, stand Ali neben ihr und schützte mit einer Hand seine Augen vor der Sonne. »Es tut mir leid, was er Ihnen antat.«

Maggie betrachtete das Fahrrad und Alis Gesicht, auf dem die Hoffnung nach mehr Verzeihung stand. Sie stellte das Fahrrad ab, drehte sich um und ging ins Haus zurück. Mit energischen Schritten durchquerte sie den Hof und sah den Dalang dort sitzen, wo sie ihn verlassen hatte.

Sie streifte ihre Schuhe ab, kletterte in den Pendopo, ging über das rohe Holz und baute sich vor ihm auf.

»Haben Sie das gemacht, um mir eine Lektion zu erteilen?«

Er blickte mit völlig ungerührtem Gesicht hoch. »Nein, Nonya.«

»Warum haben Sie mich dann hypnotisiert?«

»Es war amüsant.«

Sie wollte nur Wut empfinden, aber sein Ton klang so entspannt, daß etwas ihr Unbekanntes seine Reaktion zu bestimmen schien. Sie empfand sowohl Neugier als auch Wut. »Es war amüsant«, wiederholte sie sarkastisch.

»Ja, amüsant.«

»Für Sie vielleicht amüsant, aber nicht für mich.«

»Sehen Sie nichts Amüsantes daran?« Jetzt veränderte sich der Ausdruck seines breiten Gesichts. Er begann, sie anzulächeln.

»In meinem Land«, sagte Maggie, wütend über sein ironisches Grinsen, »ist das Hypnotisieren eines Menschen ohne seine vorherige Einwilligung ein Eingriff in die Privatsphäre.«

»Dann leben Sie in einem Land, das das Unerwartete nicht schätzt.«

»Es schätzt die Menschenrechte.«

»Habe ich Sie verletzt?«

»Sie demütigten mich.«

»Um gedemütigt zu werden, müssen Sie da nicht einen Augenzeugen bei sich haben, der Ihre Werte schätzt? Mein Neffe und ich schätzen Ihre Wertvorstellungen nicht.«

»Aber Sie amüsierten sich, indem Sie mich zum Narren machten. Das können Sie nicht leugnen.« Maggie fühlte sich plötzlich wirklich als Närrin, weil sie sich mit ihm stritt.

Wieder lächelte er. Diesmal jedoch war es ein offenes, fast zärtliches Lächeln, das sie entwaffnete. »Ich gab einem, na ja, Impuls nach. Da war eine schöne Ausländerin, die mit mir Tee trank. Man hatte mir gesagt, daß sie an meinem Land, meiner Kultur interessiert sei. Ich hatte den Impuls, sie nicht ernst zu nehmen. Ist das nicht verständlich?«

Maggie antwortete nicht.

»Wenn etwas Neues und« — er suchte nach Worten — »Interessantes und vielleicht sogar Bedeutsames ins Leben tritt, dann möchte man es manchmal geringschätzen.«

»Weil man nicht weiß, wie man damit umgehen soll.«

»Sie verstehen also.«

»Ich glaube ja. Aber ich hatte angenommen, daß ein großer Dalang sich etwas anderes ausgedacht hätte, weniger feindselig ... und kreativer, um mit Dingen umzugehen, die neu, interessant und vielleicht sogar bedeutsam sind.« Maggie fand diese kleine Ansprache gut; sie war der Meinung, es ihm damit zurückgezahlt zu haben. Deshalb drehte sie sich ohne weitere Worte um und ging. Ali wartete an der Eingangstür auf sie. Als Maggie davonfuhr, rief Ali ihr nach: »Ich glaube, daß manche Menschen den Kopf leer machen können.«

Als sie an der Batikfabrik ankam, hatte sich in Maggie die Überzeugung festgesetzt, daß Ki-Dalang Gitosuwoko von unverschämter Gesinnung sei: amoralisch, launenhaft, unabhängig. Er war der ungeheuerlichste Mann, dem sie jemals begegnet war. Es wäre wirklich gut für sie, wenn sie sich niemals wieder begegnen würden.

15

Sjam war unglücklich. Dieses Problem von heute morgen hatte ihm böse zugesetzt. Er war in die Pertamina-Zentrale von Djakarta zitiert worden. Und zwar im Auftrag von Generalleutnant Ibnu Sutowo. Auf dem Wege dorthin hatten Sjams Hände gezittert, obwohl er nicht leicht einzuschüchtern war.

Sutowo war der Direktor der Pertamina, der Staatsbehörde für den Erdölvertrieb. Gleichzeitig war diese Behörde ein riesiger Finanzkomplex und stand in dem Ruf, das Gesetz zu umgehen: Sie bezahlte niemals Steuern, veröffentlichte keine Bilanzen, stand außerhalb der Kontrolle des Nationalen Planungsstabes, deponierte illegalerweise Effekten auf ausländischen Banken und fädelte geschickt betrügerische Geschäfte für die Armee ein. Hinter diesen verwirrenden Vorgängen stand die schattenhafte Figur des Generals Sutowo, dem Fabriken und Plantagen gehörten (Sjam pflegte so etwas natürlich zu wissen), einige Fischereigebiete, eine Reismühle, eine Reiseagentur, ein Hotel und sogar ein Restaurant im Staat New York in Amerika. Mehr als einmal hatte Sjam den Rolls-Royce des Generals, im Gefolge anderer großer schwarzer Wagen, auf den Straßen Djakartas gesehen. Auf den Trittbrettern standen Leibwächter in ihren blauen Phantasieuniformen, und alle trugen Sonnenbrillen. Der kleine Mann auf dem Rücksitz des Rolls war nur ein undeutlicher Eindruck, dennoch hat sein buckliges Erscheinungsbild sich in Sjam wie ein böser Traum festgesetzt.

Und dieser Mann hatte Sjam zur Pertamina befohlen.

Der Sammler von Informationen dankte Allah, daß Sutowo ihn nicht persönlich sehen wollte; das hätte nämlich ein Ereignis von tödlicher Bedeutung signalisiert. Statt dessen traf sich Sjam in einem fensterlosen Raum innerhalb des riesigen Gebäudes mit einem großgewachsenen, finster blickenden Untergebenen des Generals.

Das Problem waren Pontons.

Sjam wurde mitgeteilt, daß die Pertamina sein Interesse an einer Ladung Gummipontons nicht begrüße. General Sutowos Name fiel kein einziges Mal, aber Sjam begriff, bei wem er Mißfallen ausgelöst hatte. Aber warum? Gestern hatte er sich im Hafen nach einer Ladung Pontons erkundigt, die gerade aus Amerika angekommen war. Sie sollten nach Südsumatra weiterverschifft werden. Ein Schauermann hatte ihm erzählt, daß sie aus einem amerikanischen Armeedepot stammten. Aber vom Dritten Maat des Schiffes hatte er — nachdem einige Schwierigkeiten mit Geld ausgeräumt waren — erfahren, daß die Pontons im Ladeverzeichnis als Fracht bezeichnet wurden, die von einem amerikanischen Hersteller stamme. Was bedeutete, daß die Schwimmbrücken als Gebrauchtware weit unter Preis der US-Armee abgekauft wurden (wenn überhaupt jemand, dann verstand Sjam etwas von solchen Geschäften) und hier als brandneu verkauft würden. Irgend jemand würde einen hübschen Profit aus dem Unterschied ziehen.

Sutowos Untergebenem sagte er jedoch, daß er sich für Pontons überhaupt nicht interessiere. Er habe sich nur aus Neugier nach ihnen erkundigt. Er versicherte dem starr blickenden Mann, daß er niemals, niemals wieder nach ihnen fragen würde. Die ganze Geschichte fallenzulassen war besser, als eines schönen Morgens mit von Ohr zu Ohr aufgeschlitzter Kehle in einem träge fließenden Kanal zu schwimmen, oder etwa nicht? Der Direktor von Pertamina besaß den Ruf, seinen Willen mit äußerst groben Aktionen durchzusetzen.

Kurz und barsch abgefertigt, spazierte Sjam durch das blendende Mittagslicht und fragte sich, warum sich ein so wichtiger Mann wie General Sutowo mit dem Verkauf von Pontons beschäftigte. Natürlich konnte die Weiterleitung einer solchen Fracht für einen anderen ein kleines Vermögen bedeuten. Aber ganz bestimmt nicht für den General. Er besaß im Staat New York ein Restaurant und beschäftigte sogar seinen eigenen Geheimdienst.

Beim Tee in einem schattigen Warung entwirrte Sjam das Rätsel. Informationsfetzen häuften sich manchmal jahrelang wie Treibgut in seinem Kopf auf; dann plötzlich sonderte sich ein Teil ab und erwies sich als nützlich. Einer von Sutowos Schwiegersöhnen hatte im südlichen Sumatra eine Baufirma gekauft; die Information hatte in den Zeitungen gestanden, die Sjam täglich mit nahezu religiöser Inbrunst las. Das also war das Bindeglied zwischen dem Direktor der Pertamina Oil und einer Schiffsladung gebrauchter Pontons. Natürlich waren die Einzelheiten dieser Verbindung im dunkeln und würden es auch bleiben, wenn sich niemand mit dieser Geschichte ernsthaft befaßte. Das Ergebnis bedeutete zweifellos, unabhängig von den Besonderheiten, einen Riesenprofit für den Schwiegersohn oder für dessen Freunde oder für die Freunde der Freunde des Schwiegersohns. Und eine ordentliche Summe für jeden, der diese Besonderheiten an Parteien verkaufte, die in der einen oder anderen Weise auch davon profitieren konnten. Aber es konnte gefährlich werden, die Fakten aufzudecken. Sjam kannte andere Wege, Profite herauszuschlagen. Es war Unsinn, sein Leben für ein paar Rupiahs zu riskieren, obwohl das Dach seines Strandhauses repariert werden mußte. Seine Sicherheit ging jedenfalls vor.

Aber auch seine momentane Verbindung zur PKI war ganz und gar nicht risikolos. Sie war sogar gefährlich. Manchmal wunderte sich Sjam über seine eigene Unverfrorenheit. Er lebte eigentlich nach der Kardinalregel, mit dem geringsten Risiko das meiste Geld herauszuschlagen, aber jetzt agierte er im Auftrag einer politischen Partei, die in einen tödlichen Kampf mit der indonesischen Armee verwickelt war. Viel stand auf dem Spiel: Herrschaft über die Nation. Bei einem Spiel wie diesem war jemand wie er austauschbar. Und ganz sicher entsprach die Bezahlung für seine Dienste nicht dem Risiko. Die PKI war im Vergleich zu den Geschäftsleuten, für die er sonst arbeitete, äußerst knickrig. Warum also arbeitete er für sie? Sjam wußte es sehr wohl — weil es ihm Spaß machte. Und weil ihm ein Rest jener Liebe zur Gefahr, die während des Unabhängigkeitskampfes durch seine Venen pulsiert war, geblieben war, ihn im Verlaufe der Jahre immer wieder eingeholt hatte und ihn jetzt dumm machte. Diese Dummheit, die sich nahe am patriotischen Engagement bewegte, erschreckte und faszinierte ihn zugleich. Die Neugier, die ihm dazu verholfen hatte, erfolgreich Informationen zu sammeln, machte ihn jetzt verwundbar. Dumm, verwundbar — egal, es machte ihm Spaß, Aidits Spiel zu spielen.

Es machte ihm sogar Spaß, als er sich mit Njoto treffen mußte, dem zweiten stellvertretenden Vorsitzenden der PKI. Sie kamen nicht gut miteinander aus, aber die Umstände brachten sie zusammen. Njoto kam mit einem säuerlichen Gesichtsausdruck in den Warung. Die ungeschlachte Gestalt des Politbüromitglieds, der in der Größe eher einem Europäer als einem Indonesier entsprach, führte dazu, daß Sjam sich seiner eigenen Winzigkeit unbehaglich bewußt wurde.

Sjam traf außer dem Vorsitzenden Aidit selten jemand aus der PKI. Seine isolierte Stellung hatte ihn im Verlaufe seiner jahrelangen Tätigkeiten für die PKI in die Lage versetzt, unbemerkt zu arbeiten. Er sah sich selbst als Ratte, die in einem dunklen Raum alle Ecken abschnüffelt. Ratten fanden immer einen Weg; sie konnten besser als jedes andere Lebewesen überleben. Das mochte er an ihnen, und er liebte den Gedanken, daß er ihre Instinkte nachahmte. Als Aidit das Spezialbüro aufgezogen und Sjam gewonnen hatte, es als Lohnempfänger zu leiten, war ein wichtiges Element dieses Biro Khusus die Frage nach der Größenordnung gewesen — nur drei Agenten. Sjam hatte damals gelacht: »Zwei zuviel«, sagte er, und auch Aidit hatte gelacht. Sie waren Männer, die an die Anonymität glaubten.

Nun konnte Sjam dies aufgrund des Putsches gegen den Rat der Generäle auch nicht mehr tun. Er mußte aus dem Schatten heraustreten und in Übereinstimmung mit anderen handeln. In dem Jahrzehnt seiner Arbeit für Aidit war er nur vier weiteren Roten begegnet. In jüngster Zeit jedoch hatte er ein Dutzend getroffen, und heute, gerade jetzt, mußte er mit dem stellvertretenden Vorsitzenden Njoto verhandeln, dessen Aufgabe darin bestand, ausgesuchte Kader für den Notfall zu mobilisieren.

Als Njoto sich niederließ, bestand seine Begrüßung aus einem kurzen, barschen Nicken. Er bestellte ein Bier. Kaum stand es auf dem Tisch, leerte er das Glas und bestellte ein weiteres Bier.

Sjam beobachtete ihn voller Abscheu. Laster störten ihn nur selten; er hatte zuviel mit seinen Mitmenschen erlebt, um sich noch darum zu kümmern, was sie sich selbst antaten. Aber übermäßiger Alkoholgenuß war widerwärtig. Er war von einer strenggläubigen moslemischen Mutter erzogen worden. Er begriff natürlich, weshalb Njoto ihn ebenfalls verabscheute. Rote Intellektuelle waren hochnäsig. Er hatte ihn bei der Sympathisantenwerbung unter den Armen erlebt. Ein gutausgebildeter Typ wie Njoto näherte sich den Leuten, indem er ihre Charakterzüge annahm: die Humorlosigkeit, die Kleinlichkeit und die Verbitterung, die mit der nagenden Armut einhergehen. Er wurde einer von ihnen und würde dennoch niemals verstehen, daß die Charakterzüge, die er sich angewöhnte, genau diejenigen waren, welche die Armen loswerden wollten. Aber nach der Rückkehr in die Zentrale, wo die Männer an Schreibtischen saßen und telefonierten, machte sich ein Typ wie Njoto über die jämmerlichen, ungewaschenen Genossen aus den übervölkerten Wohnvierteln Djakartas lustig. Sjam stellte sich vor, daß ein Mensch wie Njoto die Armut bei jemandem förmlich riechen konnte, selbst wenn sie schon seit Jahren weggewaschen war. Sjam befürchtete, daß auch seiner eigenen Haut immer noch dieser Geruch anhaftete. Er fragte sich, ob Njoto es über den Tisch hinweg riechen könne.

Nichts brachte sie bei Tee und Bier einander näher, nicht einmal die Beteiligung an einer Verschwörung. Sie wickelten ihre Geschäfte schnell ab und verließen den Warung, jeder mit schlechter Laune.

In dieser Stimmung traf sich Sjam mit seinem Assistenten Pono. Sie holten das dritte Mitglied des Büros ab, einen lokalen Organisator namens Walujo. Er war dem Spezialbüro überstellt worden, damit die Partei wenigstens einen richtigen Kommunisten in der kleinen Belegschaft hatte. Lohnabhängige arbeiteten in der Regel effizient, aber aus Prinzip sollte auch ein Parteimitglied dabeisein. Und natürlich als Wachhund fungieren. Das war Aidits Taktik.

Walujo war dünn. Er hatte ein bläßliches Gesicht und schwere Augenlider. Sjam sah in ihm einen Menschen, der stets im Hintergrund eines Raumes steht und einen dazu bringt, unbehagliche Blicke über die Schulter zu werfen. Walujo vermittelte den Eindruck, daß er eine Pistole ziehen und feuern würde, wenn irgend etwas schieflief.

Die Begegnung mit Walujo wirkte sich wohltuend auf Sjams Stimmung aus. Er wurde heiterer in der Gegenwart eines Gesichts, das eine so tiefe Melancholie ausstrahlte. Genosse Walujo war ein Mensch, den Njoto sicherlich aus großer Entfernung riechen konnte. Aber man mußte eine Geschichte voller Armut nicht riechen; man erkannte sie an den blassen Wangen, den eingefallenen Augen.

»Wie geht es dir, Walujo?« fragte Sjam fröhlich.

»Immer bereit, Genosse.« Walujo nannte jeden Genosse, ob nun Parteimitglied oder nicht. Und er war allzeit bereit. Organisation, Sonderaufträge, Delegierung — das war sein Leben. Walujo war ein Fanatiker, der mit jedem Atemzug ein Roter war (so wenigstens beschrieb Pono ihn, der übereifriges Engagement an jedem haßte). Einen Fanatiker an seiner Seite zu haben sei eine gute Idee, hielt ihm Sjam immer wieder entgegen. Wenn die Machtstrukturen unklar waren, besaß man einen Vorteil, wenn ein Mann anwesend war, der die Leute einschüchterte.

Als Sjam seine beiden Mitarbeiter in das Haus von Oberst Latief führte, hoffte er daher, daß der rote Eiferer ihnen einen Vorteil verschaffen würde, falls es nötig sei.

Die anderen Verschwörer waren bereits im Haus und saßen in Latiefs bescheidenem Wohnzimmer. Der Oberst stellte sie vor: Oberstleutnant Untung, der Ranghöchste der Anwesenden und Kommandeur der Palastwache des Regiments Cakrabirawa; Major Sujono, Kommandeur der Luftverteidigung auf dem Luftstützpunkt Halim; Major Sigit, der Kommandeur eines Bataillons in Latiefs Infanteriebrigade; und Hauptmann Wahjudi, der Kommandeur eines Luftverteidigungsbataillons im militärischen Kommandobereich Djakartas.

Latief stellte Sjam als »einen interessierten Zivilisten

und ehemaligen Freiheitskämpfer« vor. Sjam stellte dann seine Begleiter als »ebenfalls interessierte Zivilisten« vor.

Major Sigit, ein breitschädeliger Mann, beugte sich vor. »Vertreten Sie die PKI?«

Sjam zog es vor, diese Verbindung offenzulassen, bis der Tenor der Sitzung feststand. Deshalb antwortete er ausweichend. »Wir sind Geschäftsleute, aber wir sind progressiv.« — »Progressiv« war der in Djakarta übliche Begriff, um Sympathisanten der PKI zu umschreiben.

»Wir alle hier sind progressiv«, sagte Sigit. »Vertreten Sie die PKI?«

»Ich habe durch Freunde in der Partei Zugang zum Politbüro.«

»Dann vertreten Sie die PKI«, stellte Sigit fest und lehnte sich mit einem triumphierenden Lächeln zurück.

Sjam betrachtete die anderen Gesichter im Zimmer, ihre Umrisse verwischten sich, als ob er sie unter Wasser sähe. Ein ausgemergelter alter Diener brachte ein Tablett mit Deckelteetassen herein. Während bei einer ersten Tasse Tee Höflichkeiten ausgetauscht wurden, empfand Sjam diesen Augenblick als sehr bemerkenswert: Hier saß er mit einer Gruppe von Männern, die sich daranmachten, das Schicksal der Nation zu planen. Bemerkenswert.

Die Unterhaltung wirbelte an seinem Ohr vorbei, und Sjam schweifte in die glänzende Vergangenheit ab, wo er während eines Feuergefechts mit den Holländern durch die Straßen Yogyas geschlichen war. Er erblickte einen Fallschirmspringerstiefel, einen großen, und im nächsten Augenblick erschien ein eckiges weißes Gesicht um die Ecke. Er drückte ab und spürte das »Taktaktak« des Gewehrs an seiner Hüfte. Das weiße Gesicht explodierte in einer gewaltigen Wolke. Er rammte einen weiteren Patronenstreifen in die Waffe und schrie jubelnd auf.

Aufgewühlt von der Erinnerung, wäre ihm fast ein wilder Schrei entschlüpft. Sjam blickte sich um. Hatte irgend jemand an ihm eine Veränderung bemerkt? Aber wie immer unterhielten sich auch diese Soldaten nur untereinander und beachteten Zivilisten nur dann, wenn es notwendig war.

Was bin ich doch für ein Narr, dachte Sjam. Sich an die Vergangenheit zu erinnern ist niemals gewinnbringend. Besonders wenn es sich um eine Vergangenheit handelt, in der man sein Leben für eine Idee aufs Spiel setzte.

Er war in diese Verschwörung als Chef eines Spezialbüros einer politischen Partei geraten, als ein Lohnabhängiger, der erwartete, für besondere Dienste bezahlt zu werden. Er war eingestellt worden, um das zu tun, was er am besten konnte — Informationen sammeln. Bis vor kurzem hatte er einen Nutzen daraus gezogen, sowohl der Armee als auch der PKI das zu erzählen, was sie wissen wollten. Nun tat er weit mehr als das. Er war ein Verschwörer geworden. Irgendwie war ihm der Job aus den Fingern geglitten und hatte sich zu einer patriotischen Verpflichtung entwickelt. Er fühlte sich wieder jünger, erfüllt von der lebendigen Kraft der Hoffnung. Bemerkenswert. Bemerkenswert — und närrisch.

16

Untung hielt als ranghöchster Offizier eine kleine Ansprache an die Verschwörer. Er erwähnte die Loyalität zum großen Führer, die aus der Tradition Javas stammenden Prinzipien und ihre Besudelung durch Männer, die der Habgier und Unzüchtigkeit nachgäben.

Die Rede langweilte Sjam; er mußte ein Gähnen unterdrücken und beobachtete dabei eine schlanke junge Frau, die an der offenen Wohnzimmertür vorbeihuschte und ein Kind auf dem Arm trug. Hübsche Frau. Geblümte Kebaya und Sarong. Einen Augenblick lang trafen sich ihre Blicke. Latief war ein Glückspilz.

Sjam lehnte sich zurück und dachte an Endang, wirklich keine schlechte Geliebte. Er dachte noch immer an sie, als eine Diskussion über die Verhaftung der Generäle begann.

Die Verschwörer waren der einhelligen Meinung, daß gleichzeitig mit der Verhaftung die strategisch wichtigen Punkte in Djakarta besetzt werden sollten. Loyale Truppen müßten *Radio Republik Indonesia* und den Telefonverkehr im Fernmeldeamt am Merdekaplatz kontrollieren. Diese Operationsziele waren wichtig. Darüber hinaus sollten das Verteidigungsministerium, die Zentrale der KOSTRAD und andere militärische Einrichtungen übernommen werden. Und man mußte den Palast umstellen. Bung Karno wohnte selten dort. Aber was wäre, wenn er zu diesem Zeitpunkt aus Bogor kommen würde? Sie dachten nach. Sie müßten ihn dann schnell wieder herausholen und ihn in Sicherheit bringen, weil ihn sonst den Generälen ergebene Soldaten entführen konnten.

Major Sujono, ein besonnener Mann, nahm kein Blatt vor den Mund. Er hatte diese Möglichkeit mit dem Luftwaffenvizemarschall Dhani erörtert, der als sichersten Ort für Bung Karno den Luftstützpunkt Halim vorgeschlagen hatte. Man würde ihn vor den Verhaftungen mit einem Hubschrauber dorthin bringen. Falls es nötig werden sollte, ihn ganz aus dem Raum Djakarta zu entfernen, würde man ihm ein Flugzeug zur Verfügung stellen.

Also war der Luftwaffenmarschall ebenfalls in die Geschichte verwickelt. Das stärkte ihre Seite.

»Und nun«, Untung klatschte in die Hände, »kommen

wir zu den Verhaftungen.« Als erfahrener Fallschirmspringer leitete er die Diskussion und schlug vor, nach Mitternacht die Wohnhäuser der betreffenden Generäle zu überfallen. Sie zu dieser Zeit und an diesem Ort zu umstellen würde die Möglichkeit ungewollter Gewalttätigkeiten vermindern.

Alle pflichteten ihm bei.

Als nächstes wurden die Generäle bestimmt, die man verhaften wollte. Das ging rasch über die Bühne: der Stabschef der Armee, seine vier Stellvertreter und der Vertreter des Generalstabs im Justizministerium. Es überraschte Sjam, daß einer der genannten Stellvertreter Generalmajor S. Parman war. Parman war der Bruder eines hochgestellten Roten, eines Mitglieds des Politbüros.

Major Sigit wandte sich mit einem Lächeln an Sjam: »Haben Sie irgendwelche Einwände gegen Parman?«

»Keine.«

»Sie erhielten keine Order von der PKI, daß wir von ihm die Finger lassen?«

»Nein, keineswegs«, sagte Sjam und erwiderte das Lächeln.

Sigit wandte sich schließlich stirnrunzelnd ab. Ganz offensichtlich hatte er auf Probleme mit Parman gehofft, zum Beispiel, daß die PKI darum bat, Parman im Hinblick auf seinen Bruder mit besonderer Rücksicht zu behandeln. Sjam wußte über beide Männer wenig, aber ganz bestimmt wußte er, daß das Machtstreben nahe Verwandte entfremden kann. Vielleicht neideten beide Brüder sich gegenseitig ihre hohen Ränge auf dem jeweils gewählten Gebiet. Sjam zündete sich eine Kretekzigarette an und lehnte sich zurück. Er empfand Befriedigung bei dem Gefühl, keine Macht zu wollen, aber ihre Früchte zu ernten, jene kleinen Häppchen, die zufällig auf den Weg fallen, den Männer in Richtung Tod einschlagen.

Die Verschwörer stritten sich über die Einbeziehung des Verteidigungsministers, General Nasution. Er war schwierig einzuschätzen. Im Kampf gegen die Holländer war er ein berühmter Guerillero gewesen. Ende der fünfziger Jahre hatte er bewaffnete Aufstände auf abgelegenen Inseln unterdrückt.

Sigit wandte sich erneut mit einem Lächeln an Sjam. »Wie Sie wissen, ist Nasution ein wütender Antikommunist. Sollte das gegen ihn sprechen?«

Sjam spürte, daß eine ausweichende Antwort das ganze Treffen zunichte machen könnte. Deshalb lächelte er zurück und sagte nichts. Auch die anderen schwiegen.

Sigit zuckte mit den Achseln und ließ die Diskussion über Nasution ohne Sjam weiterlaufen. Zufrieden, daß er einen Augenblick der Unsicherheit provoziert hatte, schien Sigit die Kommunisten nicht offen angreifen zu wollen. Sjam stellte sich vor, daß dieser Mann jeden angreifen würde, der ihn an irgendeinem Punkt herausforderte. Aber wenn man ihm einen kleinen Sieg gönnte, nahm er sich zurück.

Für Nasution sprach, wie sich aus der Debatte ergab, sein persönlicher Haß auf den Stabschef Yani, den Wüstling, dessen korruptes Leben eine Anzahl von jüngeren Offizieren beeinflußt und ruiniert hatte (diese Ausdrücke stammten von Untung, der bei einer anstehenden Beförderung von Yani übersehen worden war, wie Sjam kürzlich von Latief erfahren konnte). Für Nasution sprach auch seine strikte Beachtung heiliger moslemischer Tage.

Gegen ihn sprach seine Macht. Wenn man ihn nicht festnahm, konnte er der Opposition als Bezugspunkt dienen. Er war auch ein volkstümlicher Held; das sprach gegen ihn. Und schließlich stritt er sich oft mit Bung Karno, der seiner Politik niemals getraut und dies auch ausführlich begründet hatte. Diese letzte Behauptung, die von Latief vorgebracht wurde, klang in Sjams Ohren wie eines der üblichen Gerüchte von Djakarta, aber er enthielt sich eines Kommentars.

Sie setzten Nasution auf die Liste. Auf ihr standen nun sieben der höchsten Armeeoffiziere.

Die Verschwörer saßen eine Weile in Schweigen versunken, ganz in Anspruch genommen vom Umfang und der Bedeutung ihres Putsches.

Dann brachte der Luftwaffenoffizier, Major Sujono, in seiner bedächtigen Art eine letzte Frage auf die Tagesordnung: General Suharto. Der Chef der KOSTRAD, des Strategischen Reservekommandos, war ebenso mächtig wie die anderen Generäle. Sollte man ihn auch auf die Liste setzen?

Er sei kein Mitglied des Rats der Generäle, meinte jemand. Zumindest wissen wir nichts davon, sagte ein anderer.

Untung wandte sich scharf gegen seine Aufnahme in die Liste. Die KOSTRAD sei keine kämpfende Einheit, sondern bloß ein Verwaltungskommando, das die Truppenbewegungen plane. Man habe von Suhartos Hauptquartier nichts zu befürchten. Darüber hinaus habe der General mit Auszeichnung in West-Irian gekämpft. Er sei ein ruhiger Familienvater. Untung erhob sich, um dem nächsten Punkt Nachdruck zu verleihen.

»Der große Dukun, Kyahi Hahfud, der mich mit seiner Freundschaft beehrt, hat mir persönlich erzählt, daß er General Suharto getroffen und bewundert habe.« Untung blickte sich lächelnd um, als ob das der ausschlaggebende Punkt sei. Dann fügte er einen weiteren zur besseren Urteilsbildung hinzu. »General Suharto war bei meiner Hochzeit anwesend. Er kam von Surabaya angeflogen, als ich in Yogya heiratete. Er wohnte bei mir.«

Sie setzten Suharto nicht auf die Liste.

Träge an seiner Zigarette ziehend, dachte Sjam über seine Mitverschwörer nach. Sie waren sentimental — wie die meisten Javaner. Das war ein Charakterzug, den er verachtenswert fand. Blutspuckend und nach Atem ringend, hatte sein Vater Tränen der Dankbarkeit geweint, wenn jemand ihn an seinem Sterbelager besuchte. Aber die Besucher brachten niemals Medikamente, Nahrungsmittel oder Geld. In einem Mangobaum sitzend, von wo aus er häufig die Welt betrachtete, hatte der kleine Sjam ins Krankenzimmer gelinst und gehofft, zu Allah gebetet, daß die Besucher für seinen sterbenden Vater etwas mitbringen würden, aber alles, was sie brachten, waren sentimentale Worte gewesen. Im Baum sitzend, hatte Sjam gespürt, wie sich sein Magen zusammenzog, die Zunge anschwoll. Er hatte seinen Vater gehaßt, weil er Tränen der Dankbarkeit vergoß, während die Familie fast verhungerte.

Während er den Rauch in die stickige Luft von Latiefs Haus blies, erinnerte sich Sjam einen Augenblick lang an die Tränen seines Vaters, die ihm die blassen, eingefallenen Wangen hinuntergelaufen waren. Dann blies er jedoch mit dem Rauch auch die Erinnerung weg und verfolgte aufmerksam den nächsten wichtigen Tagesordnungspunkt: die Zusammensetzung der beteiligten Truppeneinheiten.

Untung bestritt als ranghöchster Offizier wieder den Hauptteil der Diskussion. Schließlich wählten sie sieben Stoßtruppeinheiten aus dem Ersten Bataillon der Ehrenpalastwache des Regiments Cakrabirawa, die Erste Infanteriebrigade, das 454. und das 530. Fallschirmjägerbataillon. Abgesehen von der Palastwache handelte es sich um Elitetruppen aus den Provinzen, die zur Parade am Tag der Armee nach Djakarta kommen würden. Diese Provinztruppen standen in dem Ruf, sich ihren Kommandeuren persönlich zur Loyalität verpflichtet zu fühlen. Sie waren ebenfalls »progressiv« — viele gehörten der Kommunistischen Partei an. Gerade jetzt ärgerten sie sich heftig über das Oberkommando, weil ihre Rationen gekürzt worden waren und die Kommandobehörde für das Verpflegungs- und Nachschubwesen die unentgeltliche Verteilung von Zucker, Öl und Reis eingestellt hatte.

Loyalität und Hunger: Sjam hielt dies für gute Kriterien zur Auswahl von Soldaten, die sich einer riskanten Aufgabe stellen mußten. Ganz besonders Hunger. Sie würden Unheil brütend auf den Lastwagen sitzen, die sie nach Djakarta brachten. Und sie wären offen für jeden Vorschlag. Das macht der Hunger aus jedem, bringt ihn in die Verfassung, alles zu tun. Sjam wußte dies aus eigener Erfahrung. Er billigte die Methode, mit der diese Soldaten ausgesucht wurden. Zumindest benutzten seine Mitverschwörer ihren Verstand.

Major Sigit wandte sich an ihn. »Was bietet die PKI zur Unterstützung dieser Maßnahmen an?«

Weil das die unausweichliche Frage sein würde, hatte Aidit Sjam bereits mit einer Antwort gerüstet: Die Freiwilligen der PKI, die im Luftstützpunkt Halim trainierten, würden zur Verfügung stehen. Das Luftwaffenpersonal bildete sie dort für ihre Aufgaben als Guerillakämpfer in Malaysia aus. Trotz der Proteste aus der Armee hatte Präsident Sukarno die Ausbildung der PKI-Leute in Halim angeordnet. Beobachter betrachteten dies als typische Vorgehensweise Sukarnos — ein Mittel, die Armee und die Luftwaffe zu spalten und sie dann gegeneinander auszuspielen.

»Sie sagen, daß die PKI-Freiwilligen zur Verfügung stehen«, sagte Major Sigit. »Für was?«

»Für alles«, sagte Sjam.

»Alles?«

»Für alles, was man von ihnen verlangt.« Sjam begegnete dem skeptischen Blick, ohne mit der Wimper zu zucken.

»Sprechen Sie im Auftrag des Vorsitzenden Aidit?«

»Ja, das tue ich.« Es war an der Zeit, sich festzulegen. »In Halim werden Ihnen die Jugendgruppen Gerwani und Pemuda Rakyat zur Verfügung stehen«, sagte Sjam. Aidit hatte ihm aufgetragen, sich unwiderruflich auf sie festzulegen, falls man ihn dazu zwinge. »Was Sie von ihnen verlangen, werden sie tun.«

Tatsächlich waren die Roten in Halim nichts weiter als Gören, die auf Krawall aus waren. Die meisten stammten aus PKI-Schlägertrupps, die sich in den Straßen von Djakarta herumtrieben. Sie waren Kommunisten aus lauter Langeweile. Sjam kannte sie recht gut. Sie trugen rote Armbinden, um ihren zerlumpten Kleidern einen kleinen Farbtupfer zu geben. Sie wußten, wer Aidit und Mao waren, nicht aber Lenin und Marx. Es machte ihnen Spaß, sich herumzutreiben, hier und dort aufzutauchen und jeden niederzuschlagen, der ihnen in die Quere kam. Sie hatten Hunger. Viele von ihnen waren krank. Alle waren sie wütend auf die Gesellschaft. Allzeit bereit? Natürlich! Sjam stellte sich vor, daß die jungen Soldaten auf dem Luftstützpunkt Halim eine großartige Zeit mit den Gerwanimädchen verleben mußten, die auch immer bereit erschienen. Er hatte sie beobachtet, als sie zur Unterstützung der indonesischen Frauenbewegung Fahnen geschwungen hatten. Sie wackelten dabei mit ihren Hüften und warfen den Zuschauern lüsterne Blicke zu. Waren die Fahnen achtlos in die Ecke geworfen, waren sie zu allem bereit. Bereit für Krawall, Revolution, Haschisch, schnelle Liebe in einem Durchgang. So waren die Gerwanimädchen nun einmal. Und so waren ihre männlichen Gegenstücke in der Pemuda Rakyat, der Jugendvolksfront. Sie waren bereit. Man mußte ihnen nur wie Hunden die richtige Richtung weisen und dann den Befehl zum Loslaufen geben. Sjam verstand sie; vor langer Zeit war er auch so einer gewesen. Man nahm, was man kriegen konnte, wenn man so lebte. Man schlug um sich, wenn man konnte. Man machte Liebe, wann immer sich eine Gelegenheit dazu fand. Sjam wußte das. Er dachte plötzlich an Endang, wie sie mit übereinandergelegten Schenkeln auf dem Bett lag und damit den dunklen Fleck zwischen ihren Beinen verkleinerte.

Die Verschwörer widmeten sich jetzt einem anderen Problem. An welchem Tag sollten sie gegen die Generäle losschlagen? Latief stellte seinen Patriotismus unter Beweis und sprach sich für den Tag der Armee aus. Die Idee gefiel Untung und Sujono. Als die anderen schon fast ihrer Meinung waren, meldete sich Sjam zum erstenmal während der Versammlung zu Wort. Der Vorsitzende Aidit hatte ihm aufgetragen, sich für den 30. September stark zu machen. »Setzen Sie das irgendwie durch«, waren Aidits Worte gewesen, wobei er ihn sehr leidenschaftlich angesehen hatte, was äußerst selten geschah. Also waren auch indonesische Kommunisten Sklaven heimlicher Symbolik. Ohne zu wissen, warum der Vorsitzende genau auf diesem Datum beharrte, wollte Sjam versuchen, es durchzusetzen; allein schon, um seine Überredungskunst auszuüben.

Er verließ sich auf das Wort Besonnenheit. Viele Menschen wären in die Operation verwickelt, weshalb die Möglichkeit einer zufälligen Enthüllung sehr groß sei. Aus taktischen Gründen sei es besser, ohne Verzögerung zu handeln. Ein unbedachtes Wort, ein einziges unbedachtes Wort ... Er ließ den nicht zu Ende formulierten Gedanken in jedem Mann wirken und zettelte damit Phantasien von Verhaftung, Prozeß und Hinrichtung an.

Dann schlug er sehr beiläufig ein früheres Datum als den Tag der Armee vor. »Warum nicht der 30. September?«

Nach einer kurzen Diskussion stimmten sie seinem Vorschlag zu.

»Ich habe einen Namen für die Operation«, sagte Major Sujono. Er hatte aus Gerakan Tigah Puluh September eine Abkürzung gebildet. »GETAPS.«

Das gefiel ihnen, sogar Sjam. Obwohl er die Sentimentalität seiner Landsleute verachtete, teilte er mit ihnen die Schwäche für Abkürzungen. GETAPS verlieh der Bewegung des 30. September ein feierliches Siegel; es gab ihrer Verschwörung ein neues Maß an Realität.

Ihr letztes Problem betraf die Aufrechterhaltung der öffentlichen Ordnung nach der Verhaftung der Generäle. Dem Volk mußte versichert werden, daß Bung Karno, sein geliebter Führer, sich in Sicherheit befand; daß die Regierung bis zur Wiederaufnahme seiner Pflichten nicht zusammenbräche.

Oberst Untung leitete die Diskussion über eine solche Interimsregierung. Ohne Wissen der übrigen Verschwörer (außer Sjam) hatte er sich mit dem Vorsitzenden Aidit wegen dieser Frage getroffen. Dem relativ jungen Offizier Untung schmeichelte die Beachtung, die Aidit ihm schenkte; immerhin konsultierte ihn ein Mann von internationaler Bekanntheit. Gemeinsam berieten sie über einen fünfundvierzigköpfigen Rat, der sich hauptsächlich aus Armeeoffizieren zusammensetzen sollte. Bis zur Abhaltung allgemeiner Wahlen irgendwann in der Zukunft würde der Rat in Zusammenarbeit mit dem Präsidenten die Verantwortung für die Staatsangelegenheiten übernehmen. Auf Drängen Aidits hatte Untung sich bereit erklärt, Vorsitzender des Rats zu werden.

Sjam verstand, warum der Vorsitzende einen Mann mit sowenig Einfluß so überaus großzügig behandelte.

Falls der Putsch scheiterte, würde man die Schuld auf Untung und die anderen beteiligten Offiziere schieben, nicht aber auf die Kommunisten. Und wenn der Putsch erfolgreich war, wer würde dann den Rat leiten? Ein Mann, der wenig Rückhalt in ihm besaß.

Als Untung den nichtsahnenden Verschwörern die Idee einer Interimsregierung vorstellte, gab es zunächst keine Reaktion. Um jede Opposition kaltzustellen, sagte Sjam: »Vielleicht sollte der Oberst diese Frage eines Interimsrats, seiner Zusammensetzung und Funktion überprüfen und uns später darüber berichten.«

Müde und verschwitzt stimmten die Verschwörer in dem kleinen, stickigen Raum seinem Vorschlag ohne Gegenrede zu. Abgesehen von der eigentlichen Gefangennahme der Generäle schaffte man sich also den wichtigsten Punkt der gesamten Operation wegen Müdigkeit schnell vom Hals. Wenn der Putsch erst einmal stattgefunden hatte, würde man nicht die Zeit haben, lange über die Einzelheiten eines solchen Rats nachzudenken. Er würde ganz einfach an die Macht rutschen. Wenn alles gutginge, würde der Vorsitzende Aidit als der mächtigste Mann des Landes aus der Operation GETAPS hervorgehen. Untung trüge nominell die Verantwortung, und der geliebte Führer würde sich irgendwo in einem Palast die Beine in den Bauch stehen und auf Zusicherungen warten, die niemals eintreten würden.

Sjam war amüsiert.

Das Treffen ging schnell zu Ende. Im Gänsemarsch verließen sie den Raum. An der Tür rief Untung Sjam zu sich. Sie gingen durch das Haus in den hinteren Garten, wo sie sich unter Mangobäumen auf Liegestühlen niederließen. Sjam hörte kurz ein Baby weinen. Die hübsche Frau Latiefs gab ihm sicherlich die Brust. Sjam dachte darüber nach, versuchte, sich ihre Rundungen und ihr warmes, weiches Fleisch vorzustellen. Glückspilz, dieser Latief.

»Ich brauche Ihren Rat«, sagte Untung. »In der ersten Rundfunksendung nach den Verhaftungen wird die Säuberung der Armee verkündet. Die zweite Sendung wird die Funktion des Revolutionsrats erklären. Glauben Sie, daß der Vorsitzende Aidit damit einverstanden ist?«

»Ich werde ihn fragen, aber ich denke ja.«

»Ich möchte Ihre Meinung zu einer möglichen dritten Erklärung wissen.« Untung nahm ein Stück Papier aus seiner Hemdtasche, rückte seine Brille zurecht und las mit leiser, verschwörerischer Stimme: »Alle Träger von Rängen und vergleichbaren Dienstgraden innerhalb der Gesamtstreitkräfte der Republik Indonesien, die über diejenigen eines Oberstleutnants hinausgehen, werden hiermit für dienstuntauglich erklärt.« Er blickte über die Brille hinweg Sjam an. »Was halten Sie davon?«

Diese Anweisung würde alle Ränge, die über Untungs eigenen hinausgingen, einfach abschaffen.

Sjam betrachtete den Mann. Erschüttert von solch nacktem Ehrgeiz, wobei ihn auch ein aus seiner Vergangenheit herrührender moralischer Impuls aufwühlte, holte Sjam tief Luft, um sich jeglicher ethischer Verurteilung zu enthalten. »Gute Idee«, sagte er schließlich und rang mühsam um Begeisterung in der Stimme. »Man wird den Generalstab los. Sehr gut.«

»Wird der Vorsitzende Aidit es billigen?«

Billigen? Aidit würde vor Schadenfreude frohlocken. Falls die Nation diese Anweisung unterstützte, wären Aidits Hauptrivalen im Kampf um die Macht ausgeschaltet.

»Ich bin sicher, daß er das tun wird«, versicherte Sjam dem Oberst nach einer sorgfältig plazierten Pause.

Sie erhoben sich und gingen zum Haus zurück. Während sie dies taten, versuchte Sjam, sich Untungs ehrgeizige Pläne auszumalen. Kein Wunder, daß der Oberst diesen Plan mit seinen Kameraden von der Armee nicht besprochen hatte. Sie wären von einem solch unverhüllten Griff nach der Macht schockiert gewesen.

Untung hielt Sjam freundschaftlich am Ellbogen und geleitete ihn zur Eingangstür, wo Latief wartete, um gute Nacht zu wünschen. Lustig winkend verabschiedeten sie sich und verschwanden in der Dunkelheit.

17

In der Morgendämmerung hörten die Nutten auf, vor dem Hotel Indonesia ihre Runden zu drehen und verschwanden lautlos wie der Tau, wenn die Sonne aufgeht. Aber nachts waren sie ruhelos und laut gewesen. Vergangene Nacht hatte Vern den Fehler begangen, ein paar Häuserblocks früher aus General Sakirmans Wagen auszusteigen, um nach dem Abendessen noch ein bißchen frische Luft zu schnappen. Ein halbes Dutzend Frauen, die diesen einsamen Mann erblickten, stürzten auf ihren hohen Stöckelschuhen auf ihn zu, nannten kreischend ihre Preise und beschrieben ihre Talente in einem Kauderwelsch aus Englisch, Holländisch und Bahasa-Indonesisch. Sie griffen nach seinem Arm, verstellten ihm den Weg, schrien ihm ins Gesicht, rempelten ihn sogar an und blieben an seiner Seite, bis er den Hoteleingang erreicht hatte. Hartnäckig wie die Straßenmädchen in Hongkong, Bangkok und Kalkutta, schien ihre aggressive Vorgehensweise im sanften Indonesien, einer typischen Agrargesellschaft, in der sanfte Höflichkeit die Regel war, irgendwie unangebracht. Die paar Wochen in Djakarta, diesem Irrenhaus, hatten sein Verständnis für das Land erschüttert. Er konnte sich einfach nicht mit der Korruption nach Djakartaart abfinden.

Die Religion gehörte, wie er dachte, irgendwie dazu. Überall stieß man auf sie. Aus eigener Erfahrung wußte er, daß die Korruption in Burma und Indien sich an religiösen Einstellungen ausrichtete. Man wußte, was man von einem Hindu zu erwarten hatte, wenn er einen betrügen wollte — jede Menge verwirrenden Lärm und ungestüme Energie. Bei ihren religiösen Festen erlebte man ekstatische Bewegung, einen überraschenden Höhepunkt. Die Buddhisten Burmas schafften es, einen subtiler reinzulegen, da sie eine freundliche Stimmung ausstrahlten, eine Art Entsprechung zu den hell klingenden Glöckchen, die eine Gebetsstimmung herstellen. Und in Sumatra hatte die rechtschaffene Verbindung mit dem Islam eine Art brüderliche Schuftigkeit ermutigt, da moslemische Richter die moslemischen Schwindler gegen alle Forderungen verteidigten, die von hereingelegten Ungläubigen erhoben wurden.

Vern behauptete nicht, die Mechanismen zu verstehen, aber irgendwie wurde die Korruption in diesen Gegenden von Gott verwaltet. Hier in Djakarta war alles anders. Allah, Schiwa, Buddha und alle möglichen Zauberer rührten in einem moralischen Eintopf, einem Schwall von Moralpredigten, der täglich von Presse und Radio gewürzt wurde. Vern konnte aus diesen Strafpredigten nicht klug werden, außer daß Gott Gott, das Böse böse sei und daß man die Gebote des großen Führers der Revolution befolgen müsse: niemals trinken, stehlen, Ehebruch begehen (aus dem Munde Bung Karnos klang das wirklich lachhaft) oder seine Mitbürger betrügen. Stets allgemeine Redensarten. Nichts Handfestes. Nur Luft. Die Welt war wirklich mühelos zu haben. Einfach nur den Namen des großen Führers oder eines der anderen Götter aussprechen und es riskieren. Ein Scharlatan in Djakarta tat, was der Augenblick ihm eingab, ohne Angst vor göttlicher Bestrafung. Vern war fassungslos.

Er diskutierte diese Angelegenheit mit Kollegen an der Hotelbar und entdeckte, daß sie ebenfalls fassungslos waren. Häufig schloß die Bar nach einem Gedankenaustausch von intellektueller Verzweiflung, wenn Journalisten, Exporteure, Schiffsagenten und Konsulatsangestellte ihr Glas in einem Zuge leerten, den Kopf schüttelten und in ihre Zimmer hinaufwankten.

Jeden Morgen schickte OPSUS Vern einen Wagen, der vor dem Eingang wartete, wenn er herauskam. Und jeden Morgen winkte er ihn wieder weg. Er ging die fünfzehn Minuten zur Zentrale lieber zu Fuß. Am Morgen war es nicht allzu heiß, das Sonnenlicht hatte die kräftigen Farben der Pflanzen noch nicht weggewaschen, so daß er die exotischen Farbtöne genießen konnte. Vern äußerte sich selten darüber, aber er liebte Blumen; das hatte er von seiner Mutter geerbt, die sich als Witwe mit ihren Blumenkenntnissen über Wasser gehalten hatte.

Diesen Morgen verließ er das Hotel und spazierte in südlicher Richtung zu einem Wohnbezirk. Herrliche Villen standen dort, häufig von Mauern umgeben, auf denen Glassplitter und Stacheldraht angebracht waren. Sehr viele Militärangehörige lebten hier, zusammen mit Beamten der höheren Laufbahn und reichen chinesischen Händlern. Es herrschte geringer Verkehr. Er ging an den Villengärten mit ihren blühenden Bäumen und gestutzten Rasenflächen vorbei und bog schließlich in eine breite Allee ein, die an diesem Morgen von Fahrzeugen und vielen Demonstranten verstopft war, die Armbänder der Roten trugen. Sie hielten Transparente hoch, die mit kommunistischen Losungen beschriftet waren.

Vern stand an der Ecke und beobachtete ihren Vorbeimarsch. Schweigend trotteten sie dahin und blickten auf das staubige Pflaster unter ihren Füßen. Obwohl sie angesichts der frühen Morgenstunde noch nicht lange gelaufen sein konnten, sahen sie verdrießlich aus. Vern fragte sich, ob sie irgendeinen Vorfall brauchten, um wie tüchtige Agitatoren auszusehen. Als er sich gerade umdrehen wollte, nahm er eine plötzliche Bewegung innerhalb der Reihen wahr. Einige Demonstranten scherten aus und rannten auf ihn zu. Erst als sie ihn fast erreicht hatten, begriff Vern, daß er der Anlaß war, den sie brauchten.

Er zog sich zurück, als rund ein Dutzend von ihnen sich auf ihn stürzten und ihn umzingelten. Einer griff nach seinem Arm, aber er machte sich frei. Ein anderer schrie auf englisch: »Was Sie tun hier?«

Noch einer fragte dasselbe in Holländisch, in Bahasa-Indonesisch.

»*Saya orang Perancis*«, antwortete Vern.

»Holt Wujo«, schrie ein junger Mann. »Er sagt, er sei Franzose.«

Ein Junge rannte zum Demonstrationszug zurück. Die anderen blieben stehen und umringten Vern weiter. Über ihre Schultern hinweg konnte er die Transparente lesen, die über der Straße schwebten: Slogans, die Malaysia, England, Amerika, die Vereinten Nationen, Kapitalismus, Imperialismus, Kolonialismus, Armut und Krieg verdammten. Die riesigen roten Buchstaben bewegten sich über einer geschlossenen Phalanx dahintrottender Marschierer.

Weitere Demonstranten gesellten sich der Menschentraube zu, die Vern umschloß. Es mußten bereits rund zwanzig Leute sein. Sie hatten ihn so eng umzingelt, daß er vom Bürgersteig zurückgewichen war und jetzt bei ein paar Büschen stand. Er fühlte sich isoliert, als ob die Roten ihn wie ein Gebäude mit Posten umstellt hätten.

In Bahasa sagte er: »Tut mir leid, aber ich muß gehen. Ich kann jetzt nicht reden.« Er versuchte jedoch nicht, an ihnen vorbeizukommen.

»Wo haben Sie unsere Sprache gelernt?« fragte einer so wütend, daß Vern sich nicht traute zu antworten.

»Er ist CIA«, erklärte jemand.

Der Junge, der Wujo suchen sollte, kehrte zurück. »Kann ihn nicht finden«, sagte er atemlos.

»Egal, der Franzose spricht Bahasa«, sagte ein junger Mann mit dünnem Oberlippenbart. Er reichte Vern nur bis zur Schulter und fragte barsch: »Sind Sie Franzose oder Amerikaner?«

»Saya orang Perancis. Betul!«, antwortete Vern dem bärtigen Jungen, der jetzt offensichtlich die Anführerrolle übernommen hatte.

»Glaub ihm nicht«, brüllte jemand. Vern starrte den Jungen an, der das gebrüllt hatte. Zerbrechlich aussehend, nicht älter als achtzehn. Rhythmisch schlug er mit einem Stuhlbein in seine Handfläche. Er mußte das Bein abgebrochen haben, um es als Schlagstock mit sich zu tragen.

»Warum beobachteten Sie uns?« fragte der bärtige Anführer. Er trat in Schlagweite auf ihn zu. »Sind Sie von der CIA?«

»Ich beobachtete Sie nicht«, antwortete Vern, dem bewußt wurde, daß er genau das getan hatte.

»Wir haben gesehen, daß Sie uns beobachtet haben. Sie haben uns genau betrachtet. Sie sind von der CIA.«

Ein weiterer Junge trat neben den Anführer. »Gibt es Franzosen in der CIA?«

»Ja«, behauptete jemand. »Franzosen, Engländer, Amerikaner — alle CIA.«

Der Anführer nahm keine Notiz von diesem Geschwätz, sondern blickte Vern weiter starr an. »Was glauben Sie, warum wir marschieren?« fragte er.

»Das ist überhaupt nicht meine Angelegenheit.«

Die Antwort schien den Anführer wütend zu machen. Er versetzte Vern einen harten Schlag gegen die Brust. »Bringt ihn dort hinten hin.«

Der Kreis schloß sich noch enger um ihn. Vern merkte, daß er wie ein Tier durch eine Lücke zwischen den Büschen getrieben wurde. Er blickte sich um. Sie führten ihn zu einer unbebauten Parzelle mit ein paar kümmerlichen Bäumen und einem Müllhaufen. Hier war er wirklich isoliert. Die Jungen brachten ihn zu einem Baum und umzingelten ihn erneut. Er konnte den süßlichen Geruch verfaulter Früchte riechen, blickte aber nicht zu dem Müllhaufen hin. Er wagte nicht, irgendwohin zu blicken, nur auf das lange, schmale Gesicht des wütenden Anführers.

»Wir sind Pemuda Rakyat«, sagte der Anführer. »Wir marschieren nicht, damit Sie uns ausspionieren können.«

Vern spürte Hände auf seinen Hüften. Von hinten durchsuchte jemand rasch seine Taschen. Er merkte, wie seine Brieftasche, sein Kamm und ein Päckchen Fruchtgummibonbons herausgezogen wurden.

»Mag sein, daß das, was wir tun, nicht Ihre Angelegenheit ist, aber unsere Angelegenheit ist Gerechtigkeit für die Menschheit«, sagte der Anführer. »Ist das klar?«

»Das ist klar«, sagte Vern.

»Was machen Sie hier in Djakarta?«

»Ich baue Sachen.«

»Glaub ihm nicht«, sagte der Bursche mit dem Stuhlbein.

»Was bauen Sie?«

Vern blickte sich um. Es war schwer einzuschätzen, ob diese Jungen eine ernsthafte Gefahr darstellten. Es konnte sein, daß er schrecklich unwissend war, was Indonesien betraf. Das erschreckte ihn.

»Was bauen Sie?« wiederholte der Anführer und stieß ihm zwei Finger gegen die Brust.

Vern warf dem Jungen mit dem Stuhlbein einen raschen Blick zu; das konnte als nächstes drankommen.

»Was bauen Sie?« fragte der Anführer ein drittes Mal.

»Alles, was man so braucht.«

»Glaub ihm nicht«, sagte ein Junge aus dem Kreis heraus. »Er ist ein britischer Spion.«

»Machen Sie Gebäude für die CIA?« fragte der Anführer.

»Ich baue Hotels.«

»Kapitalistischer Hund«, sagte der Anführer. »Was wissen Sie über den Vorsitzenden Aidit?«

»Er ist der Führer Ihrer Partei.«

»Er ist ein großer Mann.«

»Sehr wohl. Ein großer Mann.«

Ein Junge stürzte herbei und flüsterte dem Führer etwas zu. Dann sah Vern, daß ein Gegenstand von Hand zu Hand durch den Kreis gereicht wurde. Es war eine Pistole, höchstwahrscheinlich eine Achtmillimeter. Als sie zum Anführer kam, spannte er sie und richtete sie auf Verns Kopf.

Ich werde sie nie wiedersehen, dachte Vern.

»Sie bauen Hotels für die CIA?«

»Ich habe niemals ...«

»Sie sind von der CIA. Sie haben uns ausspioniert. Wollen Sie also etwas Wichtiges erleben?« Er deutete mit der Waffe auf eine Lücke zwischen den Büschen, durch die man die unbebaute Parzelle verlassen konnte. »Wollen Sie?«

»Ich würde mich lieber um meine Geschäfte kümmern.«

»Wollen Sie etwas Wichtiges erleben?« Er fuchtelte mit der Pistole herum.

»Ja«, sagte Vern. »Ich glaube ja.«

»Dann sehen Sie sich einen Kampf für die Gerechtigkeit an. Der Feind ist nah. Sie werden der CIA etwas Wichtiges mitteilen können. Kommen Sie mit, Spion.«

Jemand versetzte Vern einen kräftigen Schlag in den Rücken, so daß er fast vornüberfiel. Aber dann nahm ein anderer seinen Arm, als ob er ihn führen wolle, und bald lief er mit der gesamten Gruppe der Roten vorwärts. Sie bewegten sich rasch von der Parzelle in eine Seitenstraße, wobei sie dem bärtigen Jungen folgten, der seine Pistole häufig in die Luft stieß, als ob normalerweise ein Degen seine Waffe wäre. Während ihres raschen Laufs bemerkte Vern noch weitere Waffen in den Händen der Roten: einen Kreuzschlüssel, eine Kette, ein Messer, das an einem primitiven Holzgriff befestigt war, eine weitere Pistole aus dem Zweiten Weltkrieg. All dieser Plunder kam aus einem Jutesack, den einer der Burschen mitschleppte. Vern begriff: Diese Gören waren auf Krawall ausgewesen. Die Demonstration war ihre Methode, ihn zu bekommen.

Sie gingen eine Straße hinunter, die ihm von anderen Morgenspaziergängen bekannt vorkam: die hinter Mauern stehenden Villen, die blühenden Bäume, die Beamten auf ihrem Weg zur Arbeit. Nun wirkte die Gegend fremd auf ihn. Die Leute begannen, sich zu zerstreuen, als sie die Horde junger Männer sahen. Die Straße war fast leer, abgesehen von einer weiteren Gruppe junger Männer, die sich aus der entgegengesetzten Richtung näherten.

Sie kamen schnell näher, ungefähr zwanzig Burschen. Alle trugen schwarze Pecis und sangen *»La ilaha illa 'llah!«*

Die beiden Gruppen verlangsamten wachsam ihr Tempo, als sie sich noch näher kamen. Die islamischen Jungen sangen weiter, aber die kommunistischen Jungen schwiegen. Einen Steinwurf voneinander entfernt, blieben beide Parteien stehen.

Dann hob der bärtige Anführer der Roten seine Pistole und schoß ohne Vorwarnung wild drauflos.

Der Knall der Schüsse hallte zwischen den Villen wider. Instinkt und Training bewirkten, daß Vern sich sofort auf den Boden warf. Aus seiner Lage konnte er den ersten Zusammenstoß sehen: Fäuste, Messer, Stöcke sausten durch die Luft. Er hörte Schmerzensschreie, und einen Augenblick lang fühlte sich Vern Gardner auf eine der namenlosen Pazifikinseln zurückversetzt, mit fest zusammengekniffenen Augen auf der Erde liegend, während die Granaten der Japse über den Kopf hinwegpfiffen. Aber hier, auf einer Straße in Djakarta, gab es nur das gelegentliche »Paff« einer kleinen Handfeuerwaffe. Nur um die Leute zu erschrecken. Das ist nichts Ernstes, sagte sich Vern. Er entspannte sich ein wenig. Er beobachtete eine Horde von ungeschulten Gören, die sich gegenseitig verdroschen.

Dann hörte er jedoch ein Geräusch, das er ebenfalls aus der Vergangenheit her kannte — das tiefe, sprunghafte Rumpeln von Armeelastwagen. Sie kamen aus beiden Richtungen. Aufgrund seiner Militärzeit bei den Pionieren erkannte Vern die alten Zweitonner: Japs-Isuzus, Typ 97, die er rund um Finschhafen, Neuguinea, gesehen und gehört hatte. Die guten alten siebenundneunziger Isuzus — auf Dschungelpfaden aufgegeben, überwuchert, verrostet und von den Eingeborenen ausgeschlachtet, um sich ihr krauses Haar mit Maschinenteilchen zu schmücken. Nun sah er wieder Siebenundneunziger, diesmal mit einem geöffneten Auge, während das andere sich gegen die Wärme einer Straße in Djakarta preßte.

Beim Eintreffen der Lastwagen hörte der Kampf auf. Soldaten sprangen über die hinteren Wagenklappen, Gewehr im Anschlag. Sie trugen weite Hosen, die sich über den Stiefelschäften bauschten, Patronengürtel und Baretts. Vern stützte sich auf die Ellbogen, um besser sehen zu können. Die Soldaten, die von der »islamischen Seite« kamen, gingen einfach an diesen Jungen vorbei und schlossen sich den Soldaten an, die auf die Roten zuliefen. Außer ein paar Verwundeten flohen die islamischen Jungen und waren innerhalb weniger Sekunden verschwunden.

Aber die Roten saßen ziemlich tief in der Patsche; Vern sah das kommen. Und tatsächlich lief ein Junge bei dem Kommando »Halt!« weiter. Kaltblütig legte ein Soldat an, gab einen Feuerstoß aus seinem Automatikgewehr ab und zerfetzte den Rücken des Jungen. Einem weiteren Roten wurde die linke Hälfte des Gesichts zerschmettert, als ein Soldat ihn mit dem Gewehrkolben schlug, während ihm zwei andere Soldaten die Arme festhielten. Die meisten Soldaten benutzten Schlagstöcke. Der Junge mit dem Stuhlbein versuchte, es zu schwingen, wurde aber von der Seite getroffen, am Bein unter seinen Khakishorts. So hart, daß Vern sehen konnte, wie das Bein sich unterhalb des Knies nach hinten verschob, als ob es über eine ölige Sperrklinke rutschen würde. Das Knie wurde teilweise wie ein Klumpen heißes Gummi abgetrennt und hing ballähnlich an der Wade, während der Junge in den Morgen schrie, schrie und schrie. Sein ganzes Gesicht war nur noch ein geöffneter Mund, in dem der Schrei pulsierte wie ein Herz.

Vern kniff die Augen so fest zu, wie er es getan hatte, um ein Sperrfeuer mit Granaten zu überstehen. Und spürte, wie ein tonloses Winseln in seiner Kehle hochstieg, und er erinnerte sich nur zu gut, wie die nackte Angst vor Schmerzen und Tod durch seine Adern jagte.

*

Minuten später wurde Vern in die Seite getreten und mit weiteren Tritten bedroht, wenn er nicht aufstehen würde. Vern erhob sich, ging fügsam zu einem Lastwagen und kletterte hinauf. Viele stöhnende Jungen waren bereits dort. Der Junge, der seine Kniescheibe verloren hatte, war gegen die Latten des mit einer Plane überdachten Lastwagens gestoßen worden. Sein schweißnasses Gesicht war bleich, seine Augen glasig infolge der Schockwirkung.

Vern erkannte den bärtigen Anführer, der sich dicht neben ihm ausstreckte und mit der Hand ein Ohr umklammerte.

»Was zum Teufel war los?« fragte Vern auf englisch. »Das war doch nur das Gerangel einer Bande.«

Der Anführer starrte ihn niedergeschlagen an. »Sie sind kein Franzose. Sie sind Amerikaner.«

»Klar. CIA. Ein Meisterspion. Wer waren die anderen Burschen? Wie kann ich einen guten Bericht machen, wenn Sie mir nichts sagen?«

»Wir haben gewonnen«, sagte der Junge abweisend.

»Natürlich habt ihr gewonnen. Wer waren die anderen?«

»HMI. Moslemische Studenten.«

»Wie oft trefft ihr Burschen euch?« Der Anführer konnte nicht genug Englisch, um diese sarkastische Frage zu verstehen. Deshalb stellte Vern seine Frage mit anderen Worten. »Kämpft ihr viel?«

Der Junge nickte. »HMI haßt uns. Auch die Armee.«

Das stand fest. Der Kampf war gewalttätig, aber im wesentlichen harmlos gewesen, bis die Soldaten kamen. Wo war der Junge, dem man in den Rücken geschossen hatte? Der Lastwagen war voller verwundeter Pemuda Rakyats, einige von ihnen hatten gebrochene Knochen, andere blutende Wunden. Und der Junge ohne Knie, der wie eine

Puppe gegen die Latten gestellt worden war, fragte sich sicherlich, wie solch ein Schmerz sich aus dem Wunsch nach etwas so Einsichtigem wie Gerechtigkeit ergeben konnte.

Jetzt war Indonesien für Vern Gardner wenigstens eine Realität. Er hatte ein paar Sachen gebaut, hatte sich am Tobasee verliebt, hatte diese Fußgängerbrücken in Palembang errichtet, war hierhergekommen, um zu arbeiten — aber selten hatte er sich umgeschaut, um zu sehen, was sich eigentlich hier abspielte. Jetzt würde er aufmerksamer sein, weil die Leute im Namen der Gerechtigkeit üble Dinge anrichteten. Was er hörte, war Leiden, und was er sah, war Blut. Vern tastete eins seiner eigenen Knie ab und fragte sich, wie es wohl wäre, mit achtzehn Jahren ein Knie zu verlieren.

Endlich hielt der Lastwagen, und die Wagenklappe wurde geöffnet. Vern macht sich bereit, auf Befehl hinunterzuspringen.

»Sie.« Ein Soldat deutete mit einem Gewehr auf ihn. Er sprang.

Minuten später saß er vor dem Schreibtisch eines Offiziers, der ihn verhörte. »Warum waren Sie bei diesen roten Agitatoren?«

»Sie baten mich mitzukommen, um sie beim Kampf für die Gerechtigkeit zu beobachten«, sagte Vern. Sofort begriff er, daß sein Sarkasmus bei diesem Offizier fehl am Platze war. Es war dumm von ihm gewesen, mit der Arroganz eines Ausländers zu sprechen. »Ich arbeite für OPSUS. Was geschah, war nicht meine Angelegenheit.«

Aber der Schaden war bereits passiert. Der Offizier befahl, ihn abzuführen. Gedemütigt saß Vern stundenlang in einem fensterlosen kleinen Raum, ehe er durch eine Anzahl von Fluren sehr unsanft in einen weiteren kleinen Raum geführt wurde. Hier saß er wieder lange Zeit. Dann wurde er in einen großen Büroraum gestoßen, in dem die Vorhänge wegen der sengenden Nachmittagssonne zugezogen waren.

Ein wuchtig wirkender Major saß hinter seinem Schreibtisch. Vern stand vor ihm, bis der Offizier mit seinem kratzenden Füller einen Bogen Briefpapier ausgefüllt hatte. Dann blickte er hoch. Breites Gesicht, kalte Augen, den Mund zu einem skeptischen Lächeln verzogen.

»Ihr Name ist Gardner Vernon?«

»Vernon Gardner.«

»Ich bin Major Sigit. Ich befehlige dieses Bataillon.« Damit wollte er Vern beeindrucken.

Vern sagte nichts.

»Wir haben nicht jeden Tag Ausländer, die sich mit den Roten abgeben.«

Vern sagte nichts.

»Warum waren Sie bei ihnen?«

»Ich geriet zufällig in ihre Demonstration.«

»Zufällig?« Das Lächeln wurde breiter. »Sie gingen also Ihrer Wege und befanden sich zufällig unter ihnen?«

»Das ist richtig, Major.«

»Seltsam.« Das Lächeln wurde noch breiter. »So etwas habe ich noch nie gehört. Nun gut, nachdem Sie sich ihnen zufällig angeschlossen hatten, wurden Sie da verletzt oder bedroht?«

Vern hätte die Wahrheit erzählen können, aber er mochte den Mann mit dem häßlichen Lächeln nicht. Er beschloß, diese verdammten, blöden Gören zu schützen. »Überhaupt nicht.«

»Es gab keine Drohungen?« Das Lächeln des Majors verschwand.

»Keine.«

»Sie sahen, wie sie die moslemischen Studenten angriffen?«

»Ich sah, daß die beiden Gruppen im selben Augenblick aufeinander losgingen.«

»Sie haben nicht gesehen, daß die Roten zuerst angriffen?«

»Nein.«

Der Major runzelte die Stirn. »Was haben Sie für Verbindungen in Djakarta?«

Vern wußte, was er meinte. »Ich gehöre nicht zum amerikanischen Regierungspersonal, ich gehöre nicht der CIA an. Ich bin ein einfacher Bürger, der Sachen baut. Ich ging spazieren und wurde zufällig in den Zwischenfall hineingezogen. Die Jugendlichen bedrohten mich nicht. Beide Gruppen waren nur allzusehr darauf erpicht, miteinander zu kämpfen, und das taten sie dann auch. Rufen Sie bitte General Sakirman bei OPSUS an.« Nach einer Pause fügte er hinzu: »Ich denke, Sie sollten so schnell wie möglich Kontakt zu OPSUS aufnehmen. Es wäre ratsam.«

Dennoch dämmerte es bereits, bevor jemand von dort in der Lage war, Vernon Gardner aus der Obhut Major Sigits zu befreien.

18

An den meisten Abenden spielte Maggie ihrer Gastgeberin zuliebe Karten. Nach dem Spiel saß sie häufig im Garten und betrachtete den großen Mond. Auf der Insel Samosir hatte sie zu Vern gesagt: »Man muß uns angelogen haben. Man erzählte uns, daß es nur einen Mond gibt. Aber es muß zwei geben. Einen für hier und einen für den Rest der Welt.«

Morgens saß sie im Schneidersitz in der Batikfabrik neben den anderen Frauen und bearbeitete wie sie mit der Kupferkanne den Stoff, der über einen kleinen Holzrahmen gespannt war. Mit heißem Wachs füllte sie die durchgepausten Umrißlinien von Parang Rusak aus, einem durchbrochenen Krismuster. Zumindest versuchte sie es — sie stellte sich verdammt ungeschickt mit der Kanne an. Wenn sie das Wachs in einer Schüssel über einem kleinen Holzkohlenfeuer erhitzte, wurde es zu flüssig und zerlief über dem gesamten Stoff. Oder das nicht genügend erhitzte Wachs durchtränkte die Fasern nicht richtig. Und im Schneidersitz, eingezwängt zwischen arbeitenden Frauen, fühlte sie sich verkrampft — um nicht zu sagen widerwärtig — mit ihren langen Beinen, die in Jeans steckten. Es war heiß in dem stickigen Raum, was durch die Kohlenpfannen noch verstärkt wurde. Und aus dem benachbarten Raum, wo Männer Kupferstempel zur Massenproduktion von Batikstoffen benutzten, kamen schwarze Rauchschwaden, zusammen mit dem schweren süßlichen Gestank von geschmolzenem Wachs. Nach wenigen Jahren Arbeit mit soviel Wachs fehlte den Männern dann der Atem, um Fahrrad zu fahren.

Maggie lernte durch Fehler und viel Übung, die Kanne zu handhaben. Sie lernte, in die Kannentülle zu blasen und sie damit von festsitzendem Wachs zu befreien. Sie hoffte, sie werde Geduld lernen.

Anschließend schlenderte sie gern über die nahegelegenen, peinlich saubergefegten Gartenanlagen des Kraton. Manchmal, wenn Hoftänzerinnen den Serimpi übten, saß sie dabei: zwanzig junge Mädchen, die unter den gestrengen Blicken von Lehrern tanzten. Die Mädchen bewegten sich träge zu den stoßenden Klängen eines Gamelanorchesters. Zu den wesentlichen Bewegungen gehörte das ruckartige Bewegen einer Schärpe. Die Fußarbeit war minimal: Wenn Zehen leicht auf den Fußboden klopften, erschien eine solche abrupte Bewegung schon fast als gewalttätig. Die Lehrer korrigierten ihre Schülerinnen, indem sie einen Finger auf den Nacken, Rücken, die Hüfte oder einen Arm preßten und so den Körper mit einer Vorstellung von Perfektion in Einklang brachten, die Maggie Gardner aus Iowa fremd blieb.

Als sie heute am Rande des Pavillons saß und zuschaute, hörte Maggie eine scharfe, hohe Stimme hinter sich. »Sind Sie Engländerin, Holländerin?«

Sie drehte sich zu einem kleinen Mann um, der sich ihr lautlos über den kiesbedeckten Hof genähert haben mußte. Er trug ausgebeulte Hosen, ein zerknittertes weißes Hemd und einen weichen Filzhut, von dem eine lange Feder herunterhing.

»Französisch? Deutsch? Ich spreche alles. Arabisch? Das kann ich auch«, erklärte er stolz. Er schenkte ihr ein zahnloses Lächeln. Auf seiner linken Wange befand sich eine riesige Warze, behaart und häßlich. Sie versuchte, nicht darauf zu starren.

»Amerikanerin«, sagte sie.

Aus seiner zerbeulten Hose zog er Visitenkarten heraus. Sie durchblätternd, fand er die richtige. »Meine Karte in Englisch«, sagte er und überreichte sie ihr:

MAS SLAMAT
MALER, BILDHAUER, ÜBERSETZER,
FÜHRER, AUTOR, PHILOSOPH
ZU IHREN DIENSTEN

»Zu Zeiten der Holländer«, sagte er, »wurde der Gebrauch von Titeln überwacht. Ein Mann mußte sein Recht beweisen, die Titel Raden oder Mas vor seinem Namen führen zu dürfen. Vor ungefähr zehn Jahren hörte die Regierung auf, die Titelgebung zu kontrollieren.

Das war ein Zugeständnis an die Kommunisten und andere Radikale. Also bezeichnen sich die Leute heute, wie sie wollen. Sie maßen sich Wichtigkeit an. Ich benutze den Titel Mas, weil meine Familie sich das Recht dazu vor vielen Dekaden — Jahrzehnten? — verdiente.«

»Ja. Dekade — Jahrzehnt.«

»Vor vielen Dekaden. Mögen Sie Serimpi?«

»Ja, sehr sogar.«

Sein schwaches Lächeln vermittelte Maggie den Eindruck, daß er ihrer Beurteilung des höfischen Tanzes keinen Glauben schenkte. Maggie erhob sich. Neben ihm stehend, stellte sie fest, daß er kaum mehr als eins fünfundfünfzig groß sein konnte. Sie fühlte sich neben Mas Slamat, der sich jetzt ihren Schritten anpaßte, schrecklich groß. Er wackelte wie eine Ente neben ihr und erinnerte sie an Charlie Chaplin. Aber dieser kleine Mann versuchte nicht, komisch zu sein. In Wirklichkeit war er verkniffen und ernst.

»Gestatten Sie mir, Sie zu begleiten«, sagte er und lüftete höflich seinen Filzhut. »Wohin gehen Sie jetzt?« Er wich nicht von Ihrer Seite.

»Nach Hause.«

»Ins Hotel?«

»Nein«, sagte sie vorsichtig.

»Wohin dann?«

»Zu einem Haus, wo ich wohne.«

»Wessen Haus?«

»Das Haus eines Freundes.«

»Wie heißt er?«

Maggie beschleunigte ihre Schritte und hoffte, er würde weggehen.

Aber Mas Slamat watschelte in der Geschwindigkeit weiter, die sie anschlug. Seine scharfen, kleinen Augen starrten sie von der Seite an. Das gab ihm ein durchtriebenes Aussehen, das zu ihm zu passen schien. Er begann, ihr von den alten Tagen des Kraton zu erzählen.

Er hielt an, um auf dramatische Weise in einen Innenhof zu zeigen. Tiere hätten dort gekämpft, behauptete er. Lanzenträger sperrten eine viereckige Fläche ab. Ein Tiger wurde aus seinem Käfig freigelassen und mit einem Büffel konfrontiert. Fast immer griff der Tiger ihn wild an, ermüdete aber schnell. Der Büffel jedoch behauptete sich und offenbarte eine verborgene Macht, die triumphierte. »Damit erteilte der Sultan seinem Volk eine Lektion«, sagte Mas Slamat.

Sie schlenderten wieder weiter. Maggie blickte auf ihn hinunter. Seine Augen blickten zu Boden, während er dahinwatschelte.

»Was für eine Lektion?« fragte sie.

Er erklärte, daß solche Wettkämpfe gewöhnlich zu Ehren von holländischen Würdenträgern abgehalten wurden. Die Holländer wußten natürlich nicht, daß der Tiger Holland und der Büffel Java verkörperte.

»Und der Büffel gewann«, sagte Maggie lächelnd. »Ja, das ist wirklich eine Lektion.«

Mas Slamat lächelte nicht zurück. Er hatte sich eine Zigarette angezündet, die von seinen dünnen Lippen baumelte. Er schwadronierte durch den Rauch. Der seltsamste Kampf fand zu Ehren des holländischen Gouverneurs von Semarang statt. Als die Tiere in dem abgesperrten Geviert losgelassen wurden, griff der Tiger wie gewöhnlich an, verlor aber schnell sein Interesse. Also ließen sie einen zweiten Tiger auf den Platz. Er verhielt sich genauso. Schließlich stachelten die Soldaten die beiden Tiger mit brennenden Fackeln dazu an, sich gegenseitig anzugreifen. In Yogya vergaß man diesen Kampf niemals. Selbst wenn sie Verstärkung erhielten, wären die weißen Männer zur Niederlage verdammt, weil sie sich stets bekämpften. Das geduldige Java würde den Sieg davontragen. Natürlich hatte der holländische Gouverneur von Semarang nicht die leiseste Ahnung, was passiert war; er bezeichnete den Kampf als unterhaltsam. Das war die beste Lektion überhaupt: Die weißen Männer merkten nicht, wenn man sie zum Narren hielt.

»Keine Plumpheit meinerseits, Nonya«, sagte Mas Slamat. »Kommen Sie mit. Ich kenne einen Ort, wo man gut essen kann.« Genau unterhalb des Kraton stand ein improvisierter Warung auf der Straße. Unter dessen Markise bestellte Mas Slamat zwei Gläser Milch und drei Spieße Saté. Nachdem er die Milch hinuntergestürzt und das Saté verschlungen hatte, rülpste er laut. Dann sagte er zu Maggie: »Bezahlen Sie bei dem Mann dort, der da sitzt. Lassen Sie sich nicht beschummeln. Es macht zwei Rupiah.«

Als Maggie zu ihrem Fahrrad zurückging, begleitete er sie. Sie hatte es an einen Baum auf dem Alun-Alun gelehnt, dem Exerzierplatz vor dem Palast. Während er sie dabei beobachtete, wie sie das Fahrradschloß aufmachte, sagte er: »Wohin gehen Sie?«

»Das sagte ich Ihnen bereits, Mas Slamat. Nach Hause.«

»Wessen Haus?«

»Ich habe es Ihnen schon gesagt.« Sie stellte einen Fuß auf das Pedal und wollte losfahren. Als sie auf Wiedersehen sagte, umklammerte Mas Slamat die Lenkstange.

»Nicht notwendig, einen anderen Führer zu suchen«, sagte er. »Ich bin es. Ich kenne hier alles. Sie wollen Yogya kennenlernen, nicht wahr, Nonya?«

Maggie nahm den Fuß vom Pedal.

»Machen Sie sich keine Sorgen. Sie haben mich gefunden. Ich studiere Bücher und Menschen. Ich studiere Sehenswürdigkeiten. Ich kenne sie alle.« Er nahm seine

Hand von der Lenkstange und befeuchtete angespannt seine Lippen. »Wenn Sie für den amerikanischen Konsul arbeiten, kann ich Ihr politischer Beobachter sein.«

Sie erwiderte ihm, daß sie keine Kontakte zur amerikanischen Regierung besitze.

Sein Lächeln war äußerst skeptisch. Nachdenklich strich er sich über die behaarte Warze.

Er fragte sich vielleicht, ob sie eine Spionin sei. Maggie sagte: »Ich kann Ihnen mit dem Konsulat nicht dienen.«

»Ich weiß alles, was Sie wissen müssen.«

»Suchen Sie Arbeit, Mas Slamat?«

Diese Frage schien ihn aus dem Gleichgewicht zu bringen. Er riß die Krempe seines Filzhuts nach unten. »Ich spreche acht Sprachen«, sagte er mit einer Stimme, in der verletzter Stolz mitschwang. »Ich kenne Menschen, die Sie treffen müssen, Dinge, die Sie sehen müssen. Wenn Sie über meine Qualifikationen nachgedacht haben, werden Sie nach mir suchen. Dann werden wir uns unterhalten. Ich werde Ihnen mein Haus zeigen.« Er richtete sich stolz auf. Wieder den Hut zurechtrückend, watschelte er davon wie eine Ente, eine komische, aber schrecklich ernste Figur.

*

Am nächsten Tag wartete er schon auf Maggie, als sie aus der Batikfabrik kam: Filzhut mit hängender Feder; schmale Lippen; eng zusammenstehende, taxierende Augen; übergroße Hände, die kraftlos neben seinen ausgebeulten Hosen hingen, als ob sie schwer hochzuheben wären. Während er sie eine Weile musterte, berührte er seine Warze — das schien ihm beim Nachdenken zu helfen.

»Woher wußten Sie, daß ich hier bin?« fragte Maggie.

»Ich wußte es.« Er sah ihr zu, wie sie das Fahrradschloß öffnete. »Ich bin hungrig«, sagte er.

Maggie wandte sich von ihrem Fahrrad ab, um ihn anzusehen.

»In der Nähe ist ein Warung«, sagte er.

»Nun gut, eine Tasse Tee könnte nicht schaden.« Sie begann, das Fahrrad zu schieben, und ließ es zu, daß er ihr den Weg zeigte.

»Tee bekommt meinem Magen nicht. Ich möchte keinen Tee. Haben Sie eine Zigarette?«

Sie gab ihm eine; er bedankte sich nicht, zündete die Zigarette an und zog kräftig an ihr. Sein Urteil gab er mit gespitztem Mund ab. »Amerikanische Zigaretten sind die besten. Alles Amerikanische ist das Beste.« Er bedachte sie mit einem seiner scheuen Seitenblicke. »Ich habe über Sie nachgedacht. Ich dachte die ganze Nacht nach. Ich kenne Leute, die Sie treffen müssen. Wenn Sie in Yogya glücklich werden wollen, müssen Sie Hilfe haben. Ich werde Ihnen diese Hilfe verschaffen. Überlassen Sie alles mir. Sie sind in meiner Hand.«

Maggie schob das Fahrrad. Sie wußte nicht, ob sie amüsiert oder verärgert sein sollte. Sie wußte, daß sie ihn dulden würde. Sie wußte nur nicht, warum.

»Kennen Sie Raden Harjanta Prijohoetomo?« fragte er nach einem Augenblick des Schweigens.

»Leider nein.«

Mas Slamat schnaubte triumphierend. »Sie haben Raden Harjanta Prijohoetomo noch nicht kennengelernt! Lassen Sie mich das arrangieren. Sie werden ihn heute kennenlernen.«

»Warten Sie mal«, sagte sie lachend. »Wer ist er?«

»Direktor des Weltfriedenszentrums für Strahlung.«

»Ist er so eine Art Guru?«

»Er ist ein großer Mann. Er arbeitet nicht. Er schläft den ganzen Tag und wacht die ganze Nacht. Er wird Sie in Meditation und anderen spirituellen Dingen unterrichten, die nur ihm allein bekannt sind. Machen Sie sich keine Sorgen, ich werde alles ermöglichen. Wir sind da, hier gibt es gutes, billiges Essen.« Einfühlsam meinte er noch: »Das Billige ist immer am besten.« Er trat schwungvoll in den kleinen schmutzigen Warung ein und bestellte für sich Huhn mit Reis. Maggie trank Tee. Er fragte niemals, ob sie ebenfalls hungrig sei. Mas Slamat war zufrieden, wenn sie wartete und bezahlte. Mas Slamat wischte sich an einem Hemdsärmel den Mund ab und erklärte ihr die Rechnung. Maggie bezahlte, während er draußen wartete. Als sie aus dem Warung herauskam, befragte er sie eingehend. »Haben Sie wirklich nur vier Rupiah bezahlt? Vier ist genug. *Orang asing* bezahlen immer viel zuviel. Wieviel haben Sie bezahlt? Fünf? Sechs? Ich habe Ihnen vier gesagt. Wieviel?«

Sie verstand immer noch nicht, warum sie sich mit ihm abgab. Nachdem sie aufgebrochen waren, sie das Fahrrad schiebend, er eine weitere geschnorrte Zigarette rauchend, fragte Maggie ihn, ob er bei dem Guru am Weltfriedenszentrum für Strahlung lerne.

»Keineswegs«, sagte Mas Slamat entrüstet. »Ich bin ein Santri-Moslem.« Nachdem diese Worte gewirkt hatten, fügte er hinzu: »Ich bin ein Haji. Ich pilgerte nach Mekka.«

»Wo ist dann Ihr weißes Peci?«

»Ich möchte keine Aufmerksamkeit auf mich ziehen.«

Maggie ließ es dabei bewenden. »Wie hieß doch noch der Guru?«

»Raden Harjanta Prijohoetomo. Er ist ein großer Mann, ein heiliger Mann.«

»Aber Sie studieren nicht bei ihm.«

»Nein.« Mas Slamat meinte ganz offenkundig, daß dies eine ausreichende Erklärung sei.

Schweigend spazierten sie durch die Nachmittagshitze.

Und dann kapierte Maggie plötzlich, warum sie sich mit ihm abgab. Dieser kleine Bursche, der mit Visitenkarten in vielen Sprachen Ausländer anquatschte, war wahrscheinlich ein Scharlatan, zweifellos ein Nassauer, aber er mußte eine Menge über Yogya wissen. Er mußte den Dalang kennen, der ihr seit der Hypnotisierung nicht mehr aus dem Kopf gegangen war.

»Können Sie mir etwas über Ki-Dalang Gitosuwoko erzählen?« fragte sie plötzlich.

Mas Slamat blieb stehen. Er blickte unter der Krempe seines Filzhutes hervor und starrte sie an. Seine zahnlosen Kiefer bewegten sich heftig hin und her. »Ich weiß Bescheid.«

»Worüber?«

»Er hypnotisierte Sie.«

»Wie können Sie das wissen?«

»Ich weiß es.«

»Erzählte er es Ihnen?«

»Natürlich nicht.«

»Ja, aber wie dann?«

Da sie seine Fingernägel nicht mit heißen Zangen herausreißen konnte, begriff Maggie, daß sie seine Informationsquelle niemals erfahren würde. Das konnte sehr wohl Mas Slamats einziger Punkt sein, wo er auf Ehre hielt: seine Informanten zu schützen.

»Was halten Sie von dem Dalang?« schlug sie ein anderes Thema an.

»Großer Dalang. Für den Yogyastil.«

»Im Gegensatz zu . . .?«

»Ich ziehe Wayang-kulit aus Surakarta vor. Aber für den Yogyastil« — er zog zur Bekräftigung heftig an seiner Zigarette — »ist keiner besser als Ki-Dalang Gitosuwoko. Gute Singstimme. Bewegt die Puppen genauso gut, wie Ki-Dalang Prawiroharjo es zu tun pflegte. Ich sah

Prawiroharjo viele Male. Ich sah seine Vorstellung von *Singangembara*. Man sagt, seine sei auf ewig die beste gewesen. Man sagt, daß seine Dämonen ohne Konkurrenz sind. Sein Gatutkaca war der beste, den ich in diesem Stück jemals gesehen habe.«

»Um auf Dalang Gitosuwoko zurückzukommen . . .«

»Heute der beste Dalang. Seine Clowns sind sehr komisch.«

»Wie kann er es wagen, Leute ohne ihre Einwilligung zu hypnotisieren?«

Mas Slamat zuckte die Achseln. »Ein großer Mann wie er tut, was er tut.«

»Ganz gewiß macht er, was er will.«

»Sie müssen Javanerin sein, um das zu verstehen.«

»Dann helfen Sie mir zu verstehen.«

»Nein«, sagte er scharf und unhöflich.

Nachdem sie noch eine Weile weitergegangen waren, stieg Maggie auf ihr Fahrrad. Mas Slamat sah überrascht aus. Vielleicht hatte er gehofft, irgendwo großartig essen zu gehen — nehmen wir mal an, im Speisesaal des Hotel Garuda. Vielleicht hatte er aber auch neue Kleidungsstücke erwartet. Oder irgend etwas anderes, was er sich wünschte.

Bevor sie losfuhr, sagte Maggie: »Wollen Sie mir damit sagen, daß man geborene Javanerin sein muß, um javanische Angelegenheiten verstehen zu können?«

»Ist das nicht normal in allen Ländern? Kennen Sie nicht die Welt, in die Sie hineingeboren wurden?«

»Gewöhnlich ja, aber nicht vollständig. Man kann aber seine Abstammung überwinden.«

»Das ist wahr, Nonya. Ein Franzose kam vor Jahren hierher. Er lebte in einem kleinen Haus und lernte alle Schattierungen der javanischen Sprache und die alte Sprache ebenfalls. Er lebte vielleicht zwanzig Jahre in dem kleinen Haus und starb in ihm. Er begriff javanische Angelegenheiten. Er hätte den Dalang auch verstanden.« Mas Slamat starrte sie lange an, wobei seine Kiefer arbeiteten. »Sie könnten wie der Franzose sein.«

»Glauben Sie? Warum?«

Der kleine Mann zuckte mit den Achseln. »Ich weiß nicht. Die Leute kommen nach Yogya, leben hier eine Weile und gehen weg. Aber Sie könnten hier für immer bleiben.«

»Warum glauben Sie das?« beharrte Maggie.

Wieder zuckte er mit den Achseln. »Einige können, andere können es nicht.« Einen Moment lang verzog er sein Gesicht, als ob er über den Unterschied nachdenken würde. Dann lächelte er mit einem durchtrieben wirkenden Seitenblick, der ihm das listige Aussehen eines kleinen Nagetieres gab. »Aber machen Sie sich keine Sorgen«, sagte er und behandelte sie damit wieder wie eine reiche Touristin. »Sie sind gut bei mir aufgehoben. Ich werde morgen vor der Fabrik auf Sie warten.«

Fast hätte sie ihm das untersagt. Aber er würde es sowieso tun. Und sie spürte, daß von Mas Slamat eine flehentliche Bitte ausging. Um Geld? Trost? Rat? Bestimmt nicht um Rat. Aber die Bitte war da — wie die eines Kindes, das nicht genau weiß, wie es um etwas bitten soll.

Sie sagte: »Also gut, bis morgen.« Und sie fuhr davon. Sie würde Vern von ihm schreiben. Aber ihr zweiter Gedanke war, daß sie das nicht machen würde; Vern könnte denken, daß sie sich mit einem Scharlatan herumtrieb, was Mas Slamat ja zweifellos war. Aus einem ähnlichen Grund würde sie ihm auch nichts über den Dalang schreiben. Dieser Mann hatte sie ohne ihre Einwilligung hypnotisiert. Was würde Vern davon halten? Bei dieser Frage runzelte sie zunächst die Stirn, dann aber mußte sie lächeln. Wenn Vern Yogya kennen würde, dann hielte er die Umstände in Djakarta für viel sicherer.

19

Maggie saß auf der Veranda des Haupthauses und schlürfte Tee. Sie hatte sich entschlossen, nicht mehr in die Batikfabrik zu gehen. Gestern war ihr aufgefallen, daß die anderen Frauen das Batiken als eine Form der Meditation ausübten, während es für sie lediglich ein Handwerk war, eine Geschichte, die ein Collegemädchen während der Sommerferien vielleicht ausprobierte. Ihren Freunden in Iowa wollte sie eines Tages nicht erzählen: »Seht mal, das machte ich dort unten.« Ihnen und sich selbst. »Ich stellte etwas wie die dort her.« Sie wollte nicht länger eine Außenstehende sein, die hineinschaute. Das war in Ordnung gewesen, als sie sich mit Ethnologie beschäftigte; zumindest hatte damals ein erkennbares Ziel ihr Erkenntnisinteresse legitimiert. Sie haßte die Vorstellung, eine Emigrantin zu sein, die herumreist und Eindrücke sammelt in der Art und Weise, wie Touristen Plunder anhäufen.

Maggie war hier in Yogya an einem Punkt angekommen, wo sie sich entscheiden mußte. Denn Susanto ging geschäftlich nach Surabaya, dann nach Malang, um die Familie ihres Mannes zu besuchen. Sie lud Maggie nicht zum Mitkommen ein. Ihre Gemeinschaft, die auf gegenseitiger Neugier basierte, war weniger einfühlsam geworden: Maggie zeigte keine ausreichende Begeisterung für das Spiel, und Susantos Interesse erlahmte schnell bei Dingen, die nichts mit dem Spieltisch zu tun hatten. Daß sie beide diese Veränderung ihrer Beziehung bemerkten, versetzte sie nun in die Lage, offen und rücksichtsvoll vorzugehen — Maggie dankte Susanto für eine wundervolle Zeit, und Susanto bestand darauf, daß sie bleiben solle. Es gab genügend Platz; die Diener hatten nichts zu tun, und ihr Ehemann wäre peinlich berührt, wenn Tuan

Gardners Frau in ein Hotel umziehen würde. Susanto brachte diese bewundernswert praktischen Argumente vor, während sie einen Kokosnußkeks verschlang.

Maggie bat um eine kurze Bedenkzeit. »Vielleicht wäre es besser, wenn ich in das Hotel Garuda ziehe.« Sie zog die Möglichkeit, wieder nach Djakarta zurückzukehren, noch nicht in Betracht. Das lag so weit weg; während vager Zukunftsplanungen hatte sie sich die Prioritäten durch den Kopf gehen lassen: Statt daß sie nach Djakarta zurückkehrte, sollte Vern lieber zu ihr kommen.

»Nicht Garuda«, erklärte Susanto kopfschüttelnd. »Hotels nicht gut, meine Liebe, um Land kennenzulernen.«

Das war, wie Maggie aus eigener Erfahrung wußte, richtig. Sie hatte in den Hotels von Medan und Palembang wie ein Tier im Käfig gelebt. Manchmal fragte sie sich, ob ihre schlechten Erfahrungen in Palembang daher rührten, daß sie sich im Hotel so isoliert vorgekommen war. Vern hatte fast den gesamten ostasiatischen Raum bereist, und dennoch schien ihm manchmal jegliches Verständnis für die Menschen zu fehlen.

»Ich nehme Ihr Angebot an«, sagte Maggie lebhaft. »Ich werde hier wohnen, Susanto. Ich weiß es sehr zu schätzen. Wann werden Sie zurückkommen?«

Susanto zog die Schultern hoch, und tatsächlich vermittelte sie stets den Eindruck einer Riesin, die wie eine Feder weggepustet werden konnte. »Benutzen Sie alles im Haus«, erklärte sie. »Auch das Casino. Aber Rat befolgen.« Sie beugte sich zu Maggie, als ob jemand sie belauschen könnte. »Wenn Sie Faro spielen, Nonya Suryadarma weglassen. Ich verstehe es nicht, aber sie gewinnt immer.«

*

Maggie wartete auf der Veranda auf Ali, der versprochen hatte, sie zu einer Gongfabrik in einem abseits gelegenen Dorf mitzunehmen. Sie wartete sehr lange, aber Susanto hatte ihr ja erklärt, daß dies die javanische Art sei, Verabredungen einzuhalten: *Jam karet disini* — Zeit war hier wie Gummi, eine dehnbare Sache. Man durfte verdammt verspätet aufkreuzen, ohne die Leute zu verärgern. Also wartete Maggie und versuchte, nicht die Ungeduld eines Westlers zu zeigen. Durch den morgendlichen Dunstschleier sah sie Inam näher kommen, ein zierliches Mädchen, deren Mutter der Familie Sakirman gedient hatte und nun selbst Hausfrau war. Maggie mochte sie. Inam hatte bislang noch nicht den verschleierten Blick, die ausweichenden Antworten, die einstudierte Freundlichkeit erlernt, die den erfahrenen Diener ausmachen. Inam war aufrichtig, wenn sie vergaß, wer sie war, und dieser Zug, gesteigert durch Humor und Intelligenz, machte sie zum einzigen Menschen im Haushalt der Sakirmans, den Maggie für sich gewinnen wollte.

Maggie lächelte, als das Mädchen vor ihr stand. »Ich bleibe hier wohnen, Inam.«

»Ja, Nonya, wir alle sind sehr froh.«

Das war wahrscheinlich nicht wahr. Wann wollte ein Diener schon dienen? Die achtköpfige Dienerschaft zog es bestimmt vor, das Haus für sich allein zu haben. »Ich werde nicht viel Ungelegenheiten bereiten«, sagte Maggie. Sie sprachen Bahasa-Indonesisch.

»Wir sind froh, Ihnen zu dienen.«

»Inam, ich möchte deine Sprache lernen.« Als das Mädchen wie über den grandiosen Plan eines Kindes lächelte, fügte Maggie hinzu: »Das möchte ich wirklich gern. Ich meine es ernst.« Sie sagte auch noch: »Ich weiß, daß es schwierig ist.«

»Schwierig, Nonya. Es gibt drei Ebenen der javanischen Sprache.« Sie zählte sie an den Fingern auf. »Ngoko, die niedere; Madya, die mittlere; Krama, die hohe. Und manchmal noch eine weitere Ebene.« Sie hob die Augenbrauen, als ob ihr etwas Ironisches eingefallen wäre. »Nur der Sultan hat Glück. Er muß nur Ngoko sprechen, weil alle anderen unter ihm stehen.«

»Wenn ich mit dir Javanisch sprechen würde, wie wäre das?«

»Sie würden das niedere Ngoko mit mir sprechen, und ich würde das hohe Krama mit Ihnen sprechen.«

»Und wenn ich mich mit Nonya Sakirman unterhalte?«

»Beide würden Krama sprechen. Aber nach einer Weile, weil Sie Freunde sind, würde man Madyaworte benutzen, und beide sprechen dann Madya.« Inam schwieg nachdenklich. »Aber sie ist älter, weshalb sie vielleicht mit Ihnen Madya sprechen würde, und Sie würden mit Krama weitermachen.«

»Und wenn ein Fremder vorbeikommt?«

Inam warf die Hände in gespielter Verzweiflung hoch. »Sie würden beide in Krama anfangen, um zu sehen, wer man ist, ob man gleichgestellt ist oder der eine höhergestellt ist. Jeder fragt, wo der andere herkommt und wer die Verwandten und Freunde sind. Auf diese Weise ordnet man sich gegenseitig ein, bevor man vielleicht das Krama aufgibt. Wenn einer von den beiden höhergestellt ist, wird man sich auf zwei Ebenen unterhalten. Der Niedriggestellte spricht Krama und der Höhergestellte Ngoko. Wenn man gleichgestellt ist, dann kann man zusammen auf die nächste Ebene absteigen und Madya sprechen. Später, wenn man sich mag, kann man ganz langsam zu Ngokowörtern übergehen und schließlich zusammen wie alte Freunde und Kinder Ngoko sprechen. Aber wenn man von Krama zu Madya übergeht und der Fremde sehr rasch Ngoko mit einem spricht, ist das eine Beleidigung, weil das bedeutet, daß er beschlossen hat, daß man niedriger ist als er. Also kann man nicht länger Madya mit ihm sprechen und ihm solch einen Vorteil geben. Man spricht dann ebenfalls Ngoko und macht sich aus dem Staub, so schnell man kann.«

Maggie schüttelte den Kopf. »Javanisch ist keine Sprache; es ist — verzeih mir — eine erschreckende Lebensweise.«

»Deshalb sprechen einige Leute Bahasa-Indonesisch miteinander, weil es da nur eine Ebene gibt und sie damit Fehler vermeiden.« Inam spitzte angestrengt ihre Lippen, um zu einer Entscheidung zu kommen. »Wenn ein Ausländer in der javanischen Sprache Fehler macht und die falsche Ebene benutzt, wird man ihm verzeihen. Javanisch zu lernen, Nonya, ist der Weg, uns kennenzulernen, und das möchten Sie doch.«

»Ja, das möchte ich.« Maggie wollte es unbedingt. Sie schob die Wahrscheinlichkeit zur Seite, daß ihr Aufenthalt zu kurz wäre, um mehr als nur ein paar Sätze Javanisch zu lernen. Sie wurde getragen von einer Woge plötzliche Begeisterung und fühlte in sich eine unerschütterliche Überzeugung, obwohl es ihr Vermögen überstieg, es in Worte zu fassen — es beinhaltete eben mehr als nur die Sprache. »Ja, das möchte ich«, wiederholte sie. »Ich hörte, daß ein Franzose hier lange Zeit lebte und wie ein Javaner sprach.«

Inam nickte. »Er ist unvergessen.«

»Kennst du jemanden, der mir Unterricht geben könnte?«

»Ja, Nonya. Ein alter Guru, der Englisch und Holländisch spricht. Er wohnt in meinem Kampong.«

»Was gibt es dort draußen, Inam?«

Das Mädchen sah verdutzt aus.

»Ich meine, da sind der Kraton, das Museum und die Theater, aber was gibt es noch in Yogyakarta?«

»Die Kampongs.«

»Ja, natürlich. Und dort geschehen viele Dinge, die ich nicht verstehe.«

»Viele Dinge, Nonya.« Das Mädchen zögerte, als ob es Geheimnisse über das Leben in ihrem Wohnbezirk ausplaudern wollte. Statt dessen streckte sie eine Hand aus und überreichte Maggie ein gefaltetes Stück Papier. »Wurde für Nonya abgegeben. Ich kam, um es Ihnen zu bringen.«

Auf dem Papier stand in sorgfältiger schwarzer Schrift folgende Botschaft: »Um Sie für unsere letzte Begegnung zu entschädigen, möchte ich Sie nach Borobudur mitnehmen. Ich werde heute abend jemanden schicken, um Ihre Antwort zu erfahren.«

Natürlich fehlte die Unterschrift. Die Arroganz des Dalang genügte als Unterschrift, und das ärgerte sie ebensosehr wie die Botschaft an sich, die herablassend wirkte. War es so, oder war es nicht so? Unentschlossen zerknüllte Maggie das Papier und hielt es in ihrer Faust fest. »Ich möchte so schnell wie möglich Unterrichtsstunden nehmen.«

Das Mädchen sagte nichts. Sie erwartete mehr — eine Reaktion auf den Brief. Offensichtlich kannte sie den Absender, obwohl er in Englisch geschrieben hatte. Maggie widerstand der Versuchung, sie zu fragen, wer ihn überbracht habe. »Kannst du dafür sorgen, daß ich den Sprachenguru morgen treffe?«

Da keine weitere Reaktion erfolgte, drehte sich das Mädchen um und sagte über die Schulter: »Ich werde dafür sorgen, Bu.«

»Bu?«

»Javanisch für ›Nonya‹.«

»Also hast du mir das erste Wort beigebracht.« Als das Mädchen langsam den Hof durchquerte, als ob die Luft wie Wasser auf ihm lastete, lehnte Maggie sich zurück und wartete. Die Gummizeit begann, sich bis zum Mittag auszudehnen.

*

Plötzlich fuhr Ali mit seinem Motorrad auf quietschenden Reifen in den Hof ein. Der runde, unförmige Sturzhelm verlieh seiner dünnen Gestalt etwas Koboldhaftes. Er hatte einen zweiten Helm mitgebracht und erklärte ihr, wie man ihn aufsetzen müsse. Sie hörte höflich zu. Und das, obwohl sie sich in der High-School oft mit einem Jungen verabredet hatte, der eine schwere Harley-Davidson fuhr; sie hatte gelernt, mit der Maschine so gut wie er umzugehen.

»Los geht's«, sagte Ali fröhlich und sagte ihr, wo sie ihre Füße hinstellen sollte, als sie hinter ihm saß. »Sie müssen die Arme um meine Taille legen. Sie müssen umsichtig sein.«

Sie hatte das Gefühl, daß er die Anweisungen eingeübt hatte, daß er das Wort *»awas«* in seinem *Kamiss Bahasa Inggeris* nachgeschlagen und das Wort »umsichtig« gefunden hatte. Maggie fragte: »Ist das Ihr Motorrad?«

»Von einem Freund. Achmad ist Unteroffizier in der Armee.«

Seltsam, dachte sie: Ein Organisator der PKI ist mit einem Berufssoldaten befreundet. Man mußte ihr die Überraschung ansehen können, denn Ali erklärte ihr, als sie abfuhren, daß die beiden Familien seit vielen Jahren eng befreundet seien. Im Dorf war es egal, daß er und Achmad in politischer Hinsicht Feinde waren. Als er Achmad gebeten hatte, ihm das Motorrad für einen Gast zu leihen, war dem Soldat keine Wahl geblieben. Denn anderenfalls wären beide Familien tödlich beleidigt gewesen.

Er erklärte diese moralischen Grundsätze, während sie

mit hoher Geschwindigkeit durch die Straßen von Yogya rasten. Er war leichtsinnig nach Art der ungeübten Fahrer, die erfahren wirken wollen. Maggie hielt sich mit verkrampften Händen an seinem mageren Körper fest und hoffte das Beste.

Hinter den abgelegeneren Kampongs von Yogya kamen sie an einen angestiegenen Fluß, über den nur eine Fußgängerbrücke führte. Ali hielt an; beide stiegen ab und betrachteten eingehend den Fluß und die Brücke. Ein breites Palmblatt schwamm auf der braunen Flut wie ein Kobold, der auf einer Eisscholle dahinflitzt. Maggie zupfte an ihrer Bluse, die naß vom Schweiß war, der sich zwischen ihrem und Alis Körper gebildet hatte. Sein schmales, eckiges Gesicht war ärgerlich verzogen.

»Sie laufen«, sagte er. »Ich fahre.«

»Ali, diese Brücke sieht ganz schön eng aus.« Dann bekannte sie sich zu ihren Fahrkünsten. Sie besitze die Erfahrung, dieses Motorrad über den Fluß zu fahren.

Ali blickte sie überhaupt nicht an, sondern starrte auf die tobenden Wassermassen. »Sie laufen, ich fahre.«

»Können Sie schwimmen, Ali?«

Er schüttelte den Kopf.

»Wenn Sie von der Brücke fallen und nicht schwimmen können, was ist dann, Ali? Schlecht, das Motorrad zu verlieren. Noch schlechter, Sie zu verlieren. Man kann sich Besseres vorstellen.«

Er blickte immer noch auf das Wasser.

»Ich kann wirklich Motorrad fahren, Ali. Geben Sie mir eine Chance, es zu beweisen, ja?«

»Ich kann das Motorrad schieben«, sagte er.

»Aber die Brücke ist zu schmal. Sie können nicht neben dem Motorrad gehen. Lassen Sie mich über den Fluß fahren, bitte.«

Ali kniete nieder und prüfte die Brücke, als ob es für

das Problem eine mathematische Lösung geben könnte. Dann, sich erhebend, sagte er mit Nachdruck: »Sie laufen, ich fahre.«

Ohne eine Antwort abzuwarten, stieg er auf das Motorrad und kickte den Motor an. Schwankend fuhr er los.

Das Herz schlug Maggie im Hals; sie beobachtete, wie das Vorderrad gräßlich schlenkerte, als Ali auf die Brücke zufuhr. Unter ihm ratterten die Latten und hoben und senkten sich in der lockeren Vertäuung. Sie folgte ihm, als er die Hälfte geschafft hatte. Sie spürte, wie die Bretter unter der Maschine schwankten und flatterten. Eins wußte sie nun über Ali: Er war leichtsinnig und entschlossen — eine schlechte Kombination für ein langes Leben. Aber sie mochte den Wagemut an ihm. Einen Augenblick lang dachte sie an das eckige Ledergesicht seines Onkels.

Ali kam hinüber. Er schien es erzwungen zu haben. Auf der anderen Seite saß sie wieder auf; sie hielt seine magere Taille umklammert, er kutschierte sie auf einer schmutzigen Straße, die durch eine weite ebene Fläche mit Padis führte. Maggie hielt sich jetzt sacht fest und blickte über seine Schulter hinweg auf große Flecken mit Reisschößlingen und auf Ziegen, die auf den abgeernteten Feldern an Getreidestoppeln knabberten. Frauen mit Kulihüten bückten sich, um die Padis zu jäten, wo der Reis noch reifte. Die an dem Motorrad vorbeiströmende Luft wirkte kühlend. Am Wegrand schleppten sich Bauern mühsam voran. Sie trugen Doppelkörbe mit Dung, die an einem Schulterriemen über ihrem Rücken hingen. Ein Ziegelofen rauchte neben einem Feld; in der Nähe, unter einem Büschel von Sonnenblumen, hockten Kinder mit einem Hund.

*

Später auf der Rückfahrt lullte das rhythmische Motorgeräusch Maggie in flüchtige Erinnerungen an Jazzmusik. Durch das metallisch klingende Brummen der Maschine hörte sie Bix Beiderbeckes Kornett. Einen Augenblick lang schwebten sie über dem javanischen Nachmittag, den Feldern, die im Schatten blau wurden, den Palmen in der Ferne, auf denen sich eine glühendrote Sonne niedergelassen hatte. Bix Beiderbecke verbrachte seine letzten Tage in Queens, in einem Appartement des Bassisten George Kraslow. Bix besaß die Gewohnheit, um drei oder vier Uhr in der Frühe aufzustehen und Kornett zu spielen. Die Nachbarn beklagten sich nicht. Sie sagten Kraslow: »Laß ihn spielen. Es stört uns nicht.«

Einige Leute werden *damit* fertig — wobei *damit* fast alles sein kann.

Dicht an Alis Ohr sagte sie: »Ihr Onkel möchte mich nach Borobudur mitnehmen.«

Ali verringerte die Geschwindigkeit, als ob er darüber nachdenken wollte. Schließlich meinte er: »Der Onkel kennt Borobudur.«

»Soll ich mit ihm hingehen?«

Achselzuckend verweigerte Ali die Antwort.

Es war dumm gewesen, ihn zu fragen. Es war einfach nicht seine Angelegenheit, und sie wußte, wie er über seinen Onkel dachte; die Wahrheit war, daß sie sich bereits entschlossen hatte, die Einladung anzunehmen. Sie hatte sich dazu durchgerungen, während sie in ihrer Phantasie die Musik von Bix' Kornett hörte, die sie bei ihrer Fahrt durch eine javanische Sonnenuntergangsstimmung zu verfolgen schien. Die ersten lyrischen Töne seines Solos in *Singin' the Blues* hatten ihre Gedanken gefesselt, und dann hatte ihr eine kleine innere Stimme gesagt: »Ach, zum Teufel mit meinen Zweifeln.«

Sie hatten fast die enge Brücke erreicht, als sie wieder

zu sprechen begannen. Ali sagte: »Ich glaube nicht, daß er Sie wieder hypnotisiert.«

»Das soll er ja nicht versuchen. Glauben Sie wirklich nicht, daß er es versuchen wird?«

»Nein. Er hat schon Ihre Aufmerksamkeit.«

20

Folglich saß sie drei Tage später neben Kyahi Dalang Budi Gitosuwoko im Auto und fuhr nach Borobudur. Er holte sie mit seinem Chauffeur vor Susantos Haus ab. Er trug einen Sarong aus Batikstoff, ein schwarzes Hemd, Sandalen, einen im Kreuz befestigten, im Futteral steckenden Kris, aber keinen Blangkon auf dem Kopf, was dem vornehmen Mann aus Yogya das Aussehen verlieh, nicht uniformiert zu sein. Die Diener standen vor der Eingangstür und auf der Veranda und beobachteten gespannt, wie er sie zum Auto begleitete. Dabei fühlte sie sich kleiner als er, obwohl sie ungefähr von gleicher Größe waren. Der Dalang hatte eben eine Art, groß zu erscheinen.

Er saß dicht am Fenster und schwieg meistens während der Fahrt zum vierzig Kilometer entfernten Tempelgelände. Hin und wieder betrachtete sie sein kupferfarbenes Gesicht: die dünnen Lippen, die dunklen, weit auseinander stehenden Augen über den hohen Wangenknochen, wie bei einem Apachen, die langen Ohrläppchen, das kurzgeschnittene schwarze Haar und die großen Hände mit den vorstehenden Knöcheln, die felsengleich in seinem Schoß lagen, als hielte er seine Gefühle fest.

Maggie war froh über das Schweigen zwischen ihnen und drückte sich eng an ihre Seite des Wagens. Sie wußte nicht, was sie von ihm halten sollte. Sie war froh, daß sie sich nicht gegenseitig zu Meinungsäußerungen herausforderten. Seit ihrer Collegezeit hatte sie sich in Gegenwart eines Mannes nicht mehr so unbeholfen und unbehaglich gefühlt. Es war merkwürdig, in gewisser Hinsicht sogar töricht.

Sie zwang sich zur Konzentration auf die Landschaft. Vor ihnen lagen blaue Berge, an deren Abhängen weiße Wolken wie Wattebäuschchen hingen. Das übrige Land war flach, dicht mit Dörfern besiedelt. Gewürznelkenbäume, Bananenstauden, Hunde, Hähne, Kühe. Die Reisfelder bildeten lange, geschwungene Linien, als ob die Fluten eines grünen Ozeans sich auftürmten und brächen an einem nahen Erdwall, einem Bambuszaun und an der Straße, auf der sie dahinfuhren.

Sie durchforschte ihre Erinnerung, was sie von Borobudur wußte. Es war der größte buddhistische Stupatempel der Welt, eintausend Jahre alt. Zehntausend Männer hatten ein Jahrhundert lang an ihm gearbeitet, dreihundert Jahre vor Errichtung der großen mittelalterlichen Kathedralen in Europa. Doch kaum war der Bau vollendet, als Hinduerobercr den Tempel wieder verfallen ließen; Vulkanasche setzte das Werk der Zerstörung fort.

Massiv, dunkel, auf einem Hügel kauernd. Es sah wie eine Festung, nicht wie ein Tempel aus. Sie hatte sich alles größer, weniger gedrungen vorgestellt. Vielleicht hatte sie sich die Silhouette einer gotischen Kathedrale wie die von Reims oder Chartres vorgestellt, diese vertikalen Botschaften des christlichen Gottes. Wenn Vern hier wäre, würde sie mit ihm über ihren ersten, enttäuschenden Eindruck von Borobudur diskutieren. Ein Architekt sah es vielleicht anders.

Was empfand der Dalang? Er erschien gleichgültig. Er blickte aus dem Fenster und betrachtete die Reisfelder.

Sie verspürte das Bedürfnis des Touristen, sich zu äußern. Maggie sagte daher höflich: »Es ist eindrucksvoll.«

»Aus der Nähe ist es noch besser.«

Das Tal war wunderschön. Maggie wollte das lieben, was sie sah, und aus diesem Grund betrachtete sie nicht die reizlose Form einer gedrungenen Pyramide mit ihren von Flechten verfärbten Steinen und den durch Erosion verursachten Löchern, sondern eine Palmengruppe, die in der Ferne aus der vulkanheißen dunstigen Bläue auftauchte, und eine sichtbar werdende Grasfläche, die wie ein grüner Teppich zum schwarzen Sockel des Tempels hinaufreichte.

Als der Wagen hielt, stieg der Chauffeur aus und öffnete dem Dalang mit einer respektvollen Verneigung die Wagentür. Dann ging er um den Wagen herum und öffnete — ohne eine Verbeugung — die Wagentür auf Maggies Seite. Borobudur sah immer noch wie eine riesige Kröte aus, die auf einem Hügel hockt. Wurde es aus der Nähe besser? Neben dem Dalang gehend, überlegte Maggie sich, wie Borobudur wohl errichtet worden war. Sie hatten einfach rund um den Hügel, ohne Zuhilfenahme von Mörtel, Steine geschichtet, als ob sie eine Decke um ihn herumgewickelt hätten. Einige Millionen Kubikmeter Vulkangestein waren vom Flußbett heraufgebracht, gestapelt, behauen und mit Seilen an ihren endgültigen Platz gehievt worden. Tausende Männer mühten sich auf diese Weise ein Jahrhundert lang ab. Was mußten sie wohl gedacht haben, schweißgebadet, an Seilen zerrend, krank von Hitze und Feuchtigkeit? Daß Buddha ihre Qualen im nächsten Leben mildern werde?

Das waren Fragen, die sie weder dem Dalang noch Vern gestellt hätte. Beide waren keine Männer mit sentimentaler Einbildungskraft. Wenigstens war sie sich dessen bei Vern ganz sicher. Sie vermutete dies aber auch beim Dalang, der vor ihr herging und kurz zurückblickte.

Als Maggie wieder einige Schritte neben ihm gegangen war, blieb sie stehen. »Warten Sie«, sagte sie zu ihm. »Bevor ich mit Ihnen dort hinaufgehe, möchte ich wissen, was passieren wird.«

»Was soll passieren, Nonya?«

»Ich will wissen, ob das, was beim erstenmal passierte, wieder geschieht. Die Tigermilch, die ich nicht trinken konnte, weil ich an Geister glaube.«

»Das wird nicht wieder passieren.«

Mit Erreichen des Tempelsockels wurde Dalang Budi ein aufmerksamer Führer. Es war, als ob er sich seine Freundlichkeit bewußt bis jetzt aufgespart hätte. Unter ihren Füßen, so erklärte er, liege die niedrigste von zehn Stufen, an deren Wänden sich Steinreliefs mit der Schilderung des Alltagslebens befänden. Eine steinerne Umhüllung verstecke sie und symbolisiere damit die Loslösung der meditierenden Mönche von irdischen Begierden. Die kreisförmig übereinander angeordneten Terrassen symbolisierten die jeweiligen Sphären der Aneignung geistiger Fähigkeiten.

Maggie reckte sich den Hals aus, um die riesigen Terrassen und über ihnen die Dutzende von kleinen Stupas zu betrachten, die wie Bienenkörbe die oberen Regionen schmückten. Während sie sich alles genau ansah, überfiel sie ein überraschendes Gefühl der Enttäuschung. Das hier war alles sehr interessant, vielleicht interessanter als alles andere, was sie bislang gesehen hatte, aber Maggie hatte dennoch erwartet, mehr zu erfahren. Nicht über Borobudur, das er so ausführlich erklärte, sondern über den Dalang. Endlich verstand sie das Wesen der Neugier, die sie hierhergetrieben hatte und die sie befriedigen wollte. Als er sie eine Steintreppe hinaufführte, drehte sich Maggie daher zu ihm um und sagte ohne große Umschweife: »Sie sind ein rätselhafter Mann. Ich möchte gern wissen, wer Sie sind.« Theatralisch blieb sie stehen, um eine Antwort zu erzwingen.

Der ansonsten überaus selbstbewußt wirkende Mann erschien plötzlich verwirrt, ja sogar fassungslos. Verglichen damit, wie er sie bei ihrer ersten Begegnung behandelt hatte, empfand Maggie bei seinem jetzigen Zustand Erleichterung. Vielleicht war keine javanische Frau jemals so mutig gewesen, ihn auf diese Weise herauszufordern. Aber dann, als sie langsam weiterstiegen, suchte er offensichtlich nach einer Antwort. Ihr wurde bewußt, daß zwischen ihnen wenige Augenblicke lang — aufgrund ihrer Dreistigkeit und seiner Demut — eine tiefe Verbundenheit herrschte. Er stand eine Treppe tiefer als sie, schaute in dem hellen Licht zu ihr auf und beschrieb seine Kindheit: eine moslemische Schule, seine Vorliebe für das Federballspiel sowie seine Neigung zur Einsamkeit, die für die meisten islamischen Jungen, die zu Hause von Verwandten aller Altersstufen umgeben waren, ungewöhnlich war. Budis Familie war klein gewesen, nur zwei Söhne. Sein Bruder war, da er achtzehn Jahre älter war, kein Spielgefährte gewesen und bereitete sich darüber hinaus während der gesamten Kindheit Budis ernsthaft auf den Beruf des Dalang vor. Seit mindestens drei Jahrhunderten hatte jede Generation der Familie Gitosuwoko mindestens einen berühmten Puppenspieler hervorgebracht.

Dalang Budi beschrieb seine Jünglingszeit, während sie sich einem Portal näherten. Er wurde für den Regierungsdienst bestimmt, besonders nachdem seinem älteren Bruder nach drei Töchtern auch noch zwei Söhne geboren worden waren, von denen einer seinen Platz als Dalang einnehmen sollte. Aber beide Söhne zeigten kein Talent, weshalb Budi seine Ausbildung in Singapur abbrechen und sich der harten Puppenspielerlehre unterziehen mußte. Er heiratete, aber seine Frau starb kinderlos vor fünf Jahren. Als sein ältester Bruder im darauffolgenden Jahr starb, wurde Budi das Oberhaupt der Familie Gitosuwoko. Er war nun dreiundvierzig Jahre alt; schon mehr als ein Jahrzehnt übte er seinen Beruf als Puppenspieler aus.

Sie standen vor dem Eingangstor zu den Terrassen, als er seinen nüchternen Lebensbericht beendet hatte. »Wir gehen im Uhrzeigersinn nach oben«, meinte er. »Wir behalten die Innenmauern immer zu unserer Rechten. Das ist der Weg der Seelenrettung«, sagte er mit einem Lächeln.

»Glauben Sie das?«

»Die Buddhisten glaubten es vor eintausend Jahren. Heute ist es eine Sache des Respekts.«

Ihr gefiel, was er sagte: ruhig, vernünftig, bescheiden. Als sie einen vier Kilometer langen Weg über vier ineinandergehende Terrassen begannen, wußte sie, daß sie ihn mochte. Sie mußte sich das eingestehen. Ihre Zuneigung zu ihm war etwas ihr bereits Bekanntes, etwas Vertrautes; sie stand nicht mehr zur Diskussion, nachdem sie endlich anerkannt hatte, daß es möglich war.

Also gestattete es sich Maggie, ihn bewußt zu mögen. Sie mochte seine großen Hände mit den vorstehenden Knöcheln und wie er sie bei seinen Erklärungen von Flachreliefs bewegte, auf denen die Geschichte Buddhas wiedergegeben wurde. Vor fleckigen Steinpaneelen stehenbleibend, erklärte er mit der lässigen Autorität eines offiziellen Reiseführers: Königin Mayas Traum; Buddha bietet Yasodhara einen Ring an und reitet sein Pferd Kanthaka aus seiner bequemen Gegenwart in eine Zukunft von Mühsal und Erleuchtung; die Predigt von Benares.

Häufig berührte der Dalang liebevoll den Stein, seine kräftigen, harten Finger glitten wie Seide über die löchrige Oberfläche.

Abrupt sagte Maggie: »Wann kann ich eine Ihrer Vorstellungen sehen?«

»Wenn danach Bedarf besteht. Wir Javaner planen Dinge nicht gern allzusehr im voraus.«

»Wessen Bedarf?«

»Nun, der Sultan wünscht vielleicht Unterhaltung. Oder es gibt eine besondere Hochzeit oder ein Begräbnis. Oder es ist mein eigenes Bedürfnis. Wie lange werden Sie in Yogya bleiben?«

»Ich weiß es nicht.« Einer plötzlichen Eingebung folgend, fügte sie hinzu: »Noch längere Zeit.«

»Dann werden Sie mich sehen können.«

Diese Unterhaltung war mit einer Intimität geführt worden, die Maggie beunruhigte. Er sollte nicht von ihr denken, daß sie an ihm interessiert sei; es war ihr deshalb peinlich, daß sie ihn aufgefordert hatte, ihr zu erzählen, wer er sei. Und sie zwang sich zu einem noch größeren Interesse an dem Tempel. Sie ermutigte ihn, die Rolle des Führers zu spielen.

Während sie auf der vierten Terrasse herumschlenderten, erklärte er ihr, daß ausländische Kunsthistoriker der Überzeugung seien, die Erbauer hatten drei Sphären geistiger Aktivität im Sinn gehabt, als sie den Tempel entwarfen: Sphären der Begierde, der Form, der Formlosigkeit. »Diese Denkweise erscheint uns viel zu rigide«, behauptete der Dalang. »Die meisten Javaner glauben, daß der Tempel viele Vorstellungen enthält, von denen nicht alle widerspruchsfrei sind.«

Er führte sie zur viereckigen fünften Terrasse, die weit offener als die darunterliegenden war. Auf der Terrasse standen Dagopas — Stupas, unter denen sich Buddhaskulpturen befanden, die man durch die in die Kuppeln geschlagenen Löcher erkennen konnte. Der Dalang griff in eins dieser Löcher. Er forderte Maggie auf, es ebenfalls zu tun, da es Glück bringe, einen unter einer Stupa sitzenden Buddha zu berühren.

Maggie griff in ein viereckiges Loch und berührte mit ihren Fingerspitzen den kalten Steinarm eines sitzenden Buddhas. »Muß ich mir irgend etwas Besonderes wünschen?«

»Wenn Sie es wollen.«

Maggie dachte einen Augenblick nach, aber ihr fiel nichts ein. »Kann ich mir Glück im allgemeinen wünschen? Zum Beispiel Glück, wenn sich ein Unfall ereignen sollte?«

»Das finde ich sehr gut. Ich finde Ihren Wunsch sehr viel besser als meinen.«

Wieder diese Bescheidenheit. Aber dennoch traute sie ihm nicht. Er konnte sich umdrehen und aus einem unvorhersehbaren Impuls heraus etwas unangenehm Überraschendes tun, das ihn amüsierte. In einem Augenblick erneuten Zweifelns fragte sich Maggie, ob er aus Berechnung diese Bescheidenheitsnummer spielte.

Aber eine andere Empfindung überraschte Maggie. Nachdem sie die unteren Terrassen mit ihren Rundgängen verlassen hatten, die ein Gefühl des Eingeschlossenseins vermittelten, erschien ihr die fünfte Terrasse als offen und weiträumig. Sie fühlte sich, als habe sie gerade ein Gefängnis verlassen, sowohl in physischer als auch psychischer Hinsicht. Sie war nicht länger eine Touristin, der vom Reiseführer Fakten vermittelt werden. Sie war an einem Ort sichtlicher und seelischer Erlösung angekommen. Auch in alten Zeiten mußten die Gläubigen so etwas gespürt haben: Mit der Entdeckung eines unbegrenzten Raumes auf dem breiten Steinwall der fünften Terrasse hatten sie nach lebenslanger Alltäglichkeit Erleuchtung erlangt. Doch diesen flüchtigen Eindruck teilte sie nicht mit dem Dalang. Er war zu einer entfernten Ecke der Terrasse geschlendert, wo man auf zwei Vulkane inmitten sich auftürmender Wolken blicken konnte.

Es gibt Menschen, dachte Maggie, die sich nichts daraus machen, wenn man sie bei ihren Tätigkeiten unterbricht. Sie sind empfänglich für die Bedürfnisse anderer. Der Dalang gehörte nicht dazu. Dieser Mann besaß keine bewußte Großzügigkeit, keine Nachgiebigkeit gegenüber den Stimmungen anderer Menschen, fand Maggie. Deshalb ging sie hinüber zu der glockenförmigen Hauptstupa und ließ ihn allein. Zu ihrer Überraschung kam er sehr bald zu ihr; gemeinsam starrten sie schweigend auf die riesige, verfärbte Stupa.

»Vor einigen Jahren öffnete man sie und fand zwei Gegenstände im Inneren«, erzählte er ihr. »Das eine war ein Kris. Niemand weiß, wer ihn dorthin gebracht hat oder warum, noch nicht einmal wie. Und ein unvollendeter Buddha aus Stein. Man brachte den Buddha nach unten und stellte ihn auf den Nordwall.«

»Warum hat man das gemacht?«

»Man wollte ihn untersuchen und hoffte, der Skulptur ein Geheimnis zu entreißen. Der Buddha war etwas Besonderes. Man hatte ihm einen Ehrenplatz in der Stupa gegeben, obwohl er unvollendet war. Es gibt Theorien dazu. Eine lautet, daß die Erbauer von Borobudur selbst noch keine Erleuchtung gefunden hatten und daß deshalb die unvollendete Statue ein Symbol dafür war, was sie bis zur Erreichung des Nirwanas noch tun mußten. Oder vielleicht bedeutete es für die Tantristen der linken Hand, die so mysteriöse Rituale pflegen, noch etwas anderes. Oder der Buddha wurde nicht vollendet, weil er einfach nicht vollendet wurde.«

»Und was denken Sie?«

Er blickte an der Stupa vorbei auf die riesige Terrasse. »Ich sage, daß dies ein Ort der Macht ist, und Macht ist eine Sache für sich. Sie ist an den Inhalt gebunden. Sie wird durch absolute Konzentration gewonnen, und ich glaube, daß sie hier, an diesem Ort, ungeheure Macht errungen haben müssen. Es müssen bemerkenswerte Menschen gewesen sein. Manchmal, wenn Macht sich durch Menschen ausdrückt, ist ihr äußeres Zeichen Energieausstrahlung. Sie kann sich von einer Person zur nächsten und übernächsten fortpflanzen, wie Sterne, die durch die Nacht fallen.«

»Energieausstrahlung«, wiederholte sie verständnislos, aber der Dalang hatte sich bereits wieder abgewandt und war weitergegangen. Seine Antwort war weit über ihre Frage hinausgegangen. Er hatte sich auf dieser windigen Terrasse zu einer tiefen Überzeugung bekannt, die ihr noch nicht völlig verständlich war.

Als sie hinabstiegen, blieb er stehen, um etwas zu sagen. Maggie schien es, daß sie während ihres gesamten Besuchs von dem Tempel fasziniert gewesen waren, aber häufig hatte ihr gemeinsamer Wunsch, etwas zu sagen, sie aus dieser Faszination gerissen. Als sie sich von den jahrhundertealten Ruinen abwandten, dachten sie nur noch an sich selbst. Das erinnerte sie an die Selbstversunkenheit Liebender, aber das war es nicht, konnte es nicht sein, obwohl ihre gegenseitige Neugier an das Drängende und Selbstsüchtige der Liebe erinnerte.

Sie standen auf unterschiedlichen Stufen, der Dalang unter ihr, während er über Jazz sprach.

Ali habe ihm erzählt, daß sie Jazz liebe. Obwohl die englische Aussprache des Dalangs im allgemeinen hervorragend war, machte ihm das J manchmal Schwierigkeiten — er sagte: »Yazz.« Er hatte in Singapur Jazz gehört; von einem Plattenspieler, der einem amerikanischen Studenten an der Universität gehörte. Die Namen Louis Armstrong, Lester Young und von jemandem namens Monk fielen ihm wieder ein. Als sie fragte, ob er deren Musik möge, schwieg er. Sein Verhalten kam ihr irgendwie vertraut vor, und ihr fiel auch sofort ein, warum: Sie hatte ebenfalls gegrübelt, was sie sagen sollte, als Alis Bruder Bambang sie fragte, ob ihr Gamelan gefiele.

Der Dalang begann zu sprechen, aber er blickte über ihre Schulter hinweg — ein Anzeichen, daß er versuchte, seine Gefühle wiederzuerkennen, anstatt sie zu beschreiben. Er möge Jazz, ja, war seine höfliche Antwort. Aber er redete über Gamelan. Die Melodieteile basierten auf simultanen Variationen — etwas sei immer die Variation von etwas anderem und alles geschehe zur selben Zeit. »Während die Zeit im Jazz ...« Er spreizte die Finger, als ob er ein unsichtbares Sahnebonbon auswickelte. »Na ja, sie ist eine lange Linie. Deshalb gibt es im Jazz weniger Abwechslung.«

Sie verstand ihn ebensowenig, wie ihre dörflichen Zuhörer sie verstanden hatten, als sie sich über Jazz unterhielten. Während sie immer noch die Treppen hinunterstiegen, verspürte Maggie die Unbehaglichkeit desjenigen, der durch einen undurchdringlichen Nebel von Zweideutigkeiten watet. Ich bin eine Närrin, sagte sich Maggie, wenn ich glaube, daß es jemals eine Chance gibt, diesen Mann zu verstehen.

Auf halber Strecke nahm er wieder das Thema Jazz auf. Er wolle mehr darüber wissen. Würde sie ihm eines Tages mehr davon erzählen?

Seine Bitte, die für einen so selbstbewußten Mann seltsam flehend klang, verschaffte Maggie den Eindruck, daß sie beide über eine mißlungene Kommunikation nachdachten.

Am Fuß der Treppe blickten sie hinauf zu dieser riesigen Ansammlung von Steinen. »Nur eins ist an Borobudur gewiß«, sagte der Dalang.

Weil er nicht weiterredete, als ob er den Gedanken fallenlassen wollte, warf Maggie ein: »Seine Rätselhaftigkeit?«

»Ich dachte eher an sein Schicksal.« Er erklärte, daß der Regen und die Vegetation den Tempel zerstörten. Sein poröses vulkanisches Fundament ermögliche das Wachstum von Flechten und Algen. Aufgrund des feuchten Klimas zersetzten sie die Steine.

Seine Hände flogen hoch, um zu verdeutlichen, was geschehen würde. Maggie beobachtete, wie sie die heimtückische Arbeit der winzigen Pflanzen imitierten, und konnte sich vorstellen, wie es geschah: Wurzeln sprengten den Stein, wanden sich hungrig hindurch, fraßen das kostbare Mineral, als handle es sich um das süße Mark eines Tieres.

Wenn man kein Dränagesystem legen würde, fuhr er fort, wenn man nicht alle Reliefs von dem Bewuchs befreien und die bereits entstandenen Schäden sorgfältig beheben würde — dann wäre Borobudur bald dem Untergang geweiht, zusammen mit dem Hügel, auf dem es errichtet wurde. Seine Hände wurden zur Steinmasse, die im Regen verrottet, unter dem langsamen unerbittlichen Zugriff der Flechten auseinanderbricht. Zum erstenmal hatte er ihr gezeigt, was an darstellerischen Fähigkeiten in ihm steckte. Maggie sah in seinen Händen eine poetische Kraft, die ihn als Künstler auswies.

»Reinigen und reparieren«, sagte sie. »Ein Dränagesystem. Kann man das nicht bewerkstelligen?«

Er zuckte die Achseln, und einen Augenblick lang sah sie undeutlich den Jungen vor sich, der er einmal gewesen sein mochte — leidenschaftlich und widerspenstig, aber zu stolz, dies durch mehr als ein Schulterzucken zu zeigen. »Wenn soviel zu tun ist«, meinte Maggie, »dann sind die Zerstörer vielleicht nicht nur Regen und Vegetation. Als drittes mangelt es an Geld.« Lächelnd fügte sie hinzu: »Vermutlich denken Sie jetzt, daß es typisch amerikanisch ist, so etwas zu sagen.«

»Es ist richtig.« Der Dalang ging auf den Wagen zu. Maggie folgte ihm nachdenklich mit einigem Abstand. Als sie den Wagen erreichte und einstieg, starrte Dalang Budi aus dem Wagenfenster an seiner Seite.

Mit einer immer lauter werdenden Stimme hörte sich Maggie sagen: »Also muß Borobudur restauriert werden. Ich bin Ihrer Meinung, ich verstehe Sie. Borobudur muß restauriert werden. Politik und Entführung und Morde, Regenwasser und Flechten und Geldmangel und alles, was den Fortschritt aufhält, alles, jede verdammte Kleinigkeit muß zur Seite geschoben werden, alles muß zur Seite geschoben werden. Weil ...« Sie suchte aufgebracht nach Worten, um ihre plötzliche Gefühlsaufwallung zu erklären. »... weil es restauriert werden muß, es ist großartig, es ist irgendwie eine großartige Sache, ein großes Rätsel, und es muß an diesem Ort bleiben, solange es Leben auf dieser Erde gibt, weil es sein muß, weil Borobudur restauriert werden muß, es muß ...«

Abrupt hielt sie inne. Plötzlich war ihr bewußt, daß ihre Vision über das hinausging, was mit Worten zu erklären war und angesichts der Hysterie eines tief empfundenen, aber unvollständigen Bedürfnisses auch nicht vernünftig klang. Der Fahrer starrte sie wegen dieses Schwalls unverständlicher Worte mit offenem Mund an. Auch der Dalang sah sie an. Lächelnd. Er hatte sie bislang noch nicht so angelächelt ... Für Maggie war dieses Lächeln wie das Erreichen der fünften Terrasse — offen, befreiend, vollkommen.

»Ja«, sagte er. »Wir verstehen uns. Borobudur muß restauriert werden.«

21

Der Vorsitzende Aidit zog immer noch täglich von einem sicheren Haus zum nächsten sicheren Haus. Gestern waren zwei moslemische Jungen gegenüber der PKI-Zentrale von der Straße vertrieben worden; sie hatten Flaschen mit benzingetränkten Lumpen bei sich. Vielleicht waren sie von ihrem Kiyai in der Pesantrenschule zu diesem heiligen Zorn aufgestachelt worden. Wären sie nicht entdeckt worden, dann hätten sie wahrscheinlich genügend religiös inspirierten Mut aufgebracht, sich mit dem Ruf »*Al Qadir!*« (»Alles, was er will, kann getan werden!«) auf das Gebäude zu stürzen. Und sie wären bereit gewesen, auf der Stelle zu sterben, weil sie wußten, daß nach einer derartigen Tat ihre Wünsche im Himmel in Erfüllung gehen würden.

Aidit fürchtete die Moslems mehr als die Armee, obwohl er dies gegenüber seinen Mitarbeitern niemals zugab: Gegen das Militär konnte man sich besser organisieren als gegen die Religion. In alten Zeiten waren die moslemischen politischen Parteien von spontanem Unmut der Massen geprägt gewesen; man brüllte Losungen, hier und da gab es einen führungslosen Gewaltausbruch — typisch für Organisationen, denen es an straffer Führung mangelt und die sich eng begrenzten Interessen widmen. Aber seit dem letzten Jahr war die einflußreichste islamische Partei, *Nahdatul Ulama*, plötzlich bestens mit Geldern ausgestattet und wurde aggressiv. Nur sehr selten hatten lokale Hitzköpfe jedoch Aidits konsequente Politik umstoßen können, möglichst Gewalt zu vermeiden.

Nun stand er kurz davor, selbst Gewalt zu fördern. Niemals zuvor war er in eine riskantere Geschichte verwickelt gewesen als in dieses Komplott, den Rat der Generäle zu stürzen. Obwohl er starke Zweifel hatte, war Aidit der Meinung, daß er dieses Risiko auf sich nehmen müsse. Der Gegenputsch war hastig geplant worden. Die Zeit hatte gerade gereicht, in wenigen Einheiten der Armee Verschwörer zu finden. Die PKI selbst war nicht bewaffnet. Und das in einem Land, dessen Mythen den Glauben förderten, daß Gott nur mit Waffengewalt über das Böse siege. Konsequente und durchdachte Pläne für Demonstrationen gegen die Armee, die nach der Verhaftungswelle stattfinden sollten, waren momentan ebenfalls kaum vorhanden. Seine Interpretation der politischen Situation brachte ihn dennoch zu der Überzeugung, die sonst übliche Vorsicht außer acht lassen zu müssen. Die neuerliche Popularität der PKI, insbesondere in den städtischen Gebieten, hatte die Armee nervös gemacht, und Nervosität konnte sie rücksichtslos machen. Die Armee mußte ihre wirtschaftlichen Interessen gegen die kommunistischen Gewerkschaften schützen, die immer mächtiger wurden. In den Fabriken, auf den Ölfeldern, bei den Eisenbahn- und Schiffahrtsgesellschaften verstärkte sich der ökonomische Kampf von Tag zu Tag.

Darüber hinaus machte sich Aidit noch immer Sorgen über Sukarnos Gesundheit. Wenn der große Führer jetzt starb, dann waren nur die PKI und die Armee ausreichend organisiert, um die Kontrolle des Landes zu übernehmen. Wenn nicht irgend etwas geschah, was das Oberkommando der Armee verwirrte und unentschlossen machte, dann würde die Armee noch vor der PKI zuschlagen. Ein Schachzug gegen die höchsten Generäle sollte das verhindern.

Und schließlich war da auch noch Sukarno selbst, der den Ausschlag zugunsten des Putsches gab. Der große Führer hatte Aidit seinen persönlichen Segen erteilt.

Das war vor einer Woche gewesen. Während einer sorgfältig inszenierten Feierstunde im Palast hatte Sukarno Aidit mit dem prestigeträchtigen Orden »Großer Sohn Indonesiens« ausgezeichnet. Anschließend hatten sie sich zu einer Unterredung in das Arbeitszimmer des Präsidenten zurückgezogen. Als sie endlich saßen, versuchte Aidit, beim großen Führer Anzeichen einer Krankheit zu entdecken.

Sukarno sah eigentlich gesund aus. Müde, aber das hatte mit seiner Arbeitsüberlastung zu tun. Korpulent, aber das kam eben mit den Jahren. Allerdings ließ sich eine Nierenerkrankung nicht immer an Äußerlichkeiten erkennen. Aidit hatte drei Ärzte befragt.

Ermutigt durch die ihm heute morgen erwiesene Ehre, beschloß Aidit, entschlossen aufzutreten. Als sie sich Zigaretten anzündeten, erwähnte er daher ein Gerücht, das in informierten Kreisen Djakartas zirkuliere. Offiziere des Generalstabs, von denen einige mit der CIA zusammenarbeiteten, träfen sich regelmäßig, um einen Putsch zu planen. Aidit wußte, daß Sukarno diese Information bereits besaß; Subandrio hatte dafür gesorgt. Subandrio hatte Aidit mitgeteilt, daß er den Präsidenten davon unterrichtet und daß Sukarno das Gerücht mit einer Handbewegung abgetan habe. Das tat er immer bei Drohungen gegen sein Leben. Aber Aidit wollte Sukarnos Reaktion selbst beurteilen.

»Ich höre jeden Tag Gerüchte, und jeden Tag kümmere ich mich nicht darum«, sagte der Präsident überheblich. »Was dieses Gerücht betrifft, so weigere ich mich zu glauben, daß Patrioten, geschweige denn Armeeoffiziere, ja sogar Generalstabsoffiziere, eine solche Geschichte erwägen. Verrat? Doch nicht meine Offiziere! Wir sind alle Indonesier.«

»Gehen wir dennoch einmal davon aus«, sagte Aidit, »daß ein Komplott existiert.«

Bung Karno zuckte die Schultern.

»Daß sich eine Gruppe von Generälen regelmäßig trifft. Daß sie beschlossen haben, gegen die progressive Regierung vorzugehen. Daß sie sogar vielleicht vorhaben, unseren geliebten Führer zu kidnappen und einen reaktionären Staat zu gründen.«

Wieder reagierte Bung Karno mit einem Schulterzucken.

»In diesem Fall«, fuhr Aidit fort, »müßten Ihnen ergebene Offiziere einen Gegenputsch organisieren.«

»Sie nehmen das Gerücht also ernst?«

»Selbstverständlich, Bung Karno.«

»Wenn ich Gerüchte ernst nehmen würde, dann würde sich die Nation jeden Tag am Rande der Hysterie befinden. Wir müssen kritisch bleiben.«

Aidit wartete.

Schließlich sagte Sukarno: »Wie soll der Gegenputsch aussehen?« Er hatte sein Peci abgenommen. Er kratzte sich links am Kopf und zerwühlte sein glattes schwarzes Haar, das jetzt auf kindliche Weise abstand.

Aidit beobachtete ihn. Hautjucken war ein Symptom von Nierenerkrankungen. Der Präsident kratzte sich nun energisch am Kopf.

Aidit war so versunken in seine Beobachtung, daß er Sukarnos Frage nicht beantwortete.

Sukarno wiederholte sie, während er sich weiterkratzte — diesmal auf der rechten Kopfhälfte. »Wie soll der Gegenputsch aussehen?«

»Ein Gegenputsch, um die Generäle aufzuhalten. Inhaftierung wegen Verrats.«

Bung Karno hörte mit Kratzen auf; er faltete seine Hände über einem stattlichen Bauch.

»Zuerst losschlagen?«

»Besser gleich als später, angesichts der Umstände.«

Sukarno legte die Fingerspitzen beider Hände gegeneinander; das war eine beliebte Geste bei ihm, wußte Aidit. Sie besagte: »Seht, ich denke nach, ich bin stark beschäftigt.« Sich räuspernd — ein weiterer theatralischer Beweis seiner uneingeschränkten Aufmerksamkeit sagte Sukarno: »Gehen wir im Moment mal davon aus, daß Ihre Gegenputschisten als erste losschlagen.«

Aidit gestattete sich ein breites Lächeln: »Nicht meine, Bung Karno.«

»Wenn sie zuerst losschlagen, was dann?«

»Sie rufen eine Übergangsregierung ins Leben. Einen Rat.«

Sukarno gähnte. »Wunderbar. Und wo bleibe ich bei all diesen Geschichten?«

»In Sicherheit«, sagte Aidit. »Tatsächlich üben Sie die Kontrolle hinter den Kulissen aus.«

»Und was passiert auf der Bühne?«

»Der Rat hält den revolutionären Geist aufrecht.«

Das Wort »revolutionär« hatte stets eine heilsame Wirkung auf den Präsidenten. Aidit wußte sehr gut, daß Revolution bei ihm Aufruhr bedeutete; Aufruhr bedeutete Wandel, und Wandel war gut für die javanische Seele. »Ein Revolutionsrat«, sagte Sukarno und seufzte, als hätte er gerade eine gute Mahlzeit beendet.

»Ein Rat zur momentanen Aufrechterhaltung der Ordnung. Das wäre seine Aufgabe.«

»Wer gehört ihm an?«

Aidit schlug vor, daß dreißig oder vierzig angesehene Bürger genügten.

»Um die Ordnung aufrechtzuerhalten«, sagte Sukarno plötzlich mit hartem Gesichtsausdruck. »Warum?«

»Die Verhaftung von hohen Generälen wie...«

Sukarno hob wie zur Abwehr eines Schlags beide Hände. »Sagen Sie mir nicht ihre Namen!«

»Ich will damit nur folgendes sagen: Ihre Verhaftung könnte die Dinge in Unordnung bringen.«

»Wie meinen Sie das: Dinge?«

»Nun, die Regierungsgeschäfte geraten aus dem Gleichgewicht, das meine ich. Einige Tage.« Aidit zuckte die Achseln, als ob dies kaum von Bedeutung wäre. »Wochen. Vielleicht einen Monat.«

»Ein Monat ist sehr lang«, bemerkte Sukarno säuerlich.

»Aber immer noch mit Ihnen am Ruder.«

»Hinter den Kulissen.«

Wieder zuckte Aidit die Achseln und rückte seine schwere Brille zurecht.

»Hinter den Kulissen«, sagte der Präsident, »bedeutet doch eigentlich, daß man am Ende ist. Ich bin nicht am Ende.«

»Natürlich nicht.« Aidit ärgerte sich über die Richtung, die ihr Gespräch nahm. Wenn Sukarno sich bedroht fühlte, flatterten seine Gedanken häufig so aufgeregt herum wie furchtsame Hühner auf einem Hühnerhof. Aidit wußte das aus Erfahrung. Er versuchte, Sukarnos Ängste zu beschwichtigen. »Nur Ihre Sicherheit zählt«, sagte er. »Und die Ruhe und der Frieden, die Sie brauchen, um die Staatsangelegenheiten zu Ende zu denken, tiefreichende Dinge, mit denen nur Sie umgehen können.« Diese Art von Schmeichelei würde bei ihm, Aidit, nichts bewirken; aber bei Sukarno hatte sie in der Vergangenheit immer funktioniert. So auch jetzt.

Sukarno lehnte sich zurück, faltete seine Hände zufrieden über seinem Wanst und sagte: »Bitte, reden Sie weiter, Genosse.«

»Ich dachte nur, daß die Existenz eines solchen Rates den Leuten helfen könnte, sich anzupassen.«

»Müssen sie sich anpassen?« fragte Sukarno stirnrunzelnd.

»Wenn es einen Putschversuch gab, müssen die Leute darüber nachdenken — die schreckliche Vorstellung von Verrätern in der Armee.«

»Ja, das ist eine schreckliche Vorstellung.«

»Insbesondere die Vorstellung, daß Armeegeneräle Sie entführen wollten.« Aidit sorgte durch seine Redepause dafür, daß dieser Gedanke sich über ihnen so dick ausbreitete wie der Rauch ihrer Zigaretten. »Eine Weile könnte unser Volk befürchten, daß alles umstürzt.«

»Was heißt ›alles‹?« Sukarno schien immer dann am meisten zu vereinfachen, wenn seine Meinung feststand. Je unschuldiger er sich gab, desto heuchlerischer wirkte er.

Aidit richtete sich ein wenig auf und spürte die Spannung in seinen Kiefermuskeln. »Mit ›alles‹ meine ich den gesamten Staat. Es könnte sehr wohl totale Panik aufkommen.«

»Panik«, wiederholte Sukarno, als ob er sich diesen Gedanken schmackhaft machen wollte.

»Die Leute werden entsetzt sein, wenn irgend jemand ein Komplott schmiedete, ihren geliebten Bapak zu entführen. Wenn Sie aber gegen weitere Schwierigkeiten abgeschirmt sind, wiegen sich die Menschen in einer tröstlichen Sicherheit — vorausgesetzt, es gibt einen Rat, der weitermacht, bis Sie Ihre Tätigkeit wiederaufnehmen.«

Sukarno seufzte, als ob er erst jetzt zu verstehen begann. »So ist es also? Und Sie glauben wirklich, daß die Gefahr so groß ist?«

Aidit nickte, worauf Sukarno sagte: »Und ein Rat sollte die Arbeit aufnehmen?«

»So ein Rat würde die Befürchtungen Ihres Volkes beschwichtigen, Bung Karno. Und vielleicht sogar Unheil verhindern.«

Sukarno beugte sich plötzlich vor. »Was für ein Unheil?«

»Wer weiß?« meinte Aidit schulterzuckend.

Nach einem langen Schweigen, während dessen Aidit sich sicher war, daß der Präsident alle Ideen und Möglichkeiten überdachte, klatschte sich Sukarno mit offener Hand entschlossen auf den Oberschenkel. »Ja, das sehe ich ein. Unter solchen Umständen kann es zu Tumulten kommen.«

»Vorübergehenden Tumulten.«

»Natürlich vorübergehend.« Mit der linken Hand kratzte er kräftig seine rechte Hand. »Länger könnte ich es auch nicht aushalten. Aber die Einrichtung eines vorübergehend tätigen Rats finde ich weise.«

»Wenn Ihre Sicherheit gewährleistet ist . . .«

»Ich denke niemals an meine persönliche Sicherheit«, brauste der Präsident auf. »Sie vergessen, daß es sieben Anschläge auf mein Leben gab.« Sukarno war stolz darauf, Mordversuchen entgangen zu sein. Aber nach Aidits Kenntnis waren es nur vier.

Der Präsident kratzte weiterhin eine Hand mit der anderen, methodisch, ohne Unterbrechung.

»Gehen wir also davon aus, daß es Verhaftungen gibt«, sagte Sukarno und modulierte seine Stimme wie jemand, der sich den Anschein von Logik gibt. »In diesem Fall wäre ein Revolutionsrat eine gute Idee. Die Dinge stabilisieren, die Kontrolle aufrechterhalten, bis ich mich entschlossen habe, sie wieder zu übernehmen, und zwar dann, wenn ich meine, daß mein Einfluß von maximalem Nutzen ist.« Er hielt inne und kostete diese Redewendung aus. »Von maximalem Nutzen«, wiederholte er. »Aber natürlich müssen wir zunächst voraussetzen, daß es einen Grund für die Verhaftungen gibt. Und dann davon ausgehen, daß sie tatsächlich stattfinden. Aber dies sind bis jetzt nur Vermutungen, und die sollten genau überprüft werden.«

Aidit hatte das niederdrückende Gefühl, daß Sukarno ihm entglitt; entweder verlor er sich in dieser Parodie der Logik, oder er vernebelte die ganze Geschichte aus eigennützigen Motiven Aidit holte tief Luft. Er war schon soweit gekommen, er mußte noch mehr erreichen, oder Sukarno würde alles wie ein Blatt auf einem Fluß treiben lassen.

»Mein Präsident, ausgehend davon, daß wir vor einem Problem stehen, habe ich eine vorläufige Kandidatenliste für einen solchen Rat aufgestellt.«

Sukarno zog seine buschigen Augenbrauen hoch. »Haben Sie?«

»Eine Pflicht, der sich irgend jemand ja unterziehen mußte. Ich habe die Namen von Patrioten zusammengestellt.«

»Wer weiß noch von diesem Revolutionsrat?«

»Ein paar Patrioten.«

»Offiziere der Armee?«

»Bung Karno treu ergebene Offiziere, ja.«

»Ich möchte ihre Namen nicht erfahren.«

»Ich verstehe.«

Aidit beobachtete, wie der Präsident sich seine Hände kratzte. Dieser Anblick erschreckte ihn, stachelte ihn aber gleichzeitig an, noch mutiger zu werden. »Kann ich«, sagte Aidit, »den anderen mitteilen, daß Sie billigen, was ich Ihnen berichtet habe?«

Der Präsident stierte ihn einen Augenblick lang an, dann lachte er. »Natürlich billige ich es. Es ist eine hübsche Übung der Phantasie. Ein ziemlich geistreicher Witz.«

Sukarno machte sich in typisch javanischer Art und Weise an die Frage eines Revolutionsrats heran. Sukarno billigte ihn, und damit billigte er auch die Verhaftung der Generäle. Aber er mußte seine Billigung im Reich der

Theorie ansiedeln. In die Enge getrieben, würde er seine Zustimmung dementieren. Aber Aidit genügte das. Der Präsident von Indonesien stand hinter dem Komplott.

Als Sukarno sich erhob und damit die Unterredung beendete, mußte Aidit noch etwas klären. »Während einer Versammlung sagten Sie, daß das beste Datum einer Wiedergeburt Indonesiens der 1. Oktober sei.«

»Sagte ich das wirklich?« Lächelnd räumte Sukarno damit sein schlechtes Gedächtnis ein.

»Weil dieses Datum mit dem Jahrestag von Chinas Wiedergeburt im Jahre 1949 zusammenfallen würde.«

»Ich erinnere mich.«

»Das würde zwei große Nationen einander näherbringen, würde sie im entscheidenden Akt der Geburt verschmelzen. China und Indonesien — sie feiern ihren Aufstieg am gleichen Tag. Ich glaube, das sagten Sie.«

»Ja, ich erinnere mich.« Sukarno schien sich über das zu freuen, was er offensichtlich gesagt hatte.

»Wenn Patrioten sich gegen Verräter wenden, dann müßten ihre Bemühungen an einem denkwürdigen Tag einsetzen.«

»Wir beide verstehen die Bedeutung von Daten.«

»Eine solche Bewegung gegen den Verrat sollte zum Beispiel am Tag vor dem 1. Oktober beginnen. Dann säßen die Verräter am 1. Oktober bereits hinter Gittern. Die Reinheit des Geistes wäre an diesem bedeutenden Tag wiederhergestellt.«

»Ja.«

»Deshalb sollte der Gegenschlag in der Nacht des 30. September beginnen. An diesen Tag, an dem die Feinde Bung Karnos in die Flucht geschlagen wurden, wird man sich ewig erinnern. Ich meine damit die Bewegung des 30. September. Es gibt auch einen Namen dafür: GETAPS.«

Sukarno dachte über diese Abkürzung nach. Der Meister im Ersinnen von Abkürzungen ließ diesen Namen auf der Zunge zergehen. Dann, als sie in der Tür des Arbeitszimmers standen, erfaßte er Aidits Schultern.

Aidit spürte die kräftigen Finger, die berühmte Vitalität eines Mannes, der mit Legionen von Frauen ins Bett gegangen war — nicht nur mit seinen sechs Ehefrauen.

»Das gefällt mir«, sagte Sukarno. »GETAPS.«

»Hat GETAPS Ihren Segen?«

»Ja, es hat meinen Segen.«

»Darf ich das auch den anderen sagen?«

Breit lächelnd legte der große Führer eine Hand auf den Türgriff. Die pockennarbigen Wangen spannten sich; kleine Grübchen erschienen neben seinen hochgezogenen Mundwinkeln. Es war ein sattes Grinsen. Ein Grinsen, das Aidit wiedererkannte: das heuchlerische Lächeln des großen Führers. Und ganz wie er es erwartet hatte, sagte Sukarno dann in seiner der Öffentlichkeit vorbehaltenen Stimme: »Sie kennen meine Sympathie für die Kommunistische Partei. Die PKI hat stets meinen Segen.«

»Und GETAPS? Darf ich...«

»Ich glaube an die soziale Gerechtigkeit«, brauste Sukarno auf. Er öffnete die Tür, vor der zu beiden Seiten uniformierte Wächter standen. Von einer an der Wand stehenden Bank blickten Besucher auf. Die Stimme des Präsidenten behielt die Lautstärke seiner öffentlichen Auftritte. »Jeder Schritt, der die soziale Gerechtigkeit fördert, hat meinen Segen. Darauf können Sie sich beziehen, Vorsitzender Aidit!«

Aidit, der einen Marmorflur hinunterging, war nur teilweise zufrieden.

*

Es war der 24. September. Aidit saß in dem kleinen Hinterhof eines Hauses, das einem lokalen Organisator in einem Vorort Djakartas gehörte. In aufgeräumter Stimmung ließ er seine hervorstehenden Augen kritisch über den ungepflegten kleinen Garten schweifen. Ein Stück Land an der Nordwand wurde für den Abfall benutzt, als ob es das Selbstverständlichste der Welt wäre, daß neben einem Blumenbeet ein Haufen Flaschen, kaputte Fahrradteile, angebissenes und von Fliegen wimmelndes Obst liegen. Dennoch hatte der Gastgeber immerhin die Freundlichkeit besessen, dem Vorsitzenden Aidit ein Glas Mineralwasser und einen Teller Reiskekse anzubieten.

Der junge Gehilfe Hartono kam in den Garten. Er trug eine Aktentasche bei sich. Sein Bericht war wie immer lebhaft, zuversichtlich, peinlich genau. Die Offensive auf dem Land verlief im Sande; das war der Kern seines Berichts. Briefe an die regionalen Parteiführer, in denen sie aufgefordert wurden, ihre Demonstrationen gegen die Großgrundbesitzer und käuflichen Beamten zu verstärken, hatten bis jetzt wenig genutzt. Hartono las die statistischen Beweise mit vergnügt klingender Stimme ab, die seinen Wunsch, Aidit für alles verantwortlich zu machen, nur mühsam verbarg.

Aber Aidit war der Überzeugung, daß niemand für die Schwierigkeiten der Kommunistischen Partei in Indonesien verantwortlich war. Die Probleme waren sozusagen eingebaut. Selbst in den städtischen Gebieten stellten die Werkstätten und Fabriken keine solide Basis des Proletariats dar, wie dies in Rußland der Fall gewesen war. In den ländlichen Gebieten gab es nicht genügend landlose Bauern wie damals in China. Indonesien war eine Nation kleiner Landbesitzer, die einer Landreformpolitik abweisend gegenüberstanden.

Und Hartono wußte es auch, aber der junge Mann kümmerte sich um seinen eigenen Aufstieg in der Partei. Aidit hatte beinahe Verständnis für Hartonos Verhalten;

schließlich war er ja auch einmal jung und ehrgeizig gewesen. Aber abgesehen davon hatte er seine persönlichen Ziele zu einer Vision nationaler Brüderlichkeit erhöht. Wenn er nur spüren würde, daß dies auch auf Hartono zutraf, dann könnte er dem jungen Organisator seine volle Unterstützung gewähren. Aber unter den gegebenen Umständen wurde Aidits Einstellung zu Hartono täglich kritischer, und er verweigerte ihm seine Hilfe.

Dieses Treffen ging rasch zu Ende. Eine halbe Stunde lang überflog der Vorsitzende die von Hartono geschriebenen Berichte. Leidenschaftslos, sorgfältig — hervorragende Arbeit. Dennoch entschied sich Aidit dagegen, Hartono zu einem diplomatischen Besuch nach Peking zu entsenden, obwohl der junge Mann zweifellos wie geschaffen dafür war. Er würde vielmehr Sumitro reisen lassen, einen willfährigen Mann von Mitte Dreißig, der aus dem ärmsten Wohnviertel Djakartas stammte. Das würde die größte Ehre in Sumitros Leben sein; er würde wahrscheinlich seine gesamte Karriere über davon zehren, weil er wenig anderes vorzuweisen hatte. Aidit empfand sich als niederträchtig, konnte sich jedoch nicht dazu durchringen, den besser qualifizierten Hartono zu schicken.

Er kämpfte immer noch mit seinem schlechten Gewissen, als ein großgewachsener Mann in Sarong und weißem Hemd den Garten betrat. Es war der Vizemarschall Omar Dhani von der Luftwaffe. Aidit war völlig verdutzt, denn er hatte Dhani noch nie ohne seine ordengeschmückte Uniform gesehen.

Verächtlich blickte er sich in dem schäbigen Garten um, während der Gastgeber einen Stuhl herbeischaffte und ihn hastig mit dem Handrücken abwischte. Ihr Gastgeber war mager, blaß, vom Alter gezeichnet; seit siebenunddreißig Jahren war er Kommunist und prahlte damit vor jedem, der ihm zuhörte.

Dhani wartete, bis er ging, ehe er sich setzte. Dann wandte er sich Aidit zu und starrte kurz auf dessen hervorstehende, bebrillte Augen. Dhanis Stimme klang barsch, mißbilligend. Als ob er sich darin geübt hätte, ungeduldig und verärgert im Umgang mit seinen Untergebenen zu klingen. »Nun, sind Sie bereit?«

»Ja. Meine Leute auch.«

Dhani nickte mit säuerlichem Gesichtsausdruck. Es war nicht leicht, ihn zu erfreuen. Sein Haar, sorgfältig zurückgebürstet, langsam grau werdend, endete im Nacken in einem Schwänzchen. Dhani war außerordentlich eitel.

Eine Weile war ihre Unterhaltung reichlich unzusammenhängend. Der Luftwaffenmarschall, der für seine vehementen Gefühlsausbrüche bekannt war, beschwerte sich lauthals über Yani und Nasution. Seine laute Stimme kippte fast in Wut um. Aidit betrachtete den gegenüberliegenden Holzzaun, der gut dreißig Zentimeter höher als ein Mann war. Die Leute auf der anderen Seite konnten die leichtsinnigen Worte hören, aber sie verstanden sie hoffentlich nicht oder dachten vielleicht, daß es einer dieser verrückten Roten sei, die hin und wieder zum Tee kamen. Es war ganz klar, daß der Luftwaffenmarschall erst mit dem Brüllen aufhören würde, wenn es ihm paßte. Es war dumm, es war gefährlich, es war vermeidbar. Es war wie ein häuslicher Familienstreit über Kleinigkeiten, der sich plötzlich als fatal erweisen kann. Unfähig, irgend etwas tun zu können, lehnte Aidit sich zurück und biß sich auf die Lippen.

Und Dhani machte weiter. Diese beiden verkommenen Offiziere der Armee hatten immer versucht, stets und ständig die Luftwaffe zu schwächen; sie hatten schwer verdient (Aidit wußte natürlich, daß das auf Nasution nicht zutraf), sie hatten jede Frau verführt, die ihnen vor die Nase kam (stimmte auch nicht), und sie hatten nichts anderes im Sinn, als Bung Karno zu stürzen und die Kontrolle der Regierung zu übernehmen.

Dhani sprach nicht nur laut, sondern auch mit tiefer Verbitterung. Ganz offensichtlich glaubte der Luftwaffenoffizier an das Gerücht von einem Rat der Generäle. Aidit glaubte nicht mehr daran. Es gab keine frischen Beweise dafür. Vielleicht trafen sich einige hochrangige Generäle von Amts wegen, aber nur um mit den Ereignissen einer unruhigen Zeit Schritt zu halten. Logisch, vorhersehbar, akzeptierbar. Aber Aidit hatte sich entschlossen, das Gerücht für wahr zu halten — es zu nutzen. Er betrachtete es als Chance, späteren Putschversuchen zuvorzukommen, die für die PKI vernichtend sein konnten.

An seine eigene Lage denkend, war Aidit froh, daß Dhani wirklich an das Komplott gegen Sukarno glaubte. Mit leiser Stimme, die dem Luftwaffenmarschall als gutes Beispiel dienen sollte, sagte er: »GETAPS muß durchhalten.«

Dhani starrte in die Luft, als ob er über diese Möglichkeit nachdächte. Sein Gesicht entspannte sich, als sich der Gedanke an GETAPS in seinem Kopf festgesetzt hatte. Sich nahe zu Aidit beugend, senkte er seine Stimme zu einem verschwörerischen Flüstern. »Für die Nacht vom Dreißigsten lade ich Sie auf den Luftwaffenstützpunkt Halim ein.«

Aidit hatte gehofft, sich vom eigentlichen Schauplatz der Ereignisse fernhalten zu können. Der Anteil der PKI sollte als minimal erscheinen, wenn das Komplott scheiterte. Ein Grund, warum er Sjam, einen unbedeutenden Spekulanten mit den Intrigen von Djakarta, auserkoren hatte, ihn bei diesen verschwörerischen Treffen zu vertreten, war ja gewesen, sich selbst möglichst aus der Sache herauszuhalten. In Übereinstimmung mit seiner Vorsicht stand der Entschluß, seine engsten Mitarbeiter aus Djakarta wegzuschicken, statt wie ein erfahrener General seine Leutnants vor der Schlacht um sich zu versammeln. Seinen ersten Stellvertreter Lukman wollte er nach Semarang schicken; Njoto nach Sumatra und Adjitorop nach Singapur. Wenn das Komplott mißlang, mußte er die Folgen alleine ausbaden. Das könnte sich einst als sein größter Beitrag zur Kommunistischen Partei Indonesiens herausstellen, wenn ihre Geschichte geschrieben werden sollte. Ein unangenehmer Gedanke. Aber dennoch ein vernünftiger. Seufzend fällte er eine weitere Entscheidung. Nachdem er sich schon auf diesen Weg begeben hatte, würde er auch weiterreisen.

Zu Dhani sagte er: »Ich danke Ihnen. Ich werde am Abend des 30. September nach Halim kommen. Wir werden gemeinsam den Sieg erleben.«

22

Heute abend gab es eine Party, die laut General Sakirman wichtig für OPSUS war. Jede Party war dem General wichtig, der stets den amerikanischen Architekten einlud, ihn zu begleiten (keiner bei OPSUS nannte Vern so, wie er gern genannt werden wollte: Baumeister).

Vern Gardner bekam mehr Einladungen, als er bewältigen konnte, da er einer der wenigen noch in Djakarta weilenden Amerikaner war. Die Leute glotzten ihn an, als ob er ein Filmstar wäre. Und so wurde er von dem General von einer Party zur nächsten geschleppt und von ihm mit der taktlosen Begeisterung einer theatralischen Mutter vorgeführt. Vern war es egal, solange er seine Position im »Projekt Palme« behielt. Er wollte dieses Hotel in Bali unbedingt bauen. Trotzdem kam er den Wünschen des Generals nicht in allen Punkten nach. Zum Beispiel lehnte er zu Sakirmans offenkundigem Mißfallen die angebotenen Mädchen ab. Das öffentliche Zurschaustellen von Lust und Begierde war bei den Partys Djakartas keineswegs die Ausnahme, sondern eher die Regel. Die in ausgedehnten, lauschigen Gärten gelegenen und mit unzähligen Schlafzimmern ausgestatteten Villen waren ideal für nächtliche Stelldicheins, für zufällige Begegnungen, nachdem Cocktails, kalte Buffets und Tanzkapellen für Stimmung gesorgt hatten. Das hier war in der Tat eine Welt für Männer, die sich mächtig anstrengten, die guten Seiten des Lebens zu genießen, und die darauf achteten, daß ihre Kameraden das gleiche taten. General Sakirman war zunächst überrascht, dann verwirrt, und schließlich verachtete er die Zurückhaltung dieses Amerikaners. Das hätte ihm wahrscheinlich gereicht, einen so prüden Mann zu feuern. Aber es gab ja keinen Ersatz für ihn.

Die heutige Party fand im Palast des Präsidenten in Bogor statt. Vern und der General landeten mit einem Hubschrauber auf dem Palastgelände, und als sie hinauskletterten, standen sie vor einer Ehrengarde der RPKAD-Fallschirmjäger mit ihren roten Baretts, die alle im gleichen Winkel schräg auf den Köpfen saßen.

Vern hatte sich an solche Partys allmählich gewöhnt: die Ansammlung von Geschäftsleuten, Offizieren und Politikern; das im Garten spielende Gamelanorchester; der überreichlich fließende Champagner; das laute Prahlen und die Witzeleien mittelalter Männer in der Gegenwart hübscher junger Frauen, die eigens zu diesem Zweck eingeladen worden waren. Es waren nur wenige Ehefrauen anwesend; das bedeutete, daß die Party fast die ganze Nacht dauern würde. Aber Sukarno ließ sich zumindest am Anfang nicht blicken.

Vern wanderte im großen Ballsaal von Gruppe zu

Gruppe, unterhielt sich kurz mit einem deutschen Exportkaufmann, einem chinesischen Cukong, ein paar Offizieren, darunter ein Oberst — Oberst Latief.

Vern fragte ihn, wo Sukarno sei.

»Manchmal kommt er nicht zu den Partys.«

»Auch wenn sie in seinem Palast stattfinden?«

Oberst Latief zuckte die Achseln. »Das ist das Privileg der Großen.«

Vern fand diese Bemerkung gut, gut genug, um mit dem Oberst durch einen der höfischen Gärten zu schlendern.

»Eine Nacht wie diese ist das Beste an meinem Land«, meinte der Oberst. »Der Mond, die Bäume, der Duft der Blumen.« Er war ein kräftiger, bärtiger Mann mit einer Brust voller Orden. »Es ist eine Schande, daß wir die Ideale der Unabhängigkeit verlieren. Aber wir tun es. Wir lernen, mit Korruption und Gewalt zu leben. Die Armee ist das wahre Bollwerk des Volkes, obwohl sie nun djakarterisiert ist. Sehen Sie sich um! Was sehen Sie? Männer hoher Dienstränge, die Huren nachrennen. Trunkenbolde. Verschwender.« Mit diesem letzten Wort versank der Oberst in brütendes Schweigen.

Vern starrte ihn an. Selten kritisierte ein Indonesier, noch seltener ein Soldat, das Land, erst recht nicht vor einem Ausländer. Das wurde einfach nicht gemacht. Dennoch hatte dieser Oberst Latief, ohne Aufforderung, sich ruhig etwas von der Seele geredet, was nach indonesischer Auffassung eine verräterische Anklage gegen die Nation darstellte. Das verwirrte Vern mehr als die gelegentlichen Gewalttätigkeiten auf der Straße. Der Machtverlust in den oberen Rängen eines Landes der Dritten Welt führt zum Chaos. Vern hatte es in Burma erlebt, hatte den Beginn in Indien gesehen, auch wenn dort die Kontrolle wiedererlangt und somit eine Katastrophe verhindert wurde. Der Anblick eines Offiziers, der sich mit einer Heidenangst davonschlich, erschreckte Vern. Von seiner Empörung übermannt, hatte Oberst Latief nicht gemerkt, was er gerade getan hatte, nämlich mit schamloser Offenheit zu einem Ausländer zu sprechen.

Aber ansonsten schien die Welt in Ordnung zu sein — das gewohnte Saufen und Gelächter einer Party in Djakarta. General Yani war von einer Gruppe der üblichen Speichellecker umgeben. Als er Vern erblickte, rief der General ihn zu sich.

»Sie, Amerikaner«, sagte General Yani mit übertriebener Grobheit, die sein Publikum kichern ließ. »Was werden Sie mir bauen?«

»Alles, was Sie wünschen, General.«

»Sehen Sie diese Schöne?« Er legte seinen Arm um eine schlanke Frau. »Bauen Sie ihr ein Lustschlößchen. Können Sie das?«

»Ich kann es versuchen.«

»Es muß allerdings besonders hervorstechende Merkmale haben«, sagte der General mit einem süßlichen Lächeln; das löste weiteres Gekicher aus, weil solche Äußerungen unter den Freunden des Generals schon als Witz galten. Vern entfernte sich mit einem höflichen Nicken.

Er erblickte Verteidigungsminister Nasution; kerzengerade in seiner makellosen Uniform stand er da und unterhielt sich ernst mit einem anderen Offizier. Vern hatte Nasution noch nicht kennengelernt. Fast wäre er auf ihn zugegangen und hätte sich ihm vorgestellt. Seit dem Krieg im Pazifik hatte er Hochachtung vor solchen Offizieren. Er hatte ihren Mut erlebt. Er hatte beobachtet, wie sie ihre Angst überwanden und Männer anführten. Etwas an Nasution überzeugte ihn. daß er zu den harten Soldaten gehörte, aus echtem Schrot und Korn war.

Als Vern von einem umhergehenden Kellner ein Glas

Mangosaft gereicht bekam, entstand am Eingang der Audienzhalle plötzlich Bewegung, gefolgt von Applaus. Vern konnte inmitten der wimmelnden Menschenmenge einen kurzen Blick auf Sukarno werfen — großgewachsen für einen Indonesier, fast Verns Größe, trotz seiner Dickbäuchigkeit gut gebaut, in einem mitternachtsblauen italienischen Seidenanzug. Als sich der Präsident umdrehte, geriet sein Profil in Verns Blickfeld: Hängebacken, tiefe Falten — das erschöpfte Gesicht eines alternden Mannes. Dennoch bewegte er sich unter den wohlwollenden Menschen mit schnellen Gesten, die fast jungenhaft wirkten. Er strahlte noch immer die Aura von Macht aus.

Nachdem er den Präsidenten ausreichend gemustert hatte, verließ Vern die Halle und ging zum Buffet, wo er Delikatessen wie balinesisches Pelala und Bambu Rudjak probierte. Im Laufe der Jahre hatte er gelernt, scharfgewürzte Speisen zu essen, aber niemals hatte ihm das soviel Vergnügen bereitet wie Maggie. Er vermißte sie. Er vermißte es, sie beim Verschlingen des feurigen Saté und der Reisspeisen zu beobachten. Von einem Gartenstuhl auf der Terrasse genoß er das letzte Licht am westlichen Himmel. Wenn es verschwunden war, würden die guten alten Knaben und ihre Mädchen kleine verschwiegene Fleckchen im Garten suchen, um zu vögeln. Er sehnte sich nach seiner Frau.

Ein Offizier kam vorbei und blieb vor Verns Stuhl stehen. »Der Präsident wünscht Sie zu sehen, Sir.«

Vern stand auf und folgte dem Adjutanten durch gewundene Gänge, die unterstrichen, wie groß der Palast tatsächlich war. Seine Größe war gekonnt verborgen, in der Weise, wie Frank Lloyd Wright bei einem einstöckigen Gebäude verfahren wäre: volle Ausnutzung der Fläche, harmonische Zusammenstellung natürlicher Materialien, Wechselspiel zwischen innerem und äußerem Raum. Im Grunde genommen ein Haus, das sich in sein Gelände kauert wie ein Hausschwein in den Schlamm.

Der Adjutant klopfte an eine geschlossene Tür, ging hinein und ließ Vern draußen warten. Er wartete lange und hörte Gelächter — meistens von Frauen —, das von unten aus der Halle kam. Schließlich öffnete der Adjutant die Tür und bat Vern mit einer barschen Geste herein.

Sukarno, dessen Hemd bis zur Taille geöffnet war, saß auf einer ausladenden, goldbestickten Couch zwischen zwei Frauen. Jung und lieblich anzusehen, lehnten sich die beiden an ihn, umrahmt von seinen Armen, die auf ihren Schultern lagen. Er trug noch immer ein Peci, aber keine Schuhe. Flüchtig kam Vern der Gedanke, ob der Mann mit dieser Kopfbedeckung schlafe.

»Setzen Sie sich, Amerikaner«, befahl der Präsident auf englisch.

»Vielen Dank, Exzellenz.« Vern saß gegenüber der Couch auf einem unbequemen Stuhl.

»Nennen Sie mich Bung Karno, wie es mein Volk tut. Nicht Exzellenz. Was bedeutet schon Exzellenz?« Er zog die Mädchen an sich und lächelte Vern mit der Ungezwungenheit dessen an, der viel lächelt. »Sie sind nun auch einer meiner Leute. Ich bin Ihr Bruder, Bung, während Sie in meinem Land arbeiten.«

Vern lächelte schwach.

»Sprechen Sie Javanisch? Holländisch?«

»Ich spreche ein wenig Bahasa-Indonesisch.«

»Bung Karno.«

»Bung Karno.«

Bung Karno grinste, als Vern tat, was man ihm sagte. »Bahasa-Indonesisch ist nur Malaiisch. Wir betrügen uns selbst, wenn wir glauben, daß es unsere eigene Sprache ist. Ich spreche auch Französisch und Deutsch. Insgesamt spreche ich sechs Sprachen.« Um seinen Stolz auf diese Leistung zu unterstreichen, zog Sukarno die Mädchen noch näher an seine Brust. *»Gadis-gadis ini dangat mani, betul?«*

»Ja, sie sind sehr süß«, antwortete Vern auf englisch.

»Dann sprechen Sie also tatsächlich Malaiisch.« Sukarno brach in wieherndes Gelächter aus, als ob er sich selbst wegen seiner Skepsis auslachen wollte. »Ich machte mein Diplom am Technischen Institut von Bandung. Als Architekt. Wußten Sie das?«

»Nein, Bung Karno.«

»Also sind wir wirklich Brüder. Ich bin an einem Baumeister wie Ihnen sehr interessiert. Wäre die Politik nicht dazwischengetreten, wäre ich heute auch ein Baumeister. Ich liebe solche Sachen: Stadtplanung, Baukonstruktion. Haben Sie meine Rede gelesen, in der ich Djakarta den Leuchtturm der Welt nenne? Mein nationales Monument ist eine bewußte Widerspiegelung vieler Stile und sehr, sehr symbolisch. Es ist für das Volk. Nur wenige wissen allerdings, daß seine Dimensionen auf den Zahlen Siebzehn, Acht und Fünfundvierzig basieren, weil sie das Datum der Unabhängigkeitserklärung darstellen. Das war meine Idee. Und die Form ist die des hinduistischen Lingam, in Erinnerung an die Frühgeschichte Javas, obwohl viele schmutzige Geister es ›Sukarnos Erektion‹ getauft haben. Wenn es doch bloß so wäre! Obwohl es heute keine Klagen gab, nicht wahr, Mädchen?« Wiehernd zog er sie noch enger an sich. »Welches Gebäude der Welt lieben Sie am meisten?«

»Das, an dem ich gerade baue.«

»Habt ihr das gehört?« Die Antwort entzückte Sukarno. Er drückte die beiden verständnislos blickenden Mädchen wieder an seine Brust. Sein von Pockennarben gezeichnetes Gesicht konnte in ein strahlendes Lächeln ausbrechen. Das ermutigte Vern, ebenfalls zu lächeln, diesmal freundlicher.

»Mein Vorbild ist die französische Architektur«, sagte Sukarno. »Ich würde niederknien und die Füße Le Corbusiers küssen. Ich sage das, und die Leute lachen, aber ich würde es tun, wirklich. Ich würde es tun. Ich würde mich auf meine Hände und Füße niederlassen, wie ein Wurm zu ihm kriechen, seine Füße küssen und ihn um den Segen bitten, wie einer von euch Christen den Papst darum bittet. Weil Le Corbusier ein Genie ist, ein großer Architekt des Städtebaus. Kritiker sagen, ich hätte keinen Geschmack — wegen der öffentlichen Gebäude, die ich in Auftrag gebe. Sie verstehen das Bedürfnis nach Symbolik nicht. Aber in puncto Schönheit lobe ich mir die Franzosen, insbesondere das achtzehnte Jahrhundert. Ich besitze Fotobücher über diese Periode. Ich liebe französische Dinge. Als Junge hatte ich die ganze Zeit nur die Franzosen im Kopf. In meiner Phantasie redete ich mit Voltaire, Danton, Jean-Jacques Rousseau. In der Abgeschiedenheit meines Zimmers rettete ich eigenhändig Frankreich. Sie und ich, wir können uns unterhalten, weil wir französische Gebäude kennen. Es gibt nicht viele Amerikaner hier, mit denen Sie sich unterhalten könnten, nicht wahr?«

»Nein, Bung Karno.«

»Haben Sie Heimweh?«

»Nein, Bung Karno.«

»Haben Sie Freunde, die für *Time, Life, Newsweek* arbeiten?«

»Nein, Bung Karno.«

»Die entsprechenden Zeitungsfritzen verkaufen Haß. Man müßte sie auf ihren Geisteszustand hin untersuchen lassen!« Nach diesem Wutausbruch zog er seine Arme von den Mädchen weg und preßte ärgerlich die Hände zusammen. »Wenn die Reporter aus dem Westen mich in Ruhe ließen, wie einfach wäre dann das Leben!« Er blickte auf den Fußboden, um sein melodramatisches Selbstmitleid noch zu unterstreichen. Die Mädchen, stocksteif sitzend, blickten ihn unsicher an. Mit einem Seufzer lehnte er sich zurück und verschränkte beide Hände hinter seinem feisten Nacken. Sukarno grinste. »Das ist nicht Ihr Problem, Amerikaner, nicht wahr? Ihr Problem ist der Bau eines Hotels auf Bali. Werden Sie mich über Ihre Fortschritte auf dem laufenden halten?«

»Wenn Sie es wünschen, Bung Karno.«

»Ja, ich wünsche es. Ich würde Sie gern begleiten, auch nur für ein paar Tage. Wir könnten zusehen, wie das Gerüst hochgezogen wird. Wir könnten über Abänderungen diskutieren.« Sukarno lachte. Eins der Mädchen flüsterte ihm etwas ins Ohr, stand auf und verließ den Raum. Sich vorbeugend, zwinkerte Sukarno Vern zu. »Nettes Mädchen. Ich hatte sie heute schon dreimal.«

Der Adjutant kam ins Zimmer und flüsterte Sukarno ebenfalls etwas ins Ohr. Sukarno runzelte die Augenbrauen und klatschte sich auf die Knie. »Nun gut, Amerikaner, amüsieren Sie sich. Suchen Sie sich ein Mädchen. Haben Sie bereits eins?«

»Ja«, sagte Vern.

»Gut, dazu sind sie ja auch da. Viel Glück beim Projekt Mangobaum.«

Sich erhebend, verbesserte Vern ihn nicht wegen des falschen Projektnamens. Als der Präsident locker zur Verabschiedung winkte, verbeugte sich Vern leicht und ging. Zurück auf der Terrasse, nahm er sich ein weiteres Glas Saft von einem Tablett. Aus den geöffneten Fenstern kam das unmißverständliche Geräusch sexueller Aktivitäten. Andere Gäste blieben wie Vern auf der Terrasse. General Sakirman war nirgends zu sehen; Vern begriff, daß er sich wohl in Geduld üben müsse, denn der General mußte entweder da oben in einem der Räume oder irgendwo im Garten sein, auf jeden Fall war er längere Zeit abwesend.

Beim Abflug warf Vern einen Blick auf das ausgedehnte Palastgelände, die verschiedenen Gebäude, die in der Dämmerung wie Delphinrücken aus der blauen See hochtauchten. Er dachte an den alternden Gauner und seine beiden Mädchen, mit denen er nun in einem Schlafpavillon lag. Und dieser Gedanke führte ihn unweigerlich zu seiner Frau, zu Maggie. Sie hätte die scharfen Speisen des Buffets genossen, sie hätte jetzt seine Hand gehalten, während der Hubschrauber über die Dächer von Bogor hinwegflog, das im frühen Morgenlicht lag.

23

Der Morgen war immer am schönsten. Sie verließ ihr Zimmer und ging in den Garten, der im wäßrigen Dämmerlicht schimmerte. Eine Brise bewegte ihr Haar, kühlte ihre Wangen. In den Tropen schien es weit mehr als in anderen Gegenden so zu sein, daß die Tageszeit den Lebensatem bestimmte. Bei Tagesanbruch und Sonnenuntergang gab der Himmel den Gegenständen ein inneres Licht voller Lebenskraft, wie das jetzt bei diesem Garten der Fall war. Am Mittag erschien derselbe Garten metallisch, leblos — als ob die Sonne sich in einen weißglühenden Tornado verwandelt hätte, der alles Grün und den Wohlgeruch in seinen hellen Wirbel zog.

Während sie an diesem Morgen auf einer Felsmauer saß, von der aus man den Garten überblicken konnte, dachte Maggie über Hände nach. Das war nichts Ungewöhnliches. Ihr leidenschaftliches Interesse für Hände war auf Kindheitserinnerungen zurückzuführen: Sie saß bei ihrem Vater auf dem Schoß, eine seiner großen Hände lag auf ihrem Knie. Sie hob damals jeden Finger an und untersuchte sie. Sie waren kräftig, vom Wetter gegerbt und bewegten sich mit der schweren, blockartigen Festigkeit von Holz. Niemals hatte sie sich geborgener gefühlt. Natürlich gab es später auch andere Erinnerungen an seine Hände: ein Bierglas haltend, ein Schnapsglas, ein Wasserglas mit Scotch, eine mit billigem Gin gefüllte Kaffeetasse.

Mit der Zeit hatten die forschenden Hände von Freunden und schließlich die schwieligen, erfahrenen Hände von Vernon Gardner diese Erinnerungen ersetzt. Aber nichts hatte ihre Aufmerksamkeit mehr gefesselt als die Hände ihres Vaters in ihrer längst versunkenen Kindheit. Bis sie die Hände von Fischern sah, die in ihren Booten vor der Insel Samosir arbeiteten. Unermüdliche Hände, unaufhörlich in Bewegung, wenn die Fischer in ihren Einbaumbooten hockten und die Netze auslegten. In solchen Händen wurde ein Paddel zu einem Teil des menschlichen Körpers. Zwei Finger dirigierten das Paddel, die es mit winzigen Steuerbewegungen herumwirbelten, während die andere Hand das Netz auslegte, geduldig Zentimeter um Zentimeter. Langsame, geschickte Hände, keine einzige überflüssige Bewegung. Sie mußten beim Liebesakt wundervoll sein.

Dann die Hände des Dalang, als sie seine Ängste über Borobudurs Zerstörung ausdrückten: Seine Finger arbeiteten sich wie Tentakel in das erdverbundene Herz des Tempels, ertränkten die Terrassen im Regen, zitterten und rutschten durch die Luft wie zerstückelter Fels, der Abhänge hinunterstürzt; seine Handflächen nahmen die traurigen Vertiefungen von Trümmergestein an, seine Knöchel tanzten wie Regentropfen auf ausgehöhlten Steinen. Sie hatte die Darstellung dieser Tragödie nur durch die Beobachtung seiner Hände verstanden. Und sie hoffte, sie eines Tages bei ihrer hauptsächlichen Betätigung zu sehen, die sie sich in ihrer Phantasie bereits ausgemalt hatte — wie sie die Hornstäbchen hochhielten, die Puppen über eine weiße Leinwand bewegten, jeder flachen Lederfigur mit einer einzigen Bewegung Leben verliehen.

Maggie kehrte in ihr Zimmer zurück und schrieb Vern einen Brief. Er wollte sie bald in Yogya besuchen, und ihre ersten Sätze drückten ihre Freude darüber aus. Dann berichtete sie ihm von ihrem Sprachunterricht bei einem alten javanischen Guru, der sie gnadenlos schinde. »Er läßt mich nicht die Grundsprache lernen — sagt, daß ich alle drei Sprachebenen mit jeweils zwei Varianten von Anfang an lernen muß. Sagt, daß ich sonst nicht in der Lage bin, überhaupt irgend etwas zu sprechen. Sagt, daß ich mir sonst einen anderen Guru suchen muß. Er ist ein ausgemergelter kleiner Kerl, dessen Finger nach einem halben Jahrhundert Tabakgenuß die Farbe von Teakholz angenommen haben. Er ist ein Priyayi und deshalb sehr von sich überzeugt. Er sagt, daß ich privilegiert sei, in dieser Stadt Javanisch zu lernen, weil es hier korrekt gesprochen wird. Sagt, daß ich Glück habe, nicht in Surabaya zu leben, wo sie ein so heruntergekommenes und abscheulich klingendes Javanisch sprechen, daß es für jede Person in Yogya oder Solo, die Selbstachtung besitzt, eine Beleidigung darstelle, wenn sie es hören müsse. Es ist verdammt schwierig. Ohne meine Indonesischkenntnisse wäre es unmöglich. Gott sei Dank hilft das ein bißchen, weil beides indische Sprachen der indogermanischen Sprachfamilie sind. Vern, das Verb ›sagen‹ kann *kandha, sanjang, eriyos, matur* und *ngendika* heißen, abhängig vom sozialen Rang der Person, mit der man sich unterhält. Um die

Vokale richtig auszusprechen, muß man die Mundmuskeln sehr anspannen und den Klang abschneiden, damit es keinen Schlußgleitlaut gibt. Und die Ps und Bs sind wirklich ein Graus. Wenn man das Wort für ›Silber‹, das *perak* heißt, mit einem P ausspricht, wie wir es gewohnt sind, dann hört der Javaner *berak*, was ›Scheiße‹ bedeutet. Warum erzähle ich Dir das alles?« Maggie schrieb nicht weiter und fragte sich in der Tat, warum sie all das schrieb. Es war leeres Schulmädchengeschwätz; zumindest würde Vern das so empfinden. Er wollte etwas über ihre Gefühle hören, was sie für ihn empfand, besonders da er in einer Woche nach Yogya kommen wollte. »Wahrscheinlich schreibe ich Dir all das, weil ich ›kribbelig‹ bin, wie Larry sagen würde, und ich vermisse Dich, und ich kann es kaum erwarten, Dich zu sehen, Liebling, deshalb schreibe ich so einen blöden Kram.«

Als sie den Brief beendet hatte, wurde Maggie bewußt, daß er genauso armselig war wie die anderen, die sie ihm geschickt hatte. Das Problem war — und sie wußte es —, daß ihr das Reden über die Liebe niemals leichtgefallen war. Nein, um Himmels willen nicht aufgrund mangelnder Erfahrung! Aber ihre Mutter pflegte Kitschromane zu lesen und zerrte in ein hartes Frauendasein die Moralpredigten aus einer unbefleckten Vergangenheit, weshalb sie ihre heranwachsende Tochter mit Aphorismen über Liebe und Glück ergötzte. »Nur die Liebe zählt. Glück ist, wenn man für andere sorgt.« Dieser ganze Kram eben. Das erstaunte und verwirrte Maggie, die am Leben ihrer Mutter sowenig Liebe und Glück entdecken konnte. Es hatte sie mißtrauisch gegenüber leichtfertigen Überzeugungen gemacht, die man ohne Bezug zur realen Welt der Erfahrungen so locker in den Mund nahm. Und dennoch hatte ein Rest der Überzeugungen ihrer Mutter, sentimental, abgeschmackt und aus den kitschigsten Lebenshilfezeitschriften stammend, Maggie mit dem psychischen Gepäck ausgestattet, das sie in ihr eigenes Frausein mitnahm. In schlaflosen Nächten, wenn sie an die Decke starrte, dachte sie über Liebe und Glück nach, stellte Vermutungen an, was das wirklich sein könnte, und zerbrach sich ihren Kopf über die gefährliche alte Maxime, auf die ihre Mutter geschworen hatte: Wenn du die wahre Liebe gefunden hast, dann weißt du es so sicher wie deinen eigenen Namen, und nur wenn du eine solche Liebe gefunden hast, kannst du möglicherweise die Bedeutung von Glück erkennen.

Wie um ihrer eigenen Skepsis zu trotzen, bemalte sich Maggie die Lippen (das tat sie hier in Yogya selten), küßte gefühlvoll den Brief und hinterließ für Verns schmachtende Augen einen von feinen Linien durchzogenen roten Mund, der unter ihrer unleserlichen Unterschrift riesig aussah. Sie faltete den Brief, steckte ihn in einen Umschlag und verschloß ihn mit einem langen Seufzer, sagte laut: »Zur Hölle damit« und machte sich zum Hauptgebäude auf.

*

Nach ihrem Sprachunterricht ging sie den engen, staubigen Pfad vor dem kleinen Bungalow hinunter, der, nur wenige Meter von der Haustür entfernt, von der ungepflegten Vegetation des Hofes verschlungen zu werden schien. Bei jedem Schritt wiederholte sie *»Layat lali lilin lagu«*, weil der Guru Maggie — mit unverhohlener Verachtung — gesagt hatte, niemand auf Java werde sie verstehen, wenn sie die Worte mit L nicht höher im Kehlkopf ausspräche, wobei sich die Zungenspitze zum Gaumen hinbewegen müsse. Und dann wirbelten ihr die anderen Redewendungen durch den Kopf: *mbuh* in Ngoko, *kila* in Krama und *duka* in Krama-Inggil für »Ich weiß nicht«.

Das sollte ich eigentlich schleunigst lernen, dachte Maggie. Sie war so sehr mit den Bruchstücken beschäftigt, die ihr nach dem Unterricht im Kopf herumschwirrten, daß Maggie mit gesenktem Kopf gegen ihn prallte. Er wartete vor der Gartentür auf sie, mit zur Sembah erhobenen Händen, der Schirm hing an seinem mageren Arm.

Mas Slamat war ein Javaner, der niemals zu spät kam. Sein runzliges Gesicht sah unter dem flachen Filzhut, der schief auf seinem schütteren weißen Haar saß, äußerst ernst aus.

»Sie haben sich verspätet«, sagte er und überging ihre Entschuldigung, ihn angerempelt zu haben (sie hatte seine magere Brust durch das Hemd gespürt; sie war wie ein Waschbrett).

»Verspätet?« Maggie bemerkte, daß er keine Uhr trug. Sie sah auf ihre eigene. »Mas Slamat, nur ein paar Minuten.«

»Ich dachte schon, Sie würden niemals dort herauskommen.« Mit einem bösen kleinen Lächeln fügte er hinzu: »Ich glaube nicht, daß Sie etwas von ihm lernen werden.«

»Doch, ich hoffe, ich werde lernen. Können wir gehen?«

»Dann gehen Sie also mit?« fragte er skeptisch.

»Natürlich, das war doch geplant, oder?«

Er fuhr sich mit seinem dicken Daumen über die häßliche Warze, eine Geste der Unentschlossenheit. Wahrscheinlich war er sich nicht sicher, ob sie die Wahrheit sagte. Sie ließ ihm keine Zeit, darüber nachzudenken, sondern beschleunigte energisch ihre Schritte. Er schloß sich ihr an.

»Man sichtete einen Tiger«, sagte er nach einer Weile. »Er kam gestern aus den Bergen.«

»Ich habe nichts davon gehört.«

»Man sagt, daß der Berg Merapi ausbrechen wird. Es ist ein Zeichen, wenn die Tiger herunterkommen.«

»Sie meinen, wenn die Tiger aus den Bergen kommen, wird der Vulkan ausbrechen?«

»Immer.«

Sie blickte auf ihn herab. Seine Lippen waren zusammengepreßt, fest wie ein Felsen. Vielleicht glaubte er es. Nein, er glaubte es nicht.

»Der Dalang, den wir gleich sehen werden, ist nicht so gut wie Ki-Dalang Gitosuwoko«, sagte der kleine Mann nach einer langen Pause.

»Ja, ich weiß.«

»Wer sagte Ihnen das?« Er blieb stehen, um mißtrauisch zu ihr hinaufzublicken.

»Die Diener der Sakirmans.«

Mas Slamat lächelte höhnisch und wirbelte seinen Regenschirm herum. »Sie müssen nicht auf sie hören. Der Koch ist aus Sumatra.«

Um ihn zu reizen, wollte sie sagen: »Wer erzählte Ihnen das?« Statt dessen gab sie zu, daß der Koch aus Sumatra stamme.

»Ich kenne Sumatra«, erklärte er. »Ungehobelte Menschen, keine Zivilisation.« Er sprach das Wort »Zivilisation« in sechs scharf getrennten Silben aus.

Maggie lächelte. Aber kaum hatten sich ihre Gesichtsmuskeln verändert, wurde ihr bewußt, daß sie ihn mit ihrem Lächeln beleidigt hatte.

Mas Slamats zahnlose Kiefer arbeiteten, als ob er eine Rede einstudierte. »Glauben Sie ja nicht, Nonya, daß ich auf Geld aus bin«, sagte er. »Geld wird nicht aktiv angestrebt. Wir Javaner mit Mas oder Raden vor unserem Namen sind keine Geschäftsleute. Wir jagen nicht dem Geld nach. Das Geld fließt einer Person zu, weil sie Macht hat. Also machen Sie sich keine Sorgen. Ich will kein Geld von Ihnen, nur Gesellschaft und Anerkennung.«

Bei seinen letzten Worten nahm er den Hut ab und ließ ihr den Vortritt in das Theater.

*

»Agastya-Kunstinstitut« war ein reichlich ausgefallener Name für ein kleines Theater aus Beton, das sich weitab von einer bewohnten Straße auf einem umzäunten Gelände befand. Das Theater bot knapp fünfzig Personen Platz. Bei der heute abend stattfindenden Wayang-golek-Vorstellung, bei der dreidimensionale Puppen eingesetzt wurden, war nur die Hälfte der Sitzplätze besetzt. Laut Mas Slamat war Wayang-golek weniger populär und weniger magisch als Wayang-kulit, es gebe keine beleuchtete Schattenleinwand und die Puppen sähen menschlicher, also weltlicher aus. »Ich mag Wayang-golek nicht«, verkündete er würdevoll.

Ein kleines Gamelanorchester befand sich vor der Bühne; sie bestand aus einem Holzrahmen, der horizontal von zwei kräftigen Bambusstämmen gestützt wurde. An den Stämmen hingen mehr Puppen (mit ihren Hauptstäben im weichen Bambusmark steckend), als Menschen im Theater waren. Dermaßen zur Schau gestellt, vermittelten die Puppen eine prächtige Aneinanderreihung von Charakteren in geschmückten Kostümen, höfischem Haarputz, gebänderten Fezen. Die Gesichter waren entweder auf elegante Weise schön oder grotesk häßlich.

Der Dalang saß in der Nähe eines großen Koffers, aus dem er nach Bedarf weitere Puppen herausholte. Er bewegte sie mit den Hauptstäben, die den Kopf kontrollierten, und mit weiteren Stäben für die Arme. Die meiste Bewegung entstand durch das ruckartige Bewegen der langen Schärpen, die die Puppen trugen. Um noch mehr

Spannung zu erzeugen, schlug er mit Hilfe seines rechten Fußes ein Metallstück gegen den Holzkoffer.

Mas Slamat erklärte die Handlung dieses islamischen Dramas — etwas über die Abenteuer von Mohammeds Onkel, des arabischen Prinzen Amir Hamzah —, aber die ganze Geschichte erschien Maggie endlos, abgesehen von einigen Energieausbrüchen, wenn der Dalang die Puppen durch die Luft schnellen ließ, so daß sie flogen oder vor Angst zitterten. Der Dalang schien gelangweilt zu sein; häufig rezitierte er Verse, während er aus dem geöffneten Fenster blickte, als ob er hoffte, irgend etwas möge hereinkommen und die Monotonie unterbrechen.

Die Orchestermitglieder rauchten, selbst wenn sie spielten. Sie schlugen leicht mit stoffumwickelten Klöppeln auf Bronzegongs, zupften die Saiten einer Art Zither oder schlugen eine zweiseitige Trommel. Ein kleines Mädchen strich um die sitzenden Spieler herum oder drohte, mit einem stibitzten Holzhammer auf einen Gong zu schlagen, oder es legte seinen Kopf in den Schoß eines Spielers, während dieser die Eisenholzplättchen einer Gambang mit gepolsterten Schlagstöcken bearbeitete.

Häufig wehte Maggie aus Mas Slamats Mund eine Duftmischung aus Milch und Tabak ins Gesicht, wenn er ihr verschiedene Dinge erklärte. Den Kayon zum Beispiel. Das war eine blattartig geformte Figur aus Leder, die schon vor Beginn der Aufführung mitten auf der Bühne befestigt worden war. Danach wurde sie herumbewegt, bei einem Turnier in den Bambus gerammt, flatterte oder wurde wellenartig bewegt. Sie konnte einen Wald darstellen, ein Palasttor, einen Berg, eine Gruft, einen Fluß, ein Feuer, einen Sturm. Unten bauchig und nach oben hin sich zu einer flammenähnlichen Spitze verjüngend, war die Form des Kayon die des islamischen Lebensbaumes. Während einer Aufführung war der Kayon irgendwo immer zu sehen; zum Schluß befestigte der Dalang ihn wieder im Mittelpunkt der Bühne. Dann konnten die Menschen den Verlauf ihres Lebens zusammenfassen. Der Kayon war das Symbol des Wayang. Der Kayon war das sichtbare Herz Javas.

Seine Erklärungen gefielen Maggie besser als die Vorstellung, obwohl sie sich Mühe gab, auch daran Gefallen zu finden. Sie fand es bewundernswert, wie der Dalang seine Puppen die Bühne überqueren ließ; es erinnerte sie an Mas Slamats Watschelgang. Aber trotzdem war sie enttäuscht. Beim Verlassen des Theaters fühlte sie sich deprimiert.

Als ob er dies erraten hätte, sagte Mas Slamat: »Machen Sie sich keine Sorgen. Sie werden Besseres sehen. Ich werde dafür sorgen.«

»Ich würde gern Ki-Dalang Gitosuwoko sehen.«

Mas Slamat schwenkte mit Grandezza seinen Regenschirm. »Ah, das wäre wunderbar.«

»Ich glaube, daß er sich im Moment mit Borobudur beschäftigt und nicht mit Vorstellungen.«

»Manchmal gibt er Vorstellungen, um Geld zu sammeln. Beamte nehmen es für Borobudur«, Mas Slamat schnippte mit den Fingern, »und das Geld ist weg. Der Dalang hat viel gespendet, nichts wurde erreicht.« Mas Slamat lachte stillvergnügt in sich hinein. Ihn schien der Mißerfolg eines Idealisten zu erfreuen.

»Vielleicht braucht er Hilfe.«

Diese selbstverständliche Folgerung griff er sofort auf. »Wissen Sie denn, wie man ihm helfen könnte? Können Sie Geld beschaffen?«

»Nein, nein«, sagte Maggie erschrocken, weil er annahm, sie sei dazu in der Lage. »Aber ich glaube, daß er gerade dabei ist, Borobudur zu retten. Das muß sich noch auf andere Weise herumsprechen. Ich glaube, daß die Bevölkerung helfen könnte.«

»Dann müssen Sie helfen.«

»Glauben Sie?«

»Sie haben Freunde in der Botschaft. Ihr Mann hat amerikanische Geschäftsfreunde. Natürlich könnten Sie helfen.«

»Ich sagte Ihnen doch . . .« Maggie begann zu leugnen, was sie bei all ihren Zusammenkünften geleugnet hatte: daß sie die Mittel besaß, Mas Slamat mit allem zu versorgen, was er brauchte.

Er tat nun, was er immer machte, wenn sie ihre Einflußmöglichkeiten und ihren Reichtum nicht zugab — er zog sich den Hut über beide Ohren, um ihre abschlägige Antwort nicht hören zu müssen. »Kommen Sie mit zu mir«, sagte er und marschierte energisch los.

Nachdem sie ein paar Häuserblocks weitergegangen waren, wurde Mas Slamat langsamer und zappelig. Er schlug den zusammengerollten Regenschirm rhythmisch gegen seinen Oberschenkel. Ihn schien etwas sehr zu beschäftigen. Sie wurden noch langsamer. Die Gasse wurde hin und wieder von Licht erhellt, das aus den Häusern schien. »Es muß geschehen«, sagte er abrupt und schlug sich zur Bekräftigung noch härter auf den Oberschenkel. »Sie müssen den heiligen Mann Raden Harjanta Prijohoetomo kennenlernen. Gestern besuchte ich ihn, und er prophezeite etwas. Er zitierte das malaiische Sprichwort: ›*Anjing gelak, babi berani: Die Hunde sind grimmig, die Schweine sind dreist.*‹« Mas Slamat hielt inne und lächelte erwartungsvoll, als wäre er sich sicher, Maggie würde ihn verstehen. Weil sie einfach nur stehenblieb, runzelte er die Augenbrauen und schlug wieder den Regenschirm gegen seinen Oberschenkel. »Die Roten und die Söhne des Islam sind auf einen Kampf eingestellt.«

»Da würden ihm viele Leute recht geben.«

Mas Slamat überging die Möglichkeit, daß irgend jemand anders eine ähnliche Einschätzung haben könnte. Sich in Positur werfend, führte er mit dem Regenschirm eine rasche Bewegung aus, als ob er einen Fechtschlag parieren wollte. »Der heilige Mann sah sie im Traum kämpfen, und wir haben gewonnen.«

»Die Moslems?«

Mas Slamat warf ihr einen scharfen Blick zu. »Natürlich haben wir gewonnen. Wir schlachteten sie alle ab, Blut floß auf den Straßen, keiner entkam. Alle Kommunisten wurden abgeschlachtet, und Allah wurde von allen Menschen gepriesen. Das sagte Raden Harjanta Prijohoetomo, und er ist noch nicht einmal ein Moslem.«

»Ich dachte, er sei einer.«

»Er nennt sich selbst Moslem, Buddhist, Hindu, Christ.« Mas Slamat grinste wie über einen Witz. »Ein großer Mann, aber seltsam. Er ist heilig; wir alle wissen, daß er heilig ist, dennoch werde ich nichts von dem glauben, was er sagt. Aber selbstverständlich glaube ich an seine letzte Prophezeiung. Wir werden gewinnen; sie werden bluten und auf den Straßen sterben.« Nachdem sie eine kurze Wegstrecke zurückgelegt hatten, wurde Mas Slamat wieder zappelig. »Nonya«, sagte er, »ich kann Sie nicht zu mir einladen. Ich habe andere Dinge zu besorgen. Der Strom ist ausgefallen. Gute Nacht.«

Er ließ sie stehen und eilte davon. Als Mas Slamat watschelnd in der Dunkelheit verschwunden war, drehte sich Maggie um und machte sich allein auf den Heimweg.

24

Maggie wartete mit Mas Slamat auf dem Flughafen von Yogya auf das Flugzeug aus Djakarta. Slamat hielt den Regenschirm mit seinem mageren Arm himmelwärts und schützte sie beide gegen eine Sonne, deren sengende Hitze die Rollbahn in eine brodelnde schwarze Suppe verwandelt hatte. Er hatte Maggie damit gequält, endlich ihren Mann kennenlernen zu dürfen. Und er hatte dafür die großartigen Worte gefunden: »Ihr Ehemann, Nonya, ist Geschäftsmann. Er verdient es zu wissen, wer ihm in Yogya helfen kann. Erlauben Sie mir freundlichst, Sie zu begleiten.«

Vern war von der Anwesenheit dieses kleinen Mannes überrascht. Auf der Rückfahrt in die Stadt zeigte Vern durch sein mürrisches Schweigen, wie schnell Überraschung in Mißvergnügen umschlagen kann, während Maggie über ihren Fehler nachdachte, Mas Slamat mitgebracht zu haben.

Während Ehemann und Ehefrau grübelnd schwiegen, übernahm Mas Slamat den Hauptteil der Unterhaltung. Er warnte Tuan Gardner vor den kommunistischen Aktivitäten, als ob der geschäftstüchtige Ehemann geradewegs vom Mond in dieses Land gekommen wäre. Verns Reaktion auf den gönnerhaften Ton dieses kleinen Mannes bestand nur darin, daß er seiner neben ihm sitzenden Frau unglückliche Blicke zuwarf. Mas Slamat, der neben dem Fahrer saß, drehte sich zur Bekräftigung seiner Aussagen immer wieder um und versicherte dem amerikanischen Ehepaar, daß es bei Befolgung angemessener Vorsichtsmaßnahmen und guter Ratschläge nichts zu befürchten habe. Er, Mas Slamat, könne gute Ratschläge erteilen. Und während er dies behauptete, überreichte er Vern seine Visitenkarte. Maggie nahm an, daß er ihr wahrscheinlich nicht zutraute, ihrem Ehemann von der Karte erzählt zu haben, die sie bereits besaß. Vern musterte interessiert seine Karte, ehe Mas Slamat bemerkte, daß sie in der falschen Sprache war. Er lehnte sich zurück, entriß ihm die in deutscher Sprache abgefaßte Karte und ersetzte sie durch eine englischsprachige. Er sprach von der Notwendigkeit ausländischer Hilfe für die Restaurierung von Borobudur, eines berühmten, ganz in der Nähe gelegenen Ortes, während seine aufdringlichen Blicke zwischen Ehefrau und Ehemann hin und her wanderten — wie die eines hungrigen Mannes, der die Vorspeisen auf der Warmhalteplatte eines Banketts prüfend abschätzt.

»Was ist da drin?« fragte er plötzlich. Als Vern nicht reagierte, deutete er auf ein in Geschenkpapier eingewickeltes Päckchen, das auf dem Schoß des verheirateten Geschäftsmannes lag. »Machen Sie sich keine Sorgen«, erklärte Mas Slamat und spitzte seine Lippen, als ob er einem Narren die wahre Gefahr verheimlichen wolle. »Bei Ihrem Besuch in Yogya müssen Sie sich in meine Obhut begeben. Ich weiß alles. Ich kenne Sprachen, und ich interessiere mich für das Wohlbefinden von Nonya Gardner.«

»Er war wirklich sehr hilfreich«, bestätigte Maggie und lächelte hoffnungsvoll ihren Ehemann an, der nicht zurücklächelte.

Als der Wagen am Ngasem, dem Vogelmarkt, vorbeifuhr, bat Mas Slamat plötzlich, aussteigen zu dürfen. Er habe vergessen, einen Brief zu beenden, der einem sehr lieben Freund in Frankreich sofort geschickt werden müsse. Javanisch auf den Fahrer einredend — zu schnell für Maggie, um verstehen zu können —, wartete er das Halten des Wagens kaum ab, öffnete die Tür und stolperte auf die Straße. Im Wegrennen drehte er sich noch einmal um, lüftete seinen Hut mit einer grandiosen Geste und stotterte einen Gruß. Sein Regenschirm baumelte an seinem angewinkelten Arm.

»Wer zum Teufel *war das*?« fragte Vern, als der Wagen weiter zum Haus der Sakirmans fuhr.

»Jemand, den ich kennengelernt habe. Er hat — na ja, ich weiß nicht, irgendwas Besonderes an sich. Ich glaube, daß Mas Slamat sich bei Leuten einschmeicheln will, und wenn er merkt, daß er keinen Erfolg hatte, rennt er weg, um sein Gesicht zu wahren.«

»Verstehe. Wovon lebt er?«

»Offen gesagt, ich weiß es nicht.«

»Verstehe. Warum zum Teufel gibst du dich mit ihm ab?«

»Weil ich ihn mag.« Fast hätte Maggie hinzugefügt: »Und weil ich glaube, daß er mich braucht.«

Vern zeigte ihr das hübsch verpackte Geschenk. »Ich denke, er wollte, daß ich es dir in seiner Anwesenheit überreiche. Na ja, wie dem auch sei, Liebling, da hast du es.«

Aufgeregt entfernte sie das Papier und zog eine wunderschön gearbeitete Handtasche heraus, wie sie nur in der Provinz Batak auf Nordsumatra hergestellt werden.

»Erinnerst du dich, was ich in Palembang sagte? Die schönsten Handtaschen aus Batak findet man wahrscheinlich in Djakarta.«

Natürlich erinnerte sie sich. Aber was sie am meisten freute, war die Tatsache, daß sich Vern auch daran erinnerte. Sie küßte ihn und strich dann leicht über das weiche Leder der rostfarbenen Tasche. Ihre offensichtliche Freude an dem Geschenk wirkte sich auch wohltuend auf Vern aus. Er dankte ihr für den Brief, den mit der Lippenstiftunterschrift, wie er es nannte; und zuerst verstand sie nicht, warum er solchen Anklang bei ihm gefunden hatte, denn der grelle Lippenstiftabdruck, diese Ausgeburt einer trotzigen Laune, war ihr häßlich vorgekommen — wie eine schmutzige Bärentatze im Schnee. Erneut küßte sie ihn und war überrascht, daß sie vorübergehend die Macht der Sexualität vergessen hatte.

Er begann über das »Projekt Palme« zu reden; es lag immer noch in der Schublade. Es könne erst etwas geschehen, wenn die feinen Armeepinkel sich entschließen würden, wann das Investitionskapital von OPSUS angelegt werden sollte, um mit dem Hotelprojekt auf Bali voranzukommen. Er solle in vier Tagen wieder zurück sein, weil man ihn vor allem bei Partys der Regierung vermisse, damit die Leute einen lebenden Amerikaner in Sukarnos antiamerikanischem Indonesien anglotzen konnten. Larry Foard sei in den nächsten Tagen sein Stellvertreter und Larry sei natürlich »kribbelig«. Wenn der kleine Schiffsbauer aus Cornwall etwas haßte, dann war es Autorität, seine eigene wie die anderer, selbst wenn die Autorität darin bestand, nichts zu tun.

»Larry begleitete mich zum Flughafen. Weißt du, was er sagte, bevor ich einstieg?« Vern kicherte bei dieser Erinnerung. »›Es ist schon 'ne Schweinerei, dich um so was zu bitten‹, sagte er, ›aber wie wär's, wenn du mir dein Jackett gibst, das aus Leinen, was du in Hongkong gekauft hast? Ich hörte, daß es zwischen Djakarta und Yogya verflucht viele Abstürze gibt.‹ Das ist typisch für Larry Foards Humor«, sagte er herzlich. »Und ich antwortete ihm, daß ich ihm nicht einmal ein Paar alte schmutzige Socken schenken würde.«

Maggie sagte nichts, sondern faßte nach der Hand ihres Mannes und preßte sie gegen ihren Schenkel, bis sich die Wärme dort staute, wie Wasser aufwallte und beiden die erste leidenschaftliche Erregung vermittelte, eine Vorahnung dessen, was sie nur fünf Minuten entfernt in der Abgeschiedenheit und Ruhe eines Schlafzimmers erwartete.

*

Sie ritt ihn wie ein Pferd. Sie spürte, daß er versuchte, ein Ziel zu erreichen, das so tief in ihr verborgen lag, daß es auch außerhalb ihres Körpers liegen konnte. Als ob er durch eine lange, schwarze Röhre in einen unendlichen Raum reiste. Maggie liebte es, auf ihm zu sitzen und ihn wie ein bockendes Wildpferd zu reiten. Ihre Hände umkreisten und preßten ihre Brüste, ihr Kopf bog sich wie bei einem trinkenden Vogel zurück, ihr Becken bewegte sich sanft auf und ab, das braune Vlies zwischen ihren Beinen begegnete seiner dunklen, nach Moschus duftenden Leistengegend, entfernte sich wieder und begegnete ihr wieder, bis sie sich über ihn beugte und seine Schultern umfaßte, um ihn noch besser zu spüren. Ihre Brüste wippten nun wie verrückt, der Rücken war gebogen, und sie antwortete mit ihren Stößen auf seine, stieß, stieß, stieß — bis sie beide kamen.

Später, als sie Seite an Seite lagen und wieder zu sich selbst fanden, stützte sich Vern auf einen Ellenbogen und blickte zu ihr hinunter. Schweiß tropfte von seinem Kinn auf ihre Schulter; mit Zeigefinger und Daumen umkreiste er sanft den Nippel ihrer rechten Brust. Sie starrte diesen Zeigefinger an; er war bei Bauarbeiten in eine Säge geraten, eine weißliche Kerbe lief vom Knöchel zum Nagel; eine grabenähnliche Narbe, die seiner ganzen Hand ein brutales Aussehen verlieh. Einen Augenblick lang wollte sie sich von einer solchen Hand befreien, aber dieser Wunsch verflog und machte Hingabe und Vergnügen Platz. Dennoch verfolgte Maggie das Bild des narbigen Zeigefingers, als sie aufstand und ins Bad ging. Sie konnte sich nicht erinnern, daß irgend etwas Störendes an ihm ihr jemals auf diese Weise im Kopf herumgespukt wäre.

Nachdem sie sich gebadet und angekleidet hatte, kämmte sie sich vor dem Spiegel ihr Haar. Die Tür stand offen, so daß sie die flotten Klänge von *Black Bottom Stomp* hören konnte, gespielt von Jelly Roll Morton's Red Hot Peppers. Die Musik hörte abrupt auf, und sie hörte das häßlich kratzende Geräusch der Nadel, die ungeschickt von der Schallplatte abgehoben wurde. Bei diesem Geräusch preßte sie die Zähne zusammen. Sie sah im Spiegel, daß Vern zu ihr kam. Sie spürte seine Hände auf ihren Hüften, spürte ihre Wärme; sie empfand es als besitzergreifende Geste, weil er sie dann zurückzog, um sich gegen den Türrahmen lehnen zu können.

»Liebling«, sagte sie schwach lächelnd, »behandle die Schallplatten bitte gut. Sie sind schon ganz schön zerkratzt, und ich kann hier keinen Ersatz bekommen.«

»Tut mir leid«, sagte er stirnrunzelnd. Sein Haar sah nach seinen Bemühungen, es zu trocknen, zerzaust aus. Sein noch nicht zugeknöpftes Hemd entblößte dunkelgelockte Haare auf einer breiten Brust. »Ich saß da, betrachtete den Garten und dachte daran, wie sehr ich dich liebe, mein Herz. Und ich fragte mich, warum du solche Sachen machst.«

»Zum Beispiel?« Energisch kämmte sie sich das Haar.

»Zum Beispiel lernst du Javanisch, als ob dein Leben davon abhinge.«

»Ich glaube nicht, daß mein Leben davon abhängt.«

»Immerhin beschäftigst du dich sechs Stunden am Tag damit.«

»Vielleicht auch mehr.«

»Aber wir werden schon bald auf Bali sein, wo man kein Javanisch spricht.«

»Ich weiß.«

»Warum dann also? Du wirst keine Zeit haben, es fließend sprechen zu lernen.«

Maggie zuckte mit den Schultern, anstatt zu sagen: »Ich möchte ganz einfach nur die Sprache lernen, Liebling, was soll daran verkehrt sein?« Sie würde sich nicht verteidigen oder rechtfertigen. Widerstand machte sich in ihr breit wie eine träge schwappende Ölwoge.

In Verns plötzlichem Verlangen nach einer Erklärung ihres Verhaltens lag etwas Drängendes, fast Verzweifeltes. Das hatte es sonst nie gegeben. Vielleicht gehörte es zum Getrenntsein, daß sich Launen und Selbstzweifel entwickelten. Vielleicht sollte sie mit ihm nach Djakarta zurückkehren. Aber das war eine Möglichkeit, die sie nicht ansprach. Maggie strich sich ein weiteres Mal mit dem Kamm durchs Haar, als ob sie durch diese Geste die Unterhaltung auf ein anderes Gebiet verlagern könnte. Sie sagte: »Hast du Sukarno wirklich kennengelernt?«

Vern lächelte, offensichtlich glücklich, einen unklugen Angriff abbiegen zu können. »Ich habe ihn tatsächlich kennengelernt.«

»Wie war er?«

»Verfettet, selbstgefällig, charmant, müde, rastlos.«

»Daraus kann ich nicht entnehmen, ob du ihn nett findest.«

»Ich mochte den Mumm, den Ehrgeiz, den Wagemut. Ich mochte ihn, weil er Architektur studiert hat, obwohl ich seine Vorliebe für Le Corbusier nicht teile.«

Maggie legte ihm ihre Arme um den Nacken, wie Kinder dies tun, wenn sie sich um einen Pfosten schwingen wollen. Sie betrachtete sein wettergegerbtes Gesicht, seine dunklen Augen, in denen sie während ihrer ersten Tage auf Samosir einen ständigen Strom tiefer Gefühle entdeckt hatte, und Maggie empfand Schuldgefühle, weil sie einer Auseinandersetzung mit ihm ausgewichen war. Sie lehnte sich an ihn und flüsterte ihm ins Ohr: »Ich gebe Javanisch auf, du gibst das Hotel auf, und wir beide gehen an den Tobasee zurück.«

Vern lehnte sich etwas zurück, um sie zu mustern.

»Wir könnten einen abgelegenen Ort auf Samosir finden und dort bleiben«, erklärte Maggie. »Wir werden nie mehr zurückkommen. Wir könnten fischen lernen.«

»Klar, ich mache mit.« Er tätschelte ihre Wange. Diese herablassende Geste, onkelhaft und oberflächlich, ernüchterte Maggie. Vern weigerte sich anzuerkennen, daß in ihr etwas steckte, das an Märchen glaubte. Sie ließ ihn los und ging an ihm vorbei ins Schlafzimmer.

»Du bist nicht wirklich dafür«, sagte sie. »Oder für etwas Ähnliches.«

»Für Reisen bin ich immer zu haben.«

»Stimmt. Aber ich meine, daß du nicht dafür bist, an einen Ort zu gehen und dort zu bleiben.« Maggie sah Inam am Fenster vorbeigehen, die schlanken Hüften des Mädchens wippten fröhlich durch die feuchte Hitze des Hofes. »Du mußt neue Sachen bauen, Liebling. Du brauchst immer Veränderung. Nach zwei Monaten könntest du den Tobasee nicht mehr aushalten.«

»Könntest du es denn?«

»Ich glaube ja. Ich hätte mich wahrscheinlich gerade eingerichtet, wenn du den Drang zu gehen verspüren würdest. Du würdest dich schnell anpassen und dich dann langweilen. Ich wurde mich quälen und mühsam voranarbeiten, aber tiefer in das Leben eindringen, bis es mir gehörte. Und du wärst fort. Und wir wären so klug wie am Anfang.«

Als er nichts sagte, drehte sich Maggie um und sah seinen betroffenen Gesichtsausdruck. Unsicher lachend, sagte sie: »Na, komm schon, es gibt auch noch andere Orte. Laß uns nach Borobudur fahren. Wenn wir hier noch länger bleiben, bekomme ich nur Lust auf einen weiteren Rodeoritt.«

*

Bevor sie zum Tempel fuhren, hielten sie an der Bahnstation, wo die Truppen nach Djakarta verladen wurden. Es war Achmad Bachtiars Bataillon, das während der Feierlichkeiten am Tag der Armee vorübergehend der Ersten Palastehrenwache des Regiments Cakrabirawa zugeordnet werden sollte. Halb Yogya schien gekommen zu sein, um seine ruhmvollen Jungs zu verabschieden. Maggie hatte Ali versprochen, sie würde kommen, obwohl er jetzt als lokaler Vertreter der PKI zwischen all den Soldaten nicht zu sehen war. Deshalb suchte sie nun, zusammen mit Vern, in der Menge nach Feldwebel Bachtiar.

»Da ist er«, sagte sie zu ihrem Mann.

Während sie sich durch die Menschenmenge zu Achmad drängelten, sahen sie, wie er ein Kind küßte; es wurde ihm von einer kleinen Frau, die einen Sarong trug, entgegengehalten. Beim Anblick der Ausländer senkte er die Augen, als schäme er sich, vor ihnen seine Gefühle zur Schau zu stellen. Er wirkte mürrisch, als er Maggie für ihr Kommen dankte. Mißtrauisch beäugte er Vern.

»Ich gratuliere Ihnen zu Ihrer Einheit. Meine Frau sagte mir, es sei das 454. Bataillon.« Vern sprach Bahasa-Indonesisch.

Achmads Gesicht leuchtete angesichts des Wissens dieses Amerikaners auf. »Ja, das stimmt.«

»Kennen Sie Djakarta?«

»Ich bin zum erstenmal dort.«

Maggie beobachtete die kleine Frau, die mit dem Kind auf dem Arm davoneilte. »Ist das Ihre Familie, Achmad?«

Er nickte zustimmend, blickte mit zusammengekniffenen Lippen zwischen den beiden Fremden hin und her.

»Ihre Frau und ihr Kind sind sehr reizend.«

Achmad starrte Maggie an.

»Meinen Sie, daß die Roten am Tag der Armee Schwierigkeiten machen werden?« fragte Vern.

»Das sollten sie bleiben lassen.«

»Wo ist Pak Bambang?« wollte Maggie wissen.

»Im Dorf, arbeiten.«

»Und Ali?«

»Er macht Schwierigkeiten.«

»Ich verstehe nicht.«

Achmad wiederholte es langsam sowohl in Ngoko als auch in Krama.

»Er ist Ihr Freund«, antwortete Maggie unsicher in Krama. »Und Sie sind sein Freund. Sie liehen ihm Ihr Motorrad.«

Auf dem Rückweg zum Auto, das sie in einer Nebenstraße geparkt hatten, erwartete Maggie, daß Vern irgend etwas zu ihrer Unterhaltung in Javanisch äußern würde. Sie erwartete es wie einen Schlag, aber er sagte nichts, was sie als Billigung ihrer Sprachstudien betrachtete und was auch bewies, wenn es überhaupt eines Beweises bedurfte, daß sie zu defensiv geworden war. Maggie hatte immer die Art paranoider Sensibilität verachtet, von der einige Menschen annahmen, daß sie ein obligatorischer Bestandteil der Liebe sei. Im College war sie gelangweilt abgehauen, wenn die Leute nach dem Motto quatschten: »Und er sagte ... was mich vermuten ließ ... weshalb ich was sagte ... was ihn zum Staunen brachte.« Entweder man liebte, oder man liebte nicht — das war immer ihre Einstellung gewesen, die sie auch von einer Mutter übernommen hatte, deren Wissen aus romantischen Zeitschriften stammte. Ungeachtet der Ursprünge ihres Ideals war Maggie diesem Grundsatz treu geblieben. Sie ließ ihre Gefühle denken, und wenn sie sich aus einem Mann etwas machte, dann reichte das.

Sie und Vern überquerten schweigend die Straße zu ihrem Auto, als Maggie eine Gestalt wahrnahm, die in einiger Entfernung unter der Markise eines Warungs stand.

Es war der Mann im Schatten. Dann war er verschwunden wie jemand, den man in einem Hitchcockfilm kurz erblickt hat, eine Gestalt, die alle handelnden Personen während des gesamten filmischen Alptraumes verfolgen würde. Aber dies war keine ominöse Erscheinung. Es war Ali.

War er gekommen, um einen letzten Blick auf seinen alten Freund aus dem Dorf zu werfen, der sich auf den Weg nach Djakarta machte? Oder war er gekommen, um den amerikanischen Ehemann zu sehen? Von Anbeginn ihrer Bekanntschaft mit Ali hatte sie von seiner Seite ein romantisches Interesse gespürt, obwohl es wahrscheinlich so tief angesiedelt war, daß er sich dessen gar nicht ganz bewußt wurde. Das hatte sie nicht gestört. Sie hatte schon immer die Gabe besessen, sich mit Männern anzufreunden, die mit etwas mehr Ermunterung auch mehr gewollt hätten. Aber sein heutiges unvorsichtiges Erscheinen brachte alles ins Wanken. Seine Heimlichtuerei deckte eine Intensität der Gefühle auf, die sie wahrscheinlich dazu zwingen würde, ihm die Freundschaft aufzukünden.

*

Dann waren sie in Borobudur. Maggie führte ihren Mann und ging die steilen Treppen zum Tempel voraus. Sie war sich der Tatsache bewußt, daß sie wie ein unbedarftes Mädchen plapperte, aber irgendwie fühlte sie sich zwischen diesen Ruinen wie zu Hause, so als ob sie zu ihr gehörten — oder sie zu ihnen gehörte.

Sie erzählte Vern eine Geschichte, die ihr das Hausmädchen Inam erzählt hatte. Eine Oberschülerin schrieb einmal einen Aufsatz über das Thema eines Millionengewinns in der Lotterie. Was würde man mit solch einer Summe anfangen? lautete die Frage. Das Mädchen hatte die Idee, dorthin zu fahren, wo es schneit. Egal, wo. Sie wollte auf der Erde liegen und den Schnee fallen sehen. Sie wollte ihn fühlen, ihn auf ihren Fingern schmelzen lassen.

»Das ist eine wunderschöne Geschichte«, sagte Maggie, als sie die erste Terrasse erreichten.

»Hängt davon ab, warum das Kind das wollte«, sagte Vern. »Wir alle wollen das, was wir nicht haben.«

Nachdem sie über zwei Terrassen geschlendert waren, fragte Maggie ihn nach seiner Meinung zu Borobudur. Sie merkte, daß ihr Mund erwartungsvoll offenstand.

Vern blickte sich nachdenklich um. »Sie müssen den Tempel hier errichtet haben«, sagte er, »weil es in der Gegend nur so von Bauern wimmelte. Einen anderen Grund kann ich mir nicht vorstellen. Auf diese Weise hatten sie immer Sklavennachschub. Die Landwirtschaft wurde vernachlässigt, während sie dieses Ding bauten. Wahrscheinlich gab es auch Hungersnöte.«

»Stimmt.« In ihr stieg ein unsinniges Schuldgefühl hoch, als habe sie selbst diese Menschen vor eintausend Jahren unterdrückt. War er sich dessen bewußt, daß er sie sich schlecht fühlen ließ? »Was hältst du von der Architektur?«

»Phantasielos. Und was für ein Fehler, etwas bei diesem Klima auf einem Hügel zu errichten. Die Feuchtigkeit kriecht sofort in den Stein, wirft ihn auf und zersplittert ihn.«

»Genau das sagt auch der Dalang.«

»Der Dalang«, wiederholte Vern. »Du hast ihn schon einmal erwähnt.«

»Wirklich?«

»In einem Brief hast du geschrieben, daß du einen kennengelernt hast. Und heute hast du ihn auch schon einmal erwähnt.«

»Hab' ich vergessen.«

»Wer ist dieser Dalang?«

Ihr wurde die Ähnlichkeit seiner Frage mit ihrer früheren Frage nach Sukarno bewußt. »Arrogant«, sagte sie. »Gebildet, merkwürdig.« Sie fügte nicht hinzu: attraktiv, unberechenbar.

»Merkwürdig.« Diesen Teil ihrer Beschreibung griff Vern auf. »Vielleicht ist seine Merkwürdigkeit genetisch bedingt. Ich hörte, daß diese Dalangfamilien Inzucht treiben.« Als sie loslachte, sagte Vern defensiv: »Das habe ich jedenfalls gehört.«

»Er ist wegen seines Berufs merkwürdig, denke ich. Die Leute hier verehren Dalangs. Das macht ihn zu einem religiösen Führer.«

»Wie diese Fernsehpriester, die mit dem Verkauf von Christus das dicke Geld verdienen? Ist er auch ein Freund von dir?«

Maggie zuckte mit den Schultern wie bei der Frage, warum sie Javanisch lerne. Es könnte zur Angewohnheit werden, dachte sie traurig. Als sie den höchsten Punkt der Stupa erreichten, begann Maggie über die Notwendigkeit zu sprechen, Borobudur zu restaurieren. »Wie denkst du darüber?« fragte sie, während sie wieder hinuntergingen.

»Diesen Ort zu restaurieren erfordert viel Arbeit, denke ich. Es wird ein Vermögen kosten. Man müßte den Tempel auseinandernehmen, Stein für Stein — ich weiß nicht, vielleicht eine Million Steine —, und jeden abwaschen und chemisch behandeln und sie dann alle wieder an ihren alten Platz bringen. Sagte ich ein Vermögen? Zwei Vermögen!«

»Aber wäre das durchführbar?«

Vern spitzte die Lippen, ohne etwas zu sagen.

»Dich interessiert das nicht.«

»Du solltest dich mal sehen«, sagte Vern lächelnd. »Du

schützt deine Augen vor dem grellen Licht. Ich kann deinen Ehering sehen und deine blauen Augen, höllisch wütende Augen. Was ist los, Liebling?«

»Ich bin nicht ärgerlich. Ich dachte nur, daß dich Borobudur interessieren würde.«

»Nicht besonders.«

»Aber du bist Architekt.«

»Ich bin Baumeister.«

»Kann sich ein Baumeister nicht für einen Ort wie Borobudur interessieren?«

»Nicht dieser Baumeister.« Er ging beim Abstieg vor ihr her, und sie schwiegen, bis sie den Sockel des Gebäudes erreicht hatten. Dort wandte er sich um und sagte mit einer Stimme, die ärgerlich klang: »Ich bin wirklich nicht interessiert. Nein. Weil dieser Tempel nichts mit mir zu tun hat.« Er holte kurz und heftig Luft. »Oder mit dir — oder mit uns beiden. Mit niemandem, der lebt. Das ist der Unterschied zwischen einem ausgestopften und einem lebenden Hund.«

»Vern!«

»Ich habe die Kathedralen gesehen, ich habe die Bücher darüber gelesen, aber als ich von der Universität kam, ließ ich den ganzen Hokuspokus hinter mir und wurde ein Baumeister.«

»Aber, Vern . . .«

»Ich baue für die Zukunft.«

Maggie paßte sich seinem Schritt an. Im Vergleich zu seiner Stimme erschien ihr die eigene leise, aber fest und bestimmt: »Ich glaube, daß Dinge der Vergangenheit und Dinge der Gegenwart ihre Berechtigung haben.«

»Nicht, wenn einem begrenzte Mittel zur Verfügung stehen. Ich würde keinen Pfennig für Borobudur ausgeben, ehe die Leute, die in seiner Nähe leben, nicht das haben, was wir haben.«

»Und das wäre?«

»Was wir haben. Fernseher, Autos, Supermärkte.«

»Vern!«

»Ich meine das so.«

»Du würdest einen Müllhaufen aus Java machen. Warum soll ein Teil dieser Welt nicht frei von unserem Schrott sein? Ihre Bananenschalen verrotten, aber unsere Blechdosen und unser Plastik tun das nicht. Unser Müll bleibt und häuft sich an.«

»Die Leute stecken das in Plastiktüten, was sie tragen wollen. Das meiste, was sie essen, kommt aus Konservendosen. Sie bewegen sich mit Maschinenkraft voran. Das Fernsehen lenkt sie von Problemen ab. Seit wann willst du die Welt verbessern?«

»Die Vergangenheit zu bewahren, das bedeutet, an der Geschichte festzuhalten.«

»Das ist wie bei den Friedensmärschen. Die Leute meinen es gut, aber sie versperren nur den Weg zu dem, was getan werden muß.« Sie standen vor dem Wagen. Als sie eingestiegen waren, sagte Vern: »Ich bin glücklich, wenn die Leute hier das haben, was wir haben. Dann kann man Vergangenes bewahren. Warum nicht?«

Er versuchte, ihre Hand zu ergreifen, aber Maggie zog sie weg. »Du sprichst von dem, was wir haben. Was wir haben, hat einer ganzen Menge Leute wenig Glück gebracht.«

»Es geht doch nicht um Glück.«

»Sondern?«

Vern suchte nach Worten. Dann sagte er: »Stimulation. Das wollen die Menschen. Sie wollen aufrüttelnde Gefühle. Sie meinen, daß wir das im Westen haben, und sie wollen es auch. Ich möchte ganz einfach, daß sie es schnell bekommen.«

»Warum diese Eile?«

Wieder versuchte er, ihre Hand zu ergreifen; diesmal

ließ sie es zu. »Vielleicht, damit die alten Leutchen auch noch Spaß haben«, sagte er, »bevor sie sterben. Es interessiert mich noch nicht einmal, wie diese Menschen Autos und Fernsehen und das alles verkraften. Das ist ihre Angelegenheit. Ich arbeite im Dienstleistungsgewerbe. Ich baue, was sie wollen, und lasse sie damit machen, was sie wollen.«

»Du wäschst deine Hände in Unschuld.«

»Der Fortschritt geht niemals mit Moral einher. Wenigstens nicht in der Geschichte dieser Spezies.«

Nach diesem Meinungsaustausch schwiegen sie den gesamten Rückweg nach Yogya, saßen aber Hand in Hand da. Manchmal drückte er ihre Hand, manchmal sie seine. Sie hielten sich an den Händen, bis sie das Haus der Sakirmans erreicht hatten.

In Maggies Zimmer standen sie sich abwartend und lauernd gegenüber.

»Du bist verärgert«, sagte er.

»Genau wie du.«

»Komm mit mir nach Djakarta zurück.«

»Was hat das denn mit meinem Ärger zu tun? Es ändert doch nichts an meinen Gefühlen über deine Gleichgültigkeit angesichts eines Tempels, der dort zusammenfällt. Gleichgültigkeit eines Menschen, der etwas dagegen unternehmen könnte. Meine Rückkehr nach Djakarta würde daran gar nichts ändern.«

»Djakarta ist sicherer, als man sagt. Ich glaube nicht, daß die Menschen kämpfen werden, wenn der Druck noch stärker wird. Und überhaupt treibst du dich hier nur mit Kultanhängern herum . . .«

»Wie bitte?«

»Na ja, dieser Puppenspieler. Du sagtest selbst, er sei merkwürdig. Und was ist mit diesem seltsamen kleinen Burschen von heute morgen? Du hast hier nichts mehr verloren, seit Sakirmans Frau weggefahren ist. Das ist kein Aufenthaltsort mehr für dich.«

»Du vergißt, daß ich drei Monate lang Feldforschung in Sumatra betrieben habe. Ich stehe kurz vor meinem Doktor in Ethnologie, verdammt noch mal. Ich kann selbst auf mich aufpassen.«

»Ich wollte damit ja auch nur sagen, daß uns diese Trennung nicht mehr guttut.«

»Das weiß ich, Vern.« Angesichts dieser Wahrheit klang ihre Stimme nicht mehr so schneidend. »Aber Djakarta ist noch immer ein gefährliches Pflaster, oder? Ich würde in einem Käfig sitzen, wenn ich zurückkäme. Ich möchte hier noch eine Weile bleiben.«

»Also gut.« Seine Arme hingen kraftlos herunter. So hatte sie ihn noch nie gesehen.

Sie legte die Arme um seine Taille. »Wir sind Narren, daß wir uns streiten.«

»Ja. Ich bin so verdammt dickköpfig.«

»Ich bin auch verdammt dickköpfig.« Sie nahm sein Gesicht in beide Hände. »Mein Ehemann wird noch eine Weile weg sein. Falls Sie Interesse haben, es ist genug Zeit vorhanden.« Sie sank in seine Umarmung wie in einen warmen Wasserstrudel. Sie spielten wieder die alte Geschichte von der Treulosigkeit. Aber urplötzlich erklärte er mit scharfer Stimme: »Ich möchte das nicht mehr spielen.«

Sie bog den Kopf zurück und sah ihn an.

»Dieser Gedanke geht mir gegen den Strich«, sagte er. »Denn ich bin doch dein Ehemann.«

»Dann werden wir es nicht mehr spielen. Liebe mich einfach.«

»Das tue ich. Ich liebe dich, seit ich dich zum erstenmal am Tobasee sah. Ich werde es immer tun.«

»Ich meine jetzt. Liebe mich jetzt, auf der Stelle und sofort.«

25

Achmad Bachtiar wußte, daß Djakarta groß war, aber nicht, daß die Stadt so groß und zudem noch schmutzig war. Er hatte sie sich sauber und schillernd vorgestellt, überall Hochhäuser, breite Prachtstraßen und öffentliche Parks. Seine Frau hatte hier gelebt, sie mußte es kennen, aber sie hatte ihn nicht auf den Dreck, den Lärm, die Hitze und den Staub vorbereitet; das war alles viel schlimmer als in Yogya. Aber Frauen sagen natürlich immer ja, wenn sie nein meinen, und verheimlichen die unerfreulichen Wahrheiten, weil sie Angst haben, daß man ärgerlich wird. Das wußte doch jeder Mann. Im Dorf war das jedem von seiner Mutter beigebracht worden — mit einem Auflachen und verbunden mit der Warnung, wenn er nicht auf sie höre, würde er damit enden, auf eine weitaus unzuverlässigere Frau zu hören.

Trotzdem hatte Achmad vor, seiner Frau nach der Rückkehr eine Strafpredigt zu halten. Sag die Wahrheit, würde er sie anbrüllen. Wenn sie das nicht genügend erschreckte, würde er sie an den Schultern packen und schütteln. Und er würde sagen: Erzähl deinem Ehemann die Wahrheit, egal, wie sie aussieht.

Befriedigt von dieser Vorstellung, spazierte Achmad durch einen Slum im Westen Djakartas. Auf einem zerknitterten Stück Papier stand die Adresse seiner Schwester. Er war in Uniform und trug stolz die Insignien des 454. Bataillons, Diponegorodivision, obwohl er die progressiven Männer in seiner Kompanie verabscheute. Das waren eigentlich schon Kommunisten. Ein Viertel von ihnen waren vielleicht Sympathisanten, ein Fünftel sogar Mitglieder der PKI. Er würde sie nie verstehen, ganz zu schweigen von Leuten aus seinem eigenen Dorf wie Ali Gitosuwoko, der als Student nach Djakarta gegangen und als Organisator der Roten zurückgekommen war. Sie waren Ungläubige, Aufrührer und Anarchisten. Wie konnte es passieren, daß jemand wie Ali, dessen Familie seit Generationen eng mit den Bachtiars verbunden war, sich von solchen Schuften blenden ließ? Es war ein Rätsel. Selbst Bambang verstand seinen Bruder nicht. Wenn man Alis Namen erwähnte, starrte Bambang auf seine Füße und schüttelte langsam den Kopf, wie ein alter, halbblinder Elefant.

Hier waren die Roten noch schlimmer, mächtiger und gefährlicher. Auf dem Luftwaffenstützpunkt Halim wurde beim Stab und in der Offiziersschule Marxismus unterrichtet. Und Freiwillige der PKI wurden direkt auf dem Luftwaffenstützpunkt von erfahrenen Soldaten an Waffen ausgebildet, von Männern, die sich tapfer in West-Irian und Malaysia geschlagen hatten. Was mußten solche Helden fühlen, wenn sie ihr Wissen an diese Atheisten und Aufrührer weitergaben?

Aber nicht nur das, die meisten Dinge in Djakarta beunruhigten Achmad. Überall hörte er nur von der Korruption in der Armee, von Skandalen, von Betrügereien und Schmuggel. Nur wenig davon konnte wahr sein. Davon war Achmad überzeugt. Die Armee war seine Zuflucht, seine Bastion; seine Ehre als Mann hing von ihr ab. Wenn seine Frau zu ihrem uniformierten Mann hinaufblickte, dann fühlte er sich wie ein Sultan. Während er sich gestern in einem Laden nach Armreifen für sie umsah, hatte er mitgehört, wie ein Kunde dem Ladenbesitzer erzählte, daß die Soldaten die Leute in der Nachbarschaft terrorisierten, Schutzgelder forderten und Mädchen bedrohten. Er war vor ihn getreten. Ruhig hatte er den Mann gebeten, sich für solche Lügen zu entschuldigen. Der Mann kam seiner Aufforderung sofort nach.

Achmad erinnerte sich an diesen Vorfall, als er entlang

den stinkenden Kanälen des Kampongs lief. Er las die Abkürzungen auf den Mauern. NASAKOM stand überall. Das war eine Losung, mit der er nicht ganz einverstanden war, auch wenn sie von dem großen Führer der Revolution stammte. Nationalismus (NA) und Religion (SA) waren feste Säulen des Landes. Damit war er einverstanden. Aber nicht der Kommunismus, niemals. Wie konnte diese modische Idee, die auf dem politischen Ehrgeiz der fremdartigen Russen und Chinesen basierte, jemals auf dem uralten Boden Javas Fuß fassen?

Er hätte die Losung in NASA verändert, ein passender Appell an den Nationalstolz. Aber das daran hängende KOM — niemals. Das war eine Beleidigung seiner moslemischen Vorfahren, seines Dorfes. Deshalb war er auch beunruhigt, daß viele Männer in seinem Bataillon zum Gruß die Faust erhoben und »NASAKOM!« riefen. Er sagte dann natürlich nichts; und er zwang sich zu einem Gesichtsausdruck, der seine Gedanken nicht verriet. Niemand brauchte zu wissen, was er empfand, höchstens Ausländer wie dieses Ehepaar vor ein paar Tagen auf dem Bahnhof. Weil sie nicht zählten, konnte man solchen Leuten Geschichten erzählen. Er hatte ihnen ja zum Beispiel erzählt, daß die Roten gut daran täten, in Djakarta keine Schwierigkeiten zu machen. Er hatte die Bedrohung in Worte gefaßt. Aber sonst konnte man niemandem erzählen, was man dachte, nicht wenn man ein guter Soldat sein wollte. Man behielt die Dinge für sich. Man tat seine Pflicht.

Er bemerkte, daß nur wenige Menschen ihn wie in Yogya anlächelten. Viele sahen beim Anblick seiner Uniform ärgerlich aus. Aber sie waren arm, unwissend, lebten zusammen mit Ratten im Gestank von Urin und Abfällen. Er betrachtete die schäbigen Läden mit ihren billigen Haushaltswaren, ihren von Fliegen wimmelnden

Nahrungsmitteln. Viele Hütten waren aus Wellpappe, Maschendraht und Blech errichtet worden. Auf den schmalen Bürgersteigen rührten sich illegal hier aufhaltende Menschen in Kochkesseln. Einige hoben halbherzig die Hand. »Kasi wang«, bettelten sie mit kaum hörbarer Stimme.

Achmad würde seiner Frau bei der Heimkehr als erstes erzählen: »Es gibt Orte, die du in unserem Land nicht für möglich halten würdest. Gelobt sei Allah. In seiner Weisheit hat er Yogya für uns bestimmt.«

Er fühlte sich traurig und bedrückt in diesem Kampong, wo seine Schwester wohnte. Aber nach dem Tod ihres Mannes hatte sie sich geweigert, nach Hause zu kommen. Sie beschloß, in Djakarta zu bleiben. Der bewundernswerte Entschluß einer Witwe: dort zu leben, wo die Erinnerungen an ihn am stärksten waren. Aber hier leben? Sie tat Achmad leid.

Als er den Papierfetzen mit Endangs Adresse genügend Leuten gezeigt und endlich das Haus gefunden hatte, war Achmad erleichtert. Inmitten dieser Bruchbuden stand ein sauberes kleines Haus mit einem schimmernden Weißblechdach und Blumentöpfen auf den Fenstersimsen. Als er an die Haustür klopfte, hörte er einen Hund bellen, also besaß sie vielleicht sogar einen Garten.

Beim Anblick ihres bleichen, kleinen Gesichts in der Türöffnung hielt er ihr als erstes das Geschenk entgegen, das er aus Yogya mitgebracht hatte. Seine Frau hatte es ausgesucht: ein Stück maschinell hergestellter Batikstoff; nicht teuer, aber mit traditionellem Muster. Weder er noch seine Frau waren sich sicher gewesen, ob man im modernen Djakarta noch traditionelle Batikstoffe kaufen könne.

Nach einer Sembah nahm Endang das Päckchen in

ihre Hände, als ob es ein neugeborenes Baby wäre. Eine Weile betrachtete sie es, bevor sie zur Seite ging und ihn hereinließ.

*

Sie hatte Zibetfrüchte gekauft. Obwohl sie in dieser Jahreszeit reiften, waren Zibetfrüchte immer noch teuer. Während er mit den Fingern weiche Klumpen ätzend riechenden Fleisches aus der geöffneten Frucht fischte, fragte sich Achmad, wie sie sich Zibetfrüchte leisten konnte und übrigens auch das Haus. Sie hatte ihm den überraschend großen Garten gezeigt, der bepflanzt war mit einem hohen Kenaribaum, ein paar Kaliandrabüschen, mit Bougainvillea, Hibiskus, Jasmin. Es hätte der Garten einer reichen Priyayifamilie sein können.

Und die Möbel, wenn auch spärlich vorhanden, waren neu. In einem Schrank bemerkte er Sarongs, die säuberlich aufgestapelt waren — viele, einige sogar aus Seide und feinem Leinen. Konnte sie sich diese Dinge wirklich mit Wäschewaschen verdienen? Auf dem makellosen Dach hatte keine Wäsche zum Trocknen gelegen.

Und da war noch was: Sie bekam einen fetten Wanst.

»Fühlst du dich *wohl*?« fragte er vorsichtig.

»Ja, abgesehen davon, daß ich schlechte Träume habe.« Sie saß auf der Couch, sehr blaß, sehr mager — abgesehen von ihrem Bauch.

»Wasch dir die Füße, bevor du ins Bett gehst. Das hält die bösen Träume fern.«

Sie nickte. »Ja, ich glaube, das wußte ich mal. Aber ich habe es vergessen.«

Wieder fragte er: »Schwester, bist du in Ordnung?« Er bemerkte, daß sie auf der Stirn einen grünen Salbenfleck trug. Damit verscheuchte man den bösen Blick.

»Es geschehen so merkwürdige Dinge hier«, sagte sie nach einer Weile.

»Was für Dinge?«

»Sie fingen einen Kommunisten und hielten seinen Kopf unter Wasser, bis er tot war.«

Blitzartig tauchte vor Achmads Auge das Bild von Kot und einem abgetrennten Hahnenkamm auf. Er hatte ihn auf seinem Weg hierher in einem der Abwasserkanäle gesehen. Aber er sagte: »Das ist doch nicht so schlimm, ein Kommunist...«

Sie beugte sich vor, rang verzweifelt die Hände. »Aber du sagtest, Ali sei wieder zu Hause und arbeite für die Kommunisten. Kann ihm das nicht auch passieren?«

»Er ist in Sicherheit. Es ist doch sein Dorf.« Achmad war davon überzeugt; schließlich war Ali ein Gitosuwoko.

An der Haustür klopfte es. Endang sprang erschrocken auf und eilte weg. Sie öffnete die Tür nur einen Spalt und flüsterte heftig. Als Achmad gerade nachsehen wollte, kam ein kleiner, magerer Mann mit einer abgewetzten Aktentasche ins Zimmer. Er hatte dünne Lippen, die lächelten, ohne die Zähne freizugeben. Seine flach anliegenden Ohren und das nach hinten gebürstete Haar gaben ihm das Aussehen eines kleinen Höhlentieres. Er machte eine Sembah, streckte dann aber seine Hand zu einem westlichen Händedruck aus und stellte sich als Kamarusaman bin Ahmed Mubaidah vor.

Achmad mochte diese westliche Sitte des Händeschüttelns nicht, berührte dennoch flüchtig seine Hand.

Die unglücklich wirkende Endang erklärte, daß Tuan Kamarusaman ein alter Freund sei, der ihr nach dem Tode ihres Mannes bei ihren Angelegenheiten geholfen habe. Tuan Kamarusaman arbeite im Außenhandel.

Ganz offensichtlich hatte sie diesen Mann nicht erwartet. Achmad spürte, daß sie ihm gesagt haben mußte, er solle während der Anwesenheit ihres Bruders nicht kommen. Aber er war trotzdem gekommen.

Sie setzten sich.

Sjam lächelte immer noch mit seinen schmalen Lippen. »Ich leistete meinen Wehrdienst während des Unabhängigkeitskampfes ab. Ihr armer Ehemann — in einem Baum entdeckt. Ich hörte, daß ein Hund ihn dort hinaufjagte, und die malaiische Polizei erschoß ihn. Der Überfall war nicht erfolgreich.« Er bot Zigaretten an — Achmad hob ablehnend die Hände — und zündete sich eine an.

»Ich habe herausgefunden, daß mir Rauchen gegen die Hitze hilft«, sagte er und blies einen perfekten Kringel in die Luft. »Mir geht es bei dieser Hitze nicht gut. Ich werde davon heiser.«

Achmad beobachtete, wie seine Schwester aufstand, um Tee aufzugießen.

»Mich machen Männer neugierig, die heute ihren Wehrdienst ableisten. Er ist soviel härter als zu meiner Zeit. Ihre Einheit?« fragte Sjam.

Achmad antwortete ihm.

Der magere, kleine Mann schlug sich auf die Knie. Das war in Achmads Augen eine westliche Geste; dieser Kamarusaman mußte Geschäfte mit Ausländern machen, mit ihnen essen, mit ihnen lachen.

»Was für eine Ehre!« meinte Sjam. »Sie kamen wegen des Tages der Armee aus Yogya.«

»Jedes Jahr wird eine andere Einheit zu diesem Anlaß hierher verlegt«, antwortete Achmad abweisend.

»Aber dieses Jahr ist Ihr Jahr.«

Achmads undurchdringlicher Gesichtsausdruck zeigte keinerlei Reaktion.

Eine Welle zog der kleine Mann gedankenverloren an seiner Zigarette, die er genüßlich zwischen Daumen und

Zeigefinger hielt. Dann begann er über den unerfreulichen Zustand in Java zu sprechen. Es gebe soviel Heuchelei, Betrug und Faulheit bei den Regierungsbehörden. Die Prinzipien der Revolution würden wegen der vorherrschenden Jagd nach Erfolg und Geld vernachlässigt und vergessen. »Vielleicht haben Sie schon von der Waringin Finance Company Limited aus Singapur gehört.« Sjam wartete keine Antwort ab. »Sie wird von Cukongs aus Djakarta geführt. Sie stellt Kapital für den Schmuggel von Gummi und Zinn zur Verfügung. Einiges geht an eine Eisenhütte in Westdeutschland. Dort produziert man seltene Erden. Die braucht man für die Herstellung von Farbfernsehern.«

Achmad sagte immer noch nichts.

»Folglich werden wir hier eines Tages auch Farbfernsehen haben«, fügte Siam hinzu. »Soldaten sollten wissen, was sich abspielt. Übrigens gibt es auch in der Armee Korruption, Intrigen, alles mögliche.«

Achmad reagierte nicht auf diese Bemerkungen.

»Kennen Sie schon den jüngsten Skandal?«

»Man hört gewisse Gerüchte«, sagte Achmad kühl.

Endang kam mit einer Teekanne, einem Glas für Tuan Kamarusaman und einem neuen Glas für Achmad zurück.

»Wie denkt ihr Leute von der Division Diponegoro über die Dinge?« fragte Sjam und blies in seinen heißen Tee.

»Ich verstehe Sie nicht.«

»Über die Korruption.«

»Kein guter Armeeangehöriger findet Korruption gut.«

»Natürlich. Und Gerüchte von einem Putsch ... Wenn diese Geschichte mit den Generalen sich ausdehnt oder die PKI für Unruhen sorgt ...«

Achmad sagte nichts.

»Ich frage mich, ob die Division Diponegoro eingreifen wird.«

»Die Division befolgt die Befehle.«

Sjam warf ihm einen flüchtigen Blick zu, schlürfte Tee, zog an seiner Zigarette und zuckte mit den Schultern. »Ich stelle diese Fragen als interessierter Bürger. Ich mache mir Sorgen um die Nation. Ich frage mich, ob die Armee im Falle eines Notstands ihre Pflicht tut.«

»Die Division Diponegoro befolgt die Befehle.«

»Sie wären überrascht, wenn Sie wüßten, wie viele Menschen in Djakarta Interesse an der Meinung von Soldaten wie Ihnen haben.« Sjam beugte sich vor, als ob er dich auf etwas ganz Wichtiges einstellte. »Sie wollen wissen, was ihr denkt. Ich kenne sogar Leute, die für dieses Wissen bezahlen werden. Die für Ihre Meinung bezahlen würden. Aber so seltsam ist das gar nicht, wenn man darüber nachdenkt, nicht wahr? Weil wir in einer seltsamen Zeit leben. Wissen ist Geld wert, ist es nicht so?«

Achmads Augen begegneten Kamarusamans. Seine eigenen blieben fest, während Sjams Augen unruhig flackerten und dann ganz wegsahen.

Sjam räusperte sich ungeduldig. Sich erhebend, bedachte er die aufspringende Endang mit einem strafenden Blick. »Ich muß arbeiten«, verkündete er. »Ich gehe jetzt zum Hafen. Wenn Sie nur wüßten, Feldwebel, was sich dort abspielt — die Zollbeamten, die Nachschuboffiziere. Aber ...« Sjam machte eine wegwerfende Geste, »Sie glauben, es sind nur Gerüchte. Friede sei mit Ihnen. Gelobt sei Allah.« Er verabschiedete sich mit einer Sembah von Achmad, griff nach seiner Aktentasche und ging, gefolgt von Endang, zur Tür. Draußen unterhielten sie sich flüsternd. Achmad hatte seinen Tee ausgetrunken, bevor Endang zurückkam und noch blasser aussah. Ihr Gesicht war fast weiß, obwohl der Raum, der von dem überhängenden Dach gegen die Nachmittagssonne geschützt wurde, ziemlich dunkel war.

»Hält er dich aus?« fragte Achmad scharf.

Seine Schwester senkte den Kopf.

Achmad spürte, wie Wut in ihm hochstieg, aber von einem anderen Gefühl überlagert wurde. Er kämpfte mit sich selbst, er wollte sie rügen oder gar wüst beschimpfen, vielleicht sogar aufstehen und sie schlagen. Andere Mitglieder der Familie Bachtiar hätten so gehandelt. Aber er war nicht zu Hause, dies hier war ein Slum in Djakarta, und seine kleine Schwester hatte Essen, Kleider, ein Haus und einen Garten.

Achmad stand auf und starrte sie einen Augenblick lang an — sie hob ihren Blick nicht. Er rannte aus dem Zimmer. Draußen blendete ihn das Sonnenlicht. Er stürzte los und hätte fast eine Frau umgerannt, die einen Zwanzigliterkanister auf ihrem Rücken trug. Er eilte so schnell durch den Kampong, daß ihm die Leute erschrocken auswichen. Schweiß brach ihm aus allen Poren aus, aber er wurde nicht langsamer. Er rannte, bis er sich im Geschäftsviertel von Djakarta befand. Ein vorbeigehender Mann lächelte ihm zu. Achmad wußte, daß es wegen der Uniform war. Er wischte sich die Stirn mit dem Handrücken ab und ging langsamer. Er bemerkte, daß sein Hemd durchgeschwitzt war. Ein Soldat, ein Unteroffizier, sollte sich nicht in einem durchgeschwitzten Hemd unter Zivilisten bewegen. Er betrat einen Warung. Es kam ihm aber eher auf den Schatten als auf das Mineralwasser an. Nachdem er sich abgekühlt hatte, durchstreifte er ziellos die Straßen und dachte dabei nur an Helden, deren Namen er innerlich aufsagte. Er fühlte sich seltsam, vielleicht wegen der Hitze und der Sonne, aber es schien Achmad Bachtiar, als ob die Geister dieser tapferen Männer ganz in seiner Nähe schwebten. Es war so, wie die Dukuns versicherten: Die Geister kommen, wenn ein Mann in Not ist; sie helfen ihm, sie leiten ihn.

Niemandem im Dorf würde er etwas von seiner Schwester erzählen. Aber er würde sie auch nie wieder besuchen.

26

Mit dem »Projekt Palme« tat sich noch immer nichts. Als Vern nach Djakarta zurückkehrte, hatte er sich etwas Bewegung erhofft, aber alles war unverändert. Die Art und Weise, wie man bei OPSUS arbeitete, erschien ihm wie die Zusammenfassung eines Handbuchs über schlechte Geschäftspraktiken. Größte Ehrerbietung gegenüber Vorgesetzten ging einher mit äußerster Verachtung für Untergebene und feigen Ausweichmanövern vor möglichen Auseinandersetzungen unter Gleichgestellten. Es gab keine Beratungen auf unterer Ebene, keine korrigierend wirkende Rückkopplung zwischen Offizieren und Büroangestellten. Man kündigte etwas an, veranstaltete eine Party, überarbeitete auf der Basis zukünftiger Projekte laufende Statistiken, hielt Konferenzen ab, noch eine Pressekonferenz, gab noch eine Party — und was war damit erreicht? Nichts. Es ekelte Vern an.

Darüber hinaus begriff er, daß OPSUS im Grunde genommen aus einem dichten Netz vertraglicher Abkommen bestand, aus einem komplexen Netzwerk von Scheinfirmen. Er konnte sie nicht mehr länger auseinanderhalten. Ebensowenig konnte er die verschlungenen Pfade nachvollziehen, auf denen Susanto Sakirman es schaffte, von der Pensionskasse der Armeeveteranen eine hübsche Provision zu kassieren — das hatte er erst kürzlich erfahren. Gott allein wußte, wie viele Menschen in diesem Netzwerk Rechnungen und Projekte manipulierten, um für sich einen Profit herauszuschlagen.

Er war niemals ein geduldiger Mann gewesen, wenn sich ein vielversprechendes Projekt abzeichnete. Jetzt stand Vern Gardner kurz davor, mit OPSUS Schluß zu machen. Er hatte bereits Bewerbungsschreiben an Baufirmen in Singapur und Delhi geschrieben.

Deshalb nahm er in reichlich düsterer Stimmung eine Einladung mit einem ihm unbekannten Menschen an, der ein weiteres Bindeglied in dieser verworrenen Kette der indonesischen Geschäftswelt darstellte. Strahlend hatte General Sakirman gesagt: »Nun können Sie sich auf den Weg machen«, was fast alles bedeuten konnte. Das war eine dieser vagen Bemerkungen, an die sich Vern allmählich gewöhnt hatte. Nicht nur bei Sakirman, sondern auch bei Büroangestellten, Becakfahrern; er war es bei jedem gewöhnt, mit dem man es in Djakarta zu tun hatte.

Von solchen pessimistischen Gedanken begleitet, kam Vern in den Glodokbezirk, das Herz des Chinesenviertels.

Seine Jahre in Asien hatten Vern auf alle Chinesenviertel dieser Welt vorbereitet. Sie waren stets aus dem gleichen Holz geschnitzt: zwei- oder dreistöckige Gebäude, Geschäfte unter Arkaden, ein verwirrendes Straßennetz. Auf den Märkten konnten Obst und Gemüse variieren; doch waren die anderen zum Verkauf angebotenen Produkte identisch: Konservendosen, Eisenwaren, Papiergeld für Beerdigungen, Mah-Jongg-Jetons.

Sein Fahrer hielt vor einem Tempel. Zusammen mit seinem Leibwächter Hashim stieg Vern aus. Hinter einem gußeisernen Zaun befand sich der marmorgepflasterte Hof des Tempels; stets der gewohnte Zufluchtsort im Getöse und der Hektik eines Chinesenviertels. Immerhin war dieser Tempel sehr farbenfreudig und interessant: Das in Elfenbein und Rot gehaltene Gebäude mit seinen Mondfenstern und einem geschwungenen Dach, das von geflügelten Eisendrachen gesäumt wurde, glitzerte im Sonnenlicht, glitzerte und schien zu zittern — wie etwas, das Haut besitzt.

General Sakirman hatte Vern angewiesen, hier vor dem Tempel zu warten. Es hatte keinen Sinn, ihn nach dem Warum und Weshalb zu fragen. Sakirmans Methode, seine Angelegenheiten zu erledigen, seien es seine Geschäfte oder die Verabredungen mit Mädchen, haftete stets das Etikett paranoider Vorsicht an.

Gefolgt von Hashim, schlenderte Vern durch die doppelstöckige Pagode. Das Dach wurde von einer an den Spitzen rosa bemalten weißen Lotosblume gekrönt, unter der sich eine mit Sand gefüllte, riesige Bronzeschale befand. Durchdringender Geruch entströmte den Hunderten von Räucherstäbchen, die im Sand steckten und deren Rauch sich wie eine Spirale nach oben wand.

Voller Ungeduld ging Vern in den Haupttempel, wo unzählige rote Kerzen brannten, von denen manche einen solchen Umfang besaßen, daß ein Mann sie nicht mit seinen Armen hätte umfassen können. Karmesinrot und orangefarben glänzend, flackerte die Flamme über ihrem Docht. Vern beschleunigte seine Schritte. Er ging zu einer Vitrine, in der grellfarbene Gipsbuddhas und Kalender zum Verkauf angeboten wurden. Während er sie ruhelos betrachtete, hörte er jemanden seinen Namen sagen.

Vern wandte sich um und stand vor einem großgewachsenen, stämmigen Chinesen.

»Kommen Sie«, sagte der Chinese in Bahasa-Indonesisch. Mit seiner untersetzten Hand deutete er in Richtung Hof und fügte hinzu: »Allein.«

Mit einem Kopfnicken gab Vern Hashim, der plötzlich

so flink wie ein Wachhund wurde, zu verstehen, daß alles in Ordnung sei. Hashims Schultern entspannten sich, und er lehnte sich gegen eine Tempelsäule.

Über einen Leibwächter zu verfügen hatte Vern viel Spott an der Hotelbar eingebracht, aber nun vermißte er Hashim.

Der stämmige Chinese führte ihn zu einer schmalen, gewundenen Gasse. Sie legten einen langen Weg zurück, ehe sie vor einem heruntergekommenen Teehaus hielten. Der Chinese deutete barsch auf den Eingang und blieb dann mit verschränkten Armen stehen.

Das Teehaus war schummrig beleuchtet, ein einziger Mann saß an einem weit entfernten Tisch. Vern wurde das Gefühl nicht los, daß eigens für diese Zusammenkunft alle übrigen Menschen fortgeschickt worden waren. Der Mann war ein kleiner Chinese. Er trug ein westliches Sportjackett und ein am Kragen geöffnetes Hemd, und als er aufstand, sah er aus wie ein Mensch, der zum Golfspielen gehen will.

Als Vern näher kam, streckte der Chinese seine Hand aus — Vern sah auf dem Handrücken die Leberflecken des alternden Mannes — und stellte sich als Sutopo Salim vor. Der Name klang indonesisch, aber es handelte sich eindeutig um einen Chinesen.

»Entschuldigen Sie die Geheimnistuerei«, sagte er in britischem Englisch. »Aber wir leben in schwierigen Zeiten. Ist Ihr Leibwächter in Ordnung?«

»Ja, ganz und gar.« Vern ließ sich am Tisch nieder und wunderte sich, daß der Mann von Hashim wußte. Sofort brachte ein Kellner Tee.

»So wie es im Moment aussieht, glaube ich, daß Amerikaner in Djakarta einen Leibwächter brauchen«, sagte Sutopo Salim. »Soviel ich weiß, lebt Ihre Frau in Yogya. Das ist eine hervorragende Idee. Yogya ist alt, sicher. Haben Sie gehört, daß dem amerikanischen Marineattaché von einer kommunistischen Gewerkschaft der Strom abgestellt wurde?«

»Ich habe heute noch keine Zeitung gelesen.«

»Die Zeitungen berichteten nichts darüber. Haben Sie etwas gegen Reiskekse?«

*

In der folgenden Stunde erfuhr Vern viele Dinge über das »Projekt Palme«, die er bislang noch nicht wußte. Das Bauvorhaben wurde eigentlich von der East India Finance Limited aus Singapur als Pilotprojekt eines ausgedehnten Tourismusprogramms in dieser Gegend finanziert — trotz der, wie Sutopo Salim sich ausdrückte, »schwierigen Zeiten«. Sobald sich die Situation stabilisiere, werde der Tourismus sich zu einer bedeutenden Industrie ausweiten. Zumindest seien chinesische Kreise in Djakarta darauf eingestellt. Sie seien darauf vorbereitet, in großem Umfang in solche Vorhaben zu investieren; dies sei als Zeichen des Vertrauens auf Sukarnos Einfluß auf das politische Leben Indonesiens zu verstehen. Nach Beendigung der gegenwärtigen Krise wollten die Cukongs ohne weitere Verzögerung ihre Finanzmacht über die indonesischen Inseln ausdehnen. Diesen Ausführungen fügte Sutopo Salim noch hinzu, daß er und seine Kollegen sich glücklich schätzten, beim »Projekt Palme« einen amerikanischen Ingenieur zu haben; das amerikanische Know-how genieße im Gegensatz zur amerikanischen Politik noch immer Hochachtung.

Er entnahm seiner Aktentasche einen Stapel von Verns Skizzen und begann, sie auszuwerten. Im Flächenplan solle auch eine Arkade ausgewiesen werden, die groß genug wäre, um zwanzig Läden aufnehmen zu können. Außerdem sollte noch ein großer Parkplatz geplant werden, auch wenn es gegenwärtig kaum Autos auf Bali gebe.

Vern nickte zustimmend. Er mochte diesen chinesischen Geschäftsmann, der sich als Direktor der PT Seragam Technical Supply vorstellte. Vern wußte, daß dieser Name von dem obersten Finanzagenten der Armee benutzt wurde. Leider sei er geschäftlich in Hongkong gewesen, so daß er erst jetzt das Vergnügen habe, sich mit dem amerikanischen Ingenieur zu treffen.

Vern zählte zwei und zwei zusammen. Dieser Cukong aus Hokkien kontrollierte den Geldnachschub von OPSUS. Nichts rührte sich ohne sein Einverständnis und seine Beteiligung. Deshalb hatte sein Aufenthalt in Hongkong das Projekt Palme zum Stillstand gebracht. Hinter den uniformierten Beamten bei OPSUS stand, verborgen im Schatten, der wahre Boß: Sutopo Salim.

Er schlug vor, Vern solle nach Bali gehen und sich nach geeigneten Bauplätzen umsehen. Natürlich mit General Sakirmans Einverständnis.

Vern starrte ihn an.

»Ja«, sagte Sutopo Salim, »Sie müssen ihn, nicht mich, um Erlaubnis bitten. Sie werden sich noch daran gewöhnen, bei den richtigen Leuten nach Genehmigung zu fragen. Seit drei Generationen lebt meine Familie hier. Wir sind Peranakanchinesen, gebürtige Indonesier. Wir sind legale Bürger. Dennoch sind wir immer noch Fremde hier — wie Sie. Und als Fremde müssen wir häufig um Erlaubnis bitten.«

»Ich verstehe.«

»Mögen Sie die Armee?«

»Ich diente in einer.«

»Dann haben Sie ja Gespür dafür. Was wären wir ohne die Armee? Keine Genehmigungen, keine Lizenzen, keine Bevollmächtigungen.« Sutopo Salim streckte die Hände von sich, eine Geste, die nicht lustig gemeint war: »Und keine Hotels.« Er musterte Vern unverhohlen. »Darf ich Sie fragen, was Sie von Djakarta halten?«

Vern nahm kein Blatt vor den Mund. Er sagte, daß die nördliche, vom Hafen und dem Chinesenviertel beherrschte Hälfte der Stadt schrecklich überfüllt sei. Die andere, nicht so übervölkerte Hälfte, die sich wie ein Schandfleck südwärts ziehe, laufe aufgrund der schlechten Planung Gefahr, ebenfalls im Verkehr zu ersticken.

»Denken Sie an solche Sachen, wenn Sie über Djakarta nachdenken, Mr. Gardner? Verkehr?«

»Ja, der Verkehr fällt einem auf.«

Der Cukong strich sich nachdenklich über die Wange. »Ich vermute, daß es Ausländern so geht. Wir sind daran gewöhnt. Wir denken niemals über die Zeit nach, die wir brauchen, um die Stadt zu durchqueren.«

»Ich wohnte mal in Chicago, einem sehr kalten und windigen Ort. Ich konnte nicht begreifen, warum die Besucher fröstelten. Sie sehen, ich hatte mich daran gewöhnt.«

Sutopo Salim bot aus einer Silberdose Zigaretten an; vielleicht war es eine Geste der Wertschätzung — Verns Analogie war auf kunstvolle Weise höflich gewesen. »Nun gut. Wenn Sie an Djakarta denken, denken Sie an Verkehr. Mr. Gardner, erlauben Sie mir, Sie zu fragen, was Sie als größtes Zukunftsproblem Indonesiens betrachten.« Als Vern zögerte, sagte der Cukong: »Habe ich eine peinliche Frage gestellt?«

»Nein, peinlich finde ich sie nicht.« Vern zögerte wieder.

»Aber ich denke, daß Sie Angst haben, mich mit Ihrer Antwort zu beleidigen.«

»Jemand stellte mir vor ein paar Wochen die gleiche Frage, und meine Antwort verärgerte ihn. Er sagte, daß das, was ich als Problem ansehe, völlig unbedeutend sei. Das größte Problem Indonesiens, so sagte er, seien schon immer die Verbindungen zum Westen gewesen.«

Der Cukong verbarg sein Lächeln hinter zwei Fingern.

»Er behauptete auch noch«, sagte Vern, »daß es Ihnen mit den Japanern besser ergehen würde.«

Sutopo Salim, der Chinese, runzelte die Stirn.

»Er behauptete, die Japaner würden einen neuen Geist heraufbeschwören. Sie legten den Grundstein für Indonesiens Unabhängigkeit und zeigten Asien, daß es ohne den Westen leben könnte. Sie verbreiteten eine neue Philosophie — daß die Fähigkeiten eines Mannes mehr wert sind als seine Abstammung. Er sagte noch mehr, aber das habe ich vergessen.«

»Ich muß schon sagen, für einen Indonesier war er ziemlich grob. Und die Japaner zu loben, um den Westen zu kritisieren, das war eine reichlich ungewöhnliche Methode. Ihre Antwort auf seine Frage war also . . .«

»Reparaturen. Ich sagte ihm, daß die Zukunft des Landes wahrscheinlich von Reparaturarbeiten abhängen würde. Das große Problem sei nicht das Geld, der Wunsch nach Fortschritt oder technischem Wissen, sondern die Fähigkeit, langfristig Dinge reparieren zu können. Wenn man nicht das reparieren kann, was man kauft, verschwendet man Geld. Ohne Mechaniker und Wartungspersonal, die wissen, wie man kaputte Sachen repariert, ohne eine Armee von Menschen, die Maschinen aufbauen und in Gang halten können, wird der Erwerb von Ausrüstungsgegenständen zu einer Farce.«

»Sie griffen damit unsere Möglichkeiten der Entwicklung an.«

»Ja, ich war so ungeschliffen, wie er grob war.«

»Ungeschliffen ja — aber meiner Meinung nach hatten Sie recht«, sagte der kleine Cukong ruhig.

Als Vern zum Tempel zurückging, um Hashim zu holen, sagte er sich, daß das Projekt endlich eine Chance zu haben schien.

*

Und er sollte recht behalten. Das Projekt wurde aus der Schublade geholt, jetzt, da der Boß wieder in der Stadt war. Die Hälfte der Buchhalter wurde versetzt, und an ihrer Stelle tauchten plötzlich Bauzeichner und Ingenieure auf. Sakirman kam jeden Tag zu Beratungen vorbei, und wenn sie noch so unbedeutend waren. Das Projektteam überarbeitete die Entwürfe, nahm Kontakt zu Lieferfirmen auf, stellte realistische Kostenpläne auf und bekundete eindeutig, daß es auf ein erkennbares Ziel hinarbeitete.

In dieser geschäftigen und hoffnungsvollen Atmosphäre fiel es Vern schwer, Djakarta als kampflüstern, gefährlich, am Rande der Katastrophe zu betrachten. Jeden Tag hatte er eigentlich vor, seiner Frau gegenüber als Ehemann aufzutreten und ihr zu schreiben, sie solle nach Djakarta zurückkommen. Aber jeden Tag war er auch von seiner eigenen Unentschlossenheit überrascht, ein Problem, das er bei früheren Beziehungen zu Frauen nie erlebt hatte. Er hatte immer gewußt, was er wollte, und sie hatten es auch gewußt, was seine Beziehungen präzise und produktiv gemacht hatte, in gewissem Sinne wie gute Geschäftsbeziehungen. Aber die Liebe hatte in sein Wesen eine neue und alarmierende Schüchternheit eingeschmuggelt. Er schien besser zu wissen, was Maggie für sich wollte, als das, was er für sich wollte.

Daran dachte Vern, während er sich rasierte. Im Spiegel sah er ein energisches, aber kein hübsches Gesicht. Eine so gut wie verheiratete Eurasierin, die er in Singapur kennengelernt und verführt hatte, hatte ihm zum Abschied gesagt: »Da wir nun einmal dabei sind, muß ich dir ein Geständnis machen. Ich mochte niemals dein Aussehen. Du siehst aus wie einer dieser amerikanischen — nennt man sie Boxer? Wie ein Boxer.«

Vern streckte sich die Zunge heraus. Seine erste ernsthafte Handlung des Tages. Er war nicht an Selbsterforschung gewöhnt; er fand dies eher lästig. Wahrend er sich anzog, sagte er sich, daß Maggie nicht zurückkommen sollte. Djakarta war immer noch ein gefährliches Pflaster. Liebe macht die Menschen selbstsüchtig, dachte er. Und leichtsinnig.

Als er gerade den Reißverschluß seiner Hose schloß, klopfte es an der Tür des Hotelzimmers. Er öffnete und starrte verdutzt auf eine junge Chinesin, die wild entschlossen lächelte.

In gutem Englisch sagte sie: »Ich freue mich, Sie kennenzulernen, Mr. Gardner. Sie kennen mich nicht, aber ich kenne Sie.« Sie kicherte hinter vorgehaltener Hand. »Mein Vater sprach von Ihnen, deshalb mußte ich Sie kennenlernen.«

Vern musterte sie: zierlich, weiße Bluse und ein westlicher Rock aus dunkelblauer Baumwolle. Ihr für eine Chinesin schmales Gesicht wies einheimische Merkmale auf.

»Wer ist Ihr Vater?« fragte er.

»Mr. Sutopo Salim. Oder kennen Sie ihn als Yap Swie Kie? Aber ich glaube, daß er keinen chinesischen Namen nennt.«

»Hat er Sie geschickt?«

Das Mädchen schüttelte den Kopf und schien gleich wieder loskichern zu wollen, als ob sie sich über einen Witz amüsierte.

»Weiß er, daß Sie hier sind?«

»Ich heiße Yanti.« Sie sauste an ihm vorbei ins Zimmer. Sie redete. Sie erzählte ihm, sie sei Studentin der Architektur; sie liebe Amerika, sie wolle sich mit ihm unterhalten, weil sie wisse, daß er über beides etwas sagen könne. Sie hatte all dies beim Durchqueren des Raumes herausgesprudelt und ließ sich besitzergreifend auf die Couch fallen.

Wie alt? fragte sich Vern. Achtzehn?

Als ob er diese Frage laut gestellt hätte, sagte Yanti: »Ich bin neunzehn, im zweiten Jahr Studentin an der Universität. Ich kann europäische Kathedralen anhand von Fotografien einordnen und beim Namen nennen. Prüfen Sie mich, wenn Sie Lust haben. Wie ist mein Englisch?«

Lächelnd setzte Vern sich auf einem Stuhl gegenüber. »Ihr Englisch ist gut.«

»Vater hielt uns zum Englisch an, als wir mit Sprechen anfingen. Ich liebe Amerika. Eines Tages werde ich hingehen. Aber seit letztem Jahr stellt die Regierung keine Visa mehr aus. Also muß ich warten. Aber ich werde gehen. Ich freue mich darauf, alles über Amerika von Ihnen zu erfahren, Mr. Gardner.«

»Nun, das ist ja eine großartige Aufgabe, Yanti — Sie heißen doch Yanti?«

Das Mädchen legte seinen Kopf schief, um ihn genau zu mustern. »Sie verstehen meinen Namen nicht. Meine Familie ist Peranakan-Tionghoa. Wir sind chinesische Kinder der Indies, also sind unsere Namen indonesisch. Die Totokchinesen lehnen solche Namen ab. Sie hängen an China.« Und sie fügte wie zur Beantwortung einer Frage hinzu: »Nein, ich bin keine Kommunistin. Ich mache bei Demonstrationen gegen sie mit. Die PKI-Leute sind Verräter und von Mao Tse-tung geschickte Henker.« Während sie bei dieser ziemlich heruntergeleierten Erklärung an ihm vorbeigesehen hatte, blickte sie Vern nun scharf an. »Wollten Sie gerade gehen, Mr. Gardner?«

»Ja, stimmt.« Vern stand auf. »Ich bin verabredet.«

»Kann ich mitkommen?«

»Mitkommen?«

»Ich bin froh, mich mit einem Architekten aus Amerika unterhalten zu können. Vielen Dank.«

Er konnte sich ein Lächeln nicht verkneifen. »Ich habe ein Diplom in Architektur, aber ich bin nur ein Baumeister.«

»Kann ich also mitkommen?«

»Sie können die Treppe mit mir hinuntergehen. Dabei können wir uns unterhalten.« Vern blickte bewußt ärgerlich drein und hoffte, das würde das Mädchen dazu bringen, sich von der Couch zu erheben. Aber sie blieb noch einen Augenblick lang sitzen und dachte wohl über die Möglichkeit nach, hier auf ihn zu warten. Dann stand sie zögernd auf und folgte ihm zur Tür.

Ihr langes, glattes Haar fiel ihr beständig über die Augen; sie strich es sich beim Hinuntergehen zurück, und sie hüpfte mit kleinen, ruckartigen Bewegungen neben ihm. Vern lächelte.

»Es gibt ein Chinesenproblem in diesem Land«, sagte Yanti und blieb stehen. »Es ist nicht einfach, in diesem Land Chinese zu sein. Viele Indonesier begreifen nichts. Sie glauben, daß wir alle Totoks sind, die das befolgen, was das kommunistische Festland sagt. Die Totoks haben eigene Klubs, schicken ihre Kinder auf Schulen, wo Chinesisch unterrichtet wird, sie schicken Geld zum Festland. Sie betrachten Indonesien nicht als ihre Heimat. Habe ich mich klar ausgedrückt, Mr. Gardner?«

»Sehr klar, Yanti.« Zwei Holländer, die er am Vorabend in der Bar kennengelernt hatte, kamen die Treppe herunter. Als sie an ihm und dem jungen Mädchen vorbeigingen, lächelten sie — sehr wissend, dachte Vern.

»Ich spreche nicht gut Chinesisch«, sagte sie und hatte offensichtlich keine Lust, die Treppe weiter hinunterzugehen. »Ich ging niemals auf eine chinesische Schule, ich möchte nicht nach China gehen. All diese Dinge sind einheimischen Indonesiern bekannt, die meine Freunde sind. Sie haben nichts dagegen, daß ich Chinesin bin. Sie müssen die Dinge hier verstehen.«

»Das versuche ich, Yanti.«

»Mein Vater nahm 1950 die indonesische Staatsbürgerschaft an. Er glaubte an dieses Land.« Endlich ging sie weiter. Vern ging neben ihr. »Deshalb benutzt er nur selten seinen chinesischen Namen. Ich auch. Wir sind Indonesier. Wenn ich eines Tages Architektin bin, baue ich für Indonesier.«

»Wie schön für Sie.«

Sie kicherte wieder hinter vorgehaltener Hand. Sie hatten die Eingangshalle erreicht. »Ich bin froh, daß wir uns von Architekt zu Architekt unterhalten. Jetzt noch nicht, natürlich. Aber eines Tages. Vielleicht.« Sie kicherte erneut, als sie zur Hoteleingangstür kamen. »Erzählen Sie mir etwas über Amerika«, sagte sie. »Haben Sie Häuser von Frank Lloyd Wright gesehen? Ich habe Bücher darüber.« Sie hatte Probleme mit ›Lloyd‹. Es klang wie ›Royd‹.

Als Vern antworten wollte, tauchte Hashim hinter einer Säule auf und starrte die beiden an.

»Ist der Wagen da, Hashim?« Der Leibwächter nickte und versuchte, das Mädchen zu ignorieren.

»Ist das Ihr Leibwächter?« fragte sie fröhlich. »Vater hat vier. Letztes Jahr gab es Unruhen gegen die Chinesen. Wir müssen aufpassen. Die Kommunisten hassen uns, weil wir zur Regierung stehen.«

»Sie scheinen sich für Politik zu interessieren.«

»Ja, danke, das tue ich.«

Draußen, als der Wagen vorfuhr, sagte Vern: »Ich freue mich, daß wir uns kennengelernt haben, Yanti. Grüßen Sie Ihren Vater bitte von mir.«

»Nein, nein!« Sie beugte sich kichernd vor. »Er möchte bestimmt nicht, daß ich hier bin. Er ist altmodisch, ich bin ein modernes Mädchen.«

»Ja, ich glaube, das sind Sie.«

Er stieg in den Wagen und sagte durch das Fenster zu ihr: »Ich verstehe die Gefühle Ihres Vaters.«

»Sind Sie nicht modern, Mr. Gardner?«

»Nicht bei jungen Damen, die Männer in ihren Hotelzimmern besuchen.«

»Aber Sie sind Amerikaner. Sie müssen modern sein!« Sie winkte fröhlich, als der Wagen anfuhr, und Vern winkte zurück. Er ertappte sich dabei, daß er immer noch durch das Rückfenster winkte, als das Hotel hinter einer Kurve verschwand.

27

TOD DEN ATHEISTEN.
TOD DEN ROTEN.
TÖTET AIDIT.
NIEDER MIT DER PKI.

Die Drohungen waren mit schwarzer Farbe auf die Wände und die Eingangstür der PKI-Zentrale in Yogya gepinselt worden. Als Ali die Straße hinaufkam, sah er, daß ein Parteimitglied versuchte, die riesigen Buchstaben abzuwaschen.

Der Haß auf die Partei war in der Stadt noch weit offenkundiger als im Dorf. Seit er von Djakarta hierhergekommen war, war er überall auf Widerstand gestoßen, selbst in dem Dorf, wo er als Junge gelebt hatte. Die Leute betrachteten ihn als Fremden aus der großen Stadt.

Erschwert wurde sein Problem vom Wesen des Dorflebens, einer Realität, die er während seiner Jahre in Djakarta vergessen hatte. Die klassische Bevölkerungszusammensetzung, bei der die Kommunisten ihre Erfolge verbuchten, fehlte hier in Zentraljava — es gab einfach nicht genügend arme Bauern zu rekrutieren, nicht genügend Feldarbeiter, die Sorgen hatten oder die wenigstens an die Möglichkeit dachten, daß sie Opfer der Ungerechtigkeit sein könnten. Die meisten Armen wußten nicht, daß sie arm waren, oder sie wußten es und akzeptierten ihre Armut als Willen Allahs. Also konnte der junge Organisator nur mit Mühe Anhänger rekrutieren.

Darüber hinaus war der in Alis eigenem Dorf ansässige Kommunist, ein sanfter kleiner Bursche namens Narto, unzuverlässig und untauglich. Narto wußte nichts, tat nichts, konnte nichts anleiten oder Ratschläge geben, sondern steckte nur jeden Monat eine kleine Summe ein, die ihm von der PKI-Zentrale in Yogya geschickt wurde.

Diese trüben Gedanken beschäftigten Ali, als er die Parteizentrale betrat und auf den Provinzleiter, den Genossen Pramu, wartete. Er mochte Pramu nicht. In Djakarta konnte man um eine Versetzung bitten, wenn die Arbeit nicht gut lief, und sie würde einem auch wahrscheinlich bewilligt werden. Aber in Yogya gab es keine Wahl; man war Genosse Pramu auf Gedeih und Verderb ausgeliefert. Hier wurde der Glaube an den Kommunismus auf eine harte Probe gestellt. Das mochte Ali an seiner Arbeit, die Herausforderung, aber manchmal fühlte er sich einfach niedergeschlagen.

Nach langer Wartezeit öffnete Genosse Pramu die Bürotür und bedeutete Ali mit einem kleinen Fingerschnipsen, ins Büro zu kommen. Ali ließ sich in dem dunklen kleinen Raum auf einen Stuhl fallen und merkte, daß er schräg saß, weil die Hälfte des Stuhlgeflechts zerrissen war. Es machte ihm nichts aus. Ihm gefiel der Gedanke, daß Genosse Pramu ein schäbiges Büro besaß.

Der Genosse saß hinter einem Schreibtisch, auf dem sich außer einem Tintenfaß, einem gerahmten Foto seiner fetten Frau und einem Telefon nichts befand — das Aussehen eines Schreibtisches, der auf Arbeit wartet, aber noch nicht benutzt wird. Pramu war ein breitgebauter, dicker Mann. Auf solche Leute traf man häufig in Westjava, aber selten hier, wo die Menschen mäßig essen und den Anblick von Zügellosigkeit verachten. Um seine Wichtigkeit zu unterstreichen, öffnete Pramu eine Schublade, nahm ein Bündel Papiere heraus und blätterte eine Weile darin herum, bevor er Ali ansah.

»Ich bat dich wegen etwas sehr Wichtigem hierher«, sagte er. »Du darfst niemandem etwas davon erzählen.«

Diese Warnung machte Ali wütend; immerhin war auch er seit zwei Jahren ein Kader. Trotzdem beherrschte er seine Gesichtszüge: Pramu sollte nicht wissen, wie beleidigt er sich fühlte.

Pramu erwähnte ein Kommuniqué aus Djakarta, das auf ein bedeutsames Ereignis hindeute. Irgend etwas könne bald geschehen. Jedermann müsse darauf vorbereitet sein, damit man einen Nutzen daraus ziehen könne.

»Heute ist der Achtundzwanzigste«, sagte Pramu. »Vielleicht können wir schon in wenigen Tagen etwas erwarten.«

Ali sagte nichts.

Pramu spielte mit dem Tintenfaß herum; er steigerte damit bewußt die Spannung. Er besaß Sinn für das Dramatische, das mußte Ali zugeben. In einer Stadt, die keine guten Dalangs kannte, hätte er gewiß einen zweitklassigen Dalang abgegeben.

»Wenn etwas passiert«, fuhr Pramu schließlich fort, »wird ein Revolutionsrat das Land lenken.« Er ließ die

Ungeheuerlichkeit dieses Gedankens wirken. »Wir werden diesen Rat in jeder Weise unterstützen. Fahnen, Plakate, Reden, Versammlungen, Demonstrationen. Ich werde dir Instruktionen geben, wenn es an der Zeit ist. Aber wenn du etwas im Radio hörst — sagen wir mal, daß dieser Rat existiert —, dann weise die Dorfbewohner auf alle Fälle an, ihn zu unterstützen.«

Die Dorfbewohner anweisen. Das war ein Satz, den Ali trübselig in seinem Innersten wiederholte. Letzte Woche hatte er versucht, eine Versammlung über die Landreform einzuberufen. Nur zwanzig PKI-Sympathisanten, Narto und fünf »engagierte« Kommunisten kamen. Zwei der engagierten Kommunisten beklagten sich die meiste Zeit nur darüber, daß die Konterrevolutionäre ihnen ihr Land gestohlen hätten. Es stellte sich heraus, daß diese Roten wohlhabende Landbesitzer waren, die nur mit Hilfe der Partei ihren Besitz zurückerobern wollten.

Sie unterweisen? Ein kommunistischer Arbeiter hatte das vor ein paar Jahren versucht. Er hatte drei Tage beim Dorfvorsteher gewohnt und den Leuten erzählt, daß die Russen und Chinesen kämen und jeden foltern würden, der kein Kommunist sei. Mit dem Beitritt zur PKI könne man sein Leben retten und brauche auch nie wieder Steuern zu bezahlen. Er sprach ebenfalls über kommunistische Engel im islamischen Himmel und den Tag des Jüngsten Gerichts, an dem alle Nichtkommunisten zur Hölle geschickt würden. Selbst unter den unwissenden Bauern, die zusammenströmten, um diese Geschichten zu hören, machten sich tiefe Skepsis und schließlich Wut breit, weil einige sich fragten, ob er sich durch diese Beleidigungen über sie lustig machen wollte (wahrscheinlich, dachte Ali).

Dieser dummdreiste Mann hatte Alis Aufgabe erschwert. Der Unterbezirksvorsteher und der Dorfvorsteher, mit denen sich Ali zu einer höflichen Unterhaltung über gemeinsame Probleme zusammengesetzt hatte, wußten nichts Besseres zu tun, als auf das kleinste Anzeichen von Herablassung und Arroganz zu warten. Und nun erzählte ihm Pramu, er solle den Leuten von oben herab Befehle erteilen. Darin zeigte sich Pramus Dummheit und Faulheit; hätte er die abgelegenen Dörfer besucht, wäre ihm etwas Geeigneteres als der Auftrag eingefallen, die Leute »anzuweisen«. Wenigstens hätte er dann gesagt, es ihnen zu »sagen«. Er war nicht besser als dieser reisende kommunistische Organisator, der entweder mit den primitiven Ängsten der Bauern gespielt oder sich aus persönlicher Enttäuschung über sie lustig gemacht hatte.

Ali war so wütend, daß er die PKI-Zentrale verließ und die Straße hinunterging, ehe er überhaupt darüber nachdachte, was eigentlich im Büro gesagt worden war. Mit seiner absichtlichen Vagheit hatte Genosse Pramu es geschafft, genug zu sagen. Er hatte von einem Putsch, einem Umsturz, gesprochen. Das steckte hinter dem Revolutionsrat. Würde Aidit der neue Herrscher von Indonesien werden? Besser ein so engagierter Mann als der, der jetzt am Ruder war — ein Weiberheld, der in Palästen wohnte. Sukarno war ein Führer der Unabhängigkeitsbewegung gewesen. Gut, gelobt sei er. Sukarno benahm sich nun wie ein Sultan. Schlecht, entthront ihn! Der Kommunismus lehrte, daß die Gesellschaft sich zum Wohle des Volkes ändern müsse. Eine solche Veränderung stand nun bevor, und er, Ali Gitosuwoko, würde dazu beitragen, sie durchzusetzen. Er fühlte, wie seine Handflächen feucht wurden.

*

Ali wohnte in Bambangs Haus, was seinen antikommunistischen Bruder sehr in Verlegenheit brachte. Bambang würde natürlich noch mehr in Verlegenheit geraten, wenn er nicht bei ihm wohnte: Jedem Verwandten, ganz zu schweigen von einem Bruder, mußte Gastfreundschaft gewährt werden. Aber sie gingen sich aus dem Weg. Jeden Abend besuchte Ali ortsansässige Beamte, Bauern, Ladenbesitzer, Bauern auf den abgelegenen Feldern, so daß er und Bambang sich selten sahen.

Glücklicherweise hauste Ali in einer kleinen Gartenhütte, die ursprünglich als Lagerschuppen gedient hatte. Er hatte darauf bestanden. Das gab ihm die Ruhe zum Nachdenken, wenn er auf einer alten Matratze inmitten eines benebelnden Geruchs lag — von Jutesäcken, Motorenöl, Blumen —, während keine sechs Meter weiter, im Haus seines Bruders, Gamelanmusik aus einem Radio wimmerte.

Erst wenn Bambang in die Gießerei gegangen war, frühstückte Ali. Er saß auf der Veranda, wo ihm Melani, Bambangs Frau, Kaffee und einen Teller Nasi Goreng servierte. Sie war zum dritten Male schwanger. Das gab ihrer Haut eine atemberaubende Zartheit. Ali zwang sich, nicht hinzusehen. Beständig erinnerte er sich bei ihrem Anblick an die großgewachsene Maggie. Die Bilder vermischten sich. Erschrocken spürte er, daß es sich in seinen Lenden regte, während Melani Kaffee nachschenkte, irgendeinen nichtigen Dorfklatsch von sich gab und sich unglücklicherweise dabei herumdrehte, so daß er die Rundungen ihrer Brüste sehen konnte.

Und während sich Ali gerade so richtig unbehaglich fühlte, tauchte Bambang auf, er schob seinen großen, zottelhaarigen Kopf zwischen den breiten Schultern wie ein Stier voraus.

Schwerfällig betrat er die Veranda und starrte auf Ali herunter. »Was hast du getan?« brüllte er.

Verängstigt eilte Melani ins Haus.

»Bruder«, sagte Ali ruhig, »willst du, daß uns alle hören können? Setz dich bitte.« Beim Anblick seines wütenden Bruders fragte sich Ali, ob Bambang etwas von seiner verbotenen Begierde wußte, die langsam wieder abnahm. War Bambang deshalb gekommen? Um den Eindringling zu bestrafen, der vom gleichen Blute war? Ali hatte Angst, war aber zugleich seltsam ruhig. Mit diesem wütenden Mann, der vor ihm stand, konnte er offenbar leichter umgehen als mit den Gefühlen, die ihn nur wenige Minuten zuvor überfallen hatten.

»Du hast in der Gießerei Revolution gepredigt«, sagte Bambang.

»Ich war überhaupt nicht in der Gießerei.«

»Jangkung hat deine blöden Geschichten gehört.«

»Jangkung kam zu einer Versammlung, stimmt.«

»Und er sagt Dinge in der Gießerei, von denen er keine Ahnung hat. Und selbst wenn wir ihn auslachen, redet er weiter. Als ob du ihn verhext hättest. Laß ihn in Ruhe, Bruder.«

»Ich habe ihn nicht ermuntert, zu den Versammlungen zu kommen. Aber wenn er kommt, dann kommt er eben.«

Bambang trommelte mit seinen dicken, schmutzigen Fingern auf der Tischplatte. Einen Augenblick lang erinnerte sich Ali an ihre gemeinsame Kindheit: wie Bambang, groß und leidenschaftlich, in Schwierigkeiten geraten war und wie er, gerissener, aber auf seine Weise ebenso mutig, stets versucht hatte, ihm aus der Patsche zu helfen.

»Bruder«, sagte der Gonghersteller, »wenn du hier wohnst, machst du nur Schwierigkeiten. Ich glaube, du weißt das.«

»Ich versuche, den Leuten aus meinem Dorf zu helfen.«

»Sie wollen den Kommunismus nicht. Narto und sein kleiner roter Haufen sind genug. Die Leute haben es gut in meinem Dorf. Kann sein, daß sie in den benachbarten Dörfern Sorgen haben, aber hier nicht. Die Leute helfen sich gegenseitig. Du weißt das, nicht wahr? Erinnerst du dich nicht, daß es schon immer so war? Hier gibt es nichts für dich zu tun. Geh weg.«

Ali begegnete dem finsteren Blick seines Bruders. »Ich muß hier arbeiten. Die Landreform hat hier noch nicht begonnen, obwohl in vielen Teilen des Landes . . .«

»Ihr Roten habt Leute, die auf dem Land kämpfen. Ich weiß alles darüber. Wir sind nicht blöde hier. Warum läßt du die Dinge nicht so, wie sie sind?«

»Du klingst wie unser Onkel«, sagte Ali verbittert. »Das sind seine aristokratischen Gefühle: Laß die Dinge so, wie sie sind; sieh dich nicht um, denke nur an alte Tempel und Puppen.«

»Wenn ich wie Ki-Dalang Budi klinge, bin ich zufrieden.« Bambang nannte seinen Onkel immer mit dem offiziellen Namen; Ali nie.

»Ich kann nicht begreifen«, sagte Ali und wärmte damit uralte Sachen auf, »warum du dich dazu hergibst, ihn zu verehren.«

»Weil Vater ihn zum Familienoberhaupt machte.«

»Mit Tricks und Schmeichelei brachte er Vater dazu.«

»Niemals. Er ist ein echter Dalang, ein großer. Vater wußte, daß er einer sein würde.«

Ali wollte sagen: »Du verteidigst ihn, weil er Gongs bei dir kauft.« Aber plötzlich wurde ihm bewußt, wie falsch dieses Argument war. Stand es einem Kommunisten zu, sich über die Verteilung eines Erbes zu ärgern? Prinzipien sind der Dreh- und Angelpunkt, sagte sich Ali. Familienstolz. Der Onkel hatte sich in Vaters Herz eingeschlichen. Das Haus hätte einem der beiden Söhne zufallen müssen. Das wäre das einzig Richtige gewesen. Die Kernfragen waren der Familienstolz und Prinzipien, weiter nichts. Dennoch fragte er sich manchmal, ob nicht Neid hinter seinem Haß auf den Onkel stünde. Bei diesem Gedanken fühlte er sich unbehaglich. Er wollte davon wegkommen. Plötzlich wollte er allen Konflikten mit seinem Bruder ausweichen.

Er sagte: »Bruder.« Pause. Er wiederholte »Bruder« mit sanfterer Stimme. »Ich werde aus diesem Haus ausziehen. Du hast deine Pflicht getan. Die Familie wird nicht entehrt, wenn ich jetzt wegziehe. Ich werde bei Narto wohnen.«

»Wenn du im Dorf wohnst, dann bleibe hier. Dies ist ebensogut dein Zuhause.«

Ali schüttelte seinen Kopf; scheu berührte er den Arm seines Bruders. »Es ist besser, wenn ich gehe.« Fast hätte er hinzugefügt: »Besonders jetzt, da ich in einem Wayangdrama auftrete, das die Welt erschüttern wird.« Und er dachte auch an etwas, was er niemals ausgesprochen hätte: besonders seit diesem Morgen, als er seine Frau mit Verlangen anblickte.

*

Noch an jenem Nachmittag zog er in Nartos Haus. Die Aufregung war groß, als er kam. Die Kinder und Nartos Frau bestaunten ihn, während der kleingewachsene Narto sich an seine Hacken heftete, ein katzbuckelnder Mann, der Ali sagte, wie willkommen er sei, wie geehrt sie sich fühlten, ihn in ihrem bescheidenen Haus (es war bescheiden) zu wissen, besonders da er im Dorf ein Neuling sei und nicht an eine solche Ehre gewöhnt, aber selbstverständlich seien sie Bewunderer der Familie Gitosuwoko, die nicht aus herzlosen, bourgeoisen Landbesitzern bestehe wie die anderen einflußreichen Familien in der Gegend, sondern eine ehrenwerte Familie, die einen wie ihn, Ali, der Kommunistischen Partei geweiht habe, um für das Wohl der Allgemeinheit und für den Ruhm des Sozialismus zu arbeiten, bewundernswert, bewundernswert, und so seien sie weit über ihren Wert hinaus geehrt, ihn jetzt hier zu haben, und sie würden die Einladung für alle Zeiten aussprechen — und natürlich bald, schon bald, wäre ein revolutionäres Trainingsprogramm genau das richtige für die Dorfjugend, aber vielleicht ohne Straßensperren und Bomben, und wenn er nach Djakarta zurückkehre, würde er dann den Mächtigen in der PKI von der guten Arbeit erzählen, die man hier mache?

Ali betrachtete ihn, einen vorzeitig gealterten Mann mit mißtrauischen Augen, hinkend, hustend. Er arbeitete in einer Ziegelfabrik. Ein Kind hatte Tuberkulose, ein weiteres war taub. Seine Frau hustete häufig, und Ali vermutete, daß sie manchmal Blut spuckte. Es war der traurigste Haushalt, den Ali je gesehen hatte. Er sah Narto in einem neuen Licht. Und am ersten Abend, als er in seinem Zimmer lag und dem wiederholten Husten lauschte, der aus den beiden anderen Zimmern kam, in denen sich sechs Personen zusammendrängten (er war mit seinem Vorschlag, daß er sich mit Narto einen Raum teilen könnte, auf dessen überraschenden Widerstand gestoßen), da verstand Ali, warum Narto der Kommunistischen Partei sowenig zu bieten hatte; der Bursche war zu sehr mit seinem eigenen Überleben beschäftigt.

In diesem Augenblick verspürte Ali eine Gefühlsaufwallung, eine neue Entschlossenheit durchströmte ihn. Wie einfach doch das Leben war. Man brauchte keine Theorie, wenn man sein Ziel genau vor Augen hatte. Man war wie das Vieh, das alleine seinen Weg nach Hause findet. Mit dem Eintritt in die Partei hatte Ali sein Leben Leuten wie Narto und dessen Familie geweiht. Wie schnell man doch diese Verantwortung vergessen konnte. Aber solange er sich an diese Verpflichtung erinnerte, konnte nichts ihn aufhalten. Er fühlte sich stärker als jemals zuvor in seinem Leben.

Nachdem er in einen traumlosen Schlaf gefallen war, erwachte er später und richtete sich völlig verschwitzt auf. Hatte er zu träumen angefangen? Er konnte sich an nichts erinnern. Aber in der Dunkelheit des stillen Zimmers stand Maggies Gesicht vor ihm, umrahmt von ihrem braunen Haar. Was würde ihr bei einem Putsch zustoßen? Dann bemerkte Ali, daß er eine Erektion hatte. Er lag auf dem Rücken und atmete schwer in der Dunkelheit. Er durfte nicht an sie denken, nicht an Melani, an keine Frau. Schon bald würden sich wichtige Dinge ereignen.

28

Maggie ging durch das düstere Sono-Budoyo-Museum. Von zerfledderten und vermodernden Karten, die entweder mit Nadeln befestigt oder direkt neben den Ausstellungsstücken aufgeklebt worden waren, nahm sie Fakten über Fakten auf.

Auf Java hatte es schon früher als in den meisten anderen Erdteilen Menschen gegeben. Der Solomensch, benannt nach einem Fossilfund in der Nähe der Stadt Surakarta, war vor einer halben Million Jahre über die Sundastraße von Asien gewandert, bevor das Meer die natürliche Brücke verschlang. Als Kannibale hatte er inmitten von Elefanten und Flußpferden gelebt. Pygmäen, die erste Welle von Wanderern, erschienen vor dreißigtausend Jahren auf Java, gefolgt vom Wayakmenschen, dem eigentlichen Vorfahren der Indonesier.

1512 gründeten die Portugiesen Handelsposten in Indonesien.

1812 plünderten die Engländer Yogya.
1942 besetzten die Japaner Yogya.
1948 bombardierten die Holländer Yogya.

Dieser staubigen Stadt der Puppen und Musik hatte man so übel mitgespielt? Maggie fühlte sich heiß, verschwitzt; mit einem Taschentuch tupfte sie sich Stirn, Nacken, Kehle ab. Das Sono-Budoyo-Museum könnte eine Klimaanlage vertragen, zumindest einen Deckenventilator, ein moderneres Beschriftungssystem und besseres Licht. Sie meinte Vern neben sich zu spüren, der ihrer Kritik beipflichtete, eine unbarmherzige Verurteilung des Alten zugunsten des Neuen. In den ersten Tagen ihres Zusammenseins, als sie noch immer unter dem Eindruck ihrer Krankheit stand, hatten seine Überzeugungen, die er ihr wie Nägel ins Holz einhämmerte, sie sehr fasziniert, weil sie die geballte Kraft eines gesunden Mannes verkörperten. Jetzt schienen sie Gleichgültigkeit und Kurzsichtigkeit auszudrücken. Seine Einstellung zu Borobudur war armselig, gefühllos. Borobudur war ein wunderbares Denkmal des menschlichen Geistes; es mußte gerettet werden, ja, es mußte, und ihr Ehemann begriff nichts.

Maggie schlenderte in einen weiteren dämmerigen Raum, entdeckte dort eine Bank und ließ sich mißmutig auf ihr nieder. Nach Beendigung ihres Sprachunterrichts war sie mit dem Fahrrad zum zentralen Markt gefahren. Er war nicht so finster wie der Markt in Palembang, einfach sehr geschäftig. Es gab Stände mit Textilien, Obst, Tellern, altmodische holländische Truhen mit Vorhängeschlössern; es gab Kuchenformen, Bücher, Schuhputzmittel, Tennisbälle (wo zum Teufel kamen diese Tennisbälle her, und zu welchem Zweck, wenn es doch in der Stadt keinen einzigen Tennisplatz gab?), Stoffballen, Spitzenbüstenhalter auf Bambusmatten, rosa Kekse mit Kokosschaumkrone, Kochlöffel, Gartenschläuche, Schrauben in Dosen, gebrauchte Thermoskannen, zweifellos aus Holland stammende versilberte Kerzenständer, Waagen, Drahtrollen, Sägen, Batterien, aufgestapelte Ziegel.

Völlig benommen war sie von dort weggefahren. Um die Beine der Käufer jagten Hunde, genauso mager wie die Menschen, von denen sie mit Fußtritten traktiert wurden. Die Javaner waren keine Spur freundlicher zu Hunden als die Menschen auf Sumatra. Als sie nur einige Häuserblocks weiter zum Museum radelte, studierte sie die Gesichter der Passanten genauso offen, wie sie von ihnen betrachtet wurde. Es waren wirklich magere, hübsche, asketisch wirkende Menschen, die Maggie noch immer so fremd vorkamen wie am Tag ihrer Ankunft. Entweder verbargen sie ihre Gefühle, oder sie widerstanden ihnen; sie war sich noch nicht sicher, was zutraf. Ohne Zweifel entsprach ihr Aussehen ihrer geistigen Natur: hager, leicht, fast spindeldürr — wandelnde Verkörperungen der Lederpuppen, deren in die Länge gezogene Silhouetten fast jede Regalwand zierten. Was kam zuerst, fragte sie sich, das Aussehen der Menschen von Yogya oder das Aussehen ihrer Puppen? Wußte Dalang Budi eine Antwort? Interessierte er sich dafür?

Plötzlich ging er ihr durch den Kopf: die hohen Wangenknochen — wie bei einem Indianer —, die weit auseinanderstehenden Augen mit dem unverfälschten Glanz eines Kindes, das noch nicht gelernt hat, sich hinter der Maske der Unterwürfigkeit zu verstecken. Sie dachte an ihn, als ein schlanker junger Mann schwungvoll um die Ecke kam; in seiner Eile stieß er fast gegen die Bank.

»Ali! Was machen Sie hier?«

Er keuchte, seine dunklen Augen glühten. »Ich habe Sie gesucht.«

Sie hätte fragen können, wie er sie gefunden hatte, aber das mußte ja eigentlich ziemlich leicht gewesen sein. Außer ein paar Ingenieuren aus Ostdeutschland, die eine Zuckermühle bauten, ein paar holländischen Geschäftsleuten auf Nostalgietrip und einigen französischen Journalisten auf der Durchreise gab es ihres Wissens keine Ausländer in Yogya. Ganz bestimmt keine großgewachsenen Frauen aus dem westlichen Ausland. Ali mußte beim Haus des Sprachlehrers angefangen und dann einfach jeden nach der *orang asing perempuan* gefragt haben; die Leute hatten ihm unfehlbar den Weg hierher gewiesen.

Er saß neben ihr auf der Bank, aber ganz auf der Ecke.

»Stimmt etwas nicht?« fragte sie.

Ali war so versunken in seine Gedanken, daß er sie nicht zu hören schien. Es gab ein langes Schweigen. Dann blickte er hoch, sein schmales Gesicht wirkte mißmutig. Als ob er auf etwas reagierte, wozu sie sich im Streit geäußert hätte.

»Wie lange bleiben Sie in Yogya?« fragte er scharf.

»Ich weiß es wirklich nicht.«

»Wo ist Ihr Ehemann?«

»Sie wissen, wo er ist, Ali. Ist etwas passiert?«

»Viel passiert.« Wieder Schweigen. Wieder nahm Maggie seine Stimmung hin, indem sie nichts sagte. Plötzlich begann er. »Ihr Präsident schickte mehr Soldaten nach Vietnam. Mehr Bombardierungen. Kämpfe an einem Ort, der Danang heißt. Ihr Präsident ist ein Kriegsverbrecher.«

Maggie antwortete nicht.

»Präsident Johnson, der Außenminister Rusk — ich kenne ihre Namen — und die Marionette von Saigon, Nguyen Cao Ky, sie sollten vor ein Weltgericht wegen Verbrechen gegen die Menschheit gestellt werden.«

»Ali, ich bin Ihre Freundin, aber ich bin keine Kommunistin«, sagte sie ruhig. »Ich sehe viele Dinge anders als Sie.«

»Sind Bombardierungen richtig?«

»Nein. Aber die Probleme, vor denen Amerika steht, sind nicht die Probleme, vor denen Ihre Regierung steht. Ich sage nicht, daß wir recht haben. Aber ich sage auch nicht, daß die kommunistischen Länder recht haben.«

»Und CIA untermacht — unterminiert unsere Regierung. Bezahlt unsere Generäle, damit sie Spione und Verräter werden.«

Maggie wischte sich mit dem feuchten Taschentuch den Nacken ab. Er hatte nicht nach ihr gesucht, um Amerika zu schmähen. Das gesamte Wesen Javas, dieses alten und beständigen Landes, hatte sie Geduld gelehrt: ihre Beschäftigung mit der Batikkunst, der Umgang mit der kleinen Kanne und das Ausgießen geschmolzenen Wachses, ihre Studien der Javaner mit ihren verblüffenden sozialen Zusammenhängen, die ernsten Menschen, auf die sie täglich traf, die enorme Hitze und das alles einhüllende Sonnenlicht, der ruhige Ablauf der täglichen Ereignisse, die Stunde um Stunde so allmählich in die Nachtzeit übergingen, daß man kaum glauben mochte, es ware überhaupt etwas geschehen. Statt ihn also auszufragen, saß Maggie in dem stickigen Museum und wartete, wartete.

»Erzählen Sie mir was über die Beatles«, sagte er plötzlich.

Maggie suchte in seinem Gesicht nach einem Hinweis, worauf ihre Unterhaltung hinauslief. Aber er war gerade jetzt ein typischer Javaner — ein unbewegliches, versteinertes Gesicht. Diese Menschen knipsten ihre Gefühle wie mit einem Lichtschalter an und aus. »Nun gut«, sagte sie, »die Beatles sind sehr populäre Musiker.«

»Ist *A Hard Day's Night* ein politischer Film? Er wurde in Hongkong gezeigt.«

»Es ist ein komischer und amüsanter Film. Er ist unpolitisch.«

»Und *Help*!« insistierte er. »Neuer Film. Ist er politisch?«

»Ich habe ihn nicht gesehen, Ali.«

»Könnte aber sein. Könnte Hilfe gegen bourgeoise Korruption bedeuten. Ist das möglich?«

»Ja, möglich.«

»Ich glaube, er ist politisch.«

Maggie starrte auf eine Sammlung von Wayang-kulit-Puppen, die an Schnüren von der gegenüberliegenden Wand herunterhingen. Es war allerdings zu dunkel, um ihre Gesichtszüge genau erkennen zu können. Einige waren Monster; einige hatten die schlanken eleganten Umrisse aristokratischer Krieger. Dalang Budi lebte in ihrer Welt. Sie bemerkte ein großes hartschaliges Insekt, das wie ein Seiltänzer auf einer der Schnüre entlangkrabbelte. Das Schweigen breitete sich wie die Hitze in diesem Raum aus, als ob ein schweres Gas aus riesigen Kesseln in das Museum gepumpt würde. Das war ein grausamer Gedanke, der ihr aber beim endlosen Warten half. Sie würde ihn nicht durch einen Blick auf die Uhr beleidigen — dieser Mann litt unter irgend etwas —, aber sie saßen jetzt bestimmt schon eine halbe Stunde lang schweigend nebeneinander.

»Dinge werden geschehen«, begann er schließlich. »Bleiben Sie noch hier, Nonya?«

Die höfliche Anrede ›Nonya‹ konnte bedeuten, daß er sich von ihr distanzierte, und das machte sie wachsam. Sie fühlte jedoch, daß es sich irgendwie um einen Akt der Freundschaft handelte. »Ja«, sagte sie. »Ich glaube schon, Ali.«

»Seien Sie vorbereitet.«

»Auf was?«

»Wenn etwas passiert, Nonya Maggie, suchen Sie mich.« Er stand auf, seine Lippen zitterten. Dann verzogen sie sich zu einem Lächeln, das so breit wurde, daß es Maggie prahlerisch vorkam. »Ja. Kommen Sie zu mir, wenn hier etwas passiert.« Er hatte sich kerzengerade aufgerichtet. »Ihr Ehemann, er lebt in Djakarta, aber ich bin hier. Ich protegiere Sie.« Er betonte ›protegieren‹ so, daß der Gedanke nahelag, er habe es in einem Lexikon nachgesehen und eingeübt. »Deshalb suchte ich Sie. Das wollte ich sagen. Ich protegiere Sie, Nonya Maggie!« Ali wartete keine Antwort ab, drehte sich um und verließ rasch den Raum.

*

Sie könnte Mas Slamat fragen, was hier vor sich ging, weil sie ihn an jenem Abend treffen wollte. Sie hielt seinen Brief in der Hand, eine riesengroße und kindliche Schrift, mit seiner Adresse und der Bitte (oder dem Befehl), ihn in seinem Haus zu besuchen. Bei Sonnenuntergang ging sie eine staubige Gasse entlang, hielt Passanten an und fragte sie nach dem Weg. Ganz bestimmt wäre es ihm leichter gefallen, sie zu finden als umgekehrt. Sie ging zweimal die falsche Straße hinauf und begann schon zu verzweifeln, als er aus dem Schatten humpelte. Maggie gewann den eindeutigen Eindruck, daß er sie schon eine Weile beobachtet haben mußte.

Seinen Hut lüftend, entschuldigte er sich sofort, sie nach der Wayang-golek-Vorstellung im Stich gelassen zu haben. »Ich mußte einen Brief nach Europa aufgeben«, erklärte er. »Kommen Sie nun zu mir nach Hause.« Er berührte ihren Ellbogen, als wolle er sie führen. Es war eine wirklich sehr elegante Geste. »Ich lebe in einer Santri-Moslem-Gegend. Man muß bekannt sein, um hier leben zu dürfen.«

»Was passiert, wenn ein Ungläubiger in dieses Viertel zieht?«

Er schüttelte den Kopf. »Geht nicht.«

»Aber wenn einer das tut?« insistierte sie.

Mas Slamat blieb stehen und blickte im letzten Tageslicht zu ihr auf. »Man würde ihn warnen und dann ermorden.«

Sie gingen um eine Ecke, und in einer Gegend, die weit von der entfernt war, wo sie sein Haus gesucht hatte, blieb Mas Slamat stehen. Er blieb so unerwartet stehen, daß Maggie noch ein paar Schritte weiterging, bis sie es merkte. Sie beobachtete, wie er aus seiner ausgebeulten Hosentasche einen riesigen Schlüssel zog und damit ein kleines, klapprig aussehendes Tor aufschloß, das er, wie sie sich ausmalte, ebensogut mit einem gezielten Tritt hätte öffnen können.

Als das Tor geöffnet war, trat er höflich zur Seite und ließ ihr den Vortritt.

Drinnen war es zu dunkel, um viel erkennen zu können. Maggie gewann den Eindruck eines sehr großen Hauses mit hohen Wänden; aber als seine kleine Gestalt vor ihr in einem Zimmer verschwand, bekam sie das Gefühl, ein Lagerhaus zu betreten. Die Luft schien zurückzuweichen, wie das manchmal in großen Räumen der Fall zu sein scheint, während sie allmählich in der Dunkelheit Gegenstände erkannte: Schachteln, Kisten, riesige alte Kleiderschränke reckten sich wie Wachtposten längs der Wände auf. Er führte sie rasch durch die Räume, und Maggie fiel es schwer, sich auf eine Sache zu konzentrieren — entweder auf dieses Haus voll alten und modernen Plunders oder auf die Art, wie er ihr alles zeigte. Er schien gleichzeitig stolz und verlegen zu sein, weil er behauptete, es sei das Haus seiner Vorfahren und habe viele Reparaturen nötig.

»Passen Sie auf!« warnte er sie, während er vom Wohnzimmer in ein weiteres Zimmer ging, wo über drei linoleumbedeckten Tischen, auf denen sich Zeitungen und schmutziges Geschirr stapelten, eine Wäscheleine gespannt war. Ein Kühlschrank war hinter weiteren Tischen eingeklemmt, auf denen sich ebenfalls Gerümpel stapelte; die Kühlschranktür war sicher schon lange nicht mehr geöffnet worden, vielleicht seit Jahren nicht mehr — vielleicht, dachte Maggie, als sie die Staubschicht auf der Kühlschranktür bemerkte, vielleicht sogar nicht mehr, seit sie selbst ein Kind gewesen war.

»Muß viel repariert werden«, murmelte er, während er sie um einige Pappkartons mit Papieren und ein verrostetes Fahrrad führte, das bestimmt so alt war wie sie selbst, möglicherweise aber auch so alt wie Mas Slamat.

Wieder im Wohnzimmer, zündete er eine Kerosinlampe an. »Das Licht funktioniert nicht, kaputt«, meinte er. Er stellte die Lampe auf einen kleinen runden Tisch, nachdem er mit einer gebieterischen Handbewegung einige Bücher weggefegt hatte, die polternd auf den Boden fielen. Dann verschwand er, schlurfte in einen anderen Teil der höhlenartigen Bruchbude.

Das Licht der Lampe beleuchtete das gesamte Chaos im Wohnzimmer: hohe Bücherschränke, deren Glasverkleidung entweder entfernt oder zerbrochen war, beladen mit unordentlich aufgehäuften Bücherstapeln; mit alten Kleidungsstücken drapierte Polstersessel und vielerlei Schachteln, die überquollen von Papier, Plastik, Metall, Holz.

Er kehrte mit einem kleinen lackierten Kästchen zurück, das er vorsichtig öffnete. Sie beobachtete, wie er ihm Betelnußsamen, gebrannten Kalk und Pfefferbetelblätter entnahm. In zwei Betelblätter rollte er Samen, Kalk und ein paar Tabakkrümel ein. Er überreichte ihr einen dieser Prieme.

Sie zögerte.

»Willkommen in meinem Haus«, sagte er stolz und schob sich ein Stück hinter die Unterlippe.

»Wenn Sie Blähungen haben«, schwadronierte Mas Slamat, »wird dies sie vertreiben. Auch gut für die Zähne. Früher färbten sich die Leute die Zähne schwarz, weil sie die schwarze Farbe auf den Zähnen schöner fanden als die rote Farbe vom Betel.« Der Priem verlieh ihm das Aussehen eines Menschen, dem jemand gerade auf den Mund geschlagen hat. »Die Betelfarbe hält nicht lange. Sehen Sie mich an. Ich kaue seit Jahren Betel, aber meine Zähne werden nicht rot.«

Maggie fragte sich, ob er sich daran erinnerte, daß er keine Zähne mehr hatte. Oder ob er dachte, sie wisse nicht, daß er keine habe.

Mas Slamat beugte sich über eine Sessellehne und spuckte eine rote Flüssigkeit auf den Fußboden. »Das macht nichts«, sagte er. »Machen Sie sich keine Sorgen, Nonya. Sie können auch spucken. Ich habe einen Diener, der saubermacht.«

Tatsächlich verspürte sie das Bedürfnis auszuspucken, da die in das Blatt eingehüllten bitteren roten Samen zu einer vermehrten Speichelbildung führten. Sie hätte alles am liebsten hinuntergeschluckt, aber das wäre vielleicht eine Beleidigung gewesen. Also beugte sich Maggie vor und spuckte den roten Saft aus, der auf den zerfledderten Umschlag eines Buches spritzte, das dort lag.

Als nächstes zeigte er ihr Briefe und Postkarten aus aller Welt. Er bewahrte sie in dicken abgenutzten Aktenordnern auf. Offensichtlich hatte Mas Slamat jeden kennengelernt, der durch Yogya gekommen war. Er war ungeheuer stolz auf diese Briefe und Karten aus dem Ausland, obwohl viele von ihnen zerfleddert und verblaßt waren; sie lösten sich wie seine anderen Besitztümer langsam auf.

»Meine Frau lebt nicht mehr hier«, sagte er.
»Ich wußte nicht, daß sie verheiratet waren.«
Er hob eine Hand und hielt ihr fünf Finger entgegen. »Meine Söhne.«
»Lebt wenigstens einer von ihnen noch in Yogya?«
Er schüttelte den Kopf, ohne Ausdruck des Bedauerns in seinem Gesicht. »Mein Haus ist sehr groß«, prahlte er.
»Das stimmt.«
»Ich habe auch einen großen Garten.«
Sie bewunderte die Größe seines Hauses, indem sie lächelte.
»Ist Ihr Haus in den Staaten auch so groß?«
»Keineswegs.«
»Das hätte ich auch nicht gedacht.«
In seiner Stimme schwang eine Arroganz mit, die Maggie verblüffte, aber andererseits unterhielt sie sich ja mit einem Aristokraten. Zumindest bezeichnete er sich so. Wahrscheinlich war er einer. Und demgemäß war das Haus in so einem schrecklichen Zustand. Diese Erkenntnis dämmerte ihr, als Mas Slamat zwei weitere Sirihs rollte. Er weigerte sich, zu arbeiten wie andere Menschen. Er verbrachte seine Zeit mit der Suche nach Ausländern, mit denen er sich das Erbe des Überlegenheitsgefühls teilen konnte. Und deshalb war das Haus seiner Vorfahren einfach zu einer Ruine verkommen. Eine groteske Erhabenheit wohnte seiner Art zu leben inne.
Sie sah an der flackernden Lampe vorbei in Mas Slamats ernstes, faltiges Gesicht. Alter Teufel!
»Vielen Dank für Ihre Einladung«, sagte sie.
Würdevoll richtete er sich auf. »Ich betrachte mich als Ihren Freund. Wenn etwas passiert, Nonya, dann erlauben Sie mir bitte, Ihnen meine Dienste anzubieten.«
Das erinnerte sie an die sonderbare Szene mit Ali. Sich vorbeugend, sagte sie mit einer Stimme, die durch den

Genuß des Sirih vertraulich klang: »Sagen Sie mir bitte, Mas Slamat, wird irgend etwas passieren?«

»Nonya?«

»Stimmt irgend etwas nicht?«

Nachdenklich legte er seinen großen Daumen auf die Warze. »Am gestrigen Nachmittag«, sagte er, »waren zwei Häuser weiter Krähen am Himmel. Das bedeutet Tod. In der Nachbarschaft wird bald der Tod einkehren.«

»Ich meine irgend etwas Schlimmes in der Stadt, in Java.«

»Der Reispreis ist hoch.«

»Ja. Aber ich meine etwas anderes. Natürlich weiß ich, daß sich die Roten und die Armee an die Gurgel springen. Und ebenfalls die Roten und Moslems. Aber solange ich hier bin, war das schon immer so. Doch irgend etwas scheint bald zu passieren — ist es so? Etwas Schlimmeres als öffentliche Anschuldigungen und ein paar kleine Unruhen. Habe ich recht?«

Er richtete sich kerzengerade auf. »Die Moslems werden sie ermorden, wenn sie in unsere Gegend kommen.«

»Was ich meine, ist folgendes: Sind die Menschen einfach nur nervös, Mas Slamat, oder gibt es Anzeichen für neue Schwierigkeiten?« Maggie lächelte. »Sagen Sie mir ruhig die Wahrheit. Ich fürchte mich nicht vor ihr.«

Mas Slamat überging ihre Frage und sagte: »Wenn die Kommunisten in mein Wohnviertel kommen, wird man sie umbringen.«

»Deshalb frage ich ja. Vermutet man, daß sie kommen?«

Mit dem Anschein von Gleichgültigkeit hob Mas Slamat seine Hände. »Wenn sie kommen, bringt man sie um.«

»Und wenn sie nicht kommen? Wenn sie sich nicht erheben? Wird es vorübergehen? Wird die Situation so bleiben, wie sie ist?«

Er lehnte sich zurück, seine zahnlosen Kiefer malmten. »Raden Harjanta Prijohoetomo sagt, daß etwas passieren wird. Ich erzählte es Ihnen.«

»Ja. Der heilige Mann. Er sagte eine Katastrophe voraus.«

Im flackernden Licht nahm Mas Slamats Warze das Aussehen eines Schmutzflecks an. »Sie sollten das nicht versuchen«, sagte er mit leiser, kalter Stimme, in der aber auch Wut mitschwang: »Wir werden sie abschlachten.«

*

Ungeachtet der Voraussage des heiligen Mannes, eine Katastrophe stünde unmittelbar bevor, hatte Maggie es sich nicht nehmen lassen, allein nach Hause zu gehen. Sie vernahm in der nächtlichen Ruhe der Gasse das entfernte Geräusch von Gongs. Das war hinter ihr. Aber auch vor ihr wurde auf anderen Gongs gespielt. Durch die gesamte Straße strömte Gamelanmusik.

Das erinnerte sie an gestern. Auf ihre Einladung hin hatte der Dalang sie besucht, um Jazzschallplatten zu hören.

Sie saßen auf einer zum Hof liegenden Veranda des Hauses der Sakirmans, während die Klänge des Chicago-Jazz die Luft durchdrangen und neugierige Diener mit offenem Mund um die Ecke linsten.

Im bläulichen Schatten der Veranda hatten sie Tee getrunken. Die zerkratzten Schallplatten drehten sich auf dem Plattenteller und schickten in die schwüle Luft die schmetternden Synkopen von *Cake Walkin' Babies from Home* der Red Onion Jazz Babies mit Louis Armstrong und Sidney Bechet. In dieser frühen Jazzmusik, erklärte Maggie, gebe es weniger Solos, mehr Ensemblearbeit, und mehrere Melodien würden gleichzeitig improvisiert, vielleicht ähnlich der Gamelanmusik mit ihren vielen

Schichten sich überlagernder Melodien; und als der Dalang meinte, daß solch ein Verfahren dem Gamelan entsprechen könnte, fühlte sie sich darin bestätigt, daß sie in den letzten Tagen alles gelesen hatte, was sie über javanische Musik auftreiben konnte.

Daraufhin erklärte er ihr die beiden Tonleitern des Gamelan, von denen jede ihre eigene Qualität besäße (er bevorzugte die aus fünf Tönen bestehende Slendronskala, weil sie sich tiefen Gefühlen hingebe, während die aus sieben Tönen bestehende Pelogskala mit majestätischer Gleichgültigkeit zu identifizieren sei). Er beschrieb den Wechsel der Instrumentalisierung bei sanften und heftigen Kompositionen, die unterschiedlichen Phrasenlängen, das Iklaskonzept, bei dem die Musiker nicht danach streben, mit anderen Musikern zu konkurrieren, sondern innerhalb des Ensembles zurücktreten und dadurch einen Zustand einsamer Verzückung erreichen. Sie erzählte ihm, der Unterschied zwischen dem Jazz aus Chicago und dem aus New Orleans bestehe darin, daß die Musik aus Chicago keine Posaune kenne oder ihr zumindest das traditionelle Posaunenspiel fehle; in der Phrasierung gebe es weniger Zurückhaltung und mehr kaskadenähnliche Läufe als im New-Orleans-Jazz. Und er erzählte ihr, daß die Balungun- oder Grundmelodie von den Sarons oder dem Slentem gespielt werde, den einzigen Instrumenten, die sich während der Vorstellung an vorgeschriebene Noten halten müßten. Er zeigte ihr mit Hilfe einer Zeichnung die unterschiedlichen Notensysteme, wie sie in Yogya und Solo benutzt werden. Sie verglich das Trompetenspiel von Louis und Bix: Louis dramatischer mit größerem Tonumfang; Bix beschaulicher mit kühlerem Ton.

»Wo studierten Sie Musik?« fragte der Dalang.

»In meiner Kleinstadt studierte man Musik im örtlichen Musikgeschäft. Man konnte Schlagzeug lernen, weil der Angestellte es spielte. Die Frau des Besitzers unterrichtete Klavier. Der Besitzer konnte einem Unterricht im Hornspiel geben. Ich wählte die Trompete, denn sie war die Zierde des frühen Jazz. Ich wollte die technische Seite kennenlernen.«

»Sie lernten es nicht, um eigenständig zu spielen?«

»Ich hatte niemals kreative Ambitionen. Ich erfreue mich an den Dingen, die andere tun. Aber jemand wie Sie kann das natürlich nicht verstehen.«

»Nein. Ich muß es selbst machen.«

»Kunst bedeutet für Sie also alles andere als Bescheidenheit.«

»Entschuldigung, aber ich verstehe nicht.«

»Darf ich offen sein? Sie sind nicht bescheiden. Sie leben nicht für andere Menschen. Sie wollen mehr als alles andere sich selbst ausdrücken.«

Der Dalang stellte seine Teetasse, die er gerade zum Mund führen wollte, wieder ab. Eine Geste, die Überraschung ausdrückte. Noch bevor er antwortete, wurde Maggie bewußt, daß sie seiner Meinung nach eine Selbstverständlichkeit ausgesprochen hatte. »Natürlich will ich das«, sagte Dalang Budi. »Ich bin überhaupt nicht bescheiden.«

»Aber Sie erzählen mir, daß die Gamelanmusiker es sind. Sie wollen nicht herausragen.«

»Stimmt, das wollen sie nicht.«

»Folglich ergibt sich ihr Vergnügen aus der Tatsache, daß sie in der Gruppe aufgehen.«

»Und aus der Beherrschung aller Instrumente. Deshalb wechseln sie vom Saron zum Barong oder zum Ketuk. Wenn ein Musiker die Instrumente nicht wechselt und niemals die spielt, die er nicht mag, wird er als unhöflich oder sogar als selbstsüchtig betrachtet. Sie sind eine schöne Frau«, sagte er. »Der Ausdruck der eigenen

Persönlichkeit rangiert möglicherweise an dritter oder vierter Stelle, das ist für das Gamelan nicht so bedeutend. Folglich ist die Gamelanmusik nach westlicher Auffassung auch nicht sehr kreativ.«

Maggie starrte ihn unverwandt an, ehe sie antwortete. »Richtig, ich glaube, daß die Gamelanmusik im westlichen Sinne nicht kreativ ist. Aber Sie sind es.«

»Ja«, sagte er sachlich. »Ich bin es.«

»Und Sie versuchen nicht, es zu verbergen. Sie sind nicht am Gemeinschaftsgeist interessiert.«

»Nein. Ich bin ein Dalang.«

Erst als sie beobachtete, wie er den sonnendurchfluteten Hof überquerte, wobei der Griff seines Kris gegen sein Kreuz schlug, erlaubte sie es sich, an das zu denken, was er fast verstohlen in ihre Unterhaltung eingeworfen hatte: »Sie sind eine schöne Frau« — ohne Veränderung des Tonfalls, als handle es sich nur um eine weitere technische Bemerkung zur Musik.

Es wäre besser, wenn sie ihn nicht mehr sähe.

Das hatte Maggie gestern gedacht, als seine schmeichelhaften Worte sie noch lange nach seinem Weggehen verfolgten. Der Satz kam ihr immer wieder in den Sinn, genauso wie er in ihre Unterhaltung eingeflossen war — ohne Vorwarnung. Aber heute, nach ihrem Besuch bei Mas Slamat, auf dem Heimweg, da beschloß sie, daß solche Vorsicht unnötig sei. Sie hatten sich ja stundenlang unterhalten, ohne irgend etwas besonders Persönliches, geschweige denn Intimes, anzusprechen. Die Förmlichkeit war nur durch sein plötzliches »Sie sind eine schöne Frau« unterbrochen worden. Das hatte er so flüchtig, so beiläufig gesagt, daß es in ihrem Gedächtnis wie ein vage erinnerter Satz aus einem Traum auftauchte. Und obwohl die Worte mit der fortwirkenden Macht eines Gongschlags durch ihre Gedanken zogen, gab es nichts zu befürchten. Sie war ihr eigener Herr. Genau daran hatte ihr Vater sie immer erinnert, wenn er sein Gesicht ganz nah an das ihre schob. Seine Augen waren blutunterlaufen, sein Atem roch nach Whiskey. »Mädchen«, sagte er mit der unangenehmen Heftigkeit des Betrunkenen, »du bist verdammt besser dran, wenn du dein eigener Herr bist.«

Und das war sie. Sie hatte die Einladung des Dalangs angenommen, morgen abend an einer Wayangvorstellung teilzunehmen; und genau das würde sie auch tun.

29

Sie bekam einen Brief von Vern. Er begann mit etwas steif geäußerten und banalen Zärtlichkeiten, aber das störte Maggie nicht; Ihr Ehemann gehörte nicht zu den Liebenden, die über Gefühle reden, statt sie zu haben.

»Mit dem Projekt geht es voran«, schrieb er, »weil der Bursche, der den Laden schmeißt, ein chinesischer Finanzier, wieder in der Stadt ist. Ich werde bald nach Bali reisen. Ich könnte bei Dir vorbeikommen oder Dich dort treffen. Kann sein, daß Du Bali interessanter findest als Java (es tut mir leid, daß ich mich wegen der Sprachengeschichte so aufspielte — Liebling, von mir aus kannst Du ein Dutzend lernen, wenn Du möchtest). Auf jeden Fall steht Bali auf dem Programm.

In Djakarta ist es höllisch heiß. Die Zunge klebt einem am Gaumen fest. Und jeden Tag gibt es Zwischenfälle — entweder Demonstrationen der PKI oder der Moslems, spontane Krawalle und kleinere Gewalttätigkeiten, die von Banden arbeitsloser Jugendlicher verursacht werden, die irgend etwas tun wollen. Überall Plakate. Eilig nebeneinandergeklatscht, auf dem einen steht, daß der Islam schrecklich ist, auf dem anderen, daß der Kommunismus schrecklich ist. Es ist wie bei einer guten alten Präsidentschaftskampagne in Amerika. — Die Armee ist überall präsent, überall marschieren Soldaten mit entsichertem Gewehr und bereiten sich auf Unruhen am Tag der Armee vor. Es macht einen ein bißchen kribbelig, wie Larry sagt. Ich bin froh, daß Du hier raus bist, Liebling. Ich bat Dich nur zurückzukommen, weil ich Dich so gern bei mir haben wollte. Stimmt, ich war selbstsüchtig. Aber ich denke, daß die Krise vorübergeht und Djakarta bald wieder sicher sein wird — oder zumindest relativ sicher. Wenn es zum Äußersten kommt, werden diese Krakeeler klein beigeben. Liebling, wenn das Hotel fertig ist, sollten Du und ich in die Flitterwochen fahren. Seit unserer gemeinsamen Woche am Tobasee habe ich immerzu an irgend etwas hart gearbeitet. So kann man keine Ehe führen! Wir brauchen Zeit für uns. Du hattest schon recht, als Du sagtest, wir sollten nach Samosir gehen. Manchmal denke ich, daß wir uns gar nicht richtig kennen, ich meine im Sinne einer alltäglichen Beziehung. Ich erinnere mich, daß meine Eltern so was hatten. Ich weiß nicht, wie ich es beschreiben soll, also werde ich das, was ich zu sagen habe, bei unserem nächsten Wiedersehen sagen. Nun, das wär's. Ich lasse es Dich wissen, wenn die Pläne Gestalt annehmen. Ich liebe Dich, Liebling. Ich vermisse Dich, meine Schöne, ich vermisse Dich sehr, und das ist die Wahrheit. Vern.«

»Ich werde das, was ich zu sagen habe, bei unserem nächsten Wiedersehen sagen.« Maggie fragte sich, was das sein könnte. Die alltägliche Beziehung seiner Eltern war etwas, das er erklären mußte, denn die alltägliche Beziehung seiner Eltern war gewiß nichts, über das man hätte in Jubel ausbrechen können.

Maggie antwortete ihm auf diesen Brief. Sie verlor

aber kein Wort über Samosir, Bali oder die javanische Sprache. Sie hatte sich vorgenommen, viel Liebe in diesen Brief zu legen, aber wieder einmal wurde es nur plattes Geplauder: Essen, Besichtigungsfahrten in Yogya, Intrigen unter der Dienerschaft, ein Brief von Susanto Sakirman, die in Malang Spielgenossinnen gefunden hatte.

Am Abend holte der Dalang sie in einer kleinen Pferdekutsche ab. Wieder hingen die Diener der Sakirmans an den Fenstern und linsten neugierig um die Ecken, um zu beobachten, wie ihr großgewachsener Gast zur wartenden Kutsche geleitet wurde. Ihre Augen gingen zwischen ihr und dem berühmten Mann, der Sarong, Hemd und Haartracht des Dalangs trug, hin und her.

Kürzlich hatte sie von Inam mehr über die Familie Gitosuwoko erfahren. Der älteste Bruder des Dalangs sei der berühmteste Darsteller seiner Zeit gewesen. Vor Jahren habe er ein Wayangstück im Sasono Hinggil, in der großen Halle südlich des Palastes, gegeben. Man habe Lautsprecher aufgebaut, damit Hunderte von Menschen, die keinen Platz im Gebäude gefunden hatten, seine Stimme hören konnten. Genau in dem Augenblick, als der Held starb, sei Zentraljava von einem Erdbeben erschüttert worden. Die Menschen im Sasono Hinggil gerieten in Panik, aber der Dalang habe kein einziges Mal gestottert oder die Konzentration verloren. Das Publikum habe sich deshalb wieder beruhigt, um dem Rest seiner Vorstellung folgen zu können, obwohl die Lampe über seinem Kopf hin und her pendelte und der Stoff der Leinwand wild flatterte. Später habe es Menschen gegeben, die ihn beschuldigten, das Erdbeben ausgelöst zu haben, um den Tod des Helden noch dramatischer zu gestalten.

Maggie war ungläubig. »Dachten sie, er könne ein Erdbeben auslösen?«

»Ja, er konnte das«, erklärte Inam. »Ein großer Dalang besitzt das Wissen um Geister. Es gibt im Moment vielleicht drei große Dalangs. Ki-Dalang Gitosuwoko ist einer von ihnen.« Inam sprach Bahasa-Indonesisch, wechselte aber zum Krama-Javanisch über, als sie direkt von Ki-Dalang Gitosuwoko sprach.

Und nun saß Maggie neben Ki-Dalang Gitosuwoko. Er war wie üblich ruhig, wenn nicht sogar entrückt. Aber er war niemals wirklich entrückt; seine Präsenz wirkte dafür viel zu intensiv. Worte hätten sie kaum sinnfälliger machen können. Aber Maggie fragte sich, ob sie nicht einfach nur der javanischen Mystik erlag, die Puppenspieler und Hexenmeister auf eine Stufe stellt. Maggie war defensiv eingestellt, sie wollte sich dem Zugriff des Aberglaubens entziehen. Und sie fühlte sich dem Dalang gegenüber seit ihrer letzten Zusammenkunft befangen. Es war dieser Satz, der Maggie fortwährend förmlich aus dem Hinterhalt überfiel: »Sie sind eine schöne Frau.« Diese Aussage sprang aus einem Wald von Worten wie ein kleines, aber gefährliches Raubtier. Sie schwiegen während der Fahrt.

Die Kutsche schwenkte auf einen Platz ein, auf dessen einer Seite das Sasono Hinggil stand. Dutzende von Becaks hielten vor dem mit holländischen Säulen umrahmten Eingang. Straßenhändler schlängelten sich durch die Menge und boten Kokosstücke an.

Als die Leute sahen, daß Ki-Dalang Gitosuwoko aus einem Dokar stieg, traten sie instinktiv zurück und bildeten ein Spalier bis zum Gebäude. Daß sie sich auf ihn und nicht auf eine großgewachsene Ausländerin konzentrierten, war, wie Maggie begriff, auf das Ausmaß seines Charismas zurückzuführen. Sie war neugierige Blicke gewohnt, aber in seiner Gegenwart war sie nichts weiter als ein Schatten. Sie verspürte freudige Erregung. Elektrischer Strom schien von ihm zu ihr und wieder zurückzufließen und zog sie beide in ein gemeinsam empfundenes Energiefeld hinein.

Beim Eintritt in den großen Saal sah sie vor den Sitzreihen eine rot eingefaßte Leinwand, die zwischen zwei riesigen Bambusstämmen gespannt war. Auf beiden Seiten der Leinwand hingen zwei Reihen von Puppen, deren Hornstäbe im Bambus steckten. Eine phantastische Armee von fast zweihundert Puppen: einige mit Flügeln, andere mit langen, wieselähnlichen Nasen, mit Spinnenarmen und geschmückter Haartracht, einige mit zwiebelartigen Köpfen und gräßlichem Gesichtsausdruck. Alle diese flachen Figuren hingen mit den Gesichtern zur leeren weißen Leinwand. Schließlich hatten bereits rund zwanzig Gamelanmusiker hinter dem Sitzkissen des Dalangs Platz genommen. Sie rauchten und plauderten inmitten ihrer Bronzeinstrumente.

Dalang Budi führte sie zur ersten Reihe, in die Nähe der Bonangkesselgongs. Ein Bonangspieler, der kräftig an seiner Zigarette zog, sah den Dalang und verbeugte sich mit einer tiefen Sembah.

Zwei Männer im traditionellen Sarong näherten sich und sprachen den Dalang auf javanisch an. Maggie konnte ein paar Worte Krama verstehen, das sie benutzten. Einige Redewendungen, die sie beim Guru gelernt hatte, fielen ihr wieder ein. Zum Beispiel antwortete Dalang Budi auf die Frage nach seiner Gesundheit elegant: *»Wilujeng, pangestisnipun«* (»Mir geht es gut, dank Ihrer guten Wünsche«). Und einer der Männer entschuldigte sich demütig für irgendeinen Fehler, den er während ihrer Unterhaltung vielleicht begehen könnte.

Nachdem die beiden Männer wieder gegangen waren — Maggie hielt sie wegen ihres überschwenglichen Benehmens für irgendwelche Lokalgrößen —, wandte sich der Dalang ihr zu und blickte sie an, wobei er seine Schultern anwinkelte. Diese wachsame Körperhaltung war wahrscheinlich auf die Meditationsübungen zurückzuführen, dachte sie — er sah so unbeugsam wie ein Baumstamm aus. Er schenkte ihr eine Zeitlang seine volle Aufmerksamkeit. Es war, als ob er ihr ein kleines Geschenk überreichte, und Maggie gefiel das gar nicht. Aber im selben Augenblick noch schämte sie sich wegen ihrer Kleinlichkeit. Ihre Gefühle schienen sich in einer Zentrifuge zu befinden.

Während das Orchester die Instrumente stimmte, erklärte er ihr einige Symbole (Maggie sagte ihm nicht, daß sie bereits ihre Bedeutung kenne): Die Leinwand war der Himmel, die sie tragenden Stämme verkörperten die Erde, und natürlich waren die Puppen die Menschen. Und der Dalang sei der Gott. Letzteres sagte er beiläufig, ohne Betonung. Nicht aus Bescheidenheit, wie Maggie feststellte, sondern aus der Unbekümmertheit dessen, der sich im Besitz der Wahrheit glaubt.

Er erklärte ihr die Handlung des heutigen Lakon — etwas über den großen Krieg zwischen zwei kriegerischen Clans, den Pandavas und den Kauravas. Die Pandavas waren im wesentlichen gut, die Kauravas böse, aber häufig verschmolzen ihre Tugenden und Laster. Im Grunde genommen stellten die Puppen, so der Dalang, die Konflikte des Herzens dar.

Sie hörte ihm zu, und obwohl sich Maggie konzentrierte, merkte sie, daß ein Teil ihres Verstandes etwas anderes als seine Worte aufnahm. Sie teilten ihr nur einen Teil dessen mit, was er meinte. Es war, als ob er zur selben Zeit zwei Unterhaltungen mit ihr führte: die eine mit Hilfe von Worten und die andere durch eine Art von Präsenz, die sich Worten entzog, etwas, das ihrer alten Phantasievorstellung verwandt war — die Stimme hinter der verschlossenen Tür, die sie drängte zu lauschen, lauschen, lauschen. Er hypnotisierte sie nicht, obwohl sie sich manchmal fragte, ob er nicht genau das tue, denn Maggie fühlte sich manchmal, wenn er sie ansah, verwirrt — erschreckt wie jemand, der sich nach einem Versteck umsieht.

Der Saal hatte sich in der Zwischenzeit gefüllt. Hunderte saßen bereits, Dutzende hockten auf den breiten Fensterbänken, als der Dalang eintrat. Bronzene Schlaginstrumente des Gamelanorchesters begannen die sich hinziehenden Töne eines Vorspiels anzuschlagen. Es wurde höflich und gedämpft geklatscht, als der kleine, gedrungene Dalang zu seinem Sitzkissen vor der Leinwand schritt. Ein reichverzierter Kris steckte in seinem Gürtel. Über seinem Kopf brannte eine Kokosöllampe; der fünfzehn Zentimeter lange Docht warf ein flackerndes Licht auf die Leinwand.

Er saß kurze Zeit wie im Gebet versunken, dann überprüfte er die große Holzkiste zu seiner Linken, in der die Puppen in der Reihenfolge ihres heutigen Auftretens gestapelt lagen.

Mit einem langen Holzstock schlug er fünfmal scharf gegen die Puppentruhe, und das Tempo und die Melodie des Vorspiels änderten sich sofort.

Dalang Budi lehnte sich zu ihr und flüsterte. Sie spürte seine Nähe; es war wie eine Berührung. »Das Gamelanorchester spielt nun ›Ajak-ajakan Nem‹, das erste Lied. Der Dalang sagt nun: ›Die Hügel und Berge sind dort, wo ich lebe, deshalb eigne ich mir die Macht ihrer Stürme an.‹«

Der sitzende Dalang griff nach der über seinem Kopf hängenden Bronzelampe und regulierte den brennenden Docht. Dann zog er vorsichtig den Baum des Lebens aus der Bambuskiste und hielt ihn quer über seinen Schoß. Mit seiner linken Hand bog er die Lederspitze des Kayons und betete ein weiteres Mal, diesmal schweigend.

Dalang Budi beugte sich wieder zu ihr hinüber und übersetzte das stille Gebet. »›Laß meinen Körper so groß und stark wie ein Berg sein. Laß die Leute hier in der Gegenwart des Lichtgottes Mitleid und Liebe zeigen.‹«

Während der Dalang den Kayon gegen die obere rechte Leinwandecke hielt, wirbelte er ihn dreimal herum und stieß seinen Büffelhornstab nahe der unteren rechten Leinwandecke in den Bambus.

Das Stück begann.

*

Drei Stunden später war der erste von drei Akten beendet. Diese ersten Stunden schilderten ausführlich höfische Szenen: die Unterweisung der Jugend in der Kunst der persönlichen Vollendung. Der zweite Akt, dem sie nun zuschaute, würde ebenfalls drei Stunden dauern; er stellte das Leben der Erwachsenen dar, die Suche nach Identität und Werten, und schloß daher auch einige große Schlachten ein. Der letzte Akt, der in der Morgendämmerung aufhören würde, behandelte die Weisheit des Alters, wenn das Gute schließlich über das Böse triumphiert, und das neunstündige Schauspiel sollte mit einem Freudentanz enden.

Es gab keine richtigen Pausen, nur ein Zwischenspiel des Gamelanorchesters am Ende von *Patet Nem,* dem ersten Teil.

Dalang Budi sagte abrupt: »Ihnen gefällt das nicht.«

Das stimmte. In Maggies Augen verkörperte das Wayangspiel eine aristokratische Welt erhabener Gefühle und gleichzeitig böser Intrigen, großer Reden und turbulenter kriegerischer Auseinandersetzungen, der Habgier und der Wollust; eine Welt, in der sich Männer wie Götter aufführen, Götter wie Clowns. Trotz größter Vorstellungskraft blieb ihr diese Welt fremd. Sollte sie ihm das sagen? Bei Männern und Frauen bestand immer die Wahl zwischen herzloser Aufrichtigkeit und ängstlicher Täuschung. Aber diese Wahl traf nur zu, wenn Liebe auf dem Spiel stand. Sie hatte keinen Grund, nicht ganz offen zu sein. Sie wollte Dalang Budi sagen, daß ihr das Stück nicht gefiele. Statt dessen hörte sie sich sagen: »Vielleicht müßte ich noch eine weitere Vorstellung sehen...« und haßte den Kompromiß, der dahinterstand.

Seine kompromißlose Antwort erfolgte sofort. »Die Vorstellung ist nicht gut. Aber ich glaube nicht, daß Ihnen deshalb Wayang nicht gefällt. Was Sie gesehen haben, ist, wenn auch nicht gerade großartig, doch gut genug, wenn Sie Wayang mögen. Sie mögen Wayang nicht, weil es eine Welt ist, die Ihnen nicht gefällt. Man braucht Zeit, sie zu mögen, falls das bei Ihnen jemals der Fall sein wird.«

Inmitten von *Patet Sanga*, dem zweiten Teil, nahm der Dalang sie auf die Rückseite der Leinwand, wo man nur die Schatten der Puppen sehen konnte. Auf der Seite des Dalangs hatte die Realität der Vorstellung die Auffassung beherrscht, aber hier gewann die Illusion die Oberhand. Was als goldene, rote und grüne Puppen in Erscheinung getreten war, wurde nun zu schwarzen Schatten, denen winzige Löcher Glanzlichter aufsetzten. Nichts schien fixiert zu sein. Schatten verschmolzen mit anderen, lösten sich wieder auf und schufen sich eigene neue Raume, in denen Gegenstände zur gleichen Zeit den gleichen Ort besetzten. Die Entfernung der Puppen zur Leinwand änderte sich beständig, so daß ihre Umrisse scharf, unscharf und wieder scharf wurden, was ihnen die seltsame Eigenschaft verlieh, ins Leben zu treten und aus ihm zu verschwinden, um dann aufgrund einer göttlichen, jedoch perversen Laune wiederaufzutauchen. Was sich auf dieser Seite der Leinwand abspielte, hätte eine sorgsam ausgearbeitete Illustration der Theorie sein können, daß wir alle in einem chaotischen Universum leben. Die Bilder schwebten durch eine dunstige Landschaft und erfüllten Maggie mit einer seltsamen neuen Zuneigung zu ihnen. Dies war sowohl eine Welt wilder Schönheit und kosmischer Mysterien als auch menschlicher Begierden und Wollust; was hier geschah, wurde von anderen Gesetzen des Raumes und der Zeit beherrscht, wodurch eine unberechenbare Moral und Möglichkeiten angeboten wurden, die sich aufgrund ihrer eigenen Logik vervielfachten.

»Welche Seite gefiel Ihnen besser?« fragte Dalang Budi, als sie zu ihren Sitzen zurückgekehrt waren.

»Die Schattenseite.«

Er nickte. »Sie ist nicht so beliebt. Aber ich mag diese Seite auch mehr. Sie haben ein Gespür für das Verborgene.«

Sie musterte ihn. War das als Kompliment zu verstehen? Wahrscheinlich. Eine subtilere Annäherung als »Sie sind eine schöne Frau«. Es war besser, ihn nicht zu fragen, was er damit sagen wollte.

Also lehnte Maggie sich zurück und genoß den Rest der Vorstellung. Gegen zwei Uhr nachts waren noch immer alle Sitzplätze belegt. Die Menschen drängten sich auf Fensterbrettern, lehnten an den Wänden, verstopften die Durchgänge. Mit vorgerückter Stunde wurde das Publikum immer aufmerksamer und gespannter. Der Rauch von Kretekzigaretten verlieh der Nachtluft den stechenden Geruch von Gewürznelken. Die Blumenschlachtszene war gerade zu Ende. Arjuna, der verwegene Pandavaheld, hatte gerade drei Menschenfresser ins Jenseits befördert.

Und Maggie fühlte sich krank. Es überfiel sie wellenartig: Kopfschmerzen, Übelkeit. Vielleicht sogar Fieber?

Maggie wollte diesen bemerkenswerten Abend nicht verderben, aber sie fühlte sich hundsmiserabel. Heute hatte sie auf der Straße eine Schüssel Bakmee gegessen, eine Mischung aus Nudeln und Gemüse. Vermutlich hatte sie eine Lebensmittelvergiftung. Oder konnte es die Rückkehr der üblen Sache sein? Nein. Keine Malaria. Es war eine Lebensmittelvergiftung.

Schließlich konnte sie nicht mehr dagegen ankämpfen und wandte sich an den Dalang. »Mir geht es nicht gut. Ich muß nach Hause. Es tut mir sehr leid, aber ich kann nicht mehr bleiben.«

Er berührte ihre Hände. Seine besorgte Berührung dauerte nur einen Augenblick; aber sie wußte, daß sie dieses Gefühl aus dem Saal und in die Nacht mitnehmen würde.

Er bot ihr nicht an, sie nach Hause zu bringen. Das wäre für seinen Kollegen, der die Vorstellung gab, eine Beleidigung gewesen.

»Ich kann es nicht machen«, sagte Dalang Budi. »Aber ich werde dafür sorgen, daß . . .«

»Nein«, antwortete Maggie brüsk. Dann sagte sie mit sanfterer Stimme: »Nein, vielen Dank. Sie bleiben hier. Ich fühle mich gut genug, um allein nach Hause zu fahren.«

Bei einem anderen Mann hätte sie diese Haltung respektlos gefunden. *Respektlos.* In ihren High-School- und Collegetagen hätte sich Maggie geweigert, einen Typen, mit dem sie verabredet war, wiederzusehen, wenn er sie nicht — aus welchen Gründen auch immer — genau bis vor die Haustür gebracht hatte. Sie hatte immer Respekt verlangt; niemals hatte sie ihr verzweifeltes Verlangen danach vor sich oder anderen Menschen verborgen, die dann lachend zu sagen pflegten: »Maggie, du lebst nach einem altmodischen Ehrenkodex.« Und sie lachte damals. Dennoch wollte sie von diesem aristokratischen Javaner nichts, nicht einmal eine Spur der Höflichkeit, die sie immer eingeklagt hatte. Es war nicht nötig, daß er sich erhob und sie zu den wartenden Becaks brachte. Ein Mann, der Puppen bewegte, sang und ein Orchester dirigierte, erwartete von ihm, daß er hier in der ersten Reihe bis zum Morgengrauen sitzen würde. Und genau das mußte er tun, selbst wenn es in Zentraljava ein weiteres Erdbeben geben und sie mausetot vor seinen Füßen zusammenbrechen wurde. Dalang Budi leistete einem Ehrenkodex Folge, und sie war entschlossen, dies zu respektieren.

»Sie müssen hierbleiben«, sagte sie erneut. »Ich verstehe schon.« Sie erhob sich mit einem kurzen »Auf Wiedersehen« und wankte den Gang hinauf, aber sie war mit sich selbst zufrieden.

Draußen nahm Maggie das erste Becak aus einer ganzen Armada, die auf sie zurauschte. Sie ließ sich in den Sitz fallen und nannte ihre Adresse. Über ihr stand der Vollmond. Der zerlumpte kleine Mann trat bedächtig in die Pedale des Fahrrads; langsam entfernten sie sich von der großen Halle. Seine sehnigen Waden glänzten im Mondlicht, als sein Becak den Alun-Alun überquerte und die Schatten der engen Gassen erreichte.

Er sprach Bahasa. Sie konnte daher alles verstehen, was er während der Fahrt sagte. Er wußte viel über Wayang. In seine Beurteilung der heutigen Vorstellung floß die präzise Begeisterung eines Kenners. »Dieses Stück«, sagte er, »sollte man sich ansehen, wenn Bapak« — er benutzte die höflichste Form der Anrede — »Ki-Dalang Gitosuwoko es gibt. Er macht es sogar noch besser als sein Bruder. Sie müssen ihn sehen.«

»Das würde ich gern.« Maggie unterhielt sich mit dem Fahrer, weil sie hoffte, sich damit von ihrer Übelkeit ablenken zu können. Sie hatte Angst, sich sonst übergeben zu müssen.

»Aber er spielt nicht mehr so oft Wayang. Wenn der Sultan in Yogya ist, dann gibt Bapak Ki-Dalang Gitosuwoko eine Vorstellung. Wenn Sie ihn dann erleben, werden Sie den Unterschied zu dem merken, was Sie heute sahen.«

Eine Welle von Übelkeit stieg in ihr hoch. Sie beugte sich vor. »Sagen Sie mir«, sagte sie, während sie beide Arme um ihren Bauch legte, »warum ist er so gut?«

»Weil er ein Meister der Magie ist und den Göttern nahesteht.«

»Übt er Magie aus?«

»Alle guten Dalangs tun das«, behauptete der Becakfahrer.

Maggie holte tief Luft und hoffte, das Haus zu erreichen, bevor sie sich übergeben müßte. Dann waren sie vor dem Haus der Sakirmans. Sie bat den Fahrer, jemanden zu holen, und während er zum Haus lief, biß Maggie die Zähne zusammen und kämpfte gegen die Übelkeit an.

Inam kam und half ihr aus dem Becak. Maggie klammerte sich an ihren Arm und flüsterte. »Es geht schon. Es ist eine Lebensmittelvergiftung. Das Bakmee...« Aber sie fühlte sich noch schlechter. Maggie legte sich eine Hand auf die Stirn und versuchte, die Höhe des Fiebers zu schätzen. Mindestens neununddreißig oder vierzig.

Dann waren sie im Haus. Inam zog sie aus. Nein, Maggie glaubte nicht, daß es wieder die üble Sache war. Bloß nicht Malaria. Es war eine Lebensmittelvergiftung. Durstig trank sie, als Inam Wasser brachte.

»Ich werde vor dem Zimmer bleiben, Nonya.«

»Mir wird es bald bessergehen. Geh wieder schlafen.«

»Ich werde vor dem Zimmer bleiben, Nonya. Genau davor.«

Maggie griff nach den Händen des Mädchens, packte fest zu. »Ein Gespür für das Verborgene. Was bedeutet das?«

»Nonya? Bitte, ruhen Sie sich jetzt aus.«

Inam hatte kaum das Zimmer verlassen, als Maggie auch schon in einen unruhigen Schlaf fiel. In den wachen Momenten schossen ihr Bilder durch den Kopf. Sie konnte sich nicht in eine bequeme Lage bringen. Stirn und Wangen brannten, ihre Augen waren wie Feuer unter den Lidern. Dann sank sie in einen tiefen Schlaf. Sie träumte. Langsam tauchten wie aus einem Meer verschwommene Gegenstände auf. Graues Wasser in der Dämmerung. Es war nicht das Meer, sondern ein von Bergen gesäumter See. Sie beobachtete einen Fischer, der bis zur Taille im Tobasee stand. Er schob seinen Einbaum seitlich liegend, leerte das Wasser aus und kletterte hinein. Glitt im silbrigen Licht des Halbmondes in die Dunkelheit. Sie stand am Ufer und beobachtete, wie er im Boot hockte, die Knie an der Brust, und das Paddel mit kurzen, rhythmischen Schlägen bewegte. Und dann, während sie auf der Insel Samosir stand, war sie irgendwie in der Lage, ihn ganz nah zu sehen, so nah, daß sie die feinen Härchen auf seinen bedächtigen, unermüdlichen Händen erkennen konnte. Er hielt sie ihr höflich entgegen, damit sie besser sehen konnte. Sie erschienen groß, dann wieder klein, als er zum See zurückkehrte. Mit zwei Fingern bewegte er halbkreisförmig das Paddel. Lumpen um den Hals, schmutzige Mütze auf dem Kopf, fest aufgestützte Beine. Mit einem einzigen Schlag ließ der Fischer seinen Einbaum wie auf Eis über den See gleiten, bis Maggie merkte, daß er überhaupt kein Fischer war, sondern eine Wayangpuppe. Und auch das Boot war aus Leder, und es bewegte sich auf einer weißen Leinwand auf sie zu — sie stand an der Küste von Samosir.

Patet Sanga

Mitternacht bis drei Uhr morgens

30

Achmad Bachtiar, Feldwebel der Infanterie, wurde kurz vor Mitternacht zum 30. September 1965 aus einem Alptraum gerissen.

Ein Soldat streckte seinen Kopf in das Zelt auf dem Luftwaffenstützpunkt Halim und brüllte: »Alarmbereitschaft! Alarmbereitschaft! Gefechtsklar machen! Luftüberwachung! Fünfzehn Minuten! Luftüberwachung! Fünfzehn Minuten!«

Achmad und zwei weitere Nichtkommunisten teilten sich das Zelt. Sich die Augen reibend, standen sie in der Zeltöffnung und starrten auf die Menschen, die im Mondlicht hin und her rannten. Ein Leutnant kam vorbei.

»Welche Einheit, Feldwebel?«

»Erste Ehrenwache, 454. Bataillon, Diponegoro«, meldete Achmad.

»Luftüberwachung. Tempo, Tempo!«

Zehn Minuten später, bewaffnet und im Kampfanzug, gesellten sich Achmad und seine Kameraden zu rund dreißig weiteren Nichtkommunisten und Offizieren im Saal der Luftüberwachung.

Oberst Untung stand vor einem Rednerpult, klammerte sich an ihm fest, sah sehr ernst aus. Er trug drei Reihen von Ordensspangen sowie dicke Brillengläser.

»Wir haben heute nacht einen Auftrag«, sagte er und wartete, bis sich alle gesetzt hatten.

Ein Auftrag. Heute nacht. Geleitet von Oberst Untung.

Diese überraschende Ankündigung versetzte Achmad in Aufregung. Sein Bataillon hatte während des West-Irian-Feldzugs unter Oberst Untung gekämpft. Achmad war bei einem Kommandoüberfall mit ihm über dem Dschungel abgesprungen. Um seinen Hals trug Achmad ein Amulett, das Oberst Untung ihm geschenkt hatte. Ein berühmter Dukun hatte einige dieser Amulette zur Erinnerung an den Überfall gesegnet, und sein Segen verlieh ihnen Zauberkraft. Zusammen mit den anderen Geehrten glaubte Achmad, der Besitzer eines solchen Amuletts könnte nicht von Kugeln verletzt werden.

Er erinnerte sich nun an diesen früheren Einsatzbefehl: Die Flugzeugtür öffnete sich, sie sprangen in die Tiefe, hörten das Knattern ihrer Fallschirme, hörten, wie sie sich zu weißen Schüsseln über ihren Köpfen füllten, während die heiße Luft der Erde Neuguineas den fallenden Männern wie aus einem Gebläse entgegenkam, ein starker Windstoß schraubte sich aus diesem Backofen von Dschungel nach oben, schlug zuerst gegen das Kinn, dann gegen die Wangen. Weit unter ihnen lag die riesengroße grüne Fläche des Regenwaldes, der sich rasch als ein häßliches Flechtwerk aus gewundenen und struppigen Bäumen, Farnen und Blättern erwies, eine geisterhafte Ansammlung von Schatten, die sich immer schneller näherten, bis sie die Fallschirmspringer verschlangen. Er erinnerte sich lebhaft an die Papuaführer mit ihren orangerot gefärbten Haaren, ihren Spitzbäuchen und Penishüllen. Ihre knotigen Finger umklammerten Bündel von winzigen vergifteten Pfeilen, während sie auf Pfaden vorangingen, die nur sie sehen konnten; sie wurden durch einen Friedhof verrottender Vegetation in ein seidiges Spinnennetz von Dschungel geführt, der Achmad sowohl begeisterte als auch ängstigte.

Die Eindrücke dieses Einsatzes gingen ihm immer wieder durch den Kopf, während er seinem alten Kommandeur, Oberst Untung, zuhörte, der die Notwendigkeit eines neuen und sogar noch gefährlicheren Sonderkommandos erklärte.

Der Oberst, der sich so fest ans Rednerpult klammerte, daß seine Fingerknöchel weiß wurden, beschuldigte die amerikanische CIA, die gegenwärtige Krise verursacht zu haben. Die CIA wolle Bung Karno stürzen, weil man, zusammen mit anderen westlichen Kolonialisten, der Meinung sei, daß man nach der Zerstörung der großen Revolution auch wieder die Herrschaft über Indonesien ausüben könne. Diese Lakaien des Westens hätten es jüngst geschafft, mit den schlimmsten aller Verräter zu konspirieren — mit hochstehenden Armeeoffizieren, die den leichten Weg gewählt hätten, den Weg der Unehre; Offiziere, reich, korrupt und westlichen Lastern verfallen. Sie hätten die Prinzipien der Revolution vergessen; sie hätten gelernt, falsch zu denken; sie glaubten nur noch an ihre eigene Selbstverherrlichung; sie gefährdeten die Existenz des Staates, ja des geliebten Führers selbst. Verräter, ein Rat von Verrätern, ein Rat von treulosen Generälen.

Oberst Untungs Stimme überschlug sich fast.

Achmad schoß das Blut in den Kopf, seine Wangen brannten. Die Nation zur Schlacht gerüstet. Verräter in ihrer Mitte.

Dann las der Oberst eine Liste vor:

Generalleutnant A. Yani, Stabschef der Armee,

Generalmajor Suprapto, zweiter stellvertretender Stabschef,

Generalmajor M. Harjono, dritter stellvertretender Stabschef,

Generalmajor S. Parman, Chef des Geheimdienstes,
Brigadegeneral D. Pandjaitan, Chef der Logistik,
Brigadegeneral Sutojo, Justizinspektor,
General A. Nasution, Verteidigungsminister.

Achmad war wie gelähmt: Der Stabschef der Armee und der Verteidigungsminister — die Kunde von ihrem Verrat war wie der Einsturz eines Hauses, das krachende Splittern der Balken. Das konnte das Ende Indonesiens als Nation bedeuten. Verräter! Am Hebel der nationalen Sicherheit.

Der Oberst redete weiter. Ein Revolutionsrat, bestehend aus loyalen Mitgliedern der Armee und anderen Patrioten, sei zur Bewältigung dieses Notstands gebildet worden. Sein Ziel: die Generäle von einem Putschversuch abzuhalten. »Der Revolutionsrat«, fuhr der Oberst fort, »gab unserem Einsatz einen Namen: GETAPS, die Bewegung des 30. September.«

Die folgenden Anweisungen nahm Achmad nervös auf: Die GETAPS-Einheiten sollten um ein Uhr dreißig in sieben Gruppen nach Djakarta aufbrechen. Jede Gruppe sollte einen General in seinem Wohnhaus verhaften und zum Luftwaffenstützpunkt zurückbringen.

Ein Feldwebel händigte jedem Gruppenleiter Gefechtsbefehle aus. Man hatte bestimmte Taktiken zu beachten, aber sie überließen dem einzelnen weit mehr Spielraum, als Achmad dies von anderen Einsätzen her kannte. Jeder Gruppenführer erhob sich und rief seine Leute auf. Achmad hörte seinen Namen; seine Aufgabe war es, das Haus von General Yani, Codename »Jonson«, zu betreten und ihn zu verhaften. Das war alles. Keine genauen Anweisungen zur Durchführung des Überfalls, keine ausführlichen Befehle.

Ein junger Leutnant fragte, ob es irgendwelche Einschränkungen bei der Gewaltanwendung gebe.

Untung starrte ihn lange an, bevor er antwortete. »Keine«, sagte der Oberst. »Keine Einschränkungen. Betrachten Sie das, was wir heute nacht durchführen, als eine Wayangvorstellung, ein Lakon«, sagte Untung, noch immer das Rednerpult umklammernd. »Dieses Lakon heißt Getaps. Wir brauchen den Mut Bimas, die Kühnheit Gatutkacas, die Weisheit Kresnas. Laßt uns die Rollen geschickt spielen. Es gibt keine Generalprobe für Getaps. Ich habe *Die Geburt Kalas* von Ki-Dalang Gitosuwoko gesehen, die er spielte, um die Bewohner eines Dorfes zu läutern. Ich schwöre, daß ich ihm noch vor Anbruch des Tages als Dalang von Getaps ebenbürtig sein werde.« Untung warnte, daß sich die Verhaftung der Generäle als schwierig erweisen könne. »Wir wissen nicht, in welchem Ausmaß ihre Häuser geschützt werden. Erweist euch also als Meister des Kriegshandwerks, wie Arjuna.« Oberst Untung riß sich die Brille herunter und rief aus: »Das Schicksal des Landes liegt in unseren Händen!«

Als sie im Gänsemarsch den Saal verließen, fragte sich Achmad Bachtiar, ob sein Leben jemals so bedeutend gewesen sei wie im jetzigen Augenblick. Es hatte sich ihm ins Herz gebrannt, daß der Oberst das Wayang erwähnt hatte. Er sah sich selbst als schwarze sehnige Figur vor einer weißen Leinwand, als Pandavakrieger im Getümmel einer Schlacht, die mit einem Freudentanz enden würde.

*

Vor dem Eingang des Luftüberwachungsgebäudes standen drei Männer im Schatten einer Nissenhütte. Zwei von ihnen erkannte Achmad: Der große uniformierte Mann war Luftwaffenmarschall Dhani; der kleine magere Zivilist war der Außenhandelsexperte, den er im Haus seiner Schwester kennengelernt hatte.

Neben Achmad sagte jemand: »Dort drüben steht Aidit.«

Der dritte Mann: rundes Gesicht, hervorstehende Augen. Vorsitzender der Kommunistischen Partei.

Was, so fragte sich Ali, hatte Kamarusaman bin Ahmed Mubaidah mit diesen Männern zu schaffen? Neben dem Luftwaffenmarschall stehend? Das machte ihn irgendwie wichtig. Und mit dem Chef der PKI? Eine lähmende Sekunde lang beschäftigte sich Achmad mit der Vorstellung, daß seine Schwester der PKI angehörte und mit ihrem Liebhaber für Aidit arbeitete. Ohne daß es ihm bewußt wurde, verlangsamte er seine Schritte und begegnete dem Blick Kamarusamans. Der kleine Mann trat lächelnd auf ihn zu. Achmad erstarrte. Die anderen Soldaten waren weitergeeilt, so daß niemand mehr da war, als sie voreinanderstanden. Auch der Luftwaffenmarschall und der Vorsitzende der PKI waren verschwunden.

»Da sind Sie ja!« Sjam grüßte mit einer rasch ausgeführten Sembah und streckte seine Hand aus.

Achmad fingerte am Griff seiner im Halfter steckenden Pistole, um die ausgestreckte Hand ablehnen zu können.

Sjam zuckte mit den Achseln. Er würde diese Beleidigung einfach übergehen.

»Also sind Sie auch bei Getaps dabei«, sagte er fröhlich. »Sie werden Geschichte machen.« Da er keine Antwort bekam, fügte er hinzu: »Laßt keinen entkommen.«

»Warum? Glauben Sie, daß ein paar Generäle unser Land ruinieren können?«

Sjam spitzte die Lippen, als ob er diese Möglichkeit überdächte. »Wenn dies hier vorbei ist«, sagte er, »müssen Sie mich besuchen. Ich kann Ihnen helfen.«

»Sind Sie ein Roter?«

Sjam grinste. »Ein Patriot.«

»Sind Sie gut zu meiner Schwester?«

Sjam starrte auf den Pistolengriff, den Achmads Hand immer noch umklammerte.

»Wenn Sie meiner Schwester etwas antun, werde ich Sie töten.«

»Warum sollte ich Ihrer Schwester etwas antun? Machen Sie sich deshalb keine Sorgen«, antwortete Sjam. »Wenn es vorbei ist, dann besuchen Sie mich, und wir werden über die Zukunft reden. Viele Soldaten sind damit gut gefahren. Ich kann Ihnen helfen, wie ich denen geholfen habe.«

»Das ist der Grund für die heutige Razzia. Um die Art von Korruption zu beenden, von der Sie reden.«

»Natürlich gibt es Korruption. Jeder weiß das«, räumte Sjam breit grinsend ein. »Aber was Sie für mich tun können, hat nichts mit Korruption zu tun. Das ist nur eine Sache der Information. So ist es nun einmal in der modernen Welt.« Er klopfte Achmad beruhigend auf die Schulter und zog dann seine Hand wieder zurück. »Sie werden sehen: Ich werde es Ihnen erklären.«

Achmad ließ die Hand vom Pistolengriff gleiten. Er hatte keine Energie mehr in den Fingern, sie zitterten noch immer. Achmad wandte sich ab und ging.

Dann drehte er sich noch einmal um. Gelassen sagte er: »Tun Sie meiner Schwester niemals weh!«

Im Laufschritt eilte er zum Start-und-Lande-Streifen, wo bereits die Getaps-Gruppen auf der Rollbahn standen und ihre Gefechtsbefehle durchgingen, bevor sie auf die wartenden Lastwagen kletterten.

*

Achmads dreißigköpfige Gruppe war unterwegs zu einem schicken Außenbezirk Djakartas, wo der Stabschef der Armee wohnte. Während sein Lastwagen durch die Nacht rumpelte, hörte Achmad einigen seiner Leute zu, die so plauderten, wie alle Soldaten vor einem Einsatz plaudern. Sie beklagten sich immer noch, daß ihre Rationen vom Nachschubamt gekürzt worden waren; kostenlose Reis- und Zuckerzuteilungen waren ein Anreiz gewesen, der Armee beizutreten. Aber hier waren sie nun einmal, nach Mitternacht, rasten durch die Straßen Djakartas zu einem gefährlichen Einsatz, und all das ohne kostenlose Reiszuteilung.

Schwätzende, grollende Männer. Achmad war es gewohnt. Er hätte ihnen Einhalt gebieten können, ließ sie aber weitermachen. Selbstgerechte Zornausbrüche gaben ihnen vor dem Kampf Selbstvertrauen.

Ein Soldat, der auf den Lastwagenbrettern kniete, sagte atemlos: »Er soll uns bloß keine Schwierigkeiten machen.«

Jemand fragte: »Wer?«

»Hast du nicht den Leutnant gehört? Wir werden den Stabschef verhaften.«

»Gelobt sei Allah.«

»Davor darf man sich nicht fürchten. Es ist unsere Pflicht.«

Ein anderer sagte: »*Mir* wird keiner Schwierigkeiten machen.«

»Du darfst ihn nicht Stabschef nennen. Nenn ihn bei seinem Codenamen Jonson.«

»Wenn er der Stabschef ist, dann ist er der Stabschef.«

»Jonson. Das ist ein englisches Wort.«

»In Ordnung. Jonson.«

»Wie können wir den Stabschef verhaften?« sagte jemand. »Ist das nicht Verrat?«

»Ruhe«, sagte Achmad streng zu seinen Leuten. Er stand vorne im Lastwagen, die Hände lagen auf dem heißen Fahrerhaus. Das Scheinwerferlicht fiel auf hohe Tore und die Eisenzäune großer Landsitze, deren Fassaden nicht zu sehen waren, weil riesige Rasenflächen davor lagen.

Nun verlangsamte der Lastwagen vor ihm das Tempo. Er hielt vor einem verschlossenen Tor, an dessen Seiten sich eine Ziegelmauer befand.

Achmad übernahm das Kommando und schickte ein halbes Dutzend Männer aus, die Telefonleitungen zu unterbrechen. Das Vorhängeschloß des Tores war überraschend leicht zu knacken. Ein großer Seitenschneider schaffte es in Sekundenschnelle. Dann schwärmten die Männer über den dunklen Rasen aus und liefen im Zickzack auf zwei schwache Lichter zu, die an beiden Flügeln der geräumigen Villa zu sehen waren. Während die Soldaten das ganze Haus umstellten — mit auf die Fenster gerichteten Sturmgewehren führten Achmad und ein weiterer Feldwebel ein Dutzend Männer zur Eingangstür.

Sie war nicht verschlossen.

Das irritierte Achmad. Man konnte einfach in diese Villa hineinspazieren. Diese Arroganz, dachte Achmad.

Achmad entsicherte seine Kalaschnikow. Als er aus dem Mondlicht in das kühlere Innere des Hauses trat, hörte er die Dielen unter seinen Fallschirmspringerstiefeln und unter den Stiefeln seiner ihm folgenden Männer knarren.

Vor sich sahen sie einen schmalen Lichtstreifen. Dann wurde dieser Streifen größer, als eine Tür ganz geöffnet wurde. Eine kleine Gestalt stand in der Türöffnung.

»Wer ist da?« fragte eine kindliche Stimme.

Achmad befahl seinen Leuten mit einem Handzeichen auszuschwärmen. »Soldaten«, sagte er.

»Ah, Sie wollen meinen Vater sprechen?« Der Junge, der Shorts trug, trat auf sie zu. Eine Hand hielt er zögernd am Mund, als ob er sich gleich wieder mit Daumenlutschen trösten müßte.

Achmad schätzte ihn auf sechs oder sieben Jahre. Das war eine unerfreuliche Überraschung. »Wir wollen deinen Vater sprechen. Präsident Sukarno will ihn sofort sehen, deshalb sind wir gekommen, um ihn zu holen.«

»Was?« Der Junge schob den Daumen in den Mund.

Vorsichtig machte Achmad ein paar Schritte auf ihn zu und sagte: »Wir sind die Eskorte.« Er beugte sich zu ihm hinunter. »Wo ist dein Vater?«

Der Junge deutete nach links auf eine Tür, aber im selben Moment wurde die Tür schwungvoll geöffnet, ein gedämpftes, aber ausreichendes Licht erhellte plötzlich den Flur. Ein Mann in weißem Pyjama stand im gelben Viereck des Türrahmens. Achmad kannte ihn von Pressefotos. Trotz seines zerwühlten Haars und des schlaftrunkenen Gesichts war dieser Mann ganz eindeutig General Yani, der Armeestabschef.

»General, wir sollen Sie abholen«, sagte Achmad, entsetzt über das Zittern in seiner Stimme.

»Mich abholen?« Yani machte einen Satz vorwärts und fuchtelte wütend mit den Armen. »Wie können Sie es wagen, zu dieser Stunde in mein Haus zu kommen?«

Ein anderer Feldwebel sprang vor Achmad und nickte ehrerbietig mit dem Kopf; er hatte ihn wohl mit einer Sembah gegrüßt — aber er hielt eine Kalaschnikow in den Händen. »General, wir sind gekommen, um Sie zum Palast zu bringen.«

Der General kniff die Augen zusammen; sein Wanst wölbte sich blaß und rund unter seinem nur teilweise zugeknöpften Pyjama. »Zum Palast? Warum zum Palast?«

»Der Präsident wünscht Sie zu sehen«, antwortete der Feldwebel. »Es tut uns leid, daß es so spät ist«, fügte er hinzu.

Der General schüttelte den Kopf. »Das gefällt mir nicht. Bewaffnet in mein Haus zu kommen. Warum haben Sie nicht angerufen? Hier stimmt was nicht.«

»Notstand«, warf Achmad ein. Seine Stimme kam ihm jetzt entschlossener vor. »Die Zeit war knapp.«

»Nun gut.« Yani hielt inne und blickte von einem Feldwebel zum anderen. »Ich nehme ein Bad und komme mit.«

Als der General sich umdrehen wollte, trat Achmad auf ihn zu und ergriff seinen Arm. »Nein. Dazu ist keine Zeit. Kommen Sie sofort mit.«

»Unverschämtheit...« Yani riß sich los und verabreichte Achmad mit dem Handrücken eine kräftige Ohrfeige.

Zufrieden grunzend drehte sich der Stabschef um und ging auf die glasverkleidete Schlafzimmertür zu. »Ich werde jetzt baden und kommen, wenn ich fertig bin.«

»Sie müssen jetzt kommen!« schrie Achmad dem wegstolzierenden General nach, der die Glastür erreicht hatte. »General, kommen Sie sofort mit!« Achmads Wangen schienen zu brennen, er atmete schwer wie nach einem Wettrennen. Achmad fühlte sich, als ob sich sein Fallschirm gerade mit einem plötzlichen Ruck geöffnet hatte, ein heftiger Windstoß, und der Dschungel unter ihm lauerte drohend wie ein riesiges Maul. »General!« hörte er sich wütend brüllen.

Yani öffnete die Tür und betrat das Schlafzimmer, ohne sich noch einmal umzublicken.

Achmad hatte den Flur durchquert. Wenige Zentimeter vor dem Milchglas stehend, sah er, wie General Yani dahinter verschwand wie etwas, das im Wasser versinkt. Mit einem Finger am Abzug der Kalaschnikow, mit der anderen Hand am Magazin, feuerte er fünf oder sechs Salven der 7,62-Millimeter-Geschosse ab. Glas splitterte und prasselte auf den Boden wie Eis. Als alle Splitter am Boden lagen, konnte er durch die zerstörte Tür den niedergestreckten Körper des Generals Yani sehen. Sein zerfetzter Pyjama war am Rücken blutdurchtränkt, seine verdrehten Beine zuckten.

Achmad drückte die Türklinke herunter, und als er gerade das Schlafzimmer betreten wollte, stürzte jemand an ihm vorbei.

Es war ein Junge. Älter als der andere. Er schrie.

Entsetzt lief Achmad auf ihn zu und zog am Arm des Jungen. »Laß das«, befahl Achmad, als ob er einen Dorfjungen wegen eines Streichs tadelte.

Aber der Junge riß sich los und drehte das Gesicht des Generals nach oben. Yanis Augen waren matt, seine Lippen bewegten sich.

»Steh auf«, befahl Achmad dem Jungen, der sein Gesicht am Hals des Vaters verbarg. Achmad warf sich die Kalaschnikow auf den Rücken. Er spürte den warmen Lauf an seinem rechten Schulterblatt. Wenn der Junge nicht gewesen wäre, hätte er sich gut gefühlt, weil das, was er getan hatte, richtig gewesen war.

Ein paar Soldaten hatten das Zimmer betreten.

Der andere Feldwebel lächelte und tätschelte Achmads Arm.

Zwei Soldaten begannen, den Jungen von seinem Vater wegzuziehen, der langsam und beschwerlich atmete. Wie in einer sorgenvollen Meditation, dachte Achmad. Wie beim Beten.

Aber Yani betete nicht, er versuchte zu sprechen. Als er schließlich »Mein Udik« murmelte, schrie der Junge wieder und versuchte, sich freizustrampeln.

Weitere Soldaten packten den General und schoben ihre Arme unter seine Achselhöhlen. »Udik, Udik«, rief der Verwundete schwach. Der Junge riß sich los und klammerte sich an den linken Oberschenkel des Generals, als sie begannen, ihn wegzuziehen, wobei seine nackten Füße über den Boden schleiften.

Achmad bekam Udik an beiden Schultern zu fassen und zerrte kräftig daran. Das Kind besaß eine Kraft der Verzweiflung, die Achmad erschreckte. Er zog wütend an ihm und trennte schließlich den Sohn vom Vater. Er hielt den schreienden und um sich tretenden Udik in die Höhe, bis der General, eine Blutspur hinter sich herziehend, durch den Flur und aus dem Haus geschleppt worden war.

Dann ließ Achmad den Jungen los, der durch den Flur in die hinteren Räume sauste und dabei seine eigene Spur hinterließ: einen einzigen lauten, sich steigernden Schmerzensschrei.

Langsam folgte Achmad den anderen Angreifern zu den Lastwagen.

31

Achmad stand vorne auf dem Lastwagen, seine Hände lagen wieder auf der warmen Fahrerkabine. Die Nachtluft wehte ihm ins Gesicht.

Jemand pfiff leise. »Ich glaube, er ist tot.«

Hin und wieder fiel Licht von den Straßen schräg in den Lastwagen. Achmad sah, daß sich ein paar Männer über General Yani beugten, der zwischen den beiden Reihen der sitzenden Soldaten lag.

»Feldwebel«, rief einer. »Er ist tot. Jonson ist tot.«

Achmad sagte nichts.

Die Soldaten unterhielten sich weiter. »Er bekam, was er verdient hat«, sagte einer.

»Was hat er denn getan?«

»Genug, um das zu bekommen, was er bekam.«

»Sollten wir ihn nicht verhaften?«

»Ich weiß nicht. Ich war nicht dabei. Ich war draußen auf dem Rasen.«

»Ich weiß. Ich war auch dort.«

»Was passierte denn?«

Sie schwiegen. Es war ein Schweigen, das sie beenden würden, sobald er sich nicht mehr in Hörweite befand. Achmad wußte das. Sie würden darüber diskutieren, wie er beleidigt und geschlagen wurde und wie dann Feldwebel Bachtiar, als der General dem Befehl zum Mitkommen nicht gehorchte, ihm durch eine Glastür in den Rücken schoß, um seine Ehre zu verteidigen.

Keiner der hier sitzenden Männer war in Neuguinea dabeigewesen. Sie hatten niemals den Schrecken und die Aufregung einer Schlacht erlebt, deshalb versuchten sie nun in diesem Lastwagen künstlich ihren Mut unter Beweis zu stellen, indem sie wie die Affen schnatterten. Die meisten hatten keine Ahnung, wie das Kriegshandwerk wirklich aussah.

Aber in den anderen Lastwagen befanden sich Veteranen, die es wußten. Einige hatten ihn bereits wissen lassen, daß er seine Pflicht getan habe. Sie hatten ihm auf die Schulter geklopft, ihm ein kameradschaftliches Lächeln geschenkt, während diese dummen Jungen hier, kaum mehr als Rekruten, ihn ängstlich und abwartend ansahen.

Als die Lastwagen Halim erreichten, wurden sie durch den Luftwaffenstützpunkt hindurch zu einem unbenutzten Gebiet des umliegenden Moorlandes geleitet, das Lubang Buaya, Krokodilloch, hieß. Da befanden sich ein alter Brunnen und eine verfallene Strohdachhütte.

Dort angekommen, wurden die Lastwagen in einer kleinen Lichtung geparkt. Sie waren die erste Gruppe, die von ihrem Einsatz zurückkehrte. Aus der Hütte kam ein junger Leutnant, der verantwortlich für die Bewachung der Generäle war. Leutnant Dul Arief, großgewachsen und mürrisch aussehend, steckte einen Daumen in den Patronengürtel, als ob er sich selbst Halt geben wollte. Während die Leute von Achmads Lastwagen heruntersprangen, ging der Leutnant angespannt auf und ab. Als er sah, wie ein paar Soldaten eine Leiche von der Ladefläche zogen, stürzte sich Dul Arief mit einem Schrei auf sie. »Was ist das? Was? General Yani?« Mit offenem Mund starrte er auf die Leiche. »Was ist passiert? Was ist passiert?«

Vor den Leutnant tretend und salutierend, sagte Achmad: »Feldwebel Achmad Bachtiar, Leutnant. Der General widersetzte sich seiner Verhaftung, Leutnant.«

»Wer erschoß ihn?«

»Ich, Leutnant.«

»In den Rücken?«

»Ich befahl ihm, mir zu folgen. Ich warnte ihn, aber er ging einfach weg.« Wütend fügte Achmad hinzu: »Er schlug mir ins Gesicht.«

Der Leutnant musterte ihn im Licht der Lastwagenscheinwerfer. »Man befahl Ihnen nicht, ihn zu töten.«

»Man befahl uns, ihn hierherzubringen.«

»Aber nicht so.«

»Uns wurden keine Einschränkungen bei der Anwendung von Gewalt auferlegt, Leutnant.«

»Ja. Nun gut — ja.« Kopfschüttelnd entfernte sich der Leutnant.

In diesem Augenblick erschienen weitere Lastwagen auf dem von Bäumen gesäumten Pfad, der zur Hütte führte. Die Männer der zweiten Einsatzgruppe erzählten bald ihre eigenen Erlebnisse. Sie hatten General Harjono in seinem Schlafzimmer belagert. Als er sich weigerte herauszukommen, öffneten sie mit Gewehrschüssen die Tür und verhafteten ihn. Während sie ihn durch den Garten führten, riß er sich los und rannte weg. Aus Angst, er könnte entkommen, erschossen sie ihn.

Achmad blickte auf den toten Harjono hinunter. Er trug Pyjamahosen und war schrecklich verstümmelt. Von Harjonos linker Brustwarze bis zum rechten Hüftknochen klaffte eine riesige Wunde, so daß ein Großteil des Gedärms freilag und herausquoll.

Als ob er eine Frage beantworten wollte — »Wie konnten Gewehrschüsse eine solche Wunde verursachen?« sagte einer der Soldaten: »Wir stachen auch mit dem Bajonett auf ihn ein. Großes Tier aus Djakarta. Was war er?«

Ein anderer sagte: »Stellvertretender Stabschef.«

»Großes Tier aus Djakarta.«

Jemand sagte: »Das macht zwei große Tiere. Der Armeestabschef und sein Stellvertreter.«

»Sie sollen das nicht sagen. Sie sollen ihre Codenamen sagen. Jonson — wie ist der Codename von diesem hier?«

Neben der Leiche Harjonos kniend, blickte Leutnant Dul Arief wütend zu den Männern hinauf. »Sie sollten ihn lebend bringen!«

Eine dritte Gruppe tauchte in dem bewaldeten Moorgelände auf. Sie brachten einen Lebenden — Generalmajor Suprapto, zweiter stellvertretender Stabschef. Seine Hände waren auf dem Rücken gefesselt, sein Mund war blutig. Als sie ihn aus dem Lastwagen zogen, brüllte er: »Ich will wissen, wer Ihnen den Befehl hierfür gab! Wer ist der Verantwortliche?«

In der Nähe der Hütte hatte man Fackeln auf Pfosten befestigt; im flackernden Licht musterte Leutnant Dul Arief mürrisch den muskulösen General. »Ich bin hier der Verantwortliche, General.«

»Dann lösen Sie meine Fesseln, Leutnant. Ich verlange...«

»Ihre Befehle interessieren mich nicht, General.«

»Ich...«

»Nein, General!« Dul Arief wandte sich an einen Unteroffizier: »Bringen Sie ihn in die Hütte.«

In der Dunkelheit war das Geräusch eines Motors zu hören. Ein Jeep rumpelte in den von Fackeln erhellten Kreis; seine Scheinwerfer blendeten dreimal auf — das verabredete Erkennungszeichen. Ein junger Leutnant sprang heraus. Er hatte wichtige Nachrichten für Dul Arief. Einheiten des 454. Diponegoro- und des 530. Brawidyayabataillons (er vergaß, ihre Codenamen *Bimasaki* zu benutzen), nun unter der direkten Befehlsgewalt des Oberst Untung stehend, hatten auf dem Merdekaplatz im Geschäftsviertel Djakartas Stellung bezogen.

Soldaten, die diesem Bericht lauschten, brachen in Jubel aus; selbst Leutnant Dul Arief begann zu lächeln.

Bimasaki kontrollierte den Zugang zur Radiostation und zum Post- und Fernmeldeamt. Die Stadt gehörte ihnen, sobald die GETAPS-Rebellen die KOSTRAD-Zentrale eingenommen hätten.

»Wer ist bei KOSTRAD der Verantwortliche?« fragte Dul Arief den jungen Leutnant.

»General Suharto.«

Dul Arief zuckte mit den Schultern, als ob dies unwichtig wäre, aber der neben ihm stehende Achmad hielt dies für sehr wichtig. Er hatte mit Suharto gedient; ein tapferer Kämpfer, der den Dschungel kannte. Fast hätte Achmad gesagt: »Er wird sich nicht so schnell ergeben.«

Der junge Leutnant war noch im Besitz weiterer Neuigkeiten, die sich als entscheidend erweisen konnten. Panzer und Panzerspähwagen, insgesamt vielleicht fünfzig, hatten sich in Bandung auf den Weg gemacht, um GETAPS zu unterstützen.

»Wir werden gewinnen«, sagte ein Feldwebel zu Achmad.

»Mir gefällt es nicht, daß Suharto bei KOSTRAD ist. Er ist ein guter Soldat.«

»Wir kontrollieren das Geschäftsviertel von Djakarta. Und mit den Panzern aus Bandung werden wir genügend Verstärkung bekommen, um die ganze Stadt in Schach zu halten.« Nach einer Pause sagte der Feldwebel: »Sind Sie derjenige, der Yani tötete?«

»Ja.« Achmad erwartete ein Wort der Anerkennung, aber nichts kam.

Statt dessen sagte der Feldwebel: »Eine seltsame Nacht. Wer gab den Befehl, ihn zu töten?«

»Sie waren bei der Einsatzbesprechung dabei«, antwortete Achmad. »Sie müssen auch gehört haben, daß der Oberst der Anwendung von Gewalt keine Einschränkungen auferlegte.«

»Ja, das hörte ich ...« Die Stimme des Feldwebels erstarb. Er ließ den Gedanken unausgesprochen, daß zwischen der theoretischen Anwendung von Gewalt und der tatsächlichen Anwendung eine ethische Kluft lag.

Eine weitere Leiche wurde ausgeladen: General Pandjaitan, Chef des Nachschubwesens der Armee. Er hatte den GETAPS-Rebellen eine Menge Schwierigkeiten bereitet. Mit einem leichten Maschinengewehr hatte er aus dem Schlafzimmer gefeuert, bis ihn endlich die Drohung, man werde seine gesamte Familie töten, dazu brachte, herauszukommen. Tatsächlich hatten sie bereits einen seiner Neffen getötet und einen weiteren schwer verwundet. General Pandjaitan war im Paradeanzug und mit ordensgeschmückter Brust aus dem Schlafzimmer gekommen. Sie packten ihn und trieben ihn aus dem Haus. General

Pandjaitan brüllte einem jungen Soldaten, der seinen Arm beim Überqueren des Hofes hielt, Obszönitäten in die Ohren. Dann versuchte er, sich freizukämpfen, was dem Soldaten einen Grund gab, ihn zu Boden zu schlagen. Jemand schlug ihm einen Gewehrkolben ins Gesicht. Ein anderer trat ihm in den Unterleib. Und dann ging irgendwie ein Maschinengewehr los, ungefähr ein Dutzend Salven, und Pandjaitan war tot.

Die Soldaten, die von ihren Einsätzen zurückkehrten, zerstreuten sich langsam im Unterholz und suchten nach einem Platz für ein Nickerchen; oder sie machten sich auf einem Feldweg, der sich durch das Moor schlängelte, zum Hauptgebäude auf. Einige blieben in Lubang Buaya, saßen an die Hütte gelehnt und dösten.

Achmad blieb wach. Er wollte den Einsatz bis zum Ende miterleben. Er hockte in der Hütte in einem kleinen Raum, wo drei Leichen nebeneinanderlagen, und General Suprapto saß im Schneidersitz mit gefesselten Händen davor und starrte vor sich hin.

Achmad sah die toten Männer nicht an, sondern musterte das Gesicht des lebenden Generals, das im düsteren Licht einer von der Decke herabhängenden schwachen Birne leichenblaß aussah. Er wollte dem General irgend etwas sagen. Er wollte seine eigenen Vorstellungen vom Militärleben erklären. Die Ehrenwachen der alten Sultane von Yogya waren furchtlose, engagierte, enthaltsame Männer, denen die Ehre mehr wert war als das Leben. Kraft ihrer Treue und der Reinheit ihres Herzens hatten sie sich das Recht erworben, den besonderen Kris des Palastdienstes zu tragen. Statt Jagd auf Frauen zu machen, meditierten sie. Sie aßen mäßig. Keine schicken Autos, sie gingen zu Fuß. Sie schliffen ihre Körper durch disziplinierte Übungen zu Waffen, mit denen sie ihren fürstlichen Herrn verteidigen konnten. Achmad wollte sagen:

»Korruption brachte sie hierher und Arroganz und Rücksichtslosigkeit. Ich tötete heute nacht den Stabschef, weil er mich ohrfeigte.« Aber er sagte nichts und war über seinem inneren Monolog fast eingenickt, als die Ankunft einer weiteren Einsatzgruppe zu hören war.

Er eilte rechtzeitig hinaus, um zu sehen, wie man General Sutojo, Justizinspektor, aus einem Lastwagen half. Eine Wange sah zerschmettert aus; ein Auge war zugeschwollen; er atmete schwach und stoßweise.

»Was geschah?« fragte Achmad einen Unteroffizier der Einsatzgruppe.

»Irgend jemand hat ihn geschlagen. Mehr weiß ich nicht.«

Ein Jeep tauchte im Fackellicht auf. Als er anhielt, sprang ein Major heraus und brüllte nach Leutnant Dul Arief, der angerannt kam.

»Ich hörte, daß es Tote gegeben hat«, sagte der Major laut. Er war nicht daran gewöhnt, seine Stimme zu dämpfen. Schwergewichtig und vollbärtig — selten bei einem Javaner — brüllte er los, als Leutnant Dul Arief ihm Meldung gemacht hatte: »Drei! Wer gab den Befehl dazu?«

»Ich gab niemals einen solchen Befehl, Major Gatot.«

»Wer dann? Warum wurden sie getötet?«

Der Leutnant hob hilflos die Hände. »Es passierte eben.«

»Passierte? Morde *passieren* nicht einfach.«

»Heute nacht aber doch. Ich glaube, daß die Soldaten Angst hatten, daß jemand entkommt.«

Major Gatot spuckte verächtlich zwischen seine Füße. »Ich nahm an, es handelte sich um erstklassige Soldaten.«

Achmad trat näher. »Major, bei der Einsatzbesprechung wurde nichts über Einschränkungen bei der Gewaltanwendung gesagt.«

»Einschränkungen beim Töten, Feldwebel?« Major Gatot betrachtete seine schmutzigen Stiefel, als ob er sich fragte, wie er sie sauber bekommen könne. Als er wieder hochsah, war der wütende Gesichtsausdruck verschwunden. Er schien nachdenklich zu sein und sprach jetzt den Leutnant an: »Was ist mit denen, die noch am Leben sind?« fragte er mit leiser Stimme.

»Was soll mit ihnen sein, Major?«

»Bei einem Prozeß wird man sie fragen, was hier geschah. Verstehen Sie, Leutnant?«

»Ja, Major.«

Gatot schüttelte seinen Kopf und spuckte wieder aus. »Sie verstehen nichts.« Er zog Dul Arief zur Seite und begann zu sprechen, jedoch so laut, daß Achmad mithören konnte. Der Major sagte, daß das Kind bereits in den Brunnen gefallen sei und daß man nichts anderes tun könne, als den Schaden zu begrenzen. Das hieß, Beweise für den Fehler müßten weitgehend aus der Welt geschafft werden. »Es gibt einen großen Unterschied zwischen Beweisen, die reden, und Beweisen, die keine Stimme mehr haben«, sagte er dem Leutnant. »Mein Vater, Gott habe ihn selig, brachte mir das bei. Gelobt sei Allah.«

»Ich verstehe, Major.«

»Wirklich, Leutnant? Zum Wohle aller hoffe ich das. Wir können keine Beweise brauchen, die reden.« Major Gatot schien die Fähigkeit Dul Ariefs abzuschätzen, mit der Situation fertig zu werden. Dann sagte er seufzend: »Sie sollten zum Hauptquartier zurückkehren.«

»Ich soll hier meine Stellung halten, Major.«

»Ich befehle Ihnen, ins Hauptquartier zu gehen. Übergeben Sie Nichtkommunisten die Verantwortung.«

»Welchen Auftrag haben Sie, Major?«

»Hierzubleiben.«

»Und was noch, Major?«

»Nichts weiter.«

»Was ist mit diesen sprechenden Beweisen?«

Major Gatot richtete sich würdevoll auf. Er war nahe daran, ihm Vertrauen zu schenken. Aber er riß sich zusammen. »Gehen Sie ins Hauptquartier, Leutnant.«

Der Major drehte sich um und sah Achmad. »Feldwebel«, sagte er gestikulierend, »wir begeben uns zum Hauptquartier. Bringen Sie alle weiteren Gefangenen in die Hütte, und warten Sie die Befehle ab.« Er legte eine Pause ein und fügte dann hinzu: »Tun Sie nichts ohne Befehle. Ihr Befehl lautet, nichts ohne einen Befehl zu unternehmen.«

»Ja, Major.«

»Halten Sie sich zurück, wenn es sein muß. Mischen Sie sich in nichts ein.«

»Ich verstehe nicht, Major.«

»Sie brauchen nichts zu verstehen. Tun Sie, was man Ihnen befahl.«

»Ich werde auf Befehle warten, Major.« Achmad salutierte und beobachtete, wie der Leutnant und der Major davonfuhren.

Jetzt gab es beim Krokodilloch keinen Offizier mit Befehlsgewalt mehr.

Beweise, die sprechen können, und Beweise, die keine Stimme haben. Wünschte der Major, daß die übrigen Generäle getötet werden? Offiziere hatten ihre Gründe für das, was sie taten; deshalb waren sie ja Offiziere — das war ihre Bürde. Wenn man die Gefangenen tötete, sagte sich Achmad, dann sollte ihn das nicht kümmern. Er gehorchte allen Befehlen, die man ihm erteilte. Gerade hatte er den Befehl erhalten, nichts zu tun; und genau daran würde er sich halten. Bis jetzt hatte er richtig gehandelt, und er würde weiterhin das tun, was richtig war. Achmad lehnte sich an einen Baum und rauchte eine Zigarette. Er inhalierte bedächtig und tief, als ob der Rauch die Belohnung dafür wäre, ein guter Soldat zu sein.

*

Eine halbe Stunde verging; bald würde die Morgendämmerung anbrechen, aber die Dunkelheit würde noch eine Weile wie eine Mauer das Fackellicht begrenzen. Achmad, der zu der Hütte zurückgekehrt war, wurde von einem Soldaten herausgerufen, der berichtete, Leute kämen die Straße herauf.

Als Achmad hinausging, sah er einen Zug junger Personen, die durch den Bodennebel schlenderten. »Was sind das für welche?« fragte er den Soldaten.

»Rote vom Stützpunkt.«

Es waren die jungen Roten, die für den Fall zukünftiger Konfrontationen mit Malaysia auf dem Stützpunkt Halim in der Kunst des Guerillakrieges ausgebildet wurden. Sukarno hatte während seiner prokommunistischen Phase seine Einwilligung gegeben. Luftmarschall Dhani, ein hitzköpfiger Sympathisant, hatte dafür gesorgt.

Nun kamen sie die Straße herauf: Mitglieder der Pemuda Rakyat, der Volksfrontjugend, und der Gerwani, der indonesischen Frauenbewegung. Einige schwenkten Taschenlampen in den Händen und erzeugten damit gelbe Lichtkreise. Plaudernd und kichernd kamen die mindestens fünfzig Personen aus der Dunkelheit.

»Genossen«, schrie ein Mädchen.

Sitzende Soldaten, die beim Anblick der Frauen grinsten, erhoben sich. »Wißt ihr das Kennwort, Mädchen? Wenn nicht, müßt ihr eine Strafe bezahlen.«

»Wetten, daß ich weiß, was für eine Art Strafe das ist?« sagte lachend ein Mädchen.

Ein Junge brüllte herausfordernd: »Wir wollen die Verräter sehen. Wir haben von ihnen gehört. Wo sind die Verräter?«

Wie konnten sie das wissen? wunderte sich Achmad. Hatte Major Gatot sie losgeschickt? Nur zu gern hätte Achmad ihnen befohlen, sich aus dem Gebiet zu entfernen, aber sein Befehl lautete ja, nichts zu tun. Deshalb trat er zur Seite und ließ die jungen Kommunisten in den vom Fackellicht erleuchteten Kreis schwanken.

Ein anderer Junge rief gellend: »Wir wollen sie sehen! Egal, ob sie fest schlafen oder noch wach sind!«

Also wußten sie von den Toten. Major Gatot hatte sie ganz bewußt losgeschickt, das war jetzt sicher. Ihre finsteren, verbissenen Gesichter erinnerten Achmad an eine Meute von Hunden. Er zitterte vor Wut, blieb aber im Hintergrund und ließ es zu, daß sie sich zu den Soldaten gesellten.

Er war wütend, durfte aber nichts unternehmen. Der Befehl war klar: nichts tun. Also ließ der Major die Ereignisse wie bei einem Wayangspiel ablaufen. Achmad entfernte sich aus dem Fackellicht und schlenderte in das Gebüsch, von wo aus er die silbrige Mondsichel über einigen dornigen Bäumen des Moores sehen konnte. Hinter sich hörte er Gebrüll.

»Wir wollen diese Verräter! Sie verleumden uns! Verleumdeten Aidit! Verleumdeten die Gewerkschaft, diese dreckigen Arschlöcher! Sie sollen dafür bezahlen! Stimmt's, Genossen? Soldaten? Sind wir nicht alle Genossen?«

»Sehen wir uns den Abschaum mal an!«

»Genossen Soldaten, wir lieben euch!«

»Wie sehr, meine Süße? Zeig's uns!«

Gelächter, Lärm — das Geräusch einer Balgerei. Die Männer rauften sich bereits um ein Mädchen. Achmad sah nicht hin. Er war entschlossen, seinem Befehl buchstabengetreu nachzukommen.

Beim Geräusch von Motoren ging er zurück in den erleuchteten Kreis. Dort standen Mädchen, die mit Soldaten rauchten und ihn einen Augenblick lang herausfordernd musterten. Aus der Hütte kamen wütende Schreie und Gelächter. Lastwagen fuhren vor und hielten an. Sie brachten General Parman, den Chef des Geheimdienstes. Ungefesselt sprang er von einem Lastwagen. Er trug gebügelte Khakihosen, ein Käppi und ein Offiziersstöckchen.

»Wer ist der befehlshabende Offizier?« fragte er mit kummervollem Blick einen Soldaten, der einem Mädchen in den Schatten nachjagte.

Ohne zu salutieren, trat Achmad vor.

»Sie sind verantwortlich, Feldwebel?«

»Ja, General.«

»Gibt es hier ein Feldtelefon?«

»Nein, General.«

Parman blickte sich um. Erstaunt zog er die Augenbrauen hoch. »Was sind das für Leute. Was geht hier vor?« Er starrte einen Soldaten an, der ein Mädchen gegen die Hüttenwand preßte. »Ich sollte hier den Präsidenten treffen, aber das wird ganz offensichtlich nicht der Fall sein.« Er schlug sich mit dem Offiziersstöckchen wie zur Bekräftigung seiner Aussage gegen den Oberschenkel.

»Nein, General.«

»Warum wurde ich überlistet und hierhergebracht, Feldwebel? Antworten Sie mir!« Achmad sagte nichts. General Parman schlug ungeduldig mit seinem Stöckchen durch die Luft. »Antworten Sie mir.«

»Sie wurden verhaftet, General.«

Parman legte den Kopf schief, als ob er gerade etwas Spaßiges gehört hatte. Den Kopf in den Nacken werfend, fing er an zu lachen. Dann setzte er ein affektiertes Gesicht auf. »Nun gehen Sie endlich an Ihr Feldtelefon, Feldwebel, und suchen Sie mir jemanden, mit dem ich reden kann.«

Noch einmal schlug er mit dem Stöckchen durch die Luft — die rasche, selbstbewußte Bewegung eines Menschen, der es gewohnt ist, Befehle zu erteilen. Ein wachsamer, ängstlicher Soldat, der die ganze Nacht über am Krokodilloch geblieben war, sah in dieser Bewegung einen Angriff auf seinen Feldwebel. Er stürzte sich gewehrschwingend auf ihn, der Lauf krachte gegen den Kiefer des Generals. Der Knochen gab nach, die linke Seite von Parmans Gesicht schien nachzugeben wie Erde, die bei einem Erdbeben nach unten sackt. Stöhnend ging er in die Knie und stützte sich mit den Armen auf. Er krümmte sich leicht, als ob er sich übergeben müßte. Aber dafür war keine Zeit mehr, denn zwei weitere Soldaten stürzten sich auf ihn, hoben ihre Gewehre und schlugen mit den Kolben auf seinen Rücken, seine Schenkel. Jemand schoß zweimal.

Schließlich gab Achmad, seinem Instinkt als Soldat gehorchend, einen Befehl: »Feuer einstellen!« brüllte er, aber aus einem Kreis von rund zwanzig Soldaten kam ein weiterer Schuß. General Parman lag unbeweglich da, während junge Rote aus der Hütte kamen, um zu sehen, was sich draußen abspielte. Ein Junge klatschte. Ein anderer tat es ihm gleich. Wieder andere begannen, in Schlachtrufe auszubrechen. Ein Mädchen kam näher und bespuckte den verwundeten Mann.

Ein weiterer Gefangener kletterte heimlich aus dem Lastwagen und verschwand im Schatten. Er war Polizist und fuhr beim Überfall gerade mit seinem Fahrrad an Parmans Haus vorbei. Sie nahmen ihn mit, weil er Augenzeuge der Verhaftung Parmans geworden war.

Achmad sah ihn davonschleichen, sagte aber nichts. Er hatte bereits seinen Befehl mißachtet, als er den Männern befahl, das Feuer einzustellen. Plötzlich fühlte er sich erschöpft. Achmad saß im Fackellicht an einen Baum gelehnt und beobachtete, wie die Roten und die Soldaten den verwundeten General in die Hütte schleiften. Achmad wollte nicht denken; er wollte schlafen. Das schönste auf der Welt wäre jetzt ein langer, traumloser Schlaf. Im Dorf ging er manchmal kurz nach Sonnenuntergang ins Bett und rührte sich erst spät am nächsten Morgen, wenn grunzende Schweine und krähende Hähne ihn aus der schwarzen Leere in die Realität zurückholten. Er sehnte sich jetzt nach diesem Frieden, dem Frieden einer schwarzen Leere. Sie waren dort drinnen, lachend und brüllend. Nun gut, sollten sie doch machen, wozu sie Lust hatten. Er hatte seine Befehle. Er würde nie wieder ungehorsam sein.

Die letzte Einsatzgruppe kam. Die Leute schrien ihren Mißerfolg heraus, noch ehe die Lastwagen hielten.

Verteidigungsminister Nasution war entkommen!

Ein Feldwebel, den Achmad vom 530. Bataillon kannte, kam zu ihm und ließ sich ermüdet neben ihn fallen. »Nicht gut«, sagte der Feldwebel, während er sich eine Zigarette anzündete. »Was machen diese roten Gören hier?«

»Sie wollten die Verräter sehen.«

»Ihr habt sie gelassen?«

»Ja. Wir lassen sie machen, was sie wollen.«

»Wer ist hier der Verantwortliche?« fragte der Feldwebel ungläubig.

»Ich. Alle diensthabenden Offiziere sind zum Hauptquartier gegangen. Unser Leutnant ging ebenfalls dorthin. Was hat das zu bedeuten?«

»Wenn hier irgend etwas passiert, sind die Offiziere nicht dafür verantwortlich.«

»Mein Befehl lautet, nichts zu tun«, sagte Achmad.

»Was soll denn das heißen?«

»Ich soll nichts ohne besonderen Befehl unternehmen.«

»Seltsame Nacht«, murmelte der Feldwebel.

Sie schwiegen und hörten gedämpfte Geräusche, Gelächter, Schreie aus der Hütte.

»Ich habe jenen Befehl bereits einmal mißachtet«, sagte Achmad. »Ich befahl den Männern, nicht weiter auf einen der Gefangenen zu schießen.«

»Seit der Unabhängigkeit bin ich in der Armee, aber so etwas habe ich bislang noch nicht erlebt. Wir kamen gegen drei Uhr fünfzehn vor Nasutions Haus an und umstellten es. Ein Wächter neben der Tür wurde neugierig und dann niederträchtig. Wir erschossen ihn deshalb, und das weckte die Leute in Nasutions Haus. Wir drangen mit Gewalt ein. Man glaubt es nicht, was dann geschah. Wir sahen Nasution, der kurz aus seinem Schlafzimmer linste. Jemand schoß auf ihn — ohne Befehl aber verfehlte ihn. Als wir zu der Schlafzimmertür kamen, hielt seine Frau sie von der anderen Seite zu. Ich meine, sie warf sich gegen die Tür. Eine Frau gegen drei starke Männer, und sie schaffte es fast eine Minute lang. Sie muß ihn sehr lieben, stimmt's? Als wir endlich hineinkamen, war Nasution durch eine Hintertür bereits getürmt. Er erreichte den Hof, kletterte eine Mauer hoch und ließ sich auf das Gelände der irakischen Botschaft fallen.« Der Feldwebel lachte bedauernd.

Also entkam einer, dachte Achmad. Er erinnerte sich an die Worte Kamarusamans: Laßt keinen entkommen.

»Wir zahlten es Nasution heim, daß er abhaute«, fuhr der Feldwebel fort. »Zuerst stahlen wir alles, was wir tragen konnten. Dort drüben im Lastwagen liegt das Tafelbesteck. Und sieh mal, was wir noch mitgebracht haben — einen seiner Adjutanten, Leutnant Tendean.« Ein Offizier mit Mundknebel wurde in die Hütte geführt. Seine Arme waren auf dem Rücken gefesselt. »Tendean zielte mit einer alten chinesischen Pistole auf uns. Eine von diesen schweren Dingern mit viereckiger Nase, diese alten mit Kaliber achtunddreißig. Weißt du, welche ich meine?« Der Feldwebel zog energisch an seiner Zigarette.

»Aber was mit den Kindern geschah, darauf bin ich nicht stolz. Wir haben auf ein paar geschossen.«

Achmad beugte sich vor. »Was? Nasutions Kinder?«

»Zwei seiner kleinen Töchter. Ich glaube, die jüngere ist schwer verletzt.« Der Feldwebel starrte auf zwei Soldaten, die mit einem Gerwanimädchen zwischen sich aus der Hütte torkelten. »Ich glaube, das Kind wurde in den Rücken geschossen.«

Achmad stöhnte.

»Nun ja, ich kann nicht sagen, daß ich darauf stolz bin.« In der Hütte wurden Losungen gebrüllt, die Stimmen überschlugen sich vor Wut.

»Seit wann«, murrte der Feldwebel, »fraternisiert die Armee mit den Roten? Ich kann auch ein nettes Mädchen finden, ohne einer roten Hure mitsamt ihren Predigten über Marxismus nachzujagen. Rote sind Huren und Zuhälter.«

»Es ist nicht gut«, sagte Achmad. Ihn überkam eine bleierne Müdigkeit. Er fragte sich, ob er genug Kraft in den Beinen hätte, um aufzustehen.

»Seltsame Nacht«, murmelte der Feldwebel.

*

Ein schmaler blauer Lichtstreifen erschien im Osten und hob schwach die Umrisse der flachen, breiten Blätter der Nipapalmen hervor, als der dösende Achmad den ersten gellenden Schrei hörte.

Er kam aus der Hütte. Dann ein weiterer. Sein Befehl lautete, nichts ... Aber dann brachte ihn eine Sequenz von Todesschreien auf die Beine. Er rannte an den abgestellten Lastwagen vorbei zu einer kleinen Lichtung vor der Hütte, aus der ein junger Roter torkelte: Erbrochenes tropfte ihm vom Kinn. Achmad stieß in der Eingangstür mit einem Mädchen zusammen; es schluchzte und hatte die Hände vors Gesicht geschlagen. Als er im ersten Raum ankam, blieb Achmad wie angewurzelt stehen.

Soldaten und Rote — Männer wie Frauen — schlugen mit Gewehrkolben auf die Generäle ein. Andere schossen aus nächster Nähe mit Pistolen auf sie oder stießen mit Bajonetten zu. Ungefähr zwanzig Personen befanden sich im Raum und tobten schreiend um die Toten oder Sterbenden herum.

Achmad schob ein paar Leute zur Seite und drang weiter in den Raum vor. Er stand in einer ätzenden Rauchwolke und sah etwas, was er sein ganzes Leben lang nicht mehr vergessen sollte: Ein Jugendlicher hatte einem toten General die Pyjamahose bis zu den Knöcheln heruntergezogen; ein Mädchen, das ein Erntemesser schwang, hob den Penis des Toten hoch; sie begann langsam durch das Fleisch zu schneiden. Dunkles Blut spritzte von der Schnittfläche und besudelte den Schoß der jungen Frau. Sie lachte hysterisch, kam torkelnd auf die Beine und hielt, immer noch geistesabwesend, das schlaffe blutige Fleisch hoch.

Dann hörte sich Achmad schreien. Er erteilte Befehle. Die Kalaschnikow vom Rücken reißend, fuchtelte Achmad damit herum und befahl allen rauszugehen, raus, raus, raus! Er feuerte einige Warnschüsse in das Strohdach ab, und der Raum leerte sich sofort.

Achmad war mit den Leichen allein. Entsetzt starrte er auf Gesichter mit ausgestochenen Augen, auf aufgeschlitzte Bäuche und abgehackte Gliedmaßen, auf ein grundloses Grauen — Männer, die gleichsam mehrfach getötet worden waren. Er ließ sich auf dem Boden nieder und spürte Feuchtigkeit an seinen Beinen. Es war Blut. Schlimmer als soviel Blut, so viele Tote war sein Gefühl, daß Geister in der Nähe schwebten. Dämonen, es waren Dämonen; es waren Dämonen mit riesigen Zungen und hervorquellenden Augen. Sie waren aus den Bergen gekommen, aus dem dunklen Krokodilbrunnen, strömten bei ihrer bösen Orgie der Zerstörung scharenweise aus der einen Welt in die andere. Das war ihre Schuld. Es mußte ihre sein. Menschen konnten dies ohne Befehl von anderswo nicht getan haben. Es kam aus dem Dämonenloch, aus der Dunkelheit der Berge, aus einer Welt anderer Maßstäbe.

Deshalb hatte er Befehle erteilt, aber nur, um die jungen Roten und die Soldaten von weiteren Schandtaten abzuhalten, und erst dann, als die Generäle entweder tot waren oder im Sterben lagen. Er hatte gewußt, daß es einzig und allein sein Auftrag war, sie sterben zu lassen. Achmad fühlte sich schwach. Er konnte sich nicht erheben. Die Kalaschnikow lag quer über seinem Schoß; er saß auf dem feuchten Fußboden, atmete den abgestandenen Rauch ein, den Gestank von Schießpulver.

Draußen brüllte jemand.

Achmad riß sich zusammen, stand auf und ging zur Eingangstür, wo er stehenblieb. Männer lagen herum, weinten und starrten fassungslos in das weiche blaue Licht. Ein Unteroffizier saß in einem Jeep. Er war so fassungslos, daß er nicht ausstieg.

»Unteroffizier«, rief Achmad.

»Wer ist hier verantwortlich, Feldwebel?«

»Ich, Unteroffizier.«

»Neuigkeiten aus Bandung. Die Panzer und Panzerspähwagen sind überhaupt nicht losgefahren. Die dortigen Einheiten beschlossen, nicht zu uns überzulaufen.« Achselzuckend saß der Unteroffizier hinter dem Steuer und sah Achmad an, schüchtern um Anerkennung bettelnd. »Ganz schön übel, was?«

»Ja, sehr übel.«

»Was ist hier los, Feldwebel?« Er musterte die weinenden Männer, die Mädchen, die zu versteinert waren, um zu weinen. Sie standen in Gruppen herum wie Tiere, die einem Gewitter trotzen.

»Schon gut, Unteroffizier. Fahren Sie zum Hauptquartier zurück.« Achmad sah zu, als der Jeep davonfuhr. Dann wandte er sich um, um die Nachrichten in einem Feldradio zu hören, das ein Soldat umklammerte.

Eine Stimme von *Radio Republik Indonesia* sagte: »Heute früh verhaftete eine neugebildete Organisation von Patrioten namens GETAPS, Bewegung des 30. September, einen siebenköpfigen Rat von Generälen, die sich zum Sturz der Regierung verschworen hatten.«

Sieben Generäle? Nasution war doch entkommen! Sechs Generäle und ein Unteroffizier. Die Meldung mußte schon früher geschrieben worden sein, dachte Achmad.

»Die Verhafteten«, fuhr die Stimme fort, »hatten geplant, am Tag der Armee mit Hilfe des amerikanischen Geheimdienstes CIA und der von den Briten finanzierten Lakaien aus Malaysia zu putschen. Oberst Untung, der die Verhaftung dieser Verräter leitete, hat die Unversehrtheit unseres geliebten Führers, Bung Karno, gewährleistet. Lang lebe Bung Karno! Es lebe die Freiheit! Lang leben die revolutionären Streitkräfte! Lang lebe die Revolution! Lang lebe Indonesien!«

Achmad blickte sich in dem liederlichen Haufen der weinenden Nachtschwärmer um und verspürte den dringenden Wunsch davonzulaufen, sich von diesem Ort zu entfernen. Er begab sich zur Straße, wobei er den Reifenspuren im Schlamm folgte.

Achmad schlurfte dahin und beobachtete das Morgenlicht, das sich schwerfällig zur Erde senkte — ein Vorhang aus blauem Metall. Er blieb oft stehen, um nach Stimmen aus den Bäumen im Moor zu lauschen. Wenn er sie hören könnte, dann wären es bestimmt fröhliche Stimmen, das schreckliche Geräusch dämonischer Fröhlichkeit, denn heute nacht hatten die Geister großes Unheil angerichtet.

Achmad stolperte vorwärts, beobachtete die Farben, die vom Himmel auf die blauschwarzen Dinge am Wegesrand fielen und der Moorlandschaft Präzision verliehen — vertraute Umrisse, Strukturen und Farbgebungen. Alles war, wie es sein sollte. Hatte sich wirklich nichts geändert? Er ging durch ein Mangrovengebiet hindurch und spürte, wie ihm die Zweige scharf ins Gesicht schlugen. Es war gut zu leben. Er hatte eine Frau und einen kleinen Sohn, die weit weg in einem Dorf sicher lebten. Aber dann überfiel Achmad Bachtiar eine schreckliche Traurigkeit, und er setzte sich in den Schlamm. Die Beine kreuzend, starrte er auf Ameisen, die in der Nähe seiner verdreckten Stiefel durch das Gras kletterten. Was hatte er getan? Hatte er sich wie ein guter Soldat benommen? Hatte er seine Seele dem Bösen ausgesetzt?

Achmad streckte sich auf dem morastigen Boden aus. Es hatte genug Tote gegeben. Er war dessen überdrüssig. Er war müde. Müdigkeit durchrieselte seine Adern wie Schlacke, schlug zwischen seinen Augen in einem langsamen, unaufhörlichen Rhythmus. Er wollte unendlich lange schlafen. Kamarusaman hatte seine Schwester verdorben. Sie hätte heute nacht auch ganz gut zu diesen mörderischen Jugendlichen gehören können, menschlicher Gefühle beraubt, das schmutzige Werk eines Offiziers ausführend, der sich der Verantwortung entziehen wollte. Welcher Verantwortung? Die Offiziere hatten bekommen, was sie verdienten. Nun ja, sie hatten ohnehin die Verhaftung verdient. Aber ihre Arroganz hatte ihnen mehr als das eingebracht. Endang hätte heute nacht zu den Roten gehören können. Denn immerhin war ihr Geliebter heute nacht bei dem Vorsitzenden der PKI gewesen. Seine kleine Schwester Endang, verführt und geschwängert von diesem dreckigen Liebhaber. Kamarusaman mußte sterben!

Befehl, nichts zu tun. Nichts ohne Befehl zu tun.

Die morastige Feuchtigkeit sog sich in seine Uniform, als er auf dem Erdboden lag. Er wünschte sich nur noch Schlaf, eine glückliche Leere ohne Böses. Das Böse war aus den Bergen gekommen und hatte sich mit dem Bösen verbunden, das aus einem ausgetrockneten Brunnen kam. Zusammen hatten sie bis fast zur Morgendämmerung über dem Moor gelauert. Dann waren sie zu einem für das menschliche Auge unsichtbaren Monster verschmolzen, und dieses Böse hatte sich auf der Hütte niedergelassen, hatte die Mörtelwände mit seinen vermodernden Armen umfaßt, die Grundmauern erschüttert und den Menschen in den verräucherten Räumen den schrecklichen Gestank der Verrücktheit eingehaucht.

Achmads Gesicht wurde von einem Sonnenstrahl getroffen. Er schloß die Augen, ein Goldschleier bewegte sich vor seinen Lidern. Der Tag war angebrochen, aber für ihn war es immer noch Nacht. Durch seinen Körper schwappte die Erschöpfung wie schlammiges Wasser — vor und zurück, hin und her, vor und zurück, bis ihn der langsame Rhythmus einlullte.

32

Sie erinnerte sich an eine Hand, die ihre festhielt. Und dann zwang jemand sie, etwas zu trinken: bitter schmeckende Medizin. Und dann Inam — aus Fieberphantasien tauchte das schmale, ernste Gesicht des Mädchens auf —, sie kühlte ihr die Stirn mit einem nassen Handtuch. Sie erinnerte sich wieder an die Hand, den festen Griff; es war wie ein Schiffsanker in stürmischer See. Und dann tauchte aus den Fieberanfällen der Malaria sein Gesicht auf: dunkel, kantig, weit auseinander liegende Augen; und sie versuchte ihn zu fragen, ob sie ein zweites Mal hypnotisiert worden sei, ob er es wieder getan habe, und wenn ja, dann habe er den Spaß zu weit getrieben; wenn er nicht aufhöre, sie zu verzaubern, dann dürfe er nicht mehr ihre Hand halten, aber sie war sich nicht sicher, ob sie die Worte überhaupt herausbrachte.

Sie hatte viele Schlafanfälle, die sie fürchtete, weil sie ihr jegliche Energie entzogen, die ihr noch verblieben war. Sie verschafften ihr Erinnerungen, die sich unbarmherzig durch das Fieber zogen. Es blieb ein Rest langsam verdämmernder Schrecken, wie eine Schleimspur, die Schnecken hinterlassen.

Endlich, nach Schüttelfrost, Fieberanfällen und den auf sie folgenden lang anhaltenden dumpfen Erschöpfungszuständen, lag Maggie auf dem schweißdurchtränkten Bett und lauschte während glücklicher Momente der Klarheit den Geräuschen eines starken Sturms, der über Yogya tobte. Metallisch klingend fielen die Regentropfen auf das Zinkblechdach. Das erinnerte sie an Padang auf Sumatra, wo ausnahmslos jeden Nachmittag eine Front von Gewitterwolken von den Bergen seewärts gezogen war und sich dichte, heftige Schauer über der Hafenstadt ergossen hatten. Der Regen fiel so heftig, daß er Blätter von den Bäumen riß und kleine Geckos aufschreckte, die ihre Verstecke verließen und mit herunterhängenden Köpfen an der Zimmerdecke hafteten. Von dort starrten sie, wie hypnotisiert von dem Tumult, auf sie hinunter, bis der Sturm sich legte, das Blau wieder zurückkehrte und sie weghuschten.

Mas Slamat, so glaubte sie, hatte eine Weile an ihrem Bett gesessen, vielleicht gestern. Wer sonst hatte sie besuchen sollen? Menschen waren undeutlich in ihren Fieberträumen erschienen und dann wieder in Bildern versunken, die ihr durch den Kopf gingen. Allerdings war auch der Dalang gekommen und hatte ihre Hand gehalten. Dessen war sie sich sicher — ihre Hand in seiner.

Und wieder kam der Schlaf, und sie träumte dabei von einem Fischer, der ein Boot an Land bringt. In Wirklichkeit hatte sie niemals einen Fischer auf Samosir erlebt, der sein Boot an Land brachte; sie schienen durch magisches Übersetzen zwischen See und Ufer den Hafen zu verlassen und wieder in ihn zurückzukehren. Aber im Traum brachte dieser Fischer sein Boot an den Strand und kam ihr entgegen, ging an ihr vorbei und betrat eine nahegelegene Fischerhütte. Sie folgte ihm, und in der Hütte ließ sie es zu, daß er mit seinen nach Fisch stinkenden sonnengebräunten Händen über ihre Hüften strich, doch er ging nicht weiter. Sie wünschte sich dies aber so verzweifelt, daß aus dem Traum ein Alptraum wurde. Ein Alptraum unbefriedigter Wünsche, aus dem sie mit einem wilden Schrei aufwachte.

Danach klangen Schüttelfrost und Fieber ab. Sie schlief weniger und hörte den Versicherungen des Arztes zu, daß die Malariaanfälle mit jedem Male schwächer würden. Chlorguanid würde sie in ein paar Tagen wieder auf die Beine bringen. Maggie erfuhr von Inam, daß der Dalang sie noch kurz nach Tagesanbruch (nachdem er seinem spielenden Kollegen seine Achtung erwiesen hatte) besucht habe, um sich nach ihrem Befinden zu erkundigen. Er hatte selbst nach einem Arzt gerufen — nicht nach einem Zauberdoktor, einem Schamanen, einem Dukun, sondern nach einem Arzt, der in Amsterdam studiert hatte. Daß der Dalang sich auf die westliche Medizin verließ, stand nicht im Einklang mit seinem Ruf, Zauberei zu praktizieren. Sie wollte mehr über ihn wissen; in Maggie wuchs der Wunsch, ihn zu verstehen, und das ärgerte sie. Die Fesselung an das Krankenbett machte ihr bewußt, was geschehen war: Sie war verliebt wie ein kleiner Teenager. Das würde vorübergehen, natürlich, aber im Augenblick fühlte sich Maggie von der Liebeskrankheit gepackt, und zwar genauso heftig, wie sie von der Malaria gequält und geschüttelt worden war.

Impulsiv begann sie, Inam über den Dalang auszufragen. Sie ging dabei schamlos offen vor, lag flüsternd im Bett, fragte, forschte nach, sondierte hartnäckig. Falls Inam entsetzt oder verwirrt über so unerhörte Fragen einer Ehefrau nach einem Mann war, mit dem sie nicht verheiratet war, dann zeigte sie es nicht. Sie legte ihre kulturell bedingte Verschwiegenheit ab und erwies sich in ihrer Offenheit Maggie ebenbürtig, als ob sie alte Freundinnen wären, deren Gefühle füreinander Schüchternheit und Vernunft überwanden. Was Inam nicht wußte, fand sie heraus, indem sie fast den ganzen Nachmittag über die Leute in der Nachbarschaft aushorchte.

Die Frau des Dalangs war vor fünf Jahren gestorben, nach sechs Jahren Ehe und zwei Fehlgeburten. Sie war zum dritten Male schwanger geworden, als eine Choleraepidemie so plötzlich wie ein gewaltiges Sommergewitter ausbrach und ebenso plötzlich wieder aufhörte. Die Epidemie dauerte weniger als einen Monat, zerstörte aber die Hoffnungen des Dalangs auf eine Familie.

Maggie war noch nicht zufrieden. Sie mußte mehr wissen.

»Inam, war sie hübsch?«

»Ich weiß nicht, Nonya.«

»Ich will wissen, ob sie hübsch war.«

Eine Stunde später kam die Antwort: »Nicht hübsch im westlichen Sinne, denke ich. Sie war klein.« Inam hielt die Hand in Kinnhöhe. Weniger als ein Meter fünfzig.

»War sie auf javanische Weise hübsch?« fragte Maggie.

Inam zögerte.

Also hübsch, entschied Maggie.

»Vielleicht ein bißchen hübsch«, sagte Inam.

Verdammt hübsch: dunkelhäutig, zierlich, zweifellos mit großen, klaren Augen, das Haar zu einem glänzenden Strang zurückgekämmt, der sich in der Biegung ihres Nackens kringelte.

Maggie mußte noch mehr wissen. Und Inam verschwand und holte die Informationen ein. Die Frau des Dalangs war die Tochter eines reichen Priyayi aus Solo und hatte in ihrer Jugend am Hof des Sultans den Serimpi getanzt. Voller Ingrimm stellte sich Maggie ein schlankes Mädchen vor, das im Musikpavillon des Kraton neben anderen eleganten Tänzerinnen einen Batikschal herumwirbelte.

»Nonya, sie liebte viele Dinge. Sie liebte Kleider und Juwelen und forderte immer mehr. Sie wollte immer neue Sachen haben, forderte immer und nahm immer. Das erzählen sich die Leute.«

Maggie verachtete die Befriedigung, die sie bei der Auskunft empfand, daß die ansonsten perfekte Ehefrau habsüchtig gewesen war — haßte das Gefühl, gab ihm aber nach. Und den Rest des Nachmittags beschäftigte sich Maggie mit dieser Unvollkommenheit, bis sie Mitleid mit dem Mann einer solchen Frau empfand und zu dem

Schluß kam, daß der Tod der Frau durch Cholera zwar schrecklich gewesen sein müsse, der Dalang jedoch so, wie die Dinge nun mal lagen, froh sein könne.

*

Diese Überzeugung schien Maggies Genesung zu beschleunigen. Sie bat um ein Radio, aber Inam machte Ausflüchte — die beiden Radios im Haushalt seien kaputt. Nein, sie wisse nicht auf Anhieb, wo sie ein funktionierendes besorgen könne. Vielleicht morgen. Dieses seltsame Benehmen ängstigte Maggie. War dem Dalang etwas zugestoßen? War es im Rundfunk berichtet worden? Es war eine wilde Vermutung, aber in dieser seelischen Verfassung dachte Maggie an nichts anderes, als daß die Götter mißbilligend auf ihre verrückte Verliebtheit heruntergeblickt und diesen Weg gewählt hätten, solch eine Närrin zu bestrafen.

»Wir haben Ihnen nicht erzählt ...«, begann Inam.

Maggie fühlte, wie sich ihr die Brust zuschnürte.

»Weil Sie krank waren, Nonya, es ist etwas Schlimmes passiert.«

»Wer wurde verletzt?«

»Einige Generäle wollten die Regierung stürzen, und sie wurden getötet, und nun werden die Kommunisten dafür verantwortlich gemacht, und niemand weiß, wie es weitergeht.«

»Generäle«, wiederholte Maggie und sank in die Kissen zurück. »Kommunisten töteten sie.«

»Ich glaube nicht, daß es die Kommunisten waren«, erklärte Inam. Sie hatte Maggie einmal erzählt, ihr Bruder sei Kommunist. »Aber ihnen wird die Schuld gegeben.«

»Geht es deinem Bruder gut?«

»Ich weiß nicht, wo er ist.«

»Und mein Freund Ali?«

»Er kam vor zwei Tagen vorbei, aber Sie schliefen. Ich fragte ihn, was ihm und meinem Bruder passieren könne. Er sagte nur, daß es nicht die Kommunisten waren.«

Die Befriedigung, die Maggie angesichts der wohlverdienten Freiheit des Dalangs empfunden hatte, schwand dahin und machte der Sorge um einen Freund Platz, der angeboten hatte, sie zu schützen, wenn irgend etwas passieren sollte. Vielleicht brauchte Ali jetzt Hilfe.

»Inam, bring mir ein Radio«, sagte Maggie energisch. Und sie fügte hinzu: »Schicke jemanden ins Dorf, damit wir herausfinden, was mit Ali los ist.«

»Ich kann selbst gehen, Nonya. Falls Sie mich nicht für andere Dinge brauchen.«

»Ja, geh selbst. Das ist besser.«

Eine Krise, die das ganze Land betraf, brachte sie in die Wirklichkeit zurück. Sie war froh, daß sie Inam einen ganz anderen und weit wichtigeren Auftrag erteilte als diejenigen Aufträge, die sich auf den Dalang bezogen hatten. Maggie seufzte erleichtert auf.

33

Innerhalb weniger Tage hatte jedermann in Djakarta die Ereignisse eingeordnet, die in der Nacht der Generäle und den darauffolgenden Stunden, die zum Zusammenbruch der Bewegung des 30. September führten, stattgefunden hatten. Was Vern noch nicht genau wußte, erfuhr er an der Hotelbar, wo er Sodawasser trank und den Diplomaten und Geschäftsleuten zuhörte, die Licht in die verworrene GETAPS-Eskapade zu bringen versuchten. General Suharto hatte das militärische Kommando übernommen und den Widerstand der Rebellen sowohl in Djakarta als auch auf dem Luftwaffenstützpunkt Halim innerhalb eines Tages gebrochen. Die Anführer der Rebellen, einschließlich des Vorsitzenden Aidit, des Hauptverschwörers Sjam sowie des großen Patrioten Oberst Untung, waren untergetaucht.

Die Leichen der ermordeten Generäle und des Adjutanten wurden beim Krokodilloch, im Brunnen versenkt, gefunden. Während Armeefotografen und Kameraleute des Fernsehens dabeistanden, wurden Froschmänner in den Brunnen gelassen, und nach einer Weile erschienen über dem Rand des morastigen Lochs die verstümmelten Leichen. Die Armeezeitung machte die Kommunistische Partei für den Putschversuch und die Morde sowie für das verantwortlich, was als eine Verschwörung beschrieben wurde, um den geliebten Führer zu kidnappen — vielleicht die infamste aller demagogischen Anschuldigungen, wie die westlichen Beobachter an der Hotelbar meinten.

Die Reaktionen auf die Entdeckung der verstümmelten Leichen kamen rasch. Erstens wurde die Hotelbar vorübergehend geschlossen, so daß Vern und die anderen Ausländer abends nirgendwohin gehen konnten. Zweitens ordnete die Armee von Sonnenuntergang bis Sonnenaufgang eine Ausgangssperre an, unterbrach die Telefonleitungen zur Außenwelt und strich alle Flüge nach Indonesien. Fotos der sieben Opfer wurden quer durch das gesamte Land in alle Kasernen übermittelt, und die Kommandeure wurden gewarnt, daß die Rebellen bei ihrem Versuch, das gesamte Offizierskorps auszurotten, Außenposten und andere Einrichtungen angreifen könnten.

Von allen bei OPSUS Beschäftigten erwartete man, daß sie an der Beerdigung dieser neuen Nationalhelden teilnahmen. General Sakirman, der auf ausländische Anwesende erpicht war, bestürmte seinen amerikanischen

Architekten mindestens zehnmal um die Zusicherung, daß er kommen werde, wenn »die sieben zur Ruhe gebettet werden«, wie der General sich ausdrückte.

Trotz des Tumults hatte Vern gute Laune. Nur anfänglich hatte er gefürchtet, daß wegen der Krise das »Projekt Palme« zum Stillstand kommen könne. Als ein Tag ohne nationalen Zusammenbruch verstrichen war, knüpfte er wieder an seine alten Gedanken an: daß diese kleinen Unruhen zum Leben in der Dritten Welt gehörten. Man lebte mit ihnen, befaßte sich mit ihnen und blieb wachsam. In wenigen Tagen würde man GETAPS vergessen haben.

*

Als er an diesem Morgen in die Halle hinunterging, fühlte er sich entspannt — bis Yanti von einem Sessel aufsprang und sich auf ihn stürzte. Das chinesische Mädchen umklammerte eine Zeitung, und noch bevor sie ihn erreichte, schien sie ihm diese Zeitung in die Hand werfen zu wollen.

»Lesen Sie, Mr. Gardner, lesen Sie!«

Sie drückte ihm die kommunistische Tageszeitung *Harian Rakyat* vor die Brust und kicherte dabei so laut, daß sich die Leute umdrehten und beide anstarrten.

Ein Artikel auf der Titelseite beschuldigte die ermordeten Generäle, einen Putsch geplant zu haben. Diese Verräter eliminiert zu haben sei »korrekt« gewesen. Oberst Untung wurde als Retter des Landes bezeichnet. Durch sein Engagement für progressive Ideen habe er die »interne Armeeaffäre« zu einem sicheren und ehrenwerten Abschluß gebracht und damit den Willen des Volkes ausgedrückt.

Die Kommunistische Partei hatte sich offenkundig selbst mit der Veröffentlichung dieses Leitartikels und der Unterstützung einer politischen Bewegung, die nicht mehr existierte, kompromittiert.

»Verstehen Sie, Mr. Gardner?«

Er blickte von der Zeitung auf das Mädchen, dessen Gesicht glänzte, denn sie schwitzte vor Aufregung.

»Ja. Ich verstehe. Die Roten haben einen schrecklichen Fehler gemacht«, sagte er. »Sie hätten ihren Mund halten sollen.«

»Heute gibt es eine Demonstration gegen sie.«

»Hören Sie, junge Dame, halten Sie sich aus solchen Dingen raus.«

»Ich werde demonstrieren.«

»Ich denke nicht, daß Ihr Vater das gut findet.«

Yanti lächelte ihn an. »Und Sie, Mr. Gardner? Finden Sie es gut?«

Er versuchte, ernst auszusehen, aber die gute Laune des Mädchens war so unwiderstehlich, daß er selbst zu lächeln anfing. »Lassen Sie das Ganze erst mal vorübergehen. Halten Sie sich heraus.«

»Schon jetzt wird auf den Straßen gekämpft.«

»Das sagte ich Ihnen bereits, Yanti.« Jetzt wurde er wirklich streng. »Halten Sie sich aus der Geschichte heraus!«

»Ich werde für mein Land kämpfen.«

»Ja, ich weiß. Sie sind Indonesierin.« Er beobachtete, wie sich sein Sarkasmus im Gesichtsausdruck des Mädchens widerspiegelte: Überraschung, dann Enttäuschung. Deshalb versuchte er, sie zu besänftigen. »Im Augenblick ist es patriotisch, zur Seite zu treten und die Behörden nicht bei der Wiederherstellung der Ordnung zu stören. Das ist ihre Aufgabe.«

»Mr. Gardner, würden Sie für Ihr Land kämpfen?«

»Ich kämpfte für mein Land.« Als sie begann, das triumphierende Lächeln eines Debattierenden aufzusetzen, fügte er hinzu: »Als Soldat. Demonstrieren hat nichts mit dem Soldatentum zu tun.«

»Die Kommunisten entführten unsere Generäle.«

»Das wissen Sie nicht.«

»Ich werde demonstrieren.«

Vern blickte sie finster an. Die Augen des Mädchens funkelten vor Entschlossenheit. Er konnte nicht anders: Er bewunderte ihren Mumm, während er um ihre Sicherheit fürchtete. Schockartig ging ihm auf, daß ihm ihre Sicherheit wirklich viel bedeutete. »Gehen Sie um Himmels willen wenigstens nicht an der Spitze mit«, sagte er gereizt. »Bleiben Sie hinten und an der Seite. Wenn Ihre Leute ausbrechen, sind Sie dort sicherer. Versprechen Sie mir das?«

»Gut. Ich verspreche es.«

»Ich muß jetzt telefonieren.«

»Mit Ihrer Frau?«

Er bemerkte, wie sich ihre Augen verfinsterten. Machte ihr das was aus? »Ja, mit meiner Frau.«

»Sie werden keine Verbindung bekommen.«

Kurze Zeit später, als sie das Hotel verlassen hatte und er zu telefonieren versuchte, mußte Vern feststellen, daß Yanti recht hatte: In Zentraljava waren alle Leitungen wie zu Beginn der Krise gekappt. Aber als unmittelbare Folge eines solchen Notstands war das eine normale Situation. Wenigstens war die Krise auf Djakarta begrenzt. Er wurde wieder ruhiger.

Trotzdem konnten sich die Schwierigkeiten ausweiten. Während er in der Hotelhalle auf Larry Foard wartete, kam Vern ein neues Gerücht zu Ohren: Der Leitartikel in der kommunistischen Zeitung machte mehr böses Blut als erwartet; monatelange Spannungen schienen sich an ihm zu entladen.

*

Zusammen mit Larry Foard stand er an prominenter Stelle, als Tausende Bewohner Djakartas sich auf dem Merdekaplatz versammelten. Sie waren nicht gekommen, um die Parade zum Tag der Armee zu sehen, die an diesem Montag, dem 4. Oktober, stattfinden sollte, sondern um den ermordeten Männern, die über Nacht Nationalhelden geworden waren, die letzte Ehre zu erweisen.

Nachdem sie sich durch die Menge gedrängelt und ihre Ausweise vor einer Absperrkette bunt uniformierter Polizisten gezückt hatten, reihten sich Vern und Larry in die lange Schlange der Menschen ein, die darauf warteten, in der feuchten Halle des Armeehauptquartiers an den verschlossenen Särgen vorbeizudefilieren. Abgesehen von den indonesischen Würdenträgern und Beamten, waren viele ausländische Diplomaten anwesend, mit Taschentüchern ausgerüstet und in der Hitze deutlich sichtbar, weil sie die Einheimischen meist überragten. Sie bereiteten sich darauf vor, ehrfürchtig auf die Särge zu blicken. Riesige Weihrauchbehälter verräucherten die drückende Schwüle und überlagerten den Schweißgeruch mit einem widerlich süßen Parfüm. Vern hörte Schluchzen, während sich die Menschenschlange vorwärts bewegte.

»Wer ist das?« flüsterte Larry, verbunden mit einem leichten Rippenstoß, und nickte in die Richtung eines stämmigen Generals, der hinter den aufgereihten Särgen in einem zerknitterten Kampfanzug herumstampfte.

»Ich glaube, das ist Suharto«, antwortete Vern. Er hatte ein ziemlich unscharfes Foto in der Zeitung gesehen. Aber wer auch immer er war, dieser auf und ab gehende Offizier machte keinen Hehl aus seinem Unwillen. Sein recht plumpes Gesicht, das normalerweise gelassen aussehen müßte, war zu einem Gesichtsausdruck ungezügelter Gefühle verzerrt: Ungeduld, Empörung, Wut. Vern schoß durch den Kopf, daß der General wohl von jedem, der an den Särgen vorbeiging, erwartete, daß er das Ausmaß seiner Mißbilligung des Geschehens einschätzen könne. Ja, wirklich. Ein Tag fröhlicher Aufmärsche war in einen Tag des Kummers und der Trauer verwandelt worden — und zweifellos zu einer günstigen Gelegenheit, öffentlich Rache zu schwören. Das war Vern klar. Allerdings wurde ihm das erst angesichts des hinter den Särgen herumstampfenden Generals klar. Indonesien stand vor wirklichen Schwierigkeiten. Diese Soldaten, das wurde Vern bewußt, würden sich die prächtige Gelegenheit nicht entgehen lassen. Man würde es dem Feind zeigen.

Gerade als Vern und Larry zu den Särgen kamen, erschien General Nasution. Ein Raunen ging durch die Menge, während Nasution auf Krücken, umgeben von schwerbewaffneten Leibwächtern, hereinhumpelte. Der wütende General eilte dem geistesabwesend wirkenden Verteidigungsminister entgegen, um seinen Arm zu ergreifen.

»Eine Mordsschweinerei«, flüsterte Larry. »Seine Tochter liegt sterbend im Krankenhaus.«

»Und eine Menge Leute werden dafür bezahlen«, sagte Vern und starrte auf das Farbfoto von General Yani, das am Kopfende seines flaggengeschmückten Sarges lag. Yani. Er erinnerte sich daran, wie Yani zu mitternächtlicher Stunde in einem Garten einer niedlichen Puppe nachgejagt war. Bekanntermaßen ein schamloser Weiberheld. Aufblickend sah er General Sakirman, der zwischen Stabsoffizieren hinter dem letzten Sarg stand. Als sich ihre Blicke begegneten, lächelte Sakirman. Er war erfreut, daß der amerikanische Baumeister gekommen war; tatsächlich teilte er bereits einigen Kollegen flüsternd seinen kleinen Triumph mit. Vern bedachte ihn mit einem der Gelegenheit angemessenen feierlichen Nicken und fragte sich, in wie viele krumme Geschäfte Yanis und der anderen tapferen Helden, die nun in ihren Holzkisten ruhten, Sakirman eingeweiht gewesen war.

Vern war deprimiert, als er und Larry aus der dämmerigen Halle in das heiße Sonnenlicht traten. Es war verdammt theatralisch. Dieses Begräbnis konnte sehr wohl als Mittel dienen, das Land zu zerreißen. Er war sich seiner Gefühle nicht sicher — natürlich würde man den Roten die Schuld in die Schuhe schieben, aber er konnte sich nicht vorstellen, was bis jetzt nur wie ein Schatten in seinem Kopf herumgeisterte. Er konnte Larry seine Vorahnung nicht erklären, als sie sich einen Weg durch die Menge bahnten, die darum kämpfte, einen Blick auf die vor dem Armeehauptquartier vorfahrenden Limousinen zu werfen.

»An dieser verdammten Geschichte gefällt mir etwas nicht«, murmelte Vern.

»Da hast du verdammt noch mal recht, Junge«, gab Larry grimmig zu.

Den ganzen Weg durch die Straßen zum südlich gelegenen Kalibatafriedhof, gesäumt von Tausenden schluchzender Frauen und düster blickender Männer, die beobachteten, wie die Särge auf Panzerspähwagen zum Heldenbegräbnis gefahren wurden, versuchte Vern Gardner, sich von dem Gefühl eines bevorstehenden Unheils zu befreien. Vielleicht passierte ja auch nichts. Seine Angst basierte nur auf dem öffentlich zur Schau gestellten Gesichtsausdruck eines Generals.

*

Er schob es auf seinen guten Engel, daß er auf dem Friedhof einen Bekannten antraf — Jack Rutledge, amerikanischer Diplomat. Jack Rutledge kam häufig mit anderen Ausländern wie Vern auf ein paar Gläser in die Bar des

Hotels Indonesia. Für einen Diplomaten ein paar Drinks zuviel, denn nach genügend Gin and Bitters schwang Rutledge Reden über Themen, die er besser für sich behalten hätte. Vern gab ihm höchstens ein Jahr, bevor der Botschafter begriff, was für ein Sicherheitsrisiko Rutledge darstellte.

Als die Beerdigung schließlich dem Ende zuging, machte Vern ihn zwischen den schwitzenden Würdenträgern ausfindig und schlug ihm vor, daß man doch zusammen zu einem, sagen wir mal, netten kleinen chinesischen Restaurant in Pentu Kecil gehen und zu Mittag essen könne. Dahinter verbarg sich die Idee, bei einer Pekingente Jacks Hilfe in Anspruch zu nehmen (ihn geradeheraus darum zu bitten, hätte ihm nur ein offizielles Nein entlockt), über diplomatische Kanäle Maggie eine Botschaft zukommen zu lassen.

Vern wartete bereits ungeduldig an einem versteckten Tisch des Liong Liong, als Rutledge endlich auftauchte — ein großgewachsener Blonder mit den leicht aufgedunsenen Gesichtszügen des ehemaligen Athleten, der sein Training aufgegeben hat. Aus der Tatsache, daß Rutledge mit Schlagseite lächelte, entnahm Vern, daß er bereits an der Ginflasche gewesen war. Und tatsächlich — noch bevor er sich niederließ, gab Rutledge zu, mit einem der französischen Militärattachés, die heute bei dieser verdammten Beerdigung auch einem Zusammenbruch nahe gewesen waren, »ein paar gekippt« zu haben. Was für eine Hitze, was für eine infernalische Hitze, und dann auch noch im Gesellschaftsanzug, und all diese Generäle in Reih und Glied, verletzt und wütend und beleidigt reagierend, als ob Jesus Christus gerade zum zweiten Male gekreuzigt worden wäre.

Vern urteilte beim Anblick des hochroten Gesichts und der glasigen blauen Augen, daß ein zusätzliches Jahr im

Auswärtigen Dienst mehr war, als er verdiente — als er vermutlich bekäme.

Aber Vern lachte gezwungenermaßen vergnügt über das, was Jack Rutledge offensichtlich für einen tollen Witz hielt — die Anspielung auf den gekreuzigten Jesus und bestellte bei einem vorbeikommenden Kellner Drinks.

»Nun, was halten Sie davon?« fragte Rutledge vage. »Ich habe schon mal hier gegessen. Das Essen ist nicht schlecht, obwohl ich das Restaurant unten an der Straße vorziehe ...«

»Chaya Kota.«

»Ja, das meine ich. Nun, was halten Sie davon? Wir alle glaubten, Sukarno werde im letzten Moment mit dem Hubschrauber ankommen, aber keine Show an einem Tag wie diesem? Ich kann es noch immer nicht glauben. Keiner kann es verstehen.« Rutledge blies verwundert seine Backen auf. »Ich meine, er beförderte sie alle postum, aber die Armee war sauer, weil er nicht kam. Das war eine Beleidigung. Während der Krise stand natürlich seine persönliche Sicherheit im Vordergrund, aber verdammt noch mal, das war eine Gelegenheit, die er hätte nutzen müssen. Und dann die Chinesen — ebenfalls abwesend. Das ist freilich eine ganz andere Sache. Ich meine ... Ah!« Die Drinks kamen, und Rutledge griff nach seinem Gin and Bitters, schlürfte geräuschvoll, wobei seine vollen Lippen zitterten wie bei einem Pferd vor einem Wassertrog. »Gut, gut, gut. Ein Tag wie dieser trocknet einen wirklich aus. Infernalische Hitze, unglaublich. Das Begräbnis mußte ausgerechnet an einem der heißesten, unerträglichsten Tage des Jahres stattfinden. Wußten Sie, daß es einer der heißesten Tage des Jahres war? Natürlich hat Peking keinen Kommentar zum Putschversuch abgegeben.«

»Ich vermute, daß sie es für unfair hielten, die Roten

dafür verantwortlich zu machen«, warf Vern ein, während Rutledge trank — nein, das Glas hinunterkippte, so daß Vern dem Kellner winkte, es wieder zu füllen.

»Klar halten sie es für unfair«, pflichtete ihm Rutledge bei. »Wir erwarten, daß Peking ein paar scharf formulierte Adressen an die indonesische Regierung richten wird. Und aus chinesischer Sicht ist Peking natürlich beschissen dran. Immerhin hat die indonesische Armee das Büro des chinesischen Handelsberaters und die Wohnquartiere des chinesischen Botschaftspersonals durchsucht, wenn man das glauben kann, und in Medan sah die Polizei zu, als einige Rowdys das Emblem und die Flagge des chinesischen Konsulats herunterrissen. Jeder Rote, ob Ausländer oder Einheimischer, gilt im Moment in Indonesien offiziell als dreckiger Mörder. Ich rede freilich nicht von Sukarno. Er allein hat sich aus allem herausgehalten. Ich spreche vom Rest der Regierung.«

»Ja«, sagte Vern.

Seufzend faltete Rutledge die Hände über seinem Wanst; die Geste erschien angesichts seines jugendlichen Alters seltsam altmodisch. »Peking und Djakarta sind natürlich keine Bettgenossen mehr. Aber so ist das nun mal in diesem Teil der Welt. *Comme ci, comme ça.* Nicht einen beschissenen Moment lang Stabilität, wohin man auch blickt. Wenn ich morgens aufstehe, sage ich mir manchmal selbst: ›Nun gut, das wird ein netter Tag‹, aber nach wenigen Minuten in der Hitze und dem Lärm, inmitten der Verrücktheit, der Hinterlist, des ewigen Trotts dieser Gegend, frage ich mich, ob ich das bis zum Mittag aushalten werde. Da ist es doch verdammt klar, daß ich mich nach einem neuen Posten umsehe. Ich würde Arabien, Peru, jeden verdammten Ort nehmen. Sollen wir noch einen zum Abschied trinken?«

»Wir haben noch nicht gegessen, Jack.«

»Sie bestellen«, sagte Rutledge desinteressiert. »Und noch einen Gin and Bitters für mich. Was trinken Sie übrigens?«

»Sodawasser.«

»Keinen Gin?« schnaubte Rutledge verächtlich. »Ich vermute, daß Sie für alles eine Erklärung haben.«

»Sie meinen den Putsch? Nein. Überhaupt nicht. Wer war es?«

»Sie klingen nicht gerade interessiert.«

Vern zuckte die Achseln.

»Die Roten.« Rutledge beugte sich verschwörerisch vor. Er schien mehr denn je entschlossen, diesem Amerikaner zu imponieren, der Sodawasser trank. Er behauptete, die PKI habe den Putsch gedeichselt. Ihre Motive lägen auf der Hand. Aus Angst, Sukarnos Gesundheitszustand könne sich verschlechtern und sie würden deshalb im Regen stehen, waren sie das kühl geplante, aber verzweifelte Risiko eingegangen, das Oberkommando der Armee auszuradieren. Aidit habe sich in der Nacht der Generäle in Halim aufgehalten und die gesamte Operation geleitet. Junge kommunistische Freiwillige seien auf dem Flugfeld gewesen, um die Bewegung des 30. September zu unterstützen — und man beachte, wie sie es getan hätten! Dann besaßen die Roten die hemmungslose Arroganz, den Rebellenüberfall in ihrer Zeitung zu bestätigen, noch bevor sie über den Ausgang Bescheid wußten. Sie seien einfach zu verdammt hochnäsig gewesen, erklärte Rutledge mit Groll in der Stimme. Sie hätten sich zu sehr auf Sukarnos Hilfe verlassen, während sie nun für ihre armseligen Kommunikationsmittel und ihre Planungsmängel bezahlen mußten. Aber andererseits hätten sich die PKI-Führer immer Illusionen hingegeben. Aus Furcht vor Spionen hätten sie ihre Pläne stets nur dem Politbüro und wenigen Mitgliedern des Zentralkomitees mitgeteilt. Sie hätten niemals das Massenproletariat auf ihre Seite gebracht. Diese Sorte Kommunismus sei nichts weiter als eine traurige Mischung religiöser und mystischer Einflüsse, gepaart mit dem vagen Wunsch nach sozialer Veränderung.

Mit einer verächtlichen Handbewegung sagte Rutledge: »Die PKI ist ein billiges Schmierentheater, aber dieser Bursche Suharto ist ein robuster Zeitgenosse. Lächelt, sagt nicht viel, kann einen wie eine Küchenschabe zerquetschen. Er wird nicht lange brauchen, um das ganze Land zu kontrollieren.« Er grinste einfältig. »Aber zitieren Sie mich nicht.«

»Wer auch immer die Verantwortung übernimmt«, sagte Vern, »ich hoffe, es geschieht bald, und man kann wieder arbeiten.«

Dieser sture Pragmatismus erstaunte Rutledge. »Hoffen wir, sie machen es besser als jetzt, Vern. Zum Beispiel könnten sie besser mit den Vereinigten Staaten umgehen. Sie haben uns dieses Jahr die Hölle verdammt heiß gemacht. Beschlagnahmten unsere Bibliotheken, ganz zu schweigen von amerikanischem Eigentum.« Er rückte näher und hielt eine große, plumpe Hand hoch, als ob er etwas an seinen Fingern abzählen wollte. »Allein in Sumatra haben sie amerikanische Kautschukplantagen im Wert von achtzig Millionen Dollar übernommen.«

Vern schüttelte den Kopf, als ob er während seines zehnjährigen Aufenthalts hier in Asien noch nie auf den Gedanken gekommen wäre, daß so etwas passieren könnte.

Im Moment hatte er aber von Rutledge und der Politik genug. Was hatte ihn eigentlich an diesen Ort gebracht? Er liebte jemanden. Er trug Maggies Bild mit sich wie seine eigene Haut. In seiner Ungeduld platzte Vern einfach mit seinem Anliegen heraus, ohne Überleitung.

»Jack, ich weiß nicht recht. Meine Frau ist im Augenblick in Yogya ...«

Rutledge lächelte selbstzufrieden. »Nun, machen Sie sich keine Sorgen. Keinem einzigen Ausländer wurde ein Haar gekrümmt. Sie ist dort sicherer als hier.«

»Ja, ich weiß das, Jack. Aber ich kann keine Verbindung zu ihr aufnehmen, wissen Sie.«

»Arbeiten Sie nicht für jemanden in der Armee?« Er richtete sich auf, als wäre er nun auf der Hut. Und er wußte, und sie beide wußten, daß er es wußte: Vern arbeitete für OPSUS.

»Sie wollen es nicht machen. Nicht jetzt. Mein Chef sagt, daß die Telefonleitungen nur für militärische Belange benutzt werden dürfen. Keine Ausnahmen. Sie sind in Alarmbereitschaft. Wenn er es nicht kann, dann kenne ich keinen in Indonesien, der es könnte.«

Rutledge nickte mit gespitzten Lippen. »Klar. Sie sind jetzt alle fromm geworden. Alle sind Heilige — peinliche Sauberkeit und die damit verbundene Leuteschinderei. Aber das wird höchstens eine Woche anhalten.«

Vern sprach geduldig mit leiser Stimme weiter. »Sehen Sie, Jack, ich möchte nur eine kleine Mitteilung, etwas Beruhigendes, weiterleiten. Keine große Geschichte.«

Rutledge nickte. Sein plumpes Gesicht wurde abrupt teilnahmslos, professionell.

Nervös fragte Vern rundweg, ob Jack über Diplomatenpost oder Telex Yogya erreichen könne und Mrs. Gardner (Vern schob einen Zettel über den Tisch) informieren könne, daß bei ihm alles in Ordnung sei. Vern machte eine Pause. »Jack, ich frage Sie, können Sie das für mich tun?«

Mit einem mürrischen Seufzer nahm Rutledge den Zettel an sich.

»Wie wär's mit einem Drink, was zu essen? Alles, was

Sie wünschen. Ich bezahle.« Vern war zu erleichtert, um zu bemerken, daß seine Einladung wie eine kleine Bestechung wirkte.

»Nein, danke«, sagte Rutledge kühl. »Ich bin verabredet.« Er erhob sich und wollte gehen. Aber dann fiel ihm noch eine beißende Bemerkung zum Abschied ein. »Ich sagte Ihnen doch, Gardner.« Es hieß nun »Gardner« anstatt »Vern«. »Kein einziges Beispiel für Gewalt gegen einen Ausländer. Ich bin sicher, daß Ihre Frau das weiß. Ich bin überzeugt, daß sie ausharren kann. Sie erzählten mir doch einmal, daß sie so etwas wie eine Asienexpertin ist, stimmt's?« Er zog verächtlich einen Mundwinkel hoch. »Aber wenn Sie darauf bestehen, werde ich dem dortigen Konsulat ein Telex schicken. Sie wird es bekommen.«

»Ihr Schweinehunde«, sagte Vern.

»Was sagten Sie?«

»Ich sagte, ihr seid Schweinehunde, Rutledge. Besonders Sie. Sie sind ein Schweinehund.«

Tadelnd den Kopf schüttelnd, als ob er sich der schlechten Laune eines Kindes unterwerfe, machte Rutledge unsicher auf dem Absatz kehrt und schwankte aus dem Restaurant.

Vern wußte selbstverständlich, daß er zu weit gegangen war. Es bestand die Möglichkeit, daß er das Telex nun nicht abschickte. Aber Maggie begriff wohl, was sich abspielte; sie konnte damit umgehen; sie würde als »die Asienexpertin« handeln, die sie geworden war. Verdammter Rutledge!

Er winkte einem Kellner ab, der ein Menü auftragen wollte.

Liebe macht einen überängstlich, dachte er trübsinnig. Liebe macht närrisch. Aber wenigstens macht sie keinen Schweinehund aus einem.

*

Vern verließ das Restaurant und ging durch die übervölkerten Straßen eines dampfendheißen Nachmittags von Djakarta. Hashim, der am Eingang gewartet hatte, trottete hinter ihm her, denn auf Wunsch des Leibwächters gingen sie nicht mehr nebeneinander — der Abstand verschaffte Hashim im Falle eines plötzlichen Angriffs möglicherweise einen Vorteil. Jack Rutledge mochte über Gewalt gegen Ausländer in Djakarta spotten, aber General Sakirman wollte kein Risiko mit seinem kostbaren Baumeister eingehen.

Sie waren nur einen Häuserblock weitergegangen, als sie auf eine breite Prachtstraße kamen, die ihnen ein hektisches Durcheinander bot: grelles Sonnenlicht, das auf die Dachfirste fiel; ineinander verkeilte Lastwagen und Busse, die dicke Auspuffschwaden in die weiße Luft pusteten. Der breiten Straße näherte sich ein großer Demonstrationsblock, der den dichten Verkehr zum Erliegen brachte. Ihre Banner schwenkend und die Fäuste reckend, bewegten sich die Demonstranten um die stehenden Wagen wie ein Fluß um Felsen.

Vern drehte sich um und fragte Hashim: »Was sind das für Leute?«

»KAP-GESTAPU.«

Vern hatte diesen Namen erst heute morgen gehört: eine dieser Organisationen, wie sie oft in Indonesien — einer momentanen Eingebung folgend — gegründet werden, ein verzweifeltes Allheilmittel gegen nationale Krisen. Diese Aktionsfront zur Zerschlagung der Bewegung des 30. September wurde von Subchan geleitet, einem Organisator der moslemischen Jugendgruppe, der innerhalb weniger Stunden nach dem Putschversuch junge antikommunistische Anführer um sich versammelt hatte. Schon nach wenigen Tagen besaß diese Organisation eine bedenkliche Macht in der politischen Landschaft Djakartas. Das also waren sie, eine Horde Jugendlicher, die Transparente trugen, auf denen in fetter Schrift ihre Drohungen gegen die PKI und ihre Führer standen: LÖST DIE PKI AUF! TÖTET AIDIT! ZERSCHMETTERT DIE ROTEN! Ein Slogan erstaunte Vern, bis er länger darüber nachdachte: LANG LEBE AMERIKA! Eine Drehung um einhundertachtzig Grad. Weg von der indonesischen Treue zu den Chinesen und hin zu der von den Chinesen am meisten gehaßten imperialistischen Regierung.

Er verdaute gerade diesen Beweis der indonesischen Wankelmütigkeit, als ihm in der Mitte der Demonstration jemand ins Auge fiel: ein kleines, schlankes und hübsches Mädchen mit langem Haar; ruckartige Gangart, ungewöhnlich schmales Gesicht für eine Chinesin. Er schrie: »Yanti! Yanti!«

Blitzschnell kam sie angerannt, übermütig lachend.

Sie hatte einen Packen Aufkleber mit der Aufschrift ZERSCHMETTERT DIE PKI! in der Hand. Sie hielt ihm die Aufkleber wie ein Geschenk oder als Beweis ihres Mutes stolz entgegen. Yanti griff mit ihrer freien Hand nach seinem Arm. Vern war entsetzt über diese einfache, lässige und doch so intime Geste; so sehr, daß er ein Stück zurückwich.

»Yanti«, sagte er, »Sie waren nicht am Ende des Zuges und nicht an der Seite, wie ich Ihnen sagte.«

Glücklich schüttelte sie ihren Kopf.

»Sie versprachen mir, daß Sie sich wenigstens eine vernünftige Stelle aussuchen, wenn Sie sich schon an einer dieser blöden Demonstrationen beteiligen — am Ende oder an der Seite.«

»Ich habe das Versprechen gebrochen.«

»Was haben Sie mit den Moslems zu tun?«

»Na ja, ich gehöre zu ihnen.«

Obwohl sie einen indonesischen Namen trug und sich selbst Pernakan Tionghoa nannte, hatte Vern an der klischeehaften Vorstellung festgehalten, daß sie als gebürtige Chinesin entweder Buddhistin oder Christin sei — aber keineswegs Moslem. Zweifellos war ihr Vater aus geschäftlichen Gründen in diesem islamischen Land Moslem geworden, aber Yanti nahm das vielleicht ernster als er. »Sind Sie eine Santri-Moslemin?«

Yanti lachte. »Nein. Ich bete manchmal am Freitagnachmittag. Aber in politischer Hinsicht bin ich eine gute Moslemin, und die Moslems sind gegen die Roten.«

Wenigstens ist sie in ihrem Pragmatismus typisch chinesisch, dachte Vern. »Yanti, gehen Sie sofort nach Hause«, befahl er ihr mit väterlicher Strenge.

»Nein.«

»Ihrem Vater wird das gar nicht gefallen. Es könnte zu Gewaltausbrüchen kommen. Glauben Sie mir, Yanti. Ich habe es erlebt. Die Leute geraten außer Rand und Band.«

»Ich gehe, wo meine Brüder und Schwestern gehen.«

Er starrte sie böse an, dann die Straße, die überquoll mit fanatisierten jungen Menschen wie sie. »In Ordnung«, sagte er, besiegt aufseufzend. »Aber suchen Sie sich eine bessere Stelle. An der Seite oder am Ende des Zuges.«

»Sie sorgen sich um mich, Mr. Gardner.« In ihrer Stimme lag keine Frage, sondern eine Feststellung. Offensichtlich hatte sie lange über ihn nachgedacht.

»Natürlich mache ich mir Sorgen.«

»Sie mögen mich sehr.«

»Na klar, ich mag Sie. Ich möchte nicht, daß Sie verletzt werden.«

»Darf ich Sie besuchen? Wir reden dann über Architektur.«

»Nein.«

»Ich werde Sie besuchen. Morgen, um wieviel Uhr?«

»Yanti!«

»Um fünf Uhr nachmittags. Paßt Ihnen fünf Uhr?«

Er nickte, aber sie war verschwunden, ehe er etwas Warnendes sagen konnte, etwas Onkelhaftes und Neutralisierendes, um dem Besuch Grenzen zu stecken. Er beobachtete, wie sie in die Reihen der Demonstranten zurückrannte — mitten hinein, nicht an die Seite oder das Ende — und, ohne zu zögern, in die lauten Rufe ausbrach, die so unaufhaltsam aufbrandeten wie die Wellen des Ozeans: »ZERSCHMETTERT DIE PKI! ZERSCHMETTERT DIE PKI! ZERSCHMETTERT DIE PKI!«

34

Nachdem sie im Radio einen Bericht über die Beerdigung gehört hatte, stand Maggie auf und ging mit Inams Hilfe zum erstenmal ein bißchen herum. Sie bestand darauf, draußen unter dem Vordach zu sitzen, während ein unaufhörlicher Regen auf das Blechdach über ihrem Kopf trommelte. Sie hatte ihr Lieblingsbuch mitgenommen — Malinowskis Studie der Trobriander, eine klassische Gesellschaftsanalyse und ein bahnbrechender Angriff auf die evolutionäre Herangehensweise an das Verhalten von Verwandten. Maggie las eine Weile, genoß den prasselnden Regen und die bedächtige, ernste und systematische Schreibweise des Ethnologen Malinowski. Es war wie zu Hause im Mittelwesten, als Studentin zwischen den Bibliotheksregalen, ab und zu ein Blick durchs Fenster auf den verregneten Nachmittag.

Aber doch nicht ganz. Angesichts der Unsicherheit,

die man jeden Moment spürte, war es hier nicht so gemütlich. Während ihrer Genesung hatte sich Maggie gefühlsmäßig von dem abgeschirmt gefühlt, was außerhalb des Hauses geschah. Sie erhielt Besuch, in Ordnung, aber die Menschen verhielten sich offensichtlich nach der Leitlinie, Nonya Maggie Einzelheiten der Krise zu ersparen; sie waren auf typisch javanische Art unaufrichtig. Was sie nur noch nervöser machte. Einige von Susanto Sakirmans Spielkumpaninnen waren aufgekreuzt, aber nur den Würfeln und Karten gegenüber schienen sie nicht gleichgültig zu sein. Aus der Batikfabrik kamen Leute, um sie zu besuchen, und verhielten sich zurückhaltend. Mas Slamat hatte sich als die bereitwilligste, wenn nicht verläßlichste Informationsquelle erwiesen.

Der Dalang war seit dem ersten Morgen nach ihrer Erkrankung nicht mehr gekommen. Er hielt sich noch geschäftlich in Solo auf (Inam hatte sich dessen vergewissert). Auch Ali war noch nicht wieder in Yogya aufgetaucht.

Ihr Sprachlehrer kam jeden Tag, aber er wollte nichts anderes erörtern als die Bedeutung von Wörtern in zumindest zwei Formen — zum Beispiel *abot* (Ngoko) und *awrat* (Krama) für »schwierig« — und eine Reihe von Sätzen, die sie fehlerlos auswendig lernen mußte, egal, wie es ihr gesundheitlich ging.

Wenn sie eine Lesepause einlegte, wiederholte Maggie einen dieser Sätze: *»Layange wis tekan, durung?«* (Kam der Brief schon an oder nicht?) Diese Frage stellte sie Inam häufig, auch wenn keine Post aus Djakarta ankam. Ein anderer Satz, den sie ihrer Meinung nach häufig verwendete, war: *»Isa apa ora?«* (Ist es zu bewältigen oder nicht?) Hinsichtlich der anhaltenden Krise war dies eine wichtige Frage.

Maggie legte das Buch in den Schoß und starrte in den

tiefgrünen, tropfnassen Garten unter dem trüben Himmel. Inam hatte neben ihren Sessel ein Tischchen mit dem Plattenspieler gestellt; eine schwarze Verlängerungsschnur schlängelte sich in den Pavillon. Neben ihr lag ein halbes Dutzend Schallplatten. Sie legte eine auf und verzog beim kratzenden Geräusch ihr Gesicht. Sie brauchte dringend Ersatz für die mitgebrachten Schallplatten, aber es gab im Augenblick keine Möglichkeit, neue zu bekommen.

Während sie den Tonarm vorsichtig auf *Bucktown Stomp* in der Interpretation von Johnny Dodd's Washboard Band legte, dachte Maggie voller Ingrimm über den Unterschied zwischen den Prioritäten eines Einheimischen und eines Ausländers in Asien nach. Der Einheimische betrachtete die Dinge aus einer Perspektive von Leben oder Tod; der Ausländer aus einer Perspektive der Gewohnheiten, die sich auf Komfort konzentrieren. Sie fühlte sich durch die politische Krise belästigt, weil es jetzt noch schwieriger war, an Schallplatten zu kommen. Ali sah in ihr die Möglichkeit, alles zu verlieren, sogar das Leben. Nun gut, sie war nicht ganz gleichgültig; es bestand jedoch kein Grund, die Schuld dieser Nation und die der eigenen auf sich zu nehmen, dachte Maggie. Trotzdem wünschte sie sich, während die fröhlichen Rhythmen von *Bucktown Stomp* die feuchte Luft erfüllten, ein Engagement, wie es viele Indonesier während dieser Krise für ihre Überzeugungen haben mußten; und bei diesem Gedanken kam ihr wieder Bix Beiderbecke in den Sinn. Er hatte nur für seine Musik gelebt; das sagte jeder, der ihn kannte. Er lebte als Künstler für etwas, was über seine eigenen Bedürfnisse hinausging. Eben was ein Patriot tun muß — oder eine Mutter oder große Wissenschaftler und Schauspieler oder jeder andere, der hinter dem Horizont eine andere Welt sieht und sich zu ihr aufmacht.

Was sie nie getan hatte. Und was die Stimme hinter der Tür ihr immer aufgetragen hatte. Wurde sie es eines Tages tun?

Sie wurde aus ihrem Tagtraum gerissen, als die Musik verstummte. Maggie hob den Tonarm ab und schaltete das Gerät aus. Erschöpft schlief sie fast ein, doch Inam erschien, um ihr in lebhafter Weise zu verkünden, daß jemand gekommen sei, sie zu besuchen. Es mußte Mas Slamat sein; wenn er zu Besuch kam, nahm die Stimme des Mädchens diesen sonderbaren Ton von Ungeduld an, als ob sie versuchen wollte, ihre Mißbilligung zu verbergen, während sie gleichzeitig Nonya Maggie warnte, auf der Hut zu sein. Maggie wußte, was man im Haushalt der Sakirmans von Mas Slamat hielt.

Er kam mit seinem Filzhut in der einen Hand, dem zugeklappten Regenschirm in der anderen auf die Veranda. Seine zahnlosen Kiefer malmten. Gab er einer Rede den letzten Schliff? Aber als er zu Maggies Sessel kam und sich in den gegenüberstehenden setzte, sagte Mas Slamat nichts, er wandte sein Gesicht nur leicht dem Garten zu, so daß er sie von der Seite anblickte; damit steigerte er den Eindruck, den er ohnehin vermittelte — listig, verschlagen, ausweichend.

Maggie lächelte ihn an. Mas Slamat besuchte sie gewissenhaft jeden Tag. »Meinen Sie, daß es mir bessergeht?«

Er musterte sie gebieterisch mit gespitzten Lippen. »Ihnen wird es bessergehen, wenn Sie auf mich hören.« Aus seiner Hemdtasche zog er ein kleines Amulett. Er öffnete es — ein Oval aus versilbertem Blech mit einer billigen Metallkette —, entnahm ihm ein Stück Papier und überreichte es Maggie.

Sie entfaltete es.

»Sehen Sie«, sagte Mas Slamat, »die Summe der Zahlen ist immer fünfzehn. Fünfzehn ist eine magische Zahl.«

		Feuer		
	8	3	4	
Luft	1	5	1	Erde
	6	7	2	
		Wasser		

»Raden Harjanta Prijohoetomo, Direktor des Weltfriedenszentrums für Strahlung, fertigte dieses magische Viereck an. Sehen Sie sich bitte die mächtige Fünf in der Mitte an«, drängte Mas Slamat. »Um das Fieber zu heilen, schrieb der heilige Mann Zahlen auf, von unten nach oben, von rechts nach links, über Kreuz. Er begann mit dem Viereck im Süden, wo das Wasser ist. Er läßt es Ihnen mit seinen besten Wünschen überreichen. Sie müssen es im Amulett tragen, und wenn Sie das tun, wird Ihr Fieber« — er wedelte mit beiden Händen zur Seite — »verschwinden.«

Sie nahm ihm das Amulett ab, faltete das magische Viereck zusammen und steckte es in das Blechoval. »Ich danke Ihnen, mein Freund, und ich danke dem heiligen Mann.«

»Sie müssen Raden Harjanta Prijohoetomo nichts dafür bezahlen. Es ist ein Geschenk.«

Nachdem sie sich gefragt hatte, ob der heilige Mann Geld erwartete, merkte Maggie, daß es zu spät war, jetzt eine Bezahlung anzubieten — das wäre eine Beleidigung gewesen —, deshalb sagte sie: »Ich fühle mich geehrt« und hielt das Amulett hoch. »Danken Sie ihm bitte dafür. Es ist etwas ganz Besonderes, und ich bin mir bewußt, wie wertvoll es ist.«

»Wann werden Sie ihn aufsuchen?« Es klang mehr nach einem Befehl als nach einer Frage.

»Wenn ich mich besser fühle. Wenn das magische Viereck gewirkt hat.« Sie schloß die Kette im Nacken; das Amulett hing in der Kuhle ihres Halses.

»Sie werden Raden Harjanta Prijohoetomo in schwierigen Zeiten brauchen«, erklärte Mas Slamat. Der kleine Mann rückte näher und begann mit seiner düsteren Analyse der politischen Krise. Sie war seiner Ansicht nach zweifellos ein Werk der Kommunisten. In Djakarta waren nun bis auf die von der Armee unterstützten Zeitungen *Angkatan Bersenjata* und *Berita Yudha* alle Blätter verboten. Das kommunistische Organ *Harian Rakyat* hatte den Putsch unterstützt, und das zeigte, daß die Kommunisten mit dem Teufel im Bunde waren. Mas Slamat sagte tatsächlich *»im Bunde mit dem Teufel«*. Und er berichtete, daß hier in Zentraljava einige mit den Roten sympathisierende Soldaten hohe Offiziere einer örtlichen Division entführt und aufgehängt hätten. Nun habe der Chef des Geheimdienstes, ein bekannter Kommunist, die Befehlsgewalt über die Siebte Diponegorodivision erhalten. Das verschaffte der PKI im Kampf um die Kontrolle des Militärs in der Region einen enormen Vorteil. Mas Slamat redete, als ob er, nach Auswendiglernen der Fakten, diese Rede für Maggie einstudiert hätte. Sie wußte, daß er gelobt werden wollte. Also sprach sie ihm ihre Anerkennung für seine Kenntnisse der Situation aus.

Daraufhin lehnte sich Mas Slamat mit einem zahnlosen Lächeln zurück und befingerte seine Warze. »Es gibt nur wenig Wissenswertes, das ich nicht weiß. Manche Menschen beherrschen verschiedene Sprachen, aber sie haben keine Erfahrung mit der menschlichen Natur und keinen solchen Zugang zu Informationen wie ich. Ich bin einzigartig, Nonya.«

»Ja«, meinte Maggie, »das sind Sie.«

»Der geschäftsführende Gouverneur von Zentraljava ist Sujono Atmo, auch ein Kommunist«, fügte Mas Slamat hinzu, um seinen einzigartigen Zugang zu Informationen zu bekräftigen. »Aber Sie brauchen sich keine Sorgen zu machen. Wir werden es nicht zulassen, daß diese Leute an die Macht kommen.«

»Wir?« fragte sie, aber er hatte keine Zeit mehr, ihr zu antworten, weil Inam wieder auf der Veranda erschien. Sie beugte sich vor und flüsterte Maggie ins Ohr: »Es ist Ihr Freund aus dem Dorf. Soll er warten?«

Bevor Maggie sich entscheiden konnte, kam Ali über den Hof gerannt. Nach einem raschen Blick auf Mas Slamat trat er auf Maggie zu und schüttelte ihr wie einem Mann aus dem Westen kräftig die Hand. »Wie geht es Ihnen?« fragte er atemlos in Bahasa. »Ich habe auf dem Land organisiert, deshalb konnte ich nicht kommen, aber Sie scheinen...« Er suchte nach dem richtigen Wort. »Sie sehen großartig aus«, sagte er auf englisch.

Sie stellte die beiden Männer einander vor. Eine Zeitlang quälten sie sich mit der Sprache ab. Maggie beherrschte nun genug Javanisch, um zu merken, daß sie versuchten, ihren gesellschaftlichen Status herauszufinden (selbst Ali, der Kommunist), indem sie zunächst Krama, dann Ngoko sprachen und sich nach ein paar gestammelten Sätzen auf das förmlichere Krama einließen, was bedeutete, daß sie sich entschlossen hatten, sich wachsam, aber respektvoll als Ebenbürtige zu behandeln. Nachdem Ali sich neben Mas Slamat auf einen Stuhl gesetzt hatte, beugte sich Slamat vor, schnippte sich eine Zigarette aus der Packung und hielt sie dann Ali unter die Nase. Ali entnahm der Packung eine Zigarette und beugte sich rasch vor, um Mas Slamat Feuer anzubieten.

Maggie schienen diese stilisierten Handlungen einer

Choreographie zu unterliegen. Bislang hatte Maggie nie erlebt, daß Ali sich wie ein Priyayi aufführte. Sie verstand nun besser den Konflikt, in dem er sich befand: der kommunistische Arbeiter, Sohn eines Aristokraten.

Endlich lehnten sich die beiden Männer mit einem schwachen Lächeln zurück. Es zeigte ihr, daß sie zufrieden waren. Und Maggie fiel auf, daß sie mit Hilfe eines komplexen Rituals zu soviel Gleichmut gefunden hatten, um nun erfolgreicher miteinander ins Gespräch zu kommen, als dies westliche Menschen, die aus unterschiedlichen Schichten stammen, in so kurzer Zeit hätten schaffen können.

Sie fragte sich, ob es indiskret sei, Ali vor Mas Slamat über die gegenwärtige Krise auszufragen. Sie fing an, einiges über die Javaner zu begreifen, und dieses Wissen machte sie vorsichtig, besonders da es unsystematisch und häufig eher verwirrend als hilfreich war. Sie wußte zum Beispiel, daß die Menschen gewöhnlich in Ngoko dachten, obwohl sie sehr viel häufiger Krama sprachen. Das Ngoko tendierte dazu, die Dinge zu verkürzen, Krama dazu, die Dinge ausufernd zu beschreiben. Einen Menschen mit seinem Namen anzusprechen statt mit seinem Verwandtschaftsgrad oder seiner Berufsbezeichnung galt als familiär, fast intim. Die physische Orientierung im Raum gehörte zum lebenswichtigen Bestandteil des javanischen Wohlbefindens; um das Gefühl der Verwirrung mitzuteilen, beschrieb man es daher mit räumlichen Begriffen: Man verlor seinen Weg.

Aber sie hätte wissen müssen, daß das unberechenbare Java eine schnelle Lösung ihrer Fragen finden würde.

Ali begann offen über die Krise zu sprechen. Einfach so. Als ob er über das Wetter redete. Auf englisch hielt er seinen Zuhörern einen, wie er es nannte, brandaktuellen Bericht. Es sei endlich eindeutig erwiesen, daß die Bewegung des 30. September ein internes Problem der Armee gewesen sei. Die PKI sei nicht in die Sache verwickelt gewesen; auch das sei nun eindeutig klar. Das Politbüro habe erst gestern eine Erklärung veröffentlicht, in der alle Parteimitglieder aufgefordert wurden, eng mit den Behörden zusammenzuarbeiten und ohne Abstriche den Aufruf des Präsidenten, Einheit und Ruhe zu bewahren, zu unterstützen.

»Bung Karnos Aufruf für die Einheit, die Ruhe und den Frieden«, sagte er.

Nachdem er diesen wichtigen Punkt wiederholt hatte, fuhr Ali fort. Gerade heute morgen (er sprach langsam und gleichmäßig, was den Gedanken nahelegte, daß er aus einem vorbereiteten Text zitierte) habe das Regionalkomitee von Yogya jegliche Verwicklung der Kommunisten in den Putschversuch dementiert.

»Der Gouverneur von Zentraljava« — Ali wandte sein Gesicht Mas Slamat zu — »ist Mitglied der Partei.«

»Sujono Atmo. *Geschäftsführender* Gouverneur«, korrigierte ihn der kleine Mann.

Das störte Ali nicht. Er sprach im gleichen leisen und geduldigen Ton weiter wie zu intelligenten, aber unwissenden Kindern. »Der Gouverneur hat die lokalen Funktionäre angewiesen, den Streitkräften beizustehen.« Ali schlug die geballte rechte Hand in die linke Handfläche. »Was sollte die PKI noch tun, um ihre Treue zu beweisen?« Er lächelte Mas Slamat schüchtern an. Maggie spürte, daß er um Zustimmung bemüht war.

Der kleine Mann betrachtete Ali nachdenklich, und dann, als sei er zu einem Entschluß gekommen, verzog er seinen Mund zu einem zahnlosen Lächeln. »Gute Überzeugung ist gute Überzeugung, wer auch immer sie zeigt. Ich sah Sie nach dem Putsch auf der Straße demonstrieren.«

»Ja, ich trug ein Transparent. Unsere lokale PKI-Gruppe unterstützte die Säuberung.«

»Säuberung?«

»Von Generälen, die sich gegen die Regierung verschworen.«

»Das ist wirklich eine gute Sache«, pflichtete ihm Mas Slamat bei.

Maggie war überrascht von seiner zuvorkommenden Art. Sie hatte Mas Slamat als aggressiven Moslem eingeschätzt, der bereit wäre, jederzeit die Roten abzuschlachten, aber jetzt saß er da und war mit Alis Ausführungen einverstanden. Ihr jedoch wurde bewußt (und bestimmt auch dem gerissenen kleinen Mann), daß Ali damit die hastige Vertuschung einer politischen Schlappe der PKI lieferte.

Diese neuen Anzeichen von Toleranz hätten sie eigentlich erfreuen können — aber sie wußte ja, wie verschlagen Mas Slamat sein konnte. Dann fragte sie sich plötzlich, was er meinte. War es eine gute Sache zu demonstrieren? Oder war es eine gute Sache, die Generäle zu töten? Mas Slamat legte sich mit seiner Meinung nicht fest. Das störte sie; deshalb war sie weiterhin beunruhigt, als Mas Slamat sich erhob und seinen Besuch abbrach.

»Was halten Sie von ihm?« fragte Maggie Ali, während sie beobachteten, wie Mas Slamat in seiner seltsamen Gangart wegschlenderte — ein Seemann, der sich auf einem schwankenden Deck bewegt.

»Er schien zu beweisen — ich meine zu billigen — die PKI-Politik«, sagte Ali auf englisch.

»Meinen Sie? Meinen Sie, daß er ähnlich wie Sie denkt?« Alis Gutgläubigkeit entsetzte sie; das ließ ihn verwundbar erscheinen.

»Die Nation wird anfangen, uns zu verstehen.«

»In Djakarta wurden Parteimitglieder verhaftet, Ali.

PKI-Gebäude wurden in Brand gesteckt und geplündert. Aidits Haus wurde geplündert. Das hörte ich im Radio. Sie wissen das sicher auch.«

»Ich mache mit der Landreform weiter. Das ist mein Auftrag, den führe ich aus.«

»Ich mache mir Ihretwegen Sorgen, Ali.«

»Sorgen?« brauste er verächtlich auf.

»Die Situation ist unbeständig. Sie könnten in große Gefahr geraten. Die Leute brauchen bloß alles, was in diesem Land schiefgeht, den Kommunisten in die Schuhe zu schieben. Das kann passieren. Und was machen Sie dann, Ali?«

Er versicherte ihr, daß er im Dorf in Sicherheit sei. Als geachteter Hersteller von Gamelaninstrumenten genieße sein Bruder Bambang beträchtliches Ansehen unter den Dorfbewohnern. Zudem lebe die Familie Gitosuwoko seit Generationen in der Gegend.

Natürlich stimmte das — und Alis Sorglosigkeit war aristokratisch. Vielleicht war diese Beschäftigung mit dem Kommunismus eine vorübergehende Phase, dachte Maggie, und Ali würde schließlich wieder an seiner Vergangenheit als Priyayi anknüpfen. Maggie war nur drei oder vier Jahre älter als Ali, dennoch fühlte sie sich weitaus reifer als er. Trotz des gefährlichen Wegs, den er eingeschlagen hatte, schien Ali jeglicher Wirklichkeitssinn zu fehlen — ein sicheres Zeichen von Unreife. Sie hatte Angst um ihn, konnte aber nichts sagen. Immerhin streckte sie ihm überschwenglich die Hand entgegen, als er sich erhob, um zu gehen. Ali hielt sie länger fest, als der Anstand es erlaubte — sie beide wußten es —, deshalb lächelte sie ihm beruhigend zu. Dieses Lächeln sollte sagen: »Alles ist in Ordnung. Wir sind Freunde.«

Wieder allein, bemerkte Maggie, daß die Wolken im Westen aufrissen; ein leuchtendes Blau erschien in den Zwischenräumen, gefolgt vom irisierenden Sonnenlicht, das sich über den tropfnassen Garten ergoß. Maggie hatte stets die Schönheit des Spätnachmittags geliebt, wenn der graue Himmel sich öffnete und das Sonnenlicht durchließ. Über das Grün breitete sich dann ein weicher Goldglanz wie Butter aus. Trotz des Fiebers, das dazu führte, daß sich ihre Stirn trocken anfühlte und pochte, meinte Maggie, daß ihre Adern ebenfalls von dem Licht durchströmt würden, in ihm badeten, sich erfrischten. Sie hatte immer die Gedichte Keats' geliebt. Hin und wieder fielen ihr Bruchstücke ein, wie auch jetzt: »Reich von der einfachen Anbetung eines Tages.« Keats bedeutete für sie leidenschaftliches Leben; seine verhängnisvolle Liebe zu Fanny Brawne erschien ihr als romantische Tragödie schlechthin.

Komisch, aber Vern mochte ebenfalls die romantischen Dichter. Vielleicht hatte er auf dem College Literatur als Wahlfach belegt und bei der Immatrikulation zufällig den Kurs »Romantische Poesie I« angegeben. Natürlich, so dachte Maggie, war sein Liebling unter den Romantikern Blake, der schroffste von allen — einer, der schreiben konnte (und Vern zitierte diese Zeile häufig, um seine undifferenzierte Fortschrittsphilosophie zu verteidigen): »Führe deinen Karren und deinen Pflug über die Knochen der Toten.« Der gute alte Vern. Die Gedanken an ihn freuten sie, besonders bei diesem herrlichen Sonnenuntergang. Er war der Mann, den sie wirklich wollte.

Diese Sicherheit hielt eine Stunde an. Noch einmal kam Inam über den Hof; diesmal verkündete sie ihr ehrfurchtsvoll stammelnd, daß der Dalang gekommen sei.

*

Also wartete auf Maggie ein weiterer Hinterhalt. Sie war nicht auf den Anblick des Mannes vorbereitet, der über den Hof auf sie zuschritt. Er trug einen Batiksarong, ein

Hemd und die javanische Kopfbedeckung, die sich seinem Kopf anschmiegte, wobei taschentuchähnliche Zipfel hinter seinen Ohren hervorlugten. Sie war in einem Zustand wunderbarer Lähmung. Seine großen, breiten Füße steckten in Sandalen, er schritt auf dem morastigen Boden auf sie zu, sein Mund wirkte entschlossen, eine kräftige Hand hielt ein Päckchen, die Augen waren fest auf sie gerichtet — das war ihr sonnenklar, noch bevor sie das Weiße der Augen sah —, der unbewegte Blick eines Mannes, der es gewohnt ist, über einen einzigen Gedanken zu meditieren.

Aus dem Hinterhalt wurde sie von ihren Gefühlen überfallen.

Während Dalang Budi über den Hof auf sie zukam, hatte Maggie sich in eine schüchterne, defensive Stimmung gesteigert. Trotzdem lächelte sie ihn an und merkte, daß sich ihr Mund bei der bewußten Anstrengung, noch mehr zu lächeln, verkrampfte. Als sie ihn ansprach, klang das keineswegs schüchtern, sondern überraschend verärgert und barsch: »Ich habe Sie in den vergangenen Tagen vermißt. Wo waren Sie?«

Er schien ihre Stimmung nicht zu bemerken — zumindest reagierte er nicht auf sie —, sondern ließ sich auf dem Stuhl nieder, auf dem bis vor kurzem noch Mas Slamat gesessen hatte. Er antwortete ungezwungen, daß er in Solo gewesen sei, um für einen alten Dalang, der ein enger Freund der Familie gewesen sei, die Beerdigungszeremonien vorzubereiten. »Ich bin froh, daß Sie so gut aussehen. Um so vieles besser.« Von einem warmherzigen Lächeln begleitet, schienen diese Worte sehr viel mehr zu bedeuten; er hätte ebensogut sagen können: »Sie sehen wunderschön aus.« Maggie merkte, daß sie rot wurde, und haßte sich für dieses Unvermögen, sich zu beherrschen. Deshalb steuerte sie die Unterhaltung auf neutralere Themen. »Was halten Sie von der Krise?« Als er sie erstaunt ansah, fragte sich Maggie, ob er verstand, worüber sie sprach. Wenn nicht, dann war er momentan der einzige Mensch in Indonesien, der nicht auf das Wort »Krise« reagierte. Es war nicht zu erkennen, was er wußte.

»Ich frage mich«, begann sie wieder, »ob die Krise sich ausdehnt oder ob sie sich hauptsächlich auf Djakarta beschränkt.«

»Was in Djakarta passiert, wirkt sich auch auf die Dörfer aus. Wir sind eine Nation, die in politischer Hinsicht von einer Stadt dominiert wird, und das ist ein Problem. Wenn es in Djakarta Gewalt gibt, denken die Leute im Dorf, daß sie auch Gewalt ausüben sollten.« Sein Kommentar, der vernünftig klang, schien dennoch seltsam gleichgültig, so als ob er ein Historiker wäre, der ein tausend Jahre zurückliegendes Ereignis analysiert.

»Also erwarten Sie auch im Gebiet von Yogya Gewalttätigkeiten?«

»Bislang ist mir nichts dergleichen zu Ohren gekommen. Aber ich bat Ali, das Dorf für eine Weile zu verlassen.«

»Das sagten Sie ihm? Wann?«

»Heute. Heute morgen.«

»Er hat mir gar nicht erzählt, daß Sie sich heute getroffen haben. Er sagte auch nicht, daß Sie wieder in Yogya sind. Er war erst vor kurzem hier.«

»Mein Neffe will nicht auf mich hören; vielleicht tut er es bei Ihnen, wenn Sie ihm die Gefahr erklären.«

»Das habe ich getan. Er scheint zu glauben, daß ihn sein Familienname schützt.«

»Das wird er auch, wenn sich die Dinge so entwickeln, wie sie es sollten. Natürlich ist das nicht immer möglich.«

»Weder hier noch woanders.«

»Besonders nicht hier.« Der Dalang überreichte ihr das Päckchen. »Damit Sie schneller gesund werden.«

*

Er war gegangen, und sein Geschenk drehte sich nun auf dem Plattenspieler: Benny Goodmans Konzert vom 16. Januar 1938 in der Carnegie Hall.

Irgendwie hatte der Dalang eine Platte des Goodman-Konzerts und eine von Miles Davis und John Coltrane aus dem Jahr 1958 aufgetrieben. Erstaunt hatte sie ihm gesagt, daß er wirklich ein Zauberer sein müsse, wenn er amerikanische Jazzplatten auf Sumatra entdecken könne. Mit der Mischung aus Bescheidenheit und Arroganz, die sie von ihm zu erwarten gelernt hatte, erklärte Budi, daß er sie mit Hilfe von Glück und Intuition völlig verstaubt auf dem vollgepackten Tisch eines Krämers entdeckt habe. Offensichtlich hatte er ganz Solo nach ihnen durchkämmt.

Dalang Budi — ein wahrer Freund. Er vollbrachte dieses Wunder inmitten einer nationalen Krise.

Dennoch empfand sie nun anders für ihn. Es gab kein Problem, entschied sie. Das hatte heute nur beim ersten Eindruck so ausgesehen. Sie war weniger verwundbar als gestern und verspürte neues Selbstvertrauen — und gleichzeitig merkte sie, daß ihre Stirn feucht wurde: Das Fieber war wieder ausgebrochen. Hatte das magische Viereck vom Weltfriedenszentrum für Strahlung nicht gewirkt? Sie berührte das Amulett, das um ihren Hals hing.

Sie war wieder sie selbst. Und es gab keinen Grund, warum sie hier nicht noch eine Weile bleiben sollte — Krise hin, Krise her —, in der Nähe des Sultanspalastes, des Vogelmarkts und der engen, gewundenen Straßen von Yogya, in denen Menschen wie Mas Slamat wohnten. Und sie konnte Javanisch lernen und die Geheimnisse einer großen und seltsamen Zivilisation erforschen. Und irgendwie könnte sie sich unerschütterlich für die Restaurierung Borobudurs einsetzen, eines Bauwerks, das sie aufrichtig als Monument des menschlichen Geistes betrachtete; das wäre eine Verpflichtung, und sie könnte sich weiterhin mit Dalang Budi unterhalten, den sie nicht länger fürchtete. Bevor sie zu dem Mann zurückkehrte, den sie wirklich liebte.

35

Ali war überzeugt, daß die Kommunistische Partei die Nacht der Generale überleben konnte. Aber mit jedem Tag kamen weitere schlimme Nachrichten: Die Krise weitete sich aus, selbst hier in den Dörfern Zentraljavas.

Die Gerüchte, die von Dorf zu Dorf weitergegeben wurden, klangen immer schrecklicher: Bung Karno sei ermordet worden; eine Vorhut malaysischer Truppen stehe bereits in den Vororten Yogyas; die CIA habe alle Flughäfen bombardiert. Bis jetzt hatte Ali allerdings noch nichts von Gewalttätigkeiten in den umliegenden Dörfern gehört. Er arbeitete weiter an der Agrarreform, erklärte skeptischen Bauern die Notwendigkeit stärkerer Bauerngruppen, um ein staatliches Landzuteilungsgesetz durchzusetzen; hielt Vorträge über Bankanleihen und die Gründung von Gerichten, die habgierige Großgrundbesitzer der Rechtsprechung unterwerfen sollten, befestigte PKI-Plakate an den Bäumen der Feldwege; im Leben der Dorfbewohner war er allgegenwärtig. Aber häufig, wenn

Ali die staubigen Gassen durcheilte, fühlte er sich heimlich beobachtet.

Dieses unbehagliche Gefühl vergrößerte in ihm den Gedanken, versagt zu haben. Er war in das Dorf seiner Vorfahren mit einer Vision gekommen: Der Klassenkampf auf dem Land sollte höhere Löhne, niedrigere Pachten und Zinssätze bringen sowie die Übertragung des Landes an die Bauern, die es bearbeiteten, und schließlich, unter der Schirmherrschaft der PKI, eine Rückkehr zum überlieferten Konzept der spontanen Kooperation, genannt *Gotong Royong*, mit dem sich javanische Bauern seit Jahrhunderten gegenseitig geholfen hatten. Aber die Großgrundbesitzer hatten Flächen, die zur Verteilung an die Bauern bestimmt waren, um die Statistik zu schönen, ihren kriecherischen Handlangern, den Kakitangan, und entfernt lebenden Verwandten übertragen, denen sie noch nie in ihrem Leben begegnet waren, oder Geschäftsfreunden, die auf dem Friedhof wohnten. Durch betrügerische Eintragungen von ihnen nicht mehr zustehendem Land umgingen sie das Agrargesetz. Bauern, die wegen solcher Betrügereien niemals das ihnen gesetzlich zustehende Minimum von zwei Hektar Land bekommen hatten, waren nicht bereit, sich gegen ihre Unterdrücker zu wehren. Wenn Ali sich mit ihnen unterhielt, zogen sie es vor, den ortsansässigen Landbesitzer zu verteidigen, statt jemanden zu unterstützen, der aus Djakarta zu ihnen gekommen war.

Ali kämpfte mit seiner Ungeduld, seiner Verachtung, seinem wachsenden Pessimismus, bis ihn schließlich eine größere Realität einholte: Genosse Pramu berief eine Versammlung in der Parteizentrale von Yogya ein.

Oder vielmehr in einer Imbißstube, nicht in der Zentrale. Der Bote war ermahnt worden, absolutes Stillschweigen zu bewahren. Das bereitete Ali auf etwas Ungewöhnliches vor. Plötzlich türmte sich die Welt jenseits seines Dorfes wieder drohend vor ihm auf. Er war zu allem bereit.

Allerdings war Ali völlig verdutzt, als er den Bambusvorhang zur Seite schob und in den Nebenraum des Warungs eintrat. Neben Genosse Pramu, dem Bezirksleiter, saß ein bebrillter, sanft aussehender Mann, den er von weitem bei vielen Auftritten gesehen hatte: der Vorsitzende der PKI, D. N. Aidit.

*

Aidit hatte Ali (sie waren einander kühl von Genosse Pramu vorgestellt worden) dazu gratuliert, am Tag nach dem Putschversuch eine PKI-Demonstration durch Yogya angeführt zu haben. Gratuliert! Und er saß fast wie ein Ebenbürtiger vor dem Vorsitzenden. Ali war von seinem Glück so überwältigt, daß er kaum das Erscheinen eines vierten registrierte. Es war M. H. Lukman, erster stellvertretender Vorsitzender der PKI und Staatssekretär im Kabinett Sukarnos.

Lukman strich sich sein widerspenstiges Haar aus der blassen Stirn. Er wirkte morbid, ein Zustand, der von seiner mageren Statur noch unterstrichen wurde. Lukman war gerade in Yogya angekommen und brachte zu diesem Treffen Neuigkeiten von einer eilig einberufenen Kabinettssitzung im Palast von Bogor mit.

Mit Erstaunen wurde Ali bewußt, daß er Lukmans Bericht zur gleichen Zeit wie der Vorsitzende Aidit hörte. Auf einen Schlag schien er ein bedeutender Mann geworden zu sein.

Lukman nippte an heißem Tee und begann endlich zu erzählen: »In der Sitzung las ich unsere offizielle Erklärung vor. Ich distanzierte mich im Namen der Partei von der Verhaftung der Generäle. Wie wir ausgemacht hatten«, sagte er zu Aidit, »bezeichnete ich es als eine interne Angelegenheit der Armee.«

»Wie wurde die Erklärung aufgenommen?« fragte Aidit und sah dabei Ali an, was diesen in hellste Aufregung versetzte.

»Höflich«, antwortete Lukman nach einer nachdenklichen Pause. »Aber mißtrauisch, vermute ich. Dann verlas ich als Vorsitzender des provisorischen Parlaments eine von Vizemarschall Dhani verfaßte Erklärung.«

»Ist Dhani immer noch auf freiem Fuß?«

»Er kehrte mit seinem Flugzeug um und flog nach Halim zurück. Die Einzelheiten kenne ich nicht«, sagte Lukman, zum erstenmal lächelnd, »aber irgendwie schaffte er es, den Palast zu erreichen. Er steht nun dort unter Sukarnos Schutz.«

»Was steht in Dhanis Erklärung?«

»Daß er die Verhaftung der Luftwaffenoffiziere angeordnet hat, die für die Ausbildung der Kommunisten auf dem Luftstützpunkt Halim verantwortlich waren.«

Aidit lachte verbittert. »Offiziere, die aufgrund seiner Anordnung die Ausbildung durchführten.« Er zitierte ein altes Sprichwort: »Wenn ein toter Baum fällt, sind die Spechte an seinem Tod beteiligt.«

»Glaubst du, daß Dhani stürzt?«

»Natürlich. Er ist bereits ein toter Mann. Wie benahm sich Sukarno während der Sitzung?«

»Ängstlich.«

»Ängstlich? Ich bin überrascht. Ich kann mir bei ihm vieles vorstellen, bloß nicht, daß er ängstlich ist.«

»Ängstlich, entgegenkommend — und unaufrichtig.«

Aidit lachte mitleidig auf. »Natürlich.«

»Die meiste Zeit ließ er seinen Außenminister reden. Der bezeichnete an seiner Stelle die Mörder als Barbaren. Durch Subandrio ließ er erklären, daß er die

Gründung eines Revolutionsrates niemals verzeihen werde.«

Aidit murmelte achselzuckend: »Nun gut«, als ob dies alles vorauszusehen gewesen wäre.

»Subandrio drängte auf eine politische Lösung der Krise. Keine Vergeltungsmaßnahmen gegen die Rebellen. Kein Blutbad.«

Aidit lächelte unsicher. »Das wäre schön. Die Frage, die wir alle uns stellen müssen, lautet: Hat Sukarno noch immer Einfluß?«

Sie schwiegen. Genosse Pramu, der neben Ali etwas weiter vom Tisch entfernt saß, flüsterte ihm zu: »Lassen Sie noch Tee bringen.«

Er behandelt mich wie einen Diener, dachte Ali verbittert, stand jedoch auf und ging in die Imbißstube, um in energischem Befehlston Tee zu bestellen. Die drei Männer im Hinterzimmer entstammten der Fünfundvierziger-Generation, und deshalb würden sie ihn nie akzeptieren, egal, welche Mühe er sich auch gab. Sie waren in den unruhigen Jahren der japanischen Besatzungszeit aufgewachsen und aus dem Zweiten Weltkrieg als entschlossene Männer hervorgegangen, die bereit waren, für die Unabhängigkeit zu kämpfen. Anstelle einer formalen Erziehung hatten sie von den Siegern eine militärische Ausbildung erhalten; statt der Theorie besaßen sie das praktische Wissen, wie man überlebt. Er beneidete sie darum. Als er wieder ins Hinterzimmer gehen wollte, fühlte sich Ali so klein, daß er am liebsten aus dem Warung gerannt und sofort in sein Dorf zurückgekehrt wäre.

Als er sich trotzdem wieder leise neben dem Genossen Pramu niederließ, leierte Lukman in seiner leidenschaftslosen Art weiter seinen Bericht herunter. Er beschrieb dem Vorsitzenden Aidit, was sich in Djakarta abgespielt hatte, als Nasutions fünfjährige Tochter (die an den

Schußwunden gestorben war) auf dem Heldenfriedhof beigesetzt wurde. Admiral Eddy Martadinata, ein zu allem entschlossener Kommunistenhasser, hatte den während der Beerdigung anwesenden jungen Moslemführern »*Sikat!*« (Aufräumen) zugeflüstert. Lukman berichtete, daß die moslemischen Studenten genau das in den kommunistischen Hochburgen Djakartas getan hatten: Sowohl die Büros als auch die Wohnungen der PKI-Funktionäre wurden durchwühlt, geplündert und in Brand gesteckt — auch Lukmans und Aidits Wohnung. Die Zentralen der PKI und der SOBSI seien nur noch Asche, desgleichen die Wohnheime der Pemuda Rakyat und Gerwani. Vierzehn Fachhochschulen mit sich offen zum Kommunismus bekennenden Studenten seien geschlossen worden. Täglich marschierten Demonstranten durch die Straßen und forderten die Entfernung der Kommunisten aus dem öffentlichen Leben. Lukman legte eine Redepause ein. »Und rufen nach deiner Hinrichtung. Nach meiner übrigens auch.«

Aidit nahm seine Brille ab und reinigte sie sorgfältig mit einem Taschentuchzipfel. »Mach weiter«, sagte er ruhig.

»Im nördlichen Sumatra sieht es böse aus.«

»Nun gut.« Aidit machte eine wegwerfende Handbewegung, als ginge es um eine Bemerkung zum Wetter. »Moslemland.«

»In Aceh ist es am schlimmsten. Es gibt Berichte über Massaker.«

Aidit sah ihn erstaunt an.

»Ja. Ein General namens Djuarsa behauptet ...« Lukman zog ein Stück Papier heraus und las vor. »Dank der raschen und angemessenen Reaktion der Menschen von Aceh ist die Gegend bereits von den konterrevolutionären Elementen der Getaps gereinigt.« Lukman spitzte nachdenklich die Lippen. »Aus den unvollständigen Berichten, die uns von dort erreichen, geht hervor, daß der General fast alle Kommunisten in Aceh abschlachten ließ.« Wieder legte Lukman eine Pause ein. »Nach meinen Schätzungen sind das fünfzehnhundert. Wir waren dort noch nie sehr stark, aber fünfzehnhundert...« Diese Zahl schwebte wie Gestank in der stickigen Luft.

Ali bemerkte, daß der Vorsitzende Aidit ihn anlächelte. Zunächst war Ali überrascht, dann begriff er, daß das Lächeln unpersönlicher Art war, ein unfreiwilliger Ausdruck von Gereiztheit.

»Nun«, sagte Lukman und strich sich durch sein schwarzes Haar, »müssen wir uns Sorgen um die Armee hier in Yogya machen.« Er nickte dem Genossen Pramu zu, der bei dieser Geste stolz aufsprang und fast Habtachtstellung einnahm.

»Nach meinen Informationen gewinnt die Armee an Einfluß«, räumte Pramu ein. Das gestrige Ereignis sei hierfür ein Beweis, erklärte er dem Vorsitzenden. Drei Offiziere, die hinter der Bewegung des 30. September gestanden hatten, seien zu ihren Divisionen zurückgekehrt und hätten ihren Irrtum zugegeben. »Sie baten auf Knien um Gnade.«

»Machen Sie weiter«, sagte Aidit, als Pramu zögerte.

»Der örtliche Kommandeur versucht, die anderen Rebellen zu überzeugen, sich ähnlich zu verhalten. Er verspricht, daß sie mit offenen Armen aufgenommen werden, wenn sie sich ergeben.«

»Glauben Sie das?«

»Nein. Aber er gilt als sehr gerissen.«

»Meinen Sie, daß er damit Erfolg haben wird?«

»Ja, Genosse.«

Aidit seufzte. Auf Ali wirkte er plötzlich alt und erschöpft, fast uninteressiert an den Ereignissen. Aber innerhalb weniger Sekunden trat eine Veränderung ein. Der Vorsitzende richtete sich straff auf und sagte mit lauter, klarer Stimme: »Also müssen wir uns zurückhalten und warten. Unsere Leute müssen hier mit der Armee zusammenarbeiten.« Es war die Entscheidung eines resoluten Mannes, und Ali hatte wieder das Gefühl, einen Helden vor sich zu haben.

»Vermeidet Aktionen, die nach Rebellion aussehen oder in irgendeiner Weise die Rebellion zu billigen scheinen«, sagte Aidit.

»Das wird nicht leicht sein«, sagte Genosse Pramu mit einem verkniffenen Lächeln. »Einige unserer Dörfer im Süden sind in Panik.«

»Was soll das heißen?«

»Ich habe Gerüchte gehört.«

»Ja, erzählen Sie weiter«, sagte Aidit ganz ungeduldig.

»Einige dieser Dörfer, *unsere* Dörfer, drohen mit einem Tag der nackten Gewalt.«

»Ein Tag der nackten Gewalt?«

»So nennen sie es. Wenn ihnen entweder die Armee oder die Moslems Schwierigkeiten machen, dann wollen sie kämpfen.«

»Nein«, sagte Aidit kopfschüttelnd, »das können wir nicht gebrauchen.«

Pramu gehörte zu den Männern, die beim Überbringen einer schlechten Nachricht lächeln. »Wenn man sie nicht beruhigt, werden diese Dörfler ganz bestimmt kämpfen. Sie werden im Namen der PKI Menschen ermorden.« Sich vorbeugend, nickte Pramu flüchtig in Alis Richtung. »Genosse Gitosuwoko kennt diese Leute. Ich glaube, wenn er in ihre Dörfer geht und ihnen unseren Standpunkt erklärt, dann wird sie das vielleicht beruhigen.«

Der Vorsitzende Aidit blickte den jungen Mann an. »Können Sie das schaffen?«

Ali war sich bewußt, daß Pramu ihn für diese Aufgabe empfohlen hatte, weil sie riskant war. Aber er begegnete dem abschätzenden Blick seines Helden und sagte so zuversichtlich, daß es prahlerisch klang: »Ja, ich kann das schaffen!«

36

Da er nun schon einmal in Yogya war, wollte Ali Nonya Maggie besuchen, ehe er aufs Land zurückkehrte. Aber er hatte nicht genügend Zeit, da sich das Haus der Sakirmans am anderen Ende der Stadt befand. Nur einen Häuserblock vom Warung entfernt wohnte jedoch Mas Slamat, dessen Adresse ihm Nonya Maggie gegeben hatte. Also eilte er dorthin, um sich über ihren Gesundheitszustand zu erkundigen.

Nachdem er an die Tür geklopft hatte, wartete er ungeduldig eine Minute. Als er sich umgedreht hatte, um wieder zu gehen, hörte er nach ein paar Schritten hinter sich eine Stimme. »Ich bin hier!«

Mas Slamat, den Filzhut keck auf dem Kopf, stand in der Eingangstür, bewegte schmatzend seine zahnlosen Kiefer und hielt einen Schirm in der Hand. »Ich würde Sie hereinbitten, aber ich bin auf dem Weg zum Postamt. Ich erwarte einen Brief aus Amerika.«

Ali fand das merkwürdig, denn seit Beginn der Krise war nicht ein Brief nach Java transportiert worden. Aber er sagte nichts und wartete, bis der kleine Mann neben ihm stand. Zusammen gingen sie in Richtung eines Becakstandes. Er fragte ihn nach Maggies Gesundheit. Der kleine Mann berührte tröstend seinen Arm. »Viel besser«, sagte Mas Slamat. »Sie ist jung und erholt sich schnell. Aber wo ist ihr Ehemann? Das frage ich mich.«

»Niemand kann jetzt reisen.« Einen Augenblick lang wunderte sich Ali, wie Lukman von Djakarta nach Yogya gekommen war. Aber die Partei besaß natürlich heimliche Transportmöglichkeiten, die nur dem Politbüro bekannt waren; ihm natürlich nicht. Erneut fühlte sich Ali ausgeschlossen.

»Egal«, sagte Mas Slamat. »Ich denke, daß ihr Mann zu lange wegbleibt. Sie ist jung.«

Ali starrte ihn an.

»Ihr Onkel bringt ihr Musik.« Mas Slamat blickte geradeaus, während er weiterwatschelte. »Diese amerikanische Musik. Schreckliche Musik.«

»Mein Onkel erzählte mir, daß er sie mag.«

Mas Slamat schnaubte verächtlich. »Ich sah Ihren Vater häufig in Vorstellungen. Und seinen Vater. Wenn mein Vater zum Hof ging, erlaubte er mir, in der Nähe des Pendopo unter den Feigenbäumen zu stehen und die Vorstellung Ihres Großvaters zu verfolgen. Sie wissen natürlich, wo das war.«

Ali wußte es. Vor dem Pendopo, wo sein Vater und sein Großvater für den Sultan Wayangstücke aufgeführt hatten, standen ein paar alte Feigenbäume. Ali hatte die Vorführungen seines Onkels nie gesehen, weder dort noch woanders.

»Gestatten Sie mir diese grobe Bemerkung«, sagte Mas Slamat. »Ihr Vater war ein größerer Dalang als Ihr Onkel.«

Sie gingen schweigend weiter, und Ali fiel ein, daß er diesem seltsamen kleinen Mann näher war als irgend jemandem im Dorf. Ali war plötzlich traurig, daß er von seinen Vorfahren gefühlsmäßig abhängig war, aber es war dennoch die Wahrheit: Ihm tat die Anwesenheit Mas Slamats wohl, mit dem er eigentlich nichts gemeinsam hatte. Nur die Freundschaft zu einer amerikanischen Frau — und die Priyayiherkunft.

Beim Becakstand verabschiedete sich Ali. »Sagen Sie Nonya Maggie bitte, daß ich sie so bald wie möglich besuchen werde.«

Mas Slamat nickte und blickte ihn dann von der Seite mit einem schwachen Lächeln an. »Wie werden Sie jetzt im Dorf behandelt?«

»Mit Respekt.«

»Ich bin froh, das zu hören.«

»Die Leute begreifen, daß wir Kommunisten nichts mit den Morden zu tun haben.«

»Dann sind Sie also in Sicherheit?«

»Ja, das denke ich.«

»*La ilaha illa 'llah.* Ich habe genug vom Leben gesehen, um zu wissen, daß nur das täglich fünfmalige Singen der Shahadah wirklich zählt. Das ist die Wahrheit. Das Glaubensbekenntnis ist mächtiger als Marx.« Mas Slamat hielt ihn vom Gehen ab, indem er wieder Alis Arm berührte. »Noch eins. Die Doktrin des Marxismus entstammt dem menschlichen Geist. Also ist sie verwirrend. Der Islam hingegen ist von Gott geschaffen. Er kann von den Theorien aller Theoretiker dieser Welt nicht gestürzt werden.«

»Das ist Ansichtssache«, meinte Ali kühl und begegnete dem starren Blick des kleinen Mannes.

»Ich bewunderte Ihren Vater. Ich wünsche Ihnen alles Gute.«

»Und ich wünsche Ihnen ebenfalls alles Gute.«

»Gott ist *Al Ghaib.* Deshalb können wir nicht wissen, was unser Schicksal ist.«

»*Al Ghaib*«, wiederholte Ali, »der Rätselhafte und Unvergleichbare.«

»Also erinnern Sie sich an die Lehren.«

»Sie gehörten zu meiner Kindheit.«

Noch einmal berührte Mas Slamat seinen Arm; diese Berührung war angenehm freundschaftlich. Sie vermittelte Ali das seltsame, aber überwältigende Gefühl, daß sie wie Brüder miteinander verkehren könnten.

»Der Prophet lehrte, daß alle Menschen vor Gott gleich sind«, sagte Mas Slamat. »Glauben Sie daran?«

»Ich glaube, daß alle Menschen vor dem Gesetz gleich sind.«

»Wenn wir gleich sind, dann hat uns Gott gleich gemacht. *La ilaha illa 'llah.*« Geräuschlos kauten seine zahnlosen Kiefer einen Augenblick lang. »Wenn Sie jeden Tag die Shahadah singen würden, dann würden Sie den Marxismus aufgeben.«

»Das glaube ich nicht«, sagte Ali, seine Stimme blieb dabei jedoch sanft und höflich.

»Ich verehrte Ihren Vater.« Mas Slamat hielt inne, als ob er mit einem Gedanken kämpfte, den er noch nicht ganz verstand. Dann wiederholte er: »Ich wünsche Ihnen alles Gute. Ich möchte, daß Sie in Sicherheit leben. Wir gehören zur selben Welt. Nonya Maggie ist eine nette junge Ausländerin, aber sie kann niemals zu unserer Welt gehören. Ich habe für sie einen heiligen Mann gefunden, der dafür sorgt, daß sie unversehrt bleibt, bis ihr Mann kommt.«

»Unversehrt?«

»Sicher vor dem Bösen.«

»Vor Unheil während der Krise?«

»Es gibt mehr als eine Krise. Kennen Sie das alte malaiische Sprichwort ›*Ada laut, ada-lah perompak laut*‹? Wo Meer ist, da sind auch Piraten.« Mas Slamat, der ihn lächelnd von der Seite ansah, wirkte wie ein Verschwörer. »Ich mache mir keine Sorgen um sie, weil sie Freunde wie uns hat. Aber ich mache mir Sorgen um Sie.«

Ali lächelte.

»Vielen Dank, aber ich bin bereits in Sicherheit. Ich glaube an das Recht. Und mein Vater sagte, wenn man an das glaubt, was richtig ist, dann bewahrt man sich vor dem Unheil.«

»Ohne die Shahadah ist keiner sicher. Ich möchte es mir zu meiner ganz persönlichen Aufgabe machen, Ihnen dabei zu helfen, das zu verstehen.«

Der kleine Mann sprach zu anmaßend für einen Priyay; beide wußten, daß Mitglieder ihres Standes denken könnten, er benähme sich sehr dreist.

Dennoch war Ali, der sich auf die Wirksamkeit der inneren Überzeugung stützte, von Mas Slamats Hartnäckigkeit entzückt. Deshalb sagte er in gehobenem Krama höflich: »Ich bin Ihnen für Ihre Besorgnis dankbar.«

Nachdem er in ein Becak gestiegen war, winkte Ali dem kleinen Moslem zu, der im gleißenden Mittagslicht stand, den Schirm unter den Arm gepreßt; die Augen blinzelten unter der Filzkrempe seines Hutes hervor. Ali lächelte freundschaftlich, als das Becak davonfuhr.

*

Der Becakfahrer brachte ihn bis zu einer Furt, wo Ali eine Fähre bestieg; anschließend nahm er einen Bus und mußte sich auf eine fünfstündige Fahrt Richtung Süden einstellen. Er fuhr in eine abgelegene Gegend, wo laut Pramu drei für ihre kommunistische Loyalität bekannte Dörfer mit Gewalt gegen »ein paar verrückte Kerle« vorzugehen drohten, weil diese der Partei zu Unrecht vorwarfen, an der Nacht der Generäle beteiligt gewesen zu sein. Als Ali darüber im Bus nachdachte, kam ihm sein Auftrag, den er so zuversichtlich angenommen hatte, unvergleichlich schwerer als alle vorherigen vor.

Während der heißen schaukelnden Fahrt in den Süden besaß er die Zeit nachzudenken. Seine Begegnung mit Mas Slamat hatte ihn bestärkt, beim Rekrutieren der Bauern versagt zu haben. Er hatte sich zu weit und zu lange Zeit von ihnen entfernt. Er hatte sein Gespür für ihre Religion verloren, wenn er auch begriff, *weshalb* der Islam in seiner Heimat soviel Anziehungskraft besaß.

Vor fünfhundert Jahren hatte er die einfachen Leute von der Unterdrückung durch das feudale Elitedenken der Hindus befreit. Nach den Lehren des Islam waren alle Menschen aus derselben Erde geschaffen — selbst der große Prophet. Eine eindrucksvolle Vision, eine, die Ali in seiner Kindheit stark angezogen hatte. Es war eine Religion, die den Handel, die harte Arbeit und die Sauberkeit des Körpers hochhielt. Diese positiven Aspekte des Islams fanden seine Anerkennung.

Aber er wußte auch, daß der Islam die Großgrundbesitzer mehr schützte als die Bauern; denn er lehnte die Einführung von Neuerungen ab; er wollte einen Staat errichten — einen *Negara Islam* —, der nach veralteten Prinzipien von einer autokratischen Führung geleitet werden sollte, die bewußt alle zeitgenössischen Probleme vernachlässigen wollte. Ein Ergebnis dieses Denkens war die häufige Neigung zu Rücksichtslosigkeit und Gewalt. Auf der Universität hatte ihn die Hitzköpfigkeit der Studenten entsetzt, die gegen alles, was ihnen gerade mißfiel, mit hastig ausgerufenen Demonstrationen ankämpften. Nun folgten auch die weniger gebildeten Dorfbewohner der *Nahdatul Ulama*, einer traditionellen islamischen Partei, die jeden beschimpfte, der ihre Grundsätze nicht akzeptierte — wozu auch andere Moslems gehören konnten —, nämlich die Kafir: Ungläubige, gegen die sie jederzeit und überall einen heiligen Krieg zu führen bereit waren. Ihnen fehlte nur noch ein Führer, ein Propagandaspruch, ein Schlachtruf.

Ali sah in ihnen das, was er auch in den Kapitalisten sah: die Saat der Zwietracht, durch die Ungleichheit, Knechtschaft und Leid über eine Nation gebracht werden. Wenn er sie doch nur überzeugen könnte, daß er die Lösung besaß. Es war so einfach. Es war die Gewißheit seines Lebens. Ali erkannte nicht das Ausmaß des Hasses, den er für den Onkel empfand. Er erkannte nicht das Ausmaß seines Interesses an der Ausländerin oder, weitaus schlimmer, der Begierde nach der Frau seines Bruders. Weder seine eigenen Möglichkeiten noch seine eigenen Ängste und Hoffnungen waren ihm im vollen Umfang bewußt. Er wußte nur eins: daß der Kommunismus die Antwort auf die Probleme seines Landes war.

*

Es war später Nachmittag, als Alis Bus auf einem Dorfplatz hielt. In der näheren Umgebung hatte er ein paar Krähen gesehen, die um ein Dach kreisten; das galt den Dorfbewohnern als Vorzeichen des Todes. In diesen abgelegenen Gegenden reinigten sie ihren Kris mit der gleichen rituellen Feierlichkeit, mit der ein König gebadet wird; sie trugen Amulette, um sich gegen böse Geister zu schützen; sie waren davon überzeugt, daß einige Menschen die Gestalt von Tieren annehmen konnten. Bei der Fahrt in das Dorf bemerkte er, daß man auf einer Kreuzung Blumen ausgestreut hatte, um Kobolde, Geister und böse Monster zu besänftigen. Sein armes Land! Die Geschichte seines Landes wurde nur von dem symbolisiert, was Fürsten getan hatten, und nur das wußte man von ihm. Die Pracht einiger fetter, ausschweifend lebender Tyrannen war Javas Pracht. Er haßte das. Den Leuten in seinem Dorf war von ihren Vorfahren Geduld vererbt worden, aber das war nur ein schrecklicher Ersatz für den Mangel an Menschenrechten und Würde.

Beim Aussteigen aus dem Bus bemerkte Ali zwei Männer, die im Schatten einer Mauer standen; beide trugen Karabiner aus dem Zweiten Weltkrieg — Waffen, die Ali schon häufig in den Dörfern gesehen hatte. Einer rauchte eine Zigarette mit einer Bambuspfeife. Der andere kam auf ihn zu und wartete, bis der Bus abfuhr. Barsch fragte er Ali, wer er sei.

Minuten später saß Ali in einem heißen, dämmerigen Raum, dessen Tür mit einem Eisenstab verriegelt war. Die beiden Männer saßen ihm auf einer Bank gegenüber. Eine alte Frau kam mit einer Teekanne und drei Gläsern herein.

Dann humpelte ein alter Mann, der Dorfälteste, herein. Er nahm sich Ali gegenüber an dem kleinen Tisch einen Stuhl, beugte sich vor und betrachtete Ali blinzelnd. »Sie sehen Ihrem Vater ähnlich«, sagte der Dorfvorsteher lächelnd. »Ich sah ihn bei vielen Vorstellungen. Einmal sogar in diesem Dorf. Er führte ein Wayang-Purwa-Lakon, *Anuman Duta*, auf. Es war anläßlich der Beschneidungszeremonie meines dritten Sohnes Wragil.«

Die alte Frau, die Tee einschenkte, meinte kopfschüttelnd: »Panggulu.«

»Meines zweiten Sohnes.« Der alte Mann zog gleichgültig die Schultern hoch. »Aber es war Anuman Duta. Niemand konnte das Stück so gut aufführen wie Ihr ehrwürdiger Vater. Niemand wird es jemals so gut können. Aber es kostete mich einiges, ihn hierherzuholen, das kann ich Ihnen sagen. Große Künstler sind nicht billig.«

»Er verkaufte vier gute Kühe, um dieses Wayang zu bezahlen«, sagte die alte Frau, die am Hintereingang des Zimmers stehengeblieben war.

Ein dickleibiger Mann drängte sich an ihr vorbei und

trat ein. Er stellte sich auf energische Weise als der örtliche PKI-Führer vor. Die bewaffneten Männer verschwanden auf seinen Wink hin, desgleichen der Dorfälteste.

Ali begriff sofort, daß der kommunistische Führer eingebildet, grausam und impulsiv war. Er repräsentierte das, wovor der Vorsitzende Aidit stets gewarnt hatte: arrogante Unabhängigkeit der Kader in den abgelegenen Dörfern. Erst wenn es innerhalb der Nation ein Einheitsgefühl gab, würde die Partei nicht mehr leiden. Ali dachte daran, während der Mann mit seiner absoluten Herrschaft über das Dorf prahlte. Es bestehe zu neunzig Prozent aus Kommunisten. Konnten andere Dörfer mit so einem Prozentsatz aufwarten? Nur ein paar Parteimitglieder der PNI und der NU lebten im Dorf. Alle anderen unterstützten die PKI.

»Bis gestern war das so«, fügte er mit einem zufriedenen Gewieher hinzu. »Nun stehen wir geschlossen hinter der PKI. Zeigen Sie mir ein Dorf, das das von sich behaupten kann.« Er erwähnte die beiden Nachbardörfer, die auch die Kommunistische Partei unterstützten. »Wir waren schon immer den hundert Prozent näher als sie. Nun haben wir die hundert Prozent. Was können die schon sagen? Nur, daß wir besser sind.«

»Sie sind jetzt hundertprozentig PKI?« fragte Ali langsam und ließ die Vorstellung auf sich einwirken.

»Sind wir«, sagte der Führer stolz.

»Was ist geschehen?«

»Kommen Sie mit, ich zeige es Ihnen.«

Der Führer entriegelte die Tür und ging durch kleine Nebengassen des Dorfes voran. In seinem Gürtel steckte ein langer Stahl-Ani, ein gebogenes Erntemesser. Er unterhielt sich im Gehen mit Ali, während er freundlich den Dorfbewohnern zunickte, die ihren Weg kreuzten. »Ich habe die Gerüchte satt. Sie sagen, daß Soldaten aufs

Land kommen werden. Wenn Krieg ist, dann ist eben Krieg. Wir hatten hier einen Kiyai. Er sang ständig arabische Gebete und sehnte sich nach dem heiligen Krieg. Er leitete eine Koranschule. Mein eigener Sohn ging eine Weile in die Schule, weil man dort am besten lesen lernte. Aber als ich erfuhr, was der alte Teufel dort unterrichtete — er erzählte den Schülern, wie schlecht der Kommunismus sei —, nahm ich den Jungen raus. Wir wollen keinen heiligen Krieg hier — oder Soldaten. Wir können als gute Marxisten selbst auf uns aufpassen. Da. Dort sind sie.«

Er war am Dorfrand vor einer Lichtung stehengeblieben. Ali folgte seinem Blick zu einigen kräftigen Banyanbäumen. Zwischen den Blättern eines Baumes hingen dunkle Bündel, die der Gestalt von Menschen ähnelten. Ali trat näher, um besser sehen zu können. Nackte Männer hingen an den Ästen. Ihre Hände waren auf den Rücken gefesselt, ihre Füße zusammengebunden.

»Der dort« — zeigte der Führer — »ist der Kiyai.«

Ali starrte entgeistert auf die schwarz verfärbte und aufgedunsene Leiche. Auf den unzähligen Wunden wimmelte es von Fliegen. Ein Bambusstock ragte aus dem After des moslemischen Lehrers.

Ali drehte sich zum PKI-Führer um. Beim Sprechen merkte er, wie seine Stimme zitterte. »Was war hier los?«

Ruhig erklärte dieser, während sie unter dem Banyanbaum standen, daß die Leute genug Gerüchte gehört hätten. Wenn Soldaten zu ihnen unterwegs seien, dann müsse man ihnen mit geballter Kraft entgegentreten. Im Krieg müsse man Verräter und Spione aus dem Weg räumen, das sei eine eherne Regel. Deshalb wurden die sechs Männer, die sich in die Dorfpolitik einmischten, aber nicht zur PKI gehörten, zusammengetrieben. »Diese beiden« — er zeigte nach oben und blinzelte bei der Suche nach den entsprechenden Leichen — »waren Mitglieder

der *Nahdatul Ulama*, natürlich zusammen mit dem Kiyai. Alles Fanatiker. Alle zum heiligen Krieg bereit. Die anderen drei Männer gehörten der Nationalpartei an. Wir brachten sie auf den Dorfplatz und verhörten sie.«

»Wie wurden sie verhört?«

Der Führer hob die Hände, als ob er etwas ganz Alltägliches erzählte. »Fesselten sie, schlugen sie ein bißchen, um sie zum Reden zu bringen, denn diese Arschlöcher wollten zuerst nicht mit der Sprache rausrücken.«

»Was wollten Sie von ihnen erfahren?«

»Was sie den Soldaten erzählen würden, falls sie ins Dorf kommen sollten. Schließlich brachten wir alle dazu, die Wahrheit zu sagen.« Der Führer grinste.

»Wie sah die aus?«

»Sie wollten den Soldaten alles sagen, was diese vielleicht wissen wollten.«

Ali meinte, daß sie nur die anderen Dorfbewohner als Rote hätten identifizieren können — und diese seien doch überall in der Gegend bekannt. Aber an den sich plötzlich verhärtenden Kiefermuskeln des Führers erkannte Ali, daß die Anhänger der PKI in diesem Dorf kurz vor einer Panik standen. Furcht flößte ihnen Vorstellungen ein, die sie ursprünglich nicht gekannt hatten. Sie mußten sich alle möglichen Arten von Verschwörungen und Gefahren ausgemalt haben, was gestern auf dem Dorfplatz und unter dem Banyanbaum zu der willkürlichen Gewalt geführt hatten.

Trotzdem hätte er fast die Frage gestellt, warum sie auch noch den äußersten Schritt getan hätten — den Körper des Lehrers auf obszöne Weise mit einem Bambusstock zu entehren. Fast. Denn er wußte, daß der Führer nur mit einem Achselzucken antworten würde, einem gespitzten Mund, einer vagen Erklärung. Es mußte plötzlich geschehen sein, dachte Ali. Irgend jemand, vor lauter

Blut und Schmerzensgeschrei völlig außer sich geraten, hatte vielleicht einfach einen Bambusstock abgebrochen und ihn in den sterbenden Mann gerammt, ohne zu wissen, was er tat.

Ali ging weg. Er wohnte über Nacht bei dem PKI-Führer und fuhr am folgenden Tag unverrichteterdinge zu den beiden anderen Dörfern. Dort war bislang nichts passiert. Er bat die lokale PKI-Führung dringend, auf der Hut zu sein, den impulsiveren Moslems in der Gegend ein besonneneres Vorbild zu sein, damit die Leute sagen könnten: »Seht, die Kommunisten sind vernünftig.« Aber die Lokalführer hatten bereits von den »Hinrichtungen am Banyanbaum« erfahren und schienen darauf erpicht zu sein, jenem Dorf nachzueifern. Ali hatte beim Verlassen der Dörfer das bestimmende Gefühl, daß das Blutbad bereits begonnen hatte.

*

Als Ali endlich zu Hause ankam, konnte er Narto nicht finden. Seine Frau sagte, daß der PKI-Organisator sehr früh aufs Feld gegangen sei und wahrscheinlich erst am Abend zurückkommen werde. Ali vollführte die Geste der Sembah und verließ das Haus. Er wollte seinen Bruder besuchen, wenngleich sie sich in letzter Zeit kaum unterhalten hatten.

Bambang hielt sich in der Gießerei auf, und bei Alis Anblick verfinsterte sich sein Gesicht. Trotzdem kam er aus dem heißen, verräucherten Raum und hockte sich zu seinem Bruder in der Nähe des Hofes, wo Arbeiter Gongs ziselierten, in den Schatten einer Mauer.

Ali hatte nicht vorgehabt, ein Wort über die Morde unter dem Banyanbaum zu verlieren, aber nach nur wenigen Sekunden sprudelte es aus ihm heraus. In seiner Stimme bemerkte er das beschämte Zittern, das den ganzen Umfang seines Entsetzens, seiner Seelenqual, seiner Verzweiflung offenbarte.

Bambang hörte schweigend zu und starrte auf seine rußgeschwärzten Hände. Als Ali zu reden aufgehört hatte, sah er ihn an und sagte sanft: »Es gibt nichts, was du tun kannst. Niemand kann jetzt etwas tun. Es wird kommen.«

»Du meinst — Gewalt?«

»Ich spüre, daß sie kommt. Jeder spürt es.«

»Ich begreife nicht, was los ist.«

»Natürlich ist es für dich sehr hart, Bruder. Du hast an etwas geglaubt. Aber jetzt weißt du nicht mehr, woran du glauben sollst.«

»Ich glaube an den Marxismus«, sagte Ali trotzig, aber selbst er konnte die erzwungene Selbstsicherheit in seiner Stimme bemerken.

»Die Bataillone sind aus Djakarta zurückgekehrt«, sagte Bambang. »Aber Achmad ist nicht nach Hause gekommen.«

»Was ist los mit ihm?«

»Achmad desertierte.« Bambang knetete nervös seine großen knotigen Finger und betrachtete sie so angestrengt, als ob er sie noch nie gesehen hätte. »Er war in der Nacht der Generäle dabei. Dann verschwand er. Wenn sie ihn fangen, werden sie ihn hinrichten.«

»Ich begreife das nicht.«

Sie saßen schweigend nebeneinander. Ali fühlte sich seinem Bruder so nahe wie schon lange nicht mehr. Vielleicht weil sie die einfältige Frage teilten, warum sich solche Dinge in ihrer Welt abspielten. Wenn Achmad etwas war, dann war er ein überzeugter Soldat; trotzdem hatte er während einer Krise seine Einheit verlassen. Die Kommunistische Partei verkörperte Vernunft, Fortschritt, Zukunft; dennoch hatten ihre Anhänger brutal und sinnlos ihre Mitmenschen im Dorf ermordet. Und Gewalt lag in der Luft, vergleichbar diesen namenlosen Plagen des alten Java, die die vertraute Welt bedrohten, wenn die Heiligen sie nicht im rechten Augenblick wegbeteten. Ali begriff nichts mehr, aber zumindest saß er neben seinem Bruder an der warmen Mauer, und sie spürten die Verwirrung, die Traurigkeit, die Angst des anderen.

Während sie schweigend dasaßen, kam ein Bauer herbeigestürzt, sein Mund arbeitete aufgeregt, bevor er sie erreichte. »Narto!« schrie er Ali entgegen. Der Bauer war ein Sympathisant der Kommunisten. Manchmal beteiligte er sich an Alis kleinen Versammlungen, um über die Landreform zu diskutieren, die niemals stattgefunden hatte. »Narto! Wir entdeckten ihn in einem Graben. Seine Kehle ist mit einem Ani durchgeschnitten.« Der Bauer fuchtelte mit seinem eigenen Ani herum, als ob er den Mörder nachahmen wollte.

Ali erhob sich. »Wer war es?«

Der Bauer schüttelte den Kopf. »Narto arbeitete heute morgen auf den nördlichen Feldern. Wir fanden ihn westlich davon in einem Entwässerungsgraben. Sie haben wirklich tief geschnitten. Sein Kopf hängt nur noch an ein bißchen Haut. Das solltet ihr mal sehen.«

»Sie? Wer sind sie?«

»Ich weiß es nicht. Aber sie schnitten ihm fast den Kopf ab.«

Über die Schultern des Bauern hinweg konnte Ali einen Mann sehen, der unter einem Baum stand. Es war ein kleiner, magerer Mensch, dessen Haut unter den schattigen Zweigen eine bläuliche Farbe annahm. Es war ein Tukang-idjon, ein Geldverleiher, der von Dorf zu Dorf reiste und den Bauern die zukünftige Ernte zu schmutzig niedrigen Preisen abkaufte. Dieser Geldverleiher arbeitete für eine Organisation der Armee. Ali hatte sehr viel

Anstrengungen darauf verwendet, die Dorfbewohner vor den Machenschaften dieses Mannes zu warnen. Sie waren sich zuvor nie begegnet. Nun starrten sie sich quer über den Hof an. Der Tukang-idjon lächelte; er mußte bereits erfahren haben, daß heute ein Roter auf den Feldern ermordet worden war.

»Sei vorsichtig!«

Ali betrachtete das kantige, nachdenkliche Gesicht seines Bruders.

Bambang wiederholte die Warnung, diesmal mit einer überraschend sanften Stimme. »Sei vorsichtig, Bruder. Es hat angefangen.«

Ali nickte und starrte wieder auf den bläulichen Mann unter dem Baum. »Ja, jetzt geht es auch hier los.«

37

Bitte, Madam, seien Sie so freundlich und warten Sie hier«, sagte die kleine, makellos wirkende, herbe Frau, »und ich werde sehen, ob es möglich ist.« Sie nahm Maggie den Brief ab und verließ den Raum. Auf holländisch, französisch oder deutsch statt auf englisch hätten die Worte aus diesem eleganten javanischen Mund genauso förmlich, genauso korrekt geklungen, vermutete Maggie.

Maggie saß im Wartezimmer einer Klinkervilla, genannt das »Pangeranan«, das Prinzenhaus. Sie befand sich in der Nähe des Pura Mangunegaran, des Palastes der jüngeren Linie der königlichen Familie in Surakarta. Das Pangeranan war ein Komplex von untereinander durch überdachte Gänge verbundenen Gebäuden. Größer, imposanter und bei weitem mehr heruntergekommen als die Villa der Sakirmans. Maggie begriff, warum dieses Dalem in der Vorkriegszeit, als die Holländer noch königliche Hoheiten als Galionsfiguren der Regierung benutzten, einen Stab von fünfzig Dienern unterhielt; nun war es die Residenz einer alten Frau, Ibu Pangeran oder »Madame Prinz«, deren verstorbener Ehemann, ein Prinz, einst ein hoher Beamter in Solo gewesen war.

Sich die Stirn abtupfend, kämpfte Maggie gegen den Gedanken an, daß sie noch immer zu schwach sei, sich auf ein Unternehmen dieser Art einzulassen. Immerhin war sie erst seit weniger als einer Woche wieder aus dem Bett. Der Arzt hatte ihr aufgetragen, es langsam angehen zu lassen, obwohl man sich in aller Regel rasch von einem Malariarückfall erholte.

Maggie meinte, sie habe keine Zeit zu verlieren. Wenn sie irgend etwas erreichen wollte, dann mußte sie es jetzt anpacken. Vern konnte jeden Tag um ihre Rückkehr bitten; seine durch das US-Konsulat übermittelte Nachricht besagte, daß in Djakarta alles in Ordnung sei. Die Lokalzeitung von Yogya hatte gestern behauptet, »daß eine Lösung der Krise kurz bevorstehe«. Natürlich widersprach das Inams Berichten über Zusammenstöße und wilde Schlägereien auf den Straßen, mitternächtliche Überfälle in den Kampongs, Gemetzel mit Erntemessern auf den Feldern. Nachdem sie höflich den mit weit aufgerissenen Augen vorgebrachten Erzählungen des Mädchens gelauscht hatte, sagte Maggie sich, daß die Zeitungen vermutlich recht hätten.

*

Als Maggie wieder das Bett verlassen hatte, besuchte sie am dritten Tag mit Mas Slamat den heiligen Mann. Sein Haus befand sich in einer Nebenstraße; lebensgroße Zementstatuen des Vogelgottes Garuda und des komödiantischen Gottes Semar zierten die Eingangstür.

Im Inneren des Hauses herrschte ein schreckliches Durcheinander, das mit Mas Slamats Wohnung konkurrieren konnte. Der kleine Raum zur Straße hin wurde beherrscht vom Schreibtisch des heiligen Mannes. Auf dem Schreibtisch stand ein leeres Aquarium, die Steine waren mit Staub bedeckt. Als Maggie mit Mas Slamat auf einer Bank saß und auf den heiligen Mann wartete, überlegte sie, ob das leere Aquarium, die staubigen Steine und die hohen Stapel bekritzelten Papiers sowie die halbleeren Teegläser — fünf oder sechs — und die überquellenden Aschenbecher eine Art kosmische Aussage darstellen sollten. Und während sie auf ihn wartete, fragte sich Maggie vor allem, weshalb sie überhaupt hierhergekommen war. Natürlich Neugier. Und Borobudur. Ansonsten gab es keinen Grund für ihren Besuch. Sie war keine leichtgläubige Amerikanerin, die sich einen Kurs in »Erleuchtung« aufschwatzen ließ. Sie machte sich keine Illusionen; sie hatte sich nie nach einer Versenkung in die ozeanische Einheit mit dem Göttlichen gesehnt. Sie hatte nie an die Erlösung geglaubt. Sie war überzeugt von der Hingabe an ein Ideal, das ein Ziel hat, weil dies das Leben lebenswert macht — die Würze, die Energie, die Bix-ähnliche Konzentration, die sich aus dem Engagement für etwas auf dieser Welt ergibt.

Als der heilige Mann endlich erschien — er trug trotz der drückenden Hitze eine Wollmütze, ein abscheuliches kariertes Hemd und ausgebeulte Cordhosen —, war Maggie auf alles gefaßt, bloß nicht, zu glauben.

Er bot ihr eine Zigarette an, und Maggie nahm sie, weil Mas Slamat ihr nachdrücklich eingeschärft hatte, daß man nicht mehr auf die Hilfe des heiligen Mannes hoffen könne, wenn man keine Zigarette von ihm annehme. Gehorsam zündete sie die Zigarette an. Auch der Tee, den ein kleiner Junge brachte, war entmutigend; er enthielt derart viel Zucker, daß er sich teilweise nicht mehr in der Flüssigkeit auflöste.

Während sich der Raum mit dicken Rauchschwaden füllte, lauschte sie dem Monolog des heiligen Mannes — was er offensichtlich unter Unterhaltung verstand. Der Monolog wurde häufig unterbrochen von grunzenden Geräuschen der Zufriedenheit. Er verschwendete keine Zeit mit einer Einführung in seine Philosophie, sondern begann sogleich mit seiner prinzipiellen Überzeugung, daß Java die geistige Hoffnung der Welt darstelle. Die Erlösung hänge von Java ab, denn nur Java allein sei der Ursprung aller großen Religionen. Wie konnte dies denn wahr sein, wenn man an den Buddhismus, den Hinduismus, den Islam und das Christentum denke? fragte der heilige Mann rhetorisch und lachte stillvergnügt in sich hinein. Es war wahr, weil vor langer Zeit ein riesiger Kontinent Afrika, den Mittleren Osten, Südindien, Ceylon, Malakka, Sumatra, Java, Tahiti, Hawaii und Los Angeles umfaßt habe. Als Gott beschlossen habe, den Kontinent mittels teleologischer Explosion zu spalten, übernahm Java die Stellung der heiligen Vorherrschaft. Kurzum, sie saßen nun im geheiligten Zentrum der Welt.

Nachdem er sein Dogma zum besten gegeben hatte, blies Raden Harjanta Prijohoetomo eine dicke Rauchwolke in die Luft und sagte mit in Indonesien ungewohnter Direktheit: »Was wollen Sie?«

»Ich möchte Borobudur retten.«

Der heilige Mann lachte.

»Ich meine es ernst, Pak Guru.«

»O ja, das sehe ich. Warum auch nicht? Ich habe große Hochachtung vor dem Buddhismus. Warten Sie einen Augenblick.« Er griff nach einem Bündel zerfledderter Papiere und durchwühlte sie so heftig, daß sich ein paar Blätter lösten und wie schmutzige Federn zu Boden schwebten. »Irgendwo habe ich eine Broschüre. Sie gehört zu meinen besten Werken. ›Schaffung des Weltfriedens und der Prosperität durch den Avatar von Buddha.‹ Ich schickte sie zu einer Konferenz in Japan, ich glaube, es war letztes Jahr, aber ich erhielt keine Antwort. Zu verwirrend für Traditionalisten. Meine Ideen kreisten zu sehr um die Strahlenenergie. Es muß sie direkt durchstrahlt und ihnen das Gefühl vermittelt haben, sich in einem Erdbeben zu befinden.« Er lachte wiehernd. »Wo ist bloß diese Broschüre?«

Während er den Papierstapel durchforstete, sagte Maggie: »Mein Freund Mas Slamat erzählte mir, daß Sie an der Rettung Borobudurs interessiert seien.«

»Ich?« Der heilige Mann blinzelte verdutzt. »Ich habe kein Geld.«

»Aber Sie kennen Menschen, die welches haben.«

Und so kam Maggie im Weltfriedenszentrum für Strahlung an ein kurzes Empfehlungsschreiben für die Prinzessin in Surakarta. Sie hatte eigentlich mehr erwartet, aber nach Aussagen Mas Slamats und des heiligen Mannes würde man ihr eine Audienz gewähren, weil die Prinzessin das Werk des Zentrums so sehr bewundere. Abgesehen von einigen blumigen Begrüßungsfloskeln war der Brief kurz und bündig, fast nebensächlich klingend, auf jeden Fall aber vorsichtig: »Hiermit stelle ich Ihnen eine Frau aus Los Angeles vor« — offensichtlich war der heilige Mann auf diese Stadt fixiert —, »die Geld zur Rettung Borobudurs wünscht. Ich halte sie für ehrenhaft.«

Maggie beschloß, sich mit diesem Brief auf eigene Faust auf den Weg zu machen. Sie war der Meinung, daß Mas Slamat als Reisegefährte ein Problem und keine Hilfe darstellte. Am nächsten Morgen fuhr sie los.

Wegen der Krise war es unmöglich, ein Privatauto zu bekommen, um die Stadtgrenzen zu verlassen. Die politischen Umstände hätten Straßenräubern als Vorwand dienen können. Deshalb stieg Maggie am frühen Morgen auf dem Busbahnhof in der Nähe des Alun-Alun in einen Bus. Obwohl erst an der zweiten Station innerhalb der Stadt angelangt, war der Bus bereits fast voll. Die Passagiere griffen nach ihrem Gepäck: von Schnüren zusammengehaltene Schulmappen, Leinenbeutel, Weidenkörbe — die Art von Gepäck, die seit Ewigkeiten quer durch ganz Asien von Ort zu Ort geschleppt wird. Auch dies war das Asien, das Maggie kannte: Inmitten von Krieg, Revolution und Naturkatastrophen fuhren die Nahverkehrsbusse und transportierten Vieh und Menschen, Reissäcke und Tuchballen.

Der Bus brauste los. Wenige Kilometer außerhalb Yogyas sah Maggie einen wuchtigen Turm aus goldfarbenen Ziegeln, der aus dem Grün neben der Straße herausragte — der alte Hindutempel Prambanan. Und dahinter, in weiter Ferne, der blaue Vulkan Loro Jonggrang, der wie eine geisterhafte Überblendung des Prambanan wirkte: Was der Mensch geschaffen und was ein Gott dorthin gestellt hatte, verschmolz zu einem kegelförmigen Bild der gelassenen Heiterkeit.

Nach ihrer Bettlägerigkeit begrüßte Maggie jetzt die sechzig Kilometer lange Fahrt. Sie blickte durch das offene Fenster auf Tabakfelder, wo sorgsam ausbalancierte Bewässerungsfässer wie riesige Grashüpfer standen, und auf kleine Städtchen, die für ihre Holzschnitzereien berühmt waren. Sie kamen an einer Stadt vorbei, die in ganz Java wegen ihrer Tukang-Gigi-Läden mit den grotesken Aushängeschildern bekannt war; aufgerissene Münder, in denen riesige Backenzähne und Eckzähne zu sehen waren, warben für die Herstellung und das Einsetzen von Holzzähnen.

Nach drei Stunden Fahrt auf der holprigen Straße rumpelte der Bus in Surakarta, auch Solo genannt, ein. Nach Ansicht der Menschen dieser stolzen Stadt blieb ihr Sultan der rechtmäßige Erbe des alten Königreichs Zentraljava, und sie ärgerten sich über eine gleichlautende Behauptung der Menschen von Yogyakarta. Während des Unabhängigkeitskampfes hatte sich Solo zurückgehalten; tatsächlich verdächtigte man die Stadt damals, mit den Holländern zu sympathisieren, die die solonesische Kultur zutiefst bewunderten.

Als sie durch die Außenbezirke fuhren, sah Solo trostlos aus. Graue Schotterstraßen unter dem gleißenden Licht. Trauben von Becaks fuhren auf den heißen Straßen, und die Menschen unter den Blechdächern der Läden blinzelten bewegungslos in das wie glitzernder Schnee blendende Sonnenlicht. Sie sah hechelnde Hunde und schweißtriefende Ochsen, die Gerobaks zogen. Die Schönheit Solos mußte sich irgendwo verstecken, vermutete Maggie.

Ihr Hotel war groß, aber heruntergekommen; die alte Residenz eines Prinzen, der seine Konkubinen in Hütten unterbrachte, während er im gegenüberliegenden Flügel wohnte. Eine Reihe von Gamelaninstrumenten stand an einer Wand der hohen, offenen Veranda, die als Eingangshalle diente. In ihrer Wohnhütte entdeckte sie einen Obstkorb. Auf dem knisternden Transparentpapier, in welches das Obst eingewickelt war, standen in Bahasa-Indonesisch die Empfehlungen des Hoteldirektors. Die Möbel waren schwer, holländischer Stil: große, dunkle, nebeneinanderstehende Klötze, wodurch der Raum viel kleiner wirkte, als er eigentlich war. Die Wattzahl der Glühbirnen war wie immer gering.

Das Bett war bereits aufgeschlagen, das Dreieck eines makellos weißen Lakens zeichnete sich gegen die braune Batiktagesdecke ab. Sie starrte auf das Bett und ließ ihre

Gedanken kreisen, ohne auf etwas zu stoßen, an dem sie sich festhalten konnte. Dann saß sie auf der Bettkante und starrte in die Dunkelheit. Sie dachte an ihn. Doch es war nicht Vern, nicht ihr Ehemann. Und warum nicht Vern? Sexuell paßten sie gut zusammen; sie bewunderte die Leichtigkeit, mit der er ein abenteuerliches Leben hinnahm; sie schätzte seine Toleranz gegenüber ihren eigenen Interessen; beide fanden sie Gefallen an Asien. Was, verdammt, lief also schief? Nichts. Gar nichts. Und trotzdem saß sie hier in einer alten javanischen Stadt und dachte an einen anderen Mann. Nach ein paar Männergeschichten während ihres Studiums hatte Maggie sich nach Beständigkeit gesehnt, nach einem klaren Weg und einem Mann, der ihn mit ihr beschritt. Und trotzdem saß sie in einer fremden Stadt in diesem düsteren Zimmer und dachte über einen Mann nach, der Puppen bewegte und das Leben eines Adligen führte.

Eine Weile legte sie sich auf das Bett und ruhte sich aus, obwohl sie sich nicht müde fühlte. Sie hätte sich nach der Reise erschöpft fühlen müssen, verspürte jedoch nur erneut ihre Aufgeregtheit. Maggie erhob sich, packte ihren kleinen Koffer aus und zog sich für die heißen Straßen einen weißen Baumwollrock, eine Khakibluse, Sandalen an und setzte sich einen breitkrempigen Strohhut auf. Als sie sich im düsteren Badezimmer die Lippen schminkte, erinnerte sie sich an Mas Slamats Worte, daß die Männer von Yogya am liebsten schicke Mädchen aus Solo heiraten würden, weil sie alle Expertinnen im Einsatz von Kosmetikartikeln seien. Er hatte hinzugefügt: »Es ist ebenfalls bekannt, daß die Mädchen von Solo sich wie hungrige Tiger bewegen.« Er hatte Maggie dabei hinterhältig und verkniffen angelächelt.

Als sie sich nach ihrer Handtasche umsah, wurde Maggie bewußt, daß sie die Batiktasche zu Hause gelassen hatte — die Tasche, die Vern ihr aus Djakarta mitgebracht hatte; die Tasche, die sie kaum aus ihrer Hand gelassen hatte, seitdem er sie ihr überreicht hatte. Aber an diesem Morgen, erinnerte sich Maggie, hatte sie die Batiktasche ausgeräumt und ihre Sachen in die alte, abgenutzte Tasche gesteckt.

*

Nachdem sie fast eine Stunde im Wartezimmer des Prinzenhauses gesessen hatte, begann Maggie an der abgewetzten Ledereinfassung der Handtasche herumzufummeln. Vielleicht war all dies ein geistloses Abenteuer, passend zu angeberischen Klassenkameradinnen, die sie im College wegen ihrer Hingabe an »gute Werke« (im Dienste eines neurotischen Bedürfnisses nach Anerkennung) so sehr verachtet hatte. Sie wollte gerade gehen, als Ibu Poedjosoedarmo, Sekretärin der Madame Prinz, wieder erschien. Auf ihren ungeschminkten Lippen lag ein säuerliches Lächeln.

»Wenn Sie bitte so freundlich sein wollen, mir zu folgen. Ibu Pangeran kann Sie jetzt empfangen. Hier entlang, bitte.«

Durch die Flure zu einem Pavillon, durch einen Innenhof und dann zu einem kleinen, umzäunten Garten. Dort sah Maggie eine winzige Frau in einem dunklen Batiksarong und einer Bluse. Eingehüllt in einen Schal, saß sie unter einem roten Jasminbaum in einem klobigen holländischen Sessel. Ibu Poedjosoedarmo übernahm die Vorstellung und bugsierte Maggie dann zu einer niedrigen Bank vor der Prinzessin.

Aus dieser Position blickte Maggie zu der verlebten alten Frau empor, deren mausartige Augen sie fixierten.

Maggie erwiderte diesen Blick standhaft.

Die Sekretärin übersetzte. Die Prinzessin sprach mit einer hohen Piepsstimme. »Ibu Pangeran hofft, daß Sie Holländisch sprechen«, sagte Ibu Poedjosoedarmo.

»Nein, tut mir leid.«

»Ibu Pangeran hätte die Gelegenheit genossen, sich in dieser eleganten Sprache mit einem Menschen zu unterhalten, der sie ebensogut spricht wie sie selbst. Ihr Vater war Regent von Zentraljava.« Ibu Poedjosoedarmo schwieg, um diese Tatsache wirken zu lassen. Maggie lächelte, um zu zeigen, daß sie beeindruckt sei. »Ibu Pangeran meint, daß die neue Republik zum Untergang verdammt ist. Ich glaube, ich spreche für sie, wenn ich sage, daß die Zerstörung des alten Regierungssystems und der alten Kultur den Niedergang unserer javanischen Lebensweise bedeuteten.« Als die Sekretärin wieder schwieg, lächelte Maggie erneut. Dann sagte die kleine alte Frau, die Maggie die ganze Zeit über grimmig angeschaut hatte, erneut etwas.

»Ibu Pangeran wundert sich, daß eine Ausländerin an der Erhaltung Borobudurs interessiert ist. Sind Sie Buddhistin?«

»Nein, ich bin keine Buddhistin. Ich glaube nur, daß dieser Tempel zu den großen Wundern unserer Welt gehört und deshalb erhalten werden sollte.«

Die Sekretärin übersetzte diese emotional vorgebrachte Äußerung. Das maskenhafte Gesicht der alten Frau veränderte sich überhaupt nicht. Ihre nächsten Worte verstand Maggie teilweise ». . . sie . . . irgend etwas kennt.«

»Ibu Pangeran wüßte gern . . .«

»Ich weiß, was sie gern wüßte. Ob ich irgend etwas kenne.«

Als die Sekretärin dies übersetzte, öffnete die alte Frau leicht den Mund, und dann lächelte sie. Die Sekretärin lächelte ebenfalls. Wenigstens schätzten sie die

Sprachkenntnisse der Ausländerin. Die alte Frau sagte etwas, diesmal aber so schnell, daß Maggie nicht folgen konnte.

»Ibu Pangeran möchte gern wissen, welchen Tanz sie bevorzugen, den aus Solo oder den aus Yogya.«

»Ich habe niemals den Solotanz gesehen.«

In der folgenden halben Stunde lauschte Maggie den beiden Frauen, die ihr die unterschiedlichen Tanzstile der beiden Städte erklärten. Sie schienen brennend daran interessiert zu sein, daß sie alles begriff. Der größte Stilunterschied bestehe bei den Tänzen der Männer: Die Männer von Yogya stellen ihre Füße nach außen, so daß sie einen seitlichen Sprungschritt ausführen können, während die Tänzer aus Solo nur dahingleiten. Niemand mit gutem Geschmack habe jemals die Überlegenheit von Solo in Frage gestellt.

»Ibu Pangeran möchte Sie wissen lassen, daß zu ihrer Zeit die Zeremonientänze außerhalb des Kratons verboten waren. Sie tanzte dort als junges Mädchen. Ihre Spezialität war der Putri. Anmut und Bescheidenheit wurden geschätzt. Das Bein wurde nie über Kniehöhe gehoben, die Ellbogen nie über Schulterhöhe. Kein Flirten mit den Augen wie bei den Balinesen. Ibu Pangeran sagte, ihr Gesichtsausdruck sei während des Tanzes gespannt wie ein Trommelfell gewesen.« Als die Sekretärin dies durch ein zartes Klopfen auf einer imaginären Trommel demonstrierte, lächelte die alte Frau strahlend aus ihrem großen holländischen Sessel. »Selbstbeherrschung«, fuhr Ibu Poedjosoedarmo fort, »war alles. Heute sind die Leute der Republik Degenerierte, die für Geld tanzen und die Kunst des Mataram entwürdigen.« Fast im selben Atemzug fügte die Sekretärin hinzu: »Ibu Pangeran kennt diesen Raden Harjanta Prijohoetomo nicht, und sie schlägt Ihnen vor, daß Sie Ihre Begleiter und Ratgeber sorgfältig auswählen sollten, wenn Sie die Restaurierung von Borobudur in Angriff nehmen wollen.«

Während eines kurzen Schweigens versuchte Maggie, die alte Frau, die fast in diesem holländischen Sessel versank, beherrscht anzulächeln. Jetzt ist alles vorbei, dachte Maggie. Sie hielten sie bestimmt für eine Närrin, eine typische Wichtigtuerin aus dem Ausland, die die ganze Welt in ein westliches Konzept pressen will.

Deshalb vernahm Maggie mit großer Überraschung die Erklärung der Sekretärin, nachdem diese sich kurz mit Madame Prinz ausgetauscht hatte: »Sie werden erfreut sein zu hören, daß Ibu Pangeran die Idee, Borobudur zu erhalten, ausgezeichnet findet. Sie sagt darüber hinaus, daß Sie eine sehr entschlossene junge Frau sind. Wenn Sie dieses Projekt weiterhin klug vorantreiben, dann können Sie sich auf Ibu Pangerans Hilfe verlassen. Sie müssen zu würdigen wissen, Bu Gardner, daß vor Ihnen die Hauptfrau eines Prinzen sitzt, der dem letzten Regenten von Zentraljava als Patin diente. Er hatte sechzehn Kinder von vier Frauen, aber Ibu Pangeran war die Padmi, und wenn Sie daher ihre Hilfe genießen, dann genießen Sie die Hilfe eines Menschen, der über jeden Tadel erhaben ist, heutzutage unübertroffen in diesem Land. In aller Bescheidenheit — das ist wahr.«

»Ja, ich verstehe das, ich ...« Maggie war völlig verwirrt von dieser unberechenbaren Frau, die zur gleichen Zeit tadelsüchtig und großzügig, arrogant und erpicht auf Anerkennung sein konnte. »Ich schätze die Ehre, und ich glaube ...«

Die Sekretärin unterbrach mit einer Handbewegung weitere Bezeugungen von Dankbarkeit. »Bitte, belästigen Sie Ibu Pangeran nicht mit Ihren Lobpreisungen. Sie nähert sich dem Ende eines langen Lebens und will im Geiste der Demut zu Allah gehen. Was die Einzelheiten ihrer

Beteiligung an dem Projekt angeht, so mögen Sie bitte mit mir in Kontakt bleiben.«

»Dann, Ibu Poedjosoedarmo, kann ich mich also darauf verlassen?«

Die Sekretärin sah plötzlich aus, als ob sie einen Stock verschluckt hätte. War die Frage beleidigend gewesen? »Ibu Pangeran hat gesagt, was sie meint.«

»Ja, natürlich. Ich verstehe. Und — ich werde mit ihrer Hilfe rechnen.«

*

Trotz ihres Gesundheitszustandes — eigentlich befand sich Maggie erst auf dem Wege der Genesung — hatte sie sich nie wohler gefühlt. Sie freute sich so über ihre Leistung, daß sie nach dem Verlassen des Pangeranan in die Stadt eilte.

Der von Menschen wimmelnden Basare überdrüssig, spazierte Maggie schon bald in die Wohnviertel. In den schmalen Straßen waren zu dieser Stunde von allen Seiten die Stimmen von Kindern und Frauen zu hören, die islamische Gebete aufsagten. Dokars fuhren auf den heißen Gassen und wirbelten Staub auf. Ähnliche Fahrzeuge mußte es in diesen Gassen schon seit Jahrhunderten gegeben haben. Sie blickte in gefegte Höfe, die sich vor den geräumigen, dunklen, elegant wirkenden Gebäuden befanden. Sie standen fern der Straße, dem Lärm, dem zwanzigsten Jahrhundert, dachte Maggie. Auf den Hauptstraßen hatte sie heute Anzeichen der gegenwärtigen Krise bemerkt: Soldaten blickten wachsam über die Segeltuchplanen ihrer Lastwagen, Polizisten trugen ihre Gewehre nicht mehr auf dem Rücken, sondern hielten sie in den Händen. Aber hier, in den verschlafenen Gassen von Solo, hatte sie sich in die Vergangenheit Javas zurückgezogen.

Sie begriff, weshalb die Holländer Java liebten. Es ging nicht nur um die Reichtümer, die sie diesem Land wegnehmen konnten. Diese großgewachsenen, hellhäutigen Menschen (wie ich, dachte sie) waren aus einem kalten, nebligen Ort in dieses sonnige Land der tausend Inseln gekommen, wo die kleinen, anmutigen Bewohner eine Haut mit der lieblichen Farbe von Milchkaffee besaßen. Und inmitten dieses Grüns und all der Wohlgerüche mußten die schwermütigen Holländer gedacht haben, im Paradies angekommen zu sein.

Die Krise wird sich bald legen, dachte sie. Sie würde sich im zeitlosen Sonnenlicht auflösen. Die Ethnologin in Maggie aber sagte sich: »Nein, du mußt die Tatsachen sehen.« Doch sie stand unter dem Zauberbann der Gewürzinseln und Surakartas; sie verweilte bei ihren Phantasien, bis sie ins Hotel zurückkehrte und den ausgetretenen Pfad zur kleinen Hütte hinunterging, in der vielleicht vor einem halben Jahrhundert die Frau eines Prinzen übernachtet hatte. Bevor sie die Tür aufschloß, blickte sie hinauf zur Mondsichel am abendlichen Himmel. Sie wirkte wie ein weißes Boot, das in der dunkelblauen Ferne dahinsegelt. Und nichts, was auf dieser Welt passierte, konnte seine Fahrt aufhalten. Mit einem Gefühl der Verzückung, das ihrem Zustand während des schlimmsten Fieberanfalls nicht unähnlich war, betrat Maggie den Raum, wo sie sich aufs Bett fallen ließ und sofort in einen traumlosen Schlaf fiel.

Sanftes, aber beharrliches Klopfen an der Tür weckte sie wieder.

Verschlafen öffnete Maggie. Vor der Tür stand ein kleiner Hotelpage in der Uniform eines Dieners des Sultans, die goldenen Tressen waren abgenutzt und wirkten schäbig. Er hatte heute morgen ihr Gepäck ins Zimmer getragen. Nun hielt er einen Blumenstrauß in der Hand. Auf seinem vom Mondlicht erhellten Gesicht stand ein breites Lächeln. »Nonya, der Dalang ist hier«, sagte er atemlos in Bahasa-Indonesisch. »Er wartet in der Empfangshalle. Ki-Dalang Gitosuwoko ist angekommen. Hier!« Der Junge überreichte ihr einen Blumenstrauß.

38

Sie saßen in einem chinesischen Restaurant an einem Tisch, der wie die anderen durch einen Gitterparavent abgeschirmt war. Maggie konnte den Kassierertisch sehen, hinter dem der runzlige Besitzer saß. Die Brille hing ihm auf der Nase, seine fleckige Hand hielt einen Füller, mit dem er unaufhörlich in einem Kassenbuch herumkritzelte. Der dämmrige, spärlich eingerichtete Raum hatte vergilbte Wände, an manchen Stellen befanden sich rostfarbene Wasserflecken. Während der Gewitterregen gegen diese Wände schlug, erklärte ihr der Dalang, daß ihm die Diener der Sakirmans ihren Aufenthaltsort mitgeteilt hätten.

Er war wegen des Nyekar nach Surakarta gekommen — weitere Grabrituale zu Ehren des alten Dalangs, der unlängst gestorben war. Nach dem Nyekar hatte die Familie zu einem feierlichen Essen eingeladen. Fast sechzig Zentimeter hohe Reiskegel wurden beim Slametan serviert; anschließend rezitierte ein Modin Gebete aus dem Koran.

»Das würde ich eines Tages gern selbst erleben«, sagte Maggie.

»Ich bedaure, es ist nur auf Männer beschränkt.«

»Bedauern? Sie wollen nicht, daß es nur auf Männer beschränkt ist?«

»Ich benutzte das Wort ›bedauern‹, wie Engländer es benutzen. War es nicht richtig?«

»Doch. Das Wort kann auch als höfliche Floskel dafür benutzt werden, daß einem etwas leid tut, auch wenn man es gar nicht so meint.« Maggie lächelte. »Sie meinen in Wirklichkeit, daß es Ihnen nichts ausmacht, das Slametan auf Männer zu beschränken.«

»Ich akzeptiere die Tradition.«

Warum sollte er nicht? dachte Maggie. Er war immerhin ein Produkt seiner Kultur, so wie sie ein Produkt ihrer Kultur war. Trotzdem hatte sie auf ein Zeichen von ihm gewartet, die Entdeckung, daß sie moderne Ideen teilten, ein plötzlicher Impuls in puncto Veränderung, etwas Unvorhersehbares, vielleicht sogar Frevelhaftes, das Maggie in Erinnerung rufen würde, was sie gefühlt hatte, als sie ihn heute abend in der Empfangshalle des Hotels gesehen hatte. Maggie wäre fast umgekehrt und geflohen, als er sie lächelnd ansah; sie hatte die sprichwörtliche Schwäche in den Beinen verspürt, die Benommenheit, die albernen Symptome einer verliebten Idiotin.

Sie erzählte Budi über ihre erfolgreiche Audienz bei Ibu Pangeran und konnte sich ein Triumphgefühl nicht verkneifen, als er mit Überraschung reagierte.

»Ich habe noch nie daran gedacht, sie zu fragen«, gab Budi zu.

»Ich vermute, es wäre für beide Seiten peinlich.«

»Sie verstehen die javanische Seele.«

»Nein, das glaube ich nicht.«

»Aber Sie ahnen bereits die Wahrheit — daß die javanische Seele ein Dschungel ist. Man kann nicht hindurchsehen oder sich seinen Weg hindurchschlagen. Man muß die kleinen Pfade kennen, und manchmal führen sie nirgendwohin. Ich wäre nicht einmal wegen Borobudur zu Ibu Pangeran gegangen. Ich dachte, sie müsse entsetzt sein über einen Dalang, der eine Prinzessin um Geld bittet. Und sie hätte bestimmt gedacht, daß es unhöflich ist, mit einem Dalang über Geld zu sprechen. Und das wäre nur der Beginn der Verwicklungen gewesen.«

»Sie erzählte mir, daß die Tänzer von Solo den Tänzern von Yogya überlegen seien. Die Männer sollen hier besonders gut tanzen.«

»Sie erzählte Ihnen jedoch nicht, daß die Männer von Yogya den Solotanz lernen können; aber die Männer von Solo können nicht den Yogyatanz lernen. Die Ausbildung unserer Männer ist viel härter, und ihre Beine entwickeln sich eher zu Sportlerbeinen. Was brachte Sie eigentlich auf die Idee, Ibu Pangeran zu besuchen?«

Sie erzählte ihm von dem heiligen Mann und dem Empfehlungsschreiben. Als er sich dazu nicht äußerte, schloß Maggie, daß er keine gute Meinung vom Direktor des Weltfriedenszentrums für Strahlung besaß. »Die Prinzessin sagte mir, sie habe niemals etwas von Raden Harjanta Prijohoetomo gehört.«

»Es ist in Java üblich, aus einer Beziehung mehr zu machen, als in ihr steckt. Er ist ihr wahrscheinlich irgendwann einmal begegnet und behauptet jetzt, er und sie seien alte Freunde.« Budi schwieg, während es rund um das Restaurant blitzte und donnerte. »Ich kann es, wie Sie, aus ausländischer Sicht betrachten — für eine anmaßende, ja sogar betrügerische Angelegenheit halten. Aber ich finde es andererseits auch natürlich in einem Land, in dem soziale Kontakte soviel mehr bedeuten als im Westen. Als Junge betrachtete ich die Dinge nur mit javanischen Augen. Aber nach meinem Auslandsaufenthalt änderte sich alles, was ich sah. Ich kehrte mit zwei Sichtweisen zurück. Es nahm mir die Unschuld.«

»Bedauern Sie das?«

»Ich bedaure den Verlust absoluter Gewißheiten. Sie helfen einem, wenn man das tut, was ich tue.«

»Ich habe Sie niemals bei dem erlebt, was Sie tun. Ich

habe mich schon gefragt, wann Sie wieder eine Vorstellung geben.«

»Ich habe schon lange nicht mehr gespielt«, sagte er rasch. »Da kommen die Shrimps.«

Beim Essen erkundigte sie sich nach seinem Neffen und fragte ihn über die Krise aus. Soviel er wußte, gab es in der Umgebung des Gitosuwoko-Dorfes keine organisierte Gewalt. »Ali ist ein ziemlich schüchterner junger Mann. Ich kann mir nicht vorstellen, daß er in Schwierigkeiten gerät.«

»Ich auch nicht. Aber er ist ein überzeugter Kommunist.«

»Ja. Zur Zeit.«

»Aber wir leben in einer Zeit, in der er in Schwierigkeiten geraten kann.«

»Ich bin froh, daß er Sie zur Freundin hat.«

»Ich glaube nicht, daß er meine Freundschaft mit Ihnen gut findet«, bemerkte Maggie offenherzig.

»Nein. Mein Neffe hat es mir nie verziehen, daß ich auf Drängen seines Vaters ein Dalang wurde.«

»Ich mache mir Sorgen um ihn.«

»Ich auch.«

Sie glaubte es ihm. »Wird die Krise lange anhalten? Wird es wirklich Gewalt geben?«

»Ich kann mir das nicht vorstellen. Selbst während des Unabhängigkeitskampfes gab es nicht viel Blutvergießen. Das ist etwas, was ich an meinem Volk bewundere — seine Vernunft in Kriegszeiten. In Augenblicken der Panik oder Wut können sie Amok laufen, aber sie gewinnen sehr schnell ihre Selbstbeherrschung zurück. Wir haben keine Geschichte der Gewalt. Wir glauben sehr stark an Mäßigung und Kompromiß. Ich glaube, die Krise wird bald zu Ende sein.«

»Genau das sagt mein Ehemann auch.« Sie bemerkte,

daß sich seine Augen leicht weiteten, als sie ihren Ehemann erwähnte. Maggie geriet durch ihren plötzlichen Widerwillen, die Worte »mein Ehemann« auszusprechen, etwas aus der Fassung. Ungeachtet ihres Widerwillens wiederholte Maggie sie; aber in einem Zusammenhang, über den sie noch nicht nachgedacht hatte — die Worte sprudelten einfach heraus: »Sie haben nie nach meinem Ehemann gefragt.«

»Ich erwartete, daß Sie mir erzählen, was ich wissen müßte.«

»Was möchten Sie wissen?«

Budi zuckte mit den Achseln. »Sie sind seit einem Jahr verheiratet, und er ist Architekt. Ist er von dem überzeugt, was er baut?«

»Er glaubt an den Fortschritt.«

»Und Sie, glauben Sie an den Fortschritt?«

»Nicht um jeden Preis.«

»Er aber? Um jeden Preis?«

»Er ist sehr hingebungsvoll und engagiert.«

»Wie Ihr Musiker Bix Beiderbecke.«

»Ich denke nicht, daß Vern es so sieht. Er ist kein Träumer; er hat zuviel gesunden Menschenverstand, um für etwas zu sterben, das er nicht ändern kann. Bix machte sich nichts aus gesundem Menschenverstand. Er starb für einen Traum, für etwas, das er wollte, aber nicht erreichen konnte, für Musik, die er aufgrund seiner schlechten Vorbildung nicht komponieren konnte.«

»Sie haben mir, glaube ich, erzählt, daß er am Alkohol zugrunde ging.«

»Jemand sagte einmal über Bix, daß er an allem gestorben sei. Ich glaube, er starb, weil er mit seiner Musik nicht vorankam, deshalb trank er sich zu Tode. Sein Traum tötete ihn. Er kam mit der Sache nicht weiter, die ihm das Leben bedeutete, und deshalb verlor er den Willen zu leben. Das ist meine Theorie. Sie sehen, ich bin eine Romantikerin.«

»Das sind Sie bestimmt. Aber um Ihre Bewunderung zu erringen — ist es da notwendig, für einen Traum zu sterben?«

»Sie machen sich über mich lustig!« Als er diese Bemerkung nur mit einem Lächeln beantwortete, sagte Maggie: »Ich war noch nie besonders engagiert, aber ich bewundere Menschen, die es sind.«

»Wie Ihr Ehemann.«

»Ich bewundere ihn, ja; aber ich kann seinen Fortschrittsglauben auf Kosten anderer Dinge nicht teilen . . .«

»So, jetzt weiß ich soviel über Ihren Mann, wie ich wissen muß.«

Die Bemerkung verärgerte Maggie. Ging er so rasch über das Thema Vern hinweg, weil sie ihn darauf gebracht hatte? »Vern ist ein guter Mann«, erklärte sie.

»Ich zweifle nicht daran.«

»Sie müssen sich kennenlernen.«

»Wenn die Krise vorüber ist, kommt er vielleicht hierher, und wir können uns treffen.«

Diese Aussicht gefiel Maggie gar nicht, ja, sie fürchtete sich davor — und der angespannte Gesichtsausdruck des Dalangs sagte ihr, daß auch ihm dieser Gedanke nicht gefiel. Aber er fürchtet sich nicht, dieser Mann fürchtet sich vor nichts, dachte sie.

Während sie aßen, blickte Maggie ihn von der Seite an. Sein Gesicht erschien ihr heute schmaler und dunkler, die Kinnbacken ausgeprägter. Und seine Ohren waren leicht spitz, was sie an einen Fuchs erinnerte. Sein Aussehen schien sich verändert zu haben, um mit einer neuen Wachsamkeit in Einklang zu stehen. Manchmal, wenn er von seinem Teller hochblickte oder seine Blicke durch den Raum schweifen ließ und sein Blick dann ihrem Blick begegnete, hatte er den angespannten, wachsamen Gesichtsausdruck eines Tieres.

Er erzählte von Borobudur, während sie ihn beobachtete. Er räumte ein, daß die Hilfe einer Prinzessin aus Solo das öffentliche Interesse an der Restaurierung beleben könnte. Er hatte vor ein paar Jahren den Erlös aus zwei Wayangvorstellungen für das Projekt zur Verfügung gestellt, aber das Geld versickerte irgendwo, als es die Lokalbehörden in ihren Fingern hatten. Budi öffnete seine Finger, als ob Gold durch sie fließe; der unpraktische Idealist ahmte nach, wie die Behörden Schiebergewinne kassierten.

»Sie erwecken Borobudur zu neuem Leben«, sagte er zu Maggie. Mit einer Gabel zog er auf der Tischdecke den geometrischen Grundriß Borobudurs nach. Seiner Theorie zufolge war der Tempel wie ein tantrisches Yantra konstruiert, ein Meditationsmuster, das seit Jahrhunderten von den Anhängern des linkshändigen Tantra bei der Suche nach Erlösung benutzt wurde.

Das ist es, dachte Maggie: der Blick eines Tieres, das plötzlich im Licht steht. Sie hatte das auf den Landstraßen Iowas erlebt. Einmal, als sie spätabends vom College nach Hause fuhr, hätte sie fast einen Fuchs überfahren, der einen Vogel im Maul hatte und über die Schotterstraße lief. Seine gelben Augen leuchteten im Scheinwerferlicht furchterregend und glitzernd auf.

Vielleicht verlieh die geräuschvolle Begleitung von Donner und Sturm dem Dalang diesen Ausdruck. Sie ertappte sich dabei, daß sie seine Hand musterte, als er eine Teetasse hochhob, seine Kehle, als er schluckte, seine Augen, wenn sie plötzlich ihrem Blick begegneten. Er war wirklich ein gutaussehender Mann. Und eindrucksvoll. Aber es würde nicht geschehen.

Als sie das Restaurant verließen, regnete es noch immer

leicht. Die Luft war erfüllt vom Duft der nassen Erde und Pflanzen. Sie gingen zu Fuß vom Hotel zurück, und als sie ankamen, prasselte der Regen wieder stärker vom Himmel. Sie rannten zum Ostflügel, wo die Reihe der Wohnhütten neben einem Laubengang stand. Sie würde ihn nicht hereinlassen. Maggie steckte den Schlüssel in das Schloß, öffnete die Tür und drückte auf den Lichtschalter. Der Raum blieb dunkel. Wieder im Regen stehend, jetzt aber eher ein Nieselregen, bemerkte sie, daß die anderen Hütten ebenfalls dunkel waren, bis auf eine, aus deren Fenster ein flackernder Lichtschein fiel, vermutlich Kerzenlicht — die asiatischen Hotels statten ihre Zimmer wegen der häufigen Stromausfälle mit Kerzen aus.

Ich werde ihn nicht hereinlassen, schwor sich Maggie. Aber sie forderte ihn auf, nicht im Regen stehenzubleiben. In der Hütte gab es kein Telefon, deshalb konnte sie nicht die Rezeption anrufen. Während sie herumstolperte und in der Dunkelheit wie blind in den Schrankschubladen und im Badezimmerschrank nach Kerzen wühlte, blieb er gehorsam in der Tür, kaum eben im Trockenen, stehen. Als sie ihm sagte, daß sie keine Kerzen finde, bot er an, welche in der Rezeption zu holen, drehte sich um und ging.

Maggie fand in der Dunkelheit den Weg zum Bett. Zimperlich auf der Bettkante sitzend, beobachtete sie die offene Tür und lauschte den Regengeräuschen. Vor dem Bett standen zwei Sessel und ein Couchtisch. Er konnte auf einem dieser Sessel sitzen, bis der Regen aufhörte. Dann mußte er gehen.

Maggies Hände zitterten, als ob sie etwas Schreckliches erwartete, das dort aus dem Regen kommen würde. Aber nur der Dalang würde kommen, ein Patrizier, der eine Frau niemals bedrängen würde, bis sie sich selbst anbot.

Und ich habe mich nicht angeboten, dachte Maggie. Weder er noch sie hatten diesen Abend die Grenze überschritten, nicht durch Worte, nicht durch Gesten. Nichts war geschehen, nichts würde geschehen.

Aber er war doch mit einem Blumenstrauß aufgekreuzt, oder etwa nicht? Und er hatte sie in einer Weise angesehen, die jede Frau nur zu gut kennt. Es war der Blick eines Mannes — quer durch einen Raum, auf dem Bahnhof oder auf der Straße —, ein hungriger Blick, ein brennender Blick, gefährlich und aufregend. Sie hatte das unzählige Male erlebt, aber selten in Indonesien, und ganz sicher nicht mit einem berühmten Puppenspieler, der fünfzehn Jahre älter war als sie. Und sie noch dazu eine verheiratete Frau, deren Mann ängstlich in einer umkämpften Stadt wartete. Was bildete sie sich eigentlich ein? War ein Blick, ein flüchtiger Blick des Begehrens die Art und Weise, mit der aristokratische javanische Künstler eine Frau verführten — indem sie ihr in die Augen sahen? Blöde romantische Vorstellung, o ja, das wußte sie. Aber sie hatte keine Ahnung, was er dachte. Wußte er überhaupt, was sie fürchtete — hoffte? Und gegen was sie sich bereits jetzt schon wehrte? Vielleicht war er vollkommen arglos. Vielleicht hatte er kein Verständnis dafür, was eine Frau aus dem Westen unter diesen Umständen fühlte. Und ganz gewiß existierte es auch nur in ihrer Phantasie, ein törichter Gedanke wie in ihren Schultagen, wenn ein attraktiver Junge sie während des Geometrieunterrichts angelächelt hatte.

Dann erschien eine wegen des Regens gebückte schwarze Gestalt an der offenen Eingangstür. Urplötzlich erleuchtete ein orangefarbenes Licht den Raum. Dalang Budi hielt eine Kerze in der Hand, das Licht betonte seine hohen Wangenknochen. Er blickte sich rasch nach einem Platz für die Kerze um. Maggie sprang auf, blickte zurück auf das Nachttischchen, stürzte auf es zu und hob den Aschenbecher hoch, der dort stand. Aber Budi hatte bereits einen anderen entdeckt, befestigte die Kerze mit Wachstropfen und stellte sie auf den Couchtisch. Ihren Aschenbecher in der Hand haltend, setzte sich Maggie und forderte ihn auf, Platz zu nehmen — dort. Sie deutete über den Tisch auf den ihr gegenüberstehenden Sessel. Er setzte sich. Maggie spürte, daß sie eine Serie von eingeübten Bewegungen vollzogen — ein einstudiertes Scharmützel auf einem kerzenerleuchteten Schlachtfeld. Nun regnete es wieder heftiger; der Regen prasselte auf das Ziegeldach.

Über das flackernde Kerzenlicht hinweg sahen sie sich an. Sie wollte etwas Amüsantes sagen, aber ihr fiel nichts ein. Sie wollte die Spannung durchbrechen, etwas Harmloses aus der ganzen Angelegenheit machen. Aus diesem Wunsch heraus hätte sie fast zu diesen alten romantischen Kitschgeschichten gegriffen, in denen der edelmütige Held während eines Sturms zur keuschen Heldin eilt, um ihr zu versichern, daß sich der Sturm bald legen werde. Und gerade, wenn er bei ihr ankommt, geht das Licht aus, genau wie heute abend, und sie fällt ihm ängstlich in die Arme, und er hält sie fest, und wenn es ein Film ist, wird ausgeblendet, und jeder weiß, was dann geschieht. Aber der Dalang dachte natürlich nicht an so einen westlichen Kitsch; vermutlich dachte er an romantischen Kitsch, der seiner eigenen Kultur entsprach.

»Ich fand das Restaurant gut«, sagte sie vorsichtig.

Genau in diesem Moment fegte ein Windstoß durch die Tür, die er taktvoll nicht geschlossen hatte, und löschte die Kerze aus. Sie saßen in völliger Dunkelheit.

Sie hörte, wie er nach Streichhölzern suchte.

»Lassen Sie es so, wie es ist«, hörte sie sich sagen.

»Sagten Sie, ich solle es sein lassen?«

»Wir brauchen die Kerze nicht. Es ist — schön in der Dunkelheit, mit dem Wind.« Aber sie fügte rasch hinzu: »Nun ja, vielleicht brauchen wir doch ein bißchen Licht.«

Aber statt die Kerze anzuzünden, stand Dalang Budi auf und schloß die Tür. Er fand seinen Sessel in der Dunkelheit wieder. »In Solo ist es das beste Restaurant«, sagte er.

»Es ist wirklich gut.«

»Es gibt noch ein paar andere gute Restaurants. Aber die Leute von Solo sagen, dies sei das beste.«

Der Regen trommelte auf das Ziegeldach. Maggie wartete auf etwas. Nicht weit weg, nur eine Armlänge entfernt, saß ein Mann im pechschwarzen Zimmer und lauschte ebenso wie sie dem Regen, beschäftigte sich mit den gleichen Gedanken wie sie. So mußte es sein. Er mußte ebenso ängstlich sein wie sie. Nein, nicht dieser Mann. Aber unsicher. Nein. Was dann fühlte und dachte er? Wieder fiel ihr der Raubtierblick ein, diese furchtlosen Augen im plötzlich auftauchenden Scheinwerferlicht. »Was denken Sie über mich?« hörte sie sich fragen.

Er schwieg so lange, daß Maggie schon meinte, er wolle ihre Frage einfach ignorieren. Dann hörte der Regen auf, als ob sich seine Elementarkraft in den Wänden verloren hätte. Schließlich drang durch das plötzliche Schweigen seine Stimme zu ihr. »Mein Englisch ist nicht gut genug, Ihnen das zu sagen. Ich finde, daß Sie eine wunderschöne Frau sind. Ich mag Ihre Musik. Ich mag Ihren Glauben an einen Mann, der für Musik lebte und starb, denn ich habe in meinem Leben drei solche Männer gekannt, die nur für Gamelan lebten und ihr Leben dafür opferten. Ich mag Ihren Glauben an Borobudur, was es bedeutet und warum es gerettet werden muß — und was Sie heute dafür getan haben. Es ist noch etwas anderes an Ihnen, für das ich keine Worte finden kann. Noch nicht einmal auf javanisch. Beim Wayang ist es manchmal auch so — ich halte eine Puppe in der Hand, und sie muß etwas Bedeutungsvolles sagen, und ich spüre das Verlangen, passende Worte zu finden, aber sie fallen mir nicht ein. Deshalb bewege ich die Puppe vor der Leinwand als Ersatz für das, was sie sagen sollte, und das Publikum weiß nicht, was sie eigentlich sagen könnte. Die Zuschauer akzeptieren das, was ich ihnen gebe, die Bewegung, die Handlung; aber ich weiß, daß noch mehr zu sagen wäre, um alles deutlicher zu machen. Und so geht die eigentliche Bedeutung verloren. Ich schaffe es nicht, und genauso fühle ich mich jetzt bei dem Versuch, Ihnen zu sagen, was ich für Sie empfinde. Aber wenn ich Sie ansehe, dann spüre ich es mit meinem Körper. Ein starkes Begehren nach Ihnen, stärker als das, was ich jemals für eine andere Frau empfunden habe, nicht einmal für meine eigene Frau, wenn sie bei mir war.« Er schwieg.

Maggie hörte, wie der Regen von den Blättern tropfte.

»Der Regen hat aufgehört«, sagte er. »Ja, er hat wirklich in diesem Moment aufgehört.«

Plötzlich war in der feuchten Luft der Chor eines zarten, jedoch beharrlichen Gezirpes von unzähligen Insekten zu hören.

»Ich muß gehen«, sagte er matt. War ihm eine Entscheidung abgenommen worden? »Der Regen hat aufgehört.«

Nun war es an ihr, etwas zu sagen. Zuerst war sie sich nicht sicher, ob ihre Stimme die wenigen Spannen überbrücken würde, die sie trennten. Doch als sie sprach, klang ihre Stimme überraschend selbstsicher. Fast im Befehlston sagte sie: »Gehen Sie nicht. Ich möchte nicht, daß Sie gehen.«

Sie saßen schweigend in der Dunkelheit, während draußen ein Heer von Fröschen zu quaken begann. Die Frösche und Insekten errichteten rund um die Hütte eine Mauer aus Geräuschen.

Als Maggie wieder sprach, merkte sie, daß ihre Worte schneidend die Nachtluft durchdrangen, und ihre Klarheit erschreckte sie, als ob ein anderer Mensch, weit mutiger als sie, die Worte ausgesprochen hätte. »Gehen Sie nicht! Kommen Sie zu mir. Bitte, tasten Sie sich zu mir herüber.«

*

Mit Vogelgezwitscher in den Ohren, die Augen im sanften Morgenlicht geschlossen, erinnerte sich Maggie.

Letzte Nacht, nach Überwindung ihrer anfänglichen Nervosität, hatten der Dalang und sie sich mit sanfter Vertrautheit geliebt; die Erinnerung an ihr langsames Liebesspiel wärmte sie. Beim zweitenmal hatte sie ihn geritten. Nach dem Regen war genug Mondlicht durch das offene Fenster gefallen, um unter ihr seine Augen zu sehen, seine sinnlichen, weit geöffneten Augen, unverwandt und hungrig auf sie gerichtet, während er ihren gejagten Körper im Griff eines Jägers hielt.

Später dann, während sie nebeneinanderlagen, hatte er in einer seltsam neuen Art und Weise zu erzählen begonnen. Budi (so hatte sie ihn in ihrer Leidenschaft genannt) sprach Dinge an, die sie niemals erwartet hatte — er glaubte, als Dalang versagt zu haben. Nach dem Tod seiner Frau war er nach Sumatra gegangen — ja, in die Gegend des Tobasees —, wo er einige Monate lang meditierte, doch diese Anstrengung brachte ihm nichts ein. Er kam mit seinem Kummer zurück, aber seine Begeisterung für das Puppenspiel war verschwunden. Drei Jahre lang spielte er trotzdem weiter, aber es wurde immer mechanischer, bis er letztes Jahr ganz aufhörte — nicht, weil die Leute den Verlust seines inneren Beteiligtseins bemerkten, sondern weil er nicht mehr schlafen konnte. Er litt unter schrecklicher Schlaflosigkeit; manchmal schlief er wochenlang nur ein bis zwei Stunden pro Nacht.

»Es ist schon seltsam«, sagte Budi, seine Lippen an ihrer Wange, »wie man in Stücke zerfallen kann, und die anderen Menschen merken das nicht.«

Die Vorstellung, daß ein solcher Mann »in Stücke zerfallen« konnte, kam ihr sehr seltsam vor; in der Tat so widersinnig, daß sie es eine Weile gar nicht glauben wollte. Aber während sie nebeneinanderlagen, überzeugte er sie schließlich doch: Ki-Dalang Budi Gitosuwoko hatte die Willenskraft verloren, als Puppenspieler zu arbeiten. Eine Tatsache, von der außer ihm und nun Maggie Gardner aus Iowa keiner wußte.

»Du liebtest sie eben so sehr«, flüsterte Maggie.

Aber er verneinte, daß der Tod seiner Frau der einzige Grund für sein Versagen gewesen war. Diese Behauptung kam Maggie zu prompt. Nachdem sie sich ihm hingegeben hatte, war sie nur allzu bereit, es zu bereuen. »Du liebtest sie eben so sehr«, beharrte sie.

»Ich liebte sie, aber ich liebte auch das Wayang. Ich verlor den Glauben an das, was ich als Dalang erreichen könnte.«

»Aber wenn du geliebt hast, was du ausgeübt . . .«

»Ich wollte mehr tun, als ich konnte — wie dein Bix. Ich verstehe ihn.« Budi streichelte ihre Schulter — es war wie die Interpunktion zu dem, was er sagte —, während er seine bohrende Sehnsucht erklärte, den Wunsch, in der Welt des Wayang ungeheure und furchterregende Dinge lebendig werden zu lassen. Und mit dem Anwachsen seiner Sehnsucht keimte auch langsam die Überzeugung, daß er an die äußerste Grenze seines Talents gestoßen sei und daß dahinter erschreckend ausgetretene Pfade der Mittelmäßigkeit lagen. Die Verzweiflung und Trauer in seiner Stimme rührten Maggie wie nichts zuvor in ihrem Leben. Wie Schraubzwingen legte es sich um ihr Herz, und sie wußte, daß sie ihn wirklich liebte. Es war keine Verliebtheit. Sie liebte diesen Mann und begriff auf der Stelle, daß es für sie nur noch eine Sache gab, für die es sich zu leben lohnte — ihm zu helfen, wieder den Glauben an sich selbst zu finden.

Vielleicht aber war er mit seinem Bekenntnis doch zu schnell bei der Hand, zu bequem. Vielleicht dachte er, es gefalle ihrer romantischen Einstellung, wenn er etwas mit ihrem tragischen Helden gemein hatte. Sie konnte verstehen, warum ein Mann so etwas versuchte, ein intelligenter und sensibler Mann, der nicht an die konventionelle Moral gebunden war. Vielleicht hatte er sie nur benutzt? War sie so blind? Frauen konnten so blind sein, sie konnten es, und sie hatte ein paar gekannt. Glaubte er, daß ihn ein paar Bettrunden mit einer Ausländerin ablenken könnten? In Panik geratend, verspürte sie den Impuls, aus dem Bett zu springen. Statt dessen holte sie jedoch tief Luft und atmete nicht aus, um mit Hilfe des Luftdrucks in ihrer Kehle wieder ihre Selbstbeherrschung zu gewinnen. Als sie schließlich ausatmete, fühlte sich Maggie ruhiger und wußte, daß sie bleiben würde, wo sie war, daß sie sich bereits entschlossen hatte zu bleiben, immer zu bleiben, solange er sie wollte. Und deshalb schloß Maggie die Augen — auf ihrem nackten Körper spürte sie einen Lufthauch, der durch das geöffnete Fenster kam.

Er bewegte sich neben ihr — hinter ihr und sie öffnete die Augen, um aus dem Fenster zu starren, hinter dem sich die blaue Unendlichkeit ausdehnte. Maggie drehte sich nicht zu ihm um, sondern blieb auf der Seite liegen. Zögernd streichelte er ihre Hüfte, vollführte kleine kreisende Bewegungen, und dann gingen die Finger, die kaum ihre Haut berührten, auf weitere Entdeckungsreisen: ihr Bauch, ihr Nabel (leicht mit einer Fingerspitze untersucht); nach herrlichem Zögern streiften sie leicht durch ihr Schamhaar; sein Zeigefinger rieb leicht die trockenen Schamlippen; und dann kletterte seine flach auf ihrer Haut liegende Hand über ihren Bauch zu ihrem Busen, um jede Brust zu umfassen; Finger preßten, ließen los, preßten wieder, glitten über das weiche Fleisch, als ob es dehnbar wäre, etwas, das man wie Seide in die Länge ziehen kann. Er verwandelte ihren Körper, gab ihm eine neue Form, ließ sie sich anders empfinden. Wieder hielt sie den Atem an, diesmal in süßer Vorahnung. Die Hand, die Puppen Leben gab, schien nun jedem Teil ihres Körpers, den er berührte, ein vom Ganzen losgelöstes Leben zu schenken. Dann war diese Hand auf ihrer Wange, berührte leicht ihre geschlossenen Lider, noch einmal ihre Wange — glitt über sie wie Stoff über Glas, über ihr Kinn und denselben Weg zurück: jede Brust, ihr Bauch, ihr Schamhaar. Und diesmal, als seine Hand ihre Vagina erreichte, berührte ein Finger, nach einem weiteren Zögern, ihre Öffnung, drang in ihre Feuchtigkeit ein, und sie keuchte. Zwischen ihren Pobacken bewegte sich nun sein Glied, glitschig vom eigenen Saft, langsam auf und ab wie in einem Trog und bewegte sich dann tiefer, um den Finger zu ersetzen und in sie einzudringen. Ihre Hüften kreisten bereits rhythmisch zu Stößen, die noch gar nicht begonnen hatten. Sich dessen bewußt werdend, zwang sich Maggie zur Bewegungslosigkeit, wartete, während er sich in ihr vollzusaugen schien. Eine Hand klammerte sich an ihrem Nacken fest, ein Anzeichen möglicher Brutalität, ganz bestimmt ein Akt der Beherrschung, wahrend die andere beide Brüste liebkoste, sanft an jedem Nippel zog. Mach! wollte sie ihm sagen, biß sich auf die Lippen, versuchte den Rhythmus zu beruhigen, der wieder in ihren Hüften erwachte. Immer noch wartete er, preßte sich in sie hinein, streichelte sie. Sein Atem streifte ruhig und regelmäßig wie kleine warme Windstöße ihr Kinn. Seine Brust wärmte ihren Rücken, sein Schamhaar kratzte leicht über ihre Pobacken, während er sich unter ihnen, zwischen ihnen leicht bewegte, sein Fleisch wärmte ihren Mittelpunkt. Sie war schon fast soweit, diese bewegungslose Art des Liebesakts als das hinzunehmen, was er jetzt wollte, als er abrupt anfing, sich zu bewegen. Zuerst langsam, mit langen, ruhigen Bewegungen, dann mit schnellen, tief in sie eindringenden Stößen. Niemals hatte sie sich so in Besitz genommen gefühlt, selbst dann nicht, wenn Vern mit der ganzen Kraft seiner Hüften zugestoßen hatte. Niemals so durchbohrt wie jetzt, da Budis Glied sich plötzlich in einen Rhythmus steigerte, der so halsbrecherisch und schonungslos wie ein durchdrehender Motor wurde. Einen Augenblick lang verweilte sie bei der Vorstellung eines Stocks, der schnell an einem weicheren Stück Holz gerieben wird, um einen Funken zu erzeugen: Rauch stieg von dem Reibepunkt auf; doch dann wurde diese Vorstellung von einem einzigen Gefühl ersetzt, dem Gefühl von Hitze zwischen ihren Beinen, dem Ziehen in ihrer Gebärmutter, den unwillkürlichen Zuckungen ihrer Hüften.

Letzte Nacht war er so sanft gewesen; diese rohe, ungestüme, diese unberechenbare Genußfreude überraschte sie. Gewiß konnte er nicht schneller werden; ganz klar, daß die Heftigkeit seiner Stöße nicht mehr zunehmen konnte. Trotzdem war Maggie erstaunt, einen erschreckenden Augenblick lang, als er noch schneller in ihr wurde und es ihr schon kam, bevor sie überhaupt damit rechnete. Sie wand sich noch immer krampfartig zuckend, als er, mit einem lauten Aufstöhnen, ebenfalls kam.

Sie spürte das Hämmern ihres Herzens, doch dann

schob sich vor ihren schnellen Herzschlag das Gefühl in ihren pulsierenden Lenden; sie zuckten in kleinen Kontraktionen. »Ah, so gut«, murmelte sie.

»Mehr ist nicht drin...« begann er zu sagen, nahm dann ihr Ohrläppchen in den Mund und saugte daran wie an einer kleinen Beere.

»Gut, das ist gut«, sagte sie.

»Nicht mehr...«

»Ja«, sagte sie, ohne genau zu wissen, was er meinte. Sie sah ihm nicht ins Gesicht, sondern sprach in das verschwitzte Kopfkissen. Seine Stimme klang erregt und schien losgelöst zu sein von seinem heißen Fleisch an ihrem Rücken, ihren Pobacken.

»Ich vergaß, was du warst.«

»Ich spürte es.« Sie verstand die Bedeutung von »was«. Und nun begriff sie auch, was er mit »nicht mehr« gemeint hatte.

Sie spürte, wie er aus ihr hinausglitt, und als sie wieder getrennte Wesen waren, drehte sich Maggie zu ihm herum. Die Leidenschaft war noch nicht aus seinem Gesicht gewichen; sie war seinen glasigen Augen, seinem zuckenden Mund anzusehen. Sie leckte Schweiß von seiner Oberlippe, sog den moschusartigen Duft seines Körpers ein. Über ihnen schwebte der scharfe Geruch ihrer Körpersäfte.

»Gut«, murmelte sie wieder, küßte seine feuchte Wange und die Stirn. Vergangene Nacht hatten sie sich nicht gegönnt, was, wie sie einst gehört hatte, eine ungewöhnliche Intimität in Asien sei ... ein Kuß mit sich berührenden Zungen. Nun öffnete sie seine Lippen mit ihrer Zunge, drang besitzergreifend in seinen warmen Mund ein und gab sich selbst ganz dieser Wollust hin.

39

Die Kopie eines Telex aus dem Konsulat in Yogya an die US-Botschaft wartete auf Vern, als er bei OPSUS zur Arbeit erschien. Die wenigen Worte enthielten die gute Nachricht, daß Maggie gesund war und wußte, daß er es ebenfalls war.

Da seine Frau sich in Sicherheit befand, mußte Vern hier in Djakarta einfach nur dem Sturm trotzen. Bislang war es gar nicht so schlimm gewesen, abgesehen von der ärgerlichen Ausgangssperre und den Armeefahrzeugen, die durch die Straßen rumpelten, während die Soldaten die Bürgersteige musterten und sich Scherereien erhofften. Dazu die erschreckend anhaltenden Gerüchte von Blutbädern in den Seitengassen.

Djakarta konnte man immer noch nicht verlassen, es sei denn mit den Nahverkehrsbussen bis zu den Kontrollpunkten der Armee, wo man ihn natürlich herausholen und wieder zurückschicken würde. General Sakirman verweigerte seine Hilfe, wie Jack Rutledge zynisch prophezeit hatte: »Sie werden fromm und werden sich ein paar Wochen daran festklammern.« Sakirman hatte tatsächlich einen frömmelnden Ton am Leib, als er Verns Bitte nach einer offiziellen Reiseerlaubnis nach Yogya ablehnte.

»Ich kann meine eigene Frau auch nicht sehen«, verkündete Sakirman würdevoll, »während der Krise bringen also Sie und ich ein Opfer«, ohne hinzuzufügen, was Vern wußte: Susanto Sakirman versteckte sich irgendwo außerhalb Malangs, in Westjava, in einer bewachten Villa, während ihr geduldiger Ehemann seiner Schürzenjagd in abgedunkelten Villen nachging, in denen die Offiziere nach wie vor die ganze Nacht hindurch feierten.

Obwohl die Armee auf der strikten Einhaltung der Regeln des Kriegsrechts bestand, wirtschafteten die OPSUS-Leute wie gewöhnlich in ihre eigenen Taschen. Vern beobachtete, was unbeteiligten Besuchern der Zentrale harmlos vorkommen mochte: Geflüster auf den Fluren, begleitet von heftig zustimmendem oder ablehnendem Kopfnicken; das rasche Verschwinden unbekannter Zivilisten in leerstehenden Büros, wo ungeplante Zusammenkünfte stattfanden; und die zwischen den verschiedenen Aktentaschen hin und her wandernden Dokumente. All dies signalisierte dem geübten Auge Geschäfte, Provisionen, illegale Investitionen.

Der 1. Dezember galt noch immer als Tag der Grundsteinlegung auf einem Gelände des Sanur Beach auf Bali. Sakirman gestattete es Vern jedoch nicht, sich dort einmal umzusehen. Aber weil der General und seine Gehilfen von OPSUS so entschlossen schienen, dieses Datum einzuhalten, egal, was im Land passierte, glaubte Vern, daß sie sich alle am 1. Dezember dort einfinden und beobachten würden, wie ein hohes Tier der Lokalverwaltung den ersten Spatenstich vollzog und damit den Bau des Hotels Garuda feierlich einleitete.

Vern arbeitete konsequent, ja sogar ausgesprochen emsig. Jeden Morgen ging er in Begleitung seines Leibwächters Hashim zur Arbeit und kehrte jeden Abend ins Hotel zurück, wo er aß, an der Bar ein paar Fruchtsäfte trank und dann zu Bett ging. Das war seine graue Routine während der Krise, die nur von Besuchen Yantis unterbrochen wurde. Sie kam mit endlosen Fragen zu den generellen Aufgaben der Architektur, zum Projekt, an dem er arbeitete, Fragen zu amerikanischen Sitten und Gebräuchen, über seine Frau.

»Was macht die Kunst, Kumpel?« fragte Larry Foard eines Morgens auf dem Weg zur Arbeit. »Ist dir ein kleiner Vogel zugeflogen?«

Vern lachte. »Ach, überhaupt nicht.«

»Platonisch, was?«

»Ja, warum nicht? Was soll man, außer mit Leuten quatschen, sonst in einer Stadt mit Ausgangssperre machen? Die Kleine ist lustig, sie ist interessant, sie kennt sich ein bißchen in Architektur aus.«

Larry hob die Hände in gespielter Bestürzung. »Versteh mich bitte nicht falsch, Kumpel. Du kennst mich. Ich will damit nichts sagen. Ich hab' nur 'n bißchen nachgedacht — sie ist eine witzige kleine Maus und gescheit und all das, und du bist so rein wie frischgefallener Schnee.«

»Du schließt jetzt wirklich von dir auf andere«, sagte Vern. »Ich habe bei dir noch nie erlebt, daß du eine Frau magst — außer zum Ficken.«

»Das stimmt.«

Was Vern dem kleinen Bootsbauer aus Cornwall nicht erklären konnte, das war die Tatsache, daß er das Mädchen wirklich mochte. Aber nur mochte. Natürlich fand er sie attraktiv. Aber es war nicht ihre Attraktivität. Sie war lebendig, witzig und irgendwie auf amüsante Weise mutig. Zwischen ihnen bestand, wie Vern sich selbst versicherte, eine gegenseitige Bewunderung, die durch eine gewisse Leichtigkeit zu einer netten Freundschaft umgebogen wurde. Das war alles: Eine Beziehung, die nur jemanden wie Larry Foard erstaunen konnte. Es hatte keinen Sinn, es zu erklären, beschloß Vern. Jeden Morgen öffnete er die Tür, und Yanti marschierte in sein Hotelzimmer; sie tranken zusammen Kaffee. Das Ereignis spielte sich immer nach demselben Muster ab: Er saß in einem gradlehnigen Stuhl, sie auf der Couch, ein Tisch zwischen ihnen. Wie sollte er ihm erklären, daß ein Mann und eine Frau aus dieser kleinen Geschichte Befriedigung zogen? Larry würde nur zynisch grinsen.

Als er das letztemal Sutopo Salim (der es anscheinend vorzog, von diesem Amerikaner statt von den OPSUS-Generälen Berichte zu erhalten) getroffen hatte, fühlte sich Vern trotz seines korrekten Verhaltens unbehaglich, wenn er über die Beziehung zu der Tochter dieses Cukongs nachdachte.

Wo und unter welchen Umständen er den Cukong traf, hatte sich zu einem feststehenden Brauch entwickelt: in einem Teehaus des Chinesenviertels. Leibwächter jagten vorher alle Gäste hinaus. Der Geschäftsmann aus Hokkien trank Tee und sprach angeödet und ruhig über die Krise. Nur was das Geschäftliche betraf, da machte er sich natürlich Sorgen. Auch um die Chinesen, die (wie er) ihr Erbe verraten hatten, um Indonesier zu werden. In der gesamten Hauptstadt machten sich jüngst verstärkt antichinesische Gefühle bemerkbar. Viele benutzten wieder den alten javanischen Begriff *caping* — Spitzhut — als Schimpfwort für die Chinesen. Gestern hatte es zwischen moslemischen und chinesischen Studenten an der Universität eine Schlägerei mit Flaschen und Stöcken gegeben.

Der kleine Mann beugte sich vor und begann zu schildern, wie man sich vor dem Zweiten Weltkrieg als Chinese unter den Holländern gefühlt hatte. Er schilderte es sachlich, als ginge es um eine Kapitalanlage. Obwohl die Auflagen nicht immer beachtet wurden, durfte laut Gesetz kein Chinese in Djakarta außerhalb der Grenzen des Chinesenviertels wohnen. »Man brauchte überall einen Paß.« Sutopo Salim rieb nachdenklich seine von Leberflecken übersäten Hände. »Man mußte den Paß der Polizei zeigen, aber eigentlich jedem, der danach fragte. Selbst einem javanischen Hund, wenn er danach bellte.« Er mochte seine eigenen Witze, lächelte selbstzufrieden, knetete weiterhin seine von Altersflecken übersäten

Hände. »Dann wurde man innerhalb jeder Stadt, die man besuchte, auf bestimmte Bezirke beschränkt. Man bezahlte im Vergleich zu den Europäern, die hier wohnten, doppelt so viele Steuern. Um Staatsbürger zu werden, mußte man fließend Holländisch sprechen; diese Voraussetzung wurde für Nichtchinesen aufgehoben. Man konnte keinen einzigen Morgen Land kaufen.« Beide Hände hebend, meinte er: »Nun ja, es gab noch viel mehr Schikanen.«

Der Cukong reagierte also auf die Krise, indem er sich an die Vergangenheit erinnerte, als ob sich das Gedächtnis verhielte wie eine alte Wunde, die bei Wetterumschwung schmerzt. Er fragte Vern nie nach Yanti. Vielleicht wußte er gar nicht, daß seine Tochter ihn besuchte. Beim leisesten Verdacht hätte dieser Mann natürlich innerhalb einer Stunde die Wahrheit herausgefunden. Eines Tages konnte das durchaus passieren, und Vern hätte dann die Konsequenzen zu tragen. Angesichts der Art seiner Beziehung mit Yanti dürfte es eigentlich keine geben, aber er begriff, daß Sutopo Salim fähig war, sich für eine Beleidigung zu rächen — und zwar nach den ausgeklügelten Moralvorstellungen chinesischer Art.

Gegenwärtig war der Cukong nicht im Lande. Er festigte sein Finanzimperium in Singapur und bereitete sich auf alle Eventualitäten zu Hause vor.

Vern war daher in Sicherheit, und dieser Umstand — er betrachtete seine Position mit Vorstellungen von Sicherheit und Gefahr — störte ihn, weil er vor dem Cukong nichts zu verbergen hatte. Yanti kam jeden Morgen auf einen Schwatz vorbei und saß ihm am Tisch gegenüber. Als gelassener und erfahrener Mann begriff, akzeptierte und überging Vern während ihrer Unterhaltung gelegentliche Anflüge des Begehrens, wenn er seine Augen zu lange auf ihr ruhen ließ: das glänzende schwarze Haar, die zarte klare Haut, ihre hübsche Figur, ihre Beine — wenn sie die Beine unter ihrem Wickelrock übereinanderschlug, blitzte ein wenig Oberschenkel hervor. Aber diese sexuellen Anwandlungen bewiesen ihm nur, daß er seine Frau vermißte.

40

Fast fünftausend Menschen (in Zeitungen der Moslems wurde die Zahl verdoppelt und sogar verdreifacht) versammelten sich vor dem Haus mit den weißen Säulen, in dem sich das Büro des Außenministers Subandrio befand.

Ihre Fahnen schwenkend, schrien sie: »Zerschmettert die PKI! Tötet Aidit! Tod den Roten! Tötet Subandrio!« Die Armee, die sich schon bislang bei allen Demonstrationen kooperativ verhalten hatte, regelte den Verkehr und ließ den Demonstranten viel Zeit, ihren Protest vorzubringen.

Nach Yantis Meinung war die Demonstration erfolgreich, obwohl der Außenminister nicht auf dem Balkon erschien, um sich an die Demonstranten zu wenden. Yantis beste Freundin, Utami, war ebenfalls der Meinung, daß die Demonstration Stoßkraft besessen habe.

Die Demonstranten blieben in geordneten Reihen, bis sie sich außerhalb der Sichtweite von Subandrios Büro bewegten. Das war geplant, und obwohl einige Studenten dagegen verstießen, schafften es die meisten, sich in Reih und Glied zu bewegen, ehe sie sich auflösten: Die Transparente gingen zu Boden, die Armbinden wurden entfernt, alle standen in Grüppchen beisammen und unterhielten sich. Ihre Gesichter waren gerötet, ihre Augen glänzten, ihre Stimmen waren heiser vom Brüllen der Schlachtrufe. Das war für Yanti der beste Teil der politischen Aktivitäten. Sie spürte, daß sich etwas Wichtiges ereignete. Daß all diese Leute ihre Arme hoben, verschaffte ihr ein prickelndes Gefühl der Einheit, und in solchen Momenten vergaß sie ihre Herkunft und fühlte sich durch und durch als Indonesierin, als Kind einer großen Nation. Sie bewegte sich durch die Menge der sich ausruhenden Demonstranten, als ihr jemand auffiel.

Es war ein kleiner zerlumpter Mann, der mit ausgestreckter Hand am Rande der brodelnden Menschenmenge stand. Häufig folgten Bettler einer Demonstration, damit sie am Ende von den aufgewühlten Studenten ein paar Rupiahs ergattern konnten. Weil der Anblick eines Bettlers so gewohnt war, war Yanti von ihrem plötzlichen Interesse an diesem schäbigen Kerl überrascht, der wie ein Felsen, wie gelähmt dastand. Ganz offensichtlich war er sich nicht der Menschenmenge, nicht seiner bettelnd ausgestreckten Hand bewußt. Abrupt wurde ihr klar, daß sich ihre Blicke begegneten. Sie wurde diese Augen niemals vergessen: tiefe Augenhöhlen, die schwarze Iris glühte mit einem unnatürlichen Licht, das tief aus seinem Inneren zu kommen schien, von einem traurigen Ort seiner Seele. Unwillkürlich ging sie auf diese schäbige Gestalt zu, die verloren erschien, jammervoll einsam, in einem zerschlissenen Hemd und viel zu großen Hosen.

Seltsam war die Art, mit der er sich plötzlich zurückzog, so als ob er in Habtachtstellung gehen wollte, als sie sich ihm näherte. Vielleicht will er stolz erscheinen, dachte Yanti, während sie ihren Geldbeutel zückte und nach einer Rupiah suchte. Er brauchte nur eine Rasur und gebügelte Kleidung, um wie ein Soldat auszusehen.

Aufgrund seiner stolzen Haltung hielt ihm Yanti

schüchtern das Geld entgegen. Einen Augenblick lang zögerte er, dann schoß seine Hand vor und packte den Schein. Yanti öffnete den Mund, als ob sie sprechen wollte, aber sie hatte nichts zu sagen und stand einfach da, während er ihr einen letzten wütenden Blick zuwarf und sich umdrehte, davonschlurfte, sich durch die Menge hindurchwand und wütend versuchte, sich so schnell wie möglich von ihr zu entfernen.

Jemand zog heftig an Yantis Arm. Sie blickte sich um und bemerkte Utami, die nun nachdenklich dem verschwindenden Bettler nachsah.

»Wir treffen uns mit den anderen«, sagte Utami energisch und starrte auf den gebeugten Rücken des Bettlers, der in der Menschenmenge untertauchte. »Im Warung auf der Jalan Malaka. Siregar« — das war ihr Freund — »hat ihn ausgesucht. Wir müssen Selbstkritik üben und aus unserer Erfahrung lernen, sagt er. Das nächstemal müssen wir mehr Disziplin zeigen. Er hat recht. Er sagt, daß wir die Armee mehr in die Aktivitäten der Moslems einbeziehen müssen. Ein Anfang könnte sein, daß wir sie bitten, uns ihre Megaphone zu überlassen, sagt er. Das ist eine gute Idee, finde ich. Und du, Yanti?«

»Ja, eine sehr gute Idee«, bestätigte Yanti eifrig nickend.

»Ich war mir nicht sicher, ob du überhaupt zugehört hast. Ich war der Meinung, daß du noch immer über den Bettler nachdenkst.« Utami, größer und dunkelhäutiger, hatte eine breite, flache Nase und eng zusammenstehende Augen. Bis vor kurzem hatte sie Yantis chinesische Abstammung ignoriert, wenn sich die Studenten versammelten, um über Politik zu diskutieren. Aber in den letzten Tagen, nachdem man Peking beschuldigt hatte, die Nacht der Generäle angezettelt zu haben, wandte sie sich an Yanti, um deren Meinung zu erfahren. Es sei gut, erklärte sie lächelnd ihren Mitstreitern, »zu wissen, was eine Chinesin über Chinesen denkt«. Natürlich griff Yanti Peking vehementer an als alle anderen, aber trotzdem stieg das Gefühl in ihr hoch, daß Utami ihr mißtraute.

»Du hast dem Bettler Geld gegeben«, erklärte Utami. »Ich gebe einem Gesunden nichts. Es ist gegen Allah, wenn man jemandem Geld schenkt, der arbeiten kann.«

»Du hast recht«, sagte Yanti errötend. »Allah will, daß wir arbeiten. Aber mir kam der Bettler nicht gesund vor.«

Utami sprach mit Singsangstimme weiter, als ob sie rezitierte. »In den Hadiths steht, daß der große Prophet seinem Volk befahl, sich rein zu halten und zu arbeiten. Männer wie dieser Bettler sind in den Augen Allahs eine Schande. Er ist wahrscheinlich ein Kafir. Du hast wahrscheinlich einem Ungläubigen, einem Dieb, Geld geschenkt.«

Yanti sagte nichts mehr, senkte den Kopf und folgte Utami in die Menschenmenge. Die Wahrheit war, daß auch ihr Vater Kafir war, obwohl er sich aus Geschäftsgründen zum Glauben bekannte. Was sie betraf, so glaubte sie während der Gebete an Gott und vergaß ihn dann hinterher wieder. Im Gegensatz zu ihrer Freundin Utami mangelte es ihr an geistiger Disziplin, und sie war keine echte Indonesierin. Alles an ihr erschien ihr heuchlerisch, außer der Sehnsucht, zu etwas zu gehören, der Sehnsucht zu glauben, der Sehnsucht — ja, geliebt zu werden.

Als sie sich zu dem Treffen in Siregars Warung aufmachten, erwärmte sich Yanti langsam an einem Tagtraum. Das war in jüngster Zeit häufiger geschehen. Nach anfänglichem Widerstand ergab sie sich immer wieder den gleichen Gedanken: Sie steht hinter einer riesigen Fensterscheibe mit Blick aufs Meer; zwei Kinder, beide mit den westlichen Augen Mister Vernons und mit ihrem

Mund, spielen im Sand, während die Brandung braust, und sie, die Mutter, beobachtet sie zufrieden vom Haus aus.

*

Also war er zum Bettler geworden, aber nicht nur das, er bettelte bei Frauen, und nicht nur das, er bettelte bei chinesischen Frauen. Dies brummelte Achmad Bachtiar, Feldwebel des berühmten 454. Diponegorobataillons, in sich hinein, während er in einen Warung rannte, wo er einen Teller Reis mit Gemüse verschlang — seine erste Mahlzeit seit zwei Tagen.

Als er sich besser fühlte, fragte er sich, ob er heute seine Schwester besuchen sollte. Seit seiner Desertion vor vierzehn Tagen hatte sich Achmad jeden Tag dies gefragt: Wirst du heute gehen, erfahren, wo der Verführer steckt, ihn finden und töten? Aber jeden Tag hatte er es verschoben. Jeden Tag, seitdem er einen Lastwagenfahrer bestochen hatte, ihn aus dem Luftstützpunkt Halim zu schmuggeln, hatte er die Kampongs von Djakarta durchstreift — auf der Suche nach der Kraft, sich zu rächen. Obwohl er Allah um diese Kraft anflehte, spürte er in sich eine schwarze Leere — wie der Brunnen am Krokodilloch, wo er seine militärische Laufbahn beendet hatte.

Also war er ziellos durch Djakarta gezogen. Anfangs lebte er von Geld, das er vom Luftstützpunkt hatte, dann vom Betteln. Achmad Bachtiar war nicht an einem Neuanfang interessiert. Sein ganzes Leben hatte er im Staatsdienst verbracht; das war nun vorbei. Jetzt zählte etwas sehr Persönliches. Sein Großvater hatte stets die Bedeutung der Familienehre betont und häufig die Männer der Bachtiars in der alten malaiischen Sprache gewarnt: »*Hilang bini, boleh mengganti, hilang budi, badan mencelakakan.*« (»Eine tote Frau kann ersetzt werden, aber der

Verlust des Charakters bedeutet den Untergang.«) Deshalb konnte er sich auch mit dem Betteln abfinden. Es nahm ihm alles Ehrenwerte, außer der Konzentration, die er brauchte, um das zu erreichen, was noch immer wichtig war: Kamarusaman bin Ahmed Mubaidah zu finden, den Verderber seiner Schwester, und durch die Tötung dieses Verführers den guten Ruf der Familie Bachtiar wiederherzustellen. Nicht einmal ein letzter Blick auf seine Frau und sein Kind konnte jetzt zählen, obwohl er jeden Morgen beim Erwachen an sie dachte — in den Seitengassen, wo er neben anderen Männern schlief, die ebenfalls zwischen räudigen Hunden vegetierten, die nach ihren Füßen schnappten.

Manchmal führten ihn die Hitze und der Lärm dieser Slums nach Norden zum Hafen, wo er wenigstens tief Luft holen konnte. Er hockte dann im Schatten windschiefer Hütten und beobachtete die Bumboote, die mit dem auflandigen Wind, der aus dem Dunstschleier wehte, zwischen den Docks hin und her fuhren. Auch andere Männer starrten in die unermeßliche Ferne. Darunter waren einige Schauermänner, die darauf warteten, Frachtgut auf Dampfschiffe oder Prahus laden zu können.

Eines Nachmittags, als er schweigend bei diesen Hafenarbeitern saß, beobachtete er, wie sie sich allesamt erhoben und zu einem Mann gingen, der ihnen etwas zurief. Nur Achmad und ein alter, vom Wetter gegerbter Mann, der sein Gesicht unter einem breitkrempigen Hut verbarg, blieben sitzen.

Achmad hatte außer ein paar gemurmelten Sätzen seit Tagen nicht mehr geredet. Nun sagte er: »Du, alter Mann, willst du mit mir reden?«

Der alte Mann nickte unter seinem spitzen Hut, sagte aber nichts.

Also bestritt Achmad die Unterhaltung. Er redete und redete. Weitschweifig sprach er über Pflichterfüllung, Korruption, Ehre und Unehre. »Allah ist groß«, sagte er dem Mann unter dem spitzen Hut. »Er wird mich bestrafen. Aber ich hoffe, daß ich noch ein wenig Zeit habe, bevor er es tut. Als ein Mann von Ehre bitte ich um die Erlaubnis, mich rächen zu dürfen. Versteh das. Es ist wichtig. Ich empfinde keine Reue, einen Mann getötet zu haben, der mich beleidigte, indem er mich ohrfeigte. Das war unverzeihlich von ihm. Bei dem Gedanken, diesen Mann getötet zu haben, empfinde ich pure Freude. Aber das Massaker ist etwas anderes. Es geschah, während ich dabeistand und nichts tat. General Harjono wurde verstümmelt. Ich sah seine heraushängenden Gedärme. Ein Mädchen beugte sich mit einem Messer über ihn, na ja, sie stand unter Drogen, und deshalb wußte sie nicht, was sie tat, aber sie tat es. Und deshalb — ich schäme mich für die ganze Geschichte. Es verfolgt mich. Selbst am Mittag kreuzt das Gespenst meinen Weg. Es kommt nachts, wenn ich träume.« Achmad schwieg und schaute wieder auf den spitzen Hut. »Und noch ein Mann hat mich beleidigt, meine Schwester, meine Familie. Bevor ich Gott die Schuld bezahle, die ich ihm schuldig bin, möchte ich auch noch diese Rechnung begleichen. Das ist mein Gebet. *Inshallah*. Ich will mich erst noch rächen. *Al-hamdu lillah.*«

Achmad stand auf und zog seine abgetragene Hose hoch, die um seine magere Taille schlotterte. Jetzt war es soweit. Die Kraft war in ihm, durchströmte seine Adern wie das vom Berg Merapi herabfließende Wasser des Monsunregens. Er ging zu seiner Schwester.

*

Kaum hatte er das kleine Haus seiner Schwester betreten, als er auch schon hart zuschlug. Endang taumelte keuchend zurück und bedeckte ihr Gesicht mit beiden Händen.

»Keine Sorge«, sagte Achmad schwer atmend, »ich werde es nicht wieder tun. Das ist wegen der Schwangerschaft.« Man sah es ganz deutlich unter dem ausgebleichten Sarong. Achmad setzte sich und starrte verzweifelt seine Schwester an. Er erinnerte sich, wie sie als kleines Mädchen gewesen war — niedlich, ruhig und artig. Endang hatte stets »Das mag ich weniger« statt »Das mag ich nicht« gesagt, wie eine beherztere Tidakfrau ihr Mißfallen ausgedrückt hätte. Endang erinnerte ihn an seine Frau, auch eine Kurang, und diese Erinnerung stimmte ihn traurig, denn ganz sicher würde er seine Frau nie wiedersehen. Während Endang wegen des schmerzenden und demütigenden Schlags weinte, knetete Achmad nervös seine Finger. Doch auch sein Vater hätte eine Frau geschlagen, die Schande über den Haushalt gebracht hatte.

Achmad fühlte sich langsam besser, weil er wußte, daß er seine Kraft wiedergefunden hatte, daß sie ihm jetzt für immer gehörte, daß er tun würde, was er zu tun hatte, daß er noch immer die Fähigkeit besaß, sein Ehrgefühl wiederherzustellen. Er räusperte sich und fragte seine Schwester, wo Kamarusaman bin Ahmed Mubaidah sei. Es sei unerheblich, daß der Mann ihr Schande bereitet habe; das sei Vergangenheit; nun könne der Fehler korrigiert werden. Man müsse Verschiedenes erörtern — eine Mitgift zum Beispiel.

Endang hörte bei der Erwähnung dieser Möglichkeit zu schluchzen auf. Ihre Finger gingen leicht auseinander, und sie linste durch die Zwischenräume zu ihrem Bruder.

Die Täuschung funktionierte also. Ermutigt redete er mit leiser, sanfter und tröstender Stimme weiter. Er sei sich unter den gegebenen Umständen sicher, daß er und Kamarusaman bin Ahmed Mubaidah, wenn er erst einmal den gegenseitigen Nutzen der Zusammenarbeit begriffe, zu einer Vereinbarung kommen könnten. Wenn sie nur die Möglichkeit hatten, sich zu treffen und alles zu erörtern, würde sich daraus sicherlich eine Ehe ergeben. Achmad lächelte strahlend und streckte seine Hände aus. »Ein Gespräch wird unser Problem lösen. Wann und wo können wir uns treffen?«

Er war zutiefst enttäuscht, als seine Schwester, die von seiner Ernsthaftigkeit überzeugt zu sein schien, behauptete, sie habe keine Vorstellung, wann so eine Zusammenkunft stattfinden könne. Seit dem Tag, der auf die Nacht der Generäle gefolgt sei, habe sie Kamarusaman bin Ahmed Mubaidah nicht mehr gesehen. Er sei vielleicht eine Weile fortgegangen wegen der Krise — um sein Geschäft zu schützen.

Achmad versuchte einzuordnen, was hier geschah. War seine Schwester dumm? Führte sie ihn hinters Licht? War sie fähig, ihren eigenen Bruder über etwas so Wichtiges wie den Verbleib ihres Verführers anzulügen? Bevor Achmad sich entscheiden konnte, schreckte ihn ein Klopfen an der Tür.

»Ich bin von der Armee desertiert«, flüsterte er ihr rasch zu. »Vielleicht sucht man mich. Ich werde mich dort verstecken.« Er schlich in das kleine Schlafzimmer und zog die Tür fast zu — fast, denn wenn er sie schloß, konnte man denken, daß jemand sich im Zimmer versteckte. Sich umblickend, bemerkte er, daß das Fenster nicht verschlossen war. Er konnte hinausspringen und wegrennen, wenn es nötig wurde.

Draußen waren Stimmen zu hören, die leise Stimme seiner Schwester und eine männliche Stimme, die so höflich klang, daß sich Achmad ein wenig entspannte. Polizisten und bewaffnete Soldaten klangen im allgemeinen weit barscher.

Er hörte, wie Endang den Mann hereinließ. Aus ihrem unterwürfigen Ton schloß er, daß der Mann das Auftreten eines bedeutenden Menschen haben müsse. Dann konnte er durch den Türspalt teilweise den auf der Couch sitzenden Mann sehen. Koffer und dünner Arm in einem weißen Hemdsärmel, linke Hüfte in einem Batiksarong und auf dem Schoß eine Aktentasche. Aber der Mann beugte sich offensichtlich neugierig vor, so daß Achmad sein Gesicht nicht sehen konnte.

Der Mann stellte sich als Geschäftspartner Kamarusaman bin Ahmed Mubaidahs vor. Seit der Krise hätten sie den Kontakt verloren. Er fügte hinzu: »Das ist momentan üblich, Nonya.« Als Endang nicht antwortete, fuhr er fort: »Ich muß ihn unbedingt finden. Wir haben einen wichtigen Geschäftsabschluß vor uns, deshalb muß ich ihn sofort sehen. Es ist dringend, Nonya. Ein gemeinsames Geschäft hängt davon ab. Verstehen Sie?«

»Ja.«

»Gut. Wenn Sie so freundlich wären, mir dabei zu helfen, ihn ausfindig zu machen, wäre ich Ihnen sehr dankbar.« Als keine Antwort erfolgte, fügte er angespannt hinzu: »Können Sie mir sagen, wo er ist?«

»Nein, Tuan. Tut mir leid.«

Es gab eine lange Pause. Durch den Türspalt konnte Achmad sehen, daß sich die Knöchel der einen Hand weiß verfärbten, da sie die Aktentasche umklammerte.

»Ich kann Ihr Zögern verstehen, Nonya. Wir leben in schwierigen Zeiten. Aber unser Geschäft hängt davon ab. Ich muß ihn so schnell wie möglich finden.«

»Tut mir leid, Tuan. Verzeihen Sie mir.«

Noch einmal schwiegen die beiden lange. »Wenn ich ihn nicht bald finde, werden wir alles verlieren.«

»Ich habe ihn nicht gesehen, Tuan. Es tut mir leid. Bitte, verzeihen Sie mir.«

Der Mann bewegte sich, stand auf und entfernte sich aus Achmads Blickfeld.

»Versuchen Sie es, Nonya. Hier!«

»Nein, vielen Dank, Tuan. Das kann ich nicht annehmen.«

»Es wird Ihnen bei Ihren Unkosten helfen. Nehmen Sie es.«

»Vielen Dank, Tuan.«

»Es wird mehr geben, wenn Sie ihn ausfindig machen. Viel mehr, glauben Sie mir.«

»Ja, Tuan.«

Achmad wartete und hielt den Atem an, bis er hörte, wie sich die Haustür mit einem leisen Klick schloß. Dann schoß er aus dem Zimmer und rannte wortlos an seiner Schwester vorbei. Auf der Straße schaute er wild um sich und sah einen mageren, recht großen Mann mit Aktentasche unter dem Arm davoneilen. Der Mann trug einen weichen Filzhut nach westlicher Mode.

An der Ecke winkte er ein Becak heran. Nachdem der Mann eingestiegen war, rief Achmad nach einem anderen Becak und folgte ihm. Ihm war noch ein wenig von dem Geld übriggeblieben, das ihm das Chinesenmädchen während der Demonstration geschenkt hatte. Aber das würde nur für eine kurze Strecke reichen. Als der Fahrer durch den Kampong fuhr, hörte Achmad die laute und kriegerische Weise von Indonesia Raja Merdeka, der Nationalhymne, die aus dem Radio eines Warungs plärrte. Fast hatte er seine Hand zum Salut erhoben. Längs der Straße klebten einige Jungen Plakate an die Wände: HÄNGT AIDIT! NIEDER MIT DEN ROTEN! DIE PKI IST EIN LAKAI DER CIA! DIE CIA IST DER CHINESISCHE GEHEIMDIENST — DER WAHRE FEIND!

Achmad hatte Glück, die Fahrt dauerte nicht lang. Er ließ den großen Geschäftsmann aus dem Becak steigen, bevor er selbst ausstieg. Achmad bezahlte und verbarg sich in der Eingangstür eines Lebensmittelgeschäfts. Der Mann ging durch ein Eisentor auf ein zweistöckiges Gebäude zu. Zwei Männer in einfacher Khakiuniform standen vor dem Eingang, beide trugen Sonnenbrillen.

»Interessiert er Sie?«

Achmad wirbelte herum und sah zunächst nicht das kleine runzlige Männlein, das im Laden auf einer Kiste Kokosnüsse hockte.

Der kleine Mann grinste. »Sind Sie an ihm interessiert, an dem, der gerade da hineinging?«

Achmad hätte dies fast verneint, aber nach einem weiteren Blick auf den kleinen Mann, offensichtlich derjenige, der den Laden zu fegen hatte — nackter Oberkörper, nur ein paar abgewetzte Shorts und ausgetretene Sandalen sagte er: »Wissen Sie, wer der Mann ist?«

»Was?«

Achmad steckte dem Ladenkehrer seine letzte Münze in die Hand. »Wissen Sie, wer dieser Mann ist?«

»Ja«, sagte der Ladenkehrer, heftig nickend. »Hartono. Hohes Tier aus der PKI.«

»Er ist ein Roter? Ist das ein Versteck der Roten?« Achmad schaute zu dem Haus, wo die beiden Männer, die Sonnenbrillen trugen, den Eingang zu bewachen schienen.

»Nein. Sie sind Soldaten«, erklärte der kleine Mann.

»Steht er unter Arrest?« Als der kleine Mann zögerte, sagte Achmad: »Können Sie mir sagen, was hier los ist? Ich habe kein Geld mehr. Wirklich. Sie haben meine letzte Münze.«

Nachdem er ihn ein paar Sekunden gemustert hatte, seufzte der kleine Mann. »Ich glaube Ihnen. Die Armee hat ihn unter Arrest gestellt. Eine Art von Arrest.«

»Das verstehe ich nicht.«

»Heutzutage verstehen die meisten Leute nicht viel.«

»Die Wachen lassen ihn kommen und gehen?«

»Das verstehen Sie also nicht. Jeder hier weiß, daß er für die Armee arbeitet.« Der kleine Mann schnipste mit den Fingern. »Gestern die PKI, heute die Armee — wer weiß, was morgen ist? Deshalb ißt er Ikan Lele und ich esse Scheiße von der Straße.« Der kleine Mann grinste fröhlich. »Man muß wissen, was man in diesem Leben tut. Man muß die Dinge begreifen.«

»Hartono«, sagte Achmad. »Also das ist er. Ein Roter.«

»Er findet heraus, wo seine Genossen sind, und erzählt es der Armee«, erklärte der Kehrer. »Das ist richtig. Er ist ein Informant. In Zeiten wie diesen kommt er bestimmt groß raus.« Der kleine Mann runzelte plötzlich die Stirn. »Aber Sie, Sie verstehen gar nichts. Wenn Sie ein Roter sind, dann sollten Sie sich besser von Hartono fernhalten. Das ist eine Schlange, die beißt.«

»Vielen Dank, mein Freund.«

»Leute wie wir sollten zusammenhalten«, sagte der kleine Mann. »Ich kümmere mich nicht um Politik, aber ich weiß eins: Sie leben auf der Straße — wie ich.« Er lachte und zeigte seine zahnlosen Kiefer.

Achmad, der davoneilte, wurde von seinen Gedanken durcheinandergerüttelt. Er dachte nicht an den Verführer seiner Schwester oder an den roten Informanten, sondern an Fisch. Ikan Lele, schwarzer Fisch mit grünen Chilis, ist eine Spezialität Sumatras — Achmads Lieblingsspeise —, und daran dachte er. Aber seine innere Kraft behauptete sich wieder und brachte ihn zu der einzigen Sache zurück, die jetzt noch zählte: Sjam zu töten.

Aber den jagte auch noch ein roter Informant.

41

Sie liebte ihn. Daran gab es keinen Zweifel. Jeden Tag war sie auf die eine oder andere Weise mit ihm zusammen, und jeder Augenblick ohne ihn war voll bohrender Sehnsucht nach ihm. Maggie hatte so etwas noch nie zuvor erlebt. Das war der Stoff, aus dem kitschige Romanheftchen bestehen; sie lebte all diese Klischees. Entweder gingen sie in ihrem Quartier bei den Sakirmans oder im Haus der Gitosuwokos zusammen ins Bett, offen, ohne Rücksicht auf die erstaunten Diener, die kaum außer Sichtweite herumhockten, als wären sie ebensosehr von diesem stolz zur Schau gestellten Verhalten wie von der politischen Krise gelähmt, die Yogya erfaßt hatte.

Maggie konnte es nicht ändern. Niemals hatte sie einen Mann so sehr begehrt. Wenn sie sich liebten, ließ sie sich von der Romantik — und was war es anderes als Romantik? — wie von einer warmen Flut hinwegtragen. Was auch immer sie zusammen machten, sie entdeckte darin dieselbe Wärme nach der Verzückung, dasselbe ozeanische Gefühl des Geschütztseins und bald darauf dasselbe Gefühl der Leere, die wieder von der Liebe ausgefüllt werden mußte.

Budi war in seiner Leidenschaft unberechenbar, nur von dem geleitet — wie Maggie wußte —, was der Moment seinem Herzen, seinem Körper eingab. Er umkreiste ihr widerstandsloses Fleisch wie ein gieriger Wolf oder lag ruhig wie ein kleines Hündchen neben ihr und saugte stundenlang an ihren Brustnippeln. Manchmal war er sanft, geschickt prägten seine Hände sich ihren Körper ein, als ob sie ein *Pakem Padalangan* wäre — eine Anleitung für eins seiner Wayangstücke. Manchmal riß er ihr brutal die Beine auseinander und ließ seine Zunge so rasch über ihren harten Kitzler gleiten, daß sie sich in ihrer Ekstase fragte, ob eine Art mythischer Schlange, ein verwandelter Gott, sie im Zentrum ihres Körpers berührte. Wenn er sie nahm, wußte sie nie, was sie erwartete: ein Liebhaber, der sie spüren ließ, daß ihre eigenen Gefühle ihn zutiefst berührten, oder ein Satyr, der darauf versessen war, seine eigene Begierde, so rasch und brutal er konnte, zu befriedigen. Sie wollte beides, da sie weder das Verlangen noch den freien Willen hatte zu wählen, welchen Mann er ihr darstellte. Manchmal schenkte er ihr innerhalb weniger Minuten beide Budis, überwältigte sie in einem unachtsamen Moment und trieb sie über die angesammelten sexuellen Gewohnheiten hinaus in eine Welt unbekannter Freuden; er raubte ihr damit die letzten Überreste ihrer Unabhängigkeit von der Macht der Liebe. Sie hörte sich selbst stöhnen — nein, keineswegs das Stöhnen einer Dame, sondern ein so schrilles Schreien, daß die Diener auf dem gesamten Grundstück die animalischen Laute hören mußten. Und, großer Gott, sie mußten dann doch ebenfalls hören, daß sie solche Aufschreie mit gellenden obszönen Ausdrücken in englischer Sprache begleitete, die sie zum Glück wohl nicht verstanden, wenn sie, vermutlich unter einem schattigen Pavillondach, gespannt zusammensaßen, die Hände erstaunt am Hals und krampfhaft versuchend, das zu sehen, was sich ihren Augen verbarg, nicht aber ihrer Einbildungskraft.

Wenn sie über Liebe sprachen, entdeckte Maggie in seiner Auffassung etwas, das an eine Schicksalsmacht grenzte; es verlieh ihrer Leidenschaft fast die Heiligkeit des Unvermeidlichen. Das kam auch ihrem eigenen Empfinden nahe: Was mit ihnen geschah, bewegte sich außerhalb jeglicher moralischer Beurteilung, weil es sich jenseits jeder Wahlmöglichkeit abspielte.

Andererseits war für Maggie das, was geschah, eine ständige Qual. Das jedoch war wiederum eine Herausforderung, die sie begrüßte. Sie begriff ihre verführerischen Ausreden, alles vernünftig zu betrachten, geringzuschätzen und in Zweifel zu ziehen, als Mittel, duftend wie eine Rose aus dem Ehebruch herauszukommen. Maggie war entschlossen, sich allem zu stellen, auch ihrem Schuldgefühl. Als ob sie ein Autowrack genauer in Augenschein nähme, in dem jemand saß, den sie liebte. Dies war Betrug; es war falsch, es war selbstsüchtig — und doch war dies überwältigend, eine unwiderstehliche Flut von Gefühlen, die sie nicht eindämmen konnte.

Sie spürte auch, daß der Dalang ihre Liebe als etwas völlig Losgelöstes und Kristallklares betrachtete; und obwohl er in ihr aufging, konnte Budi zur Seite treten und ihre Liebe objektiv betrachten, ehe er sich wieder mitten hineinstürzte. Er würde nicht das Richtige und das Falsche abwägen, nicht dieser Mann, sondern sich emotional ein wenig zurückziehen, nur um sich auf einen neuen leidenschaftlichen Ansturm vorzubereiten — seine Gefühle entsprachen dem sexuellen Akt: amoralisch, drängend, genießerisch. Wenn irgend jemand Maggie gefragt hätte: »Traust du diesem Mann, traust du den Dingen, die geschehen?«, hätte sie, ohne zu zögern, geantwortet: »Ich traue seinen Gefühlen, aber ich traue nicht dem, was geschieht.«

Sie glaubte, durch Nebel zu gehen; ein Dunstschleier, der alles verhüllte, außer ihrer Leidenschaft, so daß ein Tag in den nächsten floß wie Wasser in Wasser. Träumend ließ sie sich durch jeden Moment ihrer Liebe treiben.

*

Der private Traum schlug in öffentliche Realität um, als ein Beamter von Opsus sie besuchte.

Dieser Beamte war wegen militärischer Angelegenheiten nach Yogya gekommen, um den Schaden zu schätzen, der in einer Opsus-eigenen Kretekzigarettenfabrik angerichtet worden war. Vagabundierende Jugendliche — entweder Rote oder Moslems, man wußte es nicht genau — hatten die nationale Krise zum Vorwand genommen, in die Fabrik einzubrechen, wütend die Maschinen zu zerstören und soviel Beute wegzuschleppen, wie sie tragen konnten. Der finanzielle Verlust hatte die Armee veranlaßt (die ansonsten in diesen Tagen bei der Verfolgung ihrer Geschäfte eher vorsichtig und zurückhaltend auftrat), einen Prüfer per Sonderflug nach Yogya zu schicken.

Der Beamte war von General Sakirman — auf Verns Drängen — beauftragt worden, bei Maggie vorbeizuschauen und sich zu erkundigen, wie es der Frau des Baumeisters gehe.

Er war ein kleiner Mann mit Schnurrbart, der offensichtlich dachte, daß sein Vorgesetzter ihn über Gebühr belaste, wenn er ihn in dieser Zeit zu einer Ausländerin schickte. Er blieb noch nicht einmal lange genug, um eine Tasse Tee trinken zu können. Er berichtete knapp, daß Tuan Gardner bei guter Gesundheit sei und Nonya Gardner seine Grüße übermitteln lasse. Maggie begriff, daß der Beamte, egal, was sie ihm auch auftrug, Vern nur das mitteilen würde, was ihr gerade auch mitgeteilt worden war: gute Gesundheit und Grüße.

Natürlich hätte sie schnell ein paar Sätze hinkritzeln können, aber das würde niemals genügen: »Liebling, ich muß dir etwas sagen. Irgendwie, ich weiß nicht, wie, habe ich mich in einen anderen verliebt. Muß nun aufhören, da dieser Beamte in Eile ist. In Liebe. Deine Frau.«

Maggie starrte den Mann an; mit einem Zeigefinger klopfte er sich auf den Schenkel; im Gegensatz zu den meisten Javanern, die auf Kosten der Unterhaltung höflich sind, war er so von seiner Wichtigkeit überzeugt, daß er seine Ungeduld geradezu demonstrativ betonte. Ich muß es Vern erzählen, sagte sie sich voller Panik, als ob ihr Mann bis zu diesem Augenblick im Nebel, außer Sichtweite, gewartet hätte.

»Sagen Sie meinem Mann«, hörte sie sich mit zitternder Stimme sagen, »daß wir sehr viel zu besprechen haben, wenn wir uns wiedersehen.«

Der Beamte nickte, salutierte und ging.

»Warten Sie«, sagte Maggie. »Haben Sie das verstanden? Könnten Sie bitte wiederholen, was Sie meinem Mann sagen sollen?«

Er wiederholte es schlecht und mußte es noch dreimal über sich ergehen lassen, bis die Ausländerin zufrieden war und ihn zu seinem viel wichtigeren Auftrag gehen ließ.

Als er über den sonnigen Innenhof eilte, spürte Maggie, daß sich ihr Magen zu einem Knoten zusammenzog. War es wieder die üble Sache? fragte sie sich, aber dann wurde ihr klar: Ihr Körper sagte ihr lediglich, daß das erst der Anfang dessen war, was noch geschehen würde.

*

Von jedem Benny-Goodman-Stück kannte sie nun jeden einzelnen Ton; und als Krupa und Goodman die letzten Takte ihres Duetts einleiteten, ließ Maggie den Brief liegen, den sie gerade schrieb, und wartete auf Jess Stacys Pianosolo am Ende von *Sing Sing Sing*.

Als die Melodie verklungen war, schrieb sie weiter an den Besitzer einer Batikfabrik.

»Aus diesem Grunde wurde das Komitee zur Erhaltung Borobudurs gegründet. Gibt es eine passendere Zeit, das Erbe Javas zu erhalten, als jetzt, da die Politik das Land in den Aufruhr treibt? Die Krise wird vorübergehen, aber die größte Stupa der Welt wird weiterhin hier stehen.«

Maggie legte eine Pause ein und fragte sich, wie sie den

finanziellen Beitrag des Fabrikbesitzers aufs Tapet bringen könne. Mit dem Dalang hatte sie bereits die Generallinie für alle Bitten festgelegt: Borobudur zu erhalten sei eine gute Tat, und gute Taten verschaffen dem Leben geistigen Wert, der Familie Gesundheit (eine javanische Eigenart) und dem Gewerbe mehr Aufträge.

Maggies Problem bestand darin, diskret auf die Geldfrage hinzuweisen. Jede Bitte mußte der Stellung des einzelnen innerhalb der Gemeinde angepaßt werden. Budi sollte die Briefe ins hohe Javanisch übersetzen.

»Bu.«

Inam kam auf die Veranda. Das Mädchen redete sie nicht mehr mit Nonya an, sondern mit dem javanischen Ibu für verheiratete Frauen und seit kurzem mit dem vertraulicheren Bu.

»Dies kam von Pak Candra.« Inam hielt einen versiegelten Brief hoch, den sie auf Maggies Bitte öffnete, las und übersetzte. Er bestand aus ein paar Zeilen blumiger Grußworte und unterwürfig vorgebrachter guter Wünsche. Anschließend drückte Pak Candra, der drei Konzessionen im überdachten Markt Pasar Beringharjo besaß, seinen Wunsch aus, in jeder ihm nur möglichen Weise mit ihr zusammenzuarbeiten, obwohl er dieses Angebot momentan wegen gewisser Verpflichtungen und vorübergehender, aber bedrückender Ungemach einschränken müsse.

»Heißt das nein?« fragte Maggie.

»Ich glaube«, sagte Inam nach einer nachdenklichen Pause, »daß er ja sagt, aber nur, wenn Sie hingehen, mit ihm reden und etwas kaufen.«

»Du meinst, um ihm zu schmeicheln.«

Inam hatte immer noch Schwierigkeiten mit der Direktheit ihrer Herrin, und sie beide lächelten deswegen.

»Du meinst also, ich soll als Ausländerin, die so aussieht, als wäre sie Holländerin und würde die guten alten Tage zurückbringen, zu ihm hingehen?« Maggie lachte fröhlich. »Ihm mit meiner bedeutenden Anwesenheit schmeicheln?«

»Ich meine, daß er Ihnen Geld gibt, wenn Sie ihm Aufmerksamkeit schenken, wenn Sie — ihn beschwatzen.« Das Mädchen versteckte ihr verlegenes Lächeln hinter beiden Händen. »Ja«, sagte sie, »sagen Sie ihm, daß er wichtig ist und daß Sie seine Hilfe brauchen, eine Hilfe, die kein anderer gewähren kann, und daß sonst das ganze Projekt scheitert.«

»Du würdest eine gute Geschäftsfrau abgeben, Inam.«

»Nein, nein«, sagte das Mädchen abwehrend. »So hoch komme ich nie.«

»Ich werde morgen zu ihm gehen.« Weil sie den ernsten Zug um den Mund des Mädchens bemerkte, fragte Maggie: »Mache ich was falsch, wenn ich morgen zu ihm gehe?«

»Nein, Bu. Aber — jemand hat Ihr Fahrrad gestohlen.«

»Ach so! Kann ich mir deins leihen?«

»Ich glaube nicht, Bu. Sie haben auch meins gestohlen. Ein paar Jungen nützen die Krise aus.«

»Nun ja. Hast du irgend etwas gehört?« fragte Maggie wie jeden Morgen nach Inams vermißtem Bruder.

»Nein, Bu. Nichts.«

»In Amerika haben wir ein Sprichwort: Keine Nachricht — gute Nachricht.« Aber Maggie hatte im Radio gehört, daß Mitglieder der kommunistischen Jugendorganisationen in bestimmten Gebieten (die man in den Nachrichten niemals genauer bezeichnete) zusammengetrieben wurden, um sie über Aktivitäten zu verhören, die den Frieden des Landes bedrohen könnten. Weil das Mädchen dastand, als ob sie ihren ganzen Mut zusammenfassen müßte, um mehr zu sagen, fragte Maggie sie, was denn noch los sei.

»Noch ein Mensch wird vermißt, Bu.«

»Aha. Ich glaube, du meinst einen jungen Mann.« Als Inam nicht antwortete, erklärte Maggie: »Ich bin überzeugt, es ist ein junger Mann.«

»Ja, Bu.«

»Ist er ein Kommunist?«

Das Mädchen nickte.

»Inam, hast du auch mit Politik zu tun?«

»Nur mein Bruder ... und er, sie sind ...«

»Du sprichst nie von deinen Eltern. Haben sie nichts von deinem Bruder gehört?«

»Sie sind Santri-Moslems, keine Abangan wie ich. Sie haben seit Monaten kein Wort mit meinem Bruder gewechselt, weil er Mitglied der PKI ist.«

»Vielleicht halt die Krise nicht lange an. Man sagt, daß sie nicht lange dauert.« Sie wollte hinzufügen: »Das ist zumindest die Meinung des Mannes, den ich liebe«, aber das konnte sie natürlich nicht. Die Dienerschaft des Hauses Sakirman erwähnte den Namen des Dalangs niemals vor ihr, nicht einmal Inam, die mittlerweile diskret versäumte, seine Ankunft anzukünden. Er kam abends und ging wie ein javanischer Geist in der Morgendämmerung.

Maggie sagte dem Mädchen, daß sie nun auf der Stelle zwei neue Fahrräder und zwei Schlösser kaufen würden, denn die gestohlenen hatten keine Schlösser gehabt. Außerdem würden die Fahrräder von nun an in ihrem Pavillon stehen, wo die Jungen aus der Nachbarschaft niemals hinkämen. (Auf der Straße gingen sie kichernd vor Angst auseinander, wann immer sie sie sahen, denn eine Ausländerin zog beim Gehen — ebenso wie Wolkenfetzen — die Geister auf sich, und diese Geister konnten jeden angreifen, der sie ärgerte.)

Nach dem Kauf eines neuen Fahrrads wollte Maggie an diesem Nachmittag zur Universität radeln und mit den Leuten der Archäologischen Fakultät sprechen. Sie hatte gehört, daß es an der Universität zwei Professoren gab, die sich mit den Problemen Borobudurs auskannten. Sie mußte sich sachkundig machen über die klimatischen Bedingungen, die Bodenbeschaffenheit und die örtlich auftretenden Erdbeben sowie über das, was sie durch ihre Lektüre als »Petrographie« zu bezeichnen gelernt hatte. Sie mußte Tatsachen sammeln, wenn sie die Javaner überzeugen wollte, ihren tausendjährigen Tempel zu erhalten.

Jeden Tag widmete sie sich der Geldbeschaffung und hoffte, daß sie sich beredt, aber nicht bevormundend verhielt. Sie setzte darauf, daß die Einflußreichen und die Wohlhabenden ihr zuhörten und vertrauten, denn nur achtzehn Kilometer vor der Stadt stand etwas, das dort morgen, nächste Woche und die zukünftigen Jahrzehnte stehen würde, wenn man sich darum sorgte. Ein Zeugnis der Jahrhunderte, ein glorreiches Monument, das Geheimnisse des menschlichen Herzens bewahrte und viele weitere Jahrhunderte am Fuße von Zwillingsvulkanen stehen würde, nur achtzehn Kilometer entfernt von den gegenwärtigen Erben der javanischen Geschichte und Tradition, in deren Macht es stand, die Steine von Borobudur zu retten.

Gestern hatte Maggie eine alte Witwe besucht, eine unermeßlich reiche Priyayifrau, deren Ehemann den Holländern nach einem halben Jahrhundert Zusammenarbeit die Treue aufgekündigt hatte. Als Maggie aufstand, um zu gehen (nachdem sie ein ziemlich vages Hilfsangebot bekommen hatte), meinte die alte Dame nachdenklich, fast zögernd und vielleicht sogar mißbilligend: »Sie werden allmählich eine Javanerin.«

»O nein.«

»Doch. Ein paar Male habe ich das erlebt. Ich habe erlebt, daß jemand in dieses Land kam, sich umsah und erklärte: Hierher gehöre ich.«

»Nun gut, in gewisser Weise denke ich ebenfalls so.«

»Ich weiß, daß es so ist, Ibu Gardner. Aber Sie müssen noch Ihr Krama verbessern.«

»Spreche ich es so schlecht?« fragte Maggie lächelnd, nachdem sie während des Gesprächs einige Kramasätze eingeflochten hatte.

»Nein, Ihr Krama ist erstaunlich gut angesichts der Zeit, die Sie daran arbeiten. Aber man braucht Jahre, um es zu beherrschen.«

»Können Ausländer es wirklich schaffen?«

»Ja, können sie. Einige schafften es.« Endlich lächelte die gestrenge alte Frau. »Sie, ja, Sie könnten es.«

42

Wo steckte Achmad Bachtiar? Für Ali war das keine wichtige Frage (oder zumindest weit weniger wichtig als andere), aber für seinen Bruder Bambang war sie so wichtig, als ob ein Gitosuwoko desertiert wäre. Weil Achmad Bachtiar und Bambang seit ihrer Kindheit unzertrennlich wie Brüder gewesen waren. Und dieses Vertrauensverhältnis wurde erst beendet, als Achmad beschloß, das Leben in der Armee sei besser als in einer Gongfabrik; seine Lehre dort war weniger vielversprechend ausgefallen als die von Bambang, der größer und stärker als er war und der aus einer Familie von Dalangs und Gamelanmusikern stammte.

Jedermann im Dorf wußte nun, daß Achmad ein Deserteur war. Er hatte zu dem Überfallkommando gehört, das die Generäle entführte und anschließend ermordete. Obwohl nur die hochrangigen Offiziere, die bei diesem Unternehmen dabei waren, gesucht oder verhaftet wurden, hatte auch Achmad sich zur Flucht entschlossen.

So erzählten wenigstens die Männer des 454. Bataillons, die nach Yogya zurückgekehrt waren. Bambang weigerte sich, diese Geschichte zu glauben, und nur wenige im Umkreis der Gießerei waren mutig genug, ihm zu widersprechen. Aber in den kleinen Seitengäßchen flüsterte man hinter vorgehaltener Hand über Achmad Bachtiar und suchte in der Vergangenheit nach Ursachen, die seinen Verrat verständlicher machen sollten.

Bambang hatte eine eigene Version des Geschehens. Achmad Bachtiar mußte den nächtlichen Überfall als disziplinierter und gehorsamer Feldwebel ausgeführt haben. Ein Unteroffizier konnte für die Planung und Durchführung eines so wichtigen Unternehmens nicht verantwortlich sein und war daher auch nicht für den schrecklichen Ausgang haftbar zu machen. Ganz bestimmt erwartete Achmad Bachtiar keine Bestrafung, nicht einmal eine Rüge, denn er hatte nur Befehle ausgeführt. Er hatte nichts als seine Pflicht getan. War es nicht so? Das fragte Bambang jeden, der mutig genug war, ihm in die Augen zu sehen und sich mit ihm zu streiten.

Also sei Achmad aus einem anderen Grund desertiert, erklärte er jedem, der es hören wollte, am Eingang zur Gießerei. Ein so ehrenwerter Mann — hatte er sich während seines gesamten Lebens im Dorf jemals anders verhalten? — würde sich immer ehrenwert verhalten. Warum war er also so plötzlich verschwunden und ließ es zu, daß man ihn einen Verräter nannte? Etwas ganz Wichtiges mußte ihn zu diesem verzweifelten Schritt veranlaßt haben. Seine Frau und sein Kind konnten es nicht sein. Sie lebten im Schutz des Dorfes, wo jeder sich in Sicherheit wiegen konnte, nur nicht dieser nichtsnutzige Kommunist Narto, der noch nie hierhergehört hatte. Aber was war mit Achmads Schwester? Sie lebte in Djakarta, wo es Ausgangssperre, täglichen Aufruhr und Mord auf der Straße gab und wo das Kriegsrecht herrschte. Seine arme verwitwete Schwester, die in dieser großen, häßlichen, gewalttätigen Stadt wehrlos war. Was war ihr während der Krise zugestoßen? Wer konnte das wissen? Aber wenn ihrem Bruder zu Ohren gekommen war, daß sie in Schwierigkeiten steckte, eine arme, hilflose Witwe, was würde er, Achmad Bachtiar, ein Mann von untadeligem Verhalten, dann unternehmen? Um seine Schwester zu schützen, würde er alles tun. »*Alles!*« Bambang pflegte sich bei dieser Aussage mit eisenharter Faust in die geöffnete Handfläche der andern Hand zu schlagen.

Wenn jemand nach diesen Ausführungen die Tollkühnheit aufgebracht hätte (das tat aber niemand), auf die Schande hinzuweisen, die Achmad dem Dorf gemacht hatte, indem er während einer Krise seinen Posten verließ, hätte Bambang (nach einem kräftigen Schlag mit dieser eisenharten Faust) erklärt, daß Achmad Bachtiar im Gegenteil ein Mann sei, der dem Dorf Ehre mache, weil er der Tradition gehorche. Er glaube an die überlieferten Sitten, und die forderten, daß ein Mann zuerst für seine unverheiratete oder verwitwete Schwester sorge, bevor er an sich denke. Ein ehrenwerter Mann wie Achmad Bachtiar sei dieser Tradition treu bis in den Tod.

Niemand wagte es, Bambang zu widersprechen, obwohl einige in den Gassen flüsterten, seine Version entspreche nicht jedermanns Vorstellung von Tradition. Einige Leute meinten, daß ein Mann zuerst an seine Frau und sein Kind denken müsse, nicht an die Schwester. Andere meinten, Bambang habe recht. Aber diese Auseinandersetzungen fanden nicht vor seinen Ohren statt. Und nicht eine Stimme erhob sich, als er Achmads Frau und Kind in seinen eigenen Haushalt aufnahm, wo sie bleiben sollten, bis sie zu ihrer Familie in ein dreißig Kilometer entferntes Dorf zurückkehren konnten.

Auch Ali lebte in Bambangs Haus, nachdem Narto ermordet worden war. Man hatte Ali noch nicht bedroht, aber die Blicke der Dorfbewohner verfolgten ihn, und jeden Tag erreichten das Dorf Gerüchte von regelrechten Schlachten zwischen moslemischen Bauern und Roten in der näheren Umgebung. Ali hielt weiterhin jedem, der einen Augenblick stillstand, seine Vorträge über die Landreform. Aber die Leute machten sich schnell aus dem Staub, denn niemand wollte in der Nähe eines kommunistischen Organisators gesehen werden, nicht einmal bei einem, dessen Familie seit Generationen im Dorf lebte.

Nartos Familie besaß jedoch nicht so enge Bindungen an das Dorf, kopflos war sie noch in der Nacht vor seiner Beerdigung geflohen. Die wenigen anderen bekannten Kommunisten des Dorfes verhielten sich ruhig und verschanzten sich hinter verrammelten Fenstern in ihren Häusern, wenn sie nicht arbeiteten.

Ali half Achmads Frau bei den Vorbereitungen zur Abreise; er sah zu, wie sie mit dem Kind auf einen alten Karren kletterte, der von einem Ochsen gezogen wurde. Bambang hatte für diesen Ochsenkarren bezahlt. Die Reise ging langsamer und war dazu noch viel teurer als die Nahverkehrsbusse, die aber während der Krise unzuverlässig waren (manchmal hielten die Fahrer angesichts eines bedrohlichen Gerüchts einfach am Straßenrand und warteten auf günstigere Nachrichten).

Während Ali neben seinem Bruder stand und dem ratternden Karren nachschaute, wandte sich Bambang ihm zu und rief aus: »Achmad ist ein Mann von Ehre, was immer du auch denken magst. Er lebt nach den überlieferten Traditionen.«

»Ja, er lebt danach, aber das ist purer Feudalismus«, erklärte Ali. »Nur weil Sultane die Regeln vor Jahrhunderten aufstellten, müssen wir sie jetzt wie Sklaven befolgen? Wenn Achmad deswegen desertierte — wie dumm von ihm!«

»Paß auf, was du sagst, Bruder. Ein Roter ist hier bereits gestorben. Glaubst du, daß die Leute sich deine Ideen gefallen lassen, nach all dem, was die Roten diesem Land angetan haben? Weißt du, warum du noch immer am Leben bist? Nur wegen des Namens Gitosuwoko.«

»Bruder«, Ali lächelte, »du bist so unverfroren.« Aber sein Bruder hatte sich bereits umgedreht und ging auf das laute Geräusch zu, dorthin, wo Metall auf Metall schlug. Während er so brüsk davonging, dachte Ali daran, wie nah sie sich in den vergangenen Tagen gekommen waren. Ja, es war wahr. Sie gingen wieder brüderlich miteinander um. In ihrem ruppigen Umgang entdeckte er die alte Vertrautheit der Kindheit. Ali fühlte, daß er mit seinem Bruder gegen das gesamte Dorf stand, denn was letztlich zählte, war nicht das Dorf, sondern die Familie Gitosuwoko. Das war wahr, selbst wenn er versuchte, die Macht und Beharrlichkeit einer Vergangenheit zu leugnen, die an ihm haftete wie ein Blutegel, der sich in einem überschwemmten Padi an ihm festbiß.

*

Er fuhr nach Yogya. Seit Beginn der Krise hatte er sich das zur Gewohnheit gemacht; jeden zweiten Tag eine Fahrt durch die Felder und zu Fuß über die kleine Brücke über den Fluß, wo er ein Becak mietete, das ihn in die Stadt brachte. Die ländliche Gegend war sicher, zumindest jetzt, obwohl es auch Gerüchte über Gewalttaten weiter im Süden gab; insbesondere rings um das Dorf, wo Ali an einem Baum die erhängten Männer gesehen hatte. Wie all die anderen Menschen, die nach Yogya kamen, erhielt er die meisten Informationen am Busbahnhof. Reisende tranken in einem Warung Tee und verbreiteten die Neuigkeiten. Von ihnen erfuhr er auch, daß vor einigen Tagen viele Fallschirmjäger über dem roten Dorf abgesprungen waren, daß anschließend Geier über den Dächern kreisten und ein übler Gestank sich bemerkbar machte, wenn der Wind aus der Richtung des Dorfes wehte. Niemand betrat oder verließ es mehr. Soldaten mit Baretts auf dem Kopf hielten jeden davon ab, ins Dorf zu gehen; nur Soldaten durften es betreten.

Ali hörte sich dann diese Geschichten an und ging ruhig davon. Hätten die Menschen an der Busstation von seiner Verbindung zur PKI gewußt, wäre er wahrscheinlich in Schwierigkeiten geraten. Sie hätten ihn vielleicht verjagt, vielleicht sogar verprügelt. Schwer zu sagen. Im Augenblick waren die Emotionen so unberechenbar wie der Flug der Spatzen. Aber er kam und ging dennoch ohne Zwischenfälle. In Yogya besuchte er anschließend stets Mas Slamat, der ihn in das dunkle, verwahrloste Haus führte und ihm wäßrigen Tee anbot. Sie saßen in der abgestandenen Luft des höhlenartigen, dämmrigen Hauptraums, während der kleine Mann eine Vergangenheit schilderte, nach der er sich zutiefst sehnte: eine Zeit, da edle Priyavimänner ihre wachen Stunden ganz dem Hof widmeten, den Spielen, Festveranstaltungen und Umzügen, die die Herrschaft des Sultans so großartig verkörperten.

Zu seiner eigenen Verwunderung lauschte Ali dem kleinen Mann, der die ordinäre Arbeit aufgegeben hatte, um sich der Erinnerung hinzugeben, mit einer Art Entzücken. Mas Slamat fing das Wesen einer glorreichen vergangenen Zeit ein, einer Zeit, da ihre Vorfahren dem verschlungenen, aber anspruchsvollen Weg des *Adat*, der Traditionen, folgten, den Ali in der Öffentlichkeit lächerlich machte, den er aber, seitdem er wieder zu Hause lebte, insgeheim erneut zu bewundern begann.

Heute öffnete Mas Slamat nicht, als er an der alten, verzogenen Tür klopfte. Also machte sich Ali zum Haus der Sakirmans auf, gewöhnlich seinem zweiten Anlaufpunkt in Yogya. Er verzehrte sich nicht mehr nach Nonya Maggie (diese Phase seines Interesses an ihr war glücklicherweise vorbei), aber er bewunderte nun die großgewachsene Ausländerin, die Javanisch lernte und Borobudur restaurieren wollte. Seiner Meinung nach würde sie an beiden Aufgaben scheitern. Aber diese Beharrlichkeit war etwas, das den meisten seiner Leute abging. Sie ließen sich zu schnell von Hindernissen besiegen, und deshalb war seine Bewunderung für Nonya Maggie auch von Neid durchsetzt.

An diesem Morgen — Ali saß mit ihr auf der Veranda und hatte ein javanisches Grammatikbuch auf dem Tisch bemerkt — brachte er das Gespräch auf ihr Engagement für die javanische Kultur. »An Ihrer Stelle«, sagte er, »würde ich mir aus Javanisch nicht soviel machen.«

»Warum nicht?«

»Ich würde mich nur für meine eigene Kultur interessieren.«

»Sind Sie sich dessen sicher?« Nonya Maggie runzelte nachdenklich die Stirn. »Vielleicht wissen einige Leute immer, wohin sie gehören. Ich weiß es immer noch nicht.«

»Eines Tages werden Sie es«, beruhigte Ali sie. Um das Thema zu wechseln, deutete er auf eine tragbare Schreibmaschine, die auf dem Tisch stand, und fragte sie, wo sie so etwas in Yogya entdeckt habe.

»Ich habe sie den langen Weg von Amerika hierhergeschleppt.«

»Sie schreiben Geschichten damit?«

»Nur Briefe.« Sie erklärte ihm, daß sie an die UNESCO und Regierungsbehörden in Holland gerichtet seien, die dabei helfen könnten, einen Tempel zu erhalten, den man in den Kolonialtagen so sehr bewundert habe. Sie habe zudem die archäologischen Fakultäten jeder europäischen Universität angeschrieben, an deren Adresse sie gekommen sei. Dann gab es da natürlich auch noch Briefe an ihre eigene Hochschule und an eine riesige Anzahl anderer amerikanischer Universitäten und Stiftungen.

Ali wunderte sich, während er ihrer eifrigen Beschreibung des für ihn so albernen Projekts zuhörte, über ihre Fähigkeit, das zu ignorieren, was sich um sie herum abspielte. Waren alle Ausländer so blind? Vielleicht waren sie es; schließlich würden sie ja eines Tages wieder gehen, und dieser tröstliche Aspekt verführte sie dazu, sich wie kleine Kinder beim Spielen zu benehmen. Nonya Maggie schrieb all diese Briefe, obwohl wegen des Ausnahmezustands kein Fetzen Papier innerhalb Indonesiens oder ins Ausland verschickt wurde.

Er verspürte ein plötzliches Bedürfnis, diese bewundernswerte, aber leicht verwirrte Frau zu beschützen. »Sie müssen aufpassen. Irgend etwas kann jederzeit und überall passieren.«

Sie sah ihn an, aber in einer Weise, die ihm zeigte, daß sie zwar seine Worte hörte, nicht aber ihren Inhalt aufnahm. Sie war innerlich mit anderen Dingen beschäftigt.

Also wartete er geduldig, daß sie sich ihm wieder völlig zuwandte. In einem nahen Baum flatterten Vögel, und das Mädchen Inam ging im gleißenden Licht über den gefegten Innenhof. Er wußte, daß ihr Bruder ein Mitglied der örtlichen PKI war, daß der Junge vermißt wurde. Eine Menge Rote galten in diesen Tagen als verschollen;

vielleicht hatten sie sich wie der Genosse Pramu einfach aus dem Staub gemacht und sich bis zum Ende der politischen Spannungen nach einem Versteck umgesehen. Ali ersetzte den Anblick ihrer geschmeidigen Bewegung über den sonnigen Hof durch das Bild der Frau seines Bruders, Melani. Er konnte sich nicht dagegen wehren, obwohl es doch eine schreckliche Sache war. Seit kurzem konnte er sich Melani nicht mehr aus dem Kopf schlagen. Er war ein Mann, der sich seinem Schicksal stellte, ein pflichtbewußter Mann, der darauf vorbereitet sein muß, für seine Grundsätze zu kämpfen. Dennoch bedrängten ihn Bilder von einem runden, sanften Gesicht mit großen, klaren Augen, von Brüsten, die unter einem Sarong wippten, und schlanken, braunhäutigen Waden, die ein paar Handlängen weiter noch Köstlicheres versprachen Es war schlimm genug, sich vom Begehren nach einer Frau schwächen zu lassen, wenn man sich mit aller Kraft einer Krise stellen mußte. Und noch schlimmer war es, die Frau seines Bruders zu begehren. Um diese verachtenswerten Phantasien loszuwerden, blinzelte Ali heftig, als ob ihn das Sonnenlicht blende.

Nonya Maggie sagte abrupt: »Entschuldigung. Haben Sie mich etwas gefragt?«

Hatte er? Er war ebenfalls gedankenverloren gewesen. Dann erinnerte er sich. »Ich sagte, Sie sollten vorsichtig sein.«

»O ja, das bin ich. Keine Sorge. Ali, ich muß Sie um einen Gefallen bitten.«

Ohne zu zögern — er mochte diese Frau —, sagte Ali eifrig: »Bitte, fragen Sie. Ich werde es tun.«

Nonya Maggie lachte. »Hören Sie sich erst mal an, um was es geht. Wissen Sie, ich glaube, daß Ihr Onkel Sie sehen möchte.«

Ali war zu verdutzt, um antworten zu können.

»Ich glaube«, fuhr sie fort, »er ängstigt sich wegen der Krise um Sie.«

»Sagte er, daß Sie mir das sagen sollen?«

»Nein. Ich mische mich ein, ich weiß. Aber es ist höchste Zeit, daß Sie sich mit ihm treffen.«

Ali konnte spüren, daß ihre Blicke wie Handflächen auf ihm ruhten.

»Ich denke«, sagte sie weiter, »daß die Menschen in Zeiten wie diesen ihre Meinungsverschiedenheiten vergessen sollten. Wenn die Welt zusammenbricht, braucht man den anderen.« Sie hob ihre Hände und rang sie in hilfloser Verlegenheit. »Ich sollte keine Gardinenpredigten halten. Verzeihen Sie mir.«

»Sie möchten, daß ich Onkel besuche?«

»Ja.«

»Dann werde ich ihn besuchen.« Ali empfand ein plötzliches Hochgefühl, eine Art Freude, als ob das Versprechen, das er eben gegeben hatte, bereits in ihm geschlummert hatte.

Aber weil er einen befriedigten Ausdruck auf ihrem Gesicht bemerkte, kam in Ali ein neues Gefühl hoch, eine plötzliche Anwandlung von Ärger. Was bildete sich diese Ausländerin ein, sich in die Angelegenheiten der Familie Gitosuwoko einzumischen? Doch er wußte die Antwort, noch ehe er sich diese Frage gestellt hatte. Sie hatte das Recht, weil sie zutiefst in ihr Leben verwickelt war, wahrscheinlich mehr in das Leben des Dalang Budi Gitosuwoko als in sein eigenes.

»Sie mögen meinen Onkel?« fragte er scharf.

»Ja, das tue ich. Sehr sogar.«

»Weiß der Ehemann das?«

Seine impulsive Bemerkung, die er ohne Angst vor den Folgen vorgebracht hatte, bewirkte einiges. Nonya Maggies Mund öffnete sich, als ob er sie körperlich angegriffen hätte. Aber er wollte diese Frau nicht verletzen, nicht Nonya Maggie, die sein Land rückhaltlos liebte. Um den Eindruck rückgängig zu machen, er empfinde Eifersucht, die ihm, wie er merkte, bislang noch gar nicht klargeworden war, fügte er hinzu: »Ich meine, weiß der Ehemann, wie berühmt der Dalang, mein Onkel, ist?«

»Er weiß es«, antwortete Nonya Maggie mit einem unsicheren Lächeln.

»Gut«, erklärte Ali brüsk, als ob alles in Ordnung wäre. »Kann sein, daß sie sich eines Tages kennenlernen. Ich gehe jetzt.«

Als sie sich wenige Augenblicke später am Hofausgang verabschiedeten, schien Nonya Maggie wieder entspannt zu sein. Sie sprach von Mas Slamat. »Ich bin froh, daß Sie befreundet sind. Er schätzte Ihre Besuche sehr.«

Ali blickte zu ihr auf (daß er ihr nur bis zur Schulter reichte, war ihm kein Grund zur Scham mehr) und sah in ihrem Gesicht etwas sehr Neues. Sie wirkte sowohl selbstsicherer als auch abwesender, als wäre ein Teil ihres Bewußtseins hier und ein anderer Teil woanders. Es war wie Träumen und Wachsein zur selben Zeit; ein unter seinen Landsleuten, die sich inmitten eines intensiv erlebten Gemeinschaftsgefühls plötzlich nach Alleinsein sehnten, wohlbekanntes Gefühl. Aber er hatte bislang auf einem westlichen Gesicht noch nie einen solchen Ausdruck des Träumens gesehen. Das war eine seltsame Wahrnehmung, und er nahm sie mit sich in das Licht des Nachmittags.

43

Im gleißenden Licht des Mittags hatte Ali Schwierigkeiten, seinen Onkel unter dem schattenspendenden Dach des Pendopo zu sehen; er hatte den Dalang gehört, lange bevor er ihn sehen konnte, denn aus dem blauen Inneren des offenen Pavillons drang die sanfte, aber hohe Stimme in das grelle Licht des Innenhofes. Der Onkel übte die Kunst des Suluk; rhythmisch schlug er mit einem Holzstock auf die große Puppenkiste ein. Den Stock hielt er zwischen der ersten und zweiten Zehe seines rechten Fußes; er selbst saß im Schneidersitz vor der Kiste. Ali wußte das natürlich, ohne ihn zu sehen. Wie oft hatte er während seiner Kindheit erlebt, daß sein Vater für eine Vorstellung übte, indem er ein trauriges Lied sang und auf den Kotak mit einem Chempala schlug!

Wayang — die Schattenwelt: am Mittag war dies nichts mehr als die Übung eines Puppenspielers. Die Hände eines Dalangs bewegen vor einer imaginären Leinwand unsichtbare Gegenstände durch die Dunkelheit, während er Dialoge spricht oder Lieder singt und damit den Rhythmus geisterhafter Geschehnisse schafft. Aber des Nachts entsteht im flackernden Licht einer Öllampe eine Welt der Leidenschaft, der Größe und der Gewalt.

Ali hatte erlebt, wie sein Vater diese Welt der Schatten schuf. Während er über den Hof zum Pavillon ging, gestand er sich ein, daß auch sein Onkel dazu in der Lage war.

Der Onkel blinzelte überrascht in das Sonnenlicht, als er den Besucher erkannte. Dalang Budi Gitosuwoko trug heute die traditionelle Bekleidung, wie Ali bemerkte: ein Blangkon bedeckte seinen Kopf, ein sorgfältig gebügelter Sarong-pelekat, ein am Hals offenes Kejama — alles in den gedämpften Batikfarben des Sultanhofes.

Dalang Budi hörte zu singen auf, als er seinen Neffen sah. Höflich forderte Ali ihn auf weiterzusingen, während er auf die Plattform des Pendopo kletterte. Nach anfänglichem Zögern begrüßte er seinen Onkel mit einer Sembah und rutschte dann auf Knien zu der Puppenkiste hin. Dort wartete er auf ein Nicken seines Onkels. Als dieser dann nickte, ließ er sich im Schneidersitz nieder und betrachtete den älteren Mann.

Plötzlich hielt Ali es für einen Fehler, hierhergekommen zu sein, um in einer nachgiebigen, fast demütigen Stimmung einem Menschen gegenüberzutreten, den er seit so langer Zeit haßte. Er war eigentlich nur aufgrund eines spontanen Versprechens gekommen, das er einer Frau gegeben hatte. Zugegeben: Es wäre ihm schwergefallen, ihr irgend etwas auszuschlagen. Aber nun saß er hier und hatte sich gegenüber einem älteren, berühmten Verwandten angemessen respektvoll zu verhalten. Alles andere hing jetzt von seinem Onkel ab.

Deshalb war Ali erleichtert, daß sein Verhalten freundlich erwidert wurde. Dalang Budi zeigte sich in dieser Zeit der Krise besorgt um seinen Neffen. Er sprach sehr anteilnehmend, und Ali fragte sich, wieviel der Mann wirklich von dem begriff, was sich jenseits der Grundstücksmauern abspielte. Wußte sein Onkel zum Beispiel, daß das Regionalbüro der PKI geschlossen war? Und nicht nur geschlossen, sondern von moslemischen Rowdys dem Erdboden gleichgemacht? Daß in der Region keine Parteiführung mehr existierte? Daß Genosse Pramu einfach verschwunden war — entweder geflohen oder getötet? War seinem Onkel das Chaos bewußt, die schwelende Gefahr von Gewalt in jeder Gasse Zentraljavas?

Aus den Fragen seines Onkels entnahm Ali, daß sein Onkel, genau wie er es erwartet hatte, wirklich sehr wenig wußte. Seine Fragen hätten von einem Kind stammen können. Bist du in Sicherheit? Hat dich jemand bedroht? Was ist mit der PKI los? Fragen, die ein intelligenter Mann in so unsicheren Zeiten nicht gestellt hätte.

»Wirst du im Dorf bleiben?« fragte sein Onkel.

»Ich werde bleiben, solange man mir nichts anderes aufträgt.«

»Wer wird dir Anweisungen geben?«

»Das Regionalbüro der PKI.«

»Aber du hast mir doch eben erzählt, daß das Regionalbüro nicht mehr existiert, daß es niedergebrannt ist.«

»Dann warte ich eben, bis es wieder funktioniert. Ich habe keine andere Wahl. Ich bin ein Kader der PKI.« Ohne nachzudenken, fügte er hinzu: »Wenn wir doch bloß Waffen hätten.« Als sein Onkel es vorzog, darauf nicht einzugehen, fuhr er fort: »Wir hätten uns schon vor langer Zeit bewaffnen sollen. Aber wir haben uns zu sehr auf Sukarno verlassen. Wir waren überzeugt, daß er mehr tun würde, als uns nur zu ermutigen. Wir bauten auf seine Führungskraft. Das war unser großer Fehler. Unser konfuzianischer Fehler.«

Der Dalang beugte sich vor, als ob ihn diese Bemerkung besonders interessierte. »Konfuzianisch?«

»Ich verachte den Konfuzianismus.« Weil sein Onkel lächelte, sagte er kühl: »Vielleicht erscheine ich dir wie ein alberner Student. Aber ich meine, was ich sage. Ich verachte den Konfuzianismus. Überall, wo es Chinesen gibt, verbreiten sie ihn wie eine Krankheit. Hast du überhaupt eine Ahnung, wie destruktiv das ist? Wenn ein Herrscher leise und mildtätig ist, wird sein Volk leise und mildtätig sein. Das ist eine Philosophie der Tyrannei.«

»Einige Menschen bezeichnen es als Philosophie, die an das Gute im Menschen glaubt.«

»Propaganda von Tyrannen. Du möchtest diesen alten Tempel retten. Weißt du, was er repräsentiert? Das Elend

Tausender, die gezwungen wurden, ihn zu bauen, und das Elend Tausender, die verhungerten, weil sie kein Getreide anbauen konnten, denn jede Arbeitskraft wurde gebraucht, um die Steine zum Ruhme von Tyrannen aufzuschichten. Warum lächelst du? Warum siehst du mich so an?«

»Weil ich weiß, daß dein Vater stolz auf dich wäre.«

»Stolz? Er wäre bei meinen Worten wütend geworden.«

»Stolz, weil du denkst.«

Auf dieses Kompliment, das ehrlich gemeint zu sein schien, wußte Ali nichts zu erwidern; verlegen kämpfte er gegen das einsetzende Schweigen an. Er wußte ja, daß der Dalang seine Logik möglicherweise schätzte, ohne jedoch deren Anwendbarkeit zu begreifen. Was konnte sein Onkel schon von Macht in der realen Welt wissen? Ali war nach Djakarta geflohen, um der häßlichen Welt der javanischen Aristokraten zu entkommen.

Das Leben in der Hauptstadt hatte Ali gezwungen, über Macht anders zu denken, als man es Männern wie seinem Vater und seinem Onkel beigebracht hatte. Für sie war Macht eine feststehende Angelegenheit, eine unveränderliche seelische Stärke, die göttlichen Ursprungs war. Die Anhäufung von Macht an der einen Stelle bedeutete ihr Fehlen an anderer Stelle. Man konnte sie daher dirigieren und konservieren, ebenso wie man sich um die begrenzte Anbaufläche eines Reisfeldes kümmern konnte.

In Djakarta hatte er die Wahrheit erfahren. Die junge Nation war auf alten Träumen errichtet worden, auf Aberglauben, auf überholten Statusvorstellungen, auf einem tückischen Erbe der Passivität. Was bewunderten die Leute zum Beispiel an einem Politiker? Seine Fähigkeit, Gegner durch Schaffung neuer politischer Symbole zu schlagen — davor hatten sie Respekt. Die Durchsetzung einer konkreten Politik war weit weniger wichtig.

Sukarno hatte sich auf diese Weise Jahrzehnte gehalten. Die Nation hielt mythischen Glanz für das Wesentliche. Es war schrecklich.

Als ob er gerade aus einem dieser legendären Trancezustände auftauchte, die die javanische Phantasie so sehr fesseln, ging Ali auf, daß er tatsächlich solche Dinge sagte, hier, auf dem Grundstück der Familie. Er hatte einem älteren Verwandten einen Vortrag gehalten. Nur weil er bewußt diese Tatsache außer acht gelassen hatte, war er in der Lage gewesen, so zu reden. Außerdem hatte ihn die gegenwärtige Krise dazu gebracht, sich von der Fessel der Tradition zu befreien. Und sein Onkel? Dalang Budi Gitosuwoko hatte ruhig dagesessen, weder hatte er durch Kopfschütteln sein Mißfallen noch durch Nicken seine Zustimmung zu erkennen gegeben. Er hatte einfach zugehört.

Ali schwieg plötzlich, und sein Onkel sagte: »Ja, dein Vater wäre sehr stolz auf dich gewesen.«

»Wie kann das sein, Onkel? Ihr beide könnt mit dem, was ich sage, nicht einverstanden sein.«

»Ich achtete wenig darauf, was du sagtest.«

»Aber es sah so aus, als ob du zuhörtest.«

»Ich lauschte der Vergangenheit. Dingen, die dein Vater zu sagen pflegte, und ich hörte ihn aus dir sprechen — zumindest seine Stimme, seine Intensität.«

»Ich möchte mit dir nicht über meinen Vater sprechen.«

»Vielleicht ist es an der Zeit, es jetzt zu tun. Du mußt verstehen, was geschehen ist.«

»Ich möchte darüber nicht sprechen.«

»Dein Vater war seit Jahren ein kranker Mann. Es war ein Wunder, daß er trotzdem so lange lebte. Als er begriff, daß er nicht darauf warten konnte, bis du alt genug für die Ausbildung wärst, beschloß er, mich auszubilden. Es stand überhaupt nicht zur Debatte, die Tradition der Familie Gitosuwoko aufzugeben. Auf seine Bitte hin kam ich aus Singapur zurück. Ich gab den Plan auf, im westlichen Ausland zu studieren.«

»Du wolltest Java verlassen?«

»Ich wollte kein Dalang werden. Ich kam wegen der Familie zurück.«

»Das wußte ich nicht.«

»Aber jetzt weißt du es. Macht es einen Unterschied?«

»Ich habe kein Recht, dich zu beurteilen, Onkel.«

»Aber du beurteilst mich.«

»Nein. Weil ich nie sein wollte, was du bist.« Das war eine Lüge. Ali hatte sich häufig gesagt, daß er niemals ein Dalang werden wollte, aber in diesem Augenblick empfand er zutiefst, was für eine Lüge das war. Wäre er alt genug für die Ausbildung und gut genug gewesen — sein Onkel hatte den fatalen Faktor Talent nicht angesprochen —, hätte er dem Kommunismus wahrscheinlich den Rücken gekehrt und wäre ein Dalang geworden.

Also brachte ihn sein Onkel dazu, sich einer Lüge zu stellen, die schon jahrelang sein Leben beherrschte. Dies ließ Ali innerlich vor Wut zittern; deshalb sagte er in dieser Stimmung gehässig die Worte: »Nonya Maggie . . .«

»Ja?« Sein Onkel sah wie ein Tier aus, das von einem Geräusch aufgeschreckt wird.

»Sie bat mich, dich zu besuchen.«

»Sie macht sich ebenfalls Sorgen um dich.«

»Du weißt eine Menge über ihre Gedanken und Gefühle.« Da er keine Antwort bekam, redete Ali sich in Rage. »Ich fragte sie, ob sie dich mag, und sie sagte ja; ob ihr Ehemann wisse, wie sehr sie dich mag, und sie — nun ja, ich fragte das nicht wirklich, weil ich das nicht darf. Ich wußte die Antwort, und ich wollte sie nicht in Verlegenheit bringen, obwohl sie meine Sympathie nicht verdient, denn was sie empfindet, ist falsch — eine verheiratete Frau, und ... und ...« Ali hörte auf, wohlwissend, daß ein Weiterreden zu der Frage nach den Gefühlen seines Onkels führen würde.

Sie schwiegen beide lange, schließlich sagte sein Onkel: »Ich liebe diese Frau.«

Ali hörte seine eigene Stimme, aber er bemerkte kaum den hohen, zitternden Klang in ihr: »Meinst du lieben oder mögen, Onkel?«

»Lieben. Ich liebe sie.«

»Ich habe das, glaube ich, schon immer geahnt.« Deshalb konnte jetzt alles gesagt werden. »Du liebst sie, wie ein Mann eine Frau liebt?«

»Natürlich. Genau so.«

In der Stimme des Dalangs lag eine Sachlichkeit, die Ali ermutigte, ebenfalls direkt zu werden. »Ich bin sehr überrascht, wie du merkst«, sagte Ali jetzt mit festerer Stimme. »Ich bin sehr überrascht. Ich bin entsetzt — und enttäuscht. Obwohl ich dein Neffe bin, betrachte ich dich wie die anderen Menschen als Dalang, was dich von den übrigen Männern unterscheidet.«

»Ich bin wie jeder andere.«

»Du bist nicht wie jeder andere!« Ali hörte Wut in seiner Stimme. »Ein anderer Mann könnte so eine Frau lieben, eine Ausländerin, die Frau eines anderen, aber nicht du. Mein Vater, dein Vater, sie würden vor Scham sterben.«

Das Gesicht des Dalangs war ruhig; dieser Ausdruck absoluter Gelassenheit überzeugte Ali, daß nichts mehr zu sagen war. Es war wie eine persönliche Niederlage. All sein Grübeln über des Onkels weltfremde Ansichten und seine naive Isolierung von den entscheidenden Bereichen der Realität war nichts im Vergleich zu der ruhigen Gewißheit, die auf diesem kantigen, dunklen Gesicht lag. Wenn der Dalang auch nichts über die Anwendung der

Macht wußte, übte er sie doch zumindest völlig instinktiv aus. Niemand konnte tun, was er tat, dachte Ali. Kein anderer Priyayi in Java würde seine Liebe zu einer Ausländerin zugeben, geschweige denn zu einer verheirateten ausländischen Frau, und würde ... schlief er mit ihr? Ja, das mußte er wohl. Das erklärte ihr entrücktes Aussehen und seinen granitharten Blick. Sie hatten sich selbst von der Welt abgetrennt, und die Kraft, die hinter diesem Verhalten steckte, schüchterte Ali ein. Er erhob sich und verabschiedete sich respektvoll mit einer Sembah von seinem Onkel.

»So mag es geschehen«, sagte er resigniert wie ein Santri-Moslem, der sein Schicksal Allah ausgeliefert hat. Nun konnte er sogar das Thema ohne Befangenheit wechseln. »Ich habe dich seit langer Zeit zum erstenmal wieder singen hören. Übst du für eine Vorstellung?«

»Ich freunde mich nur wieder mit dem Wayang an. Neffe, da wäre noch etwas zu sagen. Du mußt lernen, dich gelassen mit der Welt zu befassen, und nicht zu häufig. Du willst dich doch nicht selbst verbrauchen.«

»Ich will mich im Dienst für das Volk verbrauchen.«

»Sehr gut, aber versuche, dich nicht zu quälen.«

»Natürlich quäle ich mich.«

»Qualen liefern dich der Welt aus. Qualen bringen dich dazu, an Dingen festzuhalten, die dich erschöpfen.«

»Quälst du dich nicht, Onkel?«

Der Dalang lachte. »Doch, ich quäle mich. Ich mache mir Sorgen um Borobudur. Deshalb werde ich auch eines Tages wieder eine Vorstellung geben, um Geld für die Restaurierung zu beschaffen.«

»Du hast das schon einmal gemacht, und korrupte Beamte sorgten dafür, daß das Geld nie bis Borobudur kam. Du begreifst nicht, wie die Dinge funktionieren. Du lebst in einer Traumwelt, Onkel.« Ali war über seine Unverfrorenheit erstaunt. Diese absolut offene Kritik an einem Familienältesten — unbeherrscht, ohne ein begleitendes Lächeln oder eine Geste der Höflichkeit vorgebracht — ging über seine eigene Erfahrung und ganz gewiß über die seines Onkels hinaus. Was in diesem Moment geschah, war beispiellos und stand unvermittelt zwischen ihnen — erschreckend auf diesem Grundstück, in diesem Pavillon, wo Alis Vater mit Blicken geherrscht hatte.

Dennoch veränderte sich der Gesichtsausdruck des Dalangs nicht. »Jeder von uns«, sagte er, »trifft die Entscheidung, wofür er sich engagiert — für Dinge, die uns aufbrauchen. Ich würde sagen, daß es im Grunde dumm ist, sich an irgend etwas anderes als an die Liebe zu binden.«

»Die Liebe zum Vaterland ist auch Liebe. Die Liebe zwischen einem Mann und einer Frau ist nicht alles. Eine andere Art von Liebe ist ebenso wichtig.«

»Ich glaube nicht.«

Ali grüßte erneut mit einer Sembah und nahm in den Innenhof das Gefühl der Ehrfurcht mit, das er in der Gegenwart des Onkels empfunden hatte. Es war sinnlos, einen solchen Mann zu hassen. Dann konnte man gleich das Meer oder einen Sturm hassen.

44

Im Morgengrauen verließen sie das warme Bett des Dalangs und kletterten in einen alten Wagen, in Wirklichkeit einen japanischen Spähwagen (der alte Fahrer bezeichnete ihn stolz als einen Kurogane, Typ 95), der kurz nach dem Krieg umgebaut worden war. Wenn es nicht für den Dalang gewesen wäre, hatte sich der alte Mann nicht aus Yogya hinausgetraut. Aber einen so berühmten Mann zu fahren war etwas ganz anderes.

Heute machten sie sich jedoch zum Hindutempel in Prambanan auf, achtzehn Kilometer vor der Stadt. Während der Fahrt berührte Maggie die Hand des Dalangs, eine Hand, die im Liebesspiel ebenso bewandert war wie im Spiel mit den Puppen. Das hatte er in der Dunkelheit des frühen Morgens bewiesen, indem er diese Hand leicht über jede Brust gleiten ließ, bis ihre Brustwarzen sich aufrichteten.

In dem leicht bläulichen Licht, das durch das Autofenster hereinkam, konnte sie sein Profil sehen, die kräftige Nase, das hervorstehende Kinn, die hohe Stirn. Einen Augenblick lang ertappte sich Maggie dabei, daß sie dieses Profil mit dem Vern Gardners verglich — sie verglich und fand sie irgendwie auf beunruhigende Weise ähnlich. Aber der Augenblick ging vorüber, und sie ergriff Budis Hand noch fester, als ob ihre klammernden Hände das Schuldgefühl unterdrücken könnten, das sie in unerwarteten Momenten durchzuckte.

Sie erwähnte niemals ihren Mann, denn sie fürchtete, Budi könne sagen: »Wenn du solche Schuldgefühle empfindest, dann kannst du nicht glücklich sein, und wenn du nicht glücklich bist, dann solltest du nicht bei mir sein.« Er war fähig, etwas so Kühles und Logisches zu sagen, etwas so Offenes wie das, etwas Weises, dem aber die westliche Art des Mitgefühls fehlte. Sie zweifelte nicht länger an seiner Liebe, aber darüber hinaus trennte ihn seine andersartige Erziehung von der Art Sicherheitsdenken, das sie mit einem Mann ihrer eigenen Kultur entwickeln konnte. Maggie fragte sich, ob sie jemals die einfachsten Dinge zu ihm sagen würde: Ich mag diese Krawatte. Hast du deine Fahrkarten? Laß mich erzählen, was diese schreckliche Frau heute sagte.

Ungestüm, dramatisch — das war Budi Gitosuwoko als Liebhaber, aber als Mann war er häufig reserviert, wenn nicht sogar kühl, stur in seinen Meinungen, so beherrscht, daß gewöhnliche Gefahren und Probleme für ihn nicht zu existieren schienen. Er hatte Ali von ihrer Liebe erzählt und hatte dann ihr erzählt, er habe es seinem Neffen erzählt — aber ohne eine Reaktion von ihr zu erwarten, als ob dieses Eingeständnis eine Platitüde wäre, die keiner weiteren Erörterung bedürfe.

Anfänglich war sie verärgert gewesen. Sie hätte es Ali gern selbst erzählt und hätte es manchmal fast herausgesprudelt, besonders als er sie überraschend und ziemlich rätselhaft gefragt hatte, ob ihr Mann etwas über den berühmten Dalang hier in Yogya wisse. Sie hatte damals kurz davorgestanden, es ihm zu erzählen, weil er es offensichtlich von ihr erwartete. Aber vielleicht war es auch besser, daß Budi es getan hatte. Er mußte es in einer schnörkellosen, ehrlichen Weise, die den sensiblen jungen Mann sicherlich entwaffnet hatte, getan haben. Sie hoffte auf den Tag, an dem sich Onkel und Neffe wieder näherkommen würden.

Während der Fahrt erklärte Budi ihr die Handlung eines Wayangstücks. In *Irawans Hochzeit* wird eine Verlobte von einem Riesen entführt und schließlich befreit. Das Ganze spielt im Phantasieland Amarta, wo die Helden niemals altern, die Jungfrauen schön bleiben und das Böse vereitelt wird. Sein älterer Bruder hatte es während des Unabhängigkeitskampfes aufgeführt. Vielleicht führte die fröhliche Grundstimmung des Stücks, die sich so sehr von der Stimmung im umkämpften Indonesien unterschied, verbunden mit dem offenkundigen Symbolismus einer Gerechtigkeit, die über das Böse siegt, dazu, daß die Aufführung ein enormer Erfolg wurde.

Maggie hörte zu, aber eigentlich beschäftigte sie sich in

Gedanken mit Borobudur und mit Budis Beziehung zu diesem Tempel. Er sprach oft von der Restaurierung Borobudurs, aber seine Begeisterung schien einen Beigeschmack von Naivität zu besitzen. Die Wahrheit war: Ihm fehlte es an Geschäftssinn. Er konnte mit seinem Talent Welten ersinnen, Puppen bewegen, singen, Witze erzählen, bei einer Geschichte über neun lange Stunden hindurch verweilen. Aber um mit Bürokraten und Organisationen der Regierung zu verhandeln, von deren Gnade er während der Restaurierung von Borobudur abhängen würde, das konnte er nicht. Er würde niemals ganz begreifen, wie man es deichselt, Gönner zu finden, wie man um Geld bittet, Intrigen abwehrt und angesichts von Dummheit, Gier und Eifersüchteleien ausharrt.

Das war, wie Maggie beschloß, ihr Part. Was auch immer geschehen würde, sie fühlte, daß es ihre Bestimmung war, Budi bei der Restaurierung des großartigen Tempels zu helfen. An der Universität hatte sie gelernt, wie man Anträge auf Unterstützung formuliert. Dieses Wissen und diese Erfahrung konnte sie hier anwenden. Und zu ihren Gunsten sprach auch ihre blinde Liebe zu diesem Mann und eine freche amerikanische Findigkeit. Tatsächlich hatte sie sich niemals so sehr als lärmend-fröhliche Amerikanerin empfunden wie jetzt, da sie die Restaurierung von Borobudur plante.

*

Vor wenigen Tagen, während einer plötzlichen Wende des Schicksals in diesem unberechenbaren Land, fing die Post an, wieder zu funktionieren, so daß Inam mit einem Stapel Briefe zu ihr kam.

Einer war von Vern. Er mußte auch einen ihrer Briefe erhalten haben. Die Briefe fuhren in Postzügen aneinander vorbei, nachdem sie tagelang irgendwo gelagert hatten. Ihrer klang wohl geschwätzig, hohl und unschuldig, denn er war zu einer Zeit geschrieben worden, als sie noch überzeugt war, daß ihr Gefühl für den Dalang nur Verliebtheit sei, die sich schnell legen würde. Sie öffnete Verns Brief.

Er enthielt einen alten Bericht über Djakarta, aber die neuesten Radionachrichten bestätigten, daß er immer noch zutraf. Er schrieb von Unruhen, von bislang nicht ausufernden Gewalttätigkeiten. Einige Straßenschlachten, einige Brandstiftungen, Plünderungen — eben solche Sachen. Er vermißte sie. Er vermißte sie schrecklich. Es schmerzte Maggie, das zu lesen. Und dieser Mann, der sich normalerweise zurückhaltend gegenüber der Liebe gab, wiederholte es noch ein drittes Mal: »Ich vermisse Dich, Liebling, mehr als Du Dir vorstellen kannst, und mir ist nicht nach Ulk zumute.« Aber er meinte, es sei für sie immer noch besser, sich von Djakarta fernzuhalten. Bislang hatte er keine Möglichkeit gefunden, nach Yogya zu kommen; die Verkehrswege wurden von Kampfeinheiten der Armee kontrolliert. Als Maggie diesen Teil des Briefes las, zitterte sie. Was wäre, wenn er morgen oder übermorgen an ihre Pavillontür klopfte, während sie in den Armen eines anderen Mannes lag?

Dann war da noch ein Brief ihrer Mutter, eine Antwort auf ihre Zeilen, die sie während ihrer ersten Tage in Yogya geschrieben hatte. Ihre Mutter beklagte sich über den Leiter des Kaufhauses; Überstunden, geringe Bezahlung. Beklagte sich über zwei Hühneraugen an ihrem rechten Fuß. Beklagte sich über ihre Nachbarin von der gegenüberliegenden Straßenseite, die sich von ihrem Ehemann scheiden ließ und nun unter aller Augen zu jeder Tageszeit Männer empfing, die einfach den vorderen Eingang benutzten: rein ins Haus, und raus zu jeder Zeit, die ihnen paßte, während sie aus dem Fenster lehnte und fröhlich gute Nacht oder guten Morgen wünschte.

Von ihrem Vater kein Brief.

Auf ihren Brief an den Archäologischen Dienst in Djakarta gab es keine Antwort. Aber Budi versicherte ihr, daß man dies auf die Krise zurückführen müsse. Sie war sich dessen nicht so sicher. Aber sie erhielt einen ermutigenden Brief vom Museum für Altertumskunde in Leiden, zusammen mit einer 1873 von C. Leemans verfaßten Monographie über Borobudur, die sehr gut ins Englische übersetzt worden war. Sie vermutete, daß all die Gelehrten, die sich mit Borobudur befaßt hatten, ihr bald bekannt sein würden und daß ihre Namen — Oldenberg, Pleyte, Kaern, Foucher, Brandes, Krom, Slutterheim, Bosch und Kempers — ihr bald so vertraut klingen würden wie die Namen der führenden Experten ihres eigenen Studienfaches.

Wenn sie in diesen Tagen durch die von Soldaten wimmelnden Straßen von Yogya radelte, fuhr sie oft zum amerikanischen Konsulat und starrte auf die roten Gesichter der Marineinfanteristen im Schilderhaus, immer mit dem Wunsch zu sagen: »Ihr seht so groß und mächtig aus — okay, ihr verdammten Arschlöcher, ich gehe jetzt da rein!« Sie stand sich die Beine in den Bauch und wartete wie jedesmal auf Einlaß, während sie alle so taten, als hätten sie sie niemals zuvor gesehen. Nachdem man ihr den Zutritt erlaubt hatte, wühlte sie sich durch die Bibliothek, forstete das Material nach Unterstützungsmaßnahmen und bilateralen Hilfsprogrammen, nach Stiftungsmitteln und internationalen Kapitalprojekten durch, um nach Wegen zu suchen, ein paar Dollar herauszuquetschen und die Aufmerksamkeit der Welt zu erregen. Sie hatte ihre Bestimmung gefunden, unvermeidlich wie der Sonnenaufgang.

*

Und die Sonne ging auf. Maggie und Budi sahen, wie die Ziegel des Hauptturms von Prambanan im Sonnenlicht erglühten, als der alte Spähwagen von der Hauptstraße rumpelnd in einen Feldweg abbog. Es war Maggies erster Blick aus der Nähe auf diesen eintausend Jahre alten Hindutempel. Prambanan wurde ungefähr zur selben Zeit errichtet wie Borobudur; sie kannte natürlich die Fakten. Wie sie gelesen hatte, dachten die Menschen beim ersten Anblick, daß er eindrucksvoller als der buddhistische Tempel wirke, und jetzt konnte sie selbst sehen, warum das so war. Im Gegensatz zu Borobudur, das förmlich auf dem Hügel kauerte, bis man die Wallanlagen hochgeklettert war und das gesamte Tal überblicken konnte, reckte sich Prambanan dramatisch in die Höhe; seine drei Spitzen verkörpern die Hauptgötter der Hindus. Im frühen Morgenlicht kam es Maggie vor, als ob der Hauptturm mit der Mächtigkeit eines Felsens in die Höhe ragte, hoch hinauf zum Berg Meru, dem Aufenthaltsort der Götter.

Als sie aus dem Wagen ausstiegen und an den Außenruinen vorbei in den Hauptinnenhof schlenderten, erklärte Budi, daß die Dorfbewohner in dieser Gegend dem Platz den Namen »Tal der Toten« gaben. Offenkundig wurde der Tempel errichtet, um die Asche der Hinduprinzen zu verwahren.

Maggie betrachtete die mittlere Turmspitze, die höchste der drei, die Schiwa, dem Weltzerstörer, geweiht war. Im Inneren befanden sich Statuen zahlreicher Götter und der Göttin Durga, die der Überlieferung zufolge ursprünglich eine Gestalt aus der javanischen Sage war, sowie von Loro Jonggrang, der »Zarten Jungfrau«, die von ihrem verschmähten Liebhaber zu Stein verwandelt worden war. Während sie nach oben schaute, spürte Maggie, daß sich durch die Hitze und das gleißende Licht etwas auf sie zuschlängelte: sie und Vern, Loro Jonggrang und der verschmähte Liebhaber — ein unheimliches, beunruhigendes Bild, das mit blitzartiger Geschwindigkeit Jahrhunderte übersprang.

Als sie die Treppe emporkletterten und in die Kammer schauten, sah Maggie die göttliche Jungfrau. Ihr fehlte die Nase, und ihre Steinbrüste, die als Glücksbringer galten, waren durch die Hände, die seit Jahrhunderten auf sie gelegt wurden, geglättet. Der Eindruck ihrer Halluzination hatte sich gelegt; Maggie fühlte sich wieder gut, mehr als nüchtern betrachtende Völkerkundlerin.

Aus den inneren Kammern des Tempels kommend, blieb Maggie stehen, um die lebendig wirkenden Reliefs auf den Balustraden anzusehen, die Ereignisse aus dem *Ramayana* illustrierten. Kleine Löwen in Nischen und eine Menagerie von Phantasietieren zierten die anderen Wände. Maggie war so vertieft in den Detailreichtum dieser Skulpturen, daß sie nicht bemerkte, wie Budi sich von ihrer Seite entfernte. Als sie sich schließlich umsah, erblickte sie ihn unten am Sockel. Er kniete auf dem Boden und untersuchte etwas.

Als sie bei ihm stand, entfuhr Maggie ein Schrei des Entsetzens. Aus dem Schlamm ragte eine Menschenhand. Sie war angeschwollen, die Haut aber intakt. Die Finger schienen sich an der Luft festzukrallen.

*

In der vergangenen Nacht habe es geregnet. Das war alles, was der Dalang sagte, während er sich vorsichtig auf dem unteren Wall des Tempels bewegte. Aber sie verstand ihn: Der Regen hatte die schlammige Erde weggewaschen und die hastig vergrabenen Leichen freigelegt. Budi blieb hier und da stehen, musterte ein Kleidungsstück, ein Ohr, sogar eine nackte Brust, die wie aus dem Meer aufgetaucht wirkte, während die Haut das faulige Aussehen einer überreifen Birne besaß.

Maggie sagte nichts, sondern stand schweigend da und wartete. Sie beobachtete ihn. Als er ruhig, fast träge durch diesen Garten des Todes schritt, nahm sein Gesicht einen Ausdruck an, den sie niemals zuvor gesehen hatte. Obwohl sich dieser Gesichtsausdruck noch verstärkte, konnte Maggie nicht sagen, was er bedeutete. Mitleid? Wut? Überraschung? Vielleicht nichts davon, vielleicht alles.

Als er sich abrupt von dem einen Dutzend sichtbarer Leichen abwandte und aus dem Innenhof ging, folgte Maggie ihm, als ob sie gerade beschlossen hätten, was zu tun sei, und es jetzt ganz einfach in Angriff nähmen. Sie gingen in nördlicher Richtung weiter vorbei am dritten, Vischnu geweihten Hauptturm und ließen eine große Anzahl kleiner zerstörter Schreine hinter sich. Jetzt wußte sie, wohin er wollte.

Ein Bauer mit einem Spitzhut jätete gebückt in einem Reisfeld Unkraut. Budi blieb am Rand des Padis stehen und wünschte ihm höflich guten Morgen.

Der Mann blickte hoch, richtete sich auf; seine Augen unter dem schattenspendenden Hut betrachteten Budi lange und eindringlich.

»Ich habe Sie schon einmal gesehen«, sagte der Mann.

Budi stellte sich vor.

Der Bauer grüßte mit einer Sembah, aber ohne die Begeisterung zu zeigen, die Maggie gewöhnlich erlebte, wenn die Leute auf den Dalang trafen.

»Im Tempel sind Leichen«, sagte Budi ruhig — vorsichtig. Es schien Maggie, als dürfe dieser Entdeckung nicht allzuviel Gewicht gegeben werden.

»Ja.« Der Bauer nahm den Hut ab und wischte sich mit der Hand über die Stirn. »Vor zwei Tagen gab es genau hier einen Kampf.«

»Wirklich? Wer waren sie?«

»Rote und Moslems.« Er drehte sich um und zeigte mit seinem Hut in die östliche Richtung, wo das Sonnenlicht einen goldenen Ring um einen blauen Berg gelegt hatte. »Die Roten haben dort drüben ein Dorf. Und dort drüben«, er deutete in Richtung Norden, »haben die Moslems eins. Santris. Sehr fromm. Ich selbst habe keine Schwierigkeiten.« Grinsend setzte er sich wieder den Hut auf. »Ich bin Katholik. Wir sind die einzige Familie dieses Glaubens in meinem Dorf. Meine Einstellung ist christlich. Ich bin in der *Partai Katolik*, und in dieser Gegend gehöre ich ihr allein an. Deshalb werden wir nicht von dem belästigt, was sich hier abspielt. Wer kümmert sich schon in solchen Zeiten um Christen?« Er kicherte, als ob er einen ganz besonders gelungenen Streich erzählte. »Ich danke Gott für meinen Großvater, der in irgendeinem Sommer in Sembalang Christ wurde. Die Leute lachten uns aus, aber jetzt nicht mehr. Um uns kümmert sich keiner. Man hat uns vergessen, dank unseres Erlösers Jesus Christus.«

»Es gab also einen Kampf?« fragte Budi, als der Bauer schwieg.

»Die Roten kamen hierher und sagten zu den Moslems: ›Laßt es uns austragen‹, und so kamen sie hierher ins Tal der Toten, weil das als geeigneter Ort für einen Kampf erschien. Das glaube ich auch. Ich stand genau dort.« Er deutete über sein Feld hinweg auf eine Gruppe von Guavenbäumen. »Ich beobachtete, wie sie mit Bambusspeeren und Anis wie diesem aufeinander losgingen.« Er nahm das Messer aus seinem Gürtel und schwang es kurz, bevor er es grinsend wieder zurücksteckte. »Die Moslems bekamen am meisten ab, aber es waren ja auch nur Jungen. Die Roten waren Männer. Als die Jungen um Gnade bettelten, sagten die Roten: ›In Ordnung, legt eure

Waffen nieder, und wir lassen euch gehen.‹ Als die Moslems das getan hatten, schlachteten die Roten sie ab.« Der Mann zog seine schmalen Schultern hoch. »Man weiß ja nie. Man soll sich das Gesicht waschen, um einen Toten zu vergessen, aber ich habe meins dutzendmal gewaschen, und trotzdem sehe ich sie immer noch sterben.«

Maggie lauschte der traurigen Stimme des Bauern, als Budi schon wieder wegging. Sie folgte ihm und fragte sich, ob er sie vergessen habe. Er ging in den Innenhof des Tempels zurück und kletterte östlich von Schiwas Turm zu einem kleinen Schrein empor; hier befand sich eine freistehende Skulptur des Stiers Nandi, auf dem der große Gott reitet.

Maggie folgte dem Dalang und blieb stehen, als sie in seiner Sichtweite war; er hockte im Sonnenlicht vor dem Schrein. Ein Lichtstrahl traf Budis Kopf und verlieh seinem schwarzen Haar Glanz. Einen Augenblick lang wollte sie mit ihren Fingern durch sein Haar streichen, denn er war lebendig und schön. Dann aber kniete sie sich nieder und wartete.

Maggie war es nicht gewohnt, mit jemandem zusammenzusein, der so ruhig bleiben konnte, so unglaublich bewegungslos. Wenn die Leute um sie herum abwesend wirkten, so spürte Maggie normalerweise doch, daß sie sich zumindest ihrer Gegenwart bewußt waren. Sie spürte nicht, daß Budi sich ihrer Anwesenheit bewußt war, obwohl sie unter dieser Mauer, an der sie hockten, nur wenige Zentimeter trennten.

Gerade als Maggie diesen Zustand zu akzeptieren begann, weil sie bei der nachdenklichen Betrachtung ihres eigenen Schweigens seine Gegenwart vergaß, murmelte Budi: »Ich sehe.«

Sie hatte nicht das Gefühl, daß er eine Reaktion erwartete. Deshalb sagte Maggie nichts.

Dann wandte er ihr sein Gesicht zu und sah sie prüfend an. »Es ist ein alter Brauch, Dalangs zu fragen, was sie sehen. Ich erinnere mich, daß ich einmal meinem Bruder diese Frage stellte: ›Was siehst du?‹ Und er sagte: ›Ich sehe, was du siehst, nicht mehr und nicht weniger. Aber wir sehen auf unterschiedliche Weise. Was du siehst, ist das, was du im Moment vor dir hast. Manchmal packst du die Dinge, die du im Moment siehst, zu den Dingen, die du schon einmal gesehen hast. Aber nicht immer. Wohingegen ich alles, was ich sehe, mit mir herumtrage und mit allem in Verbindung bringe, was ich schon gesehen habe, bis sich ein Muster ergibt, wie du vielleicht ein Batikmuster herstellst.‹ Mein Bruder sagte mir: ›Ich mache immer ein Muster aus dem, was ich sehe, aber du machst es meistens nicht. Was du jetzt siehst und was du gestern gesehen hast und was du morgen sehen wirst, bleibt meist voneinander getrennt. Es tanzt vor deinen Augen wie etwas Fremdes und Unzusammenhängendes. Mir jedoch bedeutet Sehen eine Bestätigung der Welt, die ich bereits kenne. Das hat überhaupt nichts mit Mystizismus zu tun. Was ich sehe, das ist die reale Welt, und was du siehst, ist nur teilweise real, weil alles in Stücke zerfällt. Sorge dafür, daß alles real wird, Budi, oder du wirst niemals begreifen, was es heißt zu sehen.‹«

Budi verfiel in Schweigen, und wieder wartete Maggie ab. Dann sagte er: »Ich versuchte, das zu tun, was er tat, und manchmal hatte ich Erfolg. Das heißt, ich bringe die Dinge wie auf einer Leine zusammen — Vergangenheit, Gegenwart und in gewisser Weise die Zukunft. Ich kann sie dort in einer Reihe hängen sehen, nach einem Muster. Ich dachte, ich hätte auf seine Art und Weise gesehen, aber nun weiß ich, daß ich versagt habe.«

»Versagt?«

»Ich habe nie die äußere Welt mit meiner inneren Welt

zusammengebracht. Die Dinge auf der Leine betrafen nur mich, denn wenn ich tatsächlich hingesehen hätte, dann hätte ich die anderen Dinge auch gesehen. Ich habe die Worte meines Bruders mißverstanden. Er bestätigte nicht nur seine eigene, sondern auch andere Welten. Ich bestätigte nur meine Welt.«

Das wußte sie natürlich. Jeder, der den Dalang kannte, mußte das wissen. Er lebte in seiner eigenen Welt, ohne Reue außerhalb der Welt der anderen. Aber dennoch hatte er bis zu diesem Augenblick nichts über sich selbst gewußt, was allen anderen offenkundig war. Er hatte gerade aus etwas, das so offenkundig wie ein Sonnenaufgang war, eine philosophische Erklärung gemacht. War das die Art großer Männer? fragte sich Maggie. Manchmal hatten sie nicht einmal den Verstand eines Babys oder eines großen Narren. Aber ihm waren nun die Augen geöffnet, das war klar. Die vom Schlamm umgebenen Leichen, die nun der Schmach der Schändung ausgesetzt waren, hatten Ki-Dalang Budi Gitosuwoko in eine Welt gebracht, die er niemals zuvor betreten hatte.

Sie erhob sich, ging zu ihm und nahm seine Hand. Sie versuchte, ihre zitternden Hände zu beruhigen, während sie seine festhielt. Und so saß Maggie dort und trotzte dem Schicksal, weil nichts, nicht einmal das Tal der Toten, ihr diesen Mann und Borobudur entreißen konnte.

*

Am Nachmittag, bei ihrer Rückkehr aus Prambanan, dachte Maggie an den Abend. Er würde heute nacht bei ihr bleiben, während der Mond über die Dächer des Grundstücks segelte. So sah Maggie den Mond — er glitt in einem Himmelsmeer dahin. Ihre Gedanken waren von billiger Poesie erfüllt, dachte sie, aber das machte nichts. Nichts mußte mehr zurückgehalten werden. Er hatte zu leiden begonnen, das war klar. Maggie kam es vor, als ob sie die Verfärbung der Blätter im Herbst oder die Verpuppung einer Raupe beobachtete: etwas Absolutes, Unumstößliches. Sie hatte erlebt, wie er sich sichtbar änderte, als seine Welt sich nach außen öffnete und sich dem geplagten Indonesien zuwandte.

Wenn ihr Ehemann eine Möglichkeit fand, nach Yogya zu kommen und sie nachts in diesem Pavillon mit ihrem Liebhaber entdeckte, was würde sie tun? Sie würde sich dem stellen, wenn es geschah; Aber sie wollte nicht länger in Angst davor leben. Für private Ängste war keine Zeit mehr. Was sie und Budi heute beim Hindutempel gesehen hatten, veränderte alles. Sie waren durch einen Spiegel gegangen und hatten beide, einer erwachsenen Alice ähnlich, eine andere Welt betreten. Denn nicht nur Budi, sondern auch sie war wachgerüttelt worden.

Und deshalb hatte Maggie Schwierigkeiten, sich auf die alte Dienerin zu konzentrieren, die plötzlich mit zitternden Lippen auftauchte und die Hände vor der Brust rang.

»Ja?« Maggie reagierte langsam auf die Bestürzung der alten Frau. Sie erhob sich halb von ihrem Sessel. »Was ist los? Was ist passiert?«

»Inam ist weg, Nonya.«

»Wo ist sie?«

»Soldaten kamen und nahmen sie mit.«

Maggie sprang auf. »Wozu? Warum?«

»Soldaten sagten nichts.« Die alte Frau wedelte schwach mit ihren Händen in der Luft. »Inam ist weg.«

45

Der kleine bärtige Beamte, der Vern in seinem Büro bei OPSUS aufsuchte, stand ungeduldig in der Türöffnung, während er die Mitteilung aus Yogya weitergab: Nonya Gardner sei gesund und lasse grüßen. Damit drehte er sich um und wäre in einen energischen militärischen Schritt verfallen, wenn Vern ihn nicht mit lauter Stimme zurückgerufen hätte, um noch weitere Informationen zu erfragen.

Der Beamte, der sich ungeduldig auf den Oberschenkel klopfte — denn er hatte Wichtigeres zu tun —, bestand darauf, daß es außer Gesundheit und Grüßen nichts zu berichten gebe. Also ließ Vern ihn gehen. Es war, als ließe er einen Hund los, der mit einer Kette an einen Pfosten gebunden war. Vern beobachtete, wie er mit kurzen, rhythmischen Bewegungen seiner schmalen Schultern an den Büros vorbeilief und dann verschwand. Maggie ging es also gut; das war zwar keine erschöpfende Information, aber zumindest war sie lebenswichtig.

Und als dann die Post mit der Plötzlichkeit des blauen Himmels nach einem Gewitter wieder funktionierte, hatte er einen Brief von seiner Frau bekommen. Er war voller Begeisterung für die javanische Sprache und für ihren unmöglichen Traum, diesen buddhistischen Tempel zu restaurieren — aber wenigstens waren die Worte in ihrer schrägen, mädchenhaften Schrift geschrieben.

Er vermißte sie. Und er fühlte sich allmählich sexuell völlig vernachlässigt.

Nicht daß er damit nicht umgehen konnte. Während seines gesamten Lebens hatte ihn seine unbekümmerte Einstellung zur Sexualität dazu geführt, daß er sie von seinen wahren Gefühlen trennen konnte. Er liebte Maggie, er hatte Sex mit ihr. Das schloß sich gegenseitig nicht aus, aber das eine hing nicht vom anderen ab. Vern glaubte das.

Aber er glaubte auch, Moral bestehe darin, andere nicht zu verletzen, wenn man es vermeiden konnte. Und deshalb bewahrte er bei Yanti größte Selbstbeherrschung. Jeden Tag fühlte er sich mehr zu ihr hingezogen. Nun gut, die Wahrheit war, daß sie mit ihm flirtete, und beide wußten, daß sie sich auf seinen kleinsten Wink hin auf ihn stürzen würde. Sie beide wußten es, obwohl das Mädchen sicherlich nicht so richtig wußte, was »sich auf ihn stürzen« bedeutete. Auch wenn sie vielleicht keine Jungfrau mehr war, besaß Yanti bestimmt kaum Erfahrungen auf diesem Gebiet. Er würde ihr nur eine Menge Schwierigkeiten bereiten, wenn er sich austobte. Und hier kam das einfache Gerüst seiner Philosophie zum Tragen: Wenn er es konnte — und er konnte es —, dann mußte er vermeiden, sie zu verletzen.

Aber seine Frau war einige hundert Kilometer weit weg irgendwo in Zentraljava. Jetzt mit ihr zu schlafen wäre genau das richtige, in legaler wie in moralischer Hinsicht, egal, wie man es betrachtete. Und deshalb setzte Vern alles daran, nach Yogya zu kommen. Trotz des Verbots aller Flüge, wenn sie nicht unmittelbar etwas mit der gegenwärtigen Krise zu tun hatten.

Natürlich konnte er nicht General Sakirman bitten, dessen Verhalten in diesen Tagen auf schon lächerliche Weise fromm war — die Moral eines heiligen Mannes. Wenn Vern den General um Hilfe bitten und auf Ablehnung stoßen würde, dann lief alles, was er in Zukunft tun würde, auf Ungehorsam hinaus. Und obwohl er eine ausländische Zivilperson war, arbeitete er immer noch nach den Richtlinien und Anordnungen der OPSUS. Ihm konnte sogar kurz vor Baubeginn des »Projekts Palme«

— und die Pläne waren fast fertig — der Arbeitsvertrag gekündigt werden.

Deshalb ging Vern zu einem jüngeren Offizier. Dieser Leutnant im Nachschubwesen besaß den Ruf, mehr krumme Geschäfte als der Rest der Belegschaft zu machen. Er war fett, lächelnd, trug eine Brille und saß auf einem wenig angesehenen Posten, der ihm ohne das Scheinwerferlicht, das höhere Tiere ins Zwielicht bringen konnte, Zugang zu einflußreichen Leuten verschaffte. In Verns Büro plauderten sie ein wenig bei einigen Tassen Pfefferminztee; das Geld lag in einem einfachen Briefumschlag auf dem Tisch; der Offizier nahm nach ein paar diplomatischen Floskeln den Umschlag an sich; und am nächsten Tag befand sich Vern am heißersehnten Ort — dem Luftstützpunkt Halim — und wartete auf ein Militärflugzeug nach Yogya. Er beglückwünschte sich zu seinen Kenntnissen der indonesischen Korruption, während er in der Abflugbaracke eine Bank wärmte.

Eine halbe Stunde vor Abflug kam ein Luftwaffenoberst herein und musterte Vern kurz. Der Oberst verschwand, wenige Minuten später erschien ein Hauptmann, der ein Stück Papier in der Hand hielt. Er sah Vern an und las ihm flott in Bahasa den Inhalt des Papiers vor. Vern hatte keine Mühe, den Worten zu folgen. Ihm wurde mitgeteilt, daß aufgrund der gegenwärtigen Krise bis auf weiteres keinem Ausländer, einschließlich des Personals, das dem indonesischen Militär zugeordnet sei, eine Transportmöglichkeit gewährt werden könne. Vern blickte den Offizier durchdringend an und entnahm seinem strengen Gesichtsausdruck, daß es keinen Sinn hatte, ihm zu widersprechen, daß er keine Chance hatte, mit einem weiteren wohlgefüllten Briefumschlag die Dinge ins Lot zu bringen.

Also fuhr er zurück nach Djakarta und erhielt am folgenden Tag auf dem Briefpapier der US-Botschaft eine wütende Mitteilung Jack Rutledges. »Wenn Sie, Mr. Gardner, darauf bestehen, die klaren Anordnungen zu mißachten, welche von der indonesischen Regierung während des gegenwärtigen Notstandes erlassen wurden, dann sieht sich Ihre eigene Regierung zur Intervention gezwungen. Was ich damit sagen möchte, Vern, ist, daß wir Sie höllisch schnell aus diesem Land werfen, wenn Sie sich nicht benehmen können. Und kein weiteres Telex für eine Weile. Wir sehen uns irgendwann auf einen Drink, vielleicht.«

Am Nachmittag zitierte Sakirman ihn zu sich, ebenfalls wütend. Vern steckte die Standpauke (Sakirman genoß ganz offensichtlich diese offizielle Gelegenheit, einen Amerikaner abzukanzeln) gleichmütig ein und entschuldigte sich demütig. Aber er verweigerte jegliche Auskunft, als Sakirman ihn aufforderte, ihm zu erklären, wie er an die Flugerlaubnis gekommen sei. Sakirman war jedoch so zurückhaltend, daß Vern sich fragte, ob der General vielleicht doch nicht wußte, wer in seiner Organisation solche Dinge arrangierte. Korruption führt unter den Bestechlichen zu Angst; schlafende Hunde weckt man nicht. Vern überstand den mißlungenen Plan mit einem intakten Respekt vor dem Leutnant des Nachschubwesens, der seine Spuren gut genug verwischt hatte, um am nächsten Tag ein neues krummes Ding einfädeln zu können.

Und so mußte Vern noch eine Weile länger auf Maggie warten. Als Sakirman ihn später am Nachmittag erneut zu sich rief, malte sich Vern aus, daß ihn eine weitere Gardinenpredigt über Pflichterfüllung und Opferbereitschaft erwartete, eine fromme Mahnung an ihre gemeinsame Entbehrung (»Wenn Ihre Maggie nicht bei Ihnen ist, so denken Sie daran, daß meine Sus auch nicht bei mir ist«), deshalb überraschte Vern das freundliche Lächeln des Generals, als er das Büro betrat.

»Bung Karno wünscht den amerikanischen Architekten noch einmal zu sehen«, verkündete er freudestrahlend.

*

Als Vern auf dem Rasen vor dem Präsidentenpalast in Bogor aus dem Hubschrauber kletterte, machte er sich keine Illusionen über diesen Besuch. Sukarno, krank, arrogant, hart bedrängt von den unterschiedlichsten Gruppierungen, suchte nach anderen Ablenkungen als den zahllosen Puppen, die während dieser langen, öden Tage nach der Nacht der Generäle sicherlich nur wegen seiner Reputation als Weiberheld und nicht so sehr zum Vergnügen durch sein Schlafzimmer marschiert waren. Wie andere Männer, die unter Druck stehen, mußte Sukarno sich sehnsüchtig seiner sorglosen Zeit als Architekturstudent am Technischen Institut in Bandung entsonnen haben. In dieser nostalgischen Anwandlung hatte der Präsident sich wohl an den Amerikaner erinnert, der ein Hotel, nicht höher als eine Palme, bauen wollte.

Und nachdem Vern über den Marmorfußboden der Empfangssäle des Palastes zu den Privaträumen des geliebten Führers vorgedrungen war, erfuhr er sehr schnell, daß er mit seinen Vermutungen richtig gelegen hatte. Sukarno begrüßte ihn überschwenglich, reichte ihm über die Glasplatte des Tisches die Hand und erinnerte ihn daran, daß sie aufgrund ihrer Ausbildung und ihrer gemeinsamen Liebe zur französischen Architektur des achtzehnten Jahrhunderts im gewissen Sinne Brüder seien.

Als er vor dem Schreibtisch Sukarnos saß, konnte Vern den geliebten Führer eine Weile prüfend betrachten, bevor sie mit ihrer Unterhaltung begannen. Sukarno sah bei weitem erschöpfter aus als bei ihrer ersten Begegnung. Die Pockennarben auf seinen Wangen schienen noch tiefer geworden zu sein, vielleicht weil seine käsige Gesichtsfarbe sie mehr betonte. Dennoch waren seine Bewegungen immer noch erstaunlich schnell. Mit vor dem Mund aufeinandergelegten Fingerspitzen vermittelte er den Eindruck schnellen, aber effizienten Denkens, obwohl seine Aussprache während ihres Gesprächs manchmal undeutlich wurde und sich seine Augen verschleierten, als ob ihn seine Geistesschärfe plötzlich verlassen hätte.

Zuerst besprachen sie das »Projekt Palme«, das der Präsident beharrlich als »Projekt Mangobaum« bezeichnete. Er nannte es so oft Mangobaum, daß Vern nicht überrascht gewesen wäre, wenn Bung Karno am nächsten Tag bei OPSUS angerufen und befohlen hätte, den Namen zu ändern. Als Vater seines Landes durfte Sukarno das noch; schrullig ja, aber nicht der Possenreißer, zu dem ihn westliche Journalisten manchmal machten. Vern respektierte Sukarno wie einen Kongreßabgeordneten zu Hause, der dumme Reden hält und die Mädchen auf dem Flur in den Po zwickt, aber seine Gesetzesvorlagen zielstrebig durchboxt. Sukarno hatte sich zweifellos als überlegener Meister des politischen Spiels erwiesen. Jahrelang hatte er in der Öffentlichkeit die Grundsätze des Islams, des Nationalismus und des Marxismus wie ein Kartenspiel gemischt. Er hatte den indonesischen Inselbewohnern, die sich seit Jahrhunderten mißtrauten, so lange geschmeichelt und gedroht, bis sie die Idee der Einheit akzeptierten. Trotz all seiner Exzesse wurde Bung Karno noch immer von Millionen verehrt. Das war die Wahrheit, selbst wenn ihn die jüngsten Ereignisse zu einem Kompromiß gezwungen hatten, den er sich noch vor Monaten nicht hätte träumen lassen.

Vern hatte zusammen mit der gesamten Nation beobachtet, wie die tatsächliche Macht des geliebten Führers täglich weiter abbröckelte. Sukarno hatte der Forderung der Armee nachgegeben, Suharto zum Oberbefehlshaber zu ernennen, was Sukarnos Hauptrivalen in dieser schwierigen politischen Situation zum zweitmächtigsten Mann des Landes machte. Und er hatte sich Suhartos Forderungen gebeugt, den Außenminister Subandrio aus dem KOTI, dem höchsten Regierungsorgan, zu entfernen und Vizemarschall Dhani als Chef der Luftwaffe zu entlassen. Schließlich war Sukarno sowohl von seinen getreuen als auch von seinen feindlich gesinnten Beratern gezwungen worden, Suharto Vollmachten einzuräumen, besondere Militärgerichte zur Aburteilung der Roten ins Leben zu rufen. Vern hatte erfahren, daß Suharto sogar die Macht besaß, die Richter dieser Gerichte zu ernennen und selbst festzulegen, wer verurteilt werden sollte. Ganz eindeutig war Sukarno in der Klemme, aber ebenso eindeutig konnte der geliebte Führer, wenn er es wollte, den Namen des Projekts von »Palme« in »Mangobaum« verändern lassen, und zwar sofort.

Während einer Gesprächspause kratzte Sukarno den Rücken seiner linken Hand mit der rechten. Vern bemerkte, daß schon beide Hände wund gekratzt waren. Darüber hinaus zuckten die Lippen des Präsidenten häufig, als ob er seine Gesichtsmuskeln nicht mehr beherrschen könne.

Plötzlich rief er aus: »Ich bin entsetzt über die Morde, ich bin bestürzt und betrübt. Wie konnte das geschehen?« Er wartete Verns Antwort nicht ab, sondern fügte hinzu: »Natürlich war der Putsch eine an sich unbedeutende Geschichte. Er wurde nur von Leuten über alle Maßen aufgeblasen, die schon seit Jahren versuchen, auf mich zu scheißen.«

Diese Vulgarität überraschte Vern nicht sonderlich. Sukarno benutzte solche Worte häufig in Reden, um damit die Marhaen, die einfachen Leute, zu erreichen, deren uneingeschränkte Zustimmung immer das Bollwerk seiner Politik gewesen war. Aber ihn überraschte, daß Sukarno vor einem Ausländer so auftrat. Die Fingerspitzen aneinanderlegend, während seine schlaffe Wangenhaut vor lauter Lebhaftigkeit zitterte, behauptete er (Vern hatte denselben Satz bereits im Radio gehört), daß der Putschversuch nicht mehr gewesen sei »als eine kleine Welle im Meer der indonesischen Revolution« — eine Erklärung, die den öffentlichen Aufschrei hoher Offiziere provoziert hatte; höchst dramatisch zeigten sie in Richtung Süden auf die Gräber der ermordeten Generäle.

Sukarno schien vorübergehend seinen Zuhörer vergessen zu haben, als er eine Schmährede gegen die subversiven Elemente der Gesellschaft begann. Dann lobte er, wie in seinen jüngsten Reden, die Kommunistische Partei. Keine andere Partei habe sich so konsequent gegen die Holländer erhoben wie die PKI. Natürlich verhielten sich die Kommunisten, wie die letzten Ereignisse zeigten, ziemlich dämlich; sie führten sich auf wie Ratten, die ein großes Stück vom Kuchen gegessen haben und dann versuchen, auch das Fundament des Hauses zu verschlingen.

»Wenn wir die Ratten fangen können«, erklärte er, »sollten wir nicht das Haus niederbrennen.« Und so ging es ewig weiter, bis Vern kleine silbrige Perlen, als ob der Schweiß kristallisierte, auf seiner Stirn bemerkte. Und dann erinnerte sich Vern daran, daß jemand an der Hotelbar Sukarnos Nierenversagen und die »urämische Gänsehaut« erwähnt hatte, die auf der Haut Nierenkranker erscheint.

Sukarno erwähnte völlig zusammenhanglos, er habe vor nichts Angst. Sein Mut entspringe nicht einem magischen Kris, der ihm von einer Frau geschenkt worden sei, die in einer Höhle meditierte — ein dümmliches Gerücht, das von Spionen Malaysias und westlichen Journalisten, die alle den Haß predigten, in die Welt gesetzt worden sei. »Entschuldigung, Amerikaner, aber Sie wissen, daß es wahr ist; Sie werden es nicht zugeben, aber Sie wissen es; und deshalb lache ich einfach über solche Gerüchte und gehe wie immer meinen Weg — zum Wohl des Volkes, dieser großen Nation, bis wir durch den geistigen Kampf eine Symphonie des Sieges erreicht haben, und dann werden all ihre Gerüchte zusammenbrechen, zusammenbrechen, zusammenbrechen, und sie werden nicht mehr sagen, daß meine sechs Ehefrauen und die anderen Frauen mir die Energie weggefickt haben, weil sie dann merken werden, daß nichts die Art der Energie zerstören kann, die ich besitze, sie kommt von Gott selbst, sie wurde mir« — und jetzt schlug er mit beiden Fäusten heftig auf die Glasplatte des Schreibtischs — »zu dem einzigen Zweck gegeben, mein Volk in das goldene Zeitalter zu führen, es zu führen, zu führen, zu führen in das goldene Zeitalter!«

Er hielt schwer atmend inne, fuhr sich mit der Zunge über die Lippen. Als er wieder bei Atem war, fragte Sukarno fast schüchtern: »Haben Sie manchmal einen schlechten Geschmack im Mund?«

Taktvoll antwortete Vern: »Manchmal.«

»Ja, ich auch.« Sukarno lehnte sich erleichtert lächelnd zurück. »Ich nehme Natriumkarbonat. Man hat mir eine eiweißarme Diät verordnet, aber ich kann soviel Salz essen, wie ich möchte. Was denken Sie, Amerikaner?«

»Worüber, Bung Karno?«

Der Präsident zögerte, als ob er seine Frage vergessen hätte. Dann sagte er, sich verschwörerisch vorbeugend: »Was redet man bei OPSUS über mich? Ich frage aus reiner Neugier. Ich bin an den Beobachtungen informierter und wohlwollender Ausländer — wie Sie es sind — sehr interessiert. Wie sie die Dinge sehen.«

»Ich verstehe, Bung Karno.« Vern wußte nicht, was er sagen sollte. Die Wahrheit konnte er nicht sagen. Junge Armeeoffiziere lachten lauthals über Sukarnos altmodische javanische Moralpredigten, eine Mischung aus Wayang und Aberglaube, statt Inhalt viel Rhetorik, statt Handeln nur Rituale, statt Programmen nur Abkürzungen. Er konnte nicht erzählen, daß er einen Hauptmann belauscht hatte, der einen der rätselhaftesten und unbesonnensten Sprüche Sukarnos nachäffte: »Die Revolution ist ein auf dynamische Weise dialektischer Prozeß oder auf dialektische Weise ein dynamischer Prozeß.« Er konnte ebenfalls nicht sagen, daß er in jüngster Zeit Mitarbeiter erlebt hatte, die sich verächtlich über einen Mann ausließen, der die Einheit predigte, sich aber so vor Kritik fürchtete, daß er für alle Zeiten festlegte, wer für und wer gegen ihn sei; daß selbst Obergefreite und Feldwebel in diesen Tagen dem geliebten Führer unverblümt vorwarfen, er sei so von den Frauen vergiftet und von den Roten verblendet, daß er nicht mehr auf die Beine kommen werde (was bei den Zuhörern, die noch vor einem Monat bei solch verräterischen Bemerkungen erblaßt wären, ein höhnisches Gekicher auslöste).

Vern erklärte dem Präsidenten: »Weil ich Ausländer bin, werde ich bei OPSUS von den Leuten nicht ins Vertrauen gezogen.«

Sukarno preßte die Lippen zusammen; einen Moment lang blickte er ihn mit zusammengekniffenen Augen abschätzend an. »Sie kriegen nichts mit?«

»Sie hören zu reden auf, wenn ich vorbeikomme.«

»Ich verstehe. Dann sprechen sie über wichtige Dinge.«

Vern räusperte sich, was Sukarno auch häufig tat, um

Zeit zu gewinnen. »Ich vermute, daß alles, was sie jetzt während der Krise erörtern, wichtig ist.«

Der Präsident entspannte sich und lehnte sich wieder zurück. Also das wollte er — ein Zeichen, einen Anhaltspunkt für die Lage. Er wollte wissen, wie sich die Offiziere benahmen. Er hatte nicht erwartet, daß Vern irgendwelche Geheimnisse enthüllte, und ganz gewiß hatte er sich nicht mit den Interpretationen eines Ausländers abgegeben. Sukarno wollte lediglich wissen, ob die Opposition frech genug geworden war, sich vor einem Ausländer offen zu erkennen zu geben. Vern war nicht aufrichtig gewesen. Er fühlte sich deswegen nicht wohl. Immerhin hatte Sukarno einen Augenblick lang das psychologische Einfühlungsvermögen gezeigt, das ihn auf den Gipfel der Macht gebracht hatte. Hätte er ihm ein wahres Bild vermittelt — oder zumindest ein teilweise zutreffendes —, wie die Dinge bei OPSUS standen, dann würde Sukarno wahrscheinlich rasch und effizient in seinem eigenen Sinne zuschlagen. Aber Unruhe bei OPSUS war nicht in Verns Interesse. Die Nächstenliebe beginnt zu Hause, pflegte sein Vater zu sagen. Vern lächelte, faltete die Hände und verriet nichts.

Die Unterhaltung ging dem Ende zu, als Sukarno das Thema wechselte und müde Malaysia beschimpfte, ein mechanisch vorgebrachtes Treuebekenntnis zur antiimperialistischen Achse Djakarta, Pnom Penh, Hanoi und Peking zum besten gab. Dies alles legte die Vermutung nahe, daß der Präsident der Republik seinem Architektenkollegen nicht zutraute, Stillschweigen über ihre Zusammenkunft zu bewahren; deshalb beendete er sie mit ein paar für die Öffentlichkeit bestimmten Anmerkungen zur Vertragspolitik.

Vern packte die Gelegenheit beim Schopf, von seiner Frau in Yogya und seinen Schwierigkeiten zu sprechen, vom Militär eine Fluggenehmigung zu bekommen.

Sukarno zuckte mit den Achseln. »Ein Liebhaber der französischen Architektur des achtzehnten Jahrhunderts sollte dem anderen helfen. Ich werde mich darum kümmern.«

Vern hatte die dafür notwendigen Informationen bereits auf ein Stück Papier geschrieben. Er schob es über den Schreibtisch zu Sukarno, der es kurz betrachtete, und dann wieder diese großen, klaren, erschöpften, aber intelligenten Augen auf Vern richtete.

»Was denken Sie, Amerikaner?«

»Worüber, Bung Karno?«

»Über das Gemetzel. Diese unglaublichen Morde.«

Sukarnos Gesicht wandelte sich, wurde nachdenklich. Es war wie eine Totenmaske — die Haut von der Farbe gelblichen Pergaments, winzige Harnstoffkristalle perlten auf der Stirn —, außer daß das Stirnrunzeln, das Sukarnos Tagtraum begleitete, auf schreckliche Weise das eines lebenden Mannes voller Seelenqual war. Vern zuckte zusammen. In diesem Augenblick schien Bung Karno wehrlos zu sein. Ganz bestimmt waren es seine Gefühle. Ganz eindeutig litt der Mann. Das hier war keine Vorstellung vor einem Mikrophon, kein Fäusteschütteln, keine pompöse Rhetorik. Sukarno schien in sich zu blicken, aber dann irgendwie auch in die Weite seines Landes, wo vielleicht in diesem Moment jemand im Namen Gottes oder der Nation ermordet wurde.

Vern sagte: »Hoffen wir, daß die Krise nicht lange dauert.« Es war eine schwache Antwort; aber konnte man der offensichtlichen Qual des Präsidenten überhaupt etwas entgegensetzen? Sukarno war in diesem Augenblick allein mit der Katastrophe.

Vern nahm das Bild des einsamen Präsidenten mit sich, als er die Privatgemächer verließ und durch die langen Korridore und die hohe Empfangshalle schritt, vorbei an den Elefantenstoßzähnen auf Teakholzsockeln, den Spiegeln, Marmorwänden und europäischen Kronleuchtern.

*

Am Abend traf er sich mit Larry auf einen Drink an der Hotelbar und berichtete. »Ich habe noch nie einen so einsamen Menschen gesehen. Als ob er in Trauer wäre.«

»Kann doch sein, daß er nur verdammt fertig war.«

»Nein, nicht nur einfach erschöpft. Er fühlte sich höllisch schlecht.«

»Ich hätte nie gedacht, daß der Kerl sich um irgend etwas anderes als seine eigene Haut kümmert.«

»Ich glaube, heute war es so. ›Die Tiger der Wut sind weiser als die Pferde der Belehrung.‹ Das sagte Blake.«

Larry rieb seine große, vierschrötige Kinnlade, während er Vern prüfend ansah. »Es paßt auf die hiesigen Zustände.«

»Klar. Es paßt zu dem, was sich gerade abspielt.« Vern meinte es wirklich so. Er hatte darüber nachgedacht. »Sukarno dachte heute darüber nach, was geschehen ist. Die Massaker haben ihn ernüchtert. Es ist wie ein kalter Wasserguß, der einen Betrunkenen nüchtern macht. Hier haben wir einen Burschen, der manipulieren kann. Die Menschen wollen keine politischen Entscheidungen treffen, also hat er jahrelang ihre Schwäche ausgenutzt. Er nährte ihr Bedürfnis nach Symbolen. Wir wissen das. Er beruft sich auf Allah, Thomas Jefferson, Lenin und jeden, der ihm einfällt, und er schüttelt seine Fäuste und brüllt in ein Mikro und kriegt, was er will. Aber da draußen bringt sich sein Volk gegenseitig um, und endlich denkt er darüber nach.«

»Vielleicht zu spät.«

»Vermutlich viel zu spät. Aber er ist verdammt gerissen, und vielleicht verschaffen ihm die Ereignisse auch wieder Realitätssinn.«

»Was wird er damit anfangen?«

»Das ist die Frage. Er wird ihn einfach in eine Flasche gießen und die Flasche ins Meer werfen.«

»Worüber redest du, zum Teufel?«

»Er wird nicht mehr in der Lage sein, seinen Realitätssinn einzusetzen. Abgesehen von ein paar Verzweiflungstaten.«

Larry brach in schallendes Gelächter aus. »Das Leben in einem Land, in dem man nie eine direkte Antwort bekommt, beeinflußt deine Art zu reden, mein Junge. Was, verdammt noch mal, soll das heißen — Realitätssinn in eine Flasche gießen?«

»Was er lernt, wird wie eine Botschaft in einer Flasche sein. SOS. Helft mir. Ins große Meer geworfen, um auf ewig dort herumzutreiben.«

»Na und?«

»Es wird sinnlos sein. Wie alles, was sie tun. Sie leben von der Hoffnung und glauben an Wunder. An Wunder, an in weiter Ferne liegende Möglichkeiten, an eine Flaschenpost, die hoffentlich die Küste erreicht. Sukarno hat immer phantastische Talente besessen, aber er hat sie wie ein Narr benutzt. Nun, da er vielleicht eine Ahnung von dem bekommt, was man tun könnte, um die Geschichte zu stoppen, werden sie ihn nicht ranlassen. Ich weiß, daß sie es nicht tun werden. Er wird wissen, was zu tun ist, er wird endlich den Realitätssinn haben, es zu tun, aber er wird ihn in eine Flasche stecken und wegwerfen müssen.«

Larry berührte Verns Handgelenk. »Hab' dich noch nie so erlebt, Kumpel. Du bist ein bißchen daneben.«

Nach einem langen Schweigen, als Larry wieder zu sprechen anfing, klang seine Stimme fröhlich und zwanglos. Offensichtlich wollte er die Stimmung ändern. »Sag mal, wo ist das kleine chinesische Mäuschen hingegangen? Ist sie abgehauen? Heute morgen ist sie jedenfalls nicht gekommen.«

»Woher weißt du das?« fragte Vern überrascht.

»Du erzählst es immer, wenn sie dich besucht.«

»Wirklich?«

Larry lachte und winkte dem Kellner, noch ein Mineralwasser und einen Gin zu bringen. »Du bist stolz darauf, daß dich die Mieze jeden Morgen besucht.«

»Stimmt nicht.«

»Doch.«

Nun mußte Vern lachen. »Heute morgen besuchte sie mich nicht, weil sie demonstrieren wollte.«

»Ich dachte, du hättest ihr diese Dinge energisch ausgeredet.«

»Ja, dachte ich auch.«

»Nun ja, ich sag' mal folgendes über sie — sie ist von der widerspenstigen Sorte. Ein bißchen unabhängig.« Er dachte an ihre letzte Unterredung.

Schweigend tranken sie ihre Gläser aus und redeten erst wieder, als der Kellner mit einer weiteren Runde kam. Während dieses Schweigens, das wußte Vern, dachten sie beide das gleiche: Wann würde diese harmlose Freundschaft zwischen einem älteren Amerikaner und einer blutjungen Chinesin urplötzlich in etwas umschlagen, das nicht mehr so harmlos war?

Das darf niemals passieren, sagte sich Vern, wobei er vorsichtig seinen englischen Freund betrachtete und sich fragte, was der nächste Tag wohl bringen würde.

»Sukarno hat mir versprochen, einen Flug nach Yogya zu besorgen«, sagte er mit hoffnungsfroher Stimme.

»Daraus wird nichts.«

»Warum nicht? Wir kamen gut miteinander aus. Er schien es ernst zu meinen.«

»Ich habe gehört, daß Sukarno am Tag hundert Versprechungen macht und vielleicht eine einhält.«

Vern nickte. Das hatte er natürlich auch gehört.

*

In seinem Traum stand er mit vielen Männern in einer Schlange. Sie reichte von einer Veranda durch eine schmale Eingangstür einen Flur entlang und endete vor der Tür eines verschlossenen Raums. Die Männer lachten und unterhielten sich, während sie warteten. Hin und wieder kam ein Mann aus dem Zimmer, knöpfte sich die Hose zu oder schloß den Gürtel; deshalb begriff Vern, daß er in einer Schlange stand, um in einen Puff zu kommen. Als er an die Reihe kam, öffnete er die Tür und sah Yanti nackt auf einem Bett liegen; in einer Hand hielt sie ein Bündel Rupiah, mit der anderen winkte sie ihm zu. Als er sich dem Bett näherte, schon ganz eifrig an seinem Gürtel fummelnd, bemerkte er ein zweites Bett im Zimmer. Auf ihm lag Maggie, und ein schwergewichtiger Mann bumste sie ungestüm. Sie sah an seinem behaarten Rücken vorbei zu ihm und grinste. Vern stürzte sich auf den Mann, riß ihn von ihr runter, der steife, lange Schwanz wackelte in der Luft, als er herausrutschte, und plötzlich waren da Menschen, die Vern umklammerten, ihn schlugen, schrien und ihn wegschleppten. Dann wurde er gegen die Flurwand gedrückt. Er weinte, während die Männer in der Schlange warteten, ihn verächtlich ansahen und weiterhin das Zimmer betraten oder verließen.

Als er erwachte, aufrecht sitzend mit wild pochendem Herzen, konnte Vern hören, wie sich die letzten Fetzen eines lauten ängstlichen Stöhnens — seines eigenen — im Morgenlicht auflösten.

46

Kamarusaman bin Ahmed Mubaidah ging die vertraute Gasse des schmutzigen Kampongs entlang. In der Hand hielt er eine Zigarette. Er hustete, und sein Hals war entzündet; die Hitze war daran schuld. Wie eine Ratte wurde er gejagt, und jetzt mußte er auch noch eine Halsentzündung haben!

An den Mauern der Läden klebten zerfetzte alte Plakate, die zur Wachsamkeit gegenüber den Spionen Malaysias aufriefen, aber auch gegenüber NEKOLIM, Neokolonialismus, Kolonialismus und Imperialismus, und Sukarnos Vorstellungen von Einheit durch NASAKOM, Nationalismus, Religion und Kommunismus, unterstützten. Aber jetzt waren die meisten Plakate mit antikommunistischen Parolen überklebt. Quer über Sukarnos lächelndes Gesicht hatte man mit klumpigem Kleister Krummsäbel geklebt, die über den Nacken gefangener Kommunisten schwebten. Sjam kam nicht umhin, sich darüber zu amüsieren, was die Ereignisse für eine Wende genommen hatten, obwohl sein eigenes Leben jetzt auf dem Spiel stand.

Heute morgen hatte er ein sicheres »rotes Haus« verlassen (er hatte schwer blechen müssen, um dort auf einer Matte schlafen zu dürfen, und mißtraute noch immer der kleinen Ratte, die sich an Flüchtlingen bereicherte) und war in sein Haus geschlichen, um sich von seiner Frau und seinen Kindern zu verabschieden. Die beiden Töchter weinten, aber der Junge, erst drei Jahre alt, war sich nicht sicher gewesen, ob es nötig sei, bis er das Weinen seiner Schwestern bemerkte; dann war er in ein markerschütterndes, spitzes Wehgeschrei ausgebrochen, das die beiden Schwestern noch übertönte. Sjam erwartete große Dinge von ihm. Dieser Junge würde, wenn er die Chance erhielt, alles übertreffen, was er selbst im Leben getan hatte.

Das würde gar nicht so schwer sein, dachte er düster, während er an einem Haushaltswarengeschäft vorbeiging. Als er hineinschaute, sah er einen Krug Gelasen, was ihn plötzlich schmerzlich an seine Kindheit erinnerte, als er Drachenschnüre in diese Art Glaspaste tauchte, um ihnen für die Kämpfe am Himmel Djakartas scharfe Kanten zu verleihen. Damals nannte man Djakarta noch Batavia, als die Holländer, die er während des Unabhängigkeitskampfes so tapfer in den Straßen Yogyas bekämpft hatte, in den von Säulen getragenen Kolonialbüros im Stadtviertel Taman Fatahillah saßen und dieses Land regierten.

Sjam war so in seine Erinnerungen vertieft, daß er direkt in ein Becak lief und der Länge nach hinfiel. Sowohl der Fahrer als auch sein Kunde lehnten sich aus dem Fahrzeug und beschuldigten ihn, den Unfall verursacht zu haben. Und Sjam, der sich aufrappelte, stimmte ihnen zu, entschuldigte sich überschwenglich und grüßte mit einer Sembah. Er rannte weg, während der Fahrer ihm Schimpfworte nachbrüllte. Sjam ekelte sich vor seinem Mißgeschick; er konnte es sich überhaupt nicht leisten, gerade jetzt aufzufallen.

Er bog in eine schmale Gasse ein und stand neben einer Mauer, bis er sich ruhiger fühlte. Er strich sich sein geöltes Haar glatt, zündete eine weitere Zigarette an und nahm einen so tiefen Zug, daß er einen Hustenanfall bekam. Wenn sie ihn in eines dieser Dschungelgefängnisse auf den abgelegenen Inseln warfen, würde er keinen Monat überleben, das wußte Sjam. Gegenüber bemerkte er einen kleinen Laden, in dem Vögel verkauft wurden. Nun, warum nicht. Rasch war ein junger Papagei ausgesucht. Er kaufte ihn, zusammen mit einem Bambuskäfig, und machte sich zum Kampong auf.

Während er versuchte, sich zwanglos und unverdächtig zu bewegen, bemühte er sich, bei Laune zu bleiben. Aber diese Stimmung versank — wie ein Stück Land im Schlamm. Er hatte keine Ahnung, was aus seinem Strandhaus bei Carita geworden war. Wahrscheinlich würde einer der Arbeiter, die ihn in all den Jahren hemmungslos ausgenommen hatten, zur Polizei rennen und ihn gegen eine Belohnung verraten. Wenn doch nur seine Frau zu ihrer reichen Santri-Familie gegangen und um Hilfe gebeten hätte; aber nein, sie weigerte sich aus Scham. Allerdings hatten sie auch nichts unternommen, außer ihn vielleicht, wie der Arbeiter in Carita, zu verraten, jedoch nicht gegen Belohnung, sondern um ihre politische Loyalität zu beweisen und um weiterhin ihren illegalen Geschäften nachgehen zu können.

Enttäuscht trat Sjam nach Unrat, der die schmutzige Gasse des Kampongs bedeckte. Mit ein wenig Glück hatte sein Leben anders aussehen können. Man bedenke, woher er kam — aus diesem lausigen Viertel. Es war ein Wunder, daß er sich aus alldem herausgearbeitet hatte. Er war Herausgeber einer Arbeiterzeitschrift gewesen, ein Funktionär der Hafenarbeitergewerkschaft und vor allem ein Freiheitskämpfer im Unabhängigkeitskampf.

Darüber hinaus hatte er die Planung des Unternehmens GETAPS entscheidend mitbestimmt. In diesen Tagen trug er eine beunruhigende, aber auch anregende Erinnerung an die Verschwörer mit sich herum: Oberst Untung, großspurig und zügellos um Anerkennung bemüht; Major Sujono, logisch und bedächtig; Sigit, ein streitsüchtiger Bursche, aber auch ein Feigling, denn er hatte sich im letzten Moment aus dem Staub gemacht; Wahjudi, der eine Einheit der Luftverteidigung im Militärbereich Djakartas befehligte; und dann, natürlich, Oberst Latief, dessen hübsche Frau an jenem Abend, als sie sich alle in dessen Haus versammelten, ein Kind gestillt hatte. Latief war laut einer Nachrichtensendung gefaßt worden. Ebenso Sujono und Untung. Und nach Erzählungen, die er auf der Straße aufgeschnappt hatte, befand sich Njoto noch immer im Präsidentenpalast von Bogor unter Sukarnos zweifelhaftem Schutz. Sjam hatte nichts dagegen gehabt, von Njotos Verhaftung zu hören. Wann immer er an diesen brummigen, torkelnden Trinker mit seiner intellektuellen Arroganz und seinen westlichen Manieren dachte, erinnerte sich Sjam, wie verächtlich sich Njoto ihm gegenüber verhalten hatte, nur weil er, Sjam, aus den verarmten Slums von Djakarta stammte. Ein großer Kommunist, dieser Njoto! Sollte er doch verfaulen.

Die Erinnerung an die Momente der Machtvollkommenheit auf dem Luftwaffenstützpunkt hätte Sjam fast blind gegenüber der gegenwärtigen Gefahr gemacht. Unter all diesen Verschwörern hatte er sich als der entschlossenste und einfallsreichste entpuppt. Das war eine Tatsache. Wenige Stunden lang hatte er die Finger am Pulsschlag der Nation gehabt und gespürt, wie der komplizierte Rhythmus in seinen eigenen Adern hämmerte. Eine Weile hatte er das orgiastische Beben erfahren, das sich einstellt, wenn man das Schicksal anderer Menschen in der Hand hält. Sie waren wie halbflügge Vögel, die dort atmeten; verletzlich und abhängig von seiner Gnade, vertrauten sie darauf, daß er die Faust nicht schloß, um das Leben aus ihren zerbrechlichen Körpern zu quetschen.

Hätte ihn dieses Machtgefühl nicht so in seinen Bann gezogen, wäre er vielleicht unbemerkt geblieben und hätte fliehen können, bevor sein Name und seine Aktivitäten Eingang in die kleinen schwarzen Notizbücher jedes Geheimdienstmannes und jedes Polizisten in Indonesien fanden.

Männer sprechen von der Lust an der Macht. Sie haben recht. Keine Frau hatte Sjam jemals diese Ekstase geschenkt wie die Ausübung der Macht während der Nacht der Generäle.

*

Er hielt Endang den Papageienkäfig entgegen, als sie die Tür öffnete. Als sie ihn mit einem glücklichen Aufseufzen entgegennahm, bemerkte Sjam, daß ihr Bauch seit seinem letzten Besuch vor vierzehn Tagen beträchtlich dicker geworden war. War das möglich? Vielleicht übertrieb er in seinem Stolz ihre Schwangerschaft, als ob die Geschwindigkeit, mit der sie an Umfang zunahm, Ausdruck seiner Potenz wäre. Mit seiner Ehefrau war er genauso verfahren, wenn sie schwanger war. Jeden Tag hatte er sie auf Anzeichen zunehmenden Bauchumfangs untersucht. Er, ein der Selbstkritik fähiger Mann, amüsierte sich über seine eigene maskuline Arroganz.

Trotzdem sagte er Endang, daß sie sehr viel dicker geworden sei. Sie antwortete mit einem schüchternen Lächeln, als hätte er ihr ein Kompliment gemacht. Dann tadelte sie ihn sanft, soviel Geld für solche Luxusgegenstände auszugeben, aber die ganze Zeit über schnalzte sie mit gespitzten Lippen den Vogel an und betrachtete gespannt das buntscheckige Gefieder des Tieres.

Dieser Anblick, wie sie sich so ruhig und unschuldig an seinem Geschenk freute, erfüllte Sjam einen Moment lang mit Kummer. Wahrscheinlich würde er weit weg sein, wenn sie das Baby bekam. Mit einigem Glück hatte er dann seine endgültigen Vorkehrungen für Malaya oder Singapur getroffen, obwohl es momentan sehr schwierig war, aus diesem Land zu entwischen.

Wenn er kein Glück hätte, würde er im Gefängnis landen oder getötet werden. Deshalb beunruhigte ihn, während Endang mit dem Papagei girrte, der traurige Gedanke, daß er niemals sein Kind sehen könnte. Er liebte diese Frau. Dieser Gedanke, so plötzlich und unerwartet wie ein mitternächtlicher Überfall auf einer Straße, veranlaßte ihn, sich schwer auf die Couch fallen zu lassen. Und er sagte sich erneut besorgt und kummervoll: Ich liebe diese Frau.

Als sie seinen Namen sagte, blickte Sjam auf und sah, daß sie mit beiden Händen die gebundene Schärpe an ihrem Sarong festhielt. Es war ihr gemeinsames Signal, ins Bett zu gehen. Fragend zog sie die Augenbrauen hoch, als er zögerte.

»Nein«, sagte er kopfschüttelnd. »Nicht jetzt. Erst müssen andere Dinge besprochen werden. Hat jemand nach mir gesucht?«

»Bei mir bist du in Sicherheit.«

Sjam lachte. »Das ist ein schöner Gedanke, irgendwo in Sicherheit zu sein. Du hast niemandem etwas erzählt? Haben die Nachbarn sich nach mir erkundigt?«

»Nein, kein einziger.«

Sjam hatte sich vorsichtig Endangs Haus genähert, von einer Seite zur anderen Ausschau haltend. Er hatte ein Gespür für die Gegend. Hätte er gefühlt, daß ihn die Menschen prüfend betrachteten, hätte er gefühlt, daß irgend etwas nicht stimmte, dann hätte Sjam auf dem Absatz kehrtgemacht und wäre weggelaufen.

Nun lehnte er sich aufseufzend zurück und erklärte ihr soviel, wie diese Frau seiner Meinung nach wissen mußte. Die Zeiten seien gefährlich. Man beschuldige ihn gewisser politischer Aktivitäten, an denen er nicht beteiligt gewesen sei, aber solche falschen Anschuldigungen seien heute üblich, da die Menschen sich nicht mehr vom gesunden Menschenverstand, sondern von Eifersüchteleien leiten ließen. Doch angesichts der Dinge, wie sie nun einmal stünden, müsse er eine Weile verschwinden — wohin, wisse er noch nicht genau. Sie dürfe sich jedoch nicht ängstigen, denn er werde ihr Geld schicken und stets für sie sorgen, immer!

Während dieser Ausführungen saß ihm Endang auf einem Stuhl gegenüber. Die Hände hielt sie krampfhaft vor den Bauch, ihre Augen füllten sich mit Tränen. Sjam kam mit aller Deutlichkeit in den Sinn, wie sehr diese Frau ihn liebte. Das konnte natürlich auch eine seiner Selbsttäuschungen sein, vergleichbar mit seiner Überzeugung, daß ihr Bauch jeden Tag merklich dicker wurde. Aber in ihren Augen stand ein Ausdruck, der aufrichtig zu sein schien, und der Anblick ihres bekümmerten Gesichts rief in ihm ein Gefühl wach, das tiefem Kummer entsprach — so wie damals beim Tode seines Vaters —, und ein paar unglaubliche Augenblicke lang kämpfte Kamarusaman bin Ahmed Mubaidah gegen seine aufsteigenden Tränen an.

Er erklärte ihr, sie müsse mit dem Geld Geduld haben, bis die Post wieder funktioniere. Gerade hatte er ein dickes Bündel Rupiahscheine auf den kleinen Tisch gelegt, der zwischen ihnen stand, als die Tür aufflog und ein schlanker, zerlumpt aussehender junger Mann in das Zimmer stürzte.

Sjam, der sich halb erhob und fliehen wollte, erkannte in ihm Endangs Bruder. Er blieb deshalb dort, wo er war, und versuchte zu lächeln. »Kein Grund, die Tür einzuschlagen«, sagte Sjam in dem scherzhaften Ton, den er in der Vergangenheit bei seinen Unterhaltungen mit dem Feldwebel angenommen hatte. »Kommen Sie herein, bitte. Ihre Schwester und ich erörterten geschäftliche Angelegenheiten. Würden Sie bitte die Tür schließen?«

Achmad stand schwer atmend mitten im Raum. Der dunkle Bart, die sonnengeröteten Augen, das wirre Haar und seine staubige Kleidung verliehen ihm das Aussehen eines Bettlers. Sjam begriff, daß hier etwas verdammt schiefgelaufen war, aber er sagte nichts. Ihm war bewußt, daß der junge Mann kurz vor dem Abgrund stand; ein falsches Wort, und er würde Schwierigkeiten machen. Das zumindest war eindeutig. Sjam wartete also ab.

Endang stand auf, ging an dem reglosen Bruder vorbei und schloß leise die Tür.

Schließlich sagte Sjam: »Nonya, Tee!«

Als sie das Zimmer verließ, setzte sich Sjam auf einen Sessel, aber Achmad blieb wie angewurzelt mit steifen Armen und ins Leere starrenden Augen stehen.

»Sie sehen müde aus«, bemerkte Sjam vorsichtig.

»Ich desertierte. Wußten Sie das nicht?«

»Nein, das wußte ich nicht.«

»Hat meine Schwester Ihnen nichts erzählt?«

»Nein, nichts.«

»Hat sie Ihnen nicht gesagt, daß ich Sie gesucht habe?«

»Nein, hat sie nicht. Sie haben mich gesucht?«

Achmad lächelte plötzlich, als habe er die Situation im Griff. »Ja, wir müssen über GETAPS sprechen.«

Sjam sah an ihm vorbei in die Richtung, wo die Frau verschwunden war; die Küche befand sich ein paar Schritte vom eigentlichen Haus in einer Art Baracke. »Warten Sie einen Augenblick«, sagte er. »Nicht so laut sprechen. Weiß sie etwas darüber?«

»Sie muß nur wissen, wann das Baby zur Welt kommt.«

Sjam sagte nichts.

»Ich tötete Yani«, sagte Achmad mit breiter werdendem Lächeln.

»So reden Sie doch leiser. Sagen Sie doch bitte nicht solche Sachen.«

»Ich sah, wie sie beim Krokodilloch getötet und gefoltert wurden.« Achmad schlug die Augen nieder. »Nun ja, das spielt keine Rolle.« Dann setzte er sich.

Nun, da sich die Situation leicht entspannt hatte, fühlte sich Sjam ruhig genug, wieder auf der Couch Platz zu nehmen. Der junge javanische Feldwebel aus der hintersten Provinz kam mit der Großstadt, der Politik, den Zuckungen einer großen Nation nicht zurecht. Sjam empfand für ihn dieselbe Verachtung wie für Endangs Ehemann, der von Hunden auf einen Baum gejagt worden und wie ein Affe abgeschossen worden war.

»Was werden Sie jetzt tun?« fragte Sjam träge. »Auf der Straße betteln?«

»Nein, nein, wie ich schon sagte, ich habe Sie gesucht.«

»Ich weiß immer noch nicht, warum. Bestimmt nicht, um über GETAPS zu sprechen. Das ist vorbei. Und das Reden darüber ist gefährlich, junger Mann.«

»Ich habe Sie aus einem triftigeren Grund gesucht. Um sie zu töten.«

Dies war so leise und beiläufig gesagt worden, daß Sjam sich zuerst nicht sicher war, ob er richtig verstanden hatte. Dann erinnerte er sich an ihre letzte Begegnung auf dem Luftstützpunkt Halim, bevor die Aktion stattgefunden hatte. Dort, fast in Hörweite von Aidit und Vizemarschall Dhani, als das Schicksal einer ganzen Nation in der Schwebe war, hatte sich dieser junge Soldat die Zeit genommen, ihn zu bedrohen — irgend etwas davon, er solle seine Schwester richtig behandeln. Aber das war doch das theatralische Benehmen eines jungen Soldaten gewesen, der gerade seinem javanischen Dorfleben mit all seinen Ritualen, Sitten und Gebräuchen, seinem Stolz und der hitzköpfigen Verteidigung der Vorfahren entkommen war! Er hatte darauf keinen Gedanken verschwendet. Er dachte auch jetzt nicht viel darüber nach. Und Sjam hätte sich ziemlich zufrieden zurückgelehnt und auf den Tee gewartet, während sich dieser junge Idiot beruhigte, wenn Achmad Bachtiar nicht aus seinem weiten schmutzigen Hemd eine Dienstpistole gezogen und sie ohne das geringste Zittern auf Sjams Kopf gerichtet hätte.

»Können Sie mir sagen«, sagte Sjam, mühsam das Beben in seiner Stimme unterdrückend, »was das soll?«

»Ich werde Sie töten.«

»Was habe ich verbrochen? Ist es wegen der GETAPS? Ich bin kein Kommunist. Ich handelte als Patriot.« Er spürte, daß seine Stimme dünn und hoch wurde, während er auf den bewegungslosen Lauf der Waffe blickte.

»Meine Schwester . . .«

»Ich achte Ihre Schwester. Ich habe sie immer geachtet.«

»Sie ist schwanger von Ihnen.«

»Hat sie Ihnen das erzählt? Ihrem Gesicht sehe ich an, daß sie es nicht tat. Sie können mir solche Dinge nicht vorwerfen. Nehmen Sie die Waffe runter und lassen Sie uns reden.«

In diesem Moment kam Endang ins Zimmer. Sie trug ein Tablett mit einer Teekanne und Tassen. Beim Anblick der Pistole ließ sie alles fallen.

Und bevor noch irgend etwas anderes geschah, kam von draußen ein Geräusch, das sich wie ein Kanonenschlag im Zimmer fortsetzte. Sjam sprang auf. Die Waffe hatte er vergessen. Achmad stand ebenfalls auf, und Endang griff sich mit beiden Händen an den Hals, als eine metallische Stimme auf das erste blechern klingende Geräusch folgte.

»Das Haus ist umstellt! Mit erhobenen Händen herauskommen! Zehn Sekunden Zeit!«

Achmad brach in ein wildes Gelächter aus, ließ die Waffe sinken, als ob er sie auch vergessen hätte. »Man hat Sie entdeckt«, sagte er grinsend zu Sjam.

»Wovon reden Sie?«

»Hartono hat sie zu Ihnen geführt. Hartono hat Sie verraten.«

»Hartono?« Hartono! Einen Augenblick lang durchforstete Sjam sein Gedächtnis nach einem Mann mit dem Namen Hartono. Dann erinnerte er sich: ein hartes, arrogantes Gesicht, eine von zwei Händen umklammerte Aktentasche. Hartono, einer der ehrgeizigen Roten, die Aidit folgten wie Rüden einer Hündin.

»Die Zeit ist abgelaufen. Kommen Sie heraus, oder wir kommen herein und schießen!«

»Raus hier!« schrie Sjam und ging auf die Eingangstür zu, eine Hand bereits über dem Kopf. Den Riegel zur Seite schiebend, befahl er der wie betäubt dastehenden Frau mit einer Handbewegung, ihm zu folgen. Als sie einen Augenblick lang zögerte, als ob die Angst sie lähmte, schrie er wild gestikulierend: »Raus hier, raus hier!«

Nachdem sie durch die Tür gegangen war, folgte er ihr mit erhobenen Händen, und hinter sich hörte Sjam die Dielen krachen, als Achmad ebenfalls die Türschwelle überquerte.

Vor ihnen standen Männer mit Revolvern und Gewehren. Alle trugen Zivilkleidung.

Also hat Hartono mich verraten, dachte Sjam verbittert. Er kannte Hartono noch nicht einmal persönlich.

*

Aber Hartono hatte ihn nicht verraten. Das wurde innerhalb weniger Minuten beim Verhör klar, das hinter dem Haus in dem kleinen, gepflegten Garten stattfand, in dem Endang täglich arbeitete. Diese Männer, Geheimdienstoffiziere der Armee, suchten noch nicht einmal nach ihm. Sie waren wegen Achmad gekommen, einem Deserteur, der vor kurzem in der Innenstadt von Djakarta von einem Nichtkommunisten gesehen worden war; mit ihm hatte er sich während seines Aufenthalts in Halim angefreundet.

Als einer der Männer Achmads Hände auf den Rücken drehte und das Seil brutal festzog, fühlte sich Sjam erleichtert. Vielleicht war er selbst noch einmal davongekommen. Sie ließen Endang zurück ins Haus gehen. Sie ging, ohne sich noch einmal umzublicken, und Sjam gefiel das; es zeigte, daß diese ruhige Frau, irgendwo in ihrer schüchternen Seele, den Instinkt eines Überlebenskünstlers besaß. Gut. Das war ein gutes Omen für ihr gemeinsames Kind, das in dieser bösen Welt eine einfallsreiche und wendige Mutter brauchte.

Dann überprüften sie seine Papiere — in Ordnung — und fragten ihn über seinen Beruf aus. Er erzählte ihnen, daß er sich um Nonya Endangs Geschäftsangelegenheiten gekümmert habe, seit ihr Mann in der Auseinandersetzung mit den Malaien als Held gefallen sei. Die Geheimdienstmänner flüsterten. Dann fragte ihn jemand nach seiner Beziehung zu dem Deserteur.

Sjam blickte über die Schulter des Offiziers auf die magere, gebeugte Gestalt Achmads. »Ich bin gerade angekommen, und er war da. Er stellte sich als Nonya Endangs Bruder vor. Aus der Art, wie sie sich verhielt, entnahm ich, daß er sie bedroht hatte. Geld gefordert hatte oder so etwas.« Sjam hörte zu sprechen auf und schätzte die Wirkung seines Berichts auf den Offizier ab. Ermutigt fuhr er fort: »Also sagte ich dem Mann, er solle seine Schwester besser behandeln, oder er würde es mit mir zu tun bekommen. Ich habe Freunde in der Armee, alte Bekannte. Wissen Sie, ich kämpfte 1946, 1948 gegen die Holländer. Ich kämpfte auf den Straßen von Yogya gegen ihre Fallschirmjäger. Auf jeden Fall ...«

Der Offizier berührte Sjams Arm. »Wir kamen seinetwegen, nicht Ihretwegen. Regen Sie sich nicht auf.«

Einen Augenblick lang zögerte Sjam. Begreifend, daß man ihn gerade wieder freigelassen hatte, drehte er sich um und ging langsam auf die Hintertür des Hauses zu. Das Wellblechdach leuchtete im Sonnenlicht. Das ist ein netter Zug an ihr, dachte er: Sie legt niemals Wäsche auf das Dach. Ein sauberes, leuchtendes Dach war etwas, worauf man in dieser Gegend stolz sein konnte.

»Sie!« hörte er hinter sich eine Stimme. Sich umdrehend, fühlte er, wie ihm sein Herz in die Hose rutschte. Ein anderer Offizier, der Achmad wie ein Tier an der Handfessel hinter sich her zog, ging auf ihn zu. »Ich möchte noch einmal die Papiere sehen«, sagte der Offizier.

Achmad lächelte. Also hatte er ihnen die Geschichte mit GETAPS mitgeteilt.

Er versuchte gleichmütig zu bleiben, während er mit zitternden Händen die Papiere zückte. Aus dem Augenwinkel sah er, wie ein Offizier sein schwarzes kleines Notizbuch durchblätterte, nun ganz begierig, den Namen Kamarusaman bin Ahmed Mubaidah zu finden.

*

Die beiden Männer saßen sich in dem Lastwagen, der während der Krise zu einem Gefangenentransporter umgebaut worden war, auf Bänken gegenüber. Sie hielten sich kerzengerade, damit der Druck auf ihren Händen, die ihnen fest auf den Rücken gebunden waren, nicht so stark war.

Achmad lächelte zufrieden.

Sjam lächelte zurück. »Jetzt sind Sie wohl glücklich.«

»Ja, stimmt. Obwohl ich noch glücklicher wäre, wenn ich Ihnen eine Kugel in den Kopf geschossen hätte.«

»Sehen Sie es einmal anders. Jetzt werde ich länger leiden. Ihre Rache wird länger dauern. Aber ich vermute, daß Sie nicht so weit vorausdenken, nicht wahr?«

Und Sjam wußte, daß er bestimmt länger leiden würde. Er wollte rauchen, auch wenn sein Hals entzündeter war denn je. Nun gut, vielleicht traf er irgendwo im Gefängnis auf Pono. Sie hatten diesen Idiot Pono schon eine Woche nach dem gescheiterten GETAPS-Putsch gefaßt. Wie er Pono kannte, würde dieser Mann alles erzählen, was sie wissen wollten, ohne daß sie merkten, daß er ihnen einen Bären aufband. Dummheit wurde belohnt. Walujo, dieser hitzköpfige Kommunist mit dem blassen Gesicht und den schweren Augenlidern, hatte sich genauso aufgeführt, wie man es von ihm erwartete: mit äußerster Gewalt. Es stand in den Zeitungen. Er hatte eine Pistole gezogen und drei Polizisten erschossen, bis er selbst dran glauben mußte.

Diese Art von Melodram sagte Sjam nicht zu. Während der Wagen dahinratterte, beschäftigte er sich mit dem ihm liebgewordenen Bild einer Ratte, die in einem dunklen Raum alle Ecken abschnüffelt. So sah er sich selbst. Ratten waren Überlebenskünstler, und das war er auch.

Und Endang war auch so. Gutes Mädchen. Sie würde leben, um sein Kind auf die Welt zu bringen und ihm beizubringen, wie man überlebt.

Gutes Mädchen.

Dennoch war sie für seinen Untergang verantwortlich. Sie hatte nämlich versäumt, ihm von Hartono zu berichten. Natürlich wußte sie, daß er sich nie wieder in ihre Gegend wagen würde, wenn er gewußt hätte, daß ihm jemand auf der Spur war — er hätte sie nie wiedergesehen. Sie hatte aber sicherstellen wollen, daß der Vater ihres ungeborenen Kindes sie weiterhin besuchte.

Und sie hatte es versäumt, ihrem verrückten Bruder eine intelligente Lüge aufzutischen (vielleicht »Kamarusaman bin Ahmed Mubaidah ist nach Singapur geflohen« oder etwas ähnlich Phantasieloses, aber Wirksames), damit der hitzköpfige Bruder sich zufriedengab und verschwand. Doch da Endang nichts gesagt hatte, wartete er geduldig auf das Auftauchen seines Feindes. Als eine typisch javanische Frau hatte sie sich geweigert, ihren älteren Bruder anzulügen.

Ihre Handlungsweise war schon vor langer Zeit festgelegt worden, wahrscheinlich schon, als sie kaum groß genug war, um auf wackligen Beinen um eine Dorfhütte zu tapsen und dem Frauengeschwätz von der Gehorsamspflicht gegenüber der Familie zu lauschen, von der Liebe und der Schande, die damit einhergehen. Sie hatte diese Vorstellungen in ihrem kleinen Kopf zu einem Eintopf gemischt.

Sjam seufzte. Sie hatte zwar die beiden Männer zugrunde gerichtet, die sie liebte, aber Endang war eine prächtige Frau.

Abrupt sagte er zu dem Deserteur, der ihm im Wagen gegenübersaß: »Ich liebe Ihre Schwester. Sie ist ein gutes Mädchen.«

Achmad sah ihn nicht an, er starrte stumpfsinnig vor sich hin.

»Vielleicht bedeutet das einem ehrenwerten Soldaten wie Ihnen nichts«, fuhr Sjam fort. »Aber wenn Sie Narr, der Sie zweifelsohne sind, mich nicht verraten hätten, hatte ich immer dafür gesorgt, daß sie Geld für sich und das Kind bekommt. Immer. Denn ich weiß, wie man Geld macht, und ich liebe diese Frau.«

Er wartete auf eine Antwort, gab es aber dann auf. In den Augen des jungen Mannes sah er den unverhüllten Ausdruck äußerster Zufriedenheit. Was auch immer jetzt noch mit Achmad Bachtiar geschah, er hatte seine letzte achtbare Tat durchgeführt und konnte auf den Rest seines Lebens, wie lange es auch noch dauern mochte, mit perfektem Gleichmut blicken. Nach seiner javanischen Überzeugung hatte er irgendwie gegenüber Gott, seinem Vaterland und der Familie seine Schuld beglichen. Sjam strich ihn aus seinen Gedanken.

Er dachte über sich selbst nach, während der Lastwagen sich unausweichlich dem Ort näherte, den er niemals lebend verlassen würde. Seltsamerweise begann er dennoch erwartungsvoll über die Zukunft nachzudenken. Seine Vorliebe für Herausforderungen erstaunte ihn in diesem bitteren Augenblick selbst. Wenn sie ihn nicht auf der Stelle hinrichteten, wenn sie ihn verhörten oder gar vor ein Gericht stellten, dann würde er ihnen eine Vorstellung liefern, die sie niemals vergessen sollten. Er würde Namen nennen, auch Namen, die er nie gehört hatte, und sie aus dem Gleichgewicht bringen, indem er bewußt ihre Fragen falsch verstand und sich bei Fakten widersprach (aber nicht so offenkundig, daß sie ihn aus lauter Groll folterten; er konnte keine Schmerzen ertragen, er würde es nicht durchhalten). Er würde auf verschiedene Weise seinen Mut so begeisterungswürdig, so gerissen zur Schau stellen, daß diese scheinheiligen Armeeoffiziere in einer Anwandlung männlicher Abscheu von ihm ließen, während sie insgeheim seine Fähigkeit bewunderten, noch einen Tag zu überleben — aus dem Leben noch ein paar Momente herauszuschinden, indem er seinen Verstand benutzte.

Andererseits konnte er vielleicht noch mehr Glück haben. Seine Halsentzündung konnte sich verschlimmern; er konnte Fieber bekommen und todkrank werden; er konnte ihnen ihren Spaß nehmen, ohne daß er den Mut aufbringen mußte, sich das Leben zu nehmen. Soviel Glück aber durfte er wahrscheinlich nicht erwarten.

Wenn sie ihn dort nur rauchen ließen, wohin er nun ging.

47

Als Ali von einem Spaziergang über die Felder zurückkam (außer spazierenzugehen, nachzudenken und auf Veränderungen zu hoffen blieb in diesen Tagen wenig zu tun), wartete Bambang auf der kleinen Veranda, wie ein Tiger im Käfig hin und her laufend, auf ihn. Erneut überfiel Ali das seltsame Gefühl, daß sie sich jetzt näherstanden als in ihrer Kindheit. Vielleicht weil sich sein älterer Bruder während der Krise für ihn verantwortlich fühlte. Ali war völlig bewußt geworden, daß er seine Sicherheit im Dorf ganz und gar seinem Bruder Bambang verdankte, einem Mann, der von seinen Nachbarn sowohl respektiert als auch gefürchtet wurde.

Jetzt blickte Bambang finster drein, und als Ali vor ihm stand, ballte der stämmige Gießer die Fäuste. »Du hast Besuch«, sagte er mit leiser, gepreßter Stimme. »Er ist in deinem Zimmer.« Als Ali nickte und an ihm vorbeigehen wollte, fügte Bambang hinzu: »Ich möchte nicht, daß er über Nacht bleibt.«

Ali musterte eingehend seinen Bruder. In jüngster Zeit entdeckte er in Bambangs Gesicht, in den dunklen Augen, auf den trockenen, verkniffenen Lippen eine neue Anspannung, die an Angst grenzte.

»Ich hätte ihn nicht gebeten zu bleiben, egal, wer er ist.«

»Ich möchte, daß er verschwindet, Bruder. Denn er steckt in Schwierigkeiten. Ich schulde ihm nichts. Er gehört nicht zu unserer Familie. Ich habe keinen Grund, ihn zu schützen.«

»Wahrscheinlich kam er nicht deshalb.«

Als Ali sein winziges Zimmer betrat, verstand er jedoch Bambangs Angst. Der große, magere Mann, der auf Ali wartete, sah eindeutig nach Problemen aus. Die nervösen, tiefliegenden Augen, der harte Zug um den Mund, die animalische Vorsicht jeder Bewegung kennzeichneten diesen Mann als gefährlich — oder er rannte vor einer Gefahr weg.

Er hieß Satir. Er verschwendete keine Worte; für Höflichkeiten schien er keine Zeit zu haben. Er hatte vor wenigen Tagen Alis Namen und den Namen des Dorfes vom Vorsitzenden Aidit erfahren.

Alis Hoffnung stieg; wenn Aidit noch am Leben war, dann hatte man noch eine Chance, sich neu zu gruppieren. Er erfuhr von Satir, daß der Vorsitzende Aidit von Solo aus operierte und jeden Tag von Dorf zu Dorf zog, und zwar in der Begleitung einer kleinen Streitmacht der Pemuda Rakyat, die sich aber jetzt aufgelöst hatte, weil sie als Gruppe zu sehr auffiel, insbesondere seit die RPKAD und Einheiten des strategischen Korps der KOSTRAD sich auch in der Gegend aufhielten. Der Vorsitzende Aidit reiste nunmehr mit einem Motorroller herum.

Ali lächelte bei dem Gedanken, daß dieser großartige Mann die Griffe eines Put-Put umklammerte, während seine dicken Brillengläser im Sonnenlicht aufblitzten. Das machte Aidit noch großartiger.

Er sagte zu Satir: »Was für ein großartiger Mann.«

Satir ging mit einem Achselzucken über die Bemerkung hinweg. Er schien zu rennen, bereits halb auf der Flucht zu sein, obwohl er doch auf einem abgewetzten Stuhl saß und nach Art eines erschöpften Mannes die Beine weit von sich streckte. »Was wirst du machen, Genosse?« fragte er Ali barsch.

»Was soll ich denn machen?«

»Wirst du weiterhin in diesem öden Dorf herumsitzen, während es in der Welt drunter und drüber geht?«

Genau das hatte Ali gemacht. Noch vor wenigen Minuten, als er von den Feldern zurückkam, hatte er sich eine ähnliche Frage gestellt: Konnte man irgend etwas tun?

»Hör mal«, begann Satir, unterbrach sich aber, als Melani sich räusperte und darauf wartete, eintreten zu dürfen. Sie betrat das Zimmer mit einem Teetablett, Kanne und Tassen.

Ali beobachtete sie mit offener Bewunderung, als sie sich vorbeugte und mit den langsamen, ritualisierten Bewegungen einer Javanerin Tee einschenkte.

Als sie wieder gegangen war, sprach Satir mit der Heftigkeit eines Menschen, der von einer Vision besessen ist. Sich auf seinem Stuhl vorbeugend und den Tee nicht beachtend, erzählte er Ali, daß er vor einem Jahr mit einem Dutzend weiterer PKI-Kader nach Nordvietnam gegangen sei, um die Guerillataktik zu studieren. Sie hatten gelernt, wie man ein unterirdisches Tunnelnetz konstruiert, das Geheimlager und Bunker miteinander verbindet, wie eine kleine Guerillaeinheit sehr viel größere Kräfte des Feindes binden kann, wie man infiltriert und ganze Dörfer übernimmt, wie man durch Terror große ländliche Gebiete beherrscht und die Lokalbehörden demoralisiert, bis die Menschen sich der neuen Führung anschließen. »Auf diese Weise siegte Mao«, behauptete er. »Genauso können wir es hier auch machen.«

»Ja«, sagte Ali. Hier saß ein Mann, der das aussprach, was er in jüngster Zeit häufig gedacht hatte: Man mußte endlich handeln. »Wir haben uns zu sehr auf Bung Karno verlassen.«

Auch über diese Bemerkung ging Satir mit einem Achselzucken hinweg. Entweder kam sie ihm einleuchtend vor oder völlig unwichtig.

»Ich gehe nach Ostjava. Wir bauen dort ein Trainingslager für Untergrundkämpfer auf. Wir werden uns wehren.«

»Ja«, sagte Ali. Ohne nachzudenken, fügte er hinzu: »Nimm mich mit.«

Satir zog die Augenbrauen hoch. »Du willst mitgehen?«

»Ich finde es richtig, daß wir uns wehren. Ich begreife das jetzt. Wenn wir uns schon früher ausgebildet hätten, wäre das alles nicht geschehen. Wir müssen ihnen zeigen, daß wir ernstzunehmende Männer sind.«

Satir schien ihn zu taxieren. Deutlich spürte Ali, daß der Guerillakämpfer sich nicht mit ihm belasten wollte. »Es ist besser, wenn ich allein gehe. Es ist besser, wenn du dich hiesigen Leuten anschließt.«

»Aber wer ist bereit zu kämpfen?«

»Südlich von hier kämpfen einige kommunistische Dörfer. Das hat mir der Vorsitzende Aidit erzählt.«

Ali erinnerte sich an die Männer, die am Baum hingen. Die Roten in diesem Dorf waren zuversichtlich gewesen. Zumindest einen Tag lang. »Ich weiß, daß eins dieser Dörfer von Fallschirmjägern eingenommen wurde. Die Geier kreisten über ihm.«

»Aber andere Dörfer wurden noch nicht besiegt.« Der Guerillakämpfer musterte Ali, als ob ihn seine zögerliche Haltung ärgerte. »Wenn du kämpfen willst, dann kämpfe.«

Eine Stunde später, nachdem der Mann gegessen, gebadet und sich zu Fuß zu einem ostwärts führenden Feldweg aufgemacht hatte, sammelte Ali seine eigenen Habseligkeiten zusammen, packte sie in seinen Koffer und verschnürte ihn mit Bindfaden. Dann ging er zu Melani. Er erzählte ihr, er ginge für eine Weile weg. Als sich ihr Gesicht schmerzlich verzog, durchzuckte es ihn freudig — sie würde ihn vermissen! Düster forderte er sie auf, sich keine Sorgen zu machen. »Und sage meinem Bruder, daß ich ihm für alles, was er für mich getan hat, danke. Für alles, was er versucht hat zu tun, um mich«, er machte eine Pause, »zu beschützen.«

Minuten später befand sich Ali auf der nach Süden

führenden Straße und hielt Ausschau nach einer Staubwolke, die ihm das Näherkommen eines Busses anzeigen sollte.

*

Einen Tag später, bei Einbruch der Dunkelheit, lebte Ali Gitosuwoko bereits in einer anderen Welt.

Er stand geduckt neben einem geöffneten Fenster, umklammerte ein Gewehr, erwartete die ersten Geräusche von Soldaten, hörte die anderen Männer im Zimmer husten, hörte das Scharren, wenn sie ihr Körpergewicht von einem Fuß auf den anderen verlagerten. Ein metallischer Klang entstand, wenn sie mit ihren Waffen gegen die Wände schlugen.

Gestern hatte er per Bus den Fluß Ova überquert. Ein Lastwagen hatte ihn weiter in den Süden gebracht. Zu Fuß erreichte er dann die Stadt Wonosari, von wo aus er sich ein Dutzend Kilometer westwärts zu einem Dorf durchschlug. Das Dorf befand sich fast in Schußweite desjenigen, in dem PKI-Sympathisanten die Antikommunisten ermordet und dann einem Angriff der Fallschirmjäger unterlegen waren. Als Ali das Dorf in der Ferne sah, kreisten keine Geier mehr über ihm. Vielleicht hatte es nie welche gegeben. Ein vorbeikommender Bauer behauptete, die Einheiten hatten sich nach Süden aufgemacht. Als Ali eines der anderen Dörfer erreichte, das er gesucht hatte, wurde er von bewaffneten Männern angehalten. Sie wollten seine Papiere sehen und fragten ihn genau aus. Erst als er sie von seiner Verbindung zur PKI überzeugen konnte, wurde er auf den Dorfplatz gelassen.

Man berichtete ihm, daß sich das unter Kontrolle der Kommunisten befindliche Dorf auf die Rückkehr der Soldaten vorbereite. Sie wollten sich in den Gassen und Häusern ihres Dorfes zur Wehr setzen. Ein runzliger alter

Dorfvorsteher, der ein Erntemesser umklammerte, hockte im Schatten eines Guavenbaums und schwor Ali (sie wollten ihn unbedingt beeindrucken, weil er ein Kader in Djakarta gewesen war und den Vorsitzenden Aidit kennengelernt hatte), daß sie alle, jeder einzelne von ihnen, bis zum Tode kämpfen wurden. Eine blasse junge Frau wurde in den Kreis geschoben, die Ali anklagend erzählte, sie sei aus dem Dorf geflüchtet, das nun das Dorf der Geier genannt werde. Die Soldaten waren gekommen und durchsuchten jedes Haus. Sie töteten jeden, der über zwölf Jahre alt war — oder so alt erschien. Ein paar Frauen wurden in ein Haus gesperrt, um sie zu vergewaltigen. Auch sie wurde vergewaltigt; wie viele Male, daran konnte sie sich nicht erinnern, aber sie kamen ständig rein und grinsten, ließen ihre Hosen fallen, und die Hütte dampfte in der Mittagshitze und roch gewaltig nach ihrem Erguß, und sie lag dort und schwamm in dem, was sie von sich gegeben hatten, bis sie zuletzt müde waren und mit dem höhnischen Versprechen gingen, nach einem Mittagsschläfchen wiederzukommen. Da hatte sie es dann geschafft zu entkommen. Vier andere Frauen, die zu erschreckt waren, um sich von der Stelle zu rühren, blieben zurück und lagen in einer Pfütze von Sperma. Aber sie war hinausgeschlichen, und in der gleißenden Mittagshitze war sie gerannt und gerannt, durch die Padis, gerannt und gerannt, bis ihr die Hitze die Kehle zuschnürte und sie in Ohnmacht fiel. Dann erhob sie sich wieder und rannte und rannte, bis sie hierherkam, wo diese guten kommunistischen Leute, diese Genossen, diese Männer und Frauen einer neuen Zeit, sie hereinließen, sie begrüßten und ihr ...

Sie wurde aus dem Kreis gedrängt, nachdem sie ihre Geschichte erzählt hatte. Ali blickte die Männer an, die auf seine Reaktion warteten. In ihren Händen hielten sie Bambusstöcke und Erntemesser. Ali schien es, als ob das ganze Leben sich auf diesen einen Moment zusammengedrängt hätte — wie ein breiter, launenhaft wirbelnder Fluß, der sich durch einen engen Kanal zwängt, um all seine Kraft schließlich in einem reißenden Strudel zu vereinigen. Er hatte an den Kommunismus geglaubt. Er hatte sich für ihn eingesetzt. Und nach seiner Rückkehr in das Dorf glaubte er auch erneut an die javanische Lebensweise, an die Ehre, die sie umgab, an die Traditionen, die von seinen Vorfahren befolgt worden waren. Alles ergab nun einen Sinn: Die Grundsätze seiner Jugendzeit hatten sich mit den Grundsätzen seines Mannesalters vereinigt — die Wayangwelt seiner Vorfahren verband sich mit dem gesellschaftlichen Bewußtsein von Karl Marx. Irgendwie war es geschehen, irgendwie, und während er in die erwartungsvollen Gesichter dieser Bauern blickte, deren Verständnis des Kommunismus wohl kaum über ihren Traum von mehr Land und größerer Gerechtigkeit hinausging, wußte Ali Gitosuwoko genau, was er zu tun hatte.

»Ich bleibe hier«, sagte er.

Ein Mann, der ein altes holländisches Gewehr geschultert hatte, trat auf ihn zu. »Das sollst du haben«, sagte der Mann.

»Nein, nein, ich nehme, was die anderen haben. Gebt mir ein Messer.«

Aber sie bestanden darauf, daß er eines der wenigen vorhandenen Gewehre nehmen müsse. Immerhin sei er ein Kader aus Djakarta und daher ein bedeutender Repräsentant einer Organisation, für die zu sterben sie sich nun vorbereiteten. Sie fühlten sich von seiner Anwesenheit geehrt. Das wenigste, was sie tun könnten, sei, ihm das beste Gewehr im ganzen Dorf anzubieten.

Ali nickte und nahm es.

*

In den Tagen der Holländer benutzten die Dorfbewohner Tong-Tongs, lange zylinderförmige Holztrommeln, von denen mehrere zwischen Pflöcke gespannt und mit Holzklöppeln bearbeitet wurden, um über die Padis und Flüsse hinweg jeden vor dem Herannahen feindlicher Patrouillen zu warnen. Auch jetzt wurden wieder Tong-Tongs benutzt. Ali hörte den dumpfen, aber stark widerhallenden Klang durch die träge Nachtluft hämmern. Jedermann im Dorf wurde davon auf seinen versteckten Posten geschickt, von dem aus er den Angriff abwehren sollte.

Deshalb also bin ich hier, dachte Ali. Er hatte sein Engagement für die Sache des Kommunismus ernst genommen, aber erst vor kurzem hatte er begriffen, daß es ihn auch zur Gewalt führte. Selbst als er in jenem anderen Dorf die Leute gesehen hatte, die im Namen des Marxismus umgebracht worden waren, selbst als er die Männer am Baum hängen sah, hatte er noch nichts verstanden. In Wahrheit hatte er das hermetisch abgeschlossene Leben seiner Vorfahren in Djakarta fortgesetzt, noch im Strudel der nationalen Katastrophe. Nun endlich war er aus der milden, luftleeren Vergangenheit in eine rauhere, aber lebendigere Welt getreten. Die Waffe fester umklammernd, wartete er.

Was als nächstes passierte, überstieg Ali Gitosuwokos Fähigkeit, sich genau an das Geschehen zu erinnern, geschweige denn zu begreifen, wie es geschah. Vor dem Haus bewegte sich etwas, dann sah man Lichtblitze, begleitet von häßlichen, dumpfen Knallgeräuschen, und die Leute bewegten sich, und er bewegte sich vor dem geöffneten Fenster, zog mit seinem Finger an der kleinen gebogenen Metallhaken, zog und zog, stellte die Waffe hin und lud sie und spürte die Bewegungen um sich herum, hörte den schrecklich durchdringenden Schmerzensschrei eines Menschen und fühlte noch mehr Bewegungen um sich rennen, fallen ... und er selbst — wie war es geschehen? — stürzte durch die offene Hintertür des Hauses, seine butterweichen Beine trugen ihn kaum, aber er rannte durch die Dunkelheit, bis er mit etwas zusammenstieß, einem Baum, er fiel der Länge nach hin, das Gewehr war weg und vergessen, als er sich taumelnd erhob und weiterrannte, weiterrannte wie die junge Frau aus dem Dorf, bis auch ihm das Feuer die Kehle zuschnürte und in seiner Brust und vor seinen Augen kleine Lichter zu explodieren schienen. Und er wußte, er war wieder hingefallen, diesmal ins Wasser, in ein Reisfeld, das stark nach Vegetation, Verfall, sprießenden Pflanzen, toten Fröschen, Algen roch, und er rappelte sich wieder hoch, stürzte vorwärts, rannte blindlings einen verwilderten Pfad entlang, bis er wieder hinfiel; diesmal richtete er seine Augen zu einem mondlosen, aber sternenübersäten Himmel empor, und wenige Augenblicke empfand er tiefen Frieden, denn sein Geist schien sich bis auf das Erkennen dieser Lichter über seinem Kopf aller Dinge zu entledigen. Und dann war er wieder auf den Beinen und stürmte gedankenlos durch die dunkle Nacht, allein, wie damals in seiner Kindheit, als er aus unerklärlichen Gründen aufwachte, geräuschlos das Haus verließ und unter einem Himmel wie diesem über die Felder ging, sich allein mit dem Himmel fühlte, sich angesichts von Millionen und aber Millionen Sternen allein fühlte in einem Universum, das ihn geräuschlos verschlang, wie jetzt, in diesem Moment, außerhalb eines Dorfes südlich von Yogya und ein paar Kilometer von der Stadt Wonosari entfernt.

48

Sie sah vor sich das niedrige Gebäude mit der indonesischen Fahne, die an einem weißen Mast vor der geschwungenen Auffahrt hing. Mehrere Jeeps parkten dort, und zwei Soldaten, die ihre Gewehre schräg vor der Brust hielten, standen vor dem Gebäudeeingang. Maggie bog in die Auffahrt ein und parkte ihr Fahrrad neben dem Eingang. Dabei merkte sie, daß beide Soldaten sie neugierig betrachteten.

Maggie zog die Krempe ihres Strohhutes tiefer, ging an ihnen vorbei und betrat das lokale Armeehauptquartier. Ein Schreiber blickte mit dem verdutzten Aussehen eines kleinen Tieres von seinem Schreibtisch hoch.

»Ich möchte mit einem Offizier sprechen«, sagte Maggie in Bahasa.

Wortlos stand der Schreiber auf und trippelte eilig in einen Büroraum des langen Korridors. Uniformierte Männer, die mit geschulterten Gewehren oder Dokumenten in den Händen an ihr vorbeigingen, starrten sie an. Maggie starrte zurück, bis sie wegsahen.

Der Schreiber kam sehr schnell wieder und gab ihr von weitem ein Zeichen, als ob er sich fürchtete, der Ausländerin zu nahe zu kommen. Maggie fand es höchst ermutigend, daß er so rasch wiederauftauchte. Vielleicht arbeitete man hier, im Diponegorodivisionshauptquartier, effizienter, als sie es gewohnt war.

Sie folgte ihm bis zu einer geschlossenen Tür. Er klopfte rasch an und eilte davon. Sie stand allein davor, während auf dem Korridor Männer hin und her gingen, von denen einige sie unnötigerweise leicht streiften — sie nahmen sich ganz schön viel heraus. Schließlich wurde die Tür geöffnet. Ein weiterer Schreiber führte sie in einen großen Raum mit vielen Schreibtischen, an denen noch mehr Schreiber saßen und Papierstapel wendeten oder auf alten Schreibmaschinen herumhackten und dabei ein Geräusch verursachten, als ob Steine in einen Teich fielen. Alle Augen richteten sich kurz auf sie, ehe man sich wieder an die Arbeit machte. Der Schreiber brachte sie zu einer Bank, wo sie lange saß, so lange, daß sie sehen konnte, wie ein Schatten über der Schulter eines Mannes länger wurde, auf seinen Schreibtisch fiel und wie eine Schlange zu ihr glitt.

Maggie hatte sich geschworen, vor allem ruhig und geduldig zu bleiben. Unter diesen Menschen, die fest daran glaubten, daß Gelassenheit in belastenden Situationen eine wichtige Tugend sei, wäre sie sonst verloren. Sie umklammerte ihre Batiktasche mit beiden Händen und wiederholte immer wieder: »Geduld ... Geduld ... Geduld.«

Endlich kam ein Feldwebel vorbei und winkte sie — für einen Javaner ziemlich grob — mit gekrümmtem Finger zu sich. Sie war deshalb auf eine schlechte Behandlung gefaßt, als er sie zur geöffneten Tür eines winzigen Büros führte. Dort saß ein Leutnant, steif wie ein Ladestock und offensichtlich entschlossen, dieser Ausländerin den Eindruck militärischer Strenge zu vermitteln. Er nickte leicht. Sie wertete dies als Aufforderung und betrat das Zimmer. Neben seinem Schreibtisch stand ein Stuhl, aber er bot ihn ihr nicht an.

Obwohl sie das Wort für seinen Rang nicht kannte, sprach Maggie ihn in Krama-Javanisch an und erkundigte sich höflich nach seinem Wohlergehen. Bei den Worten *»Ngaturaken sugeng, Pak Leutnant«* zog er leicht die Augenbrauen hoch, aber das war auch alles. Er antwortete nicht: *»Inggih, wilujeng«*, sondern sagte: *»Kabar baik«* — es gehe ihm gut — in Bahasa. Das ist besser, dachte Maggie, da sie bislang gerade genug Javanisch beherrschte, um Höflichkeitsfloskeln auszutauschen.

Zumindest hatte sie sich Mühe gegeben — und sie gab sich weiterhin Mühe: Sie schenkte ihm ein ihrer Meinung nach gewinnendes Lächeln. Aber erneut weigerte er sich, den Köder zu schlucken. Seine Augen standen enger zusammen als sonst in einem Malaiengesicht, sein Mund wirkte weich, seine Zähne standen vor. Er war ungefähr so alt wie sie. Ganz offensichtlich war er nicht bereit, ihr die Unterhaltung zu erleichtern, also übernahm Maggie die Initiative. Sie versuchte, zweideutig und überschwenglich zu sein; nach javanischer Art sagte sie völlig banale Dinge — das Wetter sei sehr heiß und ihre tiefe Bewunderung für Yogya wachse trotz der Hitze (Übertreibungen in einem Gespräch gelten den Javanern nicht als Sünde) und sie hoffe inbrünstig, daß der Leutnant und seine Familie trotz der Krise bei bester Gesundheit und in Sicherheit lebten. Natürlich nähere sich die Krise aufgrund der guten Leistungen des Präsidenten, der Regierung und der Armee Indonesiens ihrem Ende.

Noch immer hatte er sie nicht aufgefordert, Platz zu nehmen. Maggie begriff, daß sie ihn nicht beeindruckt hatte. Nicht eine Spur von männlichem Interesse an ihr war in seinen Augen zu entdecken.

Schließlich, als sie Atem schöpfte, um ihre tiefe Bewunderung für die Kultur Yogyas zum Ausdruck zu bringen, fragte der Leutnant kurz angebunden: »Was wünschen Sie?«

Ha, wenn du es auf westliche Art haben willst, dann bitte sehr, dachte Maggie. »Ich wünsche Informationen über eine vermißte Person, Leutnant.«

»Das ist eine Angelegenheit der Polizei.«

»Nein, Leutnant, denn die vermißte Person wurde zuletzt in der Begleitung von Soldaten gesehen.«

»Verhaftet?«

»Zumindest mitgenommen.«

»Wenn Sie rausgehen und sich nach links wenden, wird

der Feldwebel dort am Schreibtisch mit Ihnen reden. Sie können bei ihm ein Protokoll anfertigen lassen.«

»Leutnant, ich bin Gast im Hause des Generals Sakirman. Generalleutnant Pranot Sakirman, Operasi Khusus.« In Englisch, um ihn mit einer ausländischen Sprache einzuschüchtern, fügte sie hinzu: »Strategisches Reservekommando der Armee in Djakarta.«

»Nehmen Sie bitte Platz.«

Natürlich. Wie einfach. Der Name Sakirman hätte gleich zu Beginn fallen müssen. Maggie setzte sich und verspürte eine plötzliche Anwandlung von Optimismus, aber vielleicht zuviel, weil sie sofort mit einer Beschreibung Inams aufwartete, einer sehr geschätzten Dienerin der Sakirmans, die auf rätselhafte Weise von Soldaten verschleppt worden sei. Es handele sich sicherlich um einen Irrtum. General Sakirman und seine Frau wären sehr glücklich, wenn sie wüßten, daß ihre treue Dienerin freigelassen und zu ihrer Familie zurückgekehrt sei. Plötzlich unterbrach Maggie sich. Sie hatte unaufhörlich geplappert, ohne das Gesicht dieses Leutnants zu beobachten. Es hatte eine maskenhafte Starre angenommen, eine kühle Ungehaltenheit. Vielleicht hatte sie sich zu sehr auf den Namen Sakirman verlassen.

Nach einer kurzen Gesprächspause fragte er sie, was sie in Yogya tue, und als sie ihm erzählte, sie halte sich hier zu Besuch auf, während ihr Ehemann in Djakarta bei OPSUS an einem Projekt arbeite, veränderte sich sein Gesichtsausdruck nicht. »Warten Sie draußen«, erklärte er ihr herrisch.

*

Stunden später, genau dreieinhalb Stunden später, in denen sie Schreiber und behelmte Soldaten und Offiziere in das Büro des Leutnants hinein- und wieder herausgehen sah, wurde Maggie endlich wieder hineingerufen. Diesmal ließ er sie während der gesamten Unterredung stehen. Er erkundigte sich nach ihren politischen Aktivitäten in Amerika, und als sie erklärte, daß sie eine Unabhängige sei, weder Anhängerin der Republikaner noch der Demokraten, nickte der Leutnant. Zweifellos verstand er jedoch nicht, was sie meinte.

»Und wie ist Ihre politische Einstellung hier in Java?«

»Ich habe keine politische Einstellung in Java.«

»Ein bekannter Organisator der PKI wurde bei Ihnen auf dem Grundstück gesehen.«

Also waren sie dorthin gegangen und hatten Fragen gestellt, während sie hier in diesem Büro wartete. Sie mußten die Dienerschaft der Sakirmans eingeschüchtert haben. Aber Maggie wußte auch, daß sie den Dalang erwähnt hatten, falls sie über Ali aus der Schule geplaudert hatten. Das konnte ihr Glück sein, denn offensichtlich wurde sie nun einem scharfen Verhör unterzogen.

»Ich habe viele Freunde in Yogya«, antwortete sie.

»Ja, das glaube ich Ihnen. Was erzählte Ihnen der Rote?«

»Über was?«

»Den Putsch. Die PKI.«

»Absolut nichts. Alles, was er mir jemals über den Kommunismus erzählte...« Sie unterbrach sich, weil der Offizier sich vorbeugte. »Er organisierte die Bauern, damit sie ihre Felder besser schützen können. Irgend etwas in dieser Art«, sagte sie. »Leutnant, ich kam hierher, um herauszufinden, was Sie mit dem Mädchen gemacht haben. Die Sakirmans werden sich Sorgen um sie machen.«

Der Leutnant wedelte mit der Hand. »Das ist unnötig. Wenn sie eine Patriotin ist, wird der General erfreut sein. Wenn sie keine ist, wird der General gleichermaßen über ihre Verhaftung erfreut sein.«

»Dann wurde sie also tatsächlich verhaftet?«

»Abgeführt.«

»Inam hat nichts getan. Ich weiß, sie hat einen Bruder — aber sie ist doch nur ein kleines Mädchen. Und Nonya Sakirman hat sie sehr gern, das kann ich Ihnen sagen. Sie kann für sie bürgen.«

Als er auch bei diesen Worten völlig emotionslos blieb, ging Maggie auf, daß der Leutnant eine neue Gefühlslage in der Armee repräsentierte — anmaßend, despotisch, nicht bange vor alten Gardeoffizieren wie Sakirman, der zudem nur im Nachschubwesen tätig war. Im Moment zählten also nur Stabsoffiziere, die Waffen trugen. Sie bemerkte am Gürtel des Leutnants ein Pistolenhalfter.

Er schien zu überlegen, was er mit ihr anfangen sollte. Schließlich nahm er einen Füller und klopfte damit einmal leicht auf einen Stapel Papiere. Er sagte ihr, daß er sich persönlich um den Fall kümmern werde, daß sie sich keine Sorgen um das Mädchen machen müsse, das anständig behandelt werde, daß er sie bei einer Änderung der Situation benachrichtigen werde und daß sie auch General und Nonya Sakirman versichern könne, daß dieser Fall angemessen erledigt werde.

Diese lange Erklärung, die von kleinen Handbewegungen begleitet wurde, war fast ein Kleinbeigeben seinerseits. Er hatte Angst, zu weit zu gehen. Er versuchte, mehrere Eisen im Feuer zu behalten — die Sakirmans, den berühmten Dalang, die Ausländerin, sich selbst. Maggie, die merkte, daß seine Position wohl doch nicht so unangefochten war, holte tief Luft und sagte: »Leutnant, ich möchte das Mädchen jetzt sehen.«

»Das geht nicht, Nonya. Tut mir leid.«

»Wo ist sie?«

»Ich weiß es nicht.«

»Sie wissen es nicht?« Maggie spürte, daß sie ihre Selbstbeherrschung verlor — es war wie ein Auto, das zu Hause in Iowa über eine vereiste Straße rutscht. »Irgend jemand hier muß doch wissen, wo sie ist. Ich möchte sie sehen! Warum kann ich sie nicht sehen? Ich bin kein Dukun. Ich werde keine schwarze Magie benutzen, um sie wegzuzaubern.« Obwohl sie außer sich war, merkte sie doch, daß das ein bißchen zuviel Sarkasmus war — sinnlos. »Gibt es irgendeinen Grund, warum ich sie nicht sehen und ein paar Minuten mit ihr sprechen kann?« Ihre Stimme war nun einschmeichelnd. »Um zu sehen, wie es ihr geht? Ob ich ihr vielleicht etwas zu essen oder ein paar Kleider bringen kann — bevor Sie begreifen, was für einen Fehler Sie machen?«

»Sie können sie nicht sehen, Nonya, tut mir leid. Ich weiß nicht, wo sie ist. Sie wurde irgendwohin gebracht.«

»Wohin?«

»Wenn es irgend etwas zu berichten gibt, werden wir uns mit Ihnen in Verbindung setzen.« Er ließ den Füller über den Dokumenten auf seinem Schreibtisch schweben, und zwar in der Art eines Mannes, der irgendwie Anteil nimmt, aber außergewöhnlich beschäftigt ist. »Wir werden Sie benachrichtigen.«

»Sagen Sie es mir jetzt, Leutnant«, flehte Maggie. »Sie hat überhaupt nichts getan. Warum machen Sie das? Wozu das alles? Sie können sie nicht für ihren Bruder verantwortlich machen!« Maggie war ein paar Schritte auf den Schreibtisch zugegangen und lehnte sich nun darüber. Sie sah auf ihn herab, während sie mit einer Hand die Schreibtischplatte umklammerte und mit der anderen die Batiktasche an die Brust preßte. Sie hatte geschrien, sie wußte es, denn plötzlich standen Leute hinter ihr. Als sie sich umdrehte, sah sie drei Schreiber in der Türöffnung stehen, die wie ein Rudel erschrockener kleiner Hündchen blinzelten. »Leutnant«, sagte sie wieder, »ich werde morgen kommen.«

»Sie können sich gern erkundigen«, meinte er kühl und beugte sich vor, nachdem er vor ihrer aggressiven Bewegung zurückgewichen war; dabei mußte ihre Handtasche zudem wie eine potentielle Waffe ausgesehen haben.

Maggie trat vom Schreibtisch zurück. »Das werde ich, mein Herr. Ich werde morgen wieder hier aufkreuzen. Ich ...« Sie stockte und sagte dann wutentbrannt: »Ich vertrete Generalleutnant Pranot Sakirman!«

*

Irgendwie kam sie aus dem Gebäude heraus und bestieg ihr Fahrrad. Während sie mit aller Kraft in die Pedale trat, merkte Maggie, daß ihr Tränen in die Augen schossen.

An diesem Abend erzählte sie Budi nichts von ihrem Erlebnis. Sie fürchtete, ihn nur auf unerfreuliche Weise in Behördengeschichten zu verwickeln. Obwohl man ihn wegen seiner Stellung respektierte, konnte sich in diesen patriotischen Tagen, in denen noch nicht einmal ein General die Macht besaß, dem Feuereifer bei Verhaftungen Einhalt zu gebieten, auch ein Ki-Dalang Gitosuwoko nicht in Sicherheit wiegen. Sie erzählte nichts von Inam. Sie schliefen in seinem Haus, und am nächsten Tag radelte sie im Morgengrauen zu ihrem eigenen Haus, wo sie gerade lange genug blieb, um sich den verwunderten Dienern zu zeigen. Keiner von ihnen erwähnte das Verhör, das am Nachmittag des gestrigen Tages stattgefunden haben mußte. Dann war sie wieder im Armeehauptquartier, wo sie sich derselben Prozedur unterzog, das diesmal aber im Büro eines anderen Leutnants endete. Er war nicht ganz so unfreundlich wie der vom Vortag, wich aber noch mehr aus. Also ging sie wieder enttäuscht und weinend, weil sie nicht einmal in der Lage war herauszufinden, ob Inam überhaupt noch lebte.

49

Nach Tagen — er wußte nicht genau, wie viele es waren, weil sie ineinanderflossen wie Wasser — befand sich Ali in der Nähe seines eigenen Dorfes. Neben einem Padi versteckte er sich zwischen einigen Büschen, bis ein Junge auf dem Pfad auftauchte. Ali kroch aus den Büschen hervor, richtete sich auf und rief dem Jungen etwas Freundliches zu. Der Junge drehte sich beim plötzlichen Auftauchen des Mannes um und wollte davonstürzen.

»Hör mal zu, Junge«, sagte Ali lächelnd, »du kennst mich, hier!« Er winkte ihn zu sich. Der Junge zögerte kurz, kam aber dann näher. Ali hielt ihm einen Füller entgegen (eines der wenigen Dinge, die er noch besaß; alles andere befand sich in jenem Dorf). »Ja, er gehört dir«, sagte er dem Jungen und ermunterte ihn, den Füller zu nehmen.

Der Junge, der ein Lendentuch trug, faßte den Füller wie ein heißes Eisen an und besah ihn sich langsam von allen Seiten, bis er sicher war, daß ihm das merkwürdige Ding nichts tun würde.

»Weißt du, was man damit machen kann?«

»Ja«, sagte der Junge unsicher.

»Du kannst damit auf Papier schreiben.«

»Das weiß ich«, behauptete der Junge.

»Du kannst ihn behalten, wenn du Charangwaspa hierherbringst.« Er benutzte den Namen von Bambangs Gießerei; jeder im Dorf kannte den Gonghersteller unter diesem Namen.

Der Junge drehte den Füller herum und steckte ihn zwischen seinen schokoladenbraunen Bauch und das graue Lendentuch. »Hierher?«

»Ja, hierher. Ich werde unter dem Baum dort warten.«

Er deutete zu einer Nipapalme, die etwas abseits des Pfades stand.

»Ich kenne dich. Du bist der Rote.«

»Ich bin Charangwaspas Bruder.« Ali runzelte finster die Stirn. »Wenn du ihn nicht sofort hierherbringst, wird sich das, was ich dir geschenkt habe, in eine Schlange verwandeln. Aber wenn du ihn sofort holst, wird es der beste Zauber sein, den du dir vorstellen kannst.«

Nachdenklich musterte der Junge Ali, wobei er seine oberen Zähne auf die Unterlippe preßte. Dann entspannte er sich. »Ich werde ihn holen.«

Ali beobachtete, wie der Junge davontrottete, und setzte sich dann unter die Nipapalme. Während er sein Hemd und seinen Sarong betrachtete — alles naß, verdreckt und zerschlissen —, wurde ihm bewußt, daß der Junge beträchtlichen Mut aufgebracht hatte, beim Anblick eines so heruntergekommenen Mannes nicht sofort wegzurennen. Ali zitterte. Er wußte nicht, ob vor Müdigkeit, vor Hunger oder vor Angst. Die ganze Zeit über hatte er sich verfolgt gefühlt, aber wenn er über seine Schulter zurückblickte, hatte er nichts gesehen. Dann, gestern beim Sonnenuntergang, als er sich zum Ausruhen in einem Bambusdickicht versteckte, begriff Ali, daß das einzige, was ihm folgte, seine Angst war und die Erinnerung an seine Angst, die ihn aus dem belagerten Dorf auf die nächtlichen Felder getrieben hatte.

»Bruder!«

Er zuckte zusammen. Bambang kam den Pfad entlang, mit einem Palu in der Hand. Der schnabelähnliche Hammerkopf schlug rhythmisch gegen seine schwarze Hose, an der der glänzende Staub aus der Gießerei haftete.

Ali stand auf. »Bruder!«

Bambang blieb auf dem Pfad stehen, wartete darauf, daß sich sein Hustenanfall legte, und winkte dann Ali, ihm tiefer in das Dickicht zu folgen. Sie saßen nebeneinander, versteckt hinter Kletterpflanzen, Unkraut und Bananenstauden. Um sie herum schwirrten Insekten. Bambang schlug mit seinem ramponierten Filzhut nach ihnen. Dann erzählte er Ali, daß man in der ganzen Gegend von der Schlacht in der Nähe von Wonosari rede.

Seinen Bruder mit offenkundigem Mißmut betrachtend, fügte er hinzu: »Ich glaube, du warst auch dort.«

»Ja, ich konnte fliehen.«

»Andere nicht. Die Soldaten brachten sie auf Lastwagen zum Verhör nach Wonosari. Wir hörten es im Radio.«

»Wurden viele getötet?«

Bambang schüttelte den Kopf. Er warf Ali einen schnellen, verächtlichen Blick zu. »Nach ein paar Schüssen stellten sie das Kämpfen ein. Zwei oder drei wurden getötet. Aber einer Sache kannst du sicher sein; diejenigen, die sich ergaben, haben deinen Namen verraten. Sie wußten deinen Namen, nicht wahr?«

Ali nickte verzagt. Er fühlte sich in seine Kindheit zurückversetzt, und sein älterer Bruder tadelte ihn wegen eines Fehlers — einer Dummheit. Also hatten die roten Dorfbewohner nur Scheinwiderstand geleistet. Das war schon fast eine Erleichterung. Wenn sie trotz hoher Verluste tapfer gekämpft hätten, könnte er sich dies niemals verzeihen. Ach was, niemals konnte er sich das Ganze verzeihen.

Bambang, der Fliegen von seinem rußgeschwärzten Gesicht verscheuchte, berichtete, daß der Geldverleiher heute wieder im Dorf aufgetaucht sei und jeden vor den Kommunisten warne, die, wie er behauptete, mordend und plündernd auf dem Land wüteten. »Die Leute haben mit mir über dich gesprochen«, sagte Bambang und sah Ali in die Augen. »Die Männer, mit denen ich arbeite, reden über dich.«

»Du kannst nicht das ganze Dorf bekämpfen, Bruder. Ich werde dort nicht mehr auftauchen«, erklärte Ali.

»Wohin wirst du gehen?«

Ali wußte es. Er hatte gestern, während er durch die Reisfelder taumelte, darüber nachgedacht. Er wollte den Guerillakämpfer Satir in Ostjava suchen. Er würde in das Trainingslager für Untergrundkämpfer gehen und lernen, was er noch nicht wußte, als er zu kämpfen versuchte. Beim nächstenmal wüßte er dann, wie man es macht.

»Ich gehe nach Osten.«

Bambang nickte und hörte auf, nach den Fliegen zu schlagen. Er starrte seine nackten Füße an, die vom Schmutz der Gießerei schwarz waren. Er kämpfte um Worte, sagte aber nichts.

»Ich weiß, was du sagen willst«, sagte Ali. »Es tut dir leid, daß du mir nicht mehr helfen kannst.«

»Ja, das wollte ich sagen.« Er blickte plötzlich hoch. »Ich bringe dir Kleidung und Geld.«

»Danke.«

Erleichtert, daß er jetzt wenigstens handeln konnte, sprang Bambang auf. »Ich lasse Melani ein paar Sachen für dich einpacken, die sie dir bringen kann.«

»Nein«, sagte Ali, »sie soll mir nichts bringen.«

Bambang warf überrascht den Kopf zurück. »Warum nicht?«

»Weil, nun ja, es könnte auch jetzt schon gefährlich sein. Du bringst es besser selbst.«

»Ja, du hast recht.«

Als Ali beobachtete, wie sein breitschultriger Bruder ins Dorf eilte, wollte er ihn zurückrufen und ihm sagen, er solle doch Melani schicken — so konnte er sich zum letzten Male von ihr verabschieden, ihr sagen, daß er sie liebe, ein letzter verzweifelter Versuch, sie zu überzeugen, mit ihm wegzugehen, oder sie zumindest anzuflehen, jetzt gleich, hier in den Büschen, mit ihm zu schlafen, während die Fliegen um ihre nackten Körper summen würden.

Es war richtig gewesen, Bambang abzuraten, sie hierherzuschicken.

*

Er kam nach Yogya, von wo er einen Bus nach Osten nehmen konnte, falls sie überhaupt noch fuhren. Am Busbahnhof erfuhr er, daß es am Nachmittag vielleicht einen Bus nach Wonogiri und Ponorogo gebe. Da ihm noch Zeit blieb, entschloß sich Ali, mit einem Becak zum Haus der Sakirmans zu fahren. Diesem Entschluß lag eine Entdeckung zugrunde: Ursprünglich hatte er sich zu dieser Ausländerin aus Neugier und körperlichem Begehren hingezogen gefühlt, nun hatte sich dieses Gefühl zu einer ruhigen Zuneigung entwickelt. Er fühlte sich Nonya Maggie auf seltsame Weise verwandt, obwohl er jetzt doch wußte, daß sie eine Ehebrecherin war.

Ali war überzeugt, daß er am Beginn eines großen Abenteuers stand. Deshalb empfand er das starke Bedürfnis, sich von der Vergangenheit zu verabschieden. Nonya Maggie war ein späterer, aber bedeutender Bestandteil dieser Vergangenheit, und unter den gegebenen Umständen war sein Abschied von ihr zugleich auch ein Abschied von seinem Onkel. Der Abschied von ihm konnte eigentlich nur dazu führen, daß er etwas Dummes tat, daß er sich vielleicht entschuldigte oder sich auf traditionelle Weise als der Priyayi zu erkennen gab, der immer noch in ihm steckte.

Als er das Grundstück der Sakirmans betrat, begrüßten ihn auf dem Weg in den Innenhof die widerhallenden Töne eines Genders. Das Instrument wurde sehr schlecht gespielt. Der Spieler dämpfte die Bronzetasten nicht, so daß der Ton, der durch den Hof vibrierte, chaotisch, fast brutal klang und keine Ähnlichkeit mit den süßen Melodien besaß, die man mit diesem Instrument, vielleicht der Hauptzierde des Gamelan, verband.

Deshalb war er nicht überrascht, als er Maggie im Hauptpendopo mit gekreuzten Beinen vor einem Gender sitzen sah. Der kastenähnliche Rahmen, über dessen Resonanzkörper aus Bambus die Bronzeplättchen gespannt sind, war eigens für sie in den Pendopo gebracht worden, damit sie spielen konnte. Oder üben. Oder mißhandeln. Sie schlug auf die Bronzetasten mit zwei gedämpften Holzschlegeln des Slentemtyps, während ein magerer kleiner Mann in der dunklen Batikkleidung eines Hofmusikers grimmig blickend neben ihr saß, eine Zigarette rauchte und Anweisungen erteilte.

Ali lachte. Sein Lachen überraschte ihn, als ob er völlig vergessen hätte, warum und wie man solche Töne erzeugt.

Maggie winkte ihn herbei und erhob sich schwerfällig, wie es zu einer grobknochigen Ausländerin paßt. Ali dachte, als er auf sie zuging, daß jeder Indonesier es insgeheim tröstlich finden müßte, daß diese weißen Ausländer niemals eine graziöse Bewegung zuwege bringen würden.

»Wieso ausgerechnet ein Gender?« rief er ihr zu. »Es ist von allen Instrumenten am schwierigsten zu spielen!« Er sprach Bahasa, da ihn Englisch nicht mehr interessierte. Er ließ es, zusammen mit seiner Priyayivergangenheit der Isolierung, der schönen Musik und der Privilegien, hinter sich.

Maggie stand am Rand des Pendopo und wartete auf ihn. Sie trug bequeme westliche Hosen und ein weites Hemd, ihr braunes Haar war im Nacken zu einem kleinen Pferdeschwanz gebunden. Einen Augenblick lang durchzuckte Ali heftiges Begehren, als er näher kam. Kein Wunder, daß sein Onkel...

»Hörte es sich so schrecklich an?« fragte Maggie lächelnd.

»Entsetzlich!« Diese Hänselei machte ihm Spaß. Nach alledem gab es noch Hoffnung. Obwohl er ein Mann in Gefahr war, der sich mit Fluchtgedanken trug, weil man ihn wahrscheinlich recht bald jagen würde, konnte er immer noch mit dieser Amerikanerin auf ihre Kosten scherzen, und beide hatten Spaß daran.

Sie saßen auf der Kante des Pendopo, ließen ihre Beine baumeln und sahen aus dem blauen Schatten des überhängenden Daches auf den hellstrahlenden Hof. Nach ein paar weiteren Witzeleien über ihr musikalisches Können verfielen sie in Schweigen.

Maggie sprach zuerst. »Sie haben Inam mitgenommen. Ich habe alles versucht, um herauszufinden, wo sie ist, aber aus den Soldaten habe ich nichts herausbekommen.«

»Das schafft niemand.«

»Was werden sie ihr antun?«

Ali zog die Schultern hoch. Er wollte Nonya Maggie nicht erzählen, daß das Mädchen manchmal als Kurier zwischen abgelegenen Zellen der Kommunisten und der PKI-Zentrale in Yogya fungiert hatte. Sicherlich hatte man sie in ein Gefangenenlager gebracht. Wenn sie Glück hatte. »Sie werden sie eine Weile festhalten und dann wieder freilassen.«

»Das glauben Sie doch selbst nicht.«

Ali sagte nichts, sondern starrte in das gleißende Licht.

»Ich glaube, Sie sind gekommen, um mir Lebewohl zu sagen.«

Er wandte sich zu ihr und betrachtete ihr sonnengebräuntes Gesicht, ihre blauen Augen. Auf ihn wirkten sie kindlich, hell und leer, und einen entsetzlichen Augenblick lang wollte er ihr das auch sagen, um sie zu verletzen — denn sie war in Sicherheit und hatte einen Geliebten, den er haßte. Aber er begriff, daß sie weit davon entfernt war, eine Närrin zu sein. Wenn sie auch eine Ausländerin war, sie war eines Dalangs würdig. Aber schon überkam ihn wieder eine Welle des Ärgers. »Glauben Sie ja nicht, daß Sie uns überlegen sind!«

»Ali?«

»Wir wurden von den Portugiesen, den Spaniern, den Chinesen, den Holländern, den Japanern und der gesamten westlichen Welt, einschließlich der Briten, einschließlich Ihres Volkes, ausgebeutet. Wenn wir uns selbst Schaden zufügen, haben wir uns dieses Recht verdient.«

»Ja, das stimmt.«

Diese Zustimmung, die zu schnell kam, um vorgetäuscht zu sein, besänftigte ihn ein wenig. »Ich glaube Ihnen. Für mein Volk wird sich aus der ganzen Geschichte etwas Gutes ergeben. Wir werden lernen, vorsichtiger zu sein und an Stärke zu gewinnen, und dann werden wir uns zur kommunistischen Nation erklären.« Er lächelte sie an. »Damit stimmen Sie aber nicht überein.«

»Ich habe keine Ahnung, wer sich an die Spitze setzen wird.«

Er lachte grimmig in sich hinein. »Ihnen ist das Ergebnis wohl egal!«

»Armeegeneräle oder Kommunisten, Moslems oder Sukarno — das sind nicht gerade Dinge, für die ich mich interessiere. Also ist mir ihr Erfolg oder ihre Niederlage ziemlich gleichgültig.«

»Trotzdem bleiben Sie hier. Sie lernen unsere Sprache. Sie beschäftigen sich mit Batik. Sie spielen unsere Musikinstrumente. Sie haben sich auf ein Leben in diesem Land eingestellt.«

»Sie wissen Bescheid — über Ihren Onkel und mich. Er erzählte mir, daß Sie Bescheid wissen.«

An eine solche Offenheit einer Frau nicht gewöhnt, fiel Ali keine Antwort ein.

»Wir machen uns beide um Sie Sorgen.«

»Das ist nicht nötig«, sagte er energisch, weil er sich von ihren Gefühlen distanzieren wollte. »Ich gehe fort. Ich gehe nach Osten.« Er konnte sich nicht beherrschen und fügte prahlerisch hinzu: »Ich lasse mich für den Kampf ausbilden.«

»Ali!«

»Die Welt soll wissen, daß unser Leben der Zukunft verpflichtet ist.«

»Verzeihen Sie mir, mein guter Freund, aber das klingt, als ob Sie es aus einem Buch hätten.« Sie schwieg. »Ich meinte das nicht so.«

»Natürlich meinten Sie es so. Sie wollen mich entmutigen, weil Sie mich mögen.« Er hörte Zärtlichkeit aus seiner Stimme heraus, wollte sie zurückhalten, schaffte es aber nicht. »Ich kann Sie nicht verurteilen, Nonya Maggie. Sie nicht.« Er fand wieder zu seinem harten Ton zurück. »Ich habe kein Recht, irgend jemanden zu richten. Erst muß ich mich selbst bewähren. Lieben Sie ihn?«

»Ja«, sagte sie ohne Zögern, »sehr sogar.«

Es ist alles möglich, wenn man kurz vor einem Abenteuer steht, dachte er. Er mußte sagen, was ihm im Kopf herumging. »Und Ihr Ehemann?«

»Erst wollte ich es ihm sagen, wenn er hier ist. Aber es ist nicht gut, länger zu warten. Ich habe ihm geschrieben.«

»Sie haben vor hierzubleiben?«

»Ja.«

»Trotz all der Ereignisse ... diese ...« Er machte eine ausladende Handbewegung, als ob er den Aufruhr in Indonesien damit umschreiben könnte.

»Ich werde hierbleiben.«

»Ist Ihre Liebe so groß?« Er war ungläubig, ehrfürchtig, Zeuge einer Leidenschaft, die ihm bislang unvorstellbar vorgekommen war.

»Ja, so groß.«

Er verließ den Pendopo. Während er vor dieser ausländischen Frau mit ihrem zurückgekämmten Haar stand, mit ihren blauen Augen, die ihn betrachteten, wollte Ali irgend etwas Atemberaubendes sagen. Statt dessen sagte er ziemlich steif und in die förmliche Höflichkeit seiner Kindheit zurückfallend: »Ich werde Sie nie vergessen, Nonya Maggie. Und ich danke Ihnen.«

*

Ali hatte gerade die Hälfte der Straße zurückgelegt, die zum Haus der Sakirmans führte, als er eine vertraute Figur erblickte: einen kleinen, zerbrechlich aussehenden Mann, der hin und her schwankte, als ob er sich den rollenden Bewegungen eines Schiffes anpaßte.

Als sie sich näher kamen, nahm Mas Slamat seinen Filzhut ab und grüßte höflich. »Haben Sie sie besucht?« Er wartete nicht auf die Antwort, er kannte sie. »Ich frage mich, warum General Sakirman sie dort wohnen läßt. Auf malaiisch sagen wir: ›*Pipit itu sama pipit juga, dan yang enggang sama enggang.*‹«

Als Junge hatte Ali das Sprichwort im Dorf gehört — »Spatzen müssen sich mit Spatzen zusammentun, Nashornvögel mit Nashornvögeln«, um einen Mann und eine Frau aus unterschiedlichen Klassen zu kritisieren, wenn sie sich ineinander verliebt hatten. Aber Mas Slamat meinte nicht Klasse, sondern Rasse. Er sprach von einem Dalang und einer Frau aus Amerika.

Ganz eindeutig war der kleine Mann willens, offen zu sprechen. Deshalb versuchte Ali, mit seiner Antwort sehr beiläufig zu bleiben. Er tat, als ob man sich über etwas ganz Alltägliches unterhielte — nach Beendigung der Gewalttätigkeiten werde Indonesien Teil einer neuen Welt sein, und alle würden das Leben anders als jetzt betrachten. In Ali kam Optimismus hoch, als er behauptete, daß General Sakirman nicht wisse, was sich zwischen seinem Gast und Ki-Dalang Budi Gitosuwoko abspiele; aber selbst wenn er es wüßte, gäbe es keinen Grund zur Aufregung. »Sie könnte trotzdem in seinem Haus wohnen. Er würde es begreifen.«

»Wohl kaum!«

»Sie tun niemandem weh. Und mein Onkel ist immer noch ein berühmter Dalang, ein geachteter Mann.«

Der zahnlose Mund Mas Slamats straffte sich. »Berühmt, ja, aber nicht mehr geachtet.«

»Sie hat ihrem amerikanischen Ehemann geschrieben«, sagte Ali. »Sie wird in Yogya bleiben.«

»Das bleibt abzuwarten.«

»Ich glaube ihr.«

»Wie kann man den Worten eines Menschen trauen, der niemals zu Allah betet?« Das war der Santri in Mas Slamat. Es hatte keinen Sinn, sich mit ihm zu streiten. Ali mochte den Mann — zumindest fühlte er sich mit ihm durch die Tradition verbunden.

»Haben Sie von den guten Moslems gehört, die ermordet wurden?« fragte Mas Slamat mit kauenden Bewegungen seines Mundes.

»In diesen Tagen werden überall gute Menschen ermordet.«

»Gute Moslems in einem Dorf bei Wonosari.«

»Ja, das habe ich gehört. Und Kommunisten bekämpften in einem Dorf ganz in der Nähe Armeeeinheiten, weil die Armee sie angriff.«

»Weil sie gute Moslems ermordet hatten.«

Blitzartig fielen ihm die Männer am Baum ein. Ali sagte nichts.

»Wohin gehen Sie?« Mas Slamat deutete auf das kleine Kleiderbündel, daß Bambang Ali mitgegeben hatte.

Ali zögerte. Nun ja, immerhin waren sie Priyayi, erzogen im Geiste desselben Adat, obwohl sie sich nicht mehr denselben Prinzipien verpflichtet fühlten. »Ich verlasse Yogya für eine Weile.«

»Es wäre besser, wenn Sie in einer Moschee beten würden. Aber Gehen ist momentan besser als Bleiben. Das heißt, wenn Sie weiterhin Kommunist sein wollen.«

»Ich bin Kommunist.«

Mas Slamat kaute heftig, als ob er mit einer Entscheidung beschäftigt wäre. Dann sagte er: »Ich kenne Ulamas und Kiyais, bedeutende Köpfe, die Sie zurück zum Islam führen können. *Allahu Akbar.* Ich kann Sie jetzt zu ihnen bringen.«

Lächelnd berührte Ali den Arm des kleinen Mannes. »Vielen Dank. Aber nicht jetzt. Ich fahre heute nach Osten. Hoffentlich fahren die Busse.«

»Ich weiß Bescheid mit den Bussen. In ungefähr einer Stunde soll ein Bus nach Osten abfahren — über Wonogiri nach Ponorogo, von dort aus können Sie nach Madiun oder Blitar kommen. Ich kenne die Route. Wenn Sie diesen Weg nehmen, können Sie sich den langen Umweg durch den Süden sparen. Ich kenne mich in diesen Dingen aus. Wie lange werden Sie wegbleiben?«

»Wer weiß? Auf Wiedersehen, Freund. Tun Sie alles, um ihr zu helfen.«

Mas Slamat lüftete leicht seinen Hut und hielt ihn über seinem Kopf. »Das werde ich tun. *Bismallah.*«

»Wir werden uns sicher wiedersehen.«

»*Inshallah.*«

Ali drehte sich um und entfernte sich rasch. Hinter sich

hörte er die zittrige Stimme des kleinen Mannes, der ihn inständig bat: »Geben Sie das Töten auf! Halten Sie sich an gute Moslems!«

Aber Ali ging weiter.

*

Der Bus war mindestens so alt wie Ali selbst. Er saß vorne und hatte einen guten Blick auf den winzigen Fahrer und das riesige Lenkrad, das er mit einiger Mühe, aber mit Begeisterung drehte. Der zerschlissene Lederbezug, auf dem Ali saß, wurde von Klebeband zusammengehalten, und die Sprungfedern spürte er bei jedem Schlagloch. Das Fenster ließ sich nicht öffnen, deshalb mußte Ali durch das verschmutzte Glas auf die vorbeiziehenden Vorstädte Yogyas schauen. Frauen mit bunten Kopftüchern wuschen Wäsche am Flußufer. Es war sehr heiß im Bus. Ein kleiner Ventilator, der am Armaturenbrett befestigt war, funktionierte nicht. Ein Mann, der direkt hinter dem Fahrer saß, fuchtelte mit seiner Zigarette herum und redete laut. Der Fahrer drehte sich ständig um und gab durch Grunzen seine Zustimmung oder Mißbilligung kund, während seine kurzen Arme dabei fast an die Grenze ihrer Dehnbarkeit gerieten und das Steuerrad dadurch noch nachlässiger bedienten. Eine Fülle von lose hängenden Drähten lag wie Tiergedärm zwischen seinen Beinen — Beine, die kaum die Pedale erreichten. Als Ali sich dies gerade ansah, drehte sich der laut sprechende Mann plötzlich um und starrte ihn lange und unverschämt an.

Solche für Java untypische Grobheit war in diesen Tagen üblich. Die Menschen mißtrauten sich, und die beste Methode, sich selbst zu schützen, bestand darin, auf arrogante Weise selbstsicher aufzutreten und jemanden so lange anzustarren, bis er den Blick senkte. Also starrte Ali zurück, bis der Mann sich wieder umdrehte.

Auf der Straße gingen Schulmädchen in weißen Blusen, grauen Röcken, mit schweren Lederschuhen, ihr Haar verbarg sich unter den weißen, nach islamischer Art gebundenen Kopftüchern. Besuchten sie während der Krise tatsächlich die Schule? Das freute Ali. Das Leben ging weiter. Wenn der Bus an ihnen vorbeifuhr, betätigte der Fahrer großzügig seine laute Hupe. Ein paar Kilometer weiter hielt er an einer Haltestelle und nahm ein halbes Dutzend Frauen mit. Ein altes Ehepaar verkaufte dort Eier, Zigaretten und Bananen. Aus dem Fenster konnte Ali einen überfluteten Graben sehen; ein totes, stark aufgeblähtes Schwein lag darin, und ein riesiger Kothaufen schwabbte gegen einen seiner Läufe.

Nachdem die Frauen, mit ihren Bündeln und Weidenkörben kämpfend, endlich im Bus waren, wartete der Fahrer, bis sein Schaffner von hinten »Los!« schrie. Dann setzte er den Bus in Bewegung, wobei er eine riesige Auspuffwolke hinter sich ließ. Ali fühlte sich glücklich, als er ein paar Enten auf einem Reisfeld fressen sah. Die Enten grasten auf einem Feld, das erst letzte Woche abgeerntet worden war, und als der Bus ein Stück weitergefahren war, sah er den Reis auf einem ausgelegten Tuch trocknen. In der Ferne zog ein grauer Büffel den Pflug zur Vorbereitung der neuen Anpflanzungen durch die schwere Erde eines gemähten Feldes. Ein breitkrempiger Kulihut überschattete das Gesicht des Bauern, der dem Pflug folgte. Das Leben ging weiter. Es war ein tapferes und schönes Land.

Ali lehnte sich zurück, schloß die Augen und ließ sich von der schaukelnden Bewegung des Busses in den dringend nötigen Schlaf wiegen.

Er erwachte, als der Bus schlingerte und ihn nach vorn schleuderte. Der Fahrer, der brüllte und wild das Lenkrad drehte, hatte mit aller Kraft seines mageren Beines auf das Bremspedal getreten.

Ali richtete sich auf und blickte durch die Windschutzscheibe, deren riesige Wischer die Sicht behinderten; er sah, daß sich ihnen ein Armeelastwagen in die Quere stellte. Soldaten sprangen heraus. Ein Hauptmann und ein Feldwebel näherten sich mit gezogenen Pistolen dem Bus.

Das gilt mir, dachte Ali. Aber vielleicht auch nicht. Sie konnten nicht wissen, daß er im Bus war.

Er drehte sich nicht um, als sich die hintere Tür quietschend öffnete. Die Frauen jammerten bereits, doch die herrische Stimme eines Mannes brachte sie zum Schweigen. Ali drehte sich nicht um, sogar dann nicht, als er die schweren Tritte von Stiefeln im Gang hörte. Die Stiefel machten genau vor Alis Reihe halt.

Ali sah hoch und wußte, daß er verloren war.

»Sie sind Ali Gitosuwoko«, stellte der Hauptmann fest. »Kommen Sie mit!« Er fragte nicht einmal nach den Papieren.

Ali stand auf und folgte wortlos dem Hauptmann und dem Feldwebel aus dem Bus, während die Frauen, die ihn scheu anblickten, vor Angst und Erleichterung zu plappern begannen.

Vor dem Bus blieb Ali ruhig stehen, während ihm jemand die Hände auf den Rücken band und den Knoten so fest zog, daß er vor Schmerz kurz aufstöhnte.

»Keine Sorge«, sagte der Soldat hinter ihm, der den Knoten anzog. »Du wirst noch eine Menge mehr als das spüren, ehe wir mit dir fertig sind.«

»Wie haben Sie mich gefunden?« fragte Ali. Aber als sie ihn brutal in den Lastwagen geschoben hatten, brauchte er nichts mehr zu fragen. Mas Slamat, dieser gute Moslem, mußte mit der Neuigkeit zur Polizei gegangen sein, daß sich ein bedeutender kommunistischer Anführer (sein Hang zum Dramatischen hatte ihn sicherlich bedeutender erscheinen lassen als selbst den Vorsitzenden Aidit) gerade mit dem nach Osten fahrenden Bus aus Yogya abgesetzt habe. Mas Slamat! Natürlich. Also war ich wieder mal dumm, dachte Ali. »Obwohl die Welt so groß ist, verfehle ich sie immer, wenn ich nach ihr schlage.« Bislang war ihm noch nie klargeworden, wie gut das traurige alte Sprichwort auf ihn paßte.

Als der Lastwagen davonrumpelte, konnte Ali sehen, daß sich der Bus in die entgegengesetzte Richtung in Bewegung setzte. Seine Reifen drehten sich und wirbelten Staub auf, für ihn den Staub der Freiheit. Nun, vielleicht hatte er niemals wirklich Freiheit gewollt. Vielleicht wollte er sein Leben hier, wo er seine Kindheit verbracht hatte, beenden, denn er stammte aus Zentraljava, aus der hier bekannten Familie Gitosuwoko.

Ich werde sie nie wiedersehen, sagte sich Ali, als vor seinem geistigen Auge Melani auftauchte. Sie beugte sich über ihre Arbeit in der Küche. Und dann sah er nichts mehr, nicht einmal die Soldaten, die ihm gegenübersaßen und ihn angrinsten.

50

Die neuen Gerüchte, die unter den Menschen Djakartas so schnell wie Kleingeld kursierten, besaßen eine alptraumartige Qualität. Die Menschen saßen gleichsam aufrecht im Schlaf und schrien die Einzelheiten ihres Traums heraus, bevor sie sie wieder vergaßen.

Eins war sicher: Tausende waren in ganz Java abgeschlachtet worden. Genaue Zahlen gab es nicht; und selbst wenn es welche gegeben hätte, wären sie nicht veröffentlicht worden. Vern hatte lange genug in Asien gelebt, um zu wissen, daß Katastrophen hier immer untertrieben wurden; Eintausend bei einer Flut ertrunkene Menschen tauchten auf der letzten Seite einer Zeitung von Delhi, Bangkok oder Rangoon als einhundert auf. Aber die Berichte, die Vern nun an der Hotelbar oder in den Büroräumen bei OPSUS hörte, bestätigten mit monotoner Regelmäßigkeit die grausame Wahrheit.

Die Verfolgung der Roten und ihrer Sympathisanten ging über eine bloße Bestrafungsmaßnahme hinaus und hatte sich zum furchtbaren Terror des Massenmordes entwickelt. Wenn ganze Dörfer für kommunistisch gehalten wurden, dann mußten außer den Kindern alle sterben. Manchmal marschierte die Armee in ein antikommunistisches Dorf ein. Soldaten hielten wilde Reden, nach denen sie Gewehre und Bajonette austeilten und die Dorfbewohner in ein paar Kilometer entfernte kommunistische Dörfer schickten. Moslemische Jungen in schwarzen Hemden marschierten an der Spitze. Wenn sie in den vorwiegend roten Dörfern ankamen, überprüften sie die Namen nach einer PKI-Mitgliederliste oder hörten einfach auf Lokalgrößen, die die Schuldigen identifizierten — schuldig nach dem beschränkten Maß ihrer Einsicht, denn es wurde berichtet, daß viele überhaupt keine Roten waren, sondern Opfer von Clanauseinandersetzungen oder Landstreitigkeiten, die durch Mord beigelegt wurden.

Manchmal wurden die Opfer auf einem Lastwagen zu Hinrichtungsplätzen außerhalb der Stadt gefahren. Häufig mußten sie ihre Gräber selbst ausheben. Die Exekutionsmethoden waren verschieden. Wenn die Armee selbst die Aufgabe übernahm, wurde das Gemetzel in der Regel durch Gewehrsalven vollführt; eine gnädige Methode im Vergleich zu dem, was geschah, wenn Jugendgruppen die Ehre übertragen wurde, die Hinrichtungen durchzuführen. Sie schwangen mit Begeisterung Erntemesser und Sicheln, wenngleich ohne Geschick. Mit so fest auf den Rücken gebundenen Händen, daß die geschwollenen Finger wie Pflaumen aussahen, knieten die Opfer gebeugten Hauptes über ihren hastig ausgehobenen Gräbern. Sie wurden mit ein, zwei, manchmal auch drei oder mehr Schlägen geköpft.

Andere wurden zu Flußufern getrieben, wo man ihnen die Kehle durchschnitt und ihre Leichen in den Strom warf. Manchmal blockierten die zahlreichen Leichen den Fluß, so daß sie an das Ufer geschwemmt wurden, wo Hunde im schlammigen Wasser standen, am nackten Fleisch zerrten oder kreischende Geier sich um die Überreste stritten.

Prozesse fanden nicht statt. Gewöhnlich wurden rote Aktivisten unverzüglich getötet. Dorfbewohner, die von lokalen Befehlshabern des Militärs eingeschüchtert worden waren, standen dabei, wenn die Opfer ausgewählt und hingerichtet wurden; häufig, indem man sie mit einem Hanfseil, das durch einen Holzstab zugezogen wurde, strangulierte. Manchmal wurden passive Anhänger des Kommunismus in Straflager geschickt, die sich so schnell füllten, daß Schulen und Militäreinrichtungen als improvisierte Gefängnisse dienen mußten.

Es gab viele Varianten. Um sich selbst zu schützen, verrieten Familien häufig die Namen von Kusinen und Vettern, die in nahegelegenen Dörfern wohnten, weil sie hofften, daß eine derartige antikommunistische Parteinahme sie vor der eigenen Hinrichtung bewahren werde. Einmal tauchte eine Kolonne von Panzerspähwagen auf einer Straße auf. Ein Dutzend Frauen versperrte ihr den Weg. Als das erste Fahrzeug vorbeiratterte, drehten sich die Frauen um, hoben ihren Sarong hoch und entblößten ihre nackten Hintern. Wütend über diese unglaubliche Beleidigung, befahl der Offizier seinem Maschinengewehrschützen, das Feuer auf sie zu eröffnen. Als die Frauen tot waren, eilten die Dorfbewohner auf die Felder, um die Leichen zu bergen. Da er ihre Absicht mißverstand, befahl der Offizier seinem Schützen, sie ebenfalls zu töten, was der prompt tat.

In Cirebon baute man aus Gründen der Effizienz und Geschwindigkeit eine Guillotine auf. Abgeschlagene Köpfe wurden auf Bambusstäbe gespießt, die dann an Dorfkreuzungen in den Boden gerammt wurden.

Manchmal wehrten sich die Roten. Um an Waffen zu kommen, deren Mangel zu ihrer schnellen und endgültigen Niederlage geführt hatte, griffen einige entschlossene Kommunisten Polizeistationen und Außenposten des Militärs an. Sobald sie bewaffnet waren, fielen sie über Zivilisten her oder nahmen Soldaten gefangen, die sie folterten, indem sie ihnen Bambussplitter in die Ohren oder in den Penis trieben.

Eines Nachmittags, als Vern bei OPSUS in einer Ecke saß und den Berichten schweigend zuhörte, besprachen junge Offiziere solche Gerüchte und überboten sich gegenseitig mit ihren Horrorgeschichten. Plötzlich ging ein Leutnant, der die ganze Zeit über ungeduldig zu Vern herübergeschaut hatte, auf ihn zu. »Verstehen Sie, worüber wir uns unterhalten?« fragte der Offizier in Bahasa.

Vern antwortete ihm, daß er Bruchstücke verstanden habe; tatsächlich hatte er alles verstanden.

»Was halten Sie denn davon?«

»Ich denke, daß es traurig ist.«

Der junge Offizier ließ sich neben Vern auf der Bank nieder. »Sie glauben, daß es in meinem Land keine Gerechtigkeit gibt. Sie verurteilen uns.« Ohne eine Antwort abzuwarten, sagte er ärgerlich: »Diese Roten sind darauf versessen, uns Schwierigkeiten zu machen. Wir haben auch ohne die Roten, die uns nur noch mehr Schwierigkeiten machen, genug Probleme, die Leute satt zu bekommen. Deshalb müssen wir die Roten töten. Wir haben keine Zeit für Ihre Vorstellungen von Gerechtigkeit. Die Roten müssen verschwinden. Heute oder spätestens morgen.«

»Sie betrachten es also als einen Kampf ums Überleben«, sagte Vern vorsichtig.

»Zuerst retten wir uns selbst, dann denken wir an Gerechtigkeit. Gerechtigkeit ist etwas für Leute, die genug Zeit haben, sich mit ihr zu beschäftigen.«

Vern unterließ den Einwand, daß man überleben und trotzdem Gerechtigkeit üben könne.

Der junge Offizier, überzeugt von seinem Sieg in diesem Gespräch, stand auf und fügte, ehe er wegging, noch hinzu: »Die Welt verändert sich schnell, deshalb müssen wir Schritt halten. Wenn uns Leute im Weg stehen, wie zum Beispiel die Roten, stoßen wir sie zur Seite.«

Vern nickte, da er keine Lust auf ein Streitgespräch hatte. Seit Jahren beobachtete er Asiaten, die in einer Welt Fuß zu fassen versuchten, in die er selbst hineingeboren worden war. Seit Jahrhunderten kämpften sie gegen Ungleichheit an. Nun besaßen sie ihre eigene Fahne und Hymne, und wenn sie mit einer politischen Partei in so gewalttätiger Weise umgingen, nun gut, dann konnte er ihnen nicht sagen, daß sie einen Fehler begingen. Eine fette Katze darf so etwas nicht tun. Trotzdem dachte er, daß sie sich irrten. Was sich hier in Indonesien abspielte, fraß sich in ihn hinein, nagte an seiner Sensibilität, an ethischen Vorstellungen und moralischen Bedenken, von deren Existenz er, der unsentimentale Skeptiker, für den er sich hielt, bislang nichts gewußt hatte.

Deshalb war er dankbar, erleichtert, fast fröhlich, als ihn General Sakirman eines Morgens zu sich bestellte und ihm befahl, sich innerhalb einer Woche nach Bali zu begeben und ein Baugrundstück auszuwählen. Das Drängende in Sakirmans Stimme legte die Vermutung nahe, daß OPSUS bereit war, sich eine neue Einkommensquelle zu erschließen. Die Generäle hatten beschlossen, daß es an der Zeit sei — Krise hin oder her —, mit »Projekt Palme« eine neue Möglichkeit der Finanzierung zu erproben.

Sakirmans Anweisung fiel zeitlich zusammen mit einer Wiederaufnahme des mal funktionierenden, mal nicht funktionierenden Postdienstes. Deshalb schrieb Vern seiner Frau einen Brief und teilte ihr zuerst die gute Nachricht mit: Zumindest konnte er für eine Weile dem heißen, gewalttätigen Djakarta entkommen. Die schlechte Nachricht lautete, daß Sakirman ihm absolut keinen Zwischenaufenthalt in Yogya gestatten wollte. Vern schloß den Brief mit den Worten: »Und deshalb, meine liebste Maggie, wird es noch etwas länger dauern, ehe wir wieder beieinander sind. Du kennst mich. Ich bin kein Mann der großen Worte. Aber die Wahrheit ist, daß ich Dich liebe und vermisse und kaum erwarten kann, Dich in die Arme zu nehmen.«

*

Vern wohnte zusammen mit Larry Foard und Leibwächter Hashim in einem Gästehaus von Denpasar, der kleinen Hauptstadt von Bali. Insgesamt lebten drei Millionen Menschen auf der Insel. Am ersten Morgen nach ihrer Ankunft erwachte Vern von einem seltsamen Geräusch vor seinem Fenster. Er schaute hinaus und sah zwei balinesische Mädchen, die auf einem Weg gingen. Zermahlene Korallen unter ihren nackten Füßen verursachten dieses sanfte Knirschen, das er gehört hatte. Die Mädchen trugen Körbe mit roten Hibiskus- und weißen Jasminblüten. Im Innenhof standen viele Steinplastiken, die Hindugötter darstellten. Die Mädchen blieben vor jeder Statue — grün vom Moos, naß vom Tau — stehen und steckten hinter jedes steinerne Ohr eine Blüte.

Das war eine Szene wie aus einem Märchenbuch. Vern war schon lange genug Asienexperte, um dem »Niedlichen«, dem »Schönen«, dem »Exotischen« hier zu mißtrauen. Er hielt sich mit seinem Urteil zurück, »bis ich«, wie er es ausdrückte, »einen Blick auf das hinter dem Haus stehende Klo geworfen habe«. Trotzdem wurde er an diesem ersten Morgen auf Bali von dem Gefühl ergriffen, an einem einzigartigen Platz der Erde zu sein. Vielleicht war es nur der Tau, der dieser kleinen Insel eine so besondere Atmosphäre verlieh. Alles wurde in diesem warmen, fruchtbaren Klima von einem transparenten Grün eingehüllt. Ein moosiges Aussehen zeichnete die Umrisse jedes Gegenstandes weicher. Das vermittelte Vern das beunruhigende Gefühl, in ein vorsintflutliches Zeitalter tropfender Farne und dampfender Nebelschwaden zurückversetzt zu sein. Er begriff es nicht. Bali übte bereits eine Art Zauber auf ihn aus, obwohl er noch keine vierundzwanzig Stunden an seinen Stränden verbracht hatte. Zum erstenmal seit Jahren fühlte er sich in Asien als Tourist, und dies verschaffte ihm ein kleines prickelndes Gefühl der Freude.

Aber er hatte keine Zeit, den Müßiggang eines Touristen zu genießen. General Sakirman, der selbst wenig tat, erwartete viel von denen, die für ihn arbeiteten, besonders jetzt, da Effizienz und Rechtschaffenheit gefragt waren. Mögliche Baugelände lagen ein paar Kilometer von Denpasar entfernt. Sudjani, der als Dolmetscher für die beiden Architekten aus dem Westen eingestellt worden war, mietete ein Auto. Der jungenhaft aussehende Sudjani kämmte sich ständig sein Haar mit einem purpurroten Kamm zurück, in den helle Bergkristalle eingelegt waren. Einst war er Hausdiener eines französischen Künstlers gewesen, von dem er sowohl Englisch als auch Französisch gelernt hatte. Der intelligente und lebhafte Helfer, dessen große Augen sich häufig humorvoll verengten, hatte sich bereit erklärt, sie bei allem zu unterstützen; derb, aber irgendwie wohlmeinend hatte er den Tuan gefragt, ob er ein Mädchen oder einen Jungen zum Schlafen haben wolle. »Das kann ich arrangieren«, behauptete er eifrig. Vern und Larry stimmten überein, daß die Fähigkeiten des jungen Mannes, solche Angelegenheiten zu arrangieren, zweifellos für OPSUS der Hauptgrund waren, ihn einzustellen — damit er den Wünschen der Offiziere entsprechen konnte, die geschäftlich nach Bali kamen.

Im Bezirk Sanur fand Vern an der Küste das Baugelände, das ihm vorgeschwebt hatte. Weiter im Norden bauten die Japaner noch immer an ihrem Hotel, dem »Bali Beach«. Es gehörte zur Sorte der häßlichen zehnstöckigen Bauten. Vern war froh, daß die Regierung es nicht mehr zuließ, an diesen hellen Stränden in die Höhe zu gehen.

In den darauffolgenden Tagen ließ er die Insel wie eine dieser sanften, landeinwärts wehenden Brisen auf sich wirken. Er schlenderte über einen Markt von Sanur, vorbei an Sonnenschirmen aus Ölpapier, an Räucherstäbchen, Töpfen und Pfannen. Überall gab es Lebensmittel: Knoblauch, Gewürze, gelben Zucker, Mais, Reis, Flaschen mit Chilisauce, getrockneten Fisch, Fischpaste. Die Marktfrauen trugen Büstenhalter oder waren oberhalb ihres Sarongs nackt, während sie Reiskuchen, gegrillte Hühnchen und Süßigkeiten verkauften, die in Bananenblättern eingewickelt wurden. Sudjani, der neben ihm ging, sagte hin und wieder etwas über ein besonders attraktives Mädchen und versteckte dann fröhlich seinen

Mund hinter vorgehaltener Hand, wobei er Vern pfiffig ansah. Offensichtlich hoffte er, daß seine obszöne Bemerkung, die er in einer dem rotgesichtigen Ausländer unbekannten Sprache gemacht hatte, dennoch den erwünschten Effekt haben würde. Ganz eindeutig betrachtete sich Sudjani als gedemütigt, wenn er es nicht schaffen sollte, vor Ende der Woche diesen Tuan mit einem hübschen balinesischen Jungen oder Mädchen ins Bett zu bringen.

*

Mit der Wahl des Baugeländes war es nicht getan. Erst mußte das Plazet der Götter eingeholt werden, bevor irgendein balinesischer Arbeiter mit Selbstachtung auf der Baustelle arbeiten würde. Deshalb ließ sich Vern ohne Zögern auf die Zeremonie ein, die Sudjani arrangiert hatte. Ein Dorfpriester, der eine rotgoldene Mitra trug, kam auf das Gelände, das gegenwärtig noch ein sandiger Fleck in Meeresnähe war. Der Priester steckte mit vier Stöcken ein Rechteck ab. In das Rechteck goß er heiliges Wasser aus einer Siwambaschale und betete mit ausgestreckten Händen, in denen er Blumen hielt. Sudjani erklärte Vern, daß der Priester vor allem Batara Guru, den höchsten Lehrer der Brahmanenpriester, einen Gott mit vier Händen, beschwichtigen müsse: Zwei Hände waren auf ewig zum Gebet vereint, die dritte Hand hielt eine Hindugebetsschnur und die vierte eine Bambusgerte als Fliegenklatsche. Der Priester nahm etwas Sand aus dem abgesteckten Viereck, wickelte ihn in ein weißes Tuch und zog dieses durch den wohlriechenden Rauch eines kleinen Feuers. Sudjani behauptete, der Priester werde diesen Sand mit nach Hause nehmen und nachts beim Schlafen unter seinen Kopf legen. Wenn der Traum heute nacht gut sei, dann handle es sich um ein gutes Baugelände; wenn nicht, müßten sie weitersuchen. Sudjani unterbrach erwartungsvoll seine Erklärung. Im darauffolgenden Schweigen wurde sich Vern bewußt, daß sowohl Sudjani als auch der Priester auf irgend etwas warteten. Ach ja, natürlich! Vern griff in seine Tasche, zog zwei Ringgits heraus und legte noch einen weiteren dazu, um einen guten Traum sicherzustellen.

Als sie das Gelände verließen, bemerkte Vern zwei Kinder, die unter einem wackligen Holztisch hockten, der aus unerfindlichen Gründen in einem Reisfeld stand. Die wie kleine Affen schnatternden Kinder schützten sich unter dem Tisch vor der Sonne.

Und aus unerfindlichen Gründen weckte dieser Anblick in Vern den heftigen Wunsch, dieses Baugelände möge das richtige sein.

*

Am nächsten Morgen berichtete Sudjani, daß der Siwapriester gut geträumt habe. Sie hatten ihr Gelände!

Aber es war noch immer etwas zu erledigen, bevor man mit den Bauarbeiten beginnen konnte. Ein Mittelpfosten mußte aus rein zeremoniellen Gründen in der Mitte des Baugeländes errichtet werden. Zunächst wurde das Loch von Arbeitern ausgehoben, die sich vorsichtig um es herumbewegten; unter keinen Umständen durften ihre Schatten darauf fallen, denn sonst würden unausweichlich Krankheit und Unheil das Schicksal aller sein, die in dem Haus lebten, das um diesen Mittelpfosten errichtet wurde.

Als zweites wurde ein Opfer dargebracht. In das Loch wurden einige Stücke von Brasilienholz, Ebenholz und Lichtnußholz, ein zerbrochenes Axteisen, eine chinesische Münze mit einem viereckigen Loch und ein kleines Stück Alteisen gelegt. Über dem Loch wurde ein Huhn geköpft, so daß das Blut sich über alles ergoß. Anschließend wurde der Tierkörper als symbolisches Ruhekissen für den Pfosten in das Loch geworfen. Der Priester rief

Batara Guru an und erflehte seinen Segen; danach war das Ritual zu Ende — das heißt, nachdem Vern dem Gott einige weitere Ringgits geschenkt hatte.

Am nächsten Tag kümmerten sie sich in Denpasar um die Verschiffung des Baumaterials aus Djakarta. An jenem Abend besuchten Vern und Larry das Baugelände im Mondlicht. Träge rollten die Wellen an den Strand — wie weiche Daunenkissen. Der Duft von Blumen wehte ihnen ins Gesicht. Hinter ihnen standen Kokospalmen und Brotfruchtbäume mit fußlangen, gezackten Blättern, Mangobäume mit rosafarbenen Blüten und riesige, mit zottigem Moos bedeckte Banyanbäume.

»Wenn ein guter Mensch stirbt«, sagte Larry, »bauen sie einen dreißig Meter hohen Turm aus Bambus und arbeiten Wochen, Monate an der Dekoration. Am Tag der Verbrennung legen sie die Leiche in den Turm und zünden das ganze verdammte Ding an. All die Arbeit und Mühe haben sich nach wenigen Sekunden in Rauch aufgelöst. Das gefällt mir.«

Vern sah ihm ins Gesicht.

»Ja!« behauptete Larry. »Ich mag die Art und Weise, wie sie über den Wert der Dinge denken. Weil sie lieben, was nicht von Dauer ist: Blumen und riesige Türme, die sie anzünden, und die Grazie von Tänzern, die sich mit dreizehn Jahren zurückziehen. Das gefällt mir. Vergängliche Dinge. Das verehren sie. Verdammt gut.«

Aber Vern hörte ihm nicht zu. Er dachte an Maggie, die neben ihm an diesem Strand stehen sollte. Er würde sagen: »Wir werden Saté Lembat essen, Maggie. Ich dachte an dich, als ich es hier zum erstenmal aß, weil das Zeug wirklich sehr scharf ist. Schildkrötenfleisch, Gewürze und Kokosmilch werden zusammen in einen Teig gegeben, und das Ganze wird dann auf Bambusspießchen über Kohlefeuer gegrillt.« Er würde ihr nicht erzählen, was Sudjani ihm erklärt hatte: Eine Meeresschildkröte braucht Stunden, um zu sterben, selbst wenn der Kopf und die Beine vom Körper abgetrennt werden. Die Gedärme zucken, die Kiefer schnappen, und die Krallen ziehen sich noch lange zusammen, wenn der Panzer längst entfernt worden ist und die einzelnen Teile im Sand liegen.

Sie würden Saté Lembat, Brotfrucht, Salak und Mangostine essen. Dann würden sie zum Strand schlendern, und in der warmen, vom Meer wehenden Brise würden sie Hand in Hand stehen, und wenn sie wollten — und er würde wollen —, dann könnten sie ins Gebüsch gehen und sich unter dem herrlichen Himmel Balis lieben.

»Was hast du eben gesagt?« fragte er Larry, der jedoch nicht wiederholte, was er gesagt hatte, denn ihm wurde bewußt, daß Vern ganz woanders war.

*

Als sie wieder in Djakarta waren, wartete auf Vern ein Brief aus Yogya.

Er ging in sein Zimmer hinauf, um ihn dort zu öffnen.

»Lieber Vern,

dies ist der schwierigste Brief, den ich je in meinem Leben schreiben mußte. Natürlich sollte ich Dir das, was ich zu erklären habe, direkt sagen, nicht mit diesem leicht mißzuverstehenden Medium Brief. Aber niemand kann sagen, wann die Krise vorüber ist oder die Verkehrsverbindungen wieder normal funktionieren. Ich kann so nicht weitermachen. Ich muß es mit Worten niederschreiben, die Dir auf keinen Fall das sagen können, was ich empfinde. Vern, ich werde es niederschreiben ohne diese Schnörkel, die Du, wie ich weiß, mit Unehrlichkeit gleichsetzt. Die Sache ist die, mein lieber Vern — und ich meine es so, mein lieber,

lieber Vern ich habe mich irgendwie (es ist sehr merkwürdig, es zu Papier zu bringen, als ob das, was ich beschreibe, jemand anderem zugestoßen wäre) in einen anderen Mann verliebt. Hier in Yogya. Ein Dalang, fünfzehn Jahre älter als ich — ein Mann, den ich kaum kenne, vielleicht nie richtig kennen werde, ein Mann, der in einer anderen Welt als ich lebt, in einer anderen Welt als die meisten seiner Landsleute. Was ich sagen will, ist, es ist alles falsch und verrückt und doch zur selben Zeit unausweichlich, das Vernünftigste in meinem Leben.

Vern, was ich sage, ist, daß ich zutiefst einen anderen liebe. Es ist kein flüchtiger Flirt, glaub bitte nicht, daß es so ist; kein flüchtiges Abenteuer, das von den Mysterien dieses Landes und den Spannungen der Krise ausgelöst wurde. Es ist — ich weiß nicht, warum und wie, aber es ist aufrichtig, tief und anhaltend. Ich kann mich nicht dagegen wehren, und, um offen zu sein, ich möchte auch nichts dagegen tun. Nicht einmal in meinen wildesten Träumen habe ich mir vorgestellt, daß ich einen Menschen auf diese Weise verletzen würde, am allerwenigsten Dich, Vern Gardner, der mir niemals auch nur das geringste Leid zugefügt hat, der mir nur Trost und Liebe schenkte.

Aber es gibt keinen Ausweg für mich, mein lieber Mann. Ich habe niemals wirklich an eine wilde Romanze geglaubt, aber dennoch ist sie plötzlich aufgetaucht und hat mich in ihren schwarzen Umhang gehüllt und mich in eine Welt gezaubert, von deren Existenz ich keine Ahnung hatte, und deshalb bin ich hier, und hier werde ich bleiben.

Versuche bitte nicht, mich umzustimmen. Bitte komm nicht auf Biegen und Brechen hierher, nur um mir ins Gesicht zu schlagen und mir zu erzählen, was für eine Idiotin ich bin. Du wärst dazu in der Lage, das weiß ich, und Du hättest sogar recht. Aber Du bist auch in der Lage zu begreifen, was geschehen ist, gründlich und langsam nachzudenken, bevor Du handelst. Dann wirst Du wissen, was zu tun ist: nämlich nichts. Du wirst mich meinen Weg gehen lassen, den ich ohne Rücksicht auf andere gehen muß, und Du wirst Dir damit die Liebe bewahren, die ich Dir einst schenkte, und ich werde Deine bewahren, sie stets in meinem Herzen hegen als etwas Seltenes und Schönes, das zwischen uns geschah.

Maggie«

Patet Manjura

Von drei Uhr nachts bis zum Morgengrauen

51

Während rund um Maggie Gardner die Insel Java wie ein sturmgepeitschtes Wrack auseinanderzubrechen drohte, hatte ihr eigenes Leben ein geregeltes Muster angenommen. Es war ein Leben, das wie in ihrer Universitätszeit mit der Präzision eines Uhrwerks ablief. Im Haus des Dalangs stand sie beim Morgengrauen auf, wusch sich, küßte ihn zum Abschied und fuhr mit dem Fahrrad zum Haus der Sakirmans, wo sie frühstückte und anschließend Musikunterricht erhielt. Dann erfolgte der morgendliche Ausflug zum Diponegorodivisionshauptquartier, wo sie geduldig auf einen Offizier wartete, irgendeinen Offizier, der ihr dann bedeutete, man habe keine neuen Informationen über »das vermißte Mädchen«. Nachdem sie ihre Absicht erklärte, am nächsten Tag wiederzukommen, fuhr Maggie mit dem Fahrrad durch ganz Yogya, um die Restaurierung von Borobudur voranzutreiben. Sie besuchte die Priyayihäuser, die im Grünen lagen, und auf den lauten Märkten wellblechgedeckte Läden, nahm abgelegene Batikfabriken in Angriff und machte Hofbeamte im Kraton ausfindig, durchstreifte auf der Jagd nach Lehrpersonal und Wissenswertem die Universität, schlich sich in Tanz- und Gamelanakademien ein, tauchte ohne Einladung bei Regierungsbehörden für Logistik, kulturelle Angelegenheiten, Verkehrswesen, Agrikultur und Bankwesen auf — überall dort, wo sich eine Bürotür mit einem Namensschild befand. Sie legte Kilometer auf Fluren zurück, saß auf zahllosen Bänken und zwang sich trotz ihres verschwitzten Gesichts zu einem endlosen, unnützen Lächeln. Maggie ging überallhin, wo sie Leute treffen konnte, die sich vielleicht für Borobudur interessierten.

Solche Reden erschöpften sie in dieser vor Hitze und Gerüchten brodelnden Stadt, zumal man ihr häufig mit Verachtung oder Ungläubigkeit begegnete. Sie wußte, was die Leute dachten: Wie konnte diese verrückte Ausländerin an ein paar Steinhaufen interessiert sein, die seit Jahrhunderten dort draußen lagen und ohne irgendwelches Zutun auch noch weitere Jahrhunderte dort liegen würden?

Nach ihren Bemühungen um Borobudur nahm sie täglich zwei Stunden Sprachunterricht, kehrte dann ins Haus des Dalangs zurück und beobachtete ihn bei seinem Puppenspiel oder Gesang. Damit verfolgte er, wie er sagte, kein besonderes Ziel, sondern wollte nur sein Einfühlungsvermögen für die Wayangstücke erneuern. Danach gab es Abendessen und anschließend bisweilen ein intimes und improvisiertes Gamelankonzert, wenn einer seiner Freunde vorbeischaute (und wunderbarerweise kreuzten sie ungeachtet der Krise auf; Maggie hatte das Gefühl, sie würden auch vorbeischauen, falls ein Erdbeben Yogya erschüttern und sie zwingen würde, auf ihrem Weg über Erdspalten zu springen). Bei diesen Gelegenheiten vollführte sie nur die Geste der Sembah und hielt sich, ohne sich eigentlich zu verstecken, im Hintergrund, um ihm soviel Unannehmlichkeiten wie möglich zu ersparen. Eine schattengleiche Anwesenheit, wie sie Javanerinnen seit Jahrhunderten praktizierten, obwohl er sie niemals um diese Diskretion gebeten hatte. Und noch weniger zeigte er die geringste Verlegenheit, daß sie bei ihm war.

Der beste Teil des Abends war, wenn sie mit ihm allein war. Sie saßen im Mondlicht und beobachteten, wie sich die großen flachen Palmblätter raschelnd im Wind bewegten. Manchmal spürte sie, daß er an die Leichen in Prambanan dachte; seit dieser grausigen Entdeckung war er ein anderer Mann geworden. Nicht daß er irgend etwas getan oder gesagt hätte, was diese Veränderung kennzeichnete. Sie empfand es nur als eine unsichtbare Mauer, die sich plötzlich zwischen sie schob, als ein nicht mehr mitteilbares Bild, das sie trennte. Aber wenn sie ins Haus gingen, um sich zu lieben, war es, als könnte nichts außerhalb des Anwesens sie jemals beeinträchtigen.

In ihrem gemeinsamen Zimmer schufen sie sich eine Welt, die so unberechenbar war wie die Welt außerhalb des Hauses. Es konnte schnellen und fast beiläufigen Sex zwischen ihnen geben. Oder sie zog sich einen Sarong an, obwohl ihr vollkommen bewußt war, daß eine westliche Frau, zudem noch eine große und grobknochige Frau, damit niemals gut aussehen konnte; sie spazierte damit herum, während er behauptete, sie sei so graziös und elegant wie eine Prinzessin am Sultanshof, bis sie beide in Gelächter ausbrachen. Oder er ließ sie lange Zeit nicht in das Schlafzimmer und führte sie dann schüchtern hinein; auf dem Bett hatte er verführerisch und üppig ein Blütenmeer aus Hibiskus, Orchideen und Frangipani drapiert, deren zarter Duft über dem weißen Laken schwebte, auf das er sie dann sanft zog — in die seit ihrer Kindheit vergessen geglaubte Phantasiewelt einer verzauberten Bergschlucht. Oder er murrte über seine unmäßige Begierde, die er darauf schob, daß er arbeiten müsse, während er an sie denke, und bezeichnete sich selbst als Arjuna jenseits der Blüte der Liebe, aber es schien nicht so, daß er es auch nur teilweise ernst meinte, und mithin hielt er sie sowohl durch seine Selbstironie als auch durch seine erotischen Fähigkeiten in Atem.

Manchmal verlieh er ihrer Leidenschaft das seltsame Gefühl, unausweichlich und endlos andauernd zu sein — wie ein Naturvorgang, etwa eine Blume, die sich bei Tagesanbruch entfaltet —, so daß sie manchmal fast einschlief (oder fiel sie in Trance?) und plötzlich wieder zusammen mit ihm aus diesem Zustand auftauchte. Dabei war ihr gemeinsames Erwachen unvermeidlich, denn es wurde von ruhigen und langsamen Berührungen hervorgerufen. Das war eine merkwürdig forschende Art des Liebens, die jeden Moment in einen simplen, aber großartigen Geschlechtsakt umschlagen konnte.

Was auch immer geschah, stets folgte darauf eine Nähe, die Maggie sich allmählich als ein gemeinsames Bewußtsein vorstellte. Sie teilten es wie ein einziges pulsierendes Herz im Urgrund ihrer Seelen, ein winziges Herz, das schlug und schlug, bis sich ihre Augen schlossen, so daß sie in einen Zustand zwischen Schlafen und Wachen geriet, in dem sie sich oft für längere Zeit kuschlig und geborgen fühlte.

Eines Morgens bat er sie, das Haus der Sakirmans zu verlassen und für immer zu ihm zu ziehen. Also war er darauf eingestellt, den guten Ruf von Generationen wie einen alten Lappen wegzuwerfen. Maggie fiel ein, daß ein anderer, ihr wohlbekannter Mann, der diese Art von eigensinniger Unabhängigkeit besaß, ihr Ehemann war.

An diesem Morgen gab sie Budi keine Antwort.

*

Als sie kurz nach Tagesanbruch auf dem Grundstück der Sakirmans ankam, ging Utami, die älteste der Dienerinnen, mit einem Stapel Briefe in ihrer von Altersflecken übersäten Hand auf sie zu.

Die Post funktionierte also mal wieder.

Maggie suchte in dem Stapel nach einem Brief von Vern. Sie fand aber keinen. Ihren Brief mußte er heute oder vielleicht morgen erhalten. Dann würde er alles wissen. Dieser Gedanke erfüllte sie mit Angst, aber gleichzeitig auch mit Erleichterung.

Susanto hatte ihr aus Malang geschrieben. Sie öffnete den Brief.

»Mrs. Gardner. Nicht leicht, Englisch zu schreiben, aber ich versuche. Vergessen Sie Dienerin Inam, sie ist Kommunistin und Bruder auch. Bleiben bitte sicher im Haus. Mein Ehemann läßt Ihren Ehemann nach Yogya kommen, wenn möglich, aber nicht jetzt. Bitte, ruhig im Haus bleiben und nichts sagen. Ihre Freundin Susanto Sakirman.«

Maggie blickte rasch hoch und sah, wie die alte Utami neugierig versuchte, einen Blick auf den Brief zu werfen, den sie aber sowieso nicht verstehen konnte. Wenn sie nach Inam fragte, dann grinste die alte Frau und redete von Yu, was ein verächtlicher Ngokobegriff für eine junge Frau aus der Unterschicht ist. Utami hatte sich kaum für Inams Schicksal interessiert. Wahrscheinlich war Utami, wie Maggie dachte, erleichtert, daß eine kluge junge Frau, die ihre Position im Hause der Sakirmans erschüttern konnte, verschwunden war.

Das Hauptquartier der Diponegorodivision mußte also Kontakt zu General Sakirman in Djakarta aufgenommen haben, und dieser hatte seine Frau in Malang benachrichtigt, daß eine »kommunistische Verräterin« als Dienerin in ihrem Haushalt in Yogya gelebt hatte. Susanto ließ keinen Zweifel an ihrer Haltung: Maggie, mein Mädchen, halt den Mund, und laß die Finger davon!

Während sie mit dem Brief in der Hand dastand, sah Maggie, daß ein Mann über den Hof auf sie zukam. Er trug ein weißes Hemd, ausgebeulte Hosen, einen Filzhut westlicher Art und eine Sonnenbrille. Ganz offensichtlich hatte er sich nicht dazu bequemt, am Haupteingang zu warten, bis man ihn hereinließ. Das ist kein Gentleman, sagte sich Maggie, und sie bemerkte, daß die alte Frau eilig davontrippelte. Maggie war allein.

Er berührte seine Hutkrempe. Vielleicht hatten die Holländer seinem Vater diese Geste beigebracht — er war zu jung, um sie selbst von ihnen gelernt zu haben. Er scherte sich nicht um die üblichen Höflichkeitsfloskeln, sondern begann sofort zu fragen.

»Nonya«, sagte er, wobei er nicht sie, sondern den Brief in ihrer Hand ansah, »kennen Sie Chinesen-Chong?«

»Ich kenne Pak Chong, ja. Ich kenne seinen Batikladen.«

»Kennen Sie Pak Sadli?«

»Ja, ihn kenne ich ebenfalls.« Sie hatte auch bei ihm eingekauft und kannte ihn besser als Chong, den man »Pak Chong« nannte, der aber nun aufgrund der gegenwärtigen Atmosphäre als »Chinesen-Chong« bezeichnet wurde. Pak Sadli war ein Santri; dies hatte er ihr schon oft stolz erzählt. Sein schmales Gesicht wies ausgeprägt mongolische Augen auf, was den Gedanken nahelegte, daß in seinen Adern chinesisches Blut floß. Seine Lippen spitzten und kräuselten sich, wenn die Ausländerin einen überhöhten Preis zahlte. Einmal hatte er ihr schlechte Ware verkauft, die sie zurückbrachte. Er gab zu, daß sie minderwertig sei, redete sich aber heraus, indem er sagte, er habe viele Mäuler zu stopfen.

»Haben Sie einmal gehört, wie Chinesen-Chong eine Rede gehalten hat?«

»Nein.«

»Eine Lobrede auf Mao und die chinesischen Roten?«

»Nein. Ich wußte gar nicht, daß er Reden hält.«

»Pak Sadli sagt, daß er viele Reden hält.«

»Na ja, sie sind Konkurrenten, oder? Ihre Geschäfte liegen sich gegenüber, sie verkaufen die gleichen Waren.«

Der Mann musterte sie unverhohlen, und seine Frechheit erschreckte Maggie. Sie hielt ihn für einen BPI-Mann, einen Agenten des Zentralen Geheimdienstes, des selbständig operierenden Nachrichtendienstes, dessen Loyalität gegenüber Sukarno, vielleicht anderen Regierungsbeamten und jetzt vielleicht sogar gegenüber der Armee unklar war. »Haben Sie die Bücher des Chinesen gesehen?«

»Nein. Wir sind nicht so gut bekannt, daß er mich einlädt, um sie anzusehen.«

Auf sie zutretend, hielt ihr der Mann eine ausgerissene Buchseite entgegen. »Sehen Sie sich das mal an!« forderte er Maggie auf.

Maggie sah, daß die Seite mit chinesischen Schriftzeichen bedeckt war.

»Wissen Sie, was da steht?« fragte der Mann.

»Ich kann kein Chinesisch lesen.«

»Was glauben Sie denn, was da steht?«

»Ich habe keine Ahnung.«

»Und was sagen Sie, wenn dort steht, Bung Karno müsse gestürzt werden?«

»Ich weiß nur, daß Pak Chong ständig über Taoismus und ein langes Leben redet. Können Sie Chinesisch verstehen? Vielleicht handelt es sich um eine Abhandlung über das lange Leben.« Maggie versuchte zu lächeln, nachdem sie merkte, daß sich auf seinem Gesicht zuerst Verwirrung, dann Mißbilligung und Wut spiegelten.

»Sie haben viele rote Freunde«, erklärte er.

»Das stimmt nicht.«

»Was machen Sie eigentlich in Yogya?«

»Sie können sich im Hauptquartier der Division Diponegoro erkundigen. Dort müßte man alles über mich wissen.« Ohne nachzudenken, fügte sie hinzu: »Ich habe hier viele Freunde; zu ihnen gehört auch Ki-Dalang Budi Gitosuwoko. Vielleicht fragen Sie ihn mal, ob ich eine Kommunistin bin.«

Das brachte ihn völlig aus der Fassung, und er blinzelte heftig. Entweder überraschte es ihn, daß sie mit einem berühmten Dalang befreundet war oder aber daß sie so schamlos ihren Ehebruch zugab. Sie konnte nicht feststellen, was es war, genoß aber für einen Moment die Verwirrung des Agenten und seinen hastigen Rückzug.

Diese Runde hatte sie zwar gewonnen, doch Maggie fühlte sich auf dem Anwesen nicht mehr wohl. Beim Gang über den Hof zum Hauptgebäude bemerkte sie zwei Diener, die im Schatten saßen und sie beobachteten. Zweifellos würden die Sakirmans sie nicht länger schützen, insbesondere wenn sie täglich ein Armeehauptquartier aufsuchte und sich nach einem Mädchen erkundigte, das wegen kommunistischer Aktivitäten verhaftet worden war. Sie konnte Vern nicht um Hilfe bitten, denn jetzt hatte er ihren Brief bestimmt schon bekommen. Es bestand durchaus die Möglichkeit, daß man sie deportierte, wenn sie keinen Beschützer fand. Also mußte es ihr Geliebter sein, der zufällig auch noch ein berühmter und geachteter Mann war.

*

Am gleichen Abend kam sie mit ihren Koffern auf dem Rücksitz eines Gerobaks zu ihm. Sie verschwieg ihm nicht länger, daß sie sich bemühte herauszufinden, was mit Inam geschehen war. Sie schilderte ihm das Gespräch mit dem BPI-Mann. Sie erzählte ihm die Wahrheit: daß sie ihrem Ehemann geschrieben und nichts unterschlagen habe; daß sie von den Sakirmans keinen Schutz mehr erwarten könne; daß sie niemals dieses Land verlassen wolle; daß sie wahrscheinlich in Indonesien nur bleiben könne, wenn sie bei ihm wohne.

»Und wirst du auch meinetwegen bleiben?« fragte er mit einem seltsam wehmütigen Lächeln. »Wirst du trotz der schrecklichen Dinge, die in meinem Land geschehen, bei mir bleiben?«

An diesem Abend gab es keine Musik, kaum Gespräche. Sie lagen weit voneinander entfernt auf dem Bett, jeder nachdenklich. Schließlich sagte er: »Mein Neffe ist tot.«

Sie stützte sich auf einen Ellbogen und betrachtete ihn im Mondlicht. »Bambang?«

»Mein Neffe Ali.«

»Ali? Nein, das ist nicht möglich. Erst vor ein paar Tagen...«

»Er wurde aus dem Bus geholt. Später verluden sie ihn und ein paar andere Kommunisten auf einen Lastwagen und fuhren sie zu einem Fluß. Dort schnitten sie ihnen die Kehle durch und warfen sie ins Wasser.«

»Weißt du das genau? Erst vor ein paar Tagen...«

»Jemand, den ich kenne, kennt jemanden, der dabei war und alles sah.« Nach einer Pause fügte er hinzu: »Und ich vermute, dieser Mensch trug dazu bei, daß es geschah.«

Maggie sank auf das Kopfkissen zurück und sagte nichts. Sie drehten sich den Rücken zu. In dieser Nacht schliefen sie getrennt.

*

Am nächsten Tag erfuhr Maggie bei ihren Runden durch die Stadt, daß Pak Sadli den Chinesen-Chong angezeigt hatte, weil er die Republik Indonesien verraten habe. Auf der Grundlage dieser Anschuldigung wurde der Gerechtigkeit schnell und unkompliziert Genüge getan. Chong wurde hinter dem Bahnhof an der Latrinenwand erschossen, desgleichen seine beiden älteren Söhne. Der siebenjährige Sohn, die zehnjährige Tochter und seine Frau wurden großzügig geschont. Ein Ladenbesitzer erzählte Maggie, Pak Sadli bedaure zwar den Tod seines Kollegen, sei aber auch stolz auf seine patriotische Tat.

Maggie grübelte über die Morde nach, als sie mit ihrem Fahrrad das Grundstück der Gitosuwokos erreichte. Zu ihrer Überraschung stand dort Mas Slamat im Schatten eines Baumes. Sein zahnloser Mund bewegte sich schon, noch ehe sie von ihrem Fahrrad abgestiegen war.

»Woher wußten Sie, daß ich hier sein würde?« Sie fragte sich, ob er sie wie ein Detektiv beobachtete und ein kleines schwarzes Notizbuch über ihre Wege führte. Er antwortete nicht. Sie hatte gewußt, daß er nicht antworten würde.

Mas Slamat kaute noch eine Weile leer. »Der heilige Mann«, sagte er schließlich, »möchte Sie gern sehen.«

»Ich möchte ihn auch gern treffen. Ich brauche seine Hilfe für Borobudur.«

Mas Slamats Augen verengten sich zu Schlitzen. Er kaute heftig, als ob ihm etwas ganz Außergewöhnliches durch den Kopf ginge. »Was hält Dalang Gitosuwoko davon, daß Sie den heiligen Mann besuchen?« Aus javanischer Sicht war es ziemlich dreist, sie so etwas zu fragen. Deshalb entschloß sie sich, ihn ein wenig zu ärgern. »Warum sollte es Dalang Gitosuwoko überhaupt auffallen, wenn ich jemanden besuche?«

Mas Slamat kaute.

»Um die Wahrheit zu sagen, ich vermute, daß es ihm einerlei ist, ob ich den heiligen Mann besuche.« Mit Befriedigung sah sie, daß Mas Slamat noch heftiger kaute. »Vielleicht findet Dalang Gitosuwoko es ja auch gut.«

»Glaubt er an die Dinge, an die der heilige Mann glaubt?« Mas Slamat sah gespannt aus. Wenn sie jetzt etwas Falsches antwortete, würde sein Gesicht bestimmt einen erstaunten Ausdruck annehmen.

»Sollte er besser nicht an solche Dinge glauben?«

»Gute Moslems sollten nur moslemischen heiligen Männern glauben.«

»Sie reden in diesen Tagen viel von guten Moslems, Mas Slamat.«

Er befühlte nachdenklich seine häßliche Warze.

»Wußten sie«, sagte Maggie, »daß die Armee jeden Abend nach Prambanan eine Kompanie schickt? Sie führen vor den Tempelmauern Hinrichtungen durch. Sie töten Kommunisten.«

»Die Roten töteten dort vor wenigen Wochen gute Moslems.«

»Aber jetzt tötet die Armee jede Nacht sechzig, siebzig, hundert Menschen vor diesen Mauern. Kein einziger wurde vor Gericht gestellt und verurteilt.«

»Ja«, sagte er. »Was hält der heilige Mann davon?«

»Der heilige Mann hat keine Zeit für Politik. Er betet um Reichtum.«

»Dann beten wir vermutlich für dieselbe Sache.« Als er sie verdutzt ansah, fügte sie hinzu: »Ich brauche Geld für Borobudur. Für was braucht er Geld?«

»Für das Weltfriedenszentrum für Strahlung. Er sucht nach einem Tuyul. Das ist ein Kindergeist, der einen reich macht, wenn man seine Gunst erhält. Er betet deshalb chinesische Götter an. Tuyuls mögen chinesische Götter.«

»Wahrscheinlich kann ich den heiligen Mann morgen nicht besuchen.«

»Was ist los, Nonya?«

»Ali wurde getötet.«

Einen Augenblick lang stand Mas Slamat bewegungslos da, selbst seine rastlosen Lippen zuckten nicht. Dann setzte er sie wieder in Gang. »Er wollte nicht auf mich hören.«

»Was haben Sie ihm denn gesagt?«

»Ich sagte ihm, er solle zum Islam zurückkehren. Nun wurde er bestraft. Als er den Bus bestieg, floh er vor Gott.«

»Sie wußten, daß er mit einem Bus wegfuhr?«

»Natürlich. Er tut mir leid, aber ich bedaure es nicht, daß ich es ihnen sagte.«

»Wem sagte?«

»Der Polizei. In welchem Bus er war.«

»Noch einmal«, sagte sie mit leiser Stimme, mühsam um Selbstbeherrschung ringend. »Weil Ali nicht wieder Moslem werden wollte, haben Sie ihn verraten?«

»Ja, das tat ich.«

»Sie ekelhafter kleiner Hurensohn«, keuchte Maggie, taumelte an ihm vorbei und ließ ihn stehen. Der Regenschirm hing in seiner Armbeuge, unter seinem Filzhut hervor beobachteten seine kühlen Augen sie unbeweglich.

52

Nicht weit vom Heimatdorf der Gitosuwokos entfernt saß der Vorsitzende der Kommunistischen Partei Indonesiens, der Mann, den Ali Gitosuwoko als den *Ratu Adil*, den Erlöser seines Volkes, verehrt hatte, unter dem Strohdach einer Hütte. Es regnete. Vor ein paar Tagen hatten ihn Fallschirmjäger gefaßt. Mit verbundenen Augen, auf Befehl beide Hände flach auf dem Kopf, hatte er stundenlang mit übereinandergeschlagenen Beinen im Schlamm gesessen, bis sie ihn in diese einsame Hütte führten. Ein Offizier hatte ihm einen kleinen Tisch, einen Stuhl, einen Füller und ein paar Blätter Papier gebracht. Man forderte ihn auf, detailliert aufzuschreiben, wie die PKI die Ermordung der Generäle, die Entführung des Präsidenten, die Machtübernahme in Indonesien geplant habe. Als er sich weigerte, zuckte der Offizier die Schultern und sagte: »Dann müssen wir es wohl selbst schreiben. Wie Sie wissen, können wir das.« Als Aidit sich noch immer weigerte, ging der Offizier weg.

Von ihm, einem ziemlich umgänglichen Mann, der hin und wieder hereinkam, um zu sehen, ob irgend etwas geschrieben worden war, erfuhr der Vorsitzende von der Verhaftung des Luftwaffenmarschalls Dhani im Präsidentenpalast von Bogor. Das bedeutete das Ende der Macht Sukarnos — er konnte keinen mehr schützen. Als er nach Mitgliedern des Politbüros fragte, erfuhr Aidit, daß die meisten gefaßt worden waren — so auch Lukman und Njoto — und daß einige bereits tot waren. Als er sich nach seinen engsten Mitarbeitern erkundigte, versicherte man Aidit, daß auch sie verhaftet seien. »Auch Hartono?« Irgendwie spürte er, daß der junge Mann seine Verfolger überlistet hatte.

Der Offizier schüttelte grimmig lachend den Kopf. »Hartono hat seinen Kopf ganz schön aus der Schlinge gezogen«, sagte er. »Was glauben Sie denn, wie wir Sie gefunden haben?«

Vor einer Woche hatte sich Hartono, zusammen mit anderen, die entschlossen waren, die Partei wieder in die Offensive zu bringen, in dieser Gegend aufgehalten. Offensichtlich war Hartono aus einem anderen Grund gekommen — seine Genossen ausfindig zu machen (insbesondere den Vorsitzenden) und sie zu verraten.

Als Aidit nun dem Rauschen des Regens zuhörte, kam dieser Offizier wieder in die Hütte. Er stand eine Weile schweigend vor ihm und starrte auf den sitzenden Gefangenen.

»Wir gehen jetzt«, sagte der Offizier ruhig.

Aidit stand auf und blickte dann auf das leere Blatt Papier. Er setzte sich wieder hin, nahm den Füller und sagte mit einem entschuldigenden Lächeln: »Ich glaube, ich werde eine kleine Erklärung abfassen.«

»Ein Geständnis?«

»Eine Grundsatzerklärung.«

»Dafür ist keine Zeit mehr.«

»Ich bin ein Mitglied des Präsidentenkabinetts. Was ich zu sagen habe, ist wichtig.«

»Nur ein Geständnis ist wichtig.« Der Offizier wartete kurz auf eine Antwort, als keine kam, gab er ihm ein Zeichen. »Wir gehen jetzt.«

Als sie die Hütte verließen, betrachtete Aidit die schmutziggrauen Wolken über sich. Ein Regentropfen fiel in sein linkes Auge, und der Eindruck — kühl, silbrig — erinnerte ihn an seine Kindheit und die Spiele im Regen.

Abrupt lenkte er seine Aufmerksamkeit auf eine Gruppe wartender Soldaten, zu denen ihn der Offizier führte. Inmitten dieser Männer marschierte er dann auf einem schmalen, schlammigen Pfad durch den Dschungel. Er konnte den Duft des Grüns im Regen riechen, während er an seine Frau und ihren grauen Star dachte. Jetzt würde man sie nicht mehr operieren. Sie würde erblinden, aber sie war eine tapfere, klaglose Frau, die ihnen eine Menge Ärger bereiten würde, wenn man sie schließlich fassen sollte.

Der Pfad schien sich leicht zu verbreitern, und das erschreckte ihn. Solange sie auf diesem engen, schlammigen Pfad gingen, konnte nichts passieren. Davon hing alles ab. Wenn der Pfad breiter wurde oder sich auf andere Weise änderte, dann konnte etwas geschehen. Dipa Nusantara Aidit, Vorsitzender der Partei Komunis Indonesia, der drittgrößten kommunistischen Partei der Welt, sagte sich, daß er nun sterben müsse — erst Mitte Vierzig alt. Diese Tatsache, sein vergleichsweise geringes Alter, versetzte ihm einen heftigen Stich. Der Verlust so vieler zusätzlicher Jahre war das Schrecklichste, worüber er in den letzten Minuten noch nachdenken konnte. Vermutlich denkt jeder, der seinem vorzeitigen Tod entgegensieht, das gleiche. Seine Reaktion war daher ziemlich normal. Ganz gewiß war er kein Held, obwohl ihn viele der jungen Kader dementsprechend verehrt hatten. Aber vielleicht gab es in den wenigen Minuten vor der Hinrichtung überhaupt keine Helden mehr. Ein Mann konnte kurz vor dem Tod eine noch so vortreffliche Rede halten, aber in seinem Herzen verspürte er sicherlich ein wachsendes Gefühl der Panik, ein entsetzliches Gefühl der Vergeudung, die betäubende Gewißheit, daß er bald nicht mehr in der Lage sein würde, sich selbst zu betrauern.

Der Offizier hielt ihn am Ellbogen fest. Vor ihnen und hinter ihnen gingen Soldaten. Aidit fragte ihn, ob sie noch weit gehen müßten, erhielt aber keine Antwort. Das Gesicht des Offiziers wirkte verzerrt, erschöpft, von persönlichen Gedanken in Anspruch genommen.

Auf der linken Seite des Pfades befand sich ein Graben; der schwere anhaltende Regen hatte ihn fast gefüllt. In wenigen Stunden würde das Wasser auch den Pfad überfluten. Aber wie konnte er das wissen? Er würde nicht mehr dasein, es nicht mehr erleben.

Nun mündete der Pfad in eine kleine Lichtung, an deren Ende ein knorriger Banyanbaum stand. Er entwand sich dem Griff des Offiziers und fragte schneidend: »Was werden Sie mit mir machen?« Weil der Offizier verdutzt schien, fügte er mit sanfter Stimme hinzu: »Wenn ich tot bin.«

Er war sich nicht sicher, ob der Offizier überhaupt antwortete, denn zwei Soldaten stellten sich neben ihn und packten ihn brutal an beiden Armen. Er sah zum Banyanbaum hoch, wohin sie ihn nun führten. Ihm kam die Bewegung ein wenig wie Schwimmen oder Gleiten vor, weil er kein Gefühl mehr in den Beinen zu haben schien. Wenn er tot war, würden sie ihn in einen Graben werfen, wo der Regen seine blutige Kleidung durchtränken, auf sein Gesicht, seine Hände, seine Beine prasseln würde, und nach einer Weile würde alles, was von ihm übrigblieb, im Schlamm versinken, sich auflösen, langsam verrotten.

Ich hatte recht, sagte er sich. Ich besaß die Antwort für mein Land.

Tief durchatmend versuchte D. N. Aidit, sich zu entspannen, damit die Soldaten ihr Werk sauber und schnell erledigen konnten.

*

Am meisten auf der Welt liebte er die Bearbeitung des rotglühenden Metalls mit dem langköpfigen Hammer, dem Palu, und den dämonischen Lärm dabei, dann den Widerstand des Metalls, den er wie ein lebendes Ding bei jedem Schlag spürte, weil er sich wie eine Schlange seine Arme hinaufzuwinden schien. Er schlug immer zuerst, um die Schläge an den richtigen Stellen zu plazieren. Danach schlugen die drei anderen Halbbrüder, jeder nach seinem Rang, mit ihren Palus auf den glühenden Gong: Handaga, Wirun und Kartala, und zwar in strikter Reihenfolge, als ob die Beständigkeit des Universums von dieser unveränderten Reihenfolge der Hammerschläge abhinge.

Heute morgen hatte er bemerkt, daß Handaga ihn

ständig beobachtete. Eigentlich war das nicht ungewöhnlich. Jeder wußte, wie sehr Handaga ihn beneidete, zumal er jünger und unerfahrener als der schmalbrüstige Handaga war, der nur deshalb den dritten Rang am Amboß einnahm, weil seine Frau die dritte Tochter von Panji Sepuhs älterer Schwester war. Seit kurzem spürte Bambang, daß man den beiden mal die Meinung sagen müsse, obwohl man im Dorf offene Auseinandersetzungen mit Mißfallen betrachtete. Die Zeit brachte die Dinge zum Vorschein, im Moment allerdings nur Gewalt, nicht die javanische Höflichkeit und Geduld, womit man sonst alle Probleme löste. Ali hatte man aus einem Bus geholt und in ein Gefangenenlager gebracht, wenn die Gerüchte zutrafen. Dem armen, törichten Ali ließ man bestimmt nicht genügend Zeit, sich zu verteidigen. Und dann noch Achmad! Ein Geheimdienstoffizier war vor wenigen Tagen im Dorf aufgetaucht und hatte Nachforschungen über Feldwebel Bachtiar angestellt, der seinen Posten verlassen hatte und nun wegen Hochverrats vor Gericht gestellt werden sollte. Bambang hatte sich mit dem Offizier unterhalten. Da dieser jedoch gezögert hatte, Informationen weiterzugeben, lag der Gedanke nahe, daß die Dorfbewohner vor dem Gonghersteller mit ihm geredet hatten und er deshalb dem alten Freund des Feldwebels mißtraute.

Sein Bruder und sein bester Freund waren Opfer der Krise geworden, das war klar. Ihn interessierte nicht, was sie getan hatten — beide waren prächtige Männer. Ihre Taten entsprangen nur einem falschen Urteil, nicht einem schlechten Herzen. Ali besaß die dummen Vorstellungen eines jungen Mannes, der sich seiner Erziehung widersetzt. Achmad, nun ja — vielleicht hatte ihn sein ausgeprägter Patriotismus dazu verführt, etwas zu tun, das anderen als Verrat erscheinen konnte, besonders in dieser

Zeit des gegenseitigen Mißtrauens. Es gab ein altes javanisches Sprichwort: Wenn Gefühle außer Kontrolle geraten, geht man mit ihnen durch, man fliegt zusammen mit ihnen in das Maul eines Dämonen. Achmad war von seinen phantastischen Höhenflügen ebenso geblendet worden wie Ali. Ihr gemeinsamer Fehler war sehr javanisch: die Sehnsucht, der Realität durch Träume zu entfliehen. Bambang war nicht so. Er war immer selbstbeherrscht, genau wie sein Onkel. Er hatte sich immer mit seinem Onkel auf eine Stufe gestellt, weil er dachte, sie beide seien weiser als die meisten Männer. Diese Arroganz verheimlichte er natürlich und bewahrte sich seinen Stolz für den richtigen Moment auf — beispielsweise in der Gießerei, wenn er den Palu so erfahren niedersausen ließ, daß selbst Panji Sepuh anerkennend pfiff, während er mit den Tongs vor dem glühenden Metall kniete.

Jetzt, da er im sanften Licht des späten Nachmittags die Gießerei verließ, erblickte Bambang unter einem Baum einen kleinen Mann, der einen Moment zögerte, bis er auf ihn zuging. Es war der Tukang-idjon, der in den letzten Tagen Reis im Dorf angekauft hatte. Er nickte höflich und grüßte Bambang mit einer Sembah.

»Tuan Charangwaspa, ich hatte neulich keine Gelegenheit, Ihnen meinen Respekt zu zollen.« Grimassierend sagte er: »Ich habe von Ihrem Pech gehört.«

»Welchem Pech?«

»Dem Pech Ihres Bruders, meine ich. Niemand würde Sie beschuldigen, ein Kommunist zu sein.« Er lachte, während seine Augen Bambang kühl und unverwandt anblickten. »Ich habe den Leuten gesagt: ›Laßt ihn in Ruhe.‹«

»Wer soll in Ruhe gelassen werden?«

»Ich habe ihnen gesagt, macht Tuan Charangwaspa nicht für die Taten seines Bruders verantwortlich. Als sie sagten: ›Wenn Tuan Charangwaspa verabscheut, was sein

Bruder tat, warum nahm er dann diesen Burschen in seinem Haus auf, ernährte und schützte ihn?‹, erwiderte ich: ›Kümmert euch nicht drum. Es ist nun vorbei. Laßt ihn in Ruhe.‹«

Bambang sagte nichts, sondern eilte an dem Geldverleiher vorbei nach Hause, wo Melani die vordere Veranda des Hauses mit einem Bambusbesen fegte.

*

Sie hatten sich geliebt, und nun schlief sie. Aber Bambang lag wach. Selbst als er sie in seinen Armen gehalten hatte, war er von seltsamen Bildern bestürmt worden, die mit der Macht und Geschwindigkeit von Schmiedehämmern durch seinen Kopf schossen. Ein Bild blieb besonders deutlich haften: das nachdenkliche Gesicht von Handaga. Es war ein abwägender Gesichtsausdruck, als ob Handaga anstelle von Panji Sepuh die richtige Menge Zinn und Kupfer für einen Gong errechnen müsse. Zusammengepreßte Lippen, stechende Augen: eine Zurschaustellung von Berechnung und Erbitterung. Und Bambang ging plötzlich auf, daß eine Entscheidung gefallen war. Sonst wäre der Geldverleiher heute auf der Dorfstraße nicht so dreist gewesen. Handaga hätte sich nicht getraut, so anmaßend zu starren. Und niemand besuchte sie mehr, nicht einmal Melanis Freundinnen. Sie hatte es ihm heute mit einem leicht verwirrten und schmerzlichen Gesichtsausdruck erzählt. Sonst kam täglich eine Freundin kurz vorbei, hielt ein kleines Schwätzchen mit ihr. Aber heute nicht.

Er blickte auf ihr schlafendes, vom Mondlicht beschienenes Gesicht. Seit seiner Kindheit liebte er diese Frau. Zusammen mit anderen Kindern hatten sie die Büffel geärgert, die sich im Teich abkühlten. Seit kurzem war sie besonders zärtlich zu ihm, und diese Nacht hatte Melani die Initiative zu ihrem Liebesspiel ergriffen.

Vielleicht wußte sie auch schon alles. Aber wenn sie es wußte, wie konnte sie dann so sanft schlafen? Melani konnte. Sie war sehr selbstbeherrscht, eine Selbstbeherrschung, die der des Onkels gleichkam.

Bambang erhob sich leise von der Matratze und schlich aus dem Zimmer.

Er stand in der Tür zur Veranda und schaute in die mondhelle Nacht hinaus. Dort draußen waren sie; er spürte ihre Anwesenheit zwischen dem Laubwerk, auf dem Pfad. An diesem Abend mußte sich der Dorfrat versammelt haben. Sie hatten sicherlich über viele Dinge gesprochen — über Preise für Ackergeräte, das bevorstehende Fest, einen Fußweg, den man instand setzen müsse —, bevor irgend jemand auf die Gefahr hinwies, gottlose Männer im Dorf zu beherbergen. Etwa in der Art. Und bestimmt hatte irgendeiner unschuldig gefragt: »Ja, ist denn so etwas bei uns geschehen?« Und ein anderer hatte geantwortet: »Der Gongmacher Bambang hat, als das Beschützen von Roten schon lange als Akt des Verrats angesehen wurde, seinen Bruder in seinem Haus beherbergt.« Bestimmt gab es erstaunte Ausrufe, als ob bis zu dieser Minute keiner im Dorf davon gewußt hätte. Und dann hatte bestimmt einer gefragt: »Was ist zu tun?« Langes, nachdenkliches Schweigen mußte darauf gefolgt sein, als ob man unendlich viele Möglichkeiten in Erwägung ziehen müßte, ehe eine weise und gerechte Entscheidung gefällt werden konnte. Tatsächlich stand alles bereits fest. Und das wußte auch er, als er in der geöffneten Tür stand und das Mondlicht auf sein Gesicht fiel.

Aber vielleicht nicht heute nacht. Und wenn es heute nacht nicht geschah, dann konnte er mit Melani und den Kindern fliehen. Aber wohin fliehen? Der Onkel würde sie aufnehmen. Natürlich, und er, Bambang Gitosuwoko, der Meister der Gongherstellung, würde sich im Haus wie ein erschrecktes Mädchen verstecken und hoffen, daß die Gebete eines Ulamas, der vom Onkel bezahlt wurde, sein Schicksal wenden würden.

Bambang ging ins Haus und nahm von einem Wandhaken ein Erntemesser. Er hatte diesen Ani benutzt, als ein Nachbar, der befürchtete, seine Reisernte wegen des schlechten Wetters zu verlieren, Hilfe bei der Ernte brauchte. Ein Gitosuwoko-Kris wäre besser, dachte Bambang, aber der befand sich im Besitz des Onkels, wo er auch hingehörte. Einen Augenblick lang dachte er daran, dem Onkel einen Brief zu schreiben und ihm als Hüter des Familiennamens ein letztes Mal seine Hochachtung auszudrücken. Aber dazu war wahrscheinlich keine Zeit mehr. Bambang wollte nicht warten, bis sie ihn flüsternd nach draußen lockten. Er wollte gehen und laut rufen: »Hier! Hier bin ich! Bambang Gitosuwoko!«

Den Holzgriff des Ani fest umklammernd, näherte er sich wieder der offenen Tür zur Veranda. Er zögerte kurz und fragte sich, ob er noch Zeit habe, einen Blick auf Melani und auf die Kinder zu werfen. Aber das würde ihn nur schwächen. Er benötigte jetzt all seine Kraft, um mit den Leuten dort draußen zu kämpfen, sein Messer dieses letzte Mal zu schwingen, um ihnen zu zeigen, wer er wirklich war.

Tief durchatmend, den Messergriff fest umklammernd, schlenderte Bambang Gitosuwoko auf die Veranda, als ob es heller Mittag wäre. Noch einmal zögerte er, weil ihn eine weit zurückliegende zärtliche Erinnerung überfiel; er gab sich einer Träumerei hin: Ali und er waren Kinder. Ali, den Kopf voller Unfug, hatte seinem Bruder eine Chilischote unter den Reis geschoben, und als Bambang darauf biß, war es, als ob seine Zunge einen rotglühenden Gong berührte. Er hatte Ali gejagt und unter dem großen Jackbaum eingeholt. Er wollte seinen jüngeren Bruder verprügeln, aber aus irgendeinem Grund drehte er sich einfach um und ging weg. Ali brüllte ihm Schimpfworte nach und bezeichnete ihn als Feigling. Und als er mit gesenktem Kopf nach Hause trottete, weil ihn seine Haltung verwirrte, bemerkte er seinen Onkel, damals schon ein erwachsener Mann. Er stand neben einer Bananenstaude und lächelte ihn an. Der Onkel mußte alles beobachtet haben. Bambang schämte sich. Beide sagten nichts, als Bambang an ihm vorbeiging, aber Bambang blickte zurück, so daß sie sich in die Augen sehen konnten, und der Onkel lächelte — lächelte. Bambang beschleunigte dann seine Schritte, und als er zu Hause ankam, rannte er glücklich. Daran erinnerte er sich jetzt, und diese Erinnerung verlieh ihm irgendwie Kraft.

Bambang hielt nun den Atem an und lauschte. Durch die Stille kam nur von weit her die Stimme seines Vaters: »Wir sterben alle, doch wir haben verschiedene Gräber.« Er konnte sich nicht an die Umstände erinnern, die seinen Vater veranlaßt hatten, dieses alte Sprichwort zu zitieren. Aber es stimmte nicht ganz, denn wenn er starb, würde man ihn im Dorf seiner Vorfahren beerdigen, und sie würden zusammen in derselben Erde liegen. Das würde man ihm nicht verweigern. Sie würden ihn töten, ihm aber seinen rechtmäßigen Platz hier gewähren.

Er hörte nichts und wollte schon wieder ins Haus gehen, bis sie genug Mut hatten, ihn anzugreifen.

Dann hörte er etwas — auf der anderen Straßenseite raschelten Baumblätter.

Er verließ die Veranda, ging zur Gartentür, entriegelte sie, öffnete sie und schloß sie sorgfältig hinter sich zu. Er schlenderte auf die Straßenmitte und wartete. Etwas geriet in sein Blickfeld und verschwand dann wieder nach links. Etwas anderes bewegte sich rechts. Vielleicht hatten sie ihn bereits umzingelt. Gießer wie er, die an den Lärm des Hammers gewohnt waren, bewegten sich nicht, ohne Geräusche zu machen. Das waren Bauern, die sich barfuß mit der Lautlosigkeit eines Reihers bewegen konnten.

Den Griff seines Messers so fest wie einen Schmiedehammer in der Hand haltend, holte Bambang tief Luft und schrie so laut, daß er seine Vorfahren hätte erwecken können: »Hier bin ich. Genau hier! Hier! Bambang Gitosuwoko!«

53

Obwohl er das Dorf aus einem traurigen Anlaß besuchte, drehten sich seine Gedanken immer wieder um seine Liebe zu einer Frau, mit der er eigentlich nichts zu tun haben durfte. Sie war nun in sein Haus gezogen, lebte ganz offen bei ihm. Wären die Zeiten nicht so chaotisch, dann wäre sich ganz Yogya dieser Tatsache nicht nur bewußt, sondern würde auch die Konsequenzen fürchten, weil dies einen großen Bruch mit der normalen Ordnung darstellte. Die Leute würden verzweifelt versuchen, das Ganze aufzuhalten. In anderen Zeiten hätte es bestimmt schon Abordnungen von zumeist religiösen Führern gegeben, die feierlich um eine Audienz bei Kyahi Dalang Budi Gitosuwoko ersucht hätten. Er hätte sie ihnen natürlich nicht gewährt. Vielleicht wäre er auf die vordere Veranda gegangen und hätte ihnen mit einer knappen Verbeugung mitgeteilt, daß er allenfalls über Wayang mit ihnen reden könnte.

Nichts vermochte seine Gefühle für Maggie zu verändern, nicht einmal eine Veränderung ihrer Gefühle für ihn. Als er mit einem Ochsenkarren durch das Dorf zum Haus seines toten Neffen fuhr, durchzuckte Budi kurz eine Erinnerung: Im Morgengrauen hatte er über ihr gekniet, sein purpurfarbenes steifes Glied bewegte sich in dem glatten Tunnel, den sie ihm mit ihren zusammengepreßten weißen Brüsten bereitete; ihre glasigen, aber ruhigen Augen betrachteten ihn, bevor er seine Augen schloß und kam. Niemals hatte er eine so unverhüllte Leidenschaft bei einer westlichen Frau erwartet. Aber andererseits hatte er auch noch niemals einen Menschen kennengelernt, der wie seine Maggie war. So nannte er sie auf englisch: »Meine Maggie.«

In ihr steckte das Verlangen, hinter das zu blicken, was offensichtlich war, und zum versteckten Kern aller Dinge vorzudringen. Er empfand eine ähnliche Sehnsucht, das Bedürfnis, den Schleier zu lüften und bislang unvorstellbare Welten zu betreten. Und sie war tapfer und zielbewußt genug, ihm zu folgen. Die Liebe zum Abenteuer, das alle Grenzen sprengt, nicht nur ein oberflächliches Interesse an Neuheiten, hatte sie zusammengebracht. Was mit Borobudur begonnen hatte, mit ihrem gemeinsamen Wunsch, den alten Tempel zu retten, entwickelte sich zu einer alles bestimmenden Neugier auf den anderen, was, wie er wußte, eine Möglichkeit war, Liebe zu beschreiben.

Auf dem Dorfplatz stieg er aus dem Ochsenkarren aus. Ganz bewußt hatte er hier anhalten lassen, damit jeder seine Ankunft sehen konnte. Machte er auf diese Dorfbewohner einen armseligen Eindruck, dann war seine Aufgabe weitaus schwieriger. Er mußte jeden Zoll ein Dalang sein. Noch bevor er das rund einen halben Kilometer entfernte Haus Bambangs erreichte, sollte, so wünschte er es sich, der Lurah — der Dorfvorsteher — keuchend, lächelnd und die Geste der Sembah vollziehend, neben ihm gehen.

Und so geschah es.

Dalang Budi setzte eine strenge, unnachgiebige Miene auf, als er um eine Erklärung für die Ereignisse bat, obwohl er keine befriedigende Antwort erwartete. Er bekam nur heraus, daß sein Neffe leider von umherschweifenden Banditen gehetzt und getötet worden sei. Am nächsten Tag habe die Frau seines Neffen, ohne zu sagen, wohin sie gehe, mit den Kindern das Dorf verlassen. Der Lurah zuckte mit den Schultern und spitzte den Mund.

»Und wo ist mein anderer Neffe?« Budi war sich sicher, daß der Lurah mittlerweile auch die Umstände von Alis Tod kannte.

Der Lurah gab vor, nichts über den anderen Neffen des Dalangs zu wissen, außer daß man den jungen Mann seit geraumer Zeit nicht mehr im Dorf gesehen habe.

Budi begriff, daß man ihn als Außenstehenden behandelte; das war für einen Gitosuwoko ein einzigartiges Erlebnis, zumal für einen Gitosuwoko, der auch noch Dalang war. Macht, so dachte er, ist eine feststehende Substanz; sie wohnt in einem besonderen Menschen, von dem aus sie ohne Vorwarnung woandershin fliegen kann, wenn ein anderer, der sie noch mehr besitzen will, sie durch Zauber zu diesem Flug verleitet. In diesen Tagen schien alle Macht zu den Soldaten der indonesischen Armee geflogen zu sein.

»Wo wurde mein Neffe Bambang beerdigt?«

Der Lurah führte ihn zu einem kleinen Friedhof am Rande des Dorfes. Dort befanden sich fünf frische Gräber; auf vier Grabhügeln lagen prächtige Blumen. Budi mußte nicht fragen. Er ging zu dem schmucklosen Grab, kniete nieder und betete. Sein Gebet richtete sich nicht an Allah oder einen anderen Gott; sein Gebet richtete sich an ein Licht, das vor Jahren hinter seinen geschlossenen Augen erschienen war, als er meditierte. Sein Gebet war ohne Worte. Er beobachtete nur das Licht, das zu pulsieren begann und seine Farbe änderte. Das Licht füllte allmählich die gesamte Fläche seiner Netzhaut hinter den geschlossenen Augen; spinnwebenähnliche Fäden krümmten und drehten sich in diesem Licht, und ihre trägen, ziellosen Bewegungen lösten bei ihm eine plötzliche Ruhe aus, als ob die Welt von ihm abgefallen wäre — Berge, Ebenen, Wasser — und ihn schwebend, körperlos im Licht zurückließe.

Als er sich schließlich erhob, musterte Budi die anderen, die geschmückten Gräber. »Also schaffte es mein Neffe, noch vier mit sich zu nehmen.«

»*Kyahi?*«

»Diese Banditen«, sagte Budi. »Er tötete vier von ihnen, bevor er getötet wurde. Ich sehe, daß man sie auch hier beerdigt hat.«

Wortlos starrte der Lurah auf die Gräber.

»Wirklich großmütig«, sagte Budi, »diese Banditen zu beerdigen. Und ihnen dann auch noch Blumen zu schenken.«

»Nun denn . . .«

Auf dem Rückweg ins Dorf blieb Budi plötzlich stehen und sah den Lurah an. »Erzählen Sie mir etwas von der Beerdigungszeremonie!« Als der Lurah nichts sagte, wartete Budi, und als noch immer keine Antwort kam, sagte er: »Mein Neffe ist ein Gitosuwoko. Seit Jahrhunderten gibt es in diesem Dorf bestimmte Riten. Sie werden folgendes tun: Sie werden den Leichnam ausgraben und meinen Neffen, nachdem Sie ihn über sieben Bananenstämme gelegt haben, waschen. Sorgen Sie dafür, daß ein Modin kommt und seinen Körper pudert, sein Geschlecht mit Bananenblättern bedeckt, jede Körperöffnung mit Baumwolle verschließt und seine Lippen mit roter Farbe bemalt. Wickeln Sie ihn in weißes Baumwolltuch ein.« Budi, der sehr wohl wußte, daß der Lurah in all diesen Handlungen bestens versiert war, fügte hinzu: »Verknoten Sie die Enden des Stoffs über seinem Kopf und unter seinen Füßen. Ich wünsche, daß er in seinem Haus auf eine Bahre aus Bambus gelegt wird, mit dem Kopf nach Norden. Ich wünsche, daß der Modin aus dem Koran liest. Morgen werde ich wiederkommen, um die Prozession zum Grab anzuführen. Anschließend werde ich ein *Sedekah-ngesursiti* für das ganze Dorf geben. Ich möchte, daß Apem gekocht wird und der Tumpengreis sechzig Zentimeter hoch aufgeschichtet wird und daß jeder aus dem Dorf kommt. Scheuen Sie keine Kosten, und sorgen Sie für ein großes Fest, verstanden? Vierzig Tage lang sollen Sie, Pak Lurah, jeden Tag ein Opfergeschenk unter das Bett meines Neffen legen. Niemand sonst soll sein Haus betreten. Es ist ein Totenhaus, bis ich sage, daß es keins mehr ist. Dann werde ich ein weiteres Sedekahfest geben und am hundertsten Tag noch eins.«

Budi zog aus seinem Geldbeutel eine Handvoll Rupiah und gab sie dem Dorfvorsteher. Dabei befahl er ihm noch, jeden Morgen für frische Blumen auf dem Grab zu sorgen. Der Lurah erhielt für die Durchführung und Überwachung dieser Aufgaben einen weiteren Geldbetrag.

»Wenn Sie tun, was ich Ihnen auftrage, werden Sie eine weitere Vergütung erhalten. Andernfalls werde ich zum Chef des Unterbezirks gehen und mich über Sie beschweren.« Budi fiel auf, daß er sehr bestimmt war, wenn er Leuten Geld zur Durchführung irgendwelcher Aufträge gab, aber sehr schwach und zurückhaltend, wenn er um Geld bat. Er ging zum Dorfplatz zurück. Kurz vor dem Ochsenkarren wuchs in ihm der Wunsch, die dünnen

Schultern des Lurah (der kleine Mann stand neben ihm und hielt ständig voller Respekt die Hände zu einer Sembah erhoben) zu packen und von ihm wissen zu wollen, warum das Dorf einen Mann ermorden ließ, dessen einzige Sünde darin bestanden hatte, seinen eigenen Bruder zu beschützen. Aber an den Visagen der Dorfbewohner, die den Ochsenkarren in der Erwartung umringten, der berühmte Dalang würde etwas Absonderliches tun, etwas, das sie belustigt und schadenfroh noch ihren Enkeln beschreiben konnten, las Budi ab, daß sie sich gegen ihn verbündet hatten und daß er absolute Selbstbeherrschung zeigen mußte.

Nachdem er auf den Ochsenkarren gestiegen war, blickte er mit ausdruckslosem Gesicht zurück und redete nur den Fahrer an. Als der Wagen losratterte, stieg ein Gefühl in ihm auf, von dem man ihm seit seiner Kindheit gesagt hatte, daß er dagegen ankämpfen, es überwinden müsse, weil er sonst davon besiegt werde — das verlockende, aber gefährliche Gefühl der Wut. Die Wut entbrannte in ihm wie die Kohle, wenn das Gebläse in der Gießerei seines toten Neffen eine fürchterliche Hitze erzeugte. Er hatte gesehen, wie das Gebläse die Kohlenstücke in zuckende, rötlich glühende Kröten verwandelte. Seine Wut fühlte sich genauso an, etwas, das lebendig war und in seiner Magengrube krabbelte. Während der Fahrer den Ochsen mit der Peitsche zu einer leicht beschleunigten Gangart antrieb, begriff Budi Gitosuwoko, daß er mit so einer Wut nicht leben konnte; sie würde ihn verzehren, wenn er keine Möglichkeit fand, sie in etwas anderes zu verwandeln — ebenso wie sein Neffe einen heißen Klumpen Kupfer in einen wohlklingenden Gong verwandelt hatte.

In Yogya ging er direkt zur lokalen Rundfunkstation des *Radio Republik Indonesia*. Es wurde wieder regelmäßig gesendet, obwohl der Großteil des Programms, abgesehen von der Gamelanmusik, religiöser Natur war: Auslegungen des Korans und von der Regierung lancierte Ermahnungen an das Volk, Ruhe zu bewahren und seine Pflicht zu tun. Der Lokalredakteur war hoch erfreut über Dalang Gitosuwokos Vorschlag, und ein Anruf in der Zentrale in Djakarta löste eine ähnlich begeisterte Reaktion aus. Der Redakteur sagte freudestrahlend: »Die Menschen wollen die Krise vergessen. Wayang eignet sich dazu am besten.«

Budis Bruder hatte ihm beigebracht, daß er, je mehr er in sich die durch Meditation und Theaterproben entwickelte seelische Kraft versammle, desto mehr in der Lage sei, sie bei seinen Vorstellungen einzusetzen. Man verlor die Herrschaft über die Puppen, wenn man sich nicht mehr in die Welt des Wayang versenkte. Denn die Puppen wußten, ob man vollkommene Herrschaft über sie besaß oder nicht, sie spürten die Macht der Hände, und wenn man sie verlor, dann spürten sie das auch.

Also hatte er wohlweislich seine Macht ausgebaut und die Geheimnisse des Wayang nur mit seinem Bruder und anderen Dalangs geteilt, denen er vertraute. Aber jetzt fand er es falsch, ja sogar schädlich, sich selbst so zurückzuhalten und die Frau, die er liebte, aus seinen persönlichsten und kreativsten Erlebnissen auszuschließen. Er beschloß, sie in all seine Vorbereitungen einzuweihen. Deshalb erzählte er ihr, was er vorhabe. Er wollte wieder eine Vorstellung geben, aber diese Vorstellung werde sich von all seinen bisherigen Vorstellungen unterscheiden. Bis jetzt habe er sich an die Tradition gehalten, eine Welt der ewigen Illusion zu schaffen. Nun wolle er den Menschen Indonesiens sagen, was sie nicht hören mochten.

Anstelle eines privaten Innenhofes oder eines Pavillons im Sultanspalast hatte er einen öffentlichen Ort für die Vorstellung ausgesucht — unterhalb der Mauern von Prambanan, nur wenige Schritte von den hastig ausgehobenen Gräbern entfernt. Und um möglichst viele Zuhörer zu erreichen, hatte er dafür gesorgt, daß die Vorstellung landesweit über Rundfunk ausgestrahlt wurde.

*

Aus zweihundert Wayang-kulit-Stücken, die während eines Jahrtausends geschrieben worden waren, suchte sich Budi für seine Vorstellung eins der berühmtesten aus, nämlich *Der Tod des Karna*, ein Wayang-purwa nach dem indischen Epos *Mahabharata*. Wenn eine Ausländerin verstehen sollte, was er machte, dann mußte er ganz von vorn beginnen und Maggie jeden Schritt erklären.

Während sie im schattigen Pavillon des Innenhofs saßen, beschrieb er ihr kurz die Handlung. Karna gehört zu den vielen Stücken, die den großen Krieg zwischen den verfeindeten Clans der Pandavas und Kauravas schildern. Es beginnt mit dem siebten Tag der Schlacht. Von den achtundneunzig Brüdern des Kaurava-Königs haben nur vier überlebt. Auf der Seite der Pandavas sind die Söhne der beiden großen Anführer, Bima und Arjuna, getötet worden. Der Hauptkonflikt spielt sich zwischen Arjuna und dem Kaurava-Krieger Karna ab, der ein Halbbruder Arjunas ist, was dieser aber nicht weiß. Das Stück wirft die Frage auf, ob ein Mann zu seinen Kameraden halten soll, auch wenn er weiß, daß ihre Sache nicht gerecht ist. Die Ironie des Dramas, die sich aus dieser ethischen Frage ergibt, verleiht Karna das sublime Pathos.

»Jetzt aber wird das Stück eine andere Frage aufwerfen«, erklärte er ihr. »Wie sollen wir inmitten einer Katastrophe leben? Dürfen wir sie ignorieren, wenn sie uns nicht direkt betrifft, weil wir wissen, daß wir verrückt werden, falls wir sie nicht ignorieren?« Die Menschen des Wayang betrachten die Antwort als selbstverständlich: Es ist ihnen nicht möglich, sich von der Katastrophe abzuwenden, weil die Welt miteinander verbunden ist, jedes kleinste Teilchen von ihr, vom Wasser im Meer bis hinauf zu den Göttern — alles aus einem Guß, wie eine Welle, die sich durch sich selbst bewegt.

Zu Beginn arbeitete er sich wieder in die formale Struktur von Karna ein. Obwohl er ein komplettes Handbuch, ein *Pakem Padalang*, besaß, in dem die musikalischen Leitlinien und der Text präzise festgehalten waren, zog er ein, wie Dalangs es nennen, »Knochenhandbuch« vor, in dem nur die Handlung recht allgemein beschrieben wird. Dieses skelettartige Manuskript, das ihm sein Bruder geschenkt hatte, war von ihrem Vater geschrieben worden und verschaffte ihm die Improvisationsfreiheit, die er brauchte.

Zahllose Fragen tauchten auf. Sollte es ein langes und kompliziertes Gara-Gara geben, eine Clownszene im zweiten Akt? Welche üblichen Szenen konnten gestrichen, welche eingefügt werden? Welche Suluks sollte er singen, und für welche sollte er dann neue Texte schreiben? Wie lang sollte eine Schlacht dauern? Ein Aspekt der Vorstellung war ihm jedoch bereits klar: Er wollte sich an den Yogyastil halten, der lebhaften Vorgängen auf der Bühne Vorrang einräumte, statt des Solostils, der Nachdruck auf zarte Gefühle legte. Sein Vater, so erzählte er Maggie, sei Meister in beiden Stilrichtungen gewesen.

»An dem, was ich zu sagen habe, wird man nichts Zartes entdecken«, versprach Budi.

*

Nachdem Arbeiter auf dem Hof im Inneren des Pavillons auf zwei riesigen Bambusstämmen eine Leinwand errichtet hatten, sorgte Budi dafür, daß der obere Stamm dieses Debog den unteren Rand des Leinwandrahmens berührte und daß der untere Stamm zwanzig Zentimeter herausragte — auf diese Weise konnten die Stöcke der Puppen in das grün glänzende Bambusmark gesteckt werden. Wenn er sich setzte, stand neben ihm sein Kotak, die große Holzkiste für die Puppen. Er erzählte Maggie, wie sein Bruder jede Lektion mit derselben Bemerkung begonnen hatte: »Das Herausnehmen der Puppen aus dem Kotak ist wie die Geburt, ein Neubeginn.« Der Kotak ist auch der Friedhof, wo die Puppen zur Ruhe gelegt werden, wenn ihre Geschichte erzählt ist; alles muß ein Ende haben, und alle müssen schließlich zu Gott gehen. Erst wenn er diese Philosophie formuliert hatte, fing sein Bruder mit der Unterrichtsstunde an.

Bei Vorstellungen richtete sich Budi stets nach dem Kendangtrommelspieler, der dem Orchester die Zeichen für den Wechsel von Rhythmus und Lautstärke gab. Aber bei Proben brauchte der Dalang nur Pak Seno, einen alten Musiker, der schon bei seinem Vater das Gender gespielt hatte. Der hagere Pak Seno saß hinter Budi am Xylophon, seine beiden gedämpften Klöppel bewegten sich unermüdlich über die Bronzeplättchen, während eine Zigarette zwischen seinen dünnen Lippen hing. Neben ihm saß Basuki, der Lieblingsschüler des Dalangs, ein Junge, dessen aufgeweckte dunkle Augen unverwandt auf seinen Meister gerichtet waren, wie von einer Kobra hypnotisiert.

Und dann war da auch noch Maggie.

*

Die gesamten Proben hindurch saß sie hinter ihm, und wenn er die Welt des Wayang betrat, ging er nicht mehr alleine, sondern spürte, wie sich die Augen der Frau in seine Schulter brannten, während sie mit ihm in das Herz Astinas reiste, in das Land der Elefanten, wo berühmte Krieger und ihre tapferen Frauen sich vergnügten, wo sie verzweifelten, kämpften und starben; ihre Bösartigkeit und Güte gingen schließlich aufgrund göttlicher Worte, göttlicher Musik und göttlichen Tuns in einem Leben jenseits des Lebens auf, so daß selbst die Götter erstaunt seufzten.

Sie saß hinter ihm, beobachtete und hörte zu, und er nahm sie auf solche Reisen mit. Niemals zuvor hatte er einen Menschen mitgenommen, nicht einmal den alten Pak Seno. Sein Phantasieflug war einsam gewesen, aber nun nahm Budi Gitosuwoko sie mit. Er spürte es übermächtig und wußte, daß es Wirklichkeit war.

Nach den Proben, wenn sie gegessen und sich geliebt hatten, lagen sie nebeneinander, und er sprach wieder vom Wayang. Wie es vor Jahrhunderten angefangen hatte, als die Menschen bei den Geistern der Toten Hilfe suchten, indem sie zu Schatten beteten. Dann war es lange Zeit ein Zeitvertreib für die Sultane und ihre Höflinge gewesen, eine verfeinerte Kunst, an der man sich in den Palästen erfreute. Aber jetzt bearbeitete er ein Drama, das nicht die Toten versöhnen oder die Mächtigen erfreuen, sondern eine ganze Nation erschüttern sollte.

Sorgsam vermied er es, die Gara-Gara-Szenen vor Pak Seno und seinem Schüler Basuki zu proben; diese Episoden gingen weit über die milde Kritik an den Reispreisen oder der Korruption hinaus, die manchmal von Dalangs in den Clownszenen in den Vordergrund gerückt wurden. Insbesondere mißtraute er Basuki, der ein hervorragender und einfühlsamer Schüler war, dessen Anhänglichkeit aber vielleicht nicht auf so großartige Weise beständig war wie die Karnas, der Wayangverkörperung der

Treue. Die Proben für diese Zwischenszenen fanden statt, wenn sein Gehilfe verschwunden war und er nur mit Maggie im Pendopo saß.

Sie lagen nun nebeneinander. Ihre Beine, auf denen das Mondlicht glänzte, berührten sich. Budi sprach mit leiser Stimme. Er erzählte ihr etwas, das er bislang niemandem hatte erzählen wollen. Während seiner Vorbereitungen für ein Wayangspiel holte er jeden Abend und jeden Morgen einen Familien-Kris hervor, ging ins Gebetszimmer, legte den Dolch vor sich auf den Gebetsteppich und betete ihn an. Seit zwölf Generationen befand sich dieser Dolch im Familienbesitz. Der Kris im Nogososrostil besaß elf Windungen; sowohl die Klinge als auch das Heft waren von einem großen Empu namens Ki Supo angefertigt worden. Längs der Klinge zog sich das damaszierte Muster einer Schlange statt des üblichen Elefantenrüssels. Die Dolchschneide war im maßvollen Gayamanstil mit eingeprägten Rankenmustern verziert. Dieser Familien-Kris trug den Namen Pasopati, zu Ehren des von Gott Schiwa geschaffenen magischen Pfeils. Hell wie die Sonne, dem Feuer des Todes ebenbürtig, verbrannte dieser Pfeil alles, was er berührte. Gott Schiwa hatte damit zuerst drei Städte der Dämonen zerstört. Als Arjuna zur Belohnung für seine religiösen Kasteiungen Pasopati geschenkt bekam, besiegte er damit Karna im großen Krieg.

Budis Gebete zu Pasopati verhalfen ihm häufig zu Visionen aus früher Vorzeit, Jahrhunderte her: Männer mit Turban und Seidenmantel ritten auf geschmückten Elefanten, vergoldete Moscheetürme schimmerten in Landschaften, die er niemals gesehen hatte; Brücken über Flüssen und riesige Wälder, flüchtige Eindrücke von funkelnden Ringen, Damastkissen, verschleierten Gesichtern; schimmerndes Sonnenlicht auf Marmorfußböden, auf denen er nie gegangen war. Nur kurz aufblitzende Bilder.

Zusammenhanglos. Aus einer Vergangenheit, die er nicht kannte.

»Die Vergangenheit deiner Familie«, sagte Maggie, »lebt in dir.«

»Ist es möglich, daß ich Dinge sehe, die vor Jahrhunderten geschahen?«

»Das fragst du mich?« Sie lachte zärtlich. »Eine Frau aus dem Westen?«

»Eine romantische Frau aus dem Westen.«

»Ja. Eine romantische, verliebte Frau aus dem Westen.«

Er zog sie enger an sich, bis ihr Atem seinen Hals streifte. Dies darf niemals aufhören, dachte er, niemals aufhören. Dieser Gedanke beschäftigte ihn, bis sie beide einschliefen.

54

Sie bangte um ihn seit dem Augenblick, da er ihr seine Absicht eröffnet hatte, ein Wayangstück aufzuführen, um den Menschen das zu sagen, was sie nicht hören wollten. In diesem Moment hatte Maggie begriffen, daß er »politisch« geworden war, wie ihre Klassenkameraden es genannt hatten. Die Leichen, die aus dem Schlamm in Prambanan wie Treibgut aus dem Meer aufgetaucht waren, der Tod seiner Neffen, sein abruptes Erwachen in einer Welt ohne Kunst — das alles lief in einem Punkt zusammen und führte ihn nun an den Rand der Tollkühnheit.

Dennoch versuchte sie niemals, ihm die Aufführung des Stücks auszureden. Denn ihr Wissen über das Wayang reichte nicht aus, um genau beurteilen zu können, wie weit er sich von der Tradition entfernte. Außerdem konnte sie nicht abschätzen, wie das Publikum auf solche Abweichungen reagieren würde. Um den Radikalismus zu begreifen, muß man etwas vom Konservatismus verstehen, wurde ihr bewußt.

Aber das war nicht der Hauptgrund für ihr Schweigen. Maggie begriff, daß sie einen Mann liebte, der sich ihr nur teilweise öffnete. Es gab unerforschte Bereiche in Ki-Dalang Budi Gitosuwoko, die niemand jemals erreichen würde, vielleicht nicht einmal Budi selbst, jedoch ganz gewiß nicht sie. Sie hatte ihren mädchenhaften amerikanischen Traum aufgegeben, einen Menschen vollkommen zu kennen, alles im Leben mit dem Mann zu teilen, den sie liebte. Das hatte sie auch bei Vern nicht erwartet, obwohl sie gehofft hatte, daß es mit der Zeit hätte möglich werden können.

Mittlerweile lernte sie allmählich die Welt kennen, an der der Dalang so viele Jahre festgehalten hatte. Wenn sie sich gerade nicht im Armeehauptquartier aufhielt, aus Djakarta Radiosendungen über Unruhen hörte oder den Reichen Vorträge hielt, weshalb sie Geld für Borobudur spenden sollten — während Soldaten vorbeimarschierten und sie wegen des Lärms der schweren Stiefel einem potentiellen Spender *»Iha inggih?«* (»Nun, wie steht's damit?«) fast zubrüllen mußte —, saß Maggie meistens am Rand des Pendopo und beobachtete Budi bei den Proben.

Manchmal erklärte er ihr in einer Pause Dinge, die nur ein Dalang wußte. Während in der Ferne Sirenen heulten (mit jedem Tag häufiger), zeigte er ihr, wie man die Puppen hält. Er hielt den Gapit, den Mittelstab, bei den größeren Puppen, die etliche Pfund wogen, weiter oben fest. Selten bewegte er mehr als zwei Puppen, obwohl er in *Karna* drei zur gleichen Zeit halten mußte, wenn die Clowns Gareng und Petruk die Leiche des erschlagenen Sanjaya wegtrugen.

Er erläuterte auch, in welcher Reihenfolge die Charaktere vor der Leinwand mit ihren Gapits in das Bambusmark des Debog gesteckt wurden. Der Hauptdarsteller wurde zur Rechten des Dalangs mit beispielsweise ein oder zwei Gefolgsleuten dahinter befestigt, während der Feind auf der Linken aufgereiht wurde, manchmal mehr als ein halbes Dutzend. Aus diesem Grund saß Budi etwas links von der Mitte, um mit seinen Händen näher an der größeren Anzahl von Puppen zu sein, die bewegt werden mußten.

Er weihte sie in Geheimnisse spieltechnischer Natur ein. Sein Bruder hatte Budi beigebracht, wie man den ersten Auftritt neuer Darsteller belebt. Man ließ sie irgend etwas tun, bevor man sie in den Debog steckte: Ein Darsteller rückte seine Kopfbedeckung zurecht, hustete, strich über seinen Bart oder ordnete seinen Dotot — ein großes viereckiges, um die Hüften getragenes Tuch —, schob seine Armreifen höher oder schwang seine Waffe. Budi brachte ihr bei, wie man Puppen eine Sembah vollführen läßt. Man bewegt die Armstäbe nur mit dem Daumen der Hand, die den Gapit hält. Dann zeigte er ihr die verschiedenen Gangarten der Puppen. Ein edler Charakter wie Arjuna ging geschmeidig, ohne vertikale Bewegungen, und hielt seine Arme am Körper. Ein unmanierlicher Charakter wie Bima bewegte sich mit großen Sprüngen vorwärts — ein Arm hinter der Kopflinie, der andere erhoben und zum Kampf bereit.

Der Winkel, in dem Budi die Puppen vor die Leinwand hielt, war häufig wichtig zur Erzeugung eines Gefühls. Winkel verzerrten den Schatten auf der Leinwand und erzeugten ein ständiges Wechselspiel zwischen Schärfe und Verschwommenheit, Schwarz und Grau — und damit zwischen Aggressivität und Ängstlichkeit. Doch während der Proben zeigte er Maggie niemals diese Vorgänge, weil er am Tage übte und keine Öllampe über der Leinwand hing. Offensichtlich mußte er die Erzeugung der Schatten nicht proben — er hatte diese Technik häufig genug geübt. Und außerdem improvisierte er die Winkel lieber während der Vorstellung. Es gehört zu den größten Feinheiten beim Wayang, mit Hilfe der Schatten eine Stimmung, eine Gemütsbewegung, ein Gefühl hervorzubringen.

Er erklärte ihr die Grundlagen der Schlacht. Ein Perang war eine Aneinanderreihung von Bewegungen: Zweikampf, Angriff, Flucht, Verfolgung in einer ununterbrochenen Choreographie dahineilender Schatten, während das Gamelan mit gewaltigem Tempo »Sampak Sanga« spielt. Er zeigte ihr, wie man dem Orchester die Zeichen gibt, entweder durch Befehle inmitten der erzählten Geschichte oder durch Klopfen mit dem Holzstab gegen den Kotak oder durch Singen eines Satzes.

Aufgrund ihres eigenen Unterrichts verstand sie genug vom Gender, um Pak Senos Meisterschaft auf diesem Instrument würdigen zu können. Dennoch tauschte sie jeden Tag, wenn er kam, um Budi zu begleiten, nur sehr oberflächliche Grußworte mit dem alten Mann aus. Er hatte sich nicht damit abgegeben, die offizielle Sprache — Bahasa-Indonesisch — zu lernen, und ihr Javanisch reichte für ausgedehnte Unterhaltungen nicht aus. Ganz gewiß besaß er keine gute Meinung von ihr. Der alte Mann mit seinem Blangkon, den dunklen höfischen Batikfarben und dem Kris, den er in einer weißen Schärpe im Kreuz trug, nahm entweder gar keine Notiz von ihr oder starrte verächtlich genau über ihre Schulter hinweg. Vielleicht hätte Budis Vater sich ebenso verhalten; vielleicht wäre sogar sein fast zwanzig Jahre älterer Bruder ebenso peinlich berührt gewesen angesichts einer solchen Frau, die auf dem Anwesen eines Dalangs der Familie Gitosuwoko lebte.

Aber Maggie konnte sich mit dem jungen Schüler Basuki unterhalten, der ausgezeichnet Bahasa sprach und sogar ein paar Brocken Englisch, die es mit ihrem Javanisch aufnehmen konnten. Er schien den Dalang zu verehren. Einmal erzählte er ihr: »Ich bete jeden Tag für ihn zu Allah.« Normalerweise hätte sie das gefreut, aber sie erinnerte sich an den heimtückischen Mas Slamat, dessen Frömmelei zum Tode eines guten Menschen geführt hatte.

Sie hatte das Gefühl, in einer Welt ständig wechselnder Perspektiven zu leben. Einen Teil des Tages hörte sie dem Genderspiel zu und beobachtete, wie Puppen sich vor einer weißen Leinwand bewegten. Zu einer anderen Stunde litt sie unter den Demütigungen einer brutalen Bürokratie, die sie noch nicht einmal wissen ließ, ob ein junges Mädchen überhaupt noch am Leben war. Dann verfaßte sie Bittschreiben oder wartete in Vorzimmern auf eine Audienz bei ausgemergelten Einsiedlern aus einer anderen Ära, damit sie wenigstens ein paar Minuten in einem persönlichen Gespräch um Geld betteln konnte. In der Nacht dann die Liebesspiele, die sie alles vergessen ließen, was sich während des Tages ereignet hatte. Und dann war da natürlich noch ununterbrochen die Vergangenheit, die Maggie während der Stunden des Wachseins begleitete und in ihrem Gedächtnis haftete wie ein Geruch auf der Haut — manchmal der Duft eines Pinienwaldes, einer muffigen Mansarde, eines Seitengäßchens —, so daß sie alle bei ihr waren, ihre Eltern und Freunde aus Iowa, aus dem College und ihr Ehemann Vern Gardner, während sie sich in Yogya mit dem Fahrrad in der gespannten Atmosphäre der Straßen bewegte.

Die Post funktionierte noch immer nicht regelmäßig, aber eines Morgens erhielt sie einen zerknitterten Brief aus Djakarta.

»Liebe Maggie,
ich habe Deinen Brief erhalten. Ich kann nicht begreifen, was los ist. Ich versuche weder, Dich zu verurteilen, noch, zu irgendeiner Schlußfolgerung zu kommen. Vielleicht können wir es in Ordnung bringen, wenn wir uns sehen. Ich glaube, daß ich bis dahin warten muß, wann immer das sein wird.

Vern«

Ihre schwache Reaktion auf einen Brief, vor dem sie sich gefürchtet hatte, überraschte sie. Vielleicht wurde durch seine Zurückhaltung alles leichter. Doch es lag auch etwas weniger Angenehmes in der Art und Weise, wie sie den Brief lesen und weglegen konnte. Das Vergessen hatte sie bereits mit seinem gleichgültigen, aber steten Gang eingeholt. Verns Gesicht war bereits leicht verschwommen. Ihre Zuneigung zu ihm verschmolz mit Schuldgefühlen zu einer homogenen Erscheinung, die ihr wie eine gräuliche Masse durch den Kopf ging, bis sie in seltsamen Augenblicken plötzlich über sie hinwegging und ihre Gedanken gleichsam unter Watte begrub.

Auch sie hoffte, daß sie sich eines Tages wieder begegnen könnten, jedoch nicht, um wieder zusammenzukommen. Die ganze Zeit über hatte sie sich gewünscht, Vern zu sehen und ihm — so gut, wie es eben ging — alles zu erklären. Wenn Vern hier in Yogya aufkreuzte, würde sie tief durchatmen und ihm entgegentreten. Aber es war unwahrscheinlich, daß er bald kommen konnte. Dafür würde General Sakirman schon sorgen. Für intime Dramen zwischen einem ausländischen Angestellten von OPSUS und seiner ehebrecherischen Frau, die Gast im Hause der Sakirmans gewesen war, fand sich jetzt keine Zeit. Wenn Gardner nach Yogya fahren und dort Unannehmlichkeiten heraufbeschwören würde, dann könnte das ein schlechtes Licht auf den General werfen, und das konnte er sich momentan nicht leisten. Vern würde nicht in die Nähe Yogyas kommen, bis der Gewinner der nationalen Auseinandersetzung — die Armee oder die PKI — feststand.

*

Sie hatten zu Abend gegessen, aber anstatt im Garten herumzuschlendern oder auf der Veranda zu sitzen, ging Budi an seinen Schreibtisch zurück. Maggie saß allein auf der Veranda und ließ leise auf dem Plattenspieler das Stück *That Da Da Strain* von den New Orleans Rhythm Kings spielen, deren fröhliche Vitalität sie liebte, obwohl einige Takte aufgrund der abgenutzten Platte wie das Quietschen auf einer Schultafel klangen.

Irgend jemand überquerte den mondhellen Hof. Maggie beugte sich vor und nahm den Tonarm hoch, wobei sie kurz ein Gefühl der Angst durchzuckte.

Doch es war Basuki, ein zerbrechlich wirkender Junge von sechzehn Jahren, der aber eher wie elf oder zwölf aussah.

»Wollte der Meister, daß du heute abend wiederkommst?« fragte Maggie.

»Nein, Bu, Verzeihung, Bu, aber ich dachte nur, daß er vielleicht noch ein bißchen weiterarbeitet, und ich wollte ihm dabei zusehen.«

Das war nicht nach Budis Art. Entweder lud er zu einer Probe ein, oder man kam nicht. Das war bekannt. Und sein Schüler Basuki mußte es besser wissen als alle anderen Menschen.

»Ich werde ihm sagen, daß du hier warst«, sagte Maggie kühl. »Ich glaube, er braucht Ruhe.«

Der Junge drehte sich um und wollte weglaufen.

»Basuki«, sagte sie, und er blieb stehen. »Nun gut«,

fügte sie seufzend hinzu, »ich werde ihm nicht sagen, daß du gekommen bist.«

»Ich danke Ihnen, Bu.«

»Aber ich finde es doch verwunderlich. Warum machst du so etwas? Kommst hierher und willst ohne Erlaubnis zusehen?«

Er zog die Schultern hoch, und einen Augenblick lang erinnerte sich Maggie an die Tage ihrer eigenen Jugend, wenn sie spontan etwas getan hatte, was, wie sie wußte, falsch war.

»Ich werde ihm nicht sagen, daß du hier warst«, wiederholte sie lächelnd.

Auf sein dunkles Gesicht fiel das Mondlicht, so daß seine Nase sehr groß wirkte, fast wie die eines Wayangriesen. »Ich kam, weil ich dachte, daß er die Clownszenen probt. Er probt sie niemals am Tage.«

Das war richtig — in ihnen steckten die politischen Aussagen, die er heimlich hinzufügte.

»Er ist sehr komisch«, sagte Basuki. »Ich glaube, er ist lustiger als alle anderen noch lebenden Dalangs.«

»Vielleicht bist du voreingenommen.«

»Nein, nein. Jeder sagt, daß er lustig ist. Deshalb wollte ich dabeisein, wenn er die Clownszenen übt.«

»Basuki, ich glaube, du mußt ihn vorher um Erlaubnis bitten.«

Als der Junge weggeflitzt war, ganz bestimmt erleichtert, daß der Meister seine Dreistigkeit nicht entdeckt hatte, stand Maggie auf und ging in den Haupttrakt des Hauses. Budi hatte dort seinen Schreibtisch.

Er lag vornübergebeugt auf dem Schreibtisch, den Kopf auf den Armen. Budi war vor Erschöpfung eingeschlafen. Ihr schoß durch den Kopf, daß er schrecklich unter Druck stand, vielleicht mehr, als ihr bewußt war. Ihn rieben nicht nur die normalen Vorbereitungen für eine Vorstellung auf, sondern ihn quälten auch die neuen Anforderungen, die er sich auferlegt hatte, nämlich den Menschen zu sagen, was sie nicht hören wollten.

Beim Näherkommen sah sie seine linke Gesichtshälfte: entspannte Lippen, ein geschlossenes Auge, weich wirkende Wangenhaut, die über den vorstehenden Backenknochen straff gespannt wirkte. Er glich einem Kind, und sie erinnerte sich an etwas längst Vergessenes, das ihre Mutter ihr einmal über ihren Vater erzählt hatte. »Dieser Mann, er war so liebenswürdig, als wir heirateten, das kann ich dir sagen. Und ich liebte es, ihn beim Schlafen zu beobachten, er war wie ein kleiner Junge, so unschuldig, gut und hilfsbedürftig und — na ja, das ist natürlich lange her.«

Mutter hatte recht: unschuldig, gut, verletzlich.

Eines Tages würde sie Budi erzählen, was sie seit ihrer ersten gemeinsamen Nacht wußte: Er war die Person hinter der Tür, die ihr zugeflüstert hatte, sie aufgefordert hatte zu gehen, das zu finden, wonach sie suchte. Was sie die ganze Zeit über gesucht hatte, ohne es zu wissen, das war, wie Maggie nun wußte, die Person, die hinter der Tür geflüstert hatte, sie immer wieder gelockt hatte; bis sie fand, was sie suchte — jetzt, genau hier an diesem Ort und in diesem Moment einen Mann, der wie ein Junge über seinen Schulbüchern schlief: diesen Mann, ihre Liebe.

55

Kurz nach seiner Rückkehr aus Bali erzählte ihr Mr. Vernon etwas Erstaunliches, etwas, wonach sie sich gesehnt hatte, das aber in so weiter Ferne zu liegen schien, daß sie niemals geglaubt hatte, es würde eintreffen: Seine Frau hatte ihn verlassen. Sie hatte ihn wegen eines anderen Mannes verlassen. Yanti saß mit fest zusammengepreßten Knien auf der Couch in seinem Hotelzimmer und hörte seinem gestammelten Geständnis zu. Er sah sie kein einziges Mal an, während er erzählte, seine Frau habe ihm geschrieben. In ihrem Brief war sie sehr offen gewesen — ein anderer Mann sei plötzlich in ihr Leben getreten und sie könne ihn nicht aufgeben. Sie würde in Yogya bleiben. Der Mann war ein Indonesier. Das erstaunte Yanti um so mehr, als sie sich nicht vorstellen konnte, daß die große Amerikanerin ihr westliches Herz einem Javaner schenkte, der bestimmt ein dunkelhäutiger kleiner Mann war.

Also wartete Yanti mit zusammengepreßten Knien und hoffte, daß Mr. Vernon nach diesem Eingeständnis irgend etwas tun werde — sich ihr auf irgendeine Art nähern werde (wie, das hatte sie sich bis jetzt noch nicht so klar ausgemalt). Doch seine neue Freiheit hatte ihn ihr nicht nähergebracht, im Gegenteil. Er redete ihr sogar die Besuche aus, so daß sie ihn höchstens noch zweimal pro Woche sah; und dann saß gewöhnlich sein Leibwächter mürrisch bei geöffneter Tür im Nebenzimmer.

Sein Zögern war fast genauso überraschend wie die Neuigkeit von dem offen zugegebenen Ehebruch seiner Frau. Ein Chinese hätte sich sofort von einer solchen Frau abgewandt und sich von seinen Konkubinen (ihr Vater hatte zwei, hatte immer mindestens zwei gehabt, selbst als ihre Mutter noch lebte) trösten lassen.

Und deshalb wartete und hoffte Yanti, während der Rest ihres Lebens von der Krise in Anspruch genommen wurde, von den täglichen Demonstrationen, die immer heftiger wurden.

Auf den Straßen wurden viele Gerüchte über Präsident Sukarno verbreitet. Es wurde zum Beispiel erzählt, daß Sukarno während einer Auslandsreise ein vierzehnjähriges Mädchen vergewaltigt habe. Wo, war nicht klar; die Gerüchte nannten Tokio, Colombo oder Lahore. Als sie Mr. Vernon dieses Gerücht wiedergab, runzelte er die Stirn und warnte sie vor leichtfertigen Urteilen über einen Mann wie Sukarno, der immerhin der Hauptarchitekt der indonesischen Unabhängigkeit sei. Mister Vernon beschuldigte sie sogar, daß es ihr an Geschichtsbewußtsein mangele; ihrer ganzen Generation, weil die meisten nicht in den besten Stunden Sukarnos geboren seien.

Vor solchen Moralpredigten verschloß sie ihre Ohren. Er war soviel älter als ihre Freunde an der Universität. Mr. Vernon konnte keine Ahnung haben von ihrer Hingabe an Gerechtigkeit und eine neue Welt. Und außerdem war er auch noch Ausländer.

Yanti hatte kürzlich an der Formulierung einer Presseerklärung der Studenten (sie sollte in einer von der Armee unterstützten Zeitung erscheinen) mitgearbeitet, in der Präsident Sukarno aufgefordert wurde zu erklären, wie der GESTAPU-Zwischenfall eigentlich passieren konnte. In seiner Antwortrede hatte Sukarno wütend und offensichtlich schwer angegriffen behauptet, das Ganze sei für ihn völlig überraschend gekommen; die gesamte Affäre sei wahrscheinlich die Folge einer »unangemessenen Einschätzung« seitens der PKI-Führung gewesen; die westlichen subversiven Kräfte, angeführt von der CIA, hätten zweifellos zum Putschversuch angestachelt; und diejenigen, die an dem seltsamen kleinen Abenteuer (dabei fiel er in die Gossensprache zurück, um den Marhaens, den kleinen Leuten auf der Straße, zu gefallen) teilgenommen hatten, seien völlige Idioten gewesen. Warum, so hatte Sukarno rhetorisch gefragt, wurde er allein in Zweifel gezogen? Was war mit Nasution? Er sei damals Verteidigungsminister gewesen.

Diese provozierende Rede (die Studenten waren empört über den Angriff auf Nasution, der beim Putschversuch seine kleine Tochter verloren hatte) lieferte den Anlaß für eine weitere Demonstration. In der Absicht, seine geschwächte Position zu stärken, hatte Sukarno sein Kabinett umgebildet und nicht nur Nasution, sondern auch andere Antikommunisten gefeuert und nur Minister behalten, die, wenn sie nicht prokommunistisch waren oder mit den Kommunisten sympathisierten, zumindest loyal waren, sich also willenlos seinen Wünschen beugten. Das erzürnte sowohl die Studenten als auch die Armee. Heute nun demonstrierten sie nach gemeinsamen Beratungen zwischen Armee und Studenten gegen die Amtseinführung von Sukarnos neuem Kabinett.

Yanti ging mit ein paar Freunden zum Versammlungsort. Überall sahen sie Studenten, die sich dorthin durchschlugen. Sie trugen Plakate, Transparente und die Nationalflagge, die mit ihrem schlichten roten Streifen über einem weißen Streifen fast der polnischen Fahne glich (bei ihr waren die Streifen nur umgekehrt angeordnet), aber identisch war mit der Fahne Monacos — eine von den Studenten ernsthaft und ausführlich debattierte Angelegenheit. Unter anderem wünschten sie eine Veränderung der Fahne. Jugendliche auf Motorrollern schlängelten sich durch den dichter werdenden Verkehr, und ein paar Häuserblocks vom Aufmarschplatz entfernt hatten Studenten geparkte Autos quer zur Hauptverkehrsstraße geschoben, die Luft aus den Reifen gelassen und damit den

Verkehr in der Innenstadt Djakartas zum Erliegen gebracht. Yanti betrachtete das Chaos mit großem Vergnügen. Der ständige Demonstrationsausschuß der Studenten, zu dem Yanti gehörte, war auf diese Methode verfallen, um die Kabinettsmitglieder davon abzuhalten, zu den Feierlichkeiten der Amtseinführung in den Präsidentenpalast zu gelangen.

Bei einem früheren Handgemenge mit den Cakrabirawa-Wachsoldaten waren die Studenten mit Gewehrkolben geschlagen worden. Das blutige Hemd eines der dabei verletzten Studenten hatte man an einem Stock befestigt und schwenkte es wie eine Fahne.

»Chinese go home!« brüllte ein Mann vom Bürgersteig aus Yanti an, die neben einem Jungen und zwei Mädchen, alle von der Hochschule für Architektur, auf der Straße lief.

»Sie ist ebenso indonesisch wie du!« brüllte der Junge zurück, und die beiden Mädchen und Yanti funkelten ihn wütend an.

Yanti war an solche Kränkungen gewöhnt. Besonders in diesen Tagen war es auf den Straßen Djakartas Mode, Rotchina zu beleidigen, indem man jeden, der chinesisch aussah, verhöhnte und beschimpfte. Dennoch fühlte sich Yanti jedesmal von ihrem eigenen Land verraten. Sie bekämpfte ihr Selbstmitleid. Sie versuchte, nicht an ihre Herkunft zu denken. Vor langer Zeit hatte ihr Großonkel ein chinesisches Mädchen aus Bali nach Java gebracht und mit ihr Kinder gezeugt. Auf Bali war sie eine Sklavin gewesen; sie war auch in Djakarta eine Sklavin; sie war ungebildet, nichts weiter als eine Gebärmaschine für einen Mann, der seine Familie rassisch reinhalten wollte. Zumindest ihr Vater hatte mit dieser Tradition gebrochen und eine einheimische Frau geheiratet — eine, die lesen und schreiben konnte. Yanti war ihrem Vater dafür dankbar, daß er sie in ein Land eingegliedert hatte, für das sie nun kämpfte.

Während man näher an den Aufmarschplatz kam, wanderten Yantis Gedanken von der bevorstehenden Demonstration in eine andere, eher geheime Welt ab, wo Bilder aus dem Nichts auftauchten und sie an die beginnenden Sehnsüchte erinnerten, die sie als junges Mädchen empfunden hatte, aber damals zumindest ihrer besten Freundin beschreiben konnte.

Doch die Bilder, auf die Yanti sich jetzt einließ, waren zu intim und gefährlich, um darüber zu sprechen. Denn diese Phantasien drehten sich um die körperliche Liebe. Körperliche Liebe ... Körperlich ... Liebe. Mit Mr. Vernon.

Sie unterhalten sich in seinem Hotelzimmer, und dann irgendwie, irgendwie, weil er seltsam still geworden ist und sie auch, fangen ihre Hände auf unerklärliche Weise an, die Bluse auszuziehen, den Rock. Sie sieht, wie seine Augen ihre Handbewegungen verfolgen, während sie Knöpfe öffnet, aus Kleidungsstücken schlüpft, bis ... Und hier verschwimmen die Bilder, entschwinden, und als nächstes liegt sie neben ihm im Bett, sein Gesicht schwebt zärtlich über ihrem, und obwohl sie nichts weiter als sein Gesicht sehen kann, weil sie sich auf sein Aussehen konzentriert, weiß sie, daß sie beide nackt sind, jedoch irgendwie körperlos. Sie empfindet kaum etwas bei ihrer Berührung. Es ist, als ob sie wie Wolken durch eine undefinierbare Atmosphäre aufeinander zutrieben. Aber dann, aber dann (Yanti errötet, ihr werden die Beine schwach, während sie neben ihren Kameraden zum Aufmarschplatz geht), ohne wirklich zu merken, daß er es tut, spürt sie, daß er in sie eindringt. Manchmal, wenn sie sich diese Wahrnehmung einbildet, fühlt er sich klein an — wie ein Finger, der sich in ihrem Körper windet, aber sehr viel häufiger fühlt er sich riesengroß an, ein erschreckend großes Ding, das sich wie ein Ballon ausdehnt, bis sie meint, explodieren zu müssen, und bei dieser Vorstellung stößt sie einen lautlosen Schrei aus, und er hält sie fest, hält sie fest.

*

Nun steckte sie mitten im Gewühl. Tausende wälzten sich über den Merdekaplatz vor dem Palast. Einige wilde Reden waren bereits gehalten worden, darunter eine von Brigadegeneral Sarwo Edhie, dem Kommandeur der RPKAD-Fallschirmjäger, die am 2. Oktober auf dem Luftwaffenstützpunkt Halim gegen die Rebellen gekämpft hatten, und der später mit seinen Soldaten durch Zentraljava gezogen war, um rote Hochburgen zu vernichten. Heute forderte er, Sukarnos neues Kabinett müsse noch vor der Vereidigung »neu bestückt« werden. Ein weiterer Redner redete, bis er heiser wurde, über die Notwendigkeit, die Kommunistische Partei sofort aufzulösen und jedes Mitglied als Hochverräter zu brandmarken und auf der Stelle hinzurichten. Ein Student kletterte auf die Tribüne und beklagte sich über die Buspreise, die sich in den letzten Monaten verfünffacht hätten. Als dieser Student die improvisierte Tribüne verließ, nahm ein anderer seinen Platz ein und stellte die rhetorische Frage, warum der Präsident in sein neues Kabinett Iman Sjafe'l, einen Boß der Unterwelt, aufgenommen habe, der als Chef der »Besonderen Sicherheitsangelegenheiten« nun die Macht besitze, Gangsterbanden gegen jeden zu mobilisieren, der sich auf dem Boden der gültigen Gesetze gegen Sukarno wende — eine so unerhört freche Rede, daß selbst die radikalen Studenten den bebrillten Jüngling wie gelähmt anstarrten.

Ein Student nach dem anderen kletterte auf die Bambustribüne und brüllte von Politik, Volkswirtschaft, Ruhm und Ehre Indonesiens und von der Bedrohung durch das Ausland. Aber nicht nur die Reden wurden hektischer, sondern auch das Gewühl. Die Motorräder der Polizei schafften es nicht mehr, zwischen den lahmgelegten Autos hindurchzufahren, geschweige denn, den Limousinen, in denen die neuen Minister zur Amtseinführung fahren wollten, den Weg freizuhalten. Würdenträger in Cut und Zylinderhut, die nicht zu spät kommen wollten, stiegen noch vor Erreichen des Palastgeländes aus ihren Wagen und drängelten sich mit Hilfe der Polizisten durch die Menge der schreienden Demonstranten.

Plötzlich konkurrierte ein neuer, ohrenbetäubender Lärm mit den Rednern auf dem Platz. Hubschrauber erschienen über den Palastdächern und stießen auf die Menschenmenge nieder; die heftigen Luftwirbel sollten die Demonstranten auseinanderjagen, aber die meisten, auch Yanti, schüttelten nur verächtlich ihre Fäuste. Jüngere Schüler, viele von ihnen nicht älter als zwölf oder dreizehn, marschierten kichernd nach vorne und hielten ihre Plakate hoch, als ob sie versuchten, die Hubschrauber aufzuspießen.

Auf der Tribüne verlas jemand eine Grußbotschaft von General Suharto — »Ich betrachte diese Aktionen als Manifestationen der sozialen Kontrolle« —, aber die Studenten waren zu erregt, um dies als Unterstützung ihrer Demonstration zu würdigen. Sie schoben, drängten, schrien und drückten gegen das Tor, wo sie von Cakrabirawa-Wachsoldaten erwartet wurden; diese trugen blitzende Helme und hielten in Bereitschaftsstellung ihre leichten Maschinengewehre diagonal vor der Brust. Einer ihrer Jeeps, dessen Motorhaube in die dichte Menschenmenge hineinragte, kam nicht weiter; seine Insassen lehnten sich heraus und forderten Durchlaß. Ein Stein krachte gegen die Motorhaube. Ein weiterer Stein zerschmetterte die Windschutzscheibe. Ein dritter verletzte einen Wachsoldaten am Kopf. Er beugte sich vor, das Blut lief ihm das Gesicht hinunter.

Der Anblick von Blut schien die Menge anzustacheln; mit neuer Energie schoben sie sich den wartenden Wachsoldaten entgegen. Ein Offizier forderte per Megaphon die Studenten auf, sich zurückzuziehen, aber kaum jemand hörte ihn wegen des Lärms der Hubschrauber und der rhythmisch gebrüllten Losungen: »Erneuert das Kabinett! Hängt Subandrio! Erneuert das Kabinett! Hängt Subandrio!«

Straßenverkäufer mit ihren Souvenirbildchen von Nasution und seiner trauernden Frau wurden herumgeschubst; sie konnten nicht durch die tobenden Studenten hindurchkommen, die ihre Transparente und Plakate schwangen und ihre Losungen in die mittägliche Helligkeit brüllten. Und Yanti ging mit ihnen, ganz vorn und in der Mitte, nicht an der Seite und hinten, wie sie Vern versprochen hatte — ein Versprechen, das sie stets lachend gebrochen hatte.

Sie holte tief Luft und rief begeistert: »Hängt Subandrio! Erneuert das Kabinett!«, als die ersten knatternden Geräusche zu hören waren. Vor ihr, nicht mehr als achtzehn Meter entfernt, schoß die Palastwache in die Luft. »Hängt Subandrio! Erneuert das Kabinett!« Yanti stand in Tuchfühlung mit ihren Freunden, deren Arme sie berührten; die Studenten bewegten sich gemeinsam; sie bewegten sich wie eine Flut, und Yanti empfand dabei eine Hochstimmung, die sich mit nichts vergleichen ließ. »Hängt Subandrio! Erneuert das Kabinett!« Sie schrie aus vollem Herzen und mit aller Kraft, so daß sie kaum mitbekam, was sich vor ihnen abspielte: Die Gewehrläufe senkten sich auf Brusthöhe, die Augen der Wachsoldaten weiteten sich, als ein neuer Befehl gegeben wurde — die Finger betätigten den Abzug.

Aber sie spürte die Salve. Der Druck schleuderte sie zurück, zog ihr die Beine weg, sie lag ausgestreckt am Boden. Ihre Ohren waren erfüllt von einem neuen Geräusch, ein schreckliches Schreien von allen Seiten; sie bewegte den Kopf und sah einen Jungen neben sich liegen. Er hatte kein Gesicht mehr. Aber sie lebte — oder etwa nicht? —, war nur umgestoßen worden, außer daß sie, als sie an sich selbst hinunterblickte, etwas sah, das nicht wahr sein konnte: Ihr Bauch war geborsten wie eine durchgetretene Tür. Unglaublich viel Blut strömte aus — durch ein wie zerschmettertes Holz aussehendes Loch, und sie hörte sich selbst schreien beim Anblick des aus ihr rinnenden Lebens. Dann fing sie an zu zucken, das waren ihre Beine, aber sie konnte die krampfartigen Bewegungen ihres Sterbens nicht kontrollieren, und dennoch hatte sie keine Schmerzen, keine Schmerzen, da war nichts, keine Schmerzen, da war nichts.

56

Er hörte im Radio, daß es heute eine aufrührerische Demonstration gegeben, die Palastwache deshalb das Feuer eröffnet hatte, daß zwei Studenten getötet und zahlreiche andere verletzt worden waren. Die Toten waren Arief Rahman Hakim, ein Medizinstudent an der Universität, und Yanti Salim, eine Schülerin der Mittelschule.

Yanti Salim.

Aber es konnte nicht seine Yanti sein! Das tote Mädchen war eine Schülerin der Mittelschule. Oder hatten sich die Reporter geirrt? Es dauerte einen halben Tag, bis

Vern bei dem in Djakarta herrschenden Chaos die Tatsachen herausgefunden hatte. Ein OPSUS-Offizier war Vern noch etwas schuldig (Vern hatte für ihn ein paar Briefe auf englisch an Vettern in Amerika geschrieben). Über einen anderen Vetter, der bei einer von der Armee abhängigen Zeitung arbeitete, war der Offizier an die einzige verfügbare Information herangekommen. Yanti Salim, eine Schülerin von unbekannter Schulzugehörigkeit, sei vor dem Palasttor erschossen worden; und ihr Vater, ein indonesisch-chinesischer Geschäftsmann, habe die Leiche identifiziert und sie vom städtischen Leichenschauhaus abgeholt.

Ein indonesisch-chinesischer Geschäftsmann. Vern versuchte, Sutopo Salim ausfindig zu machen, aber er war nicht in seinem Büro, und dort wollte ihm niemand die Privatadresse geben. Bei OPSUS mußte Vern dann einen Schreiber mit einem Dutzend Kretekzigaretten bestechen, um an die Adresse zu kommen.

Und als er zu dem westlich gelegenen Vorort fuhr, wo Sutopo Salim lebte, standen Vern und Hashim vor einer vertrauten Gestalt, die vor der hohen weißgetünchten Mauer und dem verriegelten Eisentor auf und ab ging: Es war der untersetzte, mißmutig blickende Leibwächter, dem sie zuerst in dem chinesischen Tempel begegnet waren. Der Leibwächter Salims, der einen leicht zerbeulten Filzhut trug, wie Vern ihn von den Hongkongchinesen kannte, wollte anfänglich nicht einmal zugeben, daß dies das Haus Salims sei. Er und Hashim starrten sich finster an. Schließlich sagte er: »Niemand zu Hause.« Als Vern ihm einen Geldschein hinhielt und ihn bat, Tuan Salim möge sich unverzüglich mit ihm im »Hotel Indonesia« in Verbindung setzen, schob der Leibwächter das Geld zögernd in die Tasche, wobei seine Blicke ständig zwischen Vern und Hashim hin und her gingen, als hätte er die beiden noch nie in seinem Leben gesehen.

Nicht seine Yanti. Aber sie war es. An diesem Abend saß Vern in der Hotelbar und lauschte einer von Knistern begleiteten Radiosendung, die weitere Einzelheiten über die Tragödie des Tages lieferte. Während der Rundfunksprecher drauflosschwatzte und sich dabei häufig widersprach, wenn neue Nachrichten hereinkamen, trank Vern Soda an der Seite eines schweigsamen Larry. Nicht seine Yanti. Aber sie war es. Das lächelnde, glückliche und doch so kämpferische Mädchen, das ihm seine Architekturzeichnungen zur Begutachtung vorbeigebracht, auf seiner Couch gesessen und die Verbindungen der Regierung zu einem kommunistischen Land angegriffen hatte, in dem eine Milliarde Menschen ihrer Rasse lebten — sie saß dort lächelnd, preßte die Knie zusammen und ließ ihn auskosten, wie leicht sie sich langsam spreizen konnten, um ihn zwischen ihren schlanken braunen Beinen aufzunehmen.

Rückblickend wußte er nicht, wie er ihre Beziehung beschreiben sollte. Vielleicht hätten sie doch ein Liebespaar werden können; das sollte er nicht vergessen. Oder er hätte sie vielleicht zärtlich in den Arm nehmen und nur einmal küssen sollen, um ihr zu zeigen, wieviel sie ihm bedeute, aber wie unmöglich die Situation sei. Das wäre natürlich nie geschehen. Denn sie wären dann unverzüglich über ein solch süßliches, idealistisches Zwischenspiel hinausgegangen. Rückblickend, wenn er sich nicht nur mit dem Entsetzen befaßte, das mit ihrem Tod verbunden war, wußte Vern, daß er seinem Wunsch, Yanti zu berühren, nicht wegen irgendeiner romantischen Vorstellung oder um eines merkwürdigen Ehrgefühls willen widerstanden hatte, sondern einfach nur aus Scheu vor den damit verbundenen Komplikationen. Hätte er sie verführt, das unerfahrene Mädchen wäre ihm wie ein kleines Hündchen gefolgt, vertrauensselig, voller Hoffnung. Und er konnte eine Tatsache nicht leugnen — Maggie liebte er noch immer.

Nicht seine Yanti. Aber sie war es. Und deshalb ging er trotz seines Schwurs, niemals wieder Alkohol zu trinken, von Soda zu Gin über und wurde so betrunken, daß Larry ihm die Treppe hochhelfen und ihn ins Bett bringen mußte. Am nächsten Morgen hörte er verkatert die neuesten Nachrichten. Der Medizinstudent Arief Rahman Hakim erhielt ein Heldenbegräbnis. Sein Leichnam sollte auf einem offenen, mit Blumen geschmückten Armeewagen durch die Straßen gefahren werden. Kränze waren bereits (dies wurde sorgfältigst aufgeführt) von den Generälen Suharto und Nasution geschickt worden, wobei der letztere noch immer um seine kleine Tochter trauere; besondere Einheiten der Armee wie KOSTRAD, RPKAD und die Division Siliwango hatten riesige Blumengebinde geschickt. Die Witwen der ermordeten Generäle Pandjaitan und Yani sollten an der Beerdigung teilnehmen. (Bei Yanis Namen erinnerte sich Vern wieder, wie der satyrartige General nachts ein kicherndes Flittchen durch die Büsche gejagt hatte.) Die Läden längs des Beerdigungszuges würden schließen, und überall würden die Fahnen auf halbmast wehen, selbst vor Regierungsgebäuden. Die Studentenbewegung hatte endlich ihren Märtyrer — einen, der es mit den sechs toten Generälen aufnehmen konnte.

Aber das andere Todesopfer — die »Mittelschülerin« Yanti Salim — wurde nicht mehr erwähnt. Diese Tatsache erfüllte Vern vorübergehend mit Hoffnung; in diesen turbulenten und verwirrenden Zeiten konnte leicht ein Fehler gemacht werden. Es war nicht Yanti, seine Yanti. Aber während er sich rasierte, erreichte ihn eine kurze Mitteilung ihres Vaters: »Kommen Sie morgen in mein Büro. Ich vermute, daß Sie mich wegen des Todes von dritter Tochter sehen wollen. Salim.«

»Dritte Tochter«: die chinesische Art, Kinder zu benennen. Vern hatte nie gehört, daß der Mann Yanti »dritte Tochter« nannte. Die Tragödie hatte die Tünche des indonesischen Geschäftsmannes entfernt und einen chinesischen Vater zum Vorschein gebracht.

In der Hotelhalle konnte Vern eine armeenahe Zeitung ergattern, die einzige, die heute morgen erhältlich war. Auf dem Titelblatt befand sich ein großes Foto von Arief Rahman Hakim, einem ziemlich gut aussehenden Javaner. Fast jede Zeitungsspalte beschäftigte sich mit der Geschichte seiner Ermordung durch die Palastwache (aufgrund ihrer Loyalität zu Sukarno waren deren Mitglieder Feinde der regulären Streitkräfte). Yantis Tod wurde nur mit einem einzigen Satz auf Seite 3 erwähnt.

Endlich verstand Vern die javanischen Gedankengänge, die sich hinter dieser kurzen Notiz verbargen. Weder die Studentenorganisationen noch die sie unterstützende Armee wollten jemanden mit chinesischem Blut als ihren Märtyrer — ganz zu schweigen von einem Mädchen, ganz zu schweigen von einem chinesischen Mädchen, das an der besten indonesischen Universität Architektur studiert hatte. Mit Arief Rahman Hakim besaßen sie den perfekten Märtyrer, einen reinrassigen Jungen aus guter moslemischer Familie, der studiert hatte, um den Kranken der Nation zu helfen.

Vern dachte über die grausame Ironie von Yantis tragischem Tod nach. Sie hatte romantische Vorstellungen über ihre Rolle in der Geschichte des Landes gehegt, aber noch nicht einmal im Tod verwirklichten sie sich.

*

Während Vern mit einem Becak (nur wenige Autos wagten sich auf die Straßen) in ein Chinesenviertel der Stadt fuhr, las er die Zeitung. Sukarno hatte alle Studentenorganisationen verboten und die Universität geschlossen. Als Vern mit dem Becakfahrer darüber redete, lachte der Mann fröhlich auf. Er war heute bei der Universität gewesen und hatte die Armeezelte auf dem Rasen gesehen. Vor dem Haupttor standen Panzerspähwagen, deren Kanonen auf die Gebäude gerichtet waren, in denen sich die Studenten, Bung Karno zum Trotz, noch immer versammelten, ihre Losungen brüllten und Reden hielten.

Der Becakfahrer, ein zungenfertiger und lebhafter Mann, begann, einen der studentischen Sprecher nachzuahmen. »›Unser Kamerad Arief Rahman Hakim fuhr keine schicken Autos. Er wurde niemals vor den Menschen geschützt. Nur Menschen, die in Palästen leben, brauchen Schutz vor dem Volk.‹ Das sagte der Bursche, während diese Kanonen vom Haupttor aus genau auf ihn gerichtet waren.«

»Bekam er Schwierigkeiten mit den Soldaten?«

»Sie standen nur rauchend herum, und wenn ihre Offiziere gerade nicht hinsahen, zwinkerten sie den Mädchen zu und nickten zustimmend zu den Reden der Studenten. Was kümmert es sie, solange sie Reis haben und einen Schlafplatz? Ich habe einen Bruder in der Armee, ich weiß Bescheid.«

Der Name des Märtyrers war in aller Munde, nicht nur auf dem belagerten Universitätsgelände. Heute morgen hatte Vern im Radio gehört, wie ein Studentensprecher Arief Rahman Hakim in vollem Ernst wie einen Geist beschwor — eine Darbietung, die von der Armee geduldet wurde, da das Oberkommando von Djakarta, das Suharto innehatte, das Programm unterstützte: »Arief Rahman Hakim starb nicht umsonst. Jeder Tropfen seines Bluts wird gerächt werden. Wir fordern, daß das neue rote Kabinett aufgelöst wird und daß die selbstzufriedenen neuen Minister, die sich zum Untergang unseres geliebten Vaterlandes verschworen haben, ins Gefängnis gesteckt werden, weil sie dorthin gehören!«

In der nächsten Nachrichtensendung hörte Vern, daß ein wütender Sukarno öffentliche Versammlungen von mehr als fünf Personen verboten hatte. Außerdem gab es erneut eine Ausgangssperre, diesmal von zehn Uhr abends bis sechs Uhr dreißig morgens — praktisch undurchführbar, da die Hälfte aller Arbeiten, die in dieser von Hitze geplagten Stadt ausgeführt werden mußten, schon am Morgen, lange vor Ende der Ausgangssperre, in vollem Gange waren.

Subandrios Name tauchte unaufhörlich im Rundfunk auf. Die Kritik an seiner Außenpolitik, vor allem an seiner Politik gegenüber der Volksrepublik China, ging so in die Einzelheiten, daß ein Fremder, der zum erstenmal die indonesischen Nachrichten hörte, hätte meinen können, außer den Beziehungen des Landes zu den Chinesen sei nichts wichtig.

Subandrio wurde anstelle des Präsidenten zum Sündenbock gemacht. Bei jeder politischen Niederlage, die Vern kannte, gab es immer eine kluge, tatkräftige Persönlichkeit, die es bewußt zuließ, für eine verlorene Sache geopfert zu werden. Subandrio nahm die Schuld an der Innen- wie an der Außenpolitik auf sich. Er war verantwortlich für die steigenden Preise, für die Korruption der Regierung, für die mangelnde Kontrolle über die auseinanderbrechende PKI, für das Chaos, in dem das ganze Land versank. Subandrio wurde als Kommunist bezeichnet, als diabolischer Linker, Verräter, schlechter Berater, bösartiger Verschwörer und mit einer Reihe von Wayangbegriffen belegt, die sich auf Riesen, Dämonen und bösartige

Hofminister bezogen. Die Liste der Schimpfnamen wuchs in dem Maße, wie die Radiosendungen fortfuhren, Sukarno über seine rechte Hand Subandrio anzugreifen, bis Vern — völlig gelangweilt und nicht mehr fähig, bei einer solchen Flut von Anschuldigungen Fakten von Erfindungen zu unterscheiden — nicht mehr länger zuhören konnte.

Jetzt, im Becak, hörte er dem Fahrer zu, der auf jeden eindrosch — die Regierung, die Kommunisten, die Armee —, nur nicht auf die Becakfahrer. Um etwas anderes zu sehen als die dicht nebeneinander geklebten Plakate an jeder Wand, blickte er weiter in die Zeitung. Bevor er das Büro von »PT Seragam Technical Supply« erreichte, las er noch einen kurzen Artikel über den vermißten Vorsitzenden der Kommunistischen Partei, D. N. Aidit. Aidit war bei der Planung subversiver Tätigkeiten sowohl in Zentral- als auch in Ostjava gesehen worden. Konnte er sich in beiden Gegenden zur selben Zeit aufhalten? Aus diesem Grunde fragte sich Vern, ob der Artikel nicht lediglich ein Täuschungsmanöver sei. Lebte Aidit noch? Vern hatte Gerüchte gehört, daß gefangene kommunistische Führungsleute auf der Stelle hingerichtet wurden. In ihm stiegen bei diesen Gedanken über den kommunistischen Führer traurige Erinnerungen an Yanti auf.

Einmal hatte er sie gefragt, ob sie den Vorsitzenden Aidit je gesehen habe.

»Nur aus der Ferne«, sagte sie. »Er hatte Kulleraugen wie ein Frosch.«

Als Vern lachte, fügte sie hastig hinzu: »Das hätte ich nicht sagen dürfen.«

»Warum, stimmt es etwa nicht?«

»Es stimmt, aber — sagen Frauen in Amerika solche Sachen, nur weil sie richtig sind?«

»Manchmal. Männer, Frauen — und Kinder.«

Sie nickte ernst. »Das hätte ich wissen müssen. Amerikaner sind frei.«

»In gewisser Weise.« Seine einschränkende Bemerkung führte bei ihr zu einem enttäuschten Gesichtsausdruck. Deshalb fügte er gutgelaunt hinzu: »Aber das ist das Beste, was die Welt anzubieten hat.«

Und sie hatte wieder gelächelt.

*

Die Büroräume der »PT Seragam Technical Supply« (eine Firma, die überall im Osten ihre finanzkräftigen Finger im Spiel hatte und für das Militär eine entscheidende Kapitalquelle darstellte) waren schäbige kleine Stuben über einem chinesischen Haushaltswarenladen. Aber da er schon in Hongkong und Singapur gearbeitet hatte, war Vern die neurotische Art gewohnt, mit der Chinesen ihre Bescheidenheit zur Schau stellten. Wenn man Geld hatte, durfte man damit nicht protzen, sondern mußte sich unter einem dieser allgegenwärtigen grauen Schlapphüte aus Filz verbergen und seinen Geschäften in einem stickigen Büro mit abblätternden Wänden nachgehen. Zu Hause, hinter einem schmucklosen Äußeren, durfte man tief im Inneren des Gebäudes einen Raum haben, wo man sich in äußerster Abgeschiedenheit an etwas Kostbarem, wie zum Beispiel einer Mingvase oder einem Sunggemälde, erfreuen konnte.

Gestern abend hatte Vern an der Bar erfahren, daß die indonesischen Chinesen neuen Schikanen ausgesetzt wurden. In Semarang war ihnen befohlen worden, an ihren Häusern Schilder anzubringen: Eingebürgerte Chinesen mußten ihre Namen mit weißer Farbe auf schwarze Bretter schreiben, nichteingebürgerte Chinesen mit weißer Farbe auf rote Bretter. Außerhalb Medangs warteten bereits Tausende von Sumatrachinesen in einem Lager auf ihre Deportation. Es war ihnen verboten, zurückgelassenen Besitz zu verkaufen oder Gelder zu transferieren.

Der Direktor der »PT Seragam Technical Supply« hatte sein Büro in einem Seitenflügel. Es war möbliert mit einem leeren Schreibtisch, drei Stühlen und einem kleinen Tisch, auf dem Teegeschirr Platz fand. Beim Eintreten bemerkte Vern an einer Wand gerahmte Schriftzeichen unter Glas — ihm erschienen sie arabisch und hinter dem Schreibtisch hing ein Gebetsteppich.

Vern hatte Zeit, sich umzusehen, weil der Direktor gerade nicht anwesend war. Auf dem Schreibtisch stand ein gerahmtes Familienfoto, das bestimmt schon vor Jahren aufgenommen worden war. Der westlich gekleidete Sutopo starrte steif in die Kamera, und neben ihm stand eine ebenso förmlich aussehende Frau in einem bis zum Hals zugeknöpften schwarzen Kleid. Ihre Augen wirkten kühl und intelligent. Auf beiden Seiten des Paares standen aufgereiht drei Jungen und drei Mädchen. Das kleinste Mädchen mit kurz geschnittenem Pony mußte Yanti sein, obwohl ihn die zusammengepreßten Lippen und der erschrockene Gesichtsausdruck dieses schmucklos in Positur gestellten Kindes kaum an die lebhafte Frau erinnerten, die sie gewesen war. Vern betrachtete das Foto, als Sutopo eintrat, energisch seine Hand schüttelte und hinter dem Schreibtisch Platz nahm.

Sie sahen sich an wie alte Freunde, die seit ihrer letzten Zusammenkunft viel erlebt haben.

»Danke, daß Sie gekommen sind«, sagte Sutopo schließlich.

»Es tut mir sehr leid . . .«

»Ja. Der Malaie sagt: ›*Gajah sama gajah berjuang, pelanduk mati di-tengah-tengah.* Wenn Elefanten kämpfen, wird der Zwergbock zwischen ihnen getötet.‹«

Der Rückgriff auf ein Sprichwort, um die Ermordung

eines Kindes zu umschreiben, hatte bei einem anderen Mann gefühllos und gleichgültig gewirkt, aber Vern verstand Sutopo Salim. Selbstbeherrschung war dem Cukong so zur Gewohnheit geworden, daß er sich nicht anders ausdrücken konnte. »Ich mochte Ihre Tochter«, sagte Vern. »Ich schätzte sie sehr. Sie war eine prächtige junge Frau.« Und er fügte hinzu, weil er das mußte: »Wissen Sie, wir trafen uns gelegentlich. Vielleicht hat sie es Ihnen erzählt.«

»Nein, sie hat nichts davon gesagt. Aber ich wußte es trotzdem.«

Das überraschte Vern natürlich nicht, der sich manchmal gefragt hatte, ob nicht das gesamte Hotelpersonal bei Sutopo Salim auf der Gehaltsliste stand, weil alle wie Anstandsdamen zu wachen schienen, wenn das Mädchen ins Hotel kam.

»Sie kam mitunter, um sich mit mir über Architektur und Amerika zu unterhalten.«

Der Cukong lächelte schwach. »Dritte Tochter liebte die amerikanischen Ideale.«

»Ja, so war es — die Ideale Amerikas: alles edel und glitzernd.« Vern spürte, daß er noch mehr zu ihrer Beziehung sagen mußte. »Ich traf mich mit ihr, weil sie sich ernsthaft für mein Land interessierte und für Architektur. Ich kam mir wie ein Lehrer vor.«

»Ja«, sagte der Geschäftsmann, »ich weiß.«

Vern war sich nun der Macht bewußt, die Sutopo Salim besaß, vor allem wenn er etwas herausfinden wollte. Vielleicht lieferte selbst Hashim, der im Nebenzimmer gähnte, Berichte an ihn ab. Ganz bestimmt hatten die Zimmermädchen die Bettlaken auf verräterische Flecken hin geprüft. Der Kellner, der ihnen den morgendlichen Tee brachte, mußte streng auf ihre Haltung, ihren Rock, auf die Sitzanordnung geachtet haben. Hätte Vern auch nur eine Hand auf das Mädchen gelegt, das war ihm nun klar, hätte ihn Sutopo Salim innerhalb von vierundzwanzig Stunden aus dem Land befördern lassen.

»Wegen der Beerdigung ...« begann Vern.

»Lassen Sie das! Ich danke Ihnen für Ihre Absicht, aber es wird eine Beerdigung im engsten Familienkreis werden.«

»Ich verstehe. Natürlich.«

»Sie denken jetzt an das Ehrenbegräbnis für Arief Rahman Hakim.«

Vern zuckte die Schultern.

»Nun gut, das ist Realpolitik. Sie haben einen geeigneten Märtyrer. Ich bin froh, daß ›dritter Tochter‹ ein ähnliches Schicksal erspart blieb.« Ein Mitarbeiter kam herein, und Sutopo beugte sich nach einer Entschuldigung für ein paar Augenblicke über Dokumente, las und unterschrieb sie. »Vielleicht denken Sie jetzt, daß ich gefühllos bin, aber die Arbeit geht weiter, selbst heute. Ich trage die Verantwortung für viele Existenzen.«

»Das verstehe ich.«

Sutopo musterte Verns Gesicht. »Ja, das glaube ich Ihnen. Ich denke, daß Sie hierbleiben werden. Sie sind kein Mann, der davonrennt.«

»Ja, das ist richtig.«

»Es tut mir leid, daß Sie Pech hatten.«

Zuerst dachte Vern, der alte Gauner wisse sogar, daß Maggie ihn verlassen hatte, aber dann sprach Sutopo die schwierigen Reisebedingungen in Java an. »Ich hätte Ihnen normalerweise einen Flug nach Yogya besorgen können, aber unter den Umständen — angesichts meiner gegenwärtigen Lage — konnte ich nichts tun.«

»Vielen Dank. Ich verstehe.« Vern erwähnte nicht Sukarnos Angebot, das zu nichts geführt hatte.

»Aber die Arbeit am ›Projekt Palme‹ geht gut voran?«

»Ja, sehr gut. Das Baugelände bei Sanur ist phantastisch. Wir sind gerade dabei, das Baumaterial nach Bali zu verschiffen.«

»Und so geht das Leben eben weiter.«

Als Vern aufstand, erklärte der kleine chinesische Geschäftsmann, der irgendwie Verns Interesse an den Kunstgegenständen im Zimmer erraten hatte (vielleicht hatte einer von Sutopos Gehilfen ihn dabei ertappt, wie er sich die Kalligraphie und den Teppich genauer ansah, während er auf Sutopo wartete), die Kalligraphie bedeute *Bism Allah al-Rahman al-Rahim* (»Im Namen Gottes, des Barmherzigen und Mitfühlenden«) und sei in der bei Arabern beliebten klassischen Thuluthschrift geschrieben; der türkische Gebetsteppich mit seiner Darstellung einer Mihrab sei ein recht hübsches Beispiel der Ghiordesknüpfkunst: neunundfünfzig mal zweiundsechzig Knoten pro Quadratzentimeter.

Dieser chinesische Indonesier war zum Experten in islamischer Kunst geworden. Vern konnte sich gut vorstellen, wie er mit Ölhändlern aus dem Mittleren Osten in Restaurants von Hongkong und Singapur saß, Tee mit ihnen trank und sie mit seinem Wissen über ihre Kultur faszinierte. Und das Leben geht weiter.

57

Unterhalb der Mauern von Prambanan war die rot eingefaßte weiße Leinwand errichtet worden; darüber hing eine Lampe an Drähten. Die Leute saßen zu beiden Seiten der Leinwand auf der Erde; das zwanzigköpfige Gamelanorchester nahm den Platz an der Mauer ein, auf der Seite des Dalangs. Dort saß auch Maggie, genau wie während der zahllosen Stunden der Proben. Sie war mit ihm bei Sonnenuntergang nach Prambanan gefahren, damit er die Vorbereitungen für das Lakon überprüfen konnte: Die Leinwand mußte fest mit dem Debog verbunden sein; die beiden Bambusstämme, die den Debog bildeten, mußten richtig aufgestellt sein; die garudaförmige Bronzelampe sollte genau vierzig Zentimeter vor der Leinwand und fünfzehn Zentimeter über seinem Kopf hängen, wenn er saß; die Puppen lagen leicht erreichbar und in der Reihenfolge ihres Auftritts; die übrigen Puppen waren ordentlich rechts und links der Leinwand aufgereiht und steckten im Debog, so daß es aussah, als näherten sich zwei Prozessionszüge; wieder andere Puppen waren in der Holzkiste verstaut; der Kayon oder Baum des Lebens war vor der Leinwand befestigt, um dort zu bleiben, bis seine Entfernung den Beginn des Spiels anzeigen würde. Als er den Docht der mit Kokosöl brennenden Laterne reguliert hatte, war Dalang Budi bereit.

Gewöhnlich saß die Mehrheit der Zuschauer hinter dem Dalang, um ihm beim Spiel zuzusehen; weit weniger saßen auf der anderen Seite der Leinwand, um die Schatten zu beobachten. Heute abend jedoch hatten angesichts der räumlichen Gegebenheiten des Tempels weit weniger Menschen die Möglichkeit, Dalang Budi bei der Arbeit zuzusehen. Mindestens eintausend Menschen würden auf der Schattenseite der Leinwand sitzen. Und nur ein paar hundert konnten sich zusammendrängen und verfolgen, wie dieser große Dalang Arjuna, Karna und die Prinzessin Srikandi vor der Leinwand bewegte.

Ein Jammer, dachte Maggie, daß ihn nicht mehr Leute hautnah bei der Arbeit erleben konnten. Er sah heute abend besonders gut aus in seinem traditionellen Batiksarong, dem Hemd und mit dem Kopfschmuck. Der Kris, den er trug, war nicht Pasopati, aber er gehörte ihm auch

(Pasopati verließ niemals das Anwesen). Vor der Abfahrt hatte sie taktvoll aus der Entfernung beobachtet, wie er sich vor diesem alten Erbstück verbeugte, betete und dann das traditionelle Gebet der Dalangs angestimmt hatte: »*Om, Om, Om,* o Gott des Lichts und der Seele, möge die Flamme in der nächtlichen Lampe hell brennen und mir Einsichten in das Leben meiner Darsteller verschaffen, damit die Menschen, die zusehen, leiden und lachen und aus dem lernen werden, was sich bis zur Morgendämmerung abspielt.«

*

Von dem Augenblick an, da Budi den Kayon aus dem Debog genommen, ihn dreimal durch die Luft gewirbelt und dann an der rechten Seite der Leinwand befestigt hatte, fesselte *Der Tod des Karna* die Zuschauer. Selbst Maggie, die unzählige Male die Geschichte gehört hatte, lauschte verklärt der Beschreibung des kauravanischen Königreiches von Astina, der Schilderung seiner Naturschönheiten und der utopischen Lebensweise, bevor ein schrecklicher Krieg unsägliches Leid über das Volk brachte. Bei der Verkündung von soviel Lieblichkeit und Glück wurde seine Stimme tief, einschmeichelnd und volltönend — eine Stimme, die Maggie aus den mitternächtlichen Stunden kannte, wenn sie sich aus heißen Umarmungen lösten.

Also spielte er erst einmal die nostalgische Karte aus. Aber er hatte sie gewarnt. Das Publikum, das sich vor dem Tempel versammelt hatte und im ganzen Land vor dem Radio saß, war nicht auf alles vorbereitet. Sie müsse die ersten Reaktionen abwarten, wenn er den kauravanischen König Duryuduna beschreiben werde: »Dieser große König, den wir alle kennen, besitzt große Verdienste als Krieger, Redner und Führer seines Volkes. Liebevoll nennen wir ihn ›Bung‹. Dennoch kann dieser ›Bruder‹ weder seine eigenen Begierden noch die der anderen zügeln, die ihm beim Regieren helfen sollen. Er hört auf schlechte Ratgeber. Aus Halsstarrigkeit vertraut er den falschen Männern. Ein solcher Bruder ist gefährlich, egal, wie wohltönend er redet. Seine Schlagwörter bringen Verwirrung, seine Versprechen Verzögerung.«

Die sofort einsetzende Reaktion auf beiden Seiten der Leinwand erstaunte Maggie — wildes Geschrei, das nicht abebbte, so daß der Dalang warten mußte. »Bung Karno, Bung Karno!« — »Wer? Halt's Maul!« — »Was ist los?« — »Seid ruhig!« — »Halt's Maul!« — »Wer?« — »Bung Karno!« — »Schande!« Maggie durchzuckte Angst. Die Reaktion übertraf all ihre Erwartungen. Aus dem wilden Geschrei hörte sie den aufreizenden Unterton von Wut heraus. Waren sie wütend auf Budi oder auf Sukarno oder gar auf beide? Noch Minuten später kamen so viele Unmutsäußerungen aus dem Publikum, daß man Budi kaum verstehen konnte, als er mit dem Lied »Patet Nam Ageng«, das den Kummer des Königs über den Tod von vierundneunzig seiner achtundneunzig Brüder beschreibt, zur Audienzszene überging.

Erst als die komplizierte Handlung wieder die volle Aufmerksamkeit der Zuschauer beanspruchte, gewannen sie ihre javanische Ruhe zurück.

*

Nichts störte die Ereignisse, mit denen der erste Teil endete. Karna, der Gatutkaca, den Sohn des Pandava-Anführers, getötet hatte, wurde Oberbefehlshaber der kauravanischen Armee. Die Soldaten bereiteten sich auf die Schlacht vor, und Karna ging nach Hause zu seiner Frau, um sich zu verabschieden. Im Lager der Pandavas herrschte große Trauer; die Mutter Gatutkacas hatte sich bei der Beerdigung ihres Sohnes auf den Scheiterhaufen geworfen. Bima, dessen Frau und Sohn getötet sind, und Arjuna, der auch einen Sohn im Krieg verloren hat, schwören grausame Rache. Mittlerweile steht Karna vor einem Dilemma: Er hat seiner Mutter versprochen, nicht das Blut seines Halbbruders Arjuna zu vergießen. Um den Helden der Pandava dennoch zu töten, überträgt er schließlich einem anderen kauravanischen Edelmann diese Aufgabe. Die Zelte der gegnerischen Kräfte werden auf dem Schlachtfeld aufgeschlagen — so endete *Patet Nem*, der erste Teil.

Als Budi zu Beginn des zweiten Teils »Patet Sanga Wantauh« zu singen begann — »Der Duft der Blumen vermischt sich mit den Gebeten der Gurus, die klingen wie das Summen der Bienen« spürte Maggie, daß sich ihre Hände zu verschwitzten Fäusten ballten.

Er begann die Erzählung mit beständigem Klopfen. »Eins, zwei, drei, vier, fünf, sechs, sieben, acht, neun, zehn! Eins das Land. Zwei das Meer um das Land. Drei die Berge, die das Land an seinem Platz halten. Vier der Reis, der auf dem Land angebaut wird. Fünf die Ebenen mit ihren Schafen und Rindern. Sechs die Wälder, die das Land bedecken, wo kein Reis und keine Herden sind. Sieben die heiligen Männer, die für uns alle beten. Acht der Himmel, der über der Erde steht. Neun die Götter. Zehn der König, der alle Menschen überstrahlt. Aber keins dieser Dinge kann dem verheerenden Umsturz entgehen, der nun die Welt erschüttert.«

Dann sprach er über kochende Meere, ausbrechende Vulkane, sterbende Tiere, das Land überziehende Pest, über Panik und Dunkelheit und das Gebrüll von Drachen. Diese Beschreibung leitete gewöhnlich den zweiten Teil von *Karna* ein. Aber Budi hatte ihm noch eigene Zusätze angefügt. Zu den mythischen Plagen kamen noch die modernen wie Verhaftung und Hinrichtung ohne Prozeß hinzu, Schuldzuweisung nach Parteizugehörigkeit, Soldaten, die blindlings in Auseinandersetzungen geführt wurden, die nichts mit Ehre zu tun hatten, nichts mit dem ehrwürdigen Vermächtnis der Vergangenheit, nichts mit Mut, aber alles mit Opportunismus, mit Neid, mit dem Griff nach nackter Gewalt.

Die Zuhörer waren ruhig während dieser Rede, die mit leiser, angespannter, fast hypnotisierend wirkender Stimme vorgetragen wurde.

Und jetzt schlug der Dalang fünfmal gegen die Kiste und gab damit dem Orchester das Zeichen, in mittlerem Tempo »Sampak Sanga« zu spielen, während er den Kayon flatternd über die Leinwand bewegte, um die Leiden der Welt zu veranschaulichen. Als er den Stab des Kayon auf der linken Seite der Leinwand in den Debog steckte, begann die Clownszene mit dem tanzenden Petruk, dessen skelettartige Gestalt zu den rhythmischen Klängen des Gamelanorchesters hüpfte.

Von der gegenüberliegenden Seite der Leinwand kam sein gedrungener, schielender, watschelnder Bruder Gareng. Beim Anblick seines großgewachsenen jüngeren Bruders hob Gareng einen seiner unförmigen Arme und versuchte vergeblich, auf flotte Weise militärisch zu grüßen.

Petruk beugte sich vor, wobei man seine an einen Storchenschnabel erinnernde Nase sah, und brüllte lachend: »He, du, warum dieser Gruß?«

Gareng: Entschuldige, aber ich dachte, du gehörst zum Generalstab.

Petruk: Ich bin Kommunist. Habt ihr Generäle all diese Probleme verursacht?

Gareng: Was für Probleme? (Mit leiser, undeutlicher Stimme.)

Petruk: Sieh dich doch um, du Narr.

Gareng: Ich bin kein Narr, ich bin General.

Petruk: Das ist das gleiche.

Gareng: Was ist ein Kommunist?

Petruk: Ein Kommunist ist jemand, der die Wahrheit weiß. Hast du eine Zigarette für mich? Ich brauche eine Zigarette.

Gareng: Wenn ich eine Zigarette hätte, würde ich sie selbst rauchen. Was ist die Wahrheit?

Petruk: Was ein Kommunist sagt.

Gareng: (Kratzt sich den Kopf.) Dann sollte ich wohl besser die Armee verlassen und Kommunist werden. Ich finde die Idee gut, daß das, was ich sage, die Wahrheit ist.

Petruk: Kapierst du jetzt, warum ich Kommunist bin? Komm, gib mir deine Lanze.

Gareng: Warum sollte ich das tun?

Petruk: Weil ich es sage, und ich bin schließlich ein Kommunist, und habe ich dir nicht gesagt, daß ein Kommunist weiß, was das Beste ist? Wenn ich also sage: »Gib sie mir«, dann mußt du das machen.

Gareng: Du hast mir immer noch nicht gesagt, was die Wahrheit ist.

Petruk: Wir besitzen alles gemeinsam. Deshalb mußt du mir deine Lanze geben. Was dein ist, ist auch mein.

Gareng: Ah, ich verstehe. Das ist also die Wahrheit: Wir besitzen alles gemeinsam. Nun gut, hier hast du meine Lanze.

(Die Lanze, die Gareng festhielt, wurde vom Dalang Petruk übergeben. Gareng kratzte sich wieder am Kopf.)

Gareng: Nun hast du beide Lanzen. Aber gehört uns denn nicht alles gemeinsam?

Petruk: Na klar. Im Moment passe ich auf unseren gemeinsamen Besitz auf. Das ist mein Beitrag. Ich bin um das Gemeinwohl besorgt. Das macht mir Freude. Ich arbeite für uns beide.

Gareng: Aber was soll ich machen?

Petruk: Auch für uns beide arbeiten. Sagtest du nicht, du wärst ein General? Nun gut, dann beschütze uns.

Gareng: Wie kann ich ohne meine Lanze General sein? Gib sie mir wieder!

Petruk: Warum sollte ich? Ich wäre doch ein Narr, wenn ich sie dir zurückgeben würde, damit du sie mir in den Bauch stoßen kannst.

Gareng: Genau das würde ich tun, wenn ich sie zurückbekäme!

Um die Lanze begann eine Balgerei. Fünf schnelle Klopfzeichen des Dalangs waren das Zeichen für das Orchester, »Sampak Sanga« mit sich steigerndem Tempo zu spielen. Die Brüder bearbeiteten sich mit Fußtritten, stritten sich lautstark, zogen sich gegenseitig an ihren Haarknoten. Plötzlich hörten sie mit der Streiterei auf und lauschten dem Lied eines Menschen, der näher kam. Sie erhoben sich und rannten nach links, während Semar von rechts auftrat.

Der Dalang sang »Patet Sanga Cugag«, das den Aufruhr in der Natur beschreibt, der sich mit dem Auftritt des fetten Clowns, der gleichzeitig ein Gott ist, legt. Semar hatte eine Himmelfahrtsnase, einen Spitzbauch, einen riesigen Hintern und eine feminin wirkende Brust. Er kam murmelnd herein: »Wo sind meine geliebten schönen Söhne? Wenn sie mich kommen hören, rennen sie immer weg. Ah — nun gut, ich werde sie mit einem Lied verführen, so wie Führer die Menschen mit einer Rede verführen.«

Der Dalang sang Sendon Kagok Ketanan, eine schlüpfrige Ballade über einen Bräutigam, der verzweifelt versucht, seine Kleider auszuziehen, während seine ungeduldige Braut wartet.

Die Zuhörer lachten. Maggie sah sich erleichtert um. Als durch den Dialog der Brüder die Kommunisten und die Armee ins Lächerliche gezogen worden waren, hatte völliges Schweigen geherrscht.

Von links kam Gareng herbeigestürzt und beklagte sich bei seinem Vater Semar, der ihn zu trösten versuchte, über seinen jüngeren Bruder. Dann erschien Petruk und verteidigte sein Recht, beide Lanzen zu besitzen. »Dieser Narr«, sagte er und zeigte auf seinen älteren Bruder, »wird sich mit der Lanze nur selbst verletzen. Ich nahm sie, um ihn davor zu schützen.«

Eine weitere Balgerei begann. Semar sah dem Treiben eine Weile langmütig zu. Dann brüllte er laut genug, um ihnen Einhalt zu gebieten: »Meine reizenden Söhne, zu welchem Zweck streitet ihr euch? Sagt mir das!«

Gareng:	Er hat mich um meine Lanze betrogen!
Petruk:	Er hat sie mir freiwillig gegeben!
Semar:	Es gibt zwei Lanzen, richtig?
Gareng und Petruk:	Richtig, weiser und gerechter Vater.
Semar:	Also gibt es eine für dich — und eine für dich.
	(Die Brüder sahen sich an und sagten unisono: »Nein!«)
Semar:	Es gibt noch eine andere Lösung. Jeder von euch wird die Hälfte seines Bruders bekommen. Seid ihr einverstanden?
Gareng und Petruk:	Ja!

Semar: Gib mir die Lanzen!
(Petruk überreichte sie ihm, und Semar zerbrach beide in zwei Teile [ein schwieriges Meisterstück, das der Dalang mit Daumen und Zeigefinger vollführte], gab die Hälfte von Petruks Lanze Gareng und die Hälfte von Garengs Lanze Petruk. Dann überreichte Semar jedem Bruder die jeweils andere Hälfte der Lanzen.)

Semar: Nun, das hätten wir geschafft. Seht ihr, wie leicht alles ist, wenn man scharf nachdenkt?

Gareng: Worüber scharf nachdenkt?

Petruk: Über dein Privatinteresse. Nun habe ich die Hälfte von deiner Lanze und die Hälfte von meiner. Ich bin zufrieden.

Gareng: Bin ich auch zufrieden? Ich habe nur die Hälften von zwei zerbrochenen Lanzen.

Semar: Natürlich bist du zufrieden. Privatinteresse heißt nicht, jemand anderen zu verletzen. Aber wer weiß das schließlich so genau? Es gab einmal einen Mann, der in einen Bus stieg, auf dessen Seite in großen Buchstaben LUCKY stand. Aber es brachte ihm nur *untung malang.*

Durch die Zuhörermenge ging ein Raunen. Das Wortspiel wurde sofort verstanden. Oberst Untung, einer der Verschwörer, wurde in einem Bus gefaßt, der seinen Namen trug: Untung — Lucky. Während Budis Vorbereitungen für die Aufführung hatte sein Verständnis für Politik sie immer wieder erstaunt. Er gab noch andere Kommentare von sich, genaue Beobachtungen und Wortspiele über die Kommunisten, die Armee, die studentischen Aufrührer (Petruk erklärte sich satirisch zu einem) und die moslemischen Extremisten (während eines heftigen Wortwechsels fungierte Gareng als Santri), die bewiesen, daß er sich der gegenwärtigen Strömungen weit mehr bewußt war, als sie angenommen hatte.

Semar beendete schließlich die lange Gara-Gara-Szene mit der Ermahnung des Gottclowns an seine »geliebten Söhne«, daß es jetzt Arbeit gebe. Alle drei müßten ihrem Meister Arjuna zu Hilfe eilen, der ihre Unterstützung brauche, um eine weitere Naturkatastrophe zu verhindern, denn »ohne Wachsamkeit, meine lieblichen Söhne, kocht das Meer, verwandelt sich der Regen zu Stein und platzen unsere Gedärme. Denn das Herz eines Königs kann schon beim leisesten Flügelschlag eines eitlen Schmetterlings zum Stillstand kommen. Lauft! Lauft! Wir haben keine Zeit zu verlieren!« Die Söhne unterbrachen ihren Streit, und das Trio tanzte ausgelassen von der Bühne, während der Dalang »Patet Sanga Cugag« sang, das vielen Zuhörern so bekannt war, daß sie es leise mitsummten. Drei hämmernde Schläge, und das Gamelanorchester spielte »Lara-lara«. Die nächste Szene begann.

Maggie spürte, daß sich die Zuschauer entspannten — es war ihr, als ob ein großes, zum Sprung bereites Raubtier plötzlich verschwunden wäre und sich nur noch harmlose Wesen wie sie selbst an diesem Ort befänden. Das angespannte Schweigen hatte gezeigt, daß die Menschen das Geschehen vor der Leinwand völlig verstanden. Schulter an Schulter hatten sie während der Gara-Gara-Szene abwartend dagesessen; kein Wort fiel; sie waren versunken, reglos, sogar wie gelähmt gewesen. Maggie fragte sich, ob sie vom Dalang erwarteten, daß er die schreckliche Spannung durchbreche und wieder zum vertrauten Geist des altehrwürdigen Wayang zurückkehre. Der fröhliche Tanz zum Schluß des Gara-Gara und das volkstümliche Lied »Patet Sanga Cugag« deutete in ihren Augen wahrscheinlich darauf hin, daß er sich nicht länger von der Tradition entfernte, sondern ihnen nun das verschaffen werde, weshalb sie überhaupt gekommen waren. Im Moment jedenfalls lehnten sie sich entspannt zurück, wie dies wohl alle Zuschauer seit Hunderten von Jahren taten; ruhig erwarteten sie die unvermeidliche Schlacht, den abschließenden Sieg. Aber wie auch immer sie sich benahmen, tief in ihrem Herzen wußte Maggie nur eins: Sie würden Dalang Budi Gitosuwoko nicht davon abhalten, seine eigene Version von *Der Tod des Karna* aufzuführen.

58

Zu Maggies Erleichterung ging das erregende Geschehen auf der Bühne mit der Schlacht, die zu einer Gegenüberstellung der beiden großen Krieger führte, reibungslos vom zweiten in den dritten Teil über. Völlig gefesselt von Budis Kunstfertigkeit, schien das Publikum die politischen Kommentare des Dalangs vergessen zu haben. Maggie begriff, wie bewußt er den Rhythmus gestaltet hatte. Hätte er all seine Karten auf einmal ausgespielt, dann hätten die Zuschauer das Stück und die landesweite Übertragung per Rundfunk unterbrochen. Aber er hatte die Geduld der Javaner nicht überstrapaziert und war zu den alten Geschichten zurückgekehrt, zu ihren mutigen Kämpfen, der tiefen Trauer, der Hingabe an leuchtende Ideale, ihren verwirrenden Handlungsabläufen, ihrer großartigen Thematik von Liebe und Treue.

Maggie ging hin und wieder, wie auch viele andere Menschen, um die Leinwand herum, um das Drama von der anderen Seite aus zu verfolgen. Sie staunte über den Kampf der Schatten, denn bis heute abend hatte sie nie erlebt, wie Budi sie auf die Leinwand zauberte. Die Schatten der in verschiedenen Winkeln zur Leinwand bewegten Puppen tanzten, drehten sich, verschwanden und kehrten sofort wieder — ein Wirbel von schwarzen und grauen Bewegungen, während das Kriegsgeschrei des Dalangs die nächtliche Luft von Prambanan durchdrang. Einmal, als er wie eine Katze fauchte, hielt das Publikum ängstlich die Luft an, als ob eine magische Katze ihnen plötzlich ins Gesicht gesprungen wäre. Heute nacht wurde ihr vollkommen bewußt, was für ein großer Künstler er war. Als Arjunas Pfeil namens Pasopati schließlich Karnas Hals durchbohrte und damit die Schlacht zu Ende war, sang Budi die traurige Melodie von »Sendon Tlutur«. Seine Stimme klang so kummervoll, daß ihr Tränen in die Augen schossen. Sich umblickend, sah sie, daß auch andere Menschen weinten.

Dann kam der übliche Schlußtumult zu der stampfenden Melodie von »Sampak Manjura«. Nachdem er die Pandavas zum Sieg geführt hatte, tanzte Bima überschwenglich. Manchmal klatschten die Menschen zu den übermütigen Bewegungen der riesigen Puppe. Sie waren glücklich über diesen Sieg des Guten über das Böse. Sie hatten die anfänglich tadelnde Haltung des großen Dalangs vergessen.

Maggie ballte ihre Hände wieder zu Fäusten. Im Osten war ein leichtes Glühen zu sehen; die Morgendämmerung ließ nur noch Minuten auf sich warten. Vor neun Stunden hatte Budi mit der Vorstellung begonnen; nun beendete er sie genau in dem Moment, wo die Wirkung am größten war.

Nach dem Tanz ging Kresna zu ihren Hauptverbündeten, verbeugte sich und berichtete: »Der edle Arjuna erschlug Karna. Unser mächtiger Bima besiegte die kauravanische Armee und fügte ihr große Verluste bei. Der Sieg ist unser!«

Mit drei scharfen Schlägen gab der Dalang dem Orchester das Zeichen zum lebhaften Schlußlied »Gangsaran«. Aber gerade als die heftigen Gong- und Xylophonklänge das Rund des Himmels erfüllten — seine Ränder traten nun mit Farbabstufungen zwischen Blau und Orange hervor —, tänzelte Semar in die Mitte der Leinwand. Budi bat durch heftiges Klopfen um Schweigen. Überrascht von diesem unerwarteten Stichwort, hörte das Orchester mitten im Spiel auf, wobei jedoch noch immer ein Bonang nachklang, als die Töne der anderen Instrumente sich bereits in der Morgendämmerung verloren hatten.

Semar lachte aus vollem Herzen. Budis Stimme erhob sich, erschreckte die Zuhörer, von denen sich einige bereits erhoben hatten. »Setzt euch, setzt euch!« gellte die Stimme des Gottclowns.

Sie gehorchten dieser gebieterischen Stimme und nahmen wieder Platz.

»Hat euch unser Stück gefallen? Haben euch meine geliebten Söhne gefallen, der eine ein General, der andere ein Kommunist? Glaubt ihr wirklich, daß das Gute über das Böse siegte? Seid ihr die Pandavas und eure Feinde, egal, wer sie sein mögen, die Kauravas? Glaubt ihr an solche Dinge?« Semar lachte schallend, während sein rundlicher Körper auf und nieder hüpfte. »Wie gefiel euch die Welt des Wayang? Habt ihr sie nicht betreten und euch wie geprügelte Hunde verkrochen? Denn genau das tun wir in diesem Land — benehmen uns wie Hunde und sehen weg, wenn sich etwas Schlimmes ereignet. Wie Hunde! Ja! Zum Beispiel . . .«

Semar watschelte rasch zur linken Seite der Leinwand, setzte seinen nackten Fuß fest auf und deutete mit einem langen gekrümmten Finger ins Publikum. »Dort drüben, in Sichtweite, verehrte Gäste, liegen Hunderte von Leichen. O ja, ich weiß, was ich sage. Hunderte liegen dort.

Mehr Leichen als Menschen in dieser Vorstellung. Nur hastig unter der Erde verscharrt. Ein kräftiger Monsunregen wird sie sofort freilegen, die zerrissenen und gefolterten Körper, die herausquellenden Därme, die ausgestochenen Augen, die abgehackten Glieder. Aber ihr werdet gegangen sein, bevor sie wie Treibgut aus dem Meer auftauchen. Ihr werdet glücklich und zufrieden nach Hause gehen, euer Bauch wird mit Kunst gefüllt sein wie ein Magen mit Essen. Ihr werdet die Toten vergessen haben, die keine hundert Schritte von uns entfernt liegen. Und dennoch bleiben die Toten eure Schande. Moslems und Kommunisten und Soldaten, die Unschuldigen neben den Schuldigen, die Guten und die Bösen, die Bösen und die Guten — sie alle haben diesen traurigen und sinnlosen Tod gefunden. Während ihr, ihr guten Menschen von Java, euren alltäglichen Geschäften nachgeht. Genau hier, noch in Hörweite meiner Stimme, hat die Armee ihre Opfer aufgereiht und sie vor den Steinmauern erschossen, hat sie wie Hühner abgeschlachtet, während der große König mit seinen Weibern im Palast hockt und die Thronbewerber sich gegeneinander verschwören und die Jugendlichen ihre Bücher in die Ecke werfen, um Plakate zu tragen, sich zu prügeln, zu plündern, zu brandschatzen und sinnlos herumzubrüllen, während die Panzer rumpeln und die Politiker sich mißtrauisch umblicken und die Menschen überall im Land so schmählich sterben wie an diesem Ort, hier auf dem Gelände eines alten Tempels, den Dauer, Bedeutung und Schönheit der Kunst auszeichnen; und hier sind schließlich wir, wir alle, als ob auch wir große Krieger wären, die Pandavas und die Kauravas, und so sind wir alle hier, ihr guten Menschen von Java, die Dummen und die Verderbten dieser Erde, die Scheinheiligen, die Folterer, die Gleichgültigen — sie sind alle hier auf diesem altehrwürdigen Platz versammelt, wo unsere Vorfahren vor tausend Jahren einen riesigen Tempel errichteten. Wir alle sind hier zu dieser Stunde angelangt, zu der sich die Sonne zu einem neuen Tag erhebt und von uns begrüßt wird — als gleichgültige Zeugen von Mord und abgrundtiefer Dummheit. Ja, das ist es, es ist dumm. Dummheit! Dummheit!«

Semar schnipste verächtlich und wütend mit seinem Finger ins Publikum und begann dann einen frechen Tanz, summte laut, sprang wie ein mißgestalteter Ball in die Luft, während das Morgenlicht langsam so stark wurde, daß sein Schatten schließlich nicht mehr deutlich auf der Leinwand zu sehen war, höchstens noch als schwaches Grau. Das Publikum sprang auf, brüllte dem verschwindenden Semar mit geballten Fäusten nach. Brüllte den Dalang an.

Es gab kein lebhaftes »Rucak Ceruk«, um die Vorstellung zu beenden und das Publikum zu verabschieden. Inmitten von Budis Rede hatten die Orchestermitglieder ihre Instrumente im Stich gelassen, und als er ruhig und feierlich den Kayon wieder vor das Zentrum der Leinwand stellte, waren nur noch ein paar Musiker übrig, um die Klöppel, Flöten und die anderen tragbaren Instrumente einzusammeln.

Der Dalang saß versunken vor der Leinwand. Die Menschen kamen näher, hielten aber einen gewissen Abstand ein, als ob ihn ein unsichtbarer Kreis umgäbe, den sie nicht überschreiten konnten; als ob Angst und Respekt einen solchen Kreis um ihren Feind gezogen hätten. Sie schrien ihn an, beleidigten ihn, nannten ihn einen Verräter, einen Kommunisten, einen Mann der CIA, aber nicht einer von ihnen überschritt die nicht sichtbare Linie. Er bewegte sich nicht, sondern schien mit geschlossenen Augen zu meditieren. Die Menschenmenge harrte nicht aus. Seine Worte, die sie in Rage gebracht hatten, sprengten sie auch auseinander und entließen sie in den neuen Morgen mit der Last von Schuldgefühlen, Entsetzen oder Selbsttäuschung, so daß innerhalb weniger Minuten der Schauplatz für *Der Tod des Kama* wie leergefegt wirkte.

Die Aufnahmetechniker von *Radio Republik Indonesia* packten hastig und völlig verwirrt ihre Ausrüstung zusammen. Doch erst als Maggie erfahren hatte, daß sie die Übertragung nicht unterbrochen hatten (schließlich hatte niemand ihnen den Befehl dazu gegeben!), warfen sie alles auf ihren Lastwagen und ratterten schnell davon. Beim Dalang und Maggie blieben nur ein paar Arbeiter, die ängstlich darum bemüht waren, die Leinwand, die Puppen und die Bronzeinstrumente auf einem Lastwagen zu verstauen und alles zum Haus des Dalangs zu fahren, damit sie ihr Geld bekamen. Basuki, der eigentlich seinem Meister dabei helfen sollte, die Puppen zu verpacken, war verschwunden. Maggie legte sie in den Kotak, während Budi weiterhin mit geschlossenen Augen im Schneidersitz vor dem Debog saß. Die Laterne über seinem Kopf warf ein bleiches Licht in die blaue Luft. Die Sonne, die über den Baumwipfeln auftauchte, überzog die Leinwand mit einem tiefen Rot. Noch kurz zuvor hatten stundenlang die Puppen und ihre Schatten vor ihr Kapriolen geschlagen oder gekämpft und so vor dem weißen Viereck eine Welt der Erhabenheit und Herrlichkeit geschaffen.

Als alles verpackt war, ging Maggie zu Budi, kniete sich vor ihm nieder und flüsterte in sein Ohr: »Wir sind fertig. Du bist der prächtigste Mensch, den ich je kennengelernt habe.«

*

An diesem Tag schlief der Dalang. Jeder wußte, daß er schlafen würde, deshalb erwartete Maggie auch keinen Besuch. Sie kaufte die von der Armee abhängige Lokalzeitung und entdeckte auf der letzten Seite eine kurze Notiz über das Wayang-Lakon. Es hielt nur die Fakten fest: wer, was, wann, wo. Nichts weiter. Maggie fuhr zur örtlichen Rundfunkstation und konnte nach beträchtlichen Schwierigkeiten jemanden finden, der zugab, daß die Vorstellung wahrscheinlich von Millionen am Radio verfolgt worden war. Der Sprecher von *Radio Republik Indonesia* hatte sie nicht kommentiert. Das war die javanische Art, Mißbilligung zum Ausdruck zu bringen.

Maggie konnte diese Mißbilligung sogar irgendwie verstehen. Alle hatten viel von ihm erwartet. In ganz Java mußten die Menschen vor ihren Radios gesessen und begierig jedem Wort gelauscht haben, das sie aus der gegenwärtigen Misere herausreißen und sie in die Welt des Wayang führen sollte, in die Phantasiewelt: die trunkenen, aufbrausenden, aber harmlosen Gefühle von alten Königen und Kriegern. Statt dessen hatte er sich mit der Nation, der Gewalt und der Schande der Krise befaßt, ohne sich selbst mit irgendeiner Gruppierung zu identifizieren, so daß seine Worte sich tief in das Gewissen eines jeden Menschen eingruben, und zwar auf eine Art, wie es kein anderer erreichen konnte. Kein Politiker, kein religiöser Führer, kein Regierungsbeamter konnte ein so großes und leicht ansprechbares Publikum haben, wie er in der letzten Nacht gleichsam über seine Puppen in der Hand gehalten hatte. Im Rückblick wurde Maggie bewußt, daß er im Eifer des Gefechts in seine Schlußrede neue Sätze eingebaut hatte. Während der Proben hatte seine Stimme niemals so brutal, so wütend und so niederschmetternd eindringlich geklungen. Daß er die Vorstellung lebend verlassen hatte, grenzte an ein Wunder. Sie hatten ihn umringt und ihn geschmäht, weil er ihre tiefsitzenden Gefühle von Scham und Angst aufgewühlt hatte. Die Tradition hatte ihn gerettet. Er war ein großer Dalang. Sie konnten ihn nicht berühren.

Während er den Schlaf des Erschöpften schlief, durchdachte Maggie noch einmal die Ereignisse der vergangenen Nacht. Sie wollte die Zuschauer besser begreifen. Sie hatten bei seiner Kritik an Sukarno vor Wut gebrüllt, aber in der darauffolgenden Clownszene hatten sie sich sehr ruhig verhalten. Selbst als Semar zu seiner Schlußrede auf der Bühne angehoben hatte, hatte niemand versucht, ihn niederzubrüllen. Erst hinterher waren vielleicht fünfzig Menschen wie ein Wolfsrudel um Budi gekreist, um ihm Beleidigungen zuzurufen. Ihr kam der Gedanke, daß der Ausbruch des Publikums, als er Sukarno angriff, spontan gewesen war. Unvorbereitet getroffen, hatten sie reagiert. Später, als sie auf weitere Kommentare dieser Art gefaßt waren, zogen sie sich auf die Ungerührtheit des Javaners zurück. Nach der Vorstellung, Schulter an Schulter stehend, empfanden sie gemeinsam genügend Mut, ihn anzubrüllen, aber nicht genug, um sich auf ihn zu stürzen. Menschen, die sich so vor ihren Gefühlen fürchteten und nur gemeinsam handeln konnten, besaßen die geeignete Veranlagung für Massenmorde. Dieses Urteil löste jedoch keinen selbstgerechten Haß auf diese Menschen in ihr aus. Darüber war sie froh. Sie liebte sie nun auf andere Weise, vielleicht wie Budi sie liebte: wegen ihrer schamlosen Freude am Wayang und trotz ihrer Gleichgültigkeit gegenüber seinen Idealen.

Am späten Nachmittag ging sie in sein Zimmer und legte sich neben ihn.

*

Den ganzen folgenden Tag über wartete Budi auf Besucher. Nach seinen Vorstellungen kamen die Leute immer, um ihm ihre Achtung zu erweisen — häufig standen Dutzende vor seiner Tür. In Erwartung dessen ließ Budi den üblichen Tee und süße Kuchen auf einem Tisch im Hof bereitstellen. Er tat Maggies sanfte Warnungen, daß vielleicht niemand kommen werde, mit einer Handbewegung ab. Hoffnung regierte über Vernunft. Sie liebte ihn deswegen. Nur ein wirklich weiser Mann läßt sich in Zeiten der Verzweiflung von schwachen Hoffnungsschimmern leiten. Es bedeutete, daß er etwas von der Unvorhersehbarkeit des Lebens verstand. Und dennoch war die Verzweiflung gerade jetzt allgegenwärtig.

Sicher würde er eines Tages in der Lage sein, sich davon zu lösen und klarzusehen, was er getan hatte. Millionen hatten seine Vorstellung über ihre Radios verfolgt. Tausende würden durch Weitererzählen erfahren, wie es gewesen war, gewissermaßen unter den Privilegierten in Prambanan zu sitzen. Er hatte eine ganze Nation getadelt. Wo sonst auf der Welt konnte ein Künstler so etwas versuchen — und Erfolg damit haben? Aber dem Privileg, eine einzige Nacht lang seine Meinung zu sagen, hatte er natürlich seine Karriere geopfert.

Und wenn sie die Möglichkeit gehabt hätte, die Dinge zu ändern? Maggie hätte sich nicht anders verhalten. Irgendwie würden sie es schaffen, denn sie hatten ja sich. Dieses alte Klischee pflegte sie einst zu amüsieren; nun wühlte es in ihr wie eine archaische Wahrheit.

Am darauffolgenden Abend saßen sie nach dem Essen auf der Veranda ihres Pavillons. Die Sterne schienen sich auf dem Hintergrund der schwarzen Unendlichkeit zu versammeln.

Sie stand auf und legte eine Schallplatte auf: die Wolverines Band mit Bix. Während die Platte lief, sagte sie: »Heute habe ich mir überlegt, daß du, wenn du ein Jazzmusiker wärst, mehr wie Louis Armstrong als wie Bix klingen würdest. In den zwanziger Jahren besaß Louis einen klaren, messingartigen, warmen Ton, eine enorme Bandbreite von Ideen und mehr Technik als jeder andere, der jemals dieses Instrument spielte. Und er dachte immer voraus, so daß seine Soli sich zu Höhepunkten aufbauten. Wenn er improvisierte, waren seine Melodien niemals sentimental oder banal. Niemand konnte es mit ihm aufnehmen.« Sie berührte seine Hand. »Höchstens du ... Aber dann dachte ich, daß das nicht stimmt, daß du doch eher wie Bix bist. Nicht wegen deiner Arbeit, aber wegen der Art, wie du über sie denkst. Er war nie zufrieden. Ich weiß, daß du das auch nicht bist. Und niemand besaß so eine Hingabe wie er. Er lebte für die Musik. Bei dir ist es das Wayang.«

»Du bist zu romantisch. Du warst es, die mir diese Hingabe zurückgab.«

»Du hast sie aus eigenem Antrieb wiedergefunden. Das habe ich in Prambanan begriffen. Es war, als ob ein Fisch ins Wasser zurückgelangt.« Sie empfand sich als redselig, wollte ihn aber nicht in seiner nachdenklichen Stimmung stören. Vielleicht war er immer noch von der Vorstellung erschöpft. Oder immer noch verzweifelt. »Ich denke, daß deine Tat Sinn hatte. Die Menschen werden es nie vergessen. Du hast sie gezwungen, sich mit der Tragödie zu befassen. Du hast etwas verändert.«

»Nein«, sagte er. »Das glaube ich nicht.«

Maggie beugte sich zu ihm. Sein Gesicht war von einer Säule verschattet, die zwischen ihm und dem Mondlicht stand. »Du glaubst nicht, daß Karna etwas verändert hat?«

»Nein.«

»Hast du das so gesehen? Ich meine, von Anfang an, als du dich dazu entschlossen hast — daß es nichts bewirkt?«

»Wayang war ein Mittel, sich über die Holländer lustig zu machen. Folglich wurde es auch schon früher politisch benutzt. Dennoch, ich habe niemals geglaubt, daß ich mit der Vorstellung etwas verändern könnte.«

»Aber die Intensität, die harte Arbeit...«

»Ich tat es für mich selbst, auch wenn ich mir sagte, es geschehe für mein Land. Ich tat es, um ein Teil dieser Gegenwart zu sein.«

»Du setzt deine Tat herab. Ich mag es nicht, wenn du dich selbst erniedrigst.«

»Erniedrigen?« Diesen Ausdruck verstand er nicht.

»Ich sehe es lieber, wenn du arrogant bist«, sagte sie lachend. »Wenn du dich nicht darum scherst, was andere denken. Aber ich weiß, daß dir diese Vorstellung verdammt wichtig war. Ich weiß das.«

»O ja, sie war mir wichtig. Ich war wütend und strotzte vor Energie, und ich löste ein paar technische Probleme und baute bestimmte Szenen noch besser auf. Aber als die Vorstellung zu Ende war, fühlte ich mich leer. Das, was mich zur Vorstellung getrieben hatte, war nicht mehr da.«

»Du bist stets voller Überraschungen für mich. Ich dachte, du würdest an diesem Gefühl festhalten.«

»Bist du jetzt enttäuscht?«

»Das weiß ich nicht so genau. Aber egal, ob das zutrifft oder nicht, deine Handlungsweise war großartig, und selbst das zählt nicht, denn wirklich zählt nur, daß ich dich liebe.« Nach langem Schweigen, das Maggie seltsam vorkam, fragte sie: »Wo bist du?« Und dann fügte sie hinzu: »Warum lächelst du jetzt?«

»Ich lächle, weil eine Javanerin niemals eine solche Frage stellen würde.«

»Wenn ich Javanerin werde, dann höchstens eine mit dem amerikanischen Bedürfnis, solche Fragen zu stellen. Vor ein paar Augenblicken schienst du ganz weit weg zu sein.«

»Ich habe an den Kris Pasopati gedacht. Von allen Gegenständen in diesem Haus ist er der wertvollste — er und der andere Familienkris. Sie stehen für die Gitosuwokos. Das war immer so. Aber jetzt ist Pasopati verschwunden.«

»Du meinst — gestohlen?«

»Er wurde in einem Geheimfach in der Wand aufbewahrt. Nur zwei Diener kannten diesen Ort.«

»Was sagen sie?«

»Sie sind ebenfalls verschwunden.«

Maggie sagte nichts mehr. Offensichtlich dachten die Menschen nun, der Dalang sei dermaßen in Ungnade gefallen, daß sie ihn auch bestehlen konnten. Die Zukunft hatte begonnen. Sie nahm eine seiner Hände in die ihren und drehte sie langsam, als ob sie ein besonders schön gearbeitetes Schmuckstück untersuchte. »Ich liebe diese Hand«, sagte sie und sah ihn lächelnd an.

*

Sie gingen ins Bett und umarmten sich sanft und viel zu erschöpft für die körperliche Liebe. Begreift er besser als ich, so fragte sich Maggie, was uns noch bevorsteht? Karna war eine großartige Geste gewesen, aber in Zukunft würde es keine Menschenseele mehr wagen, ihn zu einer Vorstellung aufzufordern. Das Stück hatte bereits etwas verändert — ihr eigenes Leben. Maggie kuschelte sich an seinen Rücken; ihr Busen, ihr Bauch und ihre Schenkel drängten sich gegen ihn. Sie plante bereits ihre gemeinsame Zukunft. Er konnte unterrichten; bestimmt gab es Schüler, die zu ihm kämen, solange er nicht im Scheinwerferlicht der Öffentlichkeit stehen würde. Und sie konnte Englischunterricht geben. Während ihrer Touren durch Yogya hatten einige Menschen sie bereits schüchtern gefragt, ob sie bei ihr Englischstunden nehmen könnten.

Er hatte gefragt, ob sie enttäuscht sei, weil sich seine berechtigte Wut nach dem Ende der Vorstellung gelegt hatte. Ihre Antwort war unbestimmt ausgefallen. Nun, während sie seinen Körper spürte, kannte Maggie die richtige Antwort. Er hatte seine eigene Welt verlassen, um zu einer anderen zu sprechen. Jetzt war er zurückgekehrt. Ob er nun Vorstellungen gab oder nicht, Budi war zu seinem Leben in der Wayangwelt zurückgekehrt. Jetzt war er wieder der Mann, den sie kennengelernt hatte, der Mann, in den sie sich verliebt hatte. Und das war es, was sie wollte. Am Morgen würde sie ihn wecken, indem sie ihm ins Ohr flüsterte: »Ich bin nicht enttäuscht.«

Beim Einschlafen hatte Maggie die schemenhafte Vision, mit ihm in einem kleinen Garten zu sitzen. Der Mond hing über den gezackten Blättern einer Bananenpalme, Budi streckte seine Hand nach ihr aus, ihre Hände berührten sich, die Nacht senkte sich tiefer, und der Mond stieg immer höher, stieg und stieg, bis er genau über ihnen stand, der Mond Asiens, dessen warmes Licht auf sie fiel...

Ein weit entferntes, murmelndes Geräusch, als ob Bix auf dem anderen Flußufer spielen würde, mit gedämpftem Kornett, die Melodie nur schwach zu hören ... ruckartig riß sie die Augen auf, ihr Körper zuckte bei dem Versuch, sich aufzurichten. Budi saß bereits aufrecht und sah zur Tür, hinter der jemand leise und spöttisch rief: »Gitosuwoko, komm raus. Pasopati wartet. Du, Gitosuwoko, komm raus.«

Noch ehe sie richtig begriff, was geschah, war Budi aus dem Bett gesprungen, stürzte zur Tür und riß sie auf.

»Geh nicht!« schrie Maggie.

Aber er lief in den Hof hinaus.

Bevor sie wieder rufen konnte, hörte sie einen Schrei, der von einem rasselnden Husten unterbrochen wurde. In diesem Augenblick hatte sie die Tür erreicht; drei Gestalten, die im hellen Mondlicht scharfe Schatten warfen, rannten über den Hof und verschwanden zwischen den Gebäuden in der Dunkelheit.

Er lag ausgestreckt auf dem Rücken, ein Dolch steckte in der nackten Brust. Sie hatten ihn tief hineingestoßen, mindestens bis zur Hälfte seiner elf Windungen. Es war der Kris Pasopati. Und zwischen Klinge und Heft war ein Zettel aufgespießt. Sich tief über ihn beugend, las Maggie die großen, plump geschriebenen Buchstaben: MATA-MATA DENGAN CIA. Sie setzte sich neben ihn, nahm seinen Kopf in ihre Arme und wartete darauf, daß irgend etwas geschehe, wartete auf ein schließlich aus der Dunkelheit daherkriechendes Entsetzen, wartete auf den großen torkelnden Schatten, der sie verschlang und sie hier, wie es schien, lange festhielt, ehe sie ihre Stimme wiederfand, ehe ihre ersten Klagelaute über einen Kummer, der niemals enden würde, in die Nacht drangen.

59

Er bekam einen Brief von Maggie. Die Post hatte einige Zeit reibungslos funktioniert, doch jetzt gab es wieder eine Unterbrechung. Also war dieser Brief der letzte, der noch vorher durchgekommen war.

Vern hatte keine weiteren Briefe mehr von ihr erwartet, jedenfalls noch nicht zu diesem Zeitpunkt. Sie beschrieb den Tod ihres Geliebten, an den die Mörder die Worte AGENT DER CIA geheftet hatten. War er einer gewesen? Aus dem Tenor ihres Briefes ergab sich, daß Maggie ihn für eine Art Märtyrer hielt. Vern betrachtete das als ziemlich schlechte Aussicht — mit einem Märtyrer zu konkurrieren. Obwohl er noch nicht aufgegeben hatte —

würde er jemals die Hoffnung auf ein Zusammenleben aufgeben? spürte er, daß es jetzt klüger war, die Zeit arbeiten zu lassen, ehe er seine Frau bat, ihren Entschluß noch einmal zu überdenken. Sie trauerte; das ging ganz klar aus dem Brief hervor. Also mußte er geduldig sein, was ihm noch nie leichtgefallen war.

Am 6. März, als er sich im Auftrag der OPSUS auf eine Reise nach Bali vorbereitete, griffen Mitglieder der Laskar Arief Rahman Hakim — eine neue militante Studentenorganisation, die nach dem zum Märtyrer gewordenen Medizinstudenten benannt worden war — das Außenministerium an und durchwühlten die Büroräume, während die mit den Studenten sympathisierenden Soldaten untätig zusahen. Schränke wurden aufgebrochen, Dokumente auf dem Fußboden zerstreut oder aus dem Fenster geworfen; die Studenten warfen Steine auf eine Polizeieinheit, die schließlich eintraf. Als Tränengasgranaten in das Gebäude geschossen wurden, ergaben sich die hustenden Studenten.

Am nächsten Tag war die amerikanische Botschaft dran. Jack Rutledge berichtete darüber in der Hotelbar (da Vern wieder dem Alkohol zusprach, waren sie wieder Kumpane). Dreihundert Jugendliche waren über den Gitterzaun geklettert, zündeten die Autos der Diplomaten an, warfen Steine durch das Fenster des Botschafters, rissen die amerikanische Fahne herunter und ersetzten sie durch die rot-weiße Fahne Indonesiens. »Sie fahren also morgen nach Bali«, sagte Jack und klopfte ihm leicht auf die Schulter, »und lassen so arme Burschen wie mich hier, um die Festung zu verteidigen.«

Bevor er am nächsten Morgen zum Flughafen fuhr, besuchte Vern noch einmal General Sakirman im Büro, denn Sakirman genoß das Gefühl, für alles verantwortlich zu sein.

Als er das Büro des Generals betrat, war Sakirman nicht da. Statt dessen saß eine dicke Frau in Kebaya und Sarong neben dem Schreibtisch und schien damit zeigen zu wollen, daß sie einen Teil der Autorität des Generals für sich beanspruchte. Wie eine Lehrerin, die einen widerspenstigen Schüler prüfend mustert, bedachte sie Vern mit einem langen strengen Blick. Sie war hier die Hausherrin, und sie trat mit dem Hochmut und der Aggressivität der Hauptaktionärin einer großen Firma auf, was sie ja in der Tat auch war: Vierzig Prozent der PROPELAD, der Holdinggesellschaft, die OPSUS das Geld zur Finanzierung des »Projekts Palme« geliehen hatte, gehörten Susanto Sakirman.

Vern nickte ihr respektvoll zu und wollte wieder gehen, aber sie rief ihn mit herrischer Stimme zurück. Ihm kam der Gedanke, daß sie für die Abwesenheit ihres Mannes gesorgt hatte, damit sie selbst mit Vern reden konnte. Sie fragte ihn, ob er etwas von seiner Frau gehört habe. Ohne seine Antwort abzuwarten, sagte Susanto: »Ich habe nichts gehört.« Dann erklärte sie: »Ki-Dalang Gitosuwoko war kurz vor Tod nicht mehr normal.«

»Dessen bin ich mir bewußt.«

Ihr breites Gesicht verzerrte sich zu einer verächtlichen Miene, als ob sie sich wunderte, warum er nicht den ganzen Weg nach Yogya gelaufen oder gekrochen war, um den toten Geliebten seiner Frau auszubuddeln und einen Dolch in den verwesenden Körper zu stoßen. »Sie wissen das? Wie lange schon?«

»Das ist schwer zu sagen. Wie Sie wahrscheinlich wissen, konnte ich nicht nach Yogya fahren. Deshalb ist mir nicht ganz klar, was dort passierte.« Vern beherrschte sich. Wenn er sein Hotel bauen wollte, mußte er diese Unterhaltung über sich ergehen lassen.

Die fette Frau stand auf. »Wir von Armee müssen in

schwieriger Zeit Moral zeigen. Wir konnten Ihnen keine Möglichkeit zu Transport bieten. Wir konnten Ihnen nicht helfen, nach Yogya zu kommen. Wir in Armee müssen anderen moralisches Beispiel sein.« Sie wartete.

»Ja«, sagte Vern zurückhaltend.

»Nach Bali, wenn Sie Arbeit getan haben, bekommen Sie Flug nach Yogya.«

Also das wollte sie ihm sagen — nicht ihr Mann, sondern sie hatte persönlich dafür gesorgt, daß er nicht nach Yogya kam. Vern vermutete, daß es ihr Wunsch war, er möge in Yogra aufkreuzen und die Ehebrecherin kurz und klein schlagen, um damit die Welt für tugendsame Frauen wie sie selbst zu retten.

»Armee herrscht jetzt. Sie können gehen«, sagte sie und wartete.

»Vielen Dank«, sagte Vern kühl.

Susanto Sakirman runzelte die Stirn, drehte sich um und verließ den Raum. Während Vern beobachtete, wie sie den Flur hinunterwatschelte, wobei ihre Gesäßbacken wie die offenstehenden Flügel eines Tors hin und her schwangen, empfand er plötzlich so etwas wie Mitgefühl für ihren Mann.

Aber für solche Überlegungen war jetzt keine Zeit. Irgend etwas lag in der Luft. Ein junger Offizier hielt vor jedem Schreibtisch und gab flüsternd die neuesten Nachrichten weiter. Schon wenige Minuten später teilte sie auch der Armeesender mit: Präsident Sukarno habe heute im Palast von Bogor Vertreter General Suhartos empfangen. Nach einer fruchtbaren Unterredung über das Wohl des Landes habe er einen Brief geschrieben und General Suharto »befohlen, alle geeigneten Maßnahmen zu ergreifen, die notwendig sind, um die Sicherheit und Ruhe sowie die Stabilität der Regierung und der Revolution zu gewährleisten«.

Die Macht war also von Sukarno auf Suharto übergegangen.

Alles war vorbei, abgesehen von den Schießereien. Abgesehen von den Schießereien und vielleicht, wie Vern dachte, von noch mehr Morden.

*

Larry holte ihn mit einem Wagen am Flughafen ab. Bei der Fahrt in Richtung Norden nach Denpasar schwatzte der kleine Engländer munter drauflos, denn er schien zu fürchten, daß jede Redepause unweigerlich das Thema Maggie heraufbeschwören könnte.

Er deutete auf einen mageren Hund, der mit heraushängender Zunge einen Graben entlangtrottete. »Er ist das räudigste, dreckigste, faulste, kränklichste, allerdümmste Tier, das Gott auf diese Erde gebracht hat — abgesehen von uns und —, mich schaudert's bei dem Gedanken, daß ich in meinem nächsten Leben, wenn ich nicht als so was Famoses wie ein furchtloser Adler oder Hai zurückkehre, wohl nicht anders kann, als einer dieser balinesischen Hunde zu werden. Alles Schufte! Nichts könnte schlimmer sein!«

»Hast du mal die Hunde von Benares gesehen?« fragte Vern. »Sie sind schlimmer.«

»Nein.«

»Glaub mir. Diese balinesischen Hunde leben im Vergleich zu ihnen in einem Paradies.«

»Nein!« Larry schnaubte laut und verächtlich.

Einen Augenblick lang gab sich Vern seinen Erinnerungen an Benares und die dortigen Hunde hin, die in wilden Rudeln herumrannten und sich in ihrer Raserei gegenseitig bissen, wobei ihre Augen vor Schmerzen und Angst glühten und ihre schwärigen, mageren Körper zitterten. »Und wie sieht's hier aus?«

»Berichte von Gewalttaten in abgelegenen Dörfern, die gerade noch Massakern entgingen. Wenigstens bislang.«

»Bislang?«

»Na ja, Sudjani hat mich ein bißchen über die Roten auf Bali aufgeklärt. Scheint so, daß sie ein ziemlich arroganter Haufen sind. Ihre Anführer haben Millionen gescheffelt. Sie machen sich über den hinduistischen Glauben lustig. Sie prahlen mit ihrer Macht und drohen damit, das Land an sich zu reißen wie die Holländer.«

»Das sagen sie jetzt?« fragte Vern ungläubig.

»Soviel ich verstanden habe, mäßigen sie sich nun. Aber Sudjani denkt, daß es zu spät ist. Sie werden dafür bezahlen müssen. Wenigstens meint das Sudjani.«

»Du meinst also, daß wir rechtzeitig hierherkamen, um ein weiteres Massaker zu erleben?«

»Ja, wir haben schon verdammt viel Glück.« Sie fuhren schweigend weiter.

»Mir tun die Holländer leid«, sagte Vern schließlich. »Immer werden sie für alles verantwortlich gemacht. Wenn die Indonesier was falsch machen, zeigen sie auf die Holländer — die Holländer waren es! Vor ein paar Tagen lernte ich an der Bar einen Holländer kennen, der dauernd von Universitäten und Museen schwatzte. Er war hier wegen eines eigenen Museums. Inmitten dieser Scheiße katalogisierte er und kaufte Sachen auf. Was die Indonesier nicht mehr interessiert, dafür interessieren sich die Holländer brennend.«

»Aber die Holländer behandelten diese Burschen doch wie Sklaven.«

»Das läßt sich überhaupt nicht abstreiten. Der Westen kann den Kolonialismus nicht überwinden. Wir kleben an ihm. Aber dies hier ist ihr Land, egal, was sie damit anfangen. Es ist ihre Sache, wenn sie es ruinieren wollen. Ich frage mich, ob sie das noch immer nicht begriffen haben.«

»Du bist doch derjenige, der immer darauf besteht, ihnen den Fortschritt zu bringen.«

»Klar, tue ich. Deswegen habe ich ja auch eine kolonialistische Einstellung. Wir haben sie alle. Seit Jahrhunderten bürden wir uns das auf.« Nach einer Pause sagte er: »Larry, der Typ, mit dem sie zusammen war, wurde ermordet.«

»Jesus!«

»Wenn wir hier fertig sind, werde ich sie vielleicht in Yogya besuchen.«

»Ah, das freut mich.«

»Sie wird dort bleiben. Für immer.«

»Ach, da wär' ich mir nicht so sicher. Eines Tages ändert sie vielleicht ihre Meinung.«

»Maggie? Das glaube ich nicht. Falls ja, dann habe ich sie nie richtig verstanden.«

Stur geradeaus blickend, schwieg Vern. Vom Wagen aus sah er in Höfen und unter Pavillondächern Kinder, die auf Gamelaninstrumenten übten. Ihre älteren Geschwister spielten auf schmutzigen Höfen Federball. Auf den Feldern standen Bambusstangen, an deren Spitzen bunte Lappen flatterten. Keine soliden Vogelscheuchen, sondern verlängerte kleine Handbesen, die den Schattenpuppen oder den spinnenähnlichen Skulpturen Balis ähnelten. Es war alles von derselben Art in diesem Land — die Kunst, die Musik, die Reisfelder. Zwischen den Bäumen hindurch konnte er manchmal das Meer sehen, auf dem Auslegerboote fuhren. Ihr Bug war wie das offenstehende Maul eines Schwertfischs geformt, und auf den Rumpf waren Augen gepinselt, damit die Boote nachts sehen konnten.

»Na ja«, sagte er und spürte, daß Larry ihn ansah. Aber das war alles, was er sagte. Und wieder schwiegen sie.

*

Auf Bali erwachte er vom Krähen der Hähne. Es war aber nicht das unaufhörliche heisere Geschmetter, an das er sich in Indien gewöhnt hatte — das Krähgeräusch, das sich in den letzten Traum einschleicht, ehe man ganz erwacht. Überall auf Bali sah man Hühner und Hähne. Die Hähne schienen stolz, aber dumm zu sein. Vielleicht zeigten sie nur als Küken Verstand, wenn sie ganz aus dem Häuschen waren und ihrer Mutter so dicht wie möglich auf den Fersen blieben, auf der Erde herumpickten, aber mit einem Auge ihren leisesten Bewegungen folgten, damit sie ihr immer auf der Spur blieben und sich unter ihr so sicher zusammendrängen konnten wie Kokosnüsse, die an einem Baum hängen. Er sehnte sich nach Maggie, um ihr seine Gedanken über dumme Hähne mitteilen zu können; aber langsam schob sich davor das Bild einer hübschen jungen Chinesin, deren schmale Augen vor Humor funkelten.

An diesem Tag arbeitete er hart. Sudjani ging mit ihm und erklärte ihm alles. Der Übersetzer lachte herzlich über Balinesen, die vor dem Baugelände standen und beobachteten, wie die Erde von einem einzigen Bulldozer, der auf dem schlammigen Grund hin und her fuhr, durchwühlt wurde. »Die Balinesen mögen kein Wasser«, sagte er glücklich, als wäre er nicht einer von ihnen. »Sie fischen, aber sie gehen nicht ins Meer. Sie begreifen nicht, wie man ein Hotel am Strand bauen kann. Ein Strand ist die Straße, die in die Hölle führt. ›Warum wird nicht in den Bergen gebaut? Das ist näher bei den Göttern‹, sagen sie.«

Sudjani ergötzte ihn auch mit Geschichten über die Roten, die er fürchtete und haßte. Es kam heraus, daß ein paar Rote seinem Onkel ein Stück Land abgeluchst hatten, ihm aber den rechtmäßigen Kaufpreis verweigerten.

Ist es nicht überall auf der Welt das gleiche? fragte sich

Vern grimmig. In jüngster Zeit empfand er ein seltsames neues Gefühl. Zum erstenmal in seinem Leben machte er das Gefühl der inneren Leere durch; es dehnte sich in ihm aus, schob alles, was sonst da war, zur Seite und ließ ihn mit einem Gefühl der Hohlheit und Verlassenheit zurück, bis nichts anderes mehr da war als die nackte Realität Vern Gardners. Irgendwie hatte er es immer geschafft, egal, was passierte, dem Leben eine kleine Herausforderung, eine Erwartung oder eine Möglichkeit abzutrotzen, die irgend jemand, vielleicht sogar er selbst, ergreifen und weiterentwickeln konnte, um die Summe aller Möglichkeiten, die diese Welt bot, vermehren zu können. Aber jetzt war er nur noch ein Rädchen im Getriebe. Seltsame Gedanken schossen ihm durch den Kopf. Er ertappte sich dabei, daß er sich diese in die Länge gezogenen indonesischen Puppen mit den schmalen Taillen, den linkischen Armen und den langen, spitzen Nasen vorstellte. Wie hatte sie sich nur in einen Mann verlieben können, der versuchte, die wie Insekten aussehenden Kreaturen als Könige auftreten zu lassen?

Und er erinnerte sich an unbedeutende Situationen, die er mit Maggie erlebt hatte. Zum Beispiel fiel ihm das Hotel in Medan ein, wo sie an der Bar Eis haben wollten, aber das Barmädchen zusammen mit drei Freundinnen, alle *hinter* dem Tresen, ihre Unterhaltung einfach fortführte. Maggie rief laut: »Eis! Eis! Eis!« Aber sie lächelten nur, während aus dem Hintergrund schrecklicher Lärm aus der Küche schallte — es klapperte, knallte und schepperte —, bis er und Maggie sich völlig entnervt fragten, was um Himmels willen ihre Bitte dort in der Küche ausgelöst hatte. Endlich, nach langer, langer Zeit, kamen zwei Gin Tonic (bestellt hatten sie einen Gin Tonic und eine Zitronenlimonade) ohne Eis — jedoch nicht von der Bar, sondern aus der Küche. Ein winziger Junge brachte die Gläser; das Barmädchen und seine Freundinnen, die den kleinen Kerl überhaupt nicht beachteten, setzten ihr fröhliches Geplauder vor den in Reih und Glied stehenden Flaschen fort. Wie sehr hatten Maggie und er gelacht! Maggie konnte vor Lachen vom Stuhl fallen. Sie beherrschte sich überhaupt nicht. Niemals zuvor war ihm eine Frau begegnet, die so offen und herzerfrischend lachte.

In Denpasar tranken Larry und er jeden Abend Alkohol. Sie nahmen ihren Gin nach draußen und standen unter den Sternen, blickten hinauf zum Kreuz des Südens, das wie ein riesiger Diamant gegenüber dem halb verschwundenen Großen Bären funkelte.

Jeden Tag erzählte Sudjani von neuen unheilvollen Gerüchten. Da der Reispreis in den letzten sechs Monaten um siebenhundert Prozent gestiegen war, hungerten die Menschen in den Dörfern. Sie aßen Baumrinde. Für ihre Misere machten sie die Roten verantwortlich, die wie die Holländer gekommen waren, um sich widerrechtlich das Land anzueignen, das den Göttern gehörte. Erst vor zwei Jahren hatten die Götter den heiligen Berg Gunung Agung explodieren lassen, weil sie böse auf die Bauern waren, die sich gegenüber dem Land respektlos benahmen. Tausende von Balinesen waren mit dem Tode bestraft worden. Laut Sudjani würden die Götter noch weitere Opfer fordern, wenn man die Roten nicht vernichtete.

In Sudjanis Stimme schwang eine von Scheu ergriffene Überzeugung mit (gelegentlich gab der Dolmetscher seinen antrainierten Zynismus auf und kehrte zum Glauben seiner Kindheit zurück), die Vern an die Redner auf den Straßen Djakartas erinnerte, deren Neigung zum Übernatürlichen und zu Prophezeiungen die Menschenmenge zur Raserei aufstachelte.

Zu Larry sagte er: »Ich hoffe, wir sind hier fertig, ehe der richtige Schlamassel anfängt.«

»Das sagst du seit unserem ersten Tag in Djakarta.«

»Hältst du mich für einen Schwarzseher?«

»Nein, Kumpel. Ich wünschte, du wärst einer. Bis wir nicht die letzte Kelle Mörtel gegen die letzte Wand geworfen haben, werde ich kribbelig sein.«

»Es wird gut sein, hier rauszukommen.«

»Und ein neuer Job.«

»Natürlich ein neuer Job.«

»Ich bin froh, das zu hören, Kumpel. Du hörst dich wieder ein bißchen mehr wie dein eigenes Ich an.«

»Ich bin auch wieder mehr ich selbst«, behauptete Vern, aber in Wahrheit hatte er die frühere Lust auf ein neues Abenteuer verloren. Er fürchtete, daß die Leere sich in ihm ausdehnte wie eine Art Krebsgeschwür. Jeden Morgen versuchte er, sich in Begeisterung hineinzusteigern. Doch seitdem er Maggie verloren hatte, schaffte er es nicht mehr. Er wollte es bedauern, sich in sie verliebt zu haben, aber auch das gelang ihm nicht.

60

Nach einem großen Schmerz stellt sich ein formales Gefühl ein.« An diesen Satz aus der Collegezeit erinnerte sie sich und war sich ziemlich sicher, daß er von Emily Dickinson stammte. Auf jeden Fall traf er zu — wenigstens auf sie. In den Tagen nach Budis Tod schaffte sie es, sich aufrechtzuerhalten und das Notwendige durchzuführen. Ohne zu stocken, mit einem eisigen Gefühl in den Adern redete sie, dachte und traf sie ihre Anordnungen.

Der Penghulu einer Moschee, die Budi hin und wieder

besucht hatte, übernahm es, den Nachlaß nach den moslemischen Gesetzen zu regeln. Er war nur wenige Stunden nach der Ermordung des Dalangs gekommen. Über Maggie wußte er Bescheid, offensichtlich hatte ihm der Dalang von ihr berichtet. Obwohl er weit in den Achtzigern war, besaß der moslemische Beamte einen wollüstigen Blick und musterte Maggie entsprechend.

Er legte fest, daß der einzige Erbe Melani Gitosuwoko sei, die Frau des toten Neffen. Dem Gesetz entsprechend sollte sie das Haus mit allen Gegenständen, einschließlich der Pusaka, der altererbten Besitzstücke, erhalten. Maggie, die am nächsten Tag das Grundstück verließ und in ein kleines Hotel zog, hätte gern den Kris Pasopati für die Familie aufbewahrt. Sie wußte, daß das nur der dumme Wunsch einer Ausländerin war. Aber sie erzählte dem alten Mann dennoch von ihrem Wunsch, und er schien angesichts so einer Kühnheit minutenlang wie gelähmt zu sein. Das hielt Maggie jedoch nicht davon ab, dem Penghulu auch noch vorzuschlagen, man möge doch Ki-Dalang Gitosuwoko bei Borobudur beerdigen, denn das sei ein Ort gewesen, der ihm viel bedeutet habe. Anfänglich widersprach der Penghulu mit dem Argument, Generationen von Gitosuwokos seien bei ihrem Dorf beerdigt worden. Sie entgegnete ihm, daß die dortigen Dorfbewohner sich von einem seiner Neffen abgewandt und den anderen Neffen ermordet hätten. Daraufhin stimmte der alte Mann ihrem Vorschlag zu und sorgte dafür, daß ohne Verzögerung eine Grabstelle bei Borobudur gekauft wurde.

Nur wenige Menschen nahmen an der Beerdigung teil. Basuki, der nach der Vorstellung verschwunden war, tauchte nie mehr auf. Pak Seno kam mit sechs weiteren Gamelanmusikern. Melani reiste aus dem Dorf ihrer Eltern an. Die blasse zierliche Frau, die sich davor fürchtete, mit der Ausländerin über den toten Onkel ihres toten Ehemannes zu reden, stand neben ihr am frisch ausgehobenen Grab, während der Penghulu aus dem Koran zitierte. In weißes Baumwolltuch gewickelt, trug man Budi auf einer Bambustrage zum Grab und ließ ihn hinunter. Dem Penghulu half man, zur Leiche ins Grab zu klettern. Er nahm die Bandagen um den Kopf ab, so daß eine Wange und ein Ohr des Dalangs freigelegt wurden. In das Ohr rief er ein dutzendmal das moslemische Glaubensbekenntnis. Nachdem ihm die Totengräber wieder herausgeholfen hatten, sprach er weitere Gebete aus dem Koran. Das Grab wurde zugeschaufelt, Blumen wurden darüber gestreut. Maggie spürte ihre fest aufeinandergepreßten Kiefer, die zu Eis erstarrte Haut ihres Gesichts, die aufgerissenen Augen. Melani legte auf die frische Erde eine kleine Gabe: eine Reisschüssel, ein paar Kokoskekse, einen Jasminblütenstrauß und eine alte holländische Münze.

*

Zwei Tage später zog Maggie aus dem Hotel in ein kleines Haus mit Bambuswänden und mit einem winzigen Garten, in dem Brotfruchtbäume und Bananenpalmen standen. Es lag in der Nähe von Taman Sari, dem einstigen Lustgarten der Sultane, der jetzt nur noch ein verfallenes System künstlicher Wasserläufe war. Sie stellte ihre Koffer ab und starrte auf den alten Sessel mit hoher Rückenlehne und das mottenzerfressene Sofa, die das einzige Mobiliar eines der drei winzigen Räume darstellten. Was würde nun geschehen? Sie wußte es nicht, aber Maggie Gardner gehörte nicht zu den Menschen, die apathisch herumsitzen und sich mit »Trauerkrepp behängen«, wie ihr Vater von der Mutter zu sagen pflegte.

Dann brach sie aber doch zusammen.

Eine alte Frau kam jeden Morgen und Abend vorbei und bereitete die Mahlzeiten vor (der Penghulu hatte dafür gesorgt). Sonst sah Maggie keinen Menschen. Sie saß auf dem Sofa oder lag auf der Matte im Schlafzimmer. Sie hatte nicht gewußt, daß es möglich war, soviel Schmerz empfinden zu können. »Mein Herz ist gebrochen« — dieser Satz war ihr stets als eines dieser kitschigen Klischees erschienen, die nichts mit der Realität zu tun haben. Aber die nackte physische Präsenz der Trauer war Maggie nun offensichtlich. Sie fühlte sich manchmal, als ob ihr Inneres auseinandergerissen würde, wie Teig zwischen den Händen eines Bäckers. Das kam ihr wie das organische Gegenstück zu dem vor, was sich gleichzeitig in ihrem Kopf abspielte: das Entsetzen, die Ungläubigkeit, die plötzliche unvernünftige Hoffnung, aus diesem Alptraum aufzuwachen, die Panik, die wiederholte Belebung von Momenten, die sowohl wundervoll als auch schrecklich waren, bis das Leben selbst die dumpfe Monotonie des obsessiven Erinnerns annahm. Aus Medan hatte sie ein Buch über die indische Vedantaphilosophie mitgebracht. Während der heißen und endlosen Stunden nach seinem Begräbnis durchblätterte sie es wie wild nach Passagen, die ihr Hoffnung auf eine Reinkarnation machten und ihnen ein gemeinsames Leben in einer anderen Umgebung versprachen.

Sie fand niemals diesen Trost, aber als Ersatz dafür begann sie, an Gott zu glauben. Was Gott war oder bedeutete, seine Eigenschaften und seine Forderungen an sie, das alles war Maggie Gardner in diesem frühen Stadium des Glaubens noch unbekannt; dennoch spürte sie die Gegenwart von etwas, das bislang in ihrem Leben gefehlt hatte. Zu Hause in Iowa hatte sie manchmal ihre Freundinnen beneidet, die gläubig waren, selbst wenn sie sich über die Rituale lustig machte, die sie absolvierten, um ihren Glauben nach außen hin zu dokumentieren. Nun rührte sich etwas wie ein Fötus in ihr, das Wesen eines anderen, und sie besaß kein besseres Wort dafür als »Gott«. Es verschaffte ihr jedoch keine Freude oder Befriedigung, es war einfach nur da, eine Sache, die sie nicht loswerden konnte, eine erstaunliche und seltsame Sache, die sich eines Tages irgendwie durchsetzen und ihr ganzes Leben umwälzen würde.

Oder sie würde es abschütteln. Auch das war möglich. Denn es gab viele verschiedene Möglichkeiten. Diese Erkenntnis überfiel Maggie Gardner nach wenigen Wochen und trieb sie aus dem winzigen Schlafzimmer in den Garten hinaus, vom Garten auf die Gasse und von dort in das verwirrende Labyrinth der Wege, das Taman Sari, einen Bezirk von Yogyakarta, charakterisiert.

Verzweifelt wünschte sie sich, mit einem Menschen über ihn reden zu können. Während sie auf der schattigen Seite der schmalen Gassen spazierenging, beschrieb sie im Geiste einem Zuhörer ihren toten Geliebten. Sie redete sich so verlorene Träume von der Seele. Nach seiner Ermordung hatte sie die heimliche Hoffnung gehegt, schwanger zu sein. Susanto hatte ihr einst eine Predigt über das Kinderkriegen gehalten. Eine Javanerin ohne Kinder war nicht besser als die Berggeister. Es war ein Gunstbeweis Allahs, möglichst viele Kinder zu haben. Aber zwei Tage nach der Beerdigung bekam Maggie ihre Periode.

Sie fing wieder an, Briefe zu schreiben. Und Briefe erreichten auch ihr kleines Haus, denn abgesehen von einer Unterbrechung wegen des Aufruhrs auf Java funktionierte das Postwesen fast wieder normal. Sie bekam einen Antwortbrief von einem ehemaligen indonesischen Minister für Erziehung und Kultur, der ihr zusagte, sich aktiv für ihr Projekt einzusetzen. Und endlich schickte ihr der

Generaldirektor des Archäologischen Dienstes einen kurzen Brief, mit dem wenigstens die Existenz eines Komitees zur Erhaltung Borobudurs anerkannt wurde. Auch ein weniger bedeutender Funktionär antwortete und bekundete vorsichtiges Interesse an dem Plan, falls man genügend Mittel aufbringen könne und die politische Situation stabil bleiben würde.

Dann schickte ihr ein Vertreter des niederländischen Fachingenieurverbandes für das Gutachterwesen einen Brief. Er enthielt einen Fragebogen, der vor einer endgültigen Bewilligung des Projekts beantwortet werden müsse, damit sie sich um die diversen Verträge kümmern könnten. »Vor einer endgültigen Bewilligung des Projekts« — diese Formulierung beflügelte Maggies Phantasie. Sie sah sich selbst inmitten einer Schar von Arbeitern auf die von Flechten befallenen grauen Grundsteine von Borobudur zugehen. Manche hielten Notizbücher in der Hand, während hinter ihnen Betonmischer, Bulldozer und Kräne in Reih und Glied standen und darauf warteten, sofort die Probleme ihres geliebten Tempels in Angriff zu nehmen, denn das war er nun — ihr geliebtes Borobudur.

*

In ihrer Einsamkeit ging Maggie manchmal in das kleine Hotel, trank ein Mineralwasser an der Bar, nahm ein scheußliches Abendessen im Speisesaal ein, und das alles nur in der Hoffnung, jemanden aus dem Westen kennenzulernen, mit dem sie sich unterhalten könnte. Ganz offensichtlich mußte sie ihren Wunsch nach Geselligkeit mit der Wahrscheinlichkeit einiger übler Begegnungen in Einklang bringen — es gab genügend Reisende, die nach Frauen wie ihr Ausschau hielten. Aber in diesem Lebensabschnitt ging Maggie das Risiko ein. Und ihre Einschätzung war richtig: Ein Holländer, zwei Franzosen und ein Inder, der unaufhörlich über seine Oxforderziehung schwafelte, sahen in ihr eine willfährige Frau, wenn nicht sogar eine Hure, und behandelten sie mit so viel Verachtung, daß sie wütend und dem Heulen nahe die Bar verließ. Aber sie lernte auch andere kennen, denn aus dem westlichen Ausland kamen wieder mehr Besucher nach Java. Sie erzählten ihr Dinge über Indonesien, die sie im Land selbst nicht erfahren hätte. Ausländische Beobachter vermuteten, daß nach dem Putschversuch Hunderttausende ermordet worden seien — vielleicht eine halbe Million, möglicherweise sogar eine Million. Zehntausende waren in Dschungelstraflager geschickt worden.

Maggie dachte an Inam und nahm ihre Fahrten zum Armeehauptquartier wieder auf.

Trotz der Einsamkeit, die sie dazu trieb, stundenlang in einem schäbigen Hotel herumzusitzen, war Maggie entschlossen, in Yogya zu bleiben. Schon bald nach der Beerdigung fiel ihr auf, daß die Armee ihr offensichtlich keine Beachtung mehr schenkte. Vielleicht betrachtete man ihren ständigen Aufenthalt in Yogya sogar als nützlich, weil sie die Menschen an den Irrsinn des Dalangs erinnerte — hatte er sich doch eine ausländische Geliebte genommen und bei einem Wayang-Lakon Verrat begangen. Ihrer Meinung nach war es angesichts der javanischen Mentalität nicht zu weit hergeholt, mit einer solch vertrackten Analyse aufzuwarten.

Eines Nachmittags, als Maggie auf ihrer Reiseschreibmaschine einen Brief tippte, ertönte vor der Gartentür der Ruf »*Kula nuwun!*« Seit kurzem passierte das häufiger — die Menschen benutzten die javanische Begrüßungsformel, um ihr Kommen anzukündigen. Maggie stand von dem kleinen Schreibtisch auf und rief: »*Mangga!*« Die Stimme kam näher: »*Kula nuwun!*« Von der

Eingangstür aus sah Maggie einen mageren kleinen Mann, der ziemlich alt war. Er kämpfte sich den engen Weg zu ihrem Haus hoch. »*Mangga*«, sagte sie nochmals und bat ihn ins Haus. Mit einer Sembah trat er ein und sagte auf der Türschwelle noch einmal »*Nuwun!*«

Maggie führte ihn in das kleine vordere Zimmer und forderte ihn auf, sich auf den alten holländischen Stuhl neben der Tür — den angemessenen Platz für einen Besucher — zu setzen. Jetzt saß er im »Süden«, als Gastgeberin nahm sie mit dem »nördlichen« Ende des Sofas vorlieb. Als sie beide saßen, sagte Maggie: »*Ngaturaken sugeng.*«

»*Pangestunspun.*« Er stellte sich vor als Pak Cerma, den Onkel Melani Gitosuwokos.

»Mein Javanisch ist nicht sehr gut. Können wir Bahasa-Indonesisch sprechen?«

Er nickte schwermütig. Pak Cerma hatte eine lange Nase, blutleere Lippen und Knopfäuglein, die nah beieinander in seinem schmalen, hageren Gesicht standen. Er trug Batikkleidung in gedämpften Farben, ein traditionelles Käppchen und ein braunes Halstuch um seinen mageren Hühnerhals, obwohl es stickig heiß war. Er preßte die Knie zusammen, die Füße standen parallel. Auf seinem Schoß lagen zwei in buntes Blümchenpapier eingewickelte Päckchen.

Maggie bot ihm Tee an, aber er lehnte höflich ab und redete statt dessen über das Wetter, das sich seit Wochen nicht geändert hatte. Er schaffte es dennoch, sich zehn Minuten lang diesem Thema zu widmen, bevor er zur eigentlichen Sache kam: Seine Nichte wolle Ibu Maggie zwei kleine Geschenke machen und bitte sie demütig, diese als Erinnerungen an die Familie anzunehmen. Er stand mit der langsamen, feierlichen Grazie des Javaners auf und überreichte Maggie die beiden Päckchen.

»Bitte«, sagte er, »öffnen Sie sie.«

Das erste Päckchen enthielt ein Buch. Er erklärte, es sei ein altes Exemplar von Mpu Kanwas großem Kakawinpoem aus dem elften Jahrhundert, genannt *Arjunawiwaha*; es sei in einer Sprache verfaßt, die nur noch wenige Menschen verstehen könnten. »Aber der Dalang las es«, sagte Pak Cerma mit ausdruckslosem Gesicht. »Meine Nichte hofft, daß Sie dieses kleine Geschenk annehmen.«

»Es ist kein kleines Geschenk. Es ist wunderbar. Sie ist sehr großzügig, und ich danke ihr sehr dafür.«

Er sah das andere Päckchen an, woraufhin Maggie auch dieses auswickelte und den Atem anhielt. In einem primitiven Holzkästchen lagen eine Scheide und ein Dolch — Kris Pasopati. Seine elffach gewundene Klinge roch nach Zitrone und dem Arsen, mit dem man das Blut des Dalangs entfernt hatte. In dem Kästchen befand sich auch sein zusammengelegter Kamus, das Gürtelband, in dem während Budis Vorstellungen stets sein Kris gesteckt hatte.

»Ich denke, Sie wissen«, sagte Maggie mit zitternder Stimme, »daß ich ihn nicht für mich behalten werde. Ich werde Pasopati für einen Dalang aufbewahren, der eines Tages kommen wird. Solange ich hier in Java lebe, werde ich ihn für diesen Dalang aufbewahren, egal, wer er sein mag. Sollte ich Java verlassen oder hier sterben, ehe ein Dalang erscheint, der ihn verdient, werde ich dafür sorgen, daß er durch Melani wieder in die Familie Gitosuwoko zurückkommt.«

Pak Cerma nickte.

»Melani und ihre Kinder sind in meinem Haus stets willkommen.«

Er nickte.

»Pak Cerma, Sie werden ihr doch sagen, was ich denke und fühle?«

Er nickte.

Wenige Minuten später, nachdem der alte Mann den Gartenweg hinuntergegangen war, wußte Maggie nicht mehr, was sie fühlte. Erstaunt, dankbar, verwirrt; die Emotionen überrollten sie, als sie sich fragte, ob sie jemals die Javaner begreifen würde. Wer hatte die Entscheidungen über das Buch und den Kris gefällt? Vielleicht der alte Penghulu, Pak Cerma oder jemand anders, der sich irgendwo im Hintergrund aufhielt. Aber ganz bestimmt nicht Melani, obwohl Maggie das Gefühl hatte, daß das Mädchen ihr diese Dinge zukommen lassen wollte. Warum? Sie erinnerte sich bloß an die junge Witwe, die neben ihr am Grab gestanden hatte und deren ernstes, zartes Gesicht wie eine noch nicht vollständig erblühte Blume ausgesehen hatte.

*

Am nächsten Morgen nahm sie das Buch zu ihrem Sprachlehrer mit.

»Es ist in altem Javanisch geschrieben«, sagte er und wendete den ledergebundenen Band langsam zwischen beiden Händen. »Die Schrift ist Palawa.«

»Der Dalang hat hier ein Lesezeichen eingelegt«, sagte sie, »und eine Neun und eine Fünf darauf geschrieben.«

Der Guru sah sich die Seite an. »Es ist Sarga fünf, Bait neun — die neunte Strophe des fünften Buches. *Ri Tatwanyan Maya Sahana*«, las er. »*Hananing Bhawa Siluman.* ›Die Welt ist nur ein Spiel, ein Ding ohne Wert.‹«

Wieder zu Hause, setzte sich Maggie unter einen Brotfruchtbaum und beobachtete, wie die vom Blattwerk durchgelassenen Sonnenstrahlen auf der geharkten Erde zu ihren Füßen flirrten. Das Buch lag, die betreffende Seite aufgeschlagen, auf ihrem Schoß. Niemals hatte sie ihn ganz verstanden. Aber sie hätte ihn immer geliebt.

61

Als die Massaker auf Bali begannen, und zwar so gewaltsam, als ob sie mit dem Vulkanausbruch des Gunung Agung wetteifern wollten, schickte General Sakirman, um seine Investitionen in das amerikanische Knowhow zu schützen, Vern Gardner wieder Hashim als Leibwächter. Der stämmige Mann aus Sumatra überreichte Vern eine Pistole vom Kaliber achtunddreißig, falls sie einmal getrennt werden sollten — oder er getötet würde, wie Hashim nüchtern feststellte.

Als es schließlich begann, waren die Massaker auf Bali noch bei weitem grausamer als auf Java. Um die Insel vom dämonischen Übel zu reinigen, übertrafen die Zivilisten die Armee an der Zahl der Getöteten. Den größten Teil dieser blutigen Arbeit erledigten die mit schwarzen Hemden bekleideten jugendlichen Mitglieder der *Partai Nasional Indonesia*, die sich selbst *Tamins* nannten. Auf Lastwagen fuhren sie von Dorf zu Dorf und überprüften hastig aufgestellte Namenslisten von Roten, Sympathisanten der Roten, von sonstigen Linken oder Dorfbewohnern, die man der einen oder anderen Sache verdächtigte — Reis zu horten, reich zu sein, schwarze Magie zu praktizieren. Die meisten PKI-Mitglieder waren nur nominell Kommunisten und kannten die hinter der Partei stehende Weltanschauung überhaupt nicht. Zumindest hatte Vern das so gehört. Sie wußten nur, daß sie die Partei mit dem Hammer und der Sichel gut fanden, weil sie für Landreform und mehr Geld war.

Manchmal fing die Armee Kommunisten, die einer Dorfdurchsuchung entkommen waren, und brachte sie zurück mit der Anordnung, im Dorf die Hinrichtung zu vollziehen. Es gab keine Folter. Köpfe wurden abgeschlagen, Kehlen durchgeschnitten. Gewöhnlich ging man dabei ruhig und methodisch vor, wozu auch Reden vor der Hinrichtung gehörten. Die Tamins glaubten, daß die Roten, wenn sie für ihre Fehler in diesem Leben starben, glücklich im nächsten Leben wiedergeboren würden. Hin und wieder wehrten sich die Roten, aber gewöhnlich unterwarfen sie sich demütig ihren Mördern. Sie zogen sich weiße Beerdigungsgewänder an und marschierten gefaßt zu den Hinrichtungsplätzen.

Jeden Tag ging Vern Gardner zur Arbeit und setzte methodisch den Bau des Strandhotels fort. Für die Mauern ließ er abwechselnd rote Ziegel und grauen Sandstein nehmen. Jeden Tag überwachte er die Arbeiter auf den mit Kokosblättern bedeckten Baugerüsten. Die Tagelöhner waren Frauen; er bemerkte, daß die schwersten Lasten den älteren Frauen aufgebürdet wurden, die ihr Los ohne Klagen hinnahmen.

Für die Innenausbauten wählte Vern Harthölzer wie Teakholz, Jackbaumholz und blutrotes Sawo, das mit Bimsstein geglättet und durch Reiben mit Bambus auf Hochglanz gebracht wurde.

Eines Abends sagte er zu Larry: »Leute unseres Schlages können hier nur überleben, wenn sie sich wie Pferde mit Scheuklappen benehmen.«

Sie aßen in einem schmutzigen kleinen Chinarestaurant zu Abend, wovon es in einer engen Straße von Denpasar ein halbes Dutzend gab. In diesem Bezirk gab es viele heruntergekommene, windschiefe Läden, die von Kantonesen in Unterhemden und bärtigen Indern aus Bombay, die europäische Westen über langen Baumwollhemden trugen, betrieben wurden. Die Läden waren vollgestopft mit Räucherstäbchen, Papierschirmen, Körben mit gelbem Zucker, Blechtöpfen und Plastikschüsseln. Über dem Ganzen hing der scharfe Geruch von fermentierter Fischpaste und der milde Duft von Cempakablumen.

»Auf Java kommt man mit Scheuklappen ganz gut zurecht«, meinte Larry und starrte auf eine Küchenschabe, die gerade von der schlangenähnlichen Zunge eines Geckos, der sich auf der gegenüberliegenden Wand an sie herangeschlichen hatte, erwischt wurde. »Aber meiner Meinung nach sollte man hier doch keine Scheuklappen tragen. Man muß aufpassen, wohin man tritt, denn alles ist hier so verdammt öffentlich. Man kann nichts für sich allein machen. Du weißt, was ich meine? Ich wünschte, wir würden das Hotel irgendwo anders bauen. Nicht hier in Sanur.«

»Warum?«

»Sanur ist gespensterhaft, unheimlich, es ist voll von schwarzer Magie. Man sagt, die Menschen versetzen sich in Trance, verlassen eine Weile ihre Körper und laufen dann wie verdammte Dämonen herum und stellen böse Dinge an.«

»Du glaubst das?«

»Du weißt, daß ich das nicht tue. Aber es bereitet mir ein unbehagliches Gefühl. Heute kam ein Arbeiter zu mir und versuchte, mir ein Amulett zu verkaufen. Er sagte, es würde die bösen Geister fernhalten, wenn ich es trage.«

»Dann sollten am besten alle diese Amulette tragen. Sie sterben wie die Fliegen auf dieser Insel«, sagte Vern.

»Als ob sie das begrüßen würden.«

»Das denkst du auch? Warum sterben sie auf diese Weise? Was ist das? Tapferkeit? Glaube? Dummheit? Gleichgültigkeit?«

Vern fiel eine Geschichte ein, die ihm Sudjani erzählt hatte. 1906, als die Holländer auf Denpasar zumarschierten, warteten der örtliche Sultan und sein Gefolge, gekleidet in feierliches Weiß und mit Blumen im Haar, auf ihrem Grund und Boden auf sie. Als die holländischen Soldaten weniger als dreißig Meter entfernt waren, gab der Sultan ein Zeichen, und sein Priester stieß ihm einen juwelenbesetzten Kris ins königliche Herz. Seine Frauen rangelten sich darum, über seiner Leiche Selbstmord zu begehen, damit sie ihn noch im Tode berühren konnten. Mit Speeren bewaffnet, stürzten sich die Höflinge auf die holländischen Soldaten, denen nichts anderes übrigblieb, als das Feuer zu eröffnen. Verächtlich warfen die Hofdamen ihnen den Schmuck als Lohn für das Gemetzel vor die Füße. Obwohl die Soldaten sichtlich entsetzt waren, schossen sie weiterhin in die zusammengedrängte Schar der weiß gekleideten Aristokraten. Einer der Höflinge ging zwischen den Verwundeten hin und her und erstach sie mit einem Kris, bis er selbst getötet wurde und ein anderer seine Aufgabe übernahm. Als sie alle tot waren, erschien eine weitere Gruppe von Balinesen, diesmal angeführt vom zwölfjährigen Bruder des Sultans. Sie mißachteten die Aufforderung der Holländer, sich zurückzuziehen, warfen sich ihnen vielmehr wütend entgegen. Das Ganze endete mit einem wüsten Massaker. Zu solchen Dingen waren die Balinesen fähig. »Ja«, sagte Vern. »Als ob sie es begrüßen würden.«

Er bemerkte, daß Larry ihn neugierig anstarrte. »Was ist los?«

»Genau das möchte ich wissen, alter Knabe.« Mit einem seiner kräftigen, narbigen Finger deutete Larry auf seine Hand. »Deine Hand — sie zittert.«

Das stimmte. »Vielleicht habe ich zuviel getrunken.« Vern war verwirrt. Einen Augenblick lang hatte er das seltsame Gefühl, die Hand gehöre nicht zu ihm. Sie schien auf das innere Kommando eines anderen zu reagieren.

»Du hast nicht zuviel getrunken«, sagte Larry. Und in einer seiner charakteristischen Anwandlungen von plumper Offenheit fügte er hinzu: »Die ganze Geschichte macht dir entschieden mehr zu schaffen, alter Knabe.«

Vern mußte nicht fragen, was ihm zu schaffen mache. Er wußte es. Aber er sagte: »Nichts macht mir zu schaffen. Ich höre besser mit dem Gin auf.«

*

Er war mit dem Jeep zum Kuta Beach gefahren, um den Sonnenuntergang zu erleben. Fast den ganzen Tag über hatte es geregnet; die Arbeiter hockten unter ihren Bananenblättern, während die Regentropfen wie kleine Gewehrkugeln in die schlammige Erde einschlugen. Vern hatte mit Sudjani im Lastwagen gesessen und auf das Ende des Regens gewartet. Die grüne Farbe des umliegenden Dschungels wurde durch den Regen gedämpft, und der Boden rund um die Ziegel- und Sandsteinwände des Hotels glich zunehmend einem Kaffee, der durch Sahne dickflüssig geworden ist. Sudjani schwätzte unaufhörlich über die Erbärmlichkeit seines Volkes. Er zog dabei an einer Zigarette, starrte durch die verschmierte Windschutzscheibe des Lastwagens und schien auf irgendein Unglück zu warten, das sich draußen vor seinen Augen abspielen würde. Er erzählte von Bauern, die Messer in ihren Padis versenken — Griff verborgen, Klinge schräg nach oben —, damit Diebe, die Reis stehlen wollen, sich die Füße aufschlitzen. Er sagte, die Dörfer seien angeblich durch die Geburt von Zwillingen verseucht.

Als die Wolken noch dichter wurden und sich die Wassermassen wie silbrige Schleier aus ihnen ergossen, zog Sudjani heftig und glücklich an einer neuen Zigarette. Er sagte, bei den höheren Kasten werde der tatsächliche Name eines Kindes geheimgehalten. Warum wurde er geheimgehalten? Er beantwortete selbst die Frage: aus

Angst, die Feinde würden ihn erfahren und dann mit schwarzer Magie gegen das Kind vorgehen.

Vern betrachtete Sudjani, der eine gewölbte Stirn hatte und leicht schielte. An einer Stelle, wo früher drei oder vier Zähne gewesen waren, befand sich nun eine Zahnlücke.

Glücklicherweise hörte der Regen auf, und alle machten sich wieder an die Arbeit. Vern hatte vergessen, daß sein Leibwächter Hashim während des Regens hinter ihm und Sudjani gesessen hatte. Aber so war es nun einmal: Hashim verhielt sich so ruhig, daß man seine Anwesenheit kaum bemerkte. Und deshalb war Vern, als Hashim am Ende des Arbeitstages plötzlich neben ihm auftauchte und »Tuan« sagte, leicht überrascht.

Da Hashim in seiner Eigenschaft als Leibwächter seit Jahren mit Ausländern zu tun hatte, konnte er ein wenig Englisch sprechen. Gewöhnlich unterhielten er und Vern sich knapp und bündig in Bahasa, aber nun gab sich Hashim einen Ruck, als ob er zu einer längeren Rede ansetzen wollte; er sagte wiederum: »Tuan.« Er wiederholte dieses »Tuan« ein drittes Mal und begann schließlich auf englisch: »Mein Land noch nicht zwanzig Jahre«, sagte er und blickte Vern fest in die Augen. »Manchmal wir nicht wissen, was zu tun ist. Eine Sache läuft schlecht, alles läuft schlecht. Beim Retten von Indonesien«, er wandte sich ab und ahmte wie kleine Kinder beim Kriegsspiel das knallende Geräusch von Gewehren nach, »sieben Männer getötet. Wir denken daher, töte siebenmal einhunderttausend. Für Rettung Indonesien. Wenn in Ihrem Land eine Sache läuft schlecht, Sie denken nicht, alles läuft schlecht. Weil ihr seid zweihundert, dreihundert, vierhundert Jahre alt, nicht zwanzig.«

Jetzt, da er am Kuta Beach stand und auf den Sonnenuntergang wartete, erinnerte sich Vern an Hashims Worte.

Der vielleicht vernünftigste Mann, den er in diesem Land kennengelernt hatte, war die ganze Zeit an seiner Seite gewesen, dachte Vern, aber er hatte es nicht bemerkt.

Dieser Gedanke wurde von einem Gefühl unterbrochen — er spürte, daß er beobachtet wurde, und drehte sich um. Ein balinesischer Junge in Shorts und ein kleineres Mädchen standen hinter ihm und starrten ihn an. Als er ihren neugierigen Blick erwiderte, ruhten ihre Augen unbeweglich auf ihm. »Hallo«, sagte er. Weil sie nicht antworteten, sagte er in Bahasa: »*Slamat malam. Apa Kabar?*«

Der etwa vierzehnjährige Junge antwortete, und so begann ihre Unterhaltung. Rami und seine kleine Schwester Aju lebten in einem Dorf nördlich vom Kuta Beach.

»Seid ihr zum Schwimmen hergekommen?« fragte Vern.

Bei dieser schrecklichen Vorstellung machte der Junge einen Schritt zurück. Vern war gedankenlos gewesen — kein balinesisches Kind ging ins Meer, diesen bösen Ort! Der Junge erklärte, sie seien gekommen, um den Ausländer kennenzulernen, der in der Nähe des Wassers ein Hotel baue. Es traf zu, daß Vern häufig hierherkam, um die spektakulären Sonnenuntergänge bei Kuta zu sehen, aber bislang hatte er die Kinder nie bemerkt. »Habt ihr mich schon vorher hier gesehen?«

»Schon viele Male«, erklärte der Junge verlegen.

Beide trugen keine Oberbekleidung. Ajus Brustwarzen waren vergrößert; schon bald würde sie Brüste bekommen. Sie hielt sich an der Hand des Bruders fest, während er stolz mitteilte, daß er sich um die Enten der Familie kümmere und sehr viel Unkraut jäte und daß seine Schwester Lasten trage und koche. Hinter Ramis linkem Ohr steckte eine Zigarette. Er zog sie hervor. »Wir rauchen zusammen«, sagte der Junge.

Vern wollte die Dinge nicht komplizieren, indem er erklärte, er hasse das Rauchen. Daher nahm er einen leichten Zug, als ihm die angezündete Zigarette angeboten wurde. Der Junge rauchte allein weiter, nachdem sie sich auf dem Strand niedergelassen hatten und die Sonne allmählich im Meer versank. Vern musterte die beiden Kinder, ihre mandelförmigen Augen und ihr glänzendes Haar. Als die Zigarette zu Ende geraucht war, erhob er sich, um zu gehen. Rami fragte ihn, ob sie sich am nächsten Tag zur gleichen Zeit wiedersehen könnten.

Vern willigte ein. Und sie trafen sich am nächsten und am übernächsten Abend. Vern konnte einiges von dem klugen, redegewandten Jungen lernen. Er erfuhr, daß die Balinesen nicht viel von Ausländern halten — von der scharfen Nase, dem großen Kinn, den blauen Augen. Und rothaarige Ausländer wurden sogar als häßlich empfunden; immerhin besaßen Hexen und Dämonen rote Haare! Und selbstverständlich verachteten die Balinesen die großen, unregelmäßigen Zähne der Ausländer.

»Warum feilt ihr sie nicht?« fragte Rami. Er befahl seiner Schwester, den Mund zu öffnen, was sie sofort tat. »Sehen Sie, wie klein und ebenmäßig ihre Zähne sind? Wie wollen Sie in die geistige Welt kommen, wenn Sie Ihre Zähne nicht ordentlich gefeilt haben? Oder warten Sie, bis Sie sterben, und dann macht der Priester das vor der Verbrennung?« Rami legte beruhigend eine Hand auf Verns Arm. »Lassen Sie es bald machen. Es tut nicht sehr weh. Dauert nur eine halbe Stunde, und man hat das Gefühl von Schüttelfrost.« Zu seiner Schwester sagte er: »Nicht wahr?« Sie nickte heftig und lächelte.

»Die Feilspäne unserer Zähne werden hinter dem Familienschrein aufbewahrt«, sagte Rami.

Sie schienen so glückliche Kinder zu sein, daß Vern entsetzt war, als Rami bei ihrem dritten Treffen sagte: »Morgen wird es bei uns im Dorf einen Barongtanz geben, weil unser Dorf vom Bösen vergiftet ist und wir es loswerden müssen. Gestern töteten sie Cimol. Cimol war ein Freund meines Vaters, auch ein Kommunist.«

»Dein Vater ist Kommunist?«

Rami zuckte mit den Schultern, um gleichgültig zu wirken, aber über sein Gesicht huschte ein ängstlicher Ausdruck.

»Geht es deinem Vater gut?«

Rami zuckte wieder mit den Schultern.

Nachdem sie lange geschwiegen hatten, fragte Vern: »Wird der Barongtanz deinem Vater irgendwie helfen können?«

»Ja, er könnte. Er muß«, sagte Rami mit überraschender Entschiedenheit.

Beim Weggehen drehte sich Vern noch einmal nachdenklich um und sagte: »Würde es euch etwas ausmachen, wenn ich beim Tanz zuschaue?«

Die Kinder lächelten breit. Als ob sich ihr Schicksal urplötzlich gewendet hätte.

*

Er bat Larry, ihn zu begleiten, aber der Schiffsbauer aus Cornwall hatte ein Mädchen in Denpasar gefunden. Um das Dorf ausfindig zu machen, nahm Vern Sudjani mit. Auf der Fahrt dorthin meinte der Dolmetscher: »Die Balinesen sind egoistische Menschen. Niemals helfen sie ihren Nachbarn. Wenn sich das Kind eines Nachbarn verlaufen hat, sitzen sie einfach nur da und sehen zu, wie es umherirrt. Wenn Tiere weggelaufen sind, benachrichtigen sie den unglücklichen Besitzer nicht. Jeder Haushalt schützt nur sich selbst, betet nur für sich selbst, verschenkt nichts, es sei denn, es gibt dabei etwas zu gewinnen. Während des Ausbruchs des Gunung Agung bestahlen die Menschen die Flüchtlinge, die in ihren Häusern Zuflucht gesucht hatten.« Sudjani lachte. Offensichtlich halfen ihm diese Beschreibungen von Habsucht, Hinterlist und Egoismus dabei, Distanz zwischen sich und solche Schlechtigkeit zu bringen.

Verns Gedanken schweiften ab. Er konzentrierte sich auf das Bali, das an der Autoscheibe vorbeizog. Ein Junge mit knubbeligen Knien kam ihnen auf der Straße entgegen. Auf seinem Kopf trug er einen zerfledderten schwarzen Plastikkoffer, aus dem Wäsche quoll. Es war ein verdreckter, magerer Junge, der, wie man aus seinem lachenden Gesicht schließen konnte, ungewöhnlich glücklich sein würde, wenn er nur ein bißchen, wirklich nur ein bißchen mehr Geld in seinem Leben besitzen könnte.

Vern wandte sich abrupt wieder Sudjani zu, der gerade etwas sehr Unangenehmes gesagt hatte. Man munkelte von einem weiteren Vulkanausbruch. Seit einer Woche gab es schwere Regenfälle, und einige in den Bergen wohnende Leute behaupteten, im Bauch des Gunung Agung grollende Geräusche gehört zu haben. Laut Sudjani konnte das noch mehr Morde bedeuten.

»Sie meinen, die Dorfbewohner bringen den Vulkan mit den Roten in Zusammenhang?«

»Natürlich«, sagte Sudjani fröhlich. »Schlimme Dinge werden immer in einen Zusammenhang gebracht.«

*

Der Jeep konnte die enge, verschlammte Straße nicht weiter hinunterfahren; deshalb stiegen Vern und Sudjani aus und gingen die letzten Meter zu Fuß. Es war später Morgen; die Wolken teilten sich, und das Sonnenlicht blinkte hindurch und ließ die Farben der Brotfruchtbäume und Kokospalmen, der weißen Mangobäume und der undurchdringlich verzweigten Banyanbäume verblassen.

Reisterrassen kamen in Sicht, ihre Wasseroberfläche widerspiegelte glitzernd die Wolkenfetzen. Enten watschelten dicht um einen Pfosten herum, an dem ein weißer Lappen flatterte. Sudjani erklärte, man bringe sie dazu, bis an ihr Lebensende rund um solche Pfosten zu bleiben. Sie liefen nie weit weg, niemals. »Das ist typisch balinesisch«, behauptete er. »Selbst die Enten entfernen sich nicht weit vom Haus.«

Sie stapften mühsam durch den Schlamm. Der Tag versprach heiß zu werden. Blaßrosahäutige Büffel und langhalsige Rinder standen in tiefen Tälern; Vern konnte inmitten des Grüns versteckt liegende strohgedeckte Hütten, Vorratshäuser für Reis und Tempel erkennen, die alle durch braune Fußwege verbunden waren. Es sah wunderschön aus, aber das sagte er Sudjani nicht. Der Dolmetscher hätte nur verächtlich geschnaubt.

Am Dorfrand stürzten sich Rami und seine Schwester auf sie. Sie hatten seit der Morgendämmerung unter ein paar Brotfruchtbäumen auf Vern gewartet. »Das ist typisch balinesisch«, seufzte Sudjani mißbilligend. Fast hätte Vern das Haar des kleinen Mädchens zerzaust, zog aber noch im letzten Augenblick seine Hand zurück und bewahrte sie beide vor der Verlegenheit, ihren Kopf, den heiligsten Teil eines balinesischen Körpers, berührt zu haben. Das hatte ihm die Erfahrung beigebracht, als er dem Sohn seines Vorarbeiters durch das Haar gefahren war. Der Mann hätte fast gekündigt; nur Verns feierliche und unterwürfige Entschuldigung hatte den Tag gerettet.

Beim Betreten des Dorfes begegneten sie Frauen, die sich eine grüne Paste auf die Stirn geschmiert hatten, um das böse Auge fernzuhalten.

»Wie geht es deinem Vater?« fragte Vern den Jungen.

Rami zuckte mit den Schultern.

Sudjani fragte ihn dann auf balinesisch aus. Schwach lächelnd erklärte der Dolmetscher anschließend, daß der Onkel und der Vater des Jungen vergangene Nacht das Dorf verlassen hätten.

»Sie meinen, sie sind geflohen«, meinte Vern.

»Tuan«, sagte Sudjani, »Sie müssen vorsichtig sein.«

»Fragen Sie ihn, bei wem er wohnt.«

Sudjani fragte. Die Kinder lebten bei Mutter und Tante.

»Das scheint in Ordnung zu sein. Was denken Sie, Sudjani?«

»Denken?«

»Wie ernst ist es?«

Wenn Verns Erinnerung zutraf, dann schien der Dolmetscher zum erstenmal nichts erwidern zu können, hatte keine Meinung, hatte nichts zu sagen.

Sie gingen durch das Dorf. Ein paar Jungen in Ramis Alter hüteten ein halbes Dutzend Schweine. Riesige Schweine, deren Bäuche wie ausgestopfte Seesäcke aussahen und auf dem Boden schleiften, während sie sich auf steifen, dünnen Beinen vorwärts bewegten. Die Jungen beäugten mißtrauisch Rami und den Ausländer, flüsterten sich etwas zu, kicherten. Rami tat so, als ob er nichts bemerkte, aber Aju steckte sich verlegen einen Finger in den Mund.

Sie gingen am Dorfplatz, dem Haupttempel und dem Bale Agung vorbei, einer Art Rathaus, unter dessen strohgedecktem Dach Männer kauerten, Sirih kauten und blutroten Speichel auf die harte Erde spuckten. Zwei Männer in weißen Gewändern standen dicht dabei. Sudjani erklärte, sie seien Priester. In einer Stunde finde genau hier der Barong statt.

Auf dem umzäunten Anwesen der Familie breiteten zwei Frauen gerade kleine Päckchen aus Bananenblättern, in denen sich ein paar Reiskörner, eine Blume, Salz und etwas Chilipulver befanden, auf dem Boden aus. Sudjani erzählte, das sei das Essen für die Hausgeister. Niemand durfte essen, bevor sie Nahrung erhalten hatten, daß heißt niemand außer den Hunden, die hinter den Frauen herliefen und sich um heruntergefallene Reiskörner balgten. Gleichgültig, wie brutal sie weggetreten wurden, sie kamen zurück, schnappten nacheinander und kämpften mit den Geistern um ein bißchen Salz, ein paar Körnchen Reis.

Die Frauen, die die rituellen Opfergaben auslegten, waren die Mutter und die Tante der Kinder. Sie verbeugten sich aus respektvoller Entfernung vor Vern, zeigten sich aber andererseits völlig desinteressiert.

»Sie sind zu hochstehend für sie«, bemerkte Sudjani. Dann fügte er hinzu: »Sie sind Djaba, Außenseiter. Wir sind zu hochstehend für sie.«

Die Kinder führten ihren Ausländer und Sudjani in das kleine Haupthaus, in das nur Licht von der vorderen und der hinteren Tür fiel. Auf Bananenblättern lag eine Mahlzeit — Reis und scharf gewürztes Gemüse. Vern tat es Sudjani nach, nahm ein Bananenblatt in die linke Hand und schob mit der rechten Reis und Gemüse in den Mund. Ohne Erfolg versuchte er, aus einer Bambusflasche zu trinken, die er wie Sudjani eine Armlänge entfernt über seinen Mund hielt, um den Tuak, den Palmenschnaps, in seinen Mund fließen zu lassen. Die Kinder saßen kichernd in der Eingangstür und sahen gespannt zu.

Sudjani zeigte sich als Unterhalter von seiner besten Seite: Als vor zwei Jahren ein Vulkan ausgebrochen war, schickte ein Priester alle Menschen in den Pura Dalem, den Tempel des Todes, in der Nähe ihres Dorffriedhofs. Alle legten ihre besten Kleider und Schmuckstücke an, während der Priester die Rituale für die Toten durchführte. Dann legten sich alle nach Familien geordnet auf den Fußboden — der Vater neben seinen ältesten Sohn, die Kinder zusammen, die Mutter mit dem an die Brust gepreßten Säugling — und zogen weiße Leintücher über sich. Als die Lava kam, mußten sie das zischende Geräusch gehört haben, das die riesige rote Flut bei ihrem Weg über die Erde verursachte. Ein Junge sah alles; er hatte sich vom Tempel entfernt und überlebte. Er beobachtete, wie die riesige Glut vorwärts kroch und wie die Feuermasse gegen die Mauern des Tempels krachte und ihn wie ein Bananenblatt knickte. Er behauptete, es habe nicht einen einzigen Schrei gegeben. Nicht einmal von einem Baby. Die Lava begrub den Tempel und alles, was sich in ihm befand, innerhalb von Sekunden unter sich. Nur die eisengraue Gesteinsmasse blieb. Kein weiteres Anzeichen, daß der Pura Dalem oder die Dorfbewohner jemals hier gewesen waren.

Sudjani rülpste laut. Durch die geöffnete Hintertür konnte Vern sehen, daß die beiden Frauen anerkennend nickten. Deshalb rang sich Vern auch einen Rülpser ab; die beiden Frauen begannen zu lächeln.

»Wissen Sie«, sagte Sudjani zu Vern, »viele Menschen weigerten sich, um ihr Leben zu kämpfen, als der Vulkan ausbrach.«

»Das verstehe ich nicht.«

»Wenn sie weggerannt wären, hätten sie an einen neuen Ort ziehen müssen. Das gefiel ihnen nicht. Besser, dort zu sterben, wo sie waren.« Wieder rülpste er. Die beiden Frauen lächelten hoch erfreut. »Ganze Dörfer verschwanden so. Die Leute hockten einfach da, warteten und starben. Ihre Nachbarn bestatteten weder sie noch ihre Asche. Eine Beerdigung hätte die anderen Dörfer, die verschont blieben, entehrt. Die Polizei wurde ja sowieso dafür bezahlt, solche Dinge zu machen.«

Vern sah zum Eingang, wo Rami und Aju saßen und

sie beobachteten. »Was wird euer Vater machen? Wird er versuchen zu fliehen?«

Rami hob fragend die Schultern.

»Sehen Sie«, sagte Vern zu Sudjani, »die Kinder sind hier doch gut aufgehoben, oder? Sie sind doch in Sicherheit?«

»Sie sind keine Kommunisten«, antwortete Sudjani ausweichend.

»Aber sie sind die Kinder eines Kommunisten.«

»Das ist richtig. Der Barong fängt an«, sagte er und hob einen Finger in die Höhe. Aus der Ferne war ein leises, vibrierendes Geräusch zu hören. »Das ist die Kulkultrommel. Der Barong fängt bald an.«

Vern stand auf. Die Kinder stürzten in den Raum. Aju nahm seine Hand. Ihre kleinen Finger in seiner Hand rührten Vern. So winzige, zarte Finger. Er blickte hinunter zu ihnen; sie verloren sich in seiner Hand.

Während sie das Haus verließen, redete Rami aufgeregt. Er hatte am Morgen mit dem Priester gesprochen. »Er sagte, ich soll mir keine Sorgen machen, weil Sie ein Christ sind. Buddha ist der jüngere Bruder von Schiwa. Sanghyang Widi ist der erste Vetter von Schiwa und Buddha.«

Vern sah über seinen Kopf hinweg Sudjani an: »Sanghyang Widi?«

»Das ist Jesus Christus.«

»Und deshalb«, sagte der Junge glücklich, »kann Sanghyang Widi auch einen guten Platz zum Ausruhen finden, wenn er nach Bali kommt. Der Priester sagt, daß er in unserem Tempel willkommen ist.«

Sudjani ging hinter ihnen her.

»Was ist los?« fragte Vern.

»In diesem Haus dort wohnt ein Freund.« Sudjani deutete auf ein umzäuntes Grundstück. »Ich möchte mich jetzt auch ein wenig ausruhen. Ich bitte um Ihre Erlaubnis . . .«

Und so ging Vern, ein Kind an jeder Hand, zum Barong.

*

Die Menschen, die sich auf dem Dorfplatz versammelten, hatten sich festlich gekleidet. Männer wie Frauen trugen Batikhemden, die Männer außerdem Turbane. Jeder dieser Turbane oder Udengs war unterschiedlich um den Kopf gewickelt, so daß die Überkreuzungen und Flächen des verschlungenen Baumwolltuches bei jedem anders aussahen. Einige Leute trugen malaiische Sarongs mit zwei überlappenden Falten vor dem Bauch. Rund die Hälfte der Frauen hatte sich um die Brüste grellfarbige Seledangs gebunden. Die Dorfbewohner hatten auch Opfergaben zum Tanz mitgebracht — Reiskuchen und Blumengebinde aus Ringelblumen, Jasmin, duftenden Cempakablumen, weißen Mondorchideen, Cannalilien sowie Salakfrüchte mit ihrer dunkelbraunen, an Schlangenhaut erinnernden Schale.

Als der Barong plötzlich hinter dem Tempel hervorkam, schrien alle auf. Er war ein riesiges Wesen, in dessen geschmücktem Körper, der Ähnlichkeit mit einem Löwen besaß, zwei Männer steckten. Das mythische Biest besaß einen Mantel aus schwarzen Hahnenfedern, eine breite Halskrause aus geprägtem Leder, ein mit Spiegeln und Glöckchen verziertes Geschirr, schwarze hervorquellende Augen; sein rotes Gesicht war von einem goldenen Kopfputz mit herunterhängenden Troddeln umrahmt. Das beeindruckendste war die große Mähne aus Menschenhaar. Rami erzählte, daß dieser heilige Teil des Barong, wenn er nicht im Einsatz war, in ein magisches Tuch gewickelt und im Tempel des Todes aufbewahrt werde.

Der Barong kämpfe für die Menschen, erklärte Rami. Ohne Barong habe man keine Hoffnung im Kampf gegen die Hexe Rangda.

Ein weiterer Aufschrei der Menschenmenge — aus der gegenüberliegenden Seite des Dschungels kam eine kleinere, aber bei weitem groteskere Figur. Rund um ihren Nacken hing eine Kette aus Seilen, welche die menschlichen Eingeweide symbolisierten. Ihre lange rote Zunge aus Flanell bedeutete Feuer und Tod, wie Rami erklärte. Ihre Brüste bestanden aus mit Sägemehl gefüllten Säcken, die beim Tanz der Figur hin und her pendelten und kleine Kinder verjagten, die zu nah gekommen waren. Während sie stöhnte, grunzte und ihren zottelhaarigen Kopf schüttelte, wedelte sie mit einem weißen Tuch herum. Das sei mächtige Magie, sagte Rami.

Barong und Rangda kämpften. Sie kämpften, um das Schicksal der Menschheit zu entscheiden. Als Barong kurz vor der Niederlage zu stehen schien, standen ihm ein Dutzend jugendliche Dorfbewohner mit Dolchen in der Hand zur Seite. Rangda wedelte mit ihrem Zaubertuch über ihnen; verhext richteten sie die Dolche auf sich selbst, aber in ihrem Trancezustand (Vern hätte schwören können, daß sie in Trance waren) ritzten sie sich nicht einmal die Brust auf, obwohl sie sich wiederholt hemmungslos in die Brust zu stechen schienen.

Sie standen inmitten der Menschenmenge, die die Tänzer umringte. »Läuft es gut?« fragte Vern den Jungen.

Rami grinste. »Im Augenblick sehr gut.«

Doch plötzlich — Barong schlug mit seinem Schwanz um sich und schnappte mit seinem Maul — knickten seine Vorderbeine ein. Männer stürzten herbei und verhinderten, daß die Maske den Boden berührte (das hätte das Dorf rettungslos entehrt). Ein Priester und seine Helfer halfen dem vorderen Mann aus dem Kostüm. Dessen

Augen verdrehten sich nach hinten, seine Glieder zuckten; während der Vorstellung war er in Trance gefallen.

Vern blickte um sich. Die Menschen ballten die Fäuste vor der Brust, stöhnten und schrien in höchster Qual. Ein anderer Mann schlüpfte in das Vorderteil des Kostüms, damit der Tanz weiter gehen sollte. Aber Vern konnte an den entsetzten Gesichtern der Zuschauer sehen, daß der Vorfall als schreckliches Omen gewertet wurde.

Selbst als der Barong schließlich Rangda verjagt hatte — Rangda kann nicht sterben —, blieben die Dorfbewohner erschüttert, bedrückt und ängstlich.

Rami, der Ajus Hand fest in der seinen hielt, führte Vern zu dem Haus, wo sie Sudjani zurückgelassen hatten.

»Es tut mir leid«, sagte Vern, ohne genau zu wissen, was er meinte.

Der Junge sagte nichts, sondern starrte nur vor sich hin auf die Erde. Aju hatte wieder den Zeigefinger im Mund.

»Hör mir zu«, sagte Vern und begegnete dem erschrockenen und mißtrauischen Blick einer vorübergehenden Frau, die einen grünen Punkt auf der Stirn hatte, »was eben passiert ist, hat nichts zu sagen. Dein Vater ist ihnen entkommen.«

Rami sagte nichts, sah Vern aber auch nicht in die Augen. Der Junge war offensichtlich von ihm enttäuscht. Bestürzt wurde Vern bewußt, daß die Kinder sich darauf verlassen hatten, er würde dem Barong Glück bringen — ihrem geflohenen Vater Glück bringen.

»Er ist doch geflohen, oder?« fragte Vern, um sich selbst Mut zu machen.

In diesem Augenblick erschien Sudjani schwankend und mit geröteten Augen am Gartentor. Er habe mit seinen Freunden Tuak getrunken, die, wie er selbst, aus der Kaste der Gusti stammten und deshalb, so Sudjani, einflußreiche und gebildete Leute seien. Sie wußten, wie man sich gegenüber Ausländern zu verhalten habe. Sudjani lud ihn ein, ins Haus zu kommen.

Vern wußte nun genug über Bali, um Sudjanis Behauptung als das zu nehmen, was sie wirklich war — leere Prahlerei. Sudjani war einst Hausboy gewesen. Ein Gusti würde das niemals werden, nicht einmal, wenn er vor Hunger fast umkäme. Sudjani hatte Englisch und Französisch von einem französischen Künstler gelernt, der Jungen den Mädchen vorzog. Das war Vern egal, aber der Dolmetscher wurde allmählich langweilig. Er machte seine eigenen Leute schlecht, um besser dazustehen. Er log, was seine Kaste betraf. Er wollte sich bei Ausländern anbiedern. Es war die überall übliche Dummheit, jemandem etwas vorzumachen, obwohl der sich gar nicht darum kümmert, was der andere ist.

»Wir fahren ins Hotel zurück«, sagte Vern und beobachtete, wie die niedergeschlagenen Kinder davontrotteten. Für ihn gab es hier nichts mehr zu tun. Alles Glück, das er den Kindern vielleicht hätte bringen können, war zweifellos von dem Burschen ausgelöscht worden, der im Innern des Barong in Trance gefallen war. Diese kraftlosen, launischen Menschen! Hübsche, künstlerische, dümmliche Leute, die in sich den Sinn für das Unwahrscheinliche trugen. Während die Kinder um eine Ecke verschwanden, durchzuckte Vern plötzlich Angst; am liebsten wäre er ihnen nachgelaufen. Aber Sudjani hatte schon mit der Vertraulichkeit eines Betrunkenen seinen Arm ergriffen.

»Also fahren wir zurück, zurück«, murmelte der Dolmetscher. »Keine Sorgen machen über das, was heute passierte.«

»Sehe ich besorgt aus?«

Sudjani kicherte. »In diesen Dörfern fallen die Leute leicht in Trance. Sie wären überrascht, wenn Sie wüßten, was sie dann machen.« Mit seiner freien Hand wedelte er sich Kühlung zu. »Ah, es wird heiß. Es wird ein heißer Tag werden. Wenn Sie zurückwollen, dann fahren wir zurück. Zu Ihren Diensten, Tuan.«

»Was wird jetzt geschehen?«

»Geschehen, Tuan?«

»In diesem Dorf. Was könnte geschehen?«

Sudjani grinste und verstärkte seinen Griff um Verns Arm, bis Vern sich ihm entzog. »Was geschehen wird, weiß ich nicht. Alles kann passieren. Das ist immer so — Barong hin, Barong her. Ob der Tanz gut verläuft oder schlecht, immer ergibt sich irgend etwas. Das ist balinesisch.«

62

Aus den Bergen kamen die Regenwolken, die Straßen verschwanden fast im Dunst, im Inneren der Häuser war es düster. Dann stiegen die Wolken nach oben, die Kühle verschwand mit ihnen; eine stickige Hitze senkte sich herab und umgab alles. Die mörderische Sonne erschien, pirschte sich an Knochen und Augen heran, die Hitze verwandelte sich in einen heißen Dampfschwall, durch den er sich hindurchwühlen wollte, um zu ihr zu kommen. Sie sagte: »Ich liebe die Insel Samosir. Wir dürfen sie nie verlassen.« Aber sie saß in einem ablegenden Boot. Vom Wasser aus rief sie ihm zu: »Wir dürfen sie nie verlassen!«

»Tuan.«

Er spürte einen Druck auf seinem Arm, seine Augen öffneten sich, er tauchte aus dem Traum auf und sah in Hashims flaches, kantiges Gesicht. Der Leibwächter berichtete ihm, Sudjani sei an diesem Morgen mit schlechten Nachrichten ins Hotel gekommen.

Jemand sei mit Hühnern, die er verkaufen wollte, auf den Markt gekommen und habe unter den Händlern das Gerücht verbreitet, daß die Leute in einem der Dörfer Amok gelaufen seien. »Er redete von dem Dorf, wo Sie den Barong gesehen haben«, sagte Hashim.

»Amok gelaufen?«

»Sudjani behauptete, der Mann habe es gesagt.«

»Wo ist Sudjani?«

»Im Hof.«

»Amok gelaufen? Sie sind Amok gelaufen?« Während er sich rasch ankleidete, wünschte sich Vern, er wäre vor zwei Tagen seiner flüchtigen Eingebung gefolgt, die Kinder zu nehmen und sie dort rauszuholen. Er nahm die im Halfter steckende Achtunddreißiger von der Kommode und steckte eine Schachtel Patronen in die Hosentasche. Seit dem Krieg hatte er keinen Schuß mehr abgefeuert, nicht einmal mehr Patronen in der Hand gehalten. Er hatte vergessen, wie schwer sie waren. Schwer und kompakt.

Auf dem Weg zur Empfangshalle klopfte er laut und lange an Larrys Zimmertür. Endlich erschien der Engländer. Er hielt ein Handtuch um die Hüften geschlungen. Über seine behaarte Schulter hinweg konnte Vern das Mädchen im Bett sehen. Sie war nackt und starrte zurück, ohne irgendwelche Anstalten zu machen, das Laken hochzuziehen.

Vern erklärte, was sich im Dorf abgespielt hatte.

Larry kratzte sich an seinem dunklen, zerzausten Kopf und murmelte schläfrig: »Verdammte Schweinehunde!«

»Ich fahre hin.«

»Du fährst wohin, Kumpel?«

»Ich bin es leid!«

Larry grinste und rieb sein Kinn. »Ich auch.«

»Ich bin es leid, nur zuzusehen. Ich fahre dorthin.«

»Nur wegen der Gören?« Larry schüttelte den Kopf. »Misch dich nicht ein, Kumpel. Du kannst nichts machen. Es ist schweinisch, das zu sagen, aber diese verfluchten Schweinehunde haben sie bestimmt schon erledigt.«

»Ich fahre hin.«

Sie starrten sich an.

Larrys Augen flackerten; er machte eine leichte Bewegung, als ob er sich umdrehen und auf die Anwesenheit eines nackten Mädchens hinweisen wollte.

»Ich gehe«, sagte Vern.

»Mach dich nicht zu einem verdammten Narren.« Um seiner Bemerkung die Schärfe zu nehmen, versuchte Larry zu lächeln. »Kumpel, wir sind schon sehr lange zusammen. Wir haben hier alles mögliche erlebt — genug, um zu wissen, was wir können und was wir nicht können. Wir sind hier, um etwas zu bauen. Ich mag den Gedanken nicht, daß du politisch wirst.«

»Ich werde nicht politisch, aber ich fahre hin.« Einen Augenblick lang zögerte er. Dann berührte er Larrys Arm. »Ich fahre hin«, sagte er sanft, fast entschuldigend. »Wenn ich zurückkomme, nehmen wir einen Schluck zu uns.« Er ging energischen Schrittes weg und hörte noch Larrys Warnung: »In Ordnung, Kumpel, aber vergiß nicht wiederzukommen! Komm bloß wieder, du verdammter Idiot!«

Vern konnte Sudjani nirgends finden. Die Hotelangestellten schüttelten den Kopf, als hätten sie niemals zuvor den balinesischen Dolmetscher gesehen, der jeden Morgen vorbeikam, um zwei Ausländer abzuholen. Der gute alte Sudjani, der Inbegriff des Nörglers — er wußte, wann es an der Zeit war, zu verschwinden. Desgleichen der Jeepfahrer.

Vern holte die Autoschlüssel an der Rezeption ab und kletterte auf den Fahrersitz. Bevor er den Motor anlassen konnte, erschien Hashim, der sich gerade seine eigene Achtunddreißiger umschnallte.

»Sind Sie als mein Leibwächter gekommen«, fragte Vern scharf, »oder weil Sie es selbst auch wollen?«

»Beides.«

»Sie sind ganz sicher, daß Sie mitfahren wollen? Ich fahre in das Dorf. Ich habe die Schnauze voll!«

Statt einer Antwort stieg Hashim ein und starrte stur geradeaus. Vern ließ den Motor an.

*

Es war ein grauer Morgen, aber es regnete wenigstens nicht. Als sie in nördlicher Richtung auf der engen, verschmutzten Straße fuhren, sahen sie Menschen, die wie immer zum Markt oder zur Arbeit gingen. An der Seite eines Motorrollers waren zwei Körbe aus Kokosblättern festgezurrt, in denen zwei Kampfhähne hockten. Ihre langen Schwanzfedern hingen aus den Körben, damit sie nicht beschädigt wurden. Vielleicht irrt sich Sudjani, dachte Vern. Wie konnten Menschen nur wenige Kilometer entfernt von Menschen, die zur Arbeit, zum Markt oder zum Hahnenkampf gingen, Amok laufen?

Als sie bei der Straße anlangten, die zum Dorf führte, hatte offensichtlich der Sonnenschein des gestrigen Nachmittags den Schlamm einigermaßen getrocknet, so daß sie fast bis an den Dorfrand fahren konnten. Vern parkte den Wagen neben Vanilleranken und händigte Hashim die Schlüssel aus. »Warten Sie hier«, sagte er.

»Nein, Tuan.«

»Wenn wir den Jeep unbewacht lassen, nehmen sie das verdammte Ding vielleicht auseinander. Sie bleiben deshalb besser hier.«

»Nein.«

Als sie ausstiegen, wurden sie von einem Rudel Hunde empfangen, deren drahtige Schwänze sich über mageren Flanken zu Mondsicheln bogen. Keuchend und schlitzäugig suchten sie nach einer Möglichkeit, an irgend etwas Eßbares heranzukommen. Vern durchzuckte die Erinnerung an die Hunde von Benares. Das brachte ihn in die richtige Stimmung. Ja, die Menschen konnten zur Arbeit, zum Markt oder zum Hahnenkampf gehen, während andere Menschen sich gegenseitig umbrachten. Denn er hatte die winselnden, schnappenden, räudigen Hunde von Benares gesehen, die sich zu hungrigen Rudeln vor Tempeln zusammendrängten, in denen Priester und Gläubige fromm die Götter des Ganges anriefen. Er trat um sich. Die Hunde liefen weg, wobei einige aus Gewohnheit winselten, als ob sie sich an den gewohnten Schmerz erinnerten, den Tritte in die Seite, den Brustkorb oder die Schnauze verursachen.

»Sehen Sie mal«, sagte Vern. Über den Kronen von Brotfruchtbäumen, die mit Orchideen bedeckt waren, sah man eine dünne graue Rauchsäule, die sich mit den grauen Wolken vermischte.

Um die Biegung der Straße kamen zwei Frauen, die Tontöpfe auf dem Kopf trugen. Grüne Flecken zierten ihre Stirn. Ihre Augen verfolgten mißtrauisch die Schritte des weißen Mannes und seines Begleiters. Dann erschien ein halbes Dutzend Kinder, ungefähr im Alter von Aju. Sie trugen nur Lumpen, aber um ihre Hälse hingen an einer Kette kleine Silberkästchen. »Als Schutz gegen das Böse?« Der schwerfällige Minangkabau nickte. Also war das Böse überall. Wie viele Rote, Linke und unbeliebte Dorfbewohner hatte man hier ermordet? War dies im idyllischen Bali wirklich möglich? Er dachte an die Hunde von Benares.

»Wo sind Rami und Aju?« fragte Vern die Kinder. Sie liefen beim Klang seiner Stimme weg wie die Hunde beim Tritt seiner Füße.

Der Dorfrand. Wachsweiße Gardenien, Büsche mit rosafarbenen Blüten, fensterlose Lehmwände, spitze Atapdächer, gepflasterte Torwege, an denen steinerne Schreine standen, ein Hindugott in weißem Gewand, ein Waringenbaum mit unzähligen Luftwurzeln, die wie geflochtene Seile aussahen — Vern nahm alles nur bruchstückhaft wahr. Er erinnerte sich jetzt. So waren ihm die Dinge während des Krieges aufgefallen — sich rasant bewegende Bruchstücke einer wahrnehmbaren Welt, die sich sofort wieder auflösten, um Platz für den nächsten und übernächsten Eindruck zu machen, bis etwas Wichtiges passierte.

Dann sahen sie Frauen, die ihre Höfe fegten; alte Männer in Unterhemden und Sarongs saßen neben der Straße, wo sie in glockenförmigen Käfigen ihre Hähne abgestellt hatten, damit sie sich an der Morgenluft erfreuen konnten. Über sich, obwohl er nie nach oben sah, konnte er die Brieftauben bei ihrem morgendlichen Flug über dem Dorf hören. Kleine Bronzepfeifen, die man an ihnen befestigt hatte, verursachten dabei ein sirrendes Geräusch. Die Dorfbewohner bedachten sie nur mit einem kurzen Blick und sahen dann wieder weg. Und wieder begann Vern zu hoffen.

Aber der Rauch wurde dicker, nachdem sie am Dorfplatz und am Bale Agung vorbeigegangen waren, wo noch mehr alte Männer saßen und Sirih kauten. Der Rauch wehte ihnen entgegen und roch penetrant — nicht so wohlriechend wie brennendes Kiefernholz oder Cendana.

»Ihr Haus«, sagte Vern und ging schneller. Nach wenigen Minuten hatten sie das Grundstück erreicht, die Häuserwände waren unter dem glimmenden Strohdach nach innen gestürzt. Die offenen Pavillons waren ebenfalls zerstört worden. »Suchen Sie nach ihnen«, sagte Vern zitternd. Aber sie konnten die Kinder nicht unter den Trümmern finden. Sie entdeckten jedoch die Mutter. Sie lag neben den geborstenen Lehmwänden der Küche; ihre Kehle war tief aufgeschlitzt worden, und ein räudiger Hund leckte an der klaffenden Wunde.

»Sie müssen hier irgendwo sein«, sagte Vern. Wieder vor dem Grundstück stehend, bemerkte er, daß sich auf der anderen Straßenseite zwei Frauen auf der Veranda eines Hauses lausten. Eine von ihnen sah kurz auf, durchsuchte dann aber weiter mit ihren raschen erfahrenen Händen das lange Haar ihrer Freundin.

»Der Fluß«, sagte Hashim.

Obwohl der Mann aus Sumatra ihn noch nie gesehen hatte, schlug er instinktiv den Weg nach Osten ein. Vern folgte ihm. Sie gingen an drei Läden vorbei, auf deren Veranden Holzschnitzer saßen. Die alten Männer arbeiteten an Skulpturen, die reichlich mit Bananenstauden und Orchideen verziert waren; ihre Schnitzmesser bewegten sich langsam und methodisch über das harte Holz des Jackbaums. Sie blickten nicht hoch, als die Fremden vorbeigingen.

»Haben Sie es bemerkt?« fragte Vern, als sie aus dem Dorf eilten. Seine Achtunddreißiger ziehend, sagte er: »Nur Frauen, Kinder und alte Männer.«

*

Bevor sie den rund einen Kilometer vom Dorf entfernten Fluß erreichten, fing es zu regnen an. Das verursachte einen dumpfen, beständigen Ton auf den Strohdächern der Reisvorratshäuser, auf den Palmblättern und den Schreinen, die im Gebüsch versteckt lagen. Das Licht veränderte sich, es wogte über dem Grün auf und ab. Die kleinen Lichtflecken besaßen die Helligkeit von Metall, das in der Sonne glitzert. Das Grün war intensiv und saftig, als ob die Farbe selbst eßbar wäre. Blütenstengel bogen sich unter der schweren Last der Regentropfen. All das nahm er wahr, während er sich den Pfad hinabkämpfte — nahm es alles rasch auf wie ein Mann, der sich auf der Jagd befindet. Er dachte nicht, ließ sich nur von seinen Instinkten leiten, nahm beobachtend wahr, wie die unvereinbaren Augenblicke von Zeit und Raum auf ihn einstürmten, wieder verschwanden und ihn immer weitertrieben.

»Dort«, sagte Hashim und deutete durch das dichte Grün hinter einer Wegbiegung.

Vern sah undeutlich den Fluß, dessen braunes Band sich durch das Grün aus Brotfruchtbäumen, Bambuswäldchen und den zarten Umrissen der farnüberwucherten Waringenbäume schlängelte.

»Hashim«, sagte er. Sie sahen sich an. »Ich will diese Kinder, wenn sie noch am Leben sind.«

Gemeinsam gingen sie langsam weiter und kamen zu einer Lichtung in der Nähe des Flußufers. Mindestens zwanzig junge Männer umkreisten die Fläche. Sie trugen schwarze Hemden und zeremonielle Udengs auf dem Kopf. In ihren Händen hielten sie Bambusstöcke und gekrümmte Erntemesser. Einer von ihnen besaß sogar eine Pistole. Vern erkannte das Modell, weil er einst einem Marineoffizier auf Guam so eine Pistole verkauft hatte — eine halbautomatische Acht-Millimeter-Taisho-04-Nambu, die wegen ihrer schwachen Schlagbolzenfeder berüchtigt war. Angesichts ihres Alters funktionierte die Waffe wahrscheinlich nicht mehr, doch als der junge Tamin ihn näher kommen sah, schnellte der Lauf wie der Kopf einer Schlange hoch und folgte seinen Bewegungen.

Aber Vern schaute in eine andere Richtung. Beim Näherkommen konnten Hashim und er zwischen den Beinen der Tamins übereinandergestapelte Leichen sehen. Langsam näher kommend, begann er zu zählen, kam bis zwölf und verlor den Überblick. Also waren die Burschen die ganze Nacht hindurch über Land gezogen und hatten jeden umzingelt und ermordet, dem es gelungen war, zunächst zu entkommen. Grimmig stellte er fest, daß dies eine noch effizientere Teufelsaustreibung als die des Barong war. In Bahasa-Indonesisch rief er: *»Apa kabar, sahabat-sahabat! Damai!«* Seine Grußformel von Freundschaft und friedlicher Absicht bewirkte bei den jungen Männern nichts. Sie blickten ihn weiterhin finster an und hielten ihre Waffen in Brusthöhe.

»Vielleicht sollten Sie es mal versuchen«, schlug er Hashim vor.

Aber bevor der Mann aus Sumatra sein Bahasa an den mürrischen Männern erproben konnte, kamen links aus dem Gebüsch sechs weitere Burschen. Brutal trieben sie ein paar Menschen vor sich her, deren Hände auf dem Rücken gefesselt waren.

Unter den Gefangenen befanden sich Rami und Aju.

»Zum Teufel«, flüsterte Vern, »sie wollen sie ermorden.« Er wartete nicht länger, sondern ging zum Flußufer hinunter. Die Häscher blieben mit ihren Gefangenen stehen; die anderen Tamins rückten näher zusammen. Vern spürte, daß die Waffe, die er fest gegen den Schenkel preßte, in seiner Hand zitterte. Das kann eine mexikanische Schießerei werden, ging es ihm durch den Kopf. Die Tamins waren in der Überzahl, aber er und Hashim waren ihnen an Feuerwaffen überlegen. Er würde stehenbleiben. Er würde, verdammt noch mal, nicht kneifen.

Und dann unternahm Hashim etwas Erstaunliches. Der stämmige Leibwächter ging energisch ein paar

Schritte auf einen jungen Mann mit einer Bambuslanze zu und blieb nur wenige Zentimeter vor ihm stehen. Langsam nahm er die Pistole hoch, zielte und schoß. Der Kopf des jungen Mannes fiel nach hinten, es riß ihn in Stücke. Gehirn und Blut ergossen sich über seine Gefährten.

Vern war so verdutzt, daß er sich nicht rühren konnte. Das war wahrscheinlich das Beste — nichts zu tun. Denn als der enorme Knall zwischen den glitzernden Palmen widerhallte und sich dann verlor und ein paar Vögel, die sich in den nassen Blättern versteckt hatten, in den trüben Himmel emporgeflattert waren — da bewegte sich niemand mehr. Der junge Mann mit der Nambu hielt die Mündung zwar noch immer auf Hashim gerichtet, aber das war alles. Die anderen standen reglos da und starrten auf ihren toten Kameraden.

Hashim sagte ruhig: »Wir wollen diese beiden Kinder da.« Mit seiner freien Hand deutete er auf die Gruppe der Gefangenen.

Nachdem er seine Fassung wiedererlangt hatte, trat Vern vor. Mit seiner Pistole, die er hin und her schwenkte, hielt er die Tamins am Ufer in Schach. »Rami«, sagte er. »Aju!«

Als sie sich nicht rührten, wiederholte er streng wie ein schimpfender Vater ihre Namen.

Mit den Händen auf dem Rücken kamen sie mit schleppenden Schritten auf ihn zu. Vern merkte, daß die Nambu nun auf ihn angelegt wurde. Er blickte dem jungen Mann fest in die Augen. »He, du«, sagte er. Vern hatte sich noch nie entschlossener, seiner Sache sicherer gefühlt. »Nimm sie runter, oder ich erschieße dich.«

Der Tamin bewegte sich nicht. Die Pistolenmündung blieb unbeweglich auf ihn gerichtet.

»Ich erschieße dich.« Vern spannte den Hahn. Es war ganz ruhig am Ufer, er konnte das sanfte Trommeln der

Regentropfen auf den Blättern hören. Eins, zwei, zählte er langsam innerlich. Bei drei werde ich schießen.

Der junge Mann ließ die Nambu sinken.

Zu Rami, der neben seinem linken Bein stand, sagte er leise: »Wo ist dein Vater?« Als der Junge nicht antwortete, fragte er: »Liegt er dort drüben?« Vern sah zu den Leichen am Ufer.

»Ja, Tuan.«

»Dann gehen wir.« Er blickte Hashim an. »Ich werde jetzt mit ihnen losgehen. Sie decken uns.«

Bis zu diesem Augenblick hatte er ihre Chancen nicht klar durchdacht. Seine Gefühle hatten alles beherrscht. Aber nun wünschte er sich verzweifelt, sie aus all dem Mist herauszubringen. Die Waffe in der einen Hand, zog er mit der anderen sein Taschenmesser heraus, ließ die Klinge herausschnellen und schnitt die Fesseln um Ramis und Ajus Handgelenke durch — »Paß auf deine Schwester auf«, sagte Vern. Sich zum Ohr des Jungen hinunterbeugend, flüsterte er: »Wenn irgend etwas passiert, nimm sie und renne — renn, so schnell du kannst!«

*

So kamen sie zum Dorf zurück. Fast bei jedem Schritt sahen sie sich um, ob sie verfolgt würden. Aber offensichtlich hatte Hashim die Tamins mit dieser erschreckenden Einzelaktion versteinert.

Zum Glück hatte sich niemand am Jeep vergriffen.

Der Regen ließ nach und hörte ganz auf, als sie mit den beiden Kindern, die sich auf dem Rücksitz zusammenkauerten, davonfuhren. Während er sich durch die schlammigen Furchen des schmalen Wegs kämpfte, dachte Vern angestrengt nach. Er würde die Kinder von hier wegbringen, vielleicht auf einem Bugisschoner nach Sarawak, Australien oder Singapur. Und vielleicht würde er mitgehen, den ganzen verdammt langen Weg, um sicherzugehen, daß sie dort ankamen. Und er würde dafür sorgen, daß sie in Geborgenheit leben konnten. Er wollte, daß irgend jemand aus dieser verdammten Geschichte herauskam, lebendig, unversehrt und in der Lage, sich zu freuen. Er würde sie per Flugzeug, Schiff oder — wenn es sein mußte — per Ruderboot außer Landes schaffen. Selbst das würde er tun.

Er sah Hashim an, der ausdruckslos nach vorn starrte. Vern begann zu lachen. Er konnte nichts dagegen tun. Er lachte in den Wind, der die Wolken über dem Meer aufriß. Er sagte: »Wird alles gut werden, Hashim? Wird alles gut werden?«

Und die Frage wirbelte mit einem feuchten Luftzug durch den Jeep. Verns Gelächter begleitete sie; seine Erleichterung, seine Angst und seine Hoffnung glitten mit ihr über die erschöpften Kinder hinweg, deren Köpfe schlaff hin und her rollten, während auf ihren Gesichtern der Ausdruck tiefen und traumlosen Schlafes lag.

63

Sie gab jetzt Englischunterricht. Jeden Tag, wenn es ihr Unterrichtsplan zuließ, fuhr Maggie nach Borobudur. Ein Mann aus Yogya, der ein Auto besaß und ein treuer alter Förderer des Dalangs gewesen war, sorgte dafür, daß sein Chauffeur sie gratis dorthin fuhr.

Die Straßen waren nicht mehr gefährlich. Nachdem die Armee die PKI nahezu ausgerottet hatte, verbrachte sie die letzten Wochen damit, den Feuereifer der Moslems zu dämpfen, die einen heiligen Krieg wünschten und hofften, das Blutbad unvermindert weiterführen zu können.

Schließlich hatten die erschöpften Jugendlichen aufgegeben; sie gehorchten nunmehr den Befehlen des Militärs. In Zentraljava hatten die Gewalttaten fast aufgehört.

Heute regnete es heftig. Unbarmherzig prasselte der südostasiatische Monsunregen herunter. Als sich der Wagen dem Tempelgelände näherte, lief das Wasser aus den Gräben über die Straße. Palmblätter, Bambusstreifen, ertrunkene Hühner und große Kuhfladen, die über die kleinen Lehmwälle der Padis geschwemmt worden waren, schwappten um die Reifen, während der Wagen in den Fahrrinnen hin und her schlingerte. Als das riesige, aber geduckt wirkende Bauwerk in Sicht kam, hörte der Regen plötzlich auf. Ein blauer Streifen erschien am wegsegelnden Rand einer schwarzen Wolke. Der Fahrer rief: »Ahhh!« Vielleicht entdeckte er an diesem abrupten Wetterwechsel eine magische Bedeutung, obwohl sich im nächsten Moment die Wolkendecke schon wieder schloß.

Maggie stieg aus dem Auto und ging den aus Kopfsteinpflaster bestehenden Weg zum Tempel hinauf. Dann schlüpfte sie aus ihren Sandalen, nahm sie in die Hand und patschte durch den Schlamm zu einem Bambuswäldchen, das rund hundert Meter vom Weg entfernt lag. Am Rande des Wäldchens befand sich ein Erdhügel, der mit schlaffen und durchnäßten Blumen geschmückt war. Morgen würde der Dorfmodin, ein Hilfsgeistlicher, den sie bezahlte, wieder vorbeikommen und die Blumen ersetzen, Weihrauch verbrennen und das Grab von Unrat säubern, der sich während des Regens darauf angesammelt hatte. Holztafeln standen an beiden Enden des Grabes. Erst nach drei Jahren durften nach lokalem Brauch Steintafeln aufgestellt werden. Sie würde dafür sorgen. Sie würde hier sein.

Heute blieb sie nicht lange, um die feuchten Blumen, verfaulten Bananen und die überreifen Hälften einer Kokosnuß zu betrachten, die am Grabende lagen. Der Modin hatte ihr gestern erzählt, daß viele Menschen kämen und dem Dalang ihre Achtung erwiesen. Allein, zu zweit oder zu dritt zögen sie am Grab vorbei, legten schweigend Blumen oder einige Früchte nieder. Einige von ihnen sagten Beschwörungsformeln auf — das *Nyekar* für die Toten. Der Modin, ein listiger kleiner Mann, hatte bei dieser Schilderung gelächelt und mit den Augen gezwinkert. Sie war sich daher nicht sicher, ob er ihr solche Dinge nur erzählte, um sie zu erfreuen, oder ob einige Menschen ihre Scham und ihre Angst überwunden hatten und tatsächlich zum Grab gekommen waren.

Maggie ging durch den Schlamm zum Weg zurück und begann, die Treppen Borobudurs hinaufzusteigen. Die ausgetretenen grauen Steine waren wegen des Regens rutschig. Vor kurzem hatte sie Briefe an die UNESCO, an das Königliche Institut für Linguistik und Ethnologie in Holland und an buddhistische Organisationen in Japan geschrieben. Vielleicht interessierten sie sich auch für die Restaurierung von Borobudur. Ihre Korrespondenz erledigte sie nun handschriftlich, da das Farbband ihrer Schreibmaschine völlig abgenutzt war und sich in der Stadt, die seit Monaten vom Handel mit dem Ausland abgeschnitten war, kein neues finden ließ. Während sie weiter hinaufstieg, stellte sie sich die frisch geglätteten Steine, die aufgefüllten Risse sowie die Galerien vor, die man durch Verstärkungen vor dem Absacken bewahren würde.

Welch eine Ironie, daß Vernon Gardner, der Architektur liebte, der seine Fähigkeiten so oft unter Beweis gestellt hatte, der mehr Erfahrungen gesammelt hatte, als er umsetzen konnte, daß diesem Mann, der Borobudur retten könnte, der Tempel völlig gleichgültig war, daß er verächtlich auf diese alten Steine blickte, weil man sie nicht dazu benutzen konnte, Touristen zu beherbergen oder Strom zu erzeugen.

Das war gemein von ihr — Maggie wußte es. Sie erinnerte sich, wie er einmal gesagt hatte: »Ich möchte, daß sie alle Hadjis werden. Ich möchte, daß sie alle genug Geld haben, um nach Mekka zu pilgern und ihre weiße Mütze zu bekommen.« Das hatte sie gerührt. Weil Vern Gardner seine eigene Art des Glaubens besaß; er vermischte nur Fortschritt mit Religion, Geräte mit Glück.

Nachdem Maggie die fünfte offene Terrasse mit dem weiten Blick ins Land erreicht hatte, betrachtete sie die Nebelschwaden, die über den Bäumen hingen und geisterhaft wirkende Ausläufer in Zweige und Blätter entsandten. Das erstemal war sie mit Budi hierhergekommen. Nun fand sie auf der windigen Terrasse so etwas wie inneren Frieden.

Manchmal, wenn sie hier oben stand, kehrte sie in der Erinnerung nach Sumatra zurück, zu ihren Ferien mit Vern auf der Insel Samosir, wo sie die gemächlichen, unermüdlichen Hände der Fischer beobachtet hatte. Ohne eine überflüssige Bewegung hatten sie ein Paddel benutzt; und sie dachte an die Männerhände, die ihren Körper gestreichelt hatten. Ihre Erinnerung beschränkte sich dann auf die Hände Budis — Hände, die Puppen zum Leben erwecken konnten —, und sie sehnte sich nach diesen Händen, sehnte sich so sehr nach ihnen, daß nur ein schneller Rundgang um die Terrasse sie wieder zur Ruhe brachte.

Wenn sie doch nur ein Kind von Budi hätte. Es machte sie schrecklich traurig, daß dieser Wunsch nicht in Erfüllung gegangen war. Noch schlimmer war der Gedanke, daß dieser große javanische Künstler keine Nachkommen hatte. Seine einzige Erbin war ein reizendes, aber unwissendes Mädchen, das für immer in einem Dorf eingesperrt war. Als Budi die Fenster und die Tür geöffnet hatte und in die Welt getreten war, brachte ihn die Welt zu Fall.

Sie beschäftigte sich gerade mit diesen trostlosen Gedanken, als sie aus dem Augenwinkel eine Bewegung auf den nassen Steinen der fünften Terrasse von Borobudur wahrnahm. Irgend etwas glitt hinter eine Buddhafigur in ihrer bienenkorbartigen Stupa. Wer auch immer dahinter stand, er hatte einen Regenschirm bei sich — seine schwarze Spitze und ein Teil der aufgerollten Schirmbespannung ragten hinter der Dagoba hervor. Blinzelnd beugte sich Maggie vor, um zu sehen, ob eines der brillantförmigen Löcher in der Stupa den Blick auf den freigab, der sich hinter der Dagoba versteckte. Aber aus der Entfernung konnte sie nur die nasse Schulter eines steinernen Buddhas erkennen.

Schließlich rief Maggie — ihr Herz klopfte heftig vor Angst — unter Aufbietung all ihrer Kraft mit lauter, aber zitternder Stimme: »Wer ist da? Wer steht hinter der Dagoba?«

Sie wartete, aber nichts passierte. Ihre Angst nahm zu. Noch einmal rief sie, wobei ihre Stimme jedoch nicht mehr so entschlossen klang.

Diesmal erschien der Regenschirm in seiner ganzen Länge, zusammen mit der Hand, die ihn festhielt — die Hand von Mas Slamat, dessen Gesicht als nächstes zu sehen war: ernst, eingefallener Mund, weil die Zähne fehlten, die tief über die Augen gezogene Hutkrempe. Hatte sie ihn eigentlich jemals ohne eine im Mundwinkel hängende Zigarette gesehen? Die fesche Feder auf seinem Schlapphut hing wegen der Feuchtigkeit traurig herunter. Sie konnte nicht anders, sie mußte über sein eigenartiges Aussehen lächeln, selbst dann noch, als sie ihn tadelte, er habe sie erschreckt.

Mas Slamat ging in seiner wiegenden Gangart ein paar Schritte auf sie zu, blieb stehen und lüftete den Hut mit einer zögernden Bewegung, die offensichtlich elegant wirken sollte.

»*Bismillah.* Ich befürchtete, Sie würden mir böse sein.«

»Warum sind Sie hier?« Doch die Frage war unnötig. Er war nach Borobudur gekommen, um sie zu treffen und sie um Entschuldigung zu bitten. Maggie spürte, wie sich ihre Gesichtsmuskeln verkrampften.

»Jeder weiß über Sie Bescheid«, sagte er ruhig und kam zuversichtlich wirkend näher.

Ihr ganzer Körper versteifte sich.

»Alle wissen über das Grab Bescheid, das Sie pflegen. Das erfreut sie, selbst wenn sie es nicht sagen.«

Maggie wollte ihm nicht die Genugtuung verschaffen, ihn zu fragen, welche Leute das seien.

»Der heilige Mann sagt, daß Sie hierbleiben und daran arbeiten werden, Borobudur zu retten.« Als sie nicht antwortete, lüftete er wieder seinen Hut, diesmal wesentlich entschiedener. »Alle werden Ihnen helfen. Der heilige Mann möchte Sie sehen, Nonya.«

»Warum haben Sie es getan?«

»Nonya?« Er hatte es geschafft, nun vor ihr zu stehen. In seinem geöffneten Mund waren ein paar gelbliche Zahnstummel zu sehen.

»Ali hat Ihnen niemals etwas Böses zugefügt.«

»Wurde seine Leiche gefunden?« Seine Lippen verzogen sich zu einem ängstlichen Lächeln.

»Wurden denn etwa alle Leichen gefunden?«

»Ich sagte ihm, er solle zum Islam zurückkehren, aber er machte mit seinen Dummheiten weiter. Er hatte eine Welt geschaffen, in der wir nicht leben könnten.« Er richtete sich stolz auf. »Ich bin ein Santri-Moslem.«

Die Art, wie er seinen ausgemergelten kleinen Körper

in den schäbigen Hosen und dem bekleckerten Hemd aufrichtete, zeigte Maggie, was sie wissen mußte: Seiner Meinung nach war sein Verrat an Ali gerechtfertigt, es war vor allem seine religiöse Pflicht gewesen. Nichts, was sie hätte sagen können, hätte daran etwas geändert.

Sie starrte ihn an und bemerkte, daß seine Lippen in Erwartung ihrer Entscheidung über ihn zitterten. Maggie vergaß Mas Slamat einen Augenblick lang, und es schien ihr, als ob die entzückende kleine Inam vor ihrem geistigen Auge auftauchte, aber auch Ali mit seinen verständigen und ernsten Augen und seinem entschlossen wirkenden Kinn und der chinesische Batikhändler und ihr Geliebter. Sie alle tauchten blitzartig vor ihr auf, für einen Augenblick lebendig — lebendig in einer Welt, die Mas Slamat weit besser als sie kannte.

Maggie lehnte sich an eine Dagoba und spürte ihre feuchte, kühle Oberfläche an ihrem nackten Arm. Mas Slamat hockte sich hin. Er wartete völlig bewegungslos wie eine Karikatur der Buddhas, die ihn umgaben, mitten auf der Terrasse.

Maggie richtete sich auf. Es hatte keinen Sinn, die Dinge verändern zu wollen. Wenn sie hierbleiben wollte, mußte sie lernen, mit allem zu leben, was geschah. »Kommen Sie mit«, sagte sie.

»Nonya?«

»Sie können mit mir nach Yogya zurückfahren. Sind Sie mit dem Bus hergekommen? Kommen Sie mit.« Sie fügte hinzu: »Mein Freund.«

Als sie die Stufen hinabstiegen, begann es wieder zu regnen, diesmal ganz sanft. Er öffnete seinen Regenschirm und bestand darauf, ihn über sie zu halten, obwohl er dabei den Arm in voller Länge ausstrecken mußte.

»Keine Sorge«, sagte er, »ein Mann wie ich, der acht Sprachen spricht, ist für Sie von unschätzbarem Wert.

Wir werden zusammenarbeiten. Das sagt auch der heilige Mann, obwohl ich nicht immer von seinen Ideen überzeugt bin. Es ist nicht nötig, einen anderen Assistenten zu suchen. Jetzt bin ich ja wieder da. Ich weiß alles, was Sie wissen müssen. Verstehen Sie das, Nonya?«

»Ja«, sagte sie, »das verstehe ich.«

»*Bismillah.* Dann fangen wir also wieder zusammen an. Ich kenne so viele Leute, wissen Sie. Sie müssen vorsichtig sein, wenn Sie mit ihnen verhandeln. Es ist eine schwierige Angelegenheit, diesen Ort zu restaurieren, und ich werde Ihnen helfen, obwohl ich nicht begreifen kann, warum Sie sich soviel Mühe mit diesem alten Tempel geben. Aber andererseits kommen Sie ja auch aus einem fremden Land. Nonya?«

»Ja«, sagte sie. »Vielleicht deshalb. Aber ich werde es tun, Mas Slamat.«

»Oh, das wissen alle, und sie werden Ihnen helfen. Glauben Sie mir, es ist wahr: Ki-Dalang Gitosuwoko war, bevor er verrückt wurde, der größte Dalang des Landes. Das heißt im Yogyastil. Und alle achten Sie, weil sie wissen, daß Sie eine von uns werden. Sie bleiben hier, pflegen sein Grab, und sie wissen, daß Sie es wissen. Verstehen Sie, Nonya?«

»Ja«, sagte sie, »ich verstehe.«

64

Der kränkelnde Präsident Indonesiens verkroch sich in seinem Palast, während der offiziell in seinem Namen agierende neue Führer, General Suharto, jedes Ministerium von linken Elementen säuberte. Zu ihnen gehörte auch Subandrio, der wegen Hochverrats inhaftiert worden war.

In Bali war das unkoordinierte Abschlachten zum Stillstand gekommen. Die RPKAD-Einheiten kamen in jedes Dorf und führten die Exekutionen von nun an in geordneter Weise durch. Vern stand zu seinem Wort und schaffte es, die Kinder aus Bali herauszuschaffen, indem er den Kapitän eines Frachters bestach, sie nach Hongkong zu schmuggeln. Sutopo Salim half ihm dabei, daß sie dort in Empfang genommen und in ein Waisenhaus gebracht wurden, bis Vern sich entscheiden konnte, was mit ihnen geschehen sollte.

Nachdem die Anfangsphase des Hotelbaus beendet war, kehrte Vern nach Djakarta zurück. Es gab Gerüchte, daß ihm bald ein weiterer Vertrag angeboten werde, aber er spürte seine bekannte Unruhe. Die Aussicht, weitere Hotels zu bauen, die nicht höher als Palmen waren, besaß für ihn keinen Reiz mehr. Da er die Niedergeschlagenheit seines erstklassigen Baumeisters bemerkte, bewilligte General Sakirman ihm einen kurzen Urlaub — er bestand darauf, ihn nach Yogya zu schicken, genauso wie es Susanto Sakirman versprochen hatte. Die Ironie bestand darin, daß der zivile Luftverkehr, wenn auch nur unregelmäßig funktionierend, gerade wiederaufgenommen worden war. Er wäre also ohne Protektion des Militärs ebenfalls nach Yogya gekommen.

Am Flughafen nahm er ein Taxi nach Taman Sari. Da er und Maggie ein paar Briefe ausgetauscht hatten, wußte er aus ihren reservierten und kurzen Mitteilungen, wo sie wohnte. Hashim, der nicht mehr als Leibwächter gebraucht wurde, begleitete ihn ein letztes Mal. Wieder in Djakarta, würde er eine neue Stellung antreten. Auf ihrem Weg durch das verwirrende Labyrinth der schmalen Gassen wurden sie von Kindern verfolgt, die sich johlend an ihre Fersen hefteten. Eine Gasse endete in der nächsten, so daß sie sich oft verirrten und nach dem Weg fragen mußten. Sie fragten einfach nach der Ausländerin. Als sie schließlich das kleine Haus ausfindig gemacht hatten, bat Vern seinen Leibwächter, draußen zu warten.

»Es wird nicht lange dauern«, sagte er. Stimmte das? Er hoffte nicht; er hoffte, daß er in dieses kleine Haus hineingehen, sie finden und so lange bleiben würde, bis sie es gemeinsam verließen.

Vern entriegelte die hölzerne Gartentür und betrat das winzige Grundstück. Er stand auf einem Kiesweg, auf dem sich rote Ameisen tummelten. Der etwa sechs Meter lange Weg war von Palmen gesäumt, die einen Teil der Bambuswände vor ihm verdeckten, doch er sah genug, um zu begreifen, daß seine Frau in einer Bruchbude lebte. Aus der offenen Haustür drang scheppernd klingende Jazzmusik. Sie liebte sie also immer noch, und einen Augenblick lang dachte er daran, sie mit einer neuen Nadel und Schallplatten zu versorgen.

»Maggie«, rief er und blieb vor den zwei Stufen zur Veranda stehen, die leicht schief war, als wäre eine Seite des Hauses schwerer als die andere.

Er hörte, wie sie irgend etwas rief. Es mußte Javanisch sein und hörte sich wie *»Mango«* an. Dann erschien sie in der Haustür. Maggie trug eine Kebaya, Jeans und ein Kopftuch, was ihr das Aussehen einer fleißigen Putzfrau verlieh.

Mit nach vorn gebeugten Schultern und eng anliegenden Armen ging sie auf ihn zu. So bewegen sich große Frauen, um kleiner zu erscheinen. Diese Angewohnheit war nun, da sie unter den kleinen Javanern lebte, ausgeprägter denn je.

Auf der Veranda standen sie sich gegenüber. Er hatte vorgehabt, ihr die Hand zu geben oder sie sanft zu umarmen oder gar nichts zu tun — irgendwas in der Art; wann immer er sich während des Fluges ihre Begegnung vorzustellen versucht hatte, war er nicht weitergekommen, als daß er sie anschauen würde. Er war einfach ratlos. Er starrte in diese klaren, weit auseinanderliegenden Augen, die ihn aber stets aufs neue überraschten. So auch jetzt. Wie gelähmt blieb er bei ihrem Anblick stehen, während sie mit ihren Fingerspitzen leicht seine beiden Ellbogen berührte. Als sie sich etwas vorbeugte, machte er es ihr nach. Sie küßten sich kühl und flüchtig; dann bat sie ihn ins Haus.

»Ich bin froh, daß du gekommen bist«, sagte sie lebhaft. »Wir mußten uns endlich mal wiedersehen.«

Im Inneren war es wie in fast allen javanischen Häusern halb dunkel. In einem ihrer Briefe hatte sie geschrieben, das Haus sei klein. Es war sehr klein. Im vorderen Zimmer gab es nichts außer einer Couch und einem Sessel. Von der Couch aus konnte er durch eine Tür in einen weiteren winzigen Raum sehen — eine geflochtene Matte auf dem Fußboden war wahrscheinlich ihr Bett.

Ohne Kritik in der Stimme konstatierte er: »Ich sehe, daß du eine Einheimische geworden bist.«

»Möchtest du Tee?«

»Ich hätte lieber Gin.«

»Tut mir leid.« Maggie saß ihm mit gefalteten Händen im Sessel gegenüber, die Beine weit von sich gestreckt. Er fand sie wunderschön.

»Ich dachte, du wärst Antialkoholiker«, sagte sie nach einer langen Gesprächspause.

Das war eine Möglichkeit zu sagen: »Ich wurde deinetwegen trocken«, aber dann hätte er hinzufügen müssen: »Ich gab es wegen einer anderen Frau wieder auf.« Das hätte alles nur noch komplizierter gemacht, und im Augenblick waren seine Gefühle schon kompliziert genug. Deshalb zuckte er nur die Achseln: »Ach, ich habe wieder angefangen, das ist alles.«

»Was macht das ›Projekt Palme‹?« Maggie fragte mit der Leichtigkeit eines Menschen, der oberflächliche Gespräche gewohnt ist. Sie nahm die Gewohnheiten dieser übertrieben höflichen Javaner an, und das ärgerte ihn.

Aber er sagte nur: »Es läuft gut.«

»Und Larry?«

»Larry bleibt Larry.«

»Das glaube ich dir gern. Hattest du Schwierigkeiten auf Bali?«

»Nein.«

»Wie geht es den Sakirmans?«

»Deine Freundin Susanto...«

»Sie ist nicht meine Freundin.«

»Sie ist wieder in Djakarta. Während der Krise wurde der General fromm, aber nun ist er wieder der alte. Schmutzige Geschäfte, Bestechungen, na ja, der ganze Kram.«

»Der ganze Kram«, wiederholte sie. »Ich denke, du durftest erst kommen, als sie sicher waren, daß ich ihnen keine Unannehmlichkeiten mehr bereiten könnte.«

Wunderschöne Frau. Schmerzlich wurde ihm bewußt, daß Maggie noch schöner war als in seiner Erinnerung. »Djakarta kehrt zur Normalität zurück. Es ist alles wieder das gleiche.«

»Das ist vielleicht das Schlimmste daran.«

»Ich weiß, was du meinst«, sagte Vern. »Aber du weißt auch, was Blake sagte. ›Ziehe deinen Karren und deinen Pflug über die Knochen der Toten.‹ Und das tun sie. Tausende durchgeschnittener Kehlen, Tausende eingeschlagener Schädel, Tausende aufgeschlitzter Bäuche, und was tun sie jetzt in Djakarta? Sie ergötzen sich an den Gerüchten über Sukarno. Kann ein Mann, der so krank wie Bung Karno ist, noch etwas mit Frauen haben? In der Zwischenzeit verwandelt Suharto das Land in einen Militärstaat. Maggie, man kann überhaupt nichts daran ändern.«

»Wie meinst du das?«

»Du und ich, Leute aus dem Westen, wir können hierherkommen, eine Weile hier leben und Geld verdienen, ein bißchen helfen, ein paar Dinge lernen, aber wir gehören nicht hierher. Sieh doch, was geschieht. Diese Menschen schlachteten sich gegenseitig ab, während wir nur dabeistanden und zuguckten. Wir waren Zuschauer.«

»Waren wir das wirklich?« Maggie schüttelte verneinend den Kopf. »Man kann sich nicht in das Schicksal anderer Menschen einmischen. Darin stimme ich mit dir überein. Aber man kann es mit ihnen teilen.«

»Das ist nicht gerade das, was ich möchte.«

»Ich weiß. Du möchtest zur nächsten Sache übergehen.«

»Mach daraus doch kein Verbrechen.«

»So meine ich das nicht. Wirklich nicht. Ich glaube, ich lerne, tolerant zu sein. Wenn so viele Menschen, die man kannte und liebte ... ermordet werden, empfindet man Wut und Hilflosigkeit und schließlich so etwas wie Verständnis, daß dies eben das Leben ist.«

»Du möchtest die Indonesier also nicht vor sich selbst retten?« fragte er lächelnd.

»Ich möchte nur einen alten Tempel retten.«

»Hast du Arbeit?«

Sie erklärte, daß die Universität gerade wieder geöffnet worden sei und sie aus Mangel an ausländischen Lehrern für das Fach Englisch eingestellt habe. »Wenn die qualifizierten Leute erst wieder zurückgekommen sind, werde ich wahrscheinlich meinen Job verlieren. Im Moment aber läuft alles wunderbar.«

»Also willst du wirklich bleiben.«

»Ich bleibe.«

»Verdammt noch mal, Maggie!« Er knetete seine Hände und starrte auf sie, während er naher rückte.

»Merkst du eigentlich, Vern, daß dies wahrscheinlich das beste Gespräch ist, das wir jemals geführt haben?«

Das wollte er nicht hören. Irgendwie wurde es dadurch zu einem entscheidenden, zu einem letzten Gespräch. Menschen, die zusammenbleiben, ertragen bis ins glorreiche hohe Alter eine belanglose Unterhaltung nach der anderen.

»Erinnerst du dich noch, wer mit dem Spiel anfing?« fragte Maggie plötzlich.

Als er aufblickte, entdeckte er zu seiner Überraschung, daß sie strahlend lächelte.

»Du kamst herein und hast meinen Liebhaber gespielt. Wir taten so, als ob mein Ehemann nicht zu Hause wäre.«

»Oh, das! Ich weiß nicht mehr, wer damit anfing.«

»War es nicht komisch?«

»Ich vermute, es war nicht komischer als die meisten Spiele, die Ehepaare veranstalten.«

»Aber gerade so ein Spiel? Glaubst du nicht, wir spürten vielleicht, daß irgend etwas falsch lief? In gewisser Weise? Ich habe in letzter Zeit häufiger darüber nachgedacht.«

»Nichts lief falsch«, erklärte Vern. »Wenigstens nicht aus meiner Sicht.« Weil er einfach nicht an das Unabänderliche ihrer Entscheidung glauben wollte, hatte er bereits vergessen, daß er nur wenige Augenblicke zuvor erkannt hatte, welcher Abgrund zwischen ihnen klaffte.

Sie schwiegen. Vern brach das Schweigen schließlich, als er sagte: »Ich denke an den Tobasee.«

»Ich auch.« Und verlegen fügte sie hinzu: »Es war eine wunderschöne Zeit. Ich träume oft davon.«

»Wirklich?«

»Von unserem Batakhaus auf der Insel Samosir. Erinnerst du dich?«

»Natürlich.«

»Ich träume von den Fischern in ihren Booten. Weißt du eigentlich, daß wir nie erlebt haben, wie einer ans Ufer zurückkam? Wir sahen, wie sie hinausfuhren, und wir sahen, wie sie in der Bucht ankerten, aber niemals sahen wir, daß sie wiederkehrten.«

»Das ist mir nie aufgefallen.«

»Vielleicht hatte unser Spiel etwas mit unserer Liebe und Treue zu tun, Vern. Oder vielleicht hat das, was geschehen ist, nichts mit den Menschen zu tun, die wir wirklich sind. Indonesien aber hat wahrscheinlich eine Menge damit zu tun.«

»Gewiß, eine Menge ...«

»Ganz offensichtlich hat es etwas mit der Krise zu tun. Ich glaube, daß mit uns unter anderen Umständen alles in Ordnung sein könnte. Aber hinterher ist man immer klüger als vorher. Und es gibt nichts Schlimmeres als Manöverkritiken und nachträgliche Diskussionen. Und dann gibt es da noch diese andere Sache, diese Tatsache, die ich nicht ändern kann. Weißt du, Vern, du mußt das verstehen und mir glauben: Ich liebte ihn. Ich muß dir das sagen. Ich liebte ihn wirklich.«

Vern hatte darauf gewartet, daß sie etwas über ihren Geliebten sagen würde. Selbst auf Bali hatte man von dem verrückten Puppenspieler gehört. Er hatte während eines landesweit vom Rundfunk übertragenen Puppenspiels gegen Sukarno, gegen die Regierung und gegen die Moslems gewütet. Er war angeblich Mitglied der PKI gewesen; bald nach der Vorstellung töteten ihn Soldaten, als er sich gegen seine Verhaftung wegen Hochverrats wehrte. Eigentlich hatte Vern Maggie fragen wollen, ob der Bursche wirklich ein Roter gewesen sei. Wie war er getötet worden? Warum hatte sie sich mit so einem Typ zusammengetan?

Vern stand brüsk auf und ging zur Tür. »Darüber möchte ich mich nicht unterhalten«, sagte er wütend. »Ich wundere mich wirklich über mich selbst, ich schäme mich.«

»Schämen?« Sie ging ihm nach.

»Weil ich so verdammt zivilisiert bin. Vielleicht ginge es uns besser, wenn ich dich wegen deines Ehebruchs verdreschen würde. Du wärst deine Schuldgefühle los und ich meine Enttäuschung.« Er ging nach draußen und blinzelte in das grelle Licht vor der schattigen Veranda. Hinter dem Gartentor stand Hashim unter einem Baum. »Ich liebe dich, Maggie. Ich werde dich immer lieben. Und ich werde dich immer zurückwünschen.« Er drehte sich zu ihr um. Sie stand im schattigen Zimmer, ihr Gesicht war ein bläuliches Viereck. »Laß mich nicht im dunkeln tappen. Ich möchte den Kontakt zu dir nicht verlieren.«

»Du glaubst nicht, daß ich wirklich hierbleiben möchte.«

»Was, zum Teufel, kannst du hier überhaupt machen? Wenn du mit der Sprache fertig bist und ein bißchen Geld für diesen Tempel gesammelt hast, was bleibt dann noch übrig? Was ist hier für dich drin?«

Sie stemmte ihre Hände in die Hüften. Eine Sekunde lang fragte sich Vern, ob sie diese Geste als trotziges Kind angenommen hatte — die Hände in die Hüften zu stemmen, zu den Erwachsenen hinaufzublicken und das Gesicht zu einer rebellischen Miene zu verziehen.

»Was für mich drin ist?« Sie wiederholte seine Frage. Ihre vollen, ungeschminkten Lippen zitterten. »Die Bäume, Vern — ich liebe sie. Und den Geschmack der Früchte und den Staub unter meinen Füßen, Vern.«

Er spürte, wie er verkrampft lächelte. Ein Maßstab seiner Unfähigkeit, sich dieser Art von Auseinandersetzung gewachsen zu zeigen: War es Sarkasmus oder ein Beweis ihrer Gedankenlosigkeit? »Auf Wiedersehen«, sagte er. »Jedenfalls fürs erste.«

Er drehte sich um und ging. Nach ein paar Schritten hatte sie ihn jedoch eingeholt und schaute ihn nachdenklich an.

»Hör mal zu, Vern. Der Tempel wird auf fünf armierten Betonflächen stehen. Zumindest planen wir das im Moment. Natürlich wäre jemand wie du besser geeignet, das Ganze zu überblicken. Stimmt's, Vern?«

Er wollte nicht stehenbleiben und ging einfach weiter.

»Die Wände«, sagte sie hinter ihm mit einer Stimme, die mit jedem Wort schriller wurde, »werden mit Kieselsäure gefüllt und mit Bleiplatten am Fundament geschützt. Um bei Regen die Kapillarwirkung des Steins zu verhindern. Ist das richtig, Vern? Habe ich das richtig verstanden? Und rund um den Erdwall wird eine Schutzschicht gelegt. Um zu verhindern, daß die Erde bei Überschwemmungen abgetragen wird. Wir müssen die innere Stabilität erhalten. Das haben sie mir gesagt. Haben sie recht, Vern?« fragte sie gellend. »Sind wir auf dem richtigen Weg? Wenn einer das überhaupt weiß, dann du, verdammt noch mal!«

Als er an den Palmen vorbei zum Gartentor ging, streifte ein riesiges Blatt seinen Arm und kratzte ihn wie ein rauher Finger; hinter ihm erhob sich ihre Stimme zu einem Kreischen: »Schuldgefühle? Ich habe keine! Ich hatte deshalb niemals Schuldgefühle. Du hast nichts begriffen! Es gibt nichts, dessen ich mich schuldig fühlen müßte. Es war nicht so, wie du denkst!«

Und als er auf die Gasse gelangte und den wartenden Hashim unter einer schattigen Palme erblickte, hörte Vern ihre letzten Worte, die geifernd und wie rasend durch die Hitze des Nachmittags zu ihm drangen: »Ich muß viele Briefe schreiben! Kannst du mir ein paar Farbbänder schicken?«

*

Später, als er im Flugzeug saß, blickte er hinunter auf das Schachbrett der Padis, die sich vor den roten Ziegeldächern Yogyas dahinzogen. Er hatte Maggie endgültig verloren. Sein ganzes Leben lang würde er darum trauern. Dennoch verstand er sich darauf, das Beste aus dem zu machen, was ihm das Leben bot. Jetzt hatte er einen Job, und er würde das Äußerste daraus ziehen. Wenn Maggie ihm oft in den Sinn käme — das war jetzt der Fall und würde auch in Zukunft so sein, wahrscheinlich sein ganzes Leben lang —, dann würden ihn sein Kummer und das Gefühl, versagt zu haben, trotzdem nicht bezwingen. Er gehörte nicht zu den Menschen, die sich unterkriegen lassen. Manchmal vermißte er das ein wenig, weil es Gefühlstiefe bedeutet hätte; und in seinen düstersten Momenten — den schrecklichen Mitternachtsstunden — fragte sich Vern Gardner, ob in ihm viel Gefühl von jener Sorte steckte, über die man schreibt und singt. Vielleicht wäre alles anders geworden, wenn er sich ihr zu Füßen geworfen oder sie brutal in die Arme gezerrt und ihr seine Liebe geschworen hätte. Oder wenn er etwas ähnlich Dramatisches getan hätte, etwas Unwiderstehliches und Überwältigendes, das sie von ihren grandiosen Hirngespinsten losgerissen und ihm erlaubt hätte, sie wieder in sein Leben zu ziehen.

Aber solche hypothetischen Fragen hatten Vern Gardner noch nie lange beschäftigt. Er holte aus seiner Aktentasche einen dicken Ordner mit Bauplänen. Vern sah kurz zu seinem Leibwächter und war überrascht von dem Gesichtsausdruck, der auf Hashims großem derben Gesicht lag, ehe es wieder seine maskenhafte Unerschütterlichkeit annahm. Er hatte ganz kurz neugierig ausgesehen; Hashim hatte den Ausländer mit einem Ausdruck scheuer Verwunderung gemustert. Und Vern erinnerte sich plötzlich an den wartenden Hashim unter einer schattigen Palme in Taman Sari. Der kräftige Mann aus Sumatra, der sich nach der wunderschönen Frau umdrehte, die sie zurückließen, mußte sich gefragt haben, wie Tuan Gardner der Versuchung widerstehen konnte, sie einfach mitzunehmen.

Eine Geschichte von Freiheit und Liebe

Als Band mit der Bestellnummer 11894 erschien:

Brasilien Ende des 19. Jahrhunderts – eine Gesellschaft im Umbruch. Große Veränderungen werfen Schatten auf das Leben der Großgrundbesitzerfamilie Ferreira. In den Reihen der Sklaven rumort es. Auch Sinhá Moca, Coronel Ferreiras Tochter, kämpft für die Sklaven. Doch der mächtige Besitzer schreckt nicht davor zurück, das Glück seiner Tochter zu zerstören …

BASTEI LÜBBE